LUCY GOACHER

ABGRUND

DU WEISST, SIE IST NICHT GESPRUNGEN. | THRILLER

Aus dem Englischen von
Katharina Naumann

ROWOHLT POLARIS

Die Originalausgabe erschien 2022 unter dem Titel
«The Edge» bei Thomas & Mercer, Seattle.

Deutsche Erstausgabe
Veröffentlicht im Rowohlt Taschenbuch Verlag,
Hamburg, August 2023
Copyright © 2023 by Rowohlt Verlag GmbH, Hamburg
«The Edge» Copyright © 2022 by Lucy Goacher
Covergestaltung Hafen Werbeagentur, Hamburg
Coverabbildung Ruben Mario Ramos / Arcangel; Shutterstock
Satz aus der Proforma
bei Pinkuin Satz und Datentechnik, Berlin
Druck und Bindung CPI books GmbH, Leck
ISBN 978-3-499-00975-4

Die Rowohlt Verlage haben sich zu einer nachhaltigen Buchproduktion verpflichtet. Gemeinsam mit unseren Partnern und Lieferanten setzen wir uns für eine klimaneutrale Buchproduktion ein, die den Erwerb von Klimazertifikaten zur Kompensation des CO_2-Ausstoßes einschließt. www.klimaneutralerverlag.de

Dies ist eine erfundene Geschichte. Namen, Personen, Organisationen, Orte und Geschehnisse entstammen entweder der Fantasie der Autorin oder werden fiktiv verwendet. Jede Ähnlichkeit mit Personen, lebend oder tot, oder aktuellen Geschehnissen ist rein zufällig.

Für meine Familie

PROLOG

Poppy

Ich habe noch nie so viele Sterne gesehen. Der Himmel ist von ihnen übersät, sie glitzern auf den Wellen. Es ist dunkel hier, wirklich dunkel, so weit sind wir von der Zivilisation entfernt. So weit, dass wir das Sternenlicht sehen können. Und dieses Licht ist vor mir, über mir und unter mir, so weit mein Auge reicht.

Es ist, als stünde ich am Ende der Welt, unter mir das Universum.

«Ich wusste, dass du es hier wunderbar finden würdest», sagt er und vergräbt seine Nase in meinem Haar. Er hält mich von hinten im Arm, zieht mich jetzt noch näher an sich, und wir schauen beide hinaus aufs Meer. «Es sieht aus wie ein Gemälde, oder? *Sternenhimmel über der Rhône.* Nein, wir müssen unser eigenes Bild malen. *Sternenhimmel über dem Ärmelkanal um drei Uhr früh.*»

Ich lächle. «Klingt aber nicht ganz so glamourös.»

«Kommt drauf an, wen du fragst.»

Unsere Worte werden in der eiskalten Luft zu Kristallen und glitzern im Sternenlicht. Normalerweise ist es an der Küste stürmisch, der Wind zerzaust mein Haar und treibt mir die Tränen in die Augen, aber heute Nacht weht kein Lüftchen. Es ist, als befänden wir uns in einem Augenblick der perfekten Stille. Nur das Geräusch der Wellen, die unter uns an den Strand schlagen, erinnert uns daran, dass die Zeit vergeht.

Ich schaudere.

Er zieht mich noch näher an sich heran und neigt den Kopf, um mir einen Kuss auf die Schulter zu geben.

«Fühlst du dich wohl? Wir können gehen, wenn dir zu kalt ist.»

«Wehe, du rührst dich», sage ich und packe seinen Arm mit meinen Händen, die in Handschuhen stecken. Er lacht leise in mein Ohr.

Diese Nacht ist zu schön, um sie früh zu beenden. Ich habe mein ganzes Leben lang von Nächten wie diesen geträumt, aber das waren eben nur Träume. Das hier ist wahr. Die Berührung eines anderen Menschen, die Schönheit der Natur, die Verbindung, die wir zueinander spüren …

Ich lehne mich an ihn, spüre den Widerstand seines Körpers. Trotz unserer dicken Mäntel und der Winterluft, die uns in die Nase beißt, fühle ich seine Wärme. Ich fühle meine.

Dieser Moment ist wunderschön, aber ein Teil von mir hungert schon nach dem nächsten.

Wir werden mit den Fahrrädern an der Küste entlangfahren, in mein Zimmer gehen und uns in der Dunkelheit küssen. Einander in der Dunkelheit ausziehen. Wir werden uns festhalten, bis unsere kalte, nackte Haut warm wird und die Welt um uns herum ins Nichts versinkt und es nur noch uns gibt, ineinander verschlungen wie Zwillingsschmetterlinge in einem Kokon.

Die Sterne um uns herum leuchten, und meine Wangen glühen.

Ich hätte nie gedacht, dass mein Leben so sein könnte, dass die Leere, die ich immer gespürt habe, so perfekt von jemand anderem ausgefüllt werden könnte. Von jemandem, den ich zufällig getroffen habe. Wir liegen Nacht für Nacht beieinander, Haut an Haut, öffnen einander unsere Herzen, als wären sie Schatzkästchen mit unseren Geheimnissen. Er weiß, dass mich der Duft nach Gebäck an zu Hause erinnert und Sonnenuntergänge an meine Schwester. Meine Schüchternheit macht ihm nichts aus, er nimmt meine Hand und geht voran. Wenn ich mit ihm zusammen bin, habe ich nicht den Drang, mich hinter der Staffelei in meinem Zimmer vor der Welt zu verstecken. Er stellt mich mitten vor seine Kameralinse und schiebt alle anderen aus dem Fokus heraus, als zählte niemand außer uns und nichts als der Augenblick, den wir gerade erleben. Und jedes Mal, wenn er auf den Auslöser drückt, schenkt er mir mehr Selbstvertrauen.

Nach kaum zwei Monaten hat er mich so weit aus meinem Schneckenhaus herausgezogen, dass ich es nicht einmal mehr wiederfinden könnte.

«Schau mal, dort!», sagt er und zeigt an mir vorbei in den Himmel. Ein Lichtstreifen schießt hinunter zum Horizont. «Wünsch dir was.»

«Ich wünsche mir...»

«Pst, nicht laut sagen! Es wird nicht wahr, wenn du es mir verrätst.»

Die Sternschnuppe verschwindet, und ich wünsche es mir im Stillen.

Lass diesen Moment ewig andauern.

Ich weiß ganz genau, wie ich das alles hier morgen malen werde. Ich werde die gesamte Leinwand schwarz grundieren und die Details in Weiß darauf malen: die Scheitel der Wellen; winzige Sterne, so klein wie Nadelstiche; die Sternschnuppe und uns, wie wir ineinander verschlungen sind, zwei Verliebte.

Wir haben es noch nicht laut ausgesprochen, aber ich fühle es. Es liegt im angenehmen Schweigen, wenn wir draußen spazieren gehen, und in den Worten, die er in mein Haar atmet, wenn wir zusammen im Bett liegen.

«Ich empfinde etwas für dich, Poppy. So habe ich noch nie gefühlt.»

Ich hatte noch nie eine Beziehung, aber ich weiß, wie das läuft. Es ist Liebe, wenn der Junge sagt, dass es Liebe ist. Er muss es zuerst sagen.

Aber ich fühle es – und ich bin mutig. Er hat mich verändert. Früher war ich in der Öffentlichkeit wie erstarrt. Ich hatte das Gefühl, als schauten mich alle an, bewerteten mich, und manchmal schaffte ich es kaum aus meinem Zimmer. Aber jetzt versuche ich, in der Klasse zu sprechen. Ich schaue fremden Leuten direkt in die Augen. Ich gehe allein Fahrrad fahren, in die Natur, fahre ohne Ziel. Das sind alles nur kleine Dinge, winzige Schrittchen, die alle anderen schon ihr ganzes Leben tun – aber für mich sind es riesige Sprünge.

Und jetzt gerade, unter dem diamantenübersäten Himmel, möchte ich wieder springen.

Ich wende mich zu ihm um. Er ist ein wunderschöner Schatten, Sterne funkeln in seinen dunklen Augen. Als wäre er aus Himmel gemacht. «Ich liebe es hier, und… ich liebe dich.»

Einen Augenblick lang ist alles still – dann leuchten seine Augen nur noch mehr.

«Ich wollte dir das schon lange sagen, aber ich dachte, du hieltest mich dann für… Ich liebe dich auch, Poppy.»

Er zieht mich wieder an sich, und ich lege wie immer meine Arme um ihn. Aber diesmal fühlt es sich anders an. Fester. Wir zittern beide, lachen, spüren einen Trost in dieser Umarmung, den ich nicht erklären kann. Ich fühle mich vollkommen sicher in seinen Armen. Vollkommen. Gesehen.

«Oh, ich habe etwas für dich.» Er lässt mich los und zieht etwas aus seiner Hosentasche. Es ist eine Halskette. Ich sehe das Glitzern des zarten Kettchens und den Anhänger daran.

«Du musst mir doch nichts schenken.»

«Ich weiß, aber ich will es. Vielleicht findest du sie ja scheußlich, also bedanke dich nicht zu früh.»

Ich lache, und er schließt den Verschluss vorsichtig in meinem Nacken. Ich taste in der Dunkelheit nach dem Anhänger, fühle zwei Bögen und eine Spitze. Ein Herz.

«Danke. Ich liebe sie.»

«Wirklich?»

«Wirklich. Ich liebe sie, und ich liebe dich.»

«Ich liebe dich auch.» Obwohl ich ihn in der Dunkelheit nicht sehen kann, höre ich, was er tut: Er kreuzt Zeige- und Mittelfinger seiner rechten Hand vor der Brust seines Mantels. «Hand aufs Herz.»

Ich stelle mich auf die Zehenspitzen, und er zieht mich an sich, um mich zu küssen – tief, aber zärtlich. Ohne jede Eile. Das Meer brodelt in mir, umspült jeden einzelnen Nerv, und ich ertrinke in Glück. Ich ertrinke in ihm.

Ich will diese Küsse jeden Tag spüren, bis zum Ende meines Lebens.

Wir schauen wieder in den Himmel, sehen die glitzernden Sterne und ihre Spiegelbilder im Meer unter der Klippe. Der Himmel, wir, unsere Liebe – all das ist magisch.

Ich lehne mich wieder an ihn, in seinen Armen geborgen wie ein Neugeborenes.

«Ich möchte wetten, die Sonnenuntergänge sehen von hier großartig aus», sage ich. «Vielleicht könnten wir Clemmie mitnehmen, wenn sie wiederkommt. Ich kann es kaum erwarten, dass du sie kennenlernst. Ich glaube, ihr würdet einander mögen.»

«Oh, ganz bestimmt.» Ich spüre sein Lächeln. Seine Hände streicheln meine Arme, bis zu meinen Schultern.

«Deine Schwester wird mich *lieben*. Das verspreche ich dir.» Und er stößt mich über die Klippe in den Abgrund.

Kapitel 1

6 MONATE SPÄTER

Ich habe mich nie besonders für Sonnenuntergänge interessiert, aber Poppy schon.

Vor Jahren, als sie noch klein war und ich an Sonntagnachmittagen auf sie aufpassen musste, bettelte sie mich an, dass ich mit ihr in London herumfahren und die beste Stelle suchen sollte, von der aus wir uns den Sonnenuntergang ansehen konnten. Was zunächst einfache Ausflüge waren, wurde schnell zu wöchentlichen Expeditionen: Ich lief mit ihr von Aussichtspunkt zu Aussichtspunkt, von U-Bahn zu U-Bahn, die Sonnenuntergangstabelle im Kopf und mit der Uhr am Handgelenk; sie hatte eine Touristenkarte und einen Filzschreiber dabei, mit dem sie die Orte abhakte. Ich ging mit ihr in jeden Park, zu jeder Brücke, zu jeder Plattform, für die man nicht bezahlen musste. Einen Nachmittag verbrachten wir aneinandergekuschelt unter einem Regenschirm auf Primrose Hill, weil sie darauf bestanden hatte, dass wir «nur noch ein bisschen» bleiben sollten, «für den Fall, dass das Wetter aufklart», während der Regen auf uns herunterprasselte und der Wind heulte, meine Augen unter der Brille blind vor Tropfen waren und ihre Karte durchnässt war. In einem ihrer Briefe Jahre später verriet sie mir, dass Primrose Hill ihr Lieblingsort sei, ihre schönste Sonnenuntergangserinnerung, aber an jenem Tag sahen wir nur Grau. Sie musste wohl noch einmal ohne mich dorthin gegangen sein.

So erinnere ich mich an sie: rosige Wangen im Regen; vom Wind zerzauste, rotblonde Haare. Bloße Füße, die unter dem Vorhang ihres Himmelbetts hervorschauten. Wie sie aufgeregt über Schneeflocken oder Mondlicht oder das Leuchten des Sonnenaufgangs redete und mich bat, es mit ihr anzuschauen.

Ich kann jetzt beinahe ihre Stimme hören, spüren, wie sie wie früher meine Hand nimmt.

«Das ist so hübsch, Clemmie! Dreh dich um und sieh es dir an. Schau mal!»

Aber ich drehe mich nicht um. Ich schaue nicht hin. Ich folgte dem trüben, grauen Bürgersteig Richtung Osten, bis er in einer U-Bahn-Station verschwindet und das künstliche Licht das natürliche verdrängt. Ich gehe unter die Erde.

Meine Schwester war es, die Sonnenuntergänge liebte, nicht ich.

Am Bahnsteig ist viel los. Ich gehe ihn entlang, schlängele mich zwischen Paaren, die nach dem Abendessen wieder nach Hause fahren, und Studenten hindurch, deren Nacht gerade erst beginnt. Irgendwo im Tunnel kreischt ein Zug und schiebt die schmutzige Luft durch die Röhre vor sich her. Er ist nur noch zwanzig Sekunden entfernt, vielleicht weniger. Das Poster der Telefon-Helpline *UK-Listeners* hängt an der Wand am anderen Ende des Bahnsteigs: *Egal, wie einsam Sie sich fühlen, wir sind immer da. Mit uns können Sie reden.*

Mit anderen Worten: *Springen Sie nicht.*

Ich schaue mich in der Menge um und sehe die Gesichter. Früher dachte ich – nicht dass ich damals besonders viel darüber nachgedacht hätte, aber ich ging irgendwie davon aus –, dass man es sähe, wenn jemand Selbstmordgedanken in sich trägt. Denn diese Leute sähen doch ganz sicher traurig aus und weinten und benähmen sich merkwürdig. Sie würden ganz offen zeigen, dass sie das Leben hassten. Sie hätten ein großes, gut sichtbares, neonfarbenes Zeichen um den Hals: *Bin depressiv und werde meinem Leben ein Ende setzen!*

Die Realität ist anders.

Selbstmordgefährdete Menschen lächeln. Sie gehen zur Arbeit, kaufen ein, winken den Nachbarn zu. Sie verstecken ihre Gefühle vor den Leuten, die ihnen wichtig sind.

Statistisch gesehen sind die Mehrheit der jährlich 6500 Menschen, die sich in Großbritannien das Leben nehmen, Männer, Mitte bis Ende vierzig, oder Teenager und junge Erwachsene. Aber auf diesem Bahnsteig, heute Abend, könnte jeder jemand sein, der an Selbstmord denkt.

Dieser Mann im Anzug könnte Probleme bei der Arbeit haben, eine Scheidung durchleben, die Kinder in einem Sorgerechtsstreit verlieren und mit niemandem darüber reden. Und die alte Frau, die dort alleine sitzt und strickt, hat vielleicht gerade ihren Mann verloren, nach fünfzig Jahren Ehe. Die heitere Frau in der Supermarktuniform könnte Antidepressiva nehmen. Das Mädchen, das lacht und mit ihren Freundinnen scherzt, könnte sich innerlich leer fühlen, weil sie jahrelang gemobbt wurde.

In einem Moment kann ein Mensch Weihnachtslieder singen, in der Küche tanzen und Wärme, Licht, Liebe und eine Million Hoffnungen für die Zukunft in sich haben – und im nächsten kann er sich das Leben nehmen.

So wie Poppy.

Der Zug donnert vorbei, Lärm und Luft klatschen mir ins Gesicht und reißen Strähnen aus meinem Pferdeschwanz. Die Wagen verschwimmen vor meinen Augen, ich schließe sie. Und dann bin ich wieder dort: kalkige Erde ist unter meinen

Füßen, salzige Luft weht um mich herum, Wellen brüllen und brechen unten am Fuß der Klippe.

Nicht alle selbstmordgefährdeten Menschen rufen bei einer Helpline an. Manche sprechen mit ihren Freunden oder Geliebten. Manchmal brauchen Menschen, die verzweifelt sind, nur jemanden, mit dem sie reden können, jemanden, der sie kennt, jemanden, der ihre Hand nimmt und sie vom Abgrund wegführt.

Genau das brauchte Poppy in jener Nacht. Sie musste hören, dass alles wieder gut werden würde. Sie musste wissen, dass sie geliebt wird. Und deshalb rief sie mich an, als sie in der Dunkelheit am Rand der Klippe stand.

Aber ich ging nicht ran.

Und sie sprang.

» »

Ich verlasse die Aldgate Station und nehme den üblichen Weg durch Whitechapel. Immer wieder stehen Touristen im Weg, Reisegruppen versammeln sich um die Reiseleiter, die die grausigen Einzelheiten von Jack the Rippers Morden beschreiben und auf viktorianische Tatorte zeigen, die längst abgerissen und in Wohnungen umgewandelt worden sind.

Die fünf umgebrachten Frauen haben ein morbides Vermächtnis hinterlassen, und ihre Leben sind zu albtraumhaften Fotos und Haltepunkten auf einer Besichtigungstour zusammengeschrumpft worden. Bevor sie zu Opfern wurden, waren sie Menschen. Die Leute vergessen das immer.

Es ist dunkel, als ich bei der Helpline ankomme. Ich gehe hinein, laufe einige Treppenstufen hinauf und trage meinen Namen in die Liste an der Rezeption ein. *Clementine Harris, 21.52 Uhr.*

Unsere Zweigstelle ist ein schlichter Büroraum mit einer Aufenthaltsecke, einer Küche, ein paar abgeschlossenen Räumen und einem Telefonbereich. Auf jeder Fensterbank stehen Grünpflanzen, auf vielen Tischen liegen Päckchen mit Taschentüchern. An den weißen Wänden hängen Pinnwände und Poster mit wohlmeinenden Sprüchen in freundlichen Schriftarten.

Wie allein Sie sich auch fühlen, wir sind immer für Sie da und reden mit Ihnen.

Ich war nicht für Poppy da, als sie mich am meisten brauchte, und daran kann ich nichts mehr ändern, aber ich kann für andere da sein.

Und es gibt so viele andere.

«Clementine?» Brenda, eine der Leiterinnen dieser Zweigstelle, winkt mich in die Küche gegenüber dem Telefonraum. Sie bereitet gerade Tee zu. «Ich habe dich nicht schon wieder hier erwartet. Hattest du nicht gerade vor ein paar Tagen eine Nachtschicht?»

«Ja, von Freitag auf Samstag. Ich versuche, zwei oder drei pro Woche zu machen.»

Brenda schürzt die Lippen und gibt Milch in die Teetassen. «Clementine, du darfst es nicht übertreiben. Wir freuen uns sehr, dich zu haben, aber wir wollen, dass unsere Ehrenamtlichen nur ein, zwei Nachtschichten *pro Monat* übernehmen. Bitte fühle dich nicht gezwungen, mehr als drei oder vier Stunden wöchentlich zu machen, ob nun tagsüber oder nachts.»

«Ach, das ist gar kein Problem», sage ich und reiche ihr den Deckel der Milchflasche, nach dem sie sich suchend umsieht. «Ich habe ja Zeit.»

«Das ist keine Frage der Zeit. Zuhören ist ein sehr anstrengender Prozess, und du bist noch neu hier. Du merkst vielleicht nicht, wenn es dir zu viel wird. Ich möchte nicht, dass du dich überforderst.»

«Ich überfordere mich nicht.» Ich gebe Brenda einen Löffel für den Zucker und nehme die Milchflasche, um sie zurück in den Kühlschrank zu stellen – alles, um die Unterhaltung zu beschleunigen. «Ich helfe gern.»

«Ja, das habe ich bemerkt.» Sie lächelt. «Na ja, solange du dich wohlfühlst, wird keiner deine Stunden kürzen. Aber komm zu mir, wenn du mich brauchst, okay?»

Brenda und ich nehmen die Becher und tragen sie in den Telefonraum. Einige Ehrenamtliche telefonieren bereits. Sie tragen Headsets und beugen sich über ihre Schreibtische. Andere lesen oder unterhalten sich flüsternd, um sich die Zeit zu vertreiben. Ich kenne erst ein paar Namen, ein paar Gesichter, aber selbst die, die mir noch fremd sind, begrüßen mich mit einem warmen Lächeln und winken mir zu. Das ist hier immer so.

«... Buckingham Palace bekommt Frieda neben der Tür, ich nehme London Eye, und unser Picasso da drüben kann die Tate Modern haben.»

Ich stelle den letzten Touristenbecher vor einen Mann mit dunklem, lockigem Haar. Er hat sich in seinem Stuhl zurückgelehnt und die Stiefel auf den Tisch gelegt. Er trägt ein Headset und zeichnet in einem Skizzenbuch.

«*Danke*», formt er mit den Lippen und lächelt. Dann widmet er sich wieder seinem Anruf. «Möchten Sie darüber sprechen?»

Hinter uns klingelt das Telefon, und eine der Seelsorgerinnen geht ran, wendet sich dann aber schnell wieder ihrem Buch zu.

«Da hat wohl wieder einer angerufen und sofort aufgelegt»,

murmelt Brenda. «In letzter Zeit gibt es viele von diesen Anrufen. Alan hat neulich sechsundzwanzig in einer Schicht gezählt! Ist wohl wieder die Jahreszeit.»

«Warum gibt es eine Jahreszeit dafür, dass Leute anrufen und wieder aufhängen?»

«Das sind meistens junge Leute. In den Sommerferien haben die Kinder mehr Zeit für Streiche, da wird manchmal aus Spaß hier angerufen und gleich aufgelegt. Und wenn dann der Schulanfang näher rückt, drohen die ganzen Testergebnisse im August. Das ist eine stressige Zeit für sie, die Armen. Es ist eine Sache, den Mut aufzubringen, hier anzurufen, aber eine ganz andere Sache, dann auch wirklich zu sprechen.» Brenda berührt meinen Arm. «Oh, wolltest du auch einen Tee? Ich habe ganz vergessen, dich zu fragen.»

«Nein, schon in Ordnung. Danke.» Ich lasse meinen Rucksack von den Schultern rutschen und wende mich einem freien Tisch in der Ecke zu, weit weg von den anderen. «Ich möchte am liebsten einfach anfangen.»

«Gut, aber vergiss nicht, was ich dir gesagt habe. Nicht übertreiben.»

Ich lächele sie an. «Mach ich nicht.»

Ich packe meine Sachen aus und richte mir meine Station ein wie immer: die schwere Mappe links; Notizbuch rechts; Kuli angeklickt und bereit.

Auf den ersten Blick könnte dies auch mein Tisch in der Bibliothek von Harvard sein. Irgendwo in einer kleinen Ecke des Fachbereichs für Molekularbiologie, das nach Themen bunt gestaltete Notizbuch, das geöffnet vor mir liegt, Jenna, die neben mir sitzt, in einem Lehrbuch liest und vor sich hin murmelt. Es könnte ein Abend mit viel Lernen und viel Koffein sein, mit Wissen und Weiterkommen.

Aber das ist es nicht.

Ich setze mich und öffne meine Mappe. Es ist ein Leitfaden fürs Zuhören, zusammengestellt aus den Materialien der Helpline und des Trainings, das ich durchlaufen habe, mit Abschnitten für alle möglichen Vorfälle während der Anrufe. Es gibt Adressen und Telefonnummern, an die ich die Leute verweisen, solide Fakten, mit denen ich ihnen helfen kann, aber auch vorgefertigte Reaktionsmuster. Ich höre sie ständig von den anderen Seelsorgern in ihren Telefonaten:

«Wie geht es Ihnen damit?»

«Das tut mir leid, das ist sicher sehr schwer.»

«Möchten Sie darüber sprechen?»

Ihre Worte sind voll mühelosem Mitgefühl, als wäre es für sie vollkommen selbstverständlich, andere zu trösten.

Für mich ist es das nicht.

Ich brauche das Handbuch.

Hin und wieder klingeln die Telefone im Raum, und ich warte darauf, dass ein Anrufer bei mir ankommt. Ich blättere durch meine Mappe, lese die Worte, die ich längst auswendig gelernt habe, und scrolle durch die üblichen Reddit-Foren auf meinem Handy: r/VerlustDurchSelbstmord, r/Selbstmordgefahr. Ich antworte auf ein paar Posts, reagiere auf Überschriften wie *Wenn ich doch nur tot wäre* und *Ich bin einfach nicht gut genug* und *Jemand soll mir sagen, dass ich es nicht tun soll.*

Auch dafür brauche ich mein Handbuch.

Als mein Telefon nach Mitternacht klingelt, bin ich bereit. Ich atme tief durch, konzentriere mich und blende die anderen im Raum aus. Ich drückte auf die Antworten-Taste.

«Hallo, UK-Listeners?»

In meinem Headset höre ich ein Rauschen oder Atmen. Ich weiß, dass jemand am anderen Ende ist. Aber derjenige sagt kein Wort. Ich schaue auf die Checkliste in meiner Mappe. *Lassen Sie den Anrufer wissen, dass Sie da sind und zuhören wollen. Seien Sie verfügbar. Seien Sie freundlich. Geben Sie ihm einen Grund, Ihnen zu vertrauen.*

«Gibt es etwas, über das Sie reden möchten?», frage ich und gebe mir Mühe, meine Stimme weich und einladend klingen zu lassen, aber gleichzeitig fest genug, dass es so wirkt, als hätte ich alles im Griff. «Ich bin hier und höre Ihnen zu, wenn Sie bereit sind zu sprechen.»

Immer noch nichts. Da ist ein weiteres Geräusch, als würde das Telefon am anderen Ende irgendetwas streifen. Es könnte einer der Anrufe sein, die Brenda erwähnt hatte: Menschen, die nichts sagen und beinahe sofort wieder auflegen. Vielleicht ist es auch ein Perverser oder jemand, der einfach aus Langeweile anruft.

Oder es ist ein ehrlicher Anruf. Vielleicht sogar der wichtigste Anruf im Leben eines Menschen.

Egal, wie allein sich dieser Mensch fühlt, solange ich in der Leitung bleibe, ist er es nicht wirklich.

«Ich weiß, dass Sie da sind», sage ich. Ich mache zwischen den Sätzen extra Pausen, um der Person am anderen Ende Raum zu geben. «Ich weiß, dass es schwierig sein kann, mit einem fremden Menschen zu sprechen, aber dafür bin ich da. Alles, was Sie sagen, bleibt zwischen uns beiden, und ich werde nicht urteilen. Ich bin für Sie da. Wenn Sie bereit sind zu reden, lassen Sie es mich wissen.»

Ein kleines Schniefen, dann eine Stimme. «Okay.»

Ich setze mich aufrecht hin, den Kuli in der Hand. Gut.

«Hallo. Wie geht es Ihnen heute Abend?»

Ich warte, aber es kommt keine Antwort. Da ist ein Geräusch, aber ich erkenne es nicht.

Nicht alle Anrufer sind still. Manche warten es kaum ab, dass ich sie begrüße, und breiten dann sofort ihre Lebensgeschichte vor mir aus, schütten mir ihr Herz praktisch in einem Atemzug aus. Diese Anrufe sind viel einfacher.

Ich schaue wieder in meine Mappe. *Seien Sie freundlich. Seien Sie mitfühlend. SEIEN SIE GEDULDIG.*

Ich schlucke die direkte Nachfrage herunter, die ich stellen wollte. Diese Anrufe folgen keinem Lehrbuch, dessen Kapitel ich überspringen kann, bis ich zu dem Abschnitt komme, den ich brauche. Wir passen uns dem Tempo der Anrufer an, und wir müssen ihnen die Worte herauslocken, dürfen sie nicht erzwingen.

Was würde Poppy sagen?

«Es tut mir leid, dass Sie das Gefühl haben, heute Abend hier anrufen zu müssen. Ich weiß, dass das, was Sie gerade fühlen, sehr schwer sein muss, aber ich verspreche Ihnen, dass ich bereit bin zuzuhören. Was immer Sie zu sagen haben, Sie können einfach sprechen.»

Die Worte sind richtig, aber sie fühlen sich falsch an. Ich will beruhigend, sanft klingen, aber ich klinge leer und unaufrichtig. Es ist, als sagte ich den Text einer Rolle auf, die ich nie spielen sollte.

Offenbar wirke ich trotzdem überzeugend, denn der Anrufer reagiert.

«Ich ... ich will mich nicht mehr so fühlen.» Die Stimme klingt männlich. Leise und niedergeschlagen.

Ich werfe einen Blick auf meinen Leitfaden.

Versuchen Sie immer, den Zweck des Anrufs herauszufinden. Oft gibt es ein Kernproblem, das der Anlass des Anrufes ist. Wenn Sie dieses mit dem Anrufer herausarbeiten, kann das den Gesprächsverlauf positiv beeinflussen.

24

«Was genau fühlen Sie heute Abend?», frage ich.

«Nichts.»

«Sie fühlen sich leer?»

«Nein, ich habe das Gefühl, dass es für mich nichts mehr gibt. Als... als wäre alles fort, was gut war. Ich... ich vermisse sie so sehr.» Er unterdrückt einen Schluchzer.

Ich fahre mit dem Finger die bunten Reiter meiner Mappe entlang und schlage einen Abschnitt auf: *Ende von Liebesbeziehungen.*

Das hatte ich schon ein paarmal. Ich bin vorbereitet.

«Jemanden zu vermissen, ist ein schreckliches Gefühl.» Ich lese die Worte von der Seite ab und tue so, als hätte ich nichts mit ihnen zu tun. Daneben steht ein Vorschlag für eine offene Frage, die ihn zum Sprechen bringen soll. «Was ist geschehen?»

«Sie ist fort, aber... so ein Mensch war sie nicht. Es ist völlig unbegreiflich. Es war immer unbegreiflich.» Er schnieft laut. «Sie würde so etwas niemals tun. Nicht meine Schwester.»

«Ihre Schwester?» Ich bin offenbar im falschen Kapitel gelandet. «Was ist mit Ihrer Schwester passiert?»

«Sie ist gestorben. Sie...» Er ringt nach Atem. «Sie sagen, sie habe sich umgebracht.»

Mein Atem stockt, und ich versuche, den Schmerz zu ignorieren, der in meine Brust fährt. Vor meinem inneren Auge sehe ich Poppy, wie sie mich anlächelt. Sie hat sich zwei Pinsel in den Dutt gesteckt, um ihr lockiges, rotblondes Haar festzuhalten. Alles an ihr ist warm, sie sieht aus, als stünde sie im Licht eines Sonnenaufgangs.

Ich wende mich von ihr ab.

«Es tut mir sehr leid, das zu hören», sage ich und blättere zurück zu den Trauer- und Verlustseiten in meinem Leitfaden. «Mein Beileid.»

«Es ist einfach nicht zu begreifen. Es ging ihr gut. Sie war *glücklich*.» Seine Stimme wird lauter. «Glückliche Menschen bringen sich nicht um!»

Ich weiß, wie ich darauf reagieren muss, obwohl es nirgends in meinen Aufzeichnungen steht. «Es sind weit mehr Menschen von Depressionen betroffen, als wir glauben. Viele verbergen ihre wahren Gefühle. Selbst die heitersten Menschen können–»

«Das kann ich nicht glauben», fällt er mir ins Wort. «Das gilt vielleicht für andere Leute, aber nicht für sie. Es kam so plötzlich. Es… ist so vollkommen sinnlos. Ich verstehe es nicht. Ich kann es nicht verstehen. Alle sagen, sie habe es getan, aber niemand kann sagen, warum. Es gab keinen Grund. Das kam alles aus dem Nichts…»

Der Kuli in meiner Hand zittert so, wie mein Handy vor sechs Monaten. Ich höre wieder Dads Stimme.

«Clem, es geht um… um Poppy. Die Polizei ist heute Morgen gekommen. Sie haben gesagt, dass sie… dass sie sie im Meer gefunden hätten und… sie ist tot, Schatz. Sie hat es nicht geschafft. Sie… oh Gott, sie glauben, dass sie es absichtlich getan hat.»

Ich versuche, meine Hand ruhig zu halten.

«Es fällt uns oft schwer, die Gründe anderer Menschen zu verstehen, aber häufig–»

«Ich spreche nicht von anderen Menschen, ich spreche von Rachel! Meiner Schwester …» Er schnieft, und ich höre ihn schlucken. Ich höre, dass da am anderen Ende eine Flasche ist, eine Flüssigkeit, die in einem Glasgefäß schwappt. Seine Worte, das merke ich jetzt, klingen undeutlich und verwaschen.

«Wir haben ständig miteinander gesprochen», murmelt er. «Haben uns alles erzählt. Wir waren uns nah. Ich war für sie da, immer. Habe mir immer Zeit für sie genommen. Wenn sie

26

sich etwas antun wollte, warum hat sie mir das nicht gesagt?»
Er nimmt noch einen geräuschvollen Schluck aus seiner Flasche. «Warum hat sie sich nicht wenigstens verabschiedet?»

In meinem Handbuch steht nichts, was mir hierbei helfen könnte. Es gibt keinen Abschnitt *Wie man mit dem plötzlichen Selbstmord der eigenen Schwester zurechtkommt.*

Ich wünschte, es gäbe ihn.

«Ich weiß, dass es Ihnen unmöglich vorkommt, mit etwas zurechtzukommen, das Sie nicht verstehen, aber mit der Zeit wird der Schmerz nachlassen. Die Zeit heilt.»

«*Die Zeit heilt*», äfft er mich nach. «Ich hatte schon genug Zeit. Zwei Jahre. Aber nichts heilt. Es wird nicht besser.»

«Zwei Jahre?»

«Ja. Und es schmerzt noch immer, als wäre es gestern gewesen.» Er trinkt noch einen Schluck und lacht hohl. «Aber nach heute Abend wird es nicht mehr wehtun.»

Vier von fünf Anrufern unserer Helpline suchen einfach jemanden, mit dem sie reden können. Der fünfte Anruf kommt von jemandem, der selbstmordgefährdet ist – aber nur ganz selten versucht dieser Anrufer tatsächlich, sich das Leben zu nehmen.

Versuchen Sie zu ermessen, wie ernst es der Anrufer meint, steht in dem Kapitel «Selbstmordversuch» in meinem Leitfaden. *Fragen Sie nach der Methode. Bringen Sie den Anrufer dazu, das Zimmer zu wechseln, während Sie miteinander reden.*

«Was meinen Sie damit, es wird nicht mehr wehtun?», frage ich.

Er reagiert nicht. Ich höre, dass er sich bewegt – vielleicht steht er auf. Die Alkoholflasche – leer – klirrt zu Boden.

«Was ist los?», frage ich. «Fühlen Sie sich erschöpft vom Leben?»

Diese Frage ist zu direkt. Er lacht mich aus, aber ohne jede Freude. Er atmet jetzt schwer und unregelmäßig. Ich höre ein leises, gequältes Wimmern.

«Haben Sie heute Abend Schritte unternommen, um Ihr Leben zu beenden?»

«Ja, sogar massenweise.»

«Was meinen Sie damit?»

«Zehn Stockwerke.»

Ich grabe die Spitze meines Kulis in das Notizbuch und kritzele die Rechnung hin, obwohl ich längst weiß, was das bedeutet. Zehn Stockwerke sind ein Hochhaus. Mindestens dreißig Meter.

«Wo sind Sie jetzt?»

«Warum? Damit die Polizei kommt, um mich daran zu hindern? Um mich einzuweisen?»

«Nein, so etwas tun wir nicht. Ihr Anruf ist anonym. Das Einzige, was ich über Sie weiß, ist das, was Sie mir sagen, und ich kann diese Informationen nur mit Ihrer Erlaubnis an die Notdienste weitergeben. Wenn Sie mir Namen und Adresse geben würden, könnte ich—»

«Nein! Keine Adresse, keine Erlaubnis.»

«Na gut. Aber ich möchte wissen, ob Sie in unmittelbarer Gefahr sind. Wo sind Sie?»

«Auf einem Dach.»

Ein merkwürdiges Geräusch im Hintergrund wird lauter: Wind. Er ist so weit oben, dass ich den Wind um ihn herum heulen hören kann.

Er wird springen. Genau wie Poppy.

Das kann ich nicht zulassen.

«Stehen Sie an der Kante?», frage ich ruhig, als wollte ich wissen, wann er Geburtstag hat. Das steht auf der ersten Seite in meinem Handbuch: *Die Anrufer haben oft das Gefühl, ihr Leben sei chaotisch und in Unordnung. Sprechen Sie besonders ruhig und zuversichtlich, damit sie sich daran festhalten können.*

«Ja.»

«Könnten Sie vielleicht zurücktreten und wieder ins Treppenhaus gehen? Nur solange wir sprechen?»

«Wir haben genug gesprochen.»

«Aber wir haben uns noch mehr zu sagen.»

«Nein! Wir sind durch.» Er klingt wütend, und er lallt. Er ist offener geworden. Mutiger. «Ich will nicht mehr reden. Ich habe es satt zu reden, obwohl niemand zuhört. Ich will nur ... ich will nur, dass es endlich vorbei ist.»

Da ist ein Geräusch, es klingt fast wie ein Ächzen. Ein Geräusch, als strengte er sich an.

Er klettert. Er bereitet sich darauf vor zu springen.

«Erzählen Sie mir von Rachel», sage ich in dem verzweifelten Versuch, ihn abzulenken.

«Sie ist von einem Zug erfasst worden.»

Ich zucke zusammen. «Nein. Erzählen Sie mir, wie sie war. Als Mensch. Als Schwester.»

«Sie war glücklich. Sie hatte Pläne. Sie ...» Jetzt sind da wieder Tränen. Vielleicht waren sie die ganze Zeit da. «Sie hätte so etwas niemals getan.» Seine Stimme bebt. «Ich sage das ständig, aber sie hören nicht zu. Es ist ihnen egal. Es gab nicht einmal einen Abschiedsbrief, aber das ist ihnen auch egal. Sie hat das nicht getan!»

«Es gibt Leute, mit denen Sie sprechen können», sage ich und schaue dabei in mein Handbuch. «Therapeuten, Trauer- oder Selbsthilfegruppen ... Sie können Ihnen dabei helfen, Ihren Verlust zu verarbeiten und –»

«Nein», schreit er. «Das will ich nicht! Ich habe das alles ausprobiert! Ich habe Tabletten genommen, war bei Ärzten und habe Monate in der psychiatrischen Abteilung verbracht. *Akzeptiere es*, sagen die Leute immer, *du musst es akzeptieren*, aber ich kann das nicht! Es ist einfach so sinnlos. Sie sagen, ich kann nicht abschließen, aber ich weiß, dass Rachel so etwas einfach nicht getan hätte. Niemals hätte sie das getan. Aber ich kann es tun. Und ich werde es tun.»

Der Wind wird stärker. Ich stelle ihn mir vor, diesen gestaltlosen Anrufer, wie er vor dem Abgrund eines Hochhausdachs steht, einen Fuß schon im Nichts. Wie er weint. Sich hasst. Sich nach einem Leben sehnt, das er nicht mehr haben kann. Wie er kurz davor ist, das Leben zu beenden, das er hat.

Und Poppy steht neben ihm, bereit, dasselbe zu tun.

In meinem Handbuch steht, ich solle zuhören, die Entscheidungen unserer Anrufer respektieren – selbst wenn sie sich entscheiden zu sterben. Aber das kann ich nicht.

Ich greife seine Hand und ziehe ihn vom Abgrund weg.

«Warten Sie! Bitte tun Sie das nicht.»

Ich höre das statische Rauschen des Windes. Und seinen Atem.

«So etwas dürfen Sie eigentlich nicht sagen», sagt er leise.

«Ich weiß. Ich respektiere Ihre Entscheidung, aber...»

In meinem Handbuch gibt es dafür kein Kapitel. Darin steht nur, ich solle zuhören, nicht sprechen – aber Zuhören hilft diesem Menschen nicht. Ich schiebe die Mappe weg und setze die Brille ab, lege die Hände vor die Augen. Ich muss die Worte von woanders herholen.

«Meine Schwester hat sich vor einem halben Jahr das Leben genommen, und sie hat auch keinen Abschiedsbrief hinterlassen. Ich weiß, wie verwirrend es ist, wenn man keinen Grund dafür finden kann, warum jemand, den man liebt, gestorben ist. Und ich weiß auch, dass es sich so falsch anfühlt, als hätte jemand einen Fehler gemacht, denn es kann doch einfach nicht sein, dass die *eigene* Schwester einfach so ...» Ich massiere mir die Stirn und hole tief Luft. «Ich konnte auch nicht verstehen, was mit meiner Schwester geschehen ist, aber Selbstmord ist etwas, das nur in den seltensten Fällen zu verstehen ist. Für jemanden, der zutiefst unglücklich ist, ist das der Grund. Und so sehr es sich auch anfühlt, als passte der Selbstmord nicht zu meiner Schwester, passt er eben doch, denn sie hat sich für ihn entschieden. Sie hat diese Entscheidung getroffen. Und wenn ich zurückschaue ...» Ich schlucke schwer. «Es gibt Anzeichen. Irgendetwas war nicht richtig, das weiß ich jetzt. Vielleicht gab es auch bei Ihrer Schwester Anzeichen. Wenn Sie sie erkennen, hilft es Ihnen vielleicht dabei, die Entscheidung zu akzeptieren, die Ihre Schwester getroffen hat, selbst wenn Sie nicht verstehen, warum.»

Der Anrufer reagiert nicht.

«Sind Sie noch da? Hallo?»

«Sie waren nicht für sie da», sagt er leise.

«Was?»

«Wenn die Anzeichen da waren, haben Sie sie nicht gesehen. Sie haben sie nicht gehört. Sie haben sie allein gelassen.»

Zum ersten Mal spricht er, ohne dass ich ihn dazu bringe.

«Die Leute denken, dass ich wie Sie bin, dass ich zu egoistisch war und deshalb nicht gemerkt habe, dass es ihr schlecht ging, dass ich sie habe sterben lassen, aber das stimmt nicht. Ich war *immer* für Rachel da. Wenn es ihr nicht gut gegangen wäre, hätte ich es gewusst, aber da war nichts. Nichts! Ich habe bestimmt hunderttausendmal darüber nachgedacht. Keine Nachricht, keine Anzeichen, keine Gründe. Selbst bei den Untersuchungen danach wurde nichts gefunden.»

Das Rauschen des Windes dröhnt in der Leitung.

Ich finde meine Stimme wieder. «Ich weiß, dass es schwierig ist zu akzeptieren, aber Ihre Schwester hatte *ihre* Gründe. Für die Hinterbliebenen kann keiner dieser Gründe je—»

«Aber sie hatte keinen Grund!», schreit er. «Warum hören Sie mir nicht zu? Sie sind genau wie die anderen!»

«Wer?»

«Die anderen. Alle. Meine Mutter, die Polizei, der bescheuerte Untersuchungsrichter. Sie sagen alle, dass die Untersuchungen abgeschlossen sind. Selbstmord. Fall geschlossen. Aber der Fall war überhaupt nie offen!» Seine Worte sind voller Verzweiflung. «Sie haben gesehen, dass jemand von einem Zug erfasst wird, und *nahmen an*, dass es Selbstmord war. Dann haben sie ihr Leben auseinandergepflückt und versucht, es zu beweisen, statt herauszufinden, was wirklich passiert ist. Es war ihnen völlig egal, wer sie wirklich war oder ob das alles zu ihr passte. Sie sagten, sie habe sich vor den Zug geworfen, aber das stimmt nicht. Ich *weiß*, dass das nicht stimmt. Aber sie hören mir ja nicht zu. Niemand hört je zu. Sie stecken mich in die Psychiatrie, geben mir Medikamente, aber sie hören nie zu. Glauben mir nie.»

Ich setze die Brille wieder auf und ziehe meine Mappe heran, blättere darin, suche nach etwas, irgendetwas. Ich hätte nicht von der Leitlinie abweichen sollen. Das war ein Fehler. Ich darf nur zuhören, nicht *reden*.

«Hören Sie, ich gebe Ihnen die Kontaktdaten einer Selbsthilfegruppe. Es gibt überall im Land ganz ausgezeichnete. Aber bitte treten Sie von der Kante weg. Wo sind Sie? In welchem Bezirk?»

«Nein! Keine Selbsthilfegruppen mehr. Ich bin damit fertig. Ich habe es satt, der Einzige zu sein, der weiß, wovon er spricht, während mich alle für verrückt halten. Ich habe es satt, dass man mir nicht glaubt. Ich habe es... ich habe es satt!»

Mit zitternden Fingern blättere ich weiter. Es muss einen Weg geben, ihm zu helfen. Es gibt immer eine Antwort.

«Es wird besser», lese ich einen Satz vor. «Alles wird irgendwann besser.»

«Das hier nicht. Nicht, solange er noch da draußen ist.»

«Was meinen Sie damit? Wer ist da draußen?»

«Er. *Er*. Der, der Rachel vor den Zug gestoßen hat.»

Ich drücke den Kuli in das Papier meines Notizblocks. Die Tinte blutet aus der Spitze heraus.

«Sie glauben mir auch nicht, oder?»

«Ich...»

«Wusste ich's doch. Keiner glaubt mir. Alle sagen, ich könnte es einfach nicht akzeptieren, aber *sie* sind diejenigen, die die Wahrheit nicht ertragen können. Sie hat das nicht getan. Ich kann es nicht beweisen, ich kann nichts davon beweisen, aber ich weiß, was passiert ist. Ich *weiß* es. Und ich kann mit diesem Wissen nicht mehr leben.»

Er würgt ein Schluchzen hervor.

«Bitte», sage ich und wünsche mir, seinen Namen zu kennen, «treten Sie einen Schritt zurück und lassen Sie uns reden. Ich weiß, dass es Ihnen jetzt schwierig vorkommt, aber lassen Sie mich Ihnen helfen. Es wird Ihnen wieder besser gehen. Es gibt einen Weg.»

Er seufzt und atmet dann tief ein. «Den gibt es.»

Der Wind um ihn herum hat jetzt ein wenig nachgelassen. Es ist ruhig. Er ist ruhig. Vielleicht dringe ich jetzt zu ihm durch und kann ihn davon überzeugen, dass—

«Niemand hat mir geglaubt, aber Sie können es tun. Sie kennen nun die Wahrheit.»

«Nein, bitte warten Sie—»

«Egal, was die Leute sagen, meine Schwester hat sich nicht umgebracht. Sie wurde ermordet.»

Und bevor ich noch etwas sagen kann, höre ich ein Keuchen, einen erstickten Schrei, ein Klackern, ein verzerrtes Rauschen und schließlich einen dumpfen Aufschlag.

Die Verbindung reißt ab.

Kapitel 2

In meinem Headset herrscht Stille. Kein Rauschen, kein Wind, keine Worte. Nur die Schwere des Nichts.

Irgendwo in Großbritannien hat sich gerade ein Mann in den Tod gestürzt – und ich bin die Einzige, die davon weiß.

«Alles okay?»

Da ist jemand neben mir. Ein Bürostuhl wird herbeigezogen, ein Mann beugt sich vor. Er hat die Hand auf die Lehne meines Stuhls gelegt. Ich starre geradeaus.

«Er ist gesprungen», höre ich mich sagen. «Er ist von einem Dach gesprungen.»

Mein Gehirn spielt die Geräusche ab: das Keuchen, den Wind, den dumpfen Aufprall. Andere Geräusche kommen hinzu.

Wellen, die gegen Felsen krachten.

Der Schrei einer Frau.

Der Schrei von Poppy.

«Es tut mir so leid, dass du das hören musstest», sagt der Mann.

Ich nehme das Headset ab und lege es auf den Schreibtisch. Meine Mappe liegt noch immer vor mir, aufgeschlagen auf den Seiten mit den Telefonnummern und Websites, die der Anrufer nicht haben wollte.

Er wollte nicht, dass ich ihn aufhalte. Er wollte sterben.

Aber warum der Schrei?

Ich höre es wieder und wieder. Er schrie, als er fiel. Es erschreckte ihn. Machte ihm Angst.

Vielleicht bereute er es.

Fühlte Poppy dasselbe? Bereute sie es, als sie fiel? Griff sie ins Nichts und schrie nach Hilfe, als sie von dieser Klippe stürzte? Schrie sie, bis sie unten aufkam? Schrie sie, obwohl dort niemand war, der sie hätte hören können?

Ich hätte antworten müssen. Ich hätte dort sein müssen, um sie aufzuhalten. Ich hätte –

«Hey», sagt der Mann sanft und berührt mit den Fingerspitzen meine Schulter. «Es ist in Ordnung.»

Ich schaue von meinem Schreibtisch auf, von den überflüssigen Listen und Notizen, und versuche, ihn anzusehen. Er hat freundliche Augen. Sie sind braun, ebenso wie sein Bart und das lockige Haar, das er zu einem unordentlichen Dutt auf dem Kopf hochgebunden hat, und er sieht mich an. Er ist groß und breit, aber seine Stimme ist sanft, leise genug, dass die anderen Ehrenamtlichen im Raum uns nicht hören können. Ich hatte vergessen, dass hier noch andere Menschen sind. Sie machen mit ihrer Schicht weiter, flüstern leise, schlagen Seiten in ihren Unterlagen um. Nicht ahnend, dass gerade ein Mann gestorben ist.

«Möchtest du darüber sprechen?», fragt er behutsam.

Meine Hände liegen auf dem Tisch und zittern.

«Ich habe versucht, ihn aufzuhalten, aber er hat es trotzdem getan. Ich konnte ihn nicht retten ...»

Der Mann schüttelt den Kopf, legt seine andere Hand auf mein Handgelenk und drückt es.

«Er wusste, was er tun wollte, und er hat es getan. Du hättest nichts daran ändern können, okay?» Er streichelt mir leicht die Schulter. «Ich habe dich gehört. Du hast gefragt, wo er ist, damit du ihm Hilfe schicken konntest, aber er wollte es dir nicht sagen. Du hast alles für ihn getan, was du konntest. Er wollte nicht, dass es anders endet.»

Der Mann schenkt mir ein halbes Lächeln, beruhigt mich, drückt wieder mein Handgelenk.

«Es ist nicht deine Schuld, Clementine.»

Ich habe diesem Mann vorhin eine Tasse Tee hingestellt. Er lächelte, sprach mit einem Anrufer und kritzelte dabei vor sich hin. «*Möchten Sie darüber reden?*», fragte er, auf dieselbe freundliche, sanfte Weise, wie er jetzt mit mir spricht.

Als wäre ich eine von ihnen.

Ich räuspere mich, lege die Hände in meinen Schoß und richte mich auf. Er bleibt in seiner vorgebeugten Haltung, zieht seine Hände jetzt aber zurück, legt sie auf die Knie.

«Ich weiß, dass es nicht meine Schuld ist», sage ich. Ich streiche mir ein paar lose Strähnen hinter die Ohren – die, die der Zug vorhin auf dem U-Bahn-Bahnsteig aus meinem Zopf gerissen hat. «Es ist nur, dass mir das hier zum ersten Mal passiert ist.»

Der Mann nickt. «Es ist hart. Meistens rufen uns die Leute nur an, damit wir mit ihnen reden oder damit wir sie beruhigen, aber wenn man wirklich einen ernsthaften Fall in der Leitung hat ... Manchmal wollen sie nur, dass jemand dabei ist, wenn es so weit ist. Das ist mir auch schon mal passiert, da musste ich zuhören, wie jemand starb. Schrecklich, aber irgendwie auch friedlich.»

Mein Anruf war nicht friedlich. Das war nichts, was mit ein paar beruhigenden Worten wieder vergessen werden kann. Es war ein abruptes, gewaltsames Ende.

Darin lagen Angst, Reue und, für den Bruchteil einer Sekunde, unbeschreibliche Qual.

Die Hoffnung, dass der Mensch, mit dem er am Telefon sprach, ihn irgendwie retten könnte.

Dachte Poppy dasselbe, während sie fiel?

«Sollen wir mit Brenda reden?», fragt der Mann. «Es hilft bestimmt, das zu besprechen und ein bisschen Klarheit zu finden.» Er berührt erneut meine Schulter. «Es ist wirklich normal, sich nach so einem Anruf niedergeschlagen zu fühlen.»

«Mir geht es gut.» Ich dränge meine Gedanken zurück und lächele ihn an. «Es war nur der Schock, das ist alles. Mir geht es gut.»

Er zieht die Augenbrauen hoch. «Sicher?»

«Natürlich. Wirklich.»

Ich mache mich daran, den Schreibtisch für den nächsten Anruf aufzuräumen. Ich blättere die Mappe zurück zur Checkliste auf der ersten Seite, lege den Kuli zurecht, schlage eine neue Seite in meinem Notizbuch auf. Einige der Worte, die ich aufgeschrieben habe, sind auf die neue Seite durchgedrückt: *zehn Stockwerke. Rachel. Glaubt, dass der Selbstmord ein Mord war.*

«Ich gehe vielleicht vorher mal auf die Toilette. Verzeihung.»

Ich lächele erneut und verlasse den Telefonraum, bevor er noch etwas sagen kann. Brenda winkt mir aus ihrem Büro zu, und ich gehe den Flur entlang und winke immer noch lächelnd zurück. Ich gehe nicht auf die Toilette. Ich verlasse das Büro der Helpline und laufe in Richtung Treppenhaus, aber statt hinunterzugehen, gehe ich hinauf. Aufs Dach.

Es hat geregnet. Es hat den ganzen Tag geregnet und immer wieder aufgehört, dicke Wolken haben zwischen sonnigen Momenten Schauer auf uns niedergehen lassen und die Luft sauber gespült.

Ich habe Poppy mal erzählt, dass schwere Regenschauer vor dem Sonnenuntergang diesen besonders beeindruckend aussehen lassen können, und das hat sie nie vergessen. Sie ging bei jedem Wetter raus, zu jeder Jahreszeit, nur für den Fall, dass die Sonne sich doch noch durchkämpfte. Sie schrieb niemals einen Tag wegen schlechten Wetters ab.

Ich atme die saubere, kalte Luft ein.

Als Dad mich anrief, um mir von Poppys Selbstmord zu erzählen, glaubte ich ihm zunächst nicht. Warum hätte ich das auch tun sollen? Noch vor zwei Monaten war sie ganz sie selbst gewesen: Sie hüpfte im Haus unserer Eltern herum, sang Weihnachtslieder, malte, tanzte, lachte, redete ohne Unterlass über ihr Kunststudium, wie hübsch Brighton sei, welche Kunstwerke sie für ihr zweites Semester plante.

Das war die Poppy, die ich mein ganzes Leben lang gekannt hatte. Sie war sechs Jahre jünger, unterbrach mich ständig beim Lernen, um über Füchse zu plaudern oder mich aus der Haustür zu zerren. Die Schwester, die mir jeden Tag kleine Bildchen am Badezimmerspiegel hinterließ und Briefe schrieb, wenn ich fort war, um sie mir zu geben, wenn ich an den Feiertagen von der Uni nach Hause kam.

Sie war kreativ, lebhaft, so voller Freude, dass sie zu platzen drohte.

Aber sie war auch schüchtern. Die Kinderpsychologin, zu der Mum mit ihr ging, sagte, es sei eine Art Sozialphobie: eine extreme Nervosität in Gegenwart anderer. Es fiel ihr schwer, in der Schule Freunde zu finden. Sie ging nicht gern allein aus dem Haus, schon gar nicht an belebte Orte. Sie sprach nicht mit Fremden. Wenn wir abends essen gingen, versteckte sie sich hinter der Speisekarte, und Mum bestellte für sie. Sie wollte auf keinen Fall in den Kunstkurs gehen, für den Dad sie über den Sommer angemeldet hatte; sie weinte auf dem Weg dorthin und ließ meine Hand nicht los, als wir versuchten, sie dort abzusetzen.

Wenn ich in den letzten drei Jahren von der Uni nach Hause kam, fand ich jedes Mal ein Bündel Briefe auf meinem Bett, weil sie es einfach nicht schaffte, zur Post zu gehen und sie zu verschicken.

Das waren die Anzeichen.

Nach Weihnachten, als sie tagelang ihre Lieder in mein Ohr gesungen und so viel von ihrem ersten Semester geschwärmt hatte, dass ich es schon nicht mehr hören konnte, flog ich zurück nach Boston, um mich wieder um meine Recherche für die Doktorarbeit zu kümmern. Wir hatten immer wieder Kontakt miteinander: Ich likte einen Artikel, den sie teilte, sie schickte mir ein Foto vom Sonnenuntergang in Brighton. Ich rief nicht an, weil ich nicht merkte, dass ich es hätte tun müssen. Ich erinnerte mich an ihr Lächeln an Weihnachten, nicht an die Ängste ihrer Kindheit. Ich lebte schon so lange nicht mehr zu Hause, dass ich annahm, sie sei aus diesen Dingen herausgewachsen.

Mir kam es nicht in den Sinn, dass sie sich isoliert und einsam fühlen könnte, dass sie sich vor den alten Ängsten versteckte. Ich dachte nie daran, sie zu fragen, ob es ihr wirklich gut geht. Wenn ich das getan hätte, hätte ich vielleicht erfahren, dass das nicht so war. Und wenn ich das gewusst hätte, hätte ich etwas tun können. Ich hätte sie aufhalten können.

Ich hätte sie aufhalten *müssen*.

Aber ich reagierte nicht. Ich ging nicht ans Telefon, als sie anrief. Ich hörte die Voicemail erst am nächsten Morgen ab, als ich bereits wusste, dass sie tot war.

Die Geräusche darauf verfolgen mich noch heute: der Wind im Hintergrund; das Rauschen der Wellen. Stille.

Was auch immer sie mir sagen wollte – sie konnte es nicht. Ihre letzten Worte starben mit ihr.

Ich muss an den Anrufer denken, die Wut in seinen Sätzen.

«Sie sagten, sie habe sich vor den Zug geworfen, aber das stimmt nicht. Ich weiß, dass das nicht stimmt...»

Ich schlucke.

«Sie wurde ermordet.»

Er glaubte das. Selbst nach der polizeilichen und gerichtsmedizinischen Untersuchung und den Therapien und den zwei Jahren Abstand glaubte er ernsthaft, dass sich seine Schwester niemals das Leben genommen hätte. Er war sich sicher, dass jemand anders die Schuld trug.

Ich denke wieder an Dads Anruf.

«Sie haben gesagt, dass sie... dass sie sie im Meer gefunden hätten und... oh Gott, sie glauben, dass sie es absichtlich getan hat.»

Zuerst konnte ich diese Worte auch nicht glauben. Es kam mir so falsch vor, so untypisch, es klang, als spräche er von der Schwester einer anderen. Nicht von meiner. Nicht von der schüchternen Poppy mit ihrem Lächeln, ihrem Hüpfen, ihren strahlenden Augen, ihren Händen, mit denen sie an mir zupfte. Die Polizei musste falschliegen. Denn so etwas würde sie nicht tun. *Niemals.* Irgendjemand musste einen Fehler gemacht haben. Es musste mehr dahinterstecken. Sie würde das nicht tun. Sie konnte das nicht tun. Sie hatte keinen Grund...

Ich verschränke die Arme vor der Brust und grabe die Nägel in meine Handflächen.

Die psychologischen Studien zum Thema Verlust durch Selbstmord sind sehr klar: Um es zu verarbeiten, muss man es akzeptieren. Um weitermachen zu können, muss man die unbeantworteten Fragen loslassen.

Der Anrufer konnte das nicht. Er steckte noch in der Phase des Leugnens fest. Er wollte lieber dem vagen Schatten eines Mörders die Schuld geben und sterben, als einer Zukunft ins Auge zu sehen, die nur die Wahrheit brachte: dass seine Schwester tot ist, weil sie es sein wollte.

Die Luft ist kühl, und jetzt nieselt es leicht. Das Betondach ist glitschig, in den Pfützen spiegeln sich die höheren Gebäude um mich herum. Ich trete an den Abgrund.

Vor sechs Monaten, in den frühen Morgenstunden des 23. Februar, fuhr meine achtzehnjährige Schwester mit dem Fahrrad zu einer Klippe außerhalb von Brighton und stürzte sich hinunter. Es war *ihre* Wahl. *Ihre* Entscheidung.

Sie hinterließ keine Nachricht. Sie verabschiedete sich nicht. Sie starb still und allein.

Und genau das wollte sie, sosehr ich mir auch wünsche, dass das nicht so wäre. Ich kann keine Entschuldigungen für sie finden oder ihre Taten wegerklären, so wie es der Anrufer bei seiner Schwester versuchte. Ich kann mich nicht an eine Hoffnung klammern, die es nicht gibt.

Ja, ich hätte in jener Nacht ans Telefon gehen sollen, als Poppy anrief, ich hätte ihr dabei helfen sollen zu erkennen, dass sie geliebt wird und wertvoll ist und eine Zukunft hat, die es wert ist, gelebt zu werden, egal, wie schlimm die Gegenwart aussieht – aber letztlich stand sie an jener Klippe, weil sie dort stehen wollte. Niemand hat sie dorthin gezwungen. Niemand hat sie dazu überredet. Niemand stieß sie hinunter.

Sie traf die Entscheidung zu sterben ganz für sich allein, und so zu tun, als wäre das anders, ist nur eine selbstsüchtige Illusion.

An der Kante des Daches ist eine kleine Mauer, damit man nicht versehentlich hinunterfällt, aber es ist nicht unmöglich hinüberzuklettern. Das könnte jeder schaffen. Auch jemand, der betrunken ist und weint.

Poppy stand allein am Abgrund der Klippe – aber ich war

heute Abend für den Anrufer auf dem Dach da. Ich habe versucht, ihn zu retten, und ich bin bis zum Ende bei ihm geblieben.

Immerhin konnte ich ihm etwas geben, das Poppy nicht hatte.

Ich gehe zurück in den Telefonraum. Der Mann, mit dem ich gesprochen habe, spricht in sein Headset, wieder mit dieser leisen und sanften Stimme. Er sitzt zurückgelehnt in seinem Stuhl, einen Fuß auf dem Schreibtisch und den anderen darübergelegt, den Kopf ein wenig zur Seite geneigt, das Skizzenbuch auf den Knien, und er kritzelt vor sich hin. Beiläufig und lässig. Ruhig, ganz egal, was er am anderen Ende der Verbindung hört.

Poppy wäre nie in der Lage gewesen, hier ehrenamtlich zu arbeiten und mit Fremden zu telefonieren, allein schon wegen ihrer Sozialphobie. Aber wenn sie es doch getan hätte, wäre sie so wie er gewesen. Instinktiv freundlich, Mitgefühl und Empathie verströmend, so entspannt, dass sie gleichzeitig hätte zeichnen und Leben retten können.

Ich bin dafür nicht gemacht, mit meinem Handbuch voller vorgefertigter Phrasen und emotionaler Stichworte.

Sie sollte hier sein, nicht ich.

Ich setze mich an meinen Schreibtisch. Zwei Tassen stehen darauf – eine mit einem Bild vom Trafalgar Square, die andere mit dem Science Museum –, außerdem ein Stapel Zuckerwürfel, ein kleines Kännchen Milch und drei gefüllte Kekse. Auf einer quadratischen Serviette hat jemand etwas gezeichnet – eine kleine Comic-Version des Mitarbeiters, mit dem ich gesprochen habe: geschnürte Stiefel, Jeanshemd, dunkler Bart und lockiges Haar. Die Figur winkt.

*War mir nicht sicher, ob du Kaffee- oder Teetrinkerin bist,
daher habe ich dir beides mitgebracht. Und ein paar Kekse!
PS:– Ich heiße übrigens Jude.
PS 2:– Du machst das toll. :-)*

Ich werfe ihm einen Blick zu – Jude –, aber er schaut weg, seine Aufmerksamkeit ist auf den Anruf gerichtet. Ich nehme den Science-Museum-Becher und gebe einen kleinen Schuss Milch in den Kaffee. Der Geruch von Seminaren am Morgen und durcharbeiteten Nächten in der Bibliothek erdet mich.

Ich schalte das Telefon wieder ein, bereit für eine neue Chance, das Richtige zu tun.

Irgendwie beneide ich den Anrufer von heute Abend. Er konnte nicht akzeptieren, dass seine Schwester sich das Leben genommen hat, dass sie unglücklich war, und weil er jemand anderem dafür die Schuld gab, konnte er sie für sich bewahren. Wenn ich an Poppy denke, ist alles in Traurigkeit getaucht: Ihr Lächeln wirkt angespannt und gezwungen; ihr Lachen klingt leer. Aber die Schwester des Anrufers ist für immer voller Freude. Ihr Lächeln ist wie ein Schmetterling unter Glas.

Der einzige Mensch, dem ich für den Tod meiner Schwester die Schuld geben kann, bin ich selbst.

Kapitel 3

Ich starre zur Decke hinauf. Sonnenlicht dringt durch die Lücke zwischen den Vorhängen, und der Berufsverkehr dröhnt draußen auf der Straße.

Ich habe schon wieder von ihr geträumt.

Es muss ein Picknick gewesen sein, vielleicht auch ein Urlaub. Wir sitzen am Strand. Ihre Hand zieht meine von dem Buch weg, das ich lese. Sie will mit mir schwimmen gehen. Sie lacht und kreischt, als wir im Wasser sind, sie hüpft in den Wellen, aber dann kann ich sie nicht mehr finden. Ihre Hand liegt nicht mehr in meiner. Sie lacht nicht mehr. Sie liegt mit dem Gesicht nach unten im Wasser, in den rotblonden Locken hat sich Seetang verfangen, ihre Glieder sind gebrochen. Ein Stück Papier schwimmt vorbei, wird von der Strömung fortgerissen: ihr Abschiedsbrief. Die Gründe für ihre Entscheidung. Verloren im Meer, für immer.

Ich habe Poppys Leiche nie gesehen. Ein Spaziergänger mit Hund fand ihr Fahrrad und ihre Tasche am Morgen nach ihrem Sprung auf dem Küstenpfad in der Nähe von Seaford, die Polizei konnte ihre Leiche ein paar Stunden später bergen. Obwohl in ihrer Tasche ihr Personalausweis steckte und ihr Handy am Rand der Klippe gefunden wurde, mussten meine Eltern nach Brighton fahren, um sie zu identifizieren. Dad übernahm das. Er wollte nicht, dass Mum sie so sah. Aber er sagte uns danach, sie habe ausgesehen, als schliefe sie.

In meinen Träumen schläft sie nie. Ihr Körper ist ganz verdreht, voller Wunden, aufgedunsen. Obwohl sie nur ein paar

45

Stunden im Wasser lag, zeigt mir mein Unterbewusstes das schlimmste Szenario, egal wie unwahrscheinlich es ist, wissenschaftlich gesehen. In einem Traum hing ihre aufgequollene Haut wie die Lumpen einer Vogelscheuche von ihren Knochen. In einem anderen war ihr Fleisch von den Fischen abgenagt worden.

Ich bin dankbar für die Nächte, in denen sie mit dem Gesicht nach unten im Wasser liegt.

Hat der Anrufer von letzter Nacht auch von seiner Schwester geträumt? Musste er auch Nacht für Nacht ihren Spuren folgen, zusehen, wie sie wieder und wieder auf die Gleise vor den Zug fiel, der sie tötete? Ist es das, was er sah? Ihren Selbstmord?

Oder ihren Mord?

Ich setze mich auf und reibe mir die müden, schmerzenden Augen. Ich weiß, was mich geweckt hat. Liam ist in der Küche. Er hat seine Lieblings-Playlist aufgedreht und singt doppelt so laut mit. Die anderen Geräusche sind ebenso vertraut: das Knallen der Kühlschranktür, als er die Butter herausholt, um sich Sekunden später daran zu erinnern, dass er ja auch noch Marmelade braucht; das beinahe gewalttätige Scheppern eines gebrauchten Messers im Spülbecken. Sein Frühstück ist immer chaotisch und hektisch, bevor er zur Arbeit hetzt.

Ich nehme meine Brille – die runde Schildpattbrille, die Poppy für mich ausgesucht hat. Ich kann morgens nicht wieder einschlafen, wenn ich einmal wach bin. Manchmal gehe ich zu Liam, trinke starken Kaffee und unterhalte mich höflich mit ihm, wie das zwei Fremde in einer winzigen Wohnung tun. Aber heute lasse ich meine Tür geschlossen und greife nach meinem Handy.

Ich tippe einige Worte in die Google-Suchmaske ein: *News*

Selbstmord Tod Hochhausdach gefallen gesprungen Leiche Mann männlich entdeckt Großbritannien. Ich scrolle durch die Ergebnisse, aber ich finde nur alte Artikel, andere Leute. Nichts Aktuelles, was auf den Anrufer hindeutet, mit dem ich gestern Abend gesprochen habe. Kein Name, kein Bild, das zu der Stimme passt.

Vermutlich ist es noch zu früh für eine Nachricht. Es ist weniger als zwölf Stunden her, und die offiziellen Stellen müssen erst die Angehörigen benachrichtigen, bevor sie Informationen an die Presse weitergeben. Es müssen Formulare ausgefüllt, Abläufe eingehalten werden.

Es sei denn, natürlich, es hat ihn noch niemand gefunden.

Was, wenn es keinen Spaziergänger mit Hund gab, keine Passanten? Er könnte noch immer dort liegen, irgendwo am Fuß eines abgelegenen oder baufälligen Gebäudes. Fliegen, die um ihn schwirren. Vögel, die an seinen Augen herumpicken.

Wie Poppy stelle ich mir auch ihn lieber mit dem Gesicht nach unten vor.

Das Handy in meiner Hand vibriert. Eine neue Nachricht. Sie kommt von Jenna. Die Nachrichten sind immer von Jenna.

Hey, Clem! Ich habe gerade das Labor verlassen (um drei Uhr morgens! Dein schlechter Einfluss macht sich langsam bemerkbar) und dachte, ich schreibe dir mal, denn in London ist es ja eine weniger unchristliche Tageszeit. Wie geht es dir? Hier ist alles fein. Keine Studentenklausuren zu korrigieren, wir können uns gerade voll auf die Experimente konzentrieren. Aber ich vermisse natürlich meine Lieblings-Laborpartnerin. Könnte ein paar Mitternachts-Pyjama-Brainstorming-Sitzungen vertragen, wie wir sie immer hatten.

Ziemlich bald werden die Professoren kapieren, dass
du eigentlich das Hirn dieser Operation bist und mir
meine Finanzierung entziehen.
Ich hoffe wirklich, dass es dir gut geht, Clem. Du kannst
immer mit mir reden, das weißt du. Im Ernst, IMMER.
Ich bin für dich da. X

Jenna Kim. Ihr Profilbild strahlt mich an, die roten Lippen lächeln breit, den Kopf hat sie leicht zur Seite geneigt. Hinter ihr ist verschwommen die Bar zu erkennen, in der das Foto gemacht wurde. Es ist neu. Vorher trug sie auf ihrem Bild einen Laborkittel und tat so, als untersuche sie angestrengt ein leeres Reagenzglas – die Parodie eines Fotos von mir, das es sogar in das Harvard-Vorlesungsverzeichnis vom letzten Jahr geschafft hat. Ihre Frisur ist auch anders. Ihr Haar fiel sonst immer gerade auf ihre Schultern – wie ein schwarzer, glänzender Helm –, jetzt ist es länger, die Spitzen sind ein wenig aufgehellt.

Mein Daumen schwebt über dem Antwortfeld und zittert.

Das war einmal mein Leben. Harvard. Rotklinkergebäude, grüner Rasen, Orangenbäume. Das Gefühl des Laborkittels. Der Geruch von Büchern. Jenna, die meine Hand nimmt, so wie Poppy in meinem Traum, mich aus der Bibliothek und in den Februarschnee zieht.

«Komm, Clem! Wir müssen feiern!»

Ihr warmer amerikanischer Akzent verhallt und ich schließe die App, ohne zu antworten. Wie immer.

So viel hat sich seit jener letzten Nacht in Boston verändert. Zu viel.

Ich lege mein Handy zurück auf den Tisch, stehe auf und strecke mich, bis meine Schultern knackend einrasten. Ich brauche Kaffee.

Mein Zimmer ist so kahl und uneingerichtet wie an dem Tag, an dem ich einzog. Das größte Zimmer der Wohnung hingegen ist eine Liam-Explosion: handbemalte Blumentöpfe hellen dunkle Ecken auf, knallbunte gerahmte Gemälde hängen an den fleckigen Wänden, und ein Regenbogen aus zehn unterschiedlichen Kissen liegt auf dem abgewetzten Dreisitzer-Sofa. Die Salz- und Pfefferstreuer auf dem winzigen Esstisch sind Flamingos. Der Kühlschrank ist mit Secondhand-Magneten geschmückt, Erinnerungen an die Urlaubsreisen anderer Leute.

In der Küche ist es still. Liam ist schon weg, aber seine Hinterlassenschaften sind noch deutlich zu sehen: Toastkrümel, Marmeladenflecken, ein nasses Handtuch, das vor dem Badezimmer am anderen Ende der Wohnung liegt. Während ich darauf warte, dass das Wasser im Kessel kocht, räume ich hinter ihm auf und ignoriere die Nachricht auf der Kreidetafel über der Küchenarbeitsfläche: *Wehe, du räumst das auf, C! Es ist meine Unordnung! Wollen wir später was trinken??*

Poppy war wie Liam, als wir zusammen aufwuchsen: Neben ihrem Bett standen benutzte Becher, getragene Socken lagen verstreut auf dem Fußboden. Sie war immer zu sehr damit beschäftigt, kreativ zu sein, als dass sie hätte aufräumen können. Als Dad und ich nach Brighton fuhren, um ihr Zimmer im Studentenwohnheim auszuräumen, sah es dort genauso aus. Halb ausgetrunkene Flaschen, Socken, die sie nie wieder tragen würde.

Ich schrubbe die Arbeitsfläche in der Küche, wie ich es gestern und vorgestern schon getan habe.

Liams Chaos macht mir nichts aus. Liam macht mir auch nichts aus. Am Anfang dachte ich, es würde schwierig werden, weil die Wohnung klein und seine Persönlichkeit ganz und gar nicht klein ist, aber er überlässt mir meinen Anteil an Raum und Freiheit. Wenn sich unsere Wege kreuzen, schafft er es, eine lockere Unterhaltung anzufangen und erzählt genug für uns beide, solange ich lächele und an den richtigen Stellen nicke. Er lädt mich ständig ein, Zeit mit ihm zu verbringen – sei es beim Abendessen, für Filmabende, oder er bietet mir leckeren Kuchen an –, aber ich finde immer eine Ausrede.

Nach Poppys Beerdigung sollte ich eigentlich zurück nach Harvard gehen, aber ich entschied mich dagegen. Ich konnte es nicht. Mum ging es nicht gut. Sie sagte, ich solle gehen, sie bestand sogar darauf, aber wie hätte ich das tun können, solange sie ein Schatten ihrer selbst war? Solange sie kaum schlief? An den meisten Tagen schaffte sie es nicht einmal mehr nach unten ins Café, und Dad musste an ihrer Stelle die halbe Nacht backen. Sie brauchte mich in ihrer Nähe, sie beide brauchten mich. Also blieb ich.

Aber nicht im Haus. Nicht in meinem Kinderzimmer, mit der Leere von Poppys Zimmer auf der anderen Seite der Wand, wo ihr chaotisches Leben in hübsche kleine Kartons verpackt war. Liam – ein Fremder mit pinkfarbenem Haar, dunklen Bartstoppeln und einem nordostenglischen Akzent – bestellte eines Tages einen Smoothie bei mir und beschwerte sich über all die Irren, die sich auf die Online-Anzeige für das Zimmer gemeldet hatten, das er vermieten wollte. Es lag in der Nähe, war billig und noch zu haben, also nahm ich es. Ich unterbrach meine Doktorarbeit und mein Stipendium. Ich unterbrach alles. Ich hatte nicht geplant, wie lange, aber ich wusste, ich wollte mindestens bis zu diesem Donnerstag bleiben. Neun Uhr morgens in der Eastbourne Town Hall.

Poppys Leichenschau.

Jeder plötzliche und unerklärliche Tod erfordert eine Leichenschau: eine offizielle Untersuchung des Falles. In drei Tagen ist Poppy dran. In den letzten sechs Monaten hat die Rechtsmedizin in Eastbourne Informationen über Poppys Leben und Tod gesammelt, um herauszufinden, was wirklich mit ihr passiert ist. Am Donnerstag wird man uns die Ergebnisse präsentieren.

Wir wissen schon einiges – das Wann, das Wo, das Wie. Aber wir haben noch nicht das Warum.

Die Ergebnisse der Leichenschau könnten uns genau das erklären.

Es gibt nicht immer einen Grund für Selbstmord, und oft gibt es kein Motiv. Ich *weiß* das, aber … was, wenn es hier doch eins gibt? Was, wenn wir eine der Familien sind, die eine Antwort bekommen? Der Gerichtsmediziner könnte etwas gefunden haben, was das alles erklärt – oder zumindest Hinweise gibt. Gemeine Textnachrichten könnten darauf hinweisen, dass sie gemobbt wurde. Verpasste Abgabetermine könnten auf Stress schließen lassen. Vielleicht bekommen wir keine abschließende Erklärung, aber das wäre immerhin etwas. Vielleicht wäre es genug.

Und danach könnten wir alles verarbeiten. Dann wäre da nichts mehr, worauf wir warten müssten; keine unverbundenen Fäden oder Geheimnisse, die noch ans Tageslicht kommen könnten. Der Tag wird vieles verändern. Meine Eltern werden erfahren, dass ich nicht rangegangen bin, als Poppy anrief. Ich fürchte mich seit Monaten vor diesem Moment. Und gleichzeitig sehne ich den Tag der Leichenschau herbei: Wenigstens werden wir in der Lage sein zu sagen, dass sie Selbstmord beging – wegen Mobbings, wegen Stress, wegen Heimweh. Wegen *irgendwas*. Und dann können wir versuchen weiterzuleben.

Aber was gibt es noch, wofür wir leben sollten?

Poppy wird trotzdem tot bleiben. Mit oder ohne Motiv – ich habe sie im Stich gelassen. Werden mir meine Eltern das vergeben? Werde ich mir selbst jemals vergeben? Verdiene ich überhaupt Vergebung?

Ich setze die Brille ab und drücke die Hände gegen mein Gesicht, um die Gefühle wieder zurückzudrängen. Ganz tief zurück in mein Inneres.

Ich kann es mir nicht vorstellen, dass irgendwann einmal ein Tag kommt, an dem alles normal ist. Aber vielleicht kann ich nach der Präsentation der Ergebnisse der Leichenschau versuchen, nach vorn zu schauen.

Als die Wohnung vollkommen makellos ist, dusche ich und ziehe mich an. Ich wähle ein schlichtes T-Shirt, eine Strickjacke, eine marineblaue Hose. Dazu geschnürte Stiefel. Ich binde mein Haar zum üblichen Pferdeschwanz zusammen. Poppy liebte Farbe und Muster, aber ich trage immer dieselbe schlichte Kleidung. Ich habe auch kaum Auswahl; ich habe nur eine einzige Tasche aus Boston mitgebracht. Damals wusste ich nicht, dass ich ein halbes Jahr wegbleiben würde.

Ich laufe in der Wohnung herum. Was jetzt? Ich habe alle Bücher gelesen, die ich in der Bibliothek ausgeliehen habe. Ich brauche nur ein paar Minuten, um auf die neuen Posts auf r/Selbstmordgefahr auf Reddit zu antworten.

Die Zeit zwischen heute und Donnerstag erstreckt sich vor mir wie eine unendliche Ebene: kalt und einsam. Aber es ist keine Leere. In der Dunkelheit saugen schwarze Löcher mein Bewusstsein ein, halten mich gefangen, zusammen mit all den Gedanken, die ich gar nicht haben will.

Warum hat sie es getan?

Es sieht ihr gar nicht ähnlich.

Es fühlt sich nicht richtig an.

Du hättest es verhindern müssen.

Sie ist deinetwegen tot.

Ich schüttele die Gedanken ab, bevor sie mich vollkommen überfluten, nehme meinen Rucksack, mein Handy und die Schlüssel. Ich muss etwas tun.

Auf dem Weg hinaus bleibe ich in der Küche stehen.

Wollen wir später was trinken??, fragt Liams Handschrift in Kreide auf der Tafel, als wäre ich eine normale vierundzwanzig Jahre alte Londonerin, die sich einen Abend mit ihrem Mitbewohner gönnt. Als wären Liam und ich Freunde.

Ich nehme einen Lappen und wische die Einladung weg.

Liam kennt mich nicht. Wenn er mich kennen würde, hätte er nicht gefragt.

Kapitel 4

Ich folge dem Regent's Canal in Richtung Osten, weiche Spaziergängern mit Hunden und Joggern aus. Der Kanal ist so wie immer: grün vor Algen, an den Seiten liegen Kanalboote, darüber ragen Gebäude und Büsche auf.

Erinnerungen markieren diesen Pfad. Poppys Lieblingsboot, das mit den Sonnenblumenkästen auf dem Dach. Die Bank, auf der wir immer zu viert saßen, wenn wir sonntags ein Picknick machten.

Es kommt mir falsch vor, dass all das noch da ist, obwohl es sie nicht mehr gibt.

Ich lasse eine Biegung hinter mir, und vor mir taucht die Brücke auf. Dort wohnen Mum und Dad. Es ist ein hohes, schmales Haus, das ein wenig zurückliegt, sodass man von dort über die Brücke hinweg auf den Kanal schauen kann. Damals, als meine Mum es von ihrer Großtante Tabitha erbte, war darin ein alter Krimskramsladen. Dad und sie zogen aus Cornwall mit uns hierher, um es zu renovieren und zu verkaufen. Siebzehn Jahre später sind wir immer noch hier. Mum hatte sich sofort in die Wendeltreppen und seltsam geschnittenen Räume verliebt, also verwandelte Dad das Erdgeschoss in ein Café – Tabitha's – und die anderen Stockwerke in eine Wohnung für uns, einen Raum nach dem anderen. Er hat ein Zuhause daraus gemacht.

Poppy und ich teilten uns früher ein Zimmer ganz oben. Es war so groß, dass es Fenster zu beiden Seiten des Hauses hatte. Als sie noch klein war, flitzte Poppy von einer Seite zur ande-

54

ren, drückte die Nase an die Fensterscheiben und schaute den Sonnenaufgang über der Brücke oder den Sonnenuntergang über dem Kanal an. Selbst als Dad das Zimmer mit einer Mauer in zwei Teile teilte, hörte ich das Quietschen ihrer Bettfedern, wenn sie sich auf die Matratze kniete, um den Mond zu sehen oder zu schauen, ob es schneite.

Ihr Zimmer ist jetzt leer, aber wenn ein Sonnenstrahl hereinfällt, erkennt man einen alten Abdruck einer Nase auf der Scheibe. Ein Fleck, den sie hinterlassen hat.

Ich gehe weiter die Anhöhe hinauf, durch die Bäume, und wende mich dann nach rechts zur Brücke, auf der reges Treiben herrscht.

Das Tabitha's ist fast voll. Drinnen ist es hübsch eingerichtet, mit runden Holztischen, grünen Wänden und Pflanzen, hin und wieder einer Kuriosität, die uns beim Ausräumen des alten Ladens in die Hände fiel. Mums selbst gebackene Kuchen und Teilchen liegen unter Glasglocken auf dem Verkaufstresen, und die Speisekarte steht mit Kreide geschrieben auf den Tafeln darüber.

Von Poppy geschrieben.

Ihre Kunst hängt an den Wänden. Auf jeder Leinwand ist ein Wahrzeichen Londons zu sehen, aber immer verbunden mit der Natur. Der Buckingham Palace, von Efeu bewachsen. Die Gondeln des London Eye sind als rote Rosen dargestellt. Der Big Ben mit Gänseblümchen, die an seinen Wänden ranken.

Ich versuche nicht hinzusehen.

Dad mit seinem dunklen Bart und dem kahl rasierten Kopf entdeckt mich, kaum dass ich eingetreten bin.

«Clem, Liebling, was machst du hier?» Er wirft den Lappen auf den halb abgewischten Tisch und zieht mich in seine

Arme. «Du musst doch nach den Nachtschichten nicht kommen.»

«Ich weiß, aber ich dachte trotzdem, dass ich ein bisschen helfe.»

Er hält mich in seiner Umarmung, fester als sonst.

«Wie geht es Mum?», frage ich.

«Heute ist ein guter Tag, meine Süße. Ein guter Tag.»

«Oh, ist das etwa meine Clementine? Du weißt doch, dass du nach deinen Nachtschichten nicht kommen musst, Liebling.» Mum, rötlich blond wie Poppy und mit noch mehr Locken, bringt einem Paar an der Tür seinen Kaffee und kommt herüber, um mich ebenfalls zu umarmen. Seit ich elf bin, bin ich größer als sie, aber das scheint sie nicht gemerkt zu haben. Sie umarmt mich sanft und streicht mir über den Kopf, als wäre ich noch ein Kind, dann beendet sie die Begrüßung mit einem Kuss auf die Wange.

«Komm, ich zeige dir, was ich gestern Abend gemacht habe! Du wirst es toll finden.»

Mum nimmt mich bei der Hand und führt mich hinter den Verkaufstresen zu einigen bunten Tellern.

«Macarons!», sagt sie und zeigt darauf. «Alles unterschiedliche Geschmacksrichtungen. Wie findest du sie?»

Beim Gedanken an Zucker dreht sich mir der Magen um, aber Mum sieht mich voller Hoffnung an. Ich war nie der süße Typ. Poppy schon. Sie war ständig bei Mum, leckte Löffel ab und probierte Reststücke, und dabei sangen sie zusammen zu Disney-Songs.

Ich dagegen schloss die Zimmertür fest hinter mir zu, damit ich sie beim Lernen nicht hören musste.

«Sie sind wunderbar.» Ich versuche ein Lächeln. «Das muss ja ewig gedauert haben, die alle zu machen.»

56

«Na ja, ich hatte etwas Zeit heute Nacht.» Mum räuspert sich leise, dann zieht sie ihren kurzen Pferdeschwanz fester. Ihre Augen sind geschwollen und sehen müde aus. Sie hat also auch nicht geschlafen. Wie ich lenkt sie sich meist durch Arbeit ab.

Wir schweigen, und die Stille zieht sich, bis Dad, der seine großen Hände in die Schürzentaschen gesteckt hat, das Thema wechselt. «Clem, wie war es letzte Nacht? Gute Schicht?»

«Hast du den Menschen geholfen?», fragt Mum und greift nach meinem Arm.

Ich schlucke einen unangenehmen Atemzug herunter und versuche, die drei Geräusche in meinen Ohren zu überhören: das Schreien, das Rauschen des Windes, den Aufprall.

Ich nicke und lächele breiter, sodass es mir in den Wangen wehtut, und meine Eltern lächeln zurück. Ich übe es manchmal vor dem Spiegel und tupfe mir dann Liams Concealer auf die dunklen Ringe unter meinen Augen. Tue so, als wäre ich normal.

Ich nehme einen Lappen und ein Tablett, ohne ihre Reaktion abzuwarten, und lasse sie stehen, konzentriere mich auf schmutzige Teller und zerknüllte Servietten. Schaue nicht hoch zu den Bildern an der Wand. Zu Poppys Handschrift. Ich schaue nicht hinüber zu Mum und Dad, um die Traurigkeit nicht zu sehen, die nie wirklich aus ihren Gesichtern verschwindet, egal wie sehr sie versuchen, sie zu verbergen.

Im Café gibt es sieben Tische. Die, von denen aus man auf den Kanal hinausschauen kann, sind immer zuerst besetzt. Heute, wie so oft, ist der Blick besonders schön: Entchen gleiten durch das Wasser, die Sonne glitzert auf den kleinen Wellen. Poppy machte früher manchmal ihre Hausaufgaben hier. Sie saß dann immer am Ecktisch und hing ihren Gedanken nach, statt zu schreiben. Jetzt sitzt dort auch jemand, dessen rotblondes Haar in der Sonne ganz feurig aufleuchtet. Er hat seine Bücher und Notizen um sich herum aufgestapelt, trinkt Kaffee, schaut ganz in Gedanken verloren aus dem Fenster und spielt mit seinem Stift.

Ich greife nach dem leeren Teller hinter seinen Büchern. Er zuckt zusammen. Kaffee schwappt über seine Hände und auf den Tisch. Der Becher fällt, sein Stift rollt klappernd über den Boden. Er sieht mich erschrocken an, seine Locken zittern, Kaffeeflecken sind auf den Gläsern seiner Hornbrille zu sehen, seine Wangen glühen rot.

«Es tut mir so leid», sage ich und stelle das Tablett mit dem schmutzigen Geschirr ab. Überall auf den Büchern des Kunden – schwere, teure wissenschaftliche Lehrbücher – sind Kaffeepfützen entstanden. Ich drücke meinen Lappen darauf, versuche, die Seiten zu retten, auf denen Texte und Diagramme zu sehen sind. «Das war meine Schuld.»

«Nein, nein, war es nicht.» Er hustet und würgt den Schluck Kaffee herunter, der in seiner Kehle stecken geblieben ist. «Meine Schuld, auf jeden Fall. Hätte aufmerksamer sein müssen. Ich bin ein Trottel. Entschuldigung.»

Er nimmt sich ein Bündel Papierservietten und wischt auf dem Tisch herum – aber so schiebt er die Flüssigkeit nur zu Boden und direkt auf meine Schuhe.

«Oh, um Himmels willen! Entschuldigung!»

«Vielleicht sollten Sie mir das Saubermachen überlassen?», frage ich freundlich.

Er windet sich beschämt, fährt sich durchs Haar und sinkt auf seinem Stuhl so weit zusammen, dass sein Hemdkragen fast auf einer Ebene mit dem Tisch ist. Poppy tat immer dasselbe, wenn sie sich schämte. Sie hasste es, wenn sie glaubte, die Leute beobachteten sie.

Ich wische weiter, versuche, den Kaffee auf den Buchrücken und der Tastatur seines Laptops mit dem Lappen aufzusaugen.

«Es sieht gar nicht so schlimm aus. Ich glaube, Sie haben noch mal Glück gehabt. Kann ich Ihnen einen Kaffee als Entschuldigung bringen? Americano, oder?»

«Ja. Ich meine, nein. Nein, danke. Alles in Ordnung. Ehrlich. Ich bin ein Trottel. Ein Tollpatsch. Bitte, machen Sie sich wegen mir keine Umstände. Entschuldigung. Und, ähm… wie viel schulde ich Ihnen für die hier?»

Er hält die Tasse hoch – der Henkel ist abgebrochen.

«Nichts. Sagen wir, das fällt auch unter meine Entschuldigung.»

Ich lächele und nehme mein Tablett auf, auf das ich auch die zerbrochene Porzellantasse und die feuchten Papiertücher lege. Ich will nach dem Bündel Servietten greifen, das er in der Hand hält, aber er zieht sie verlegen weg.

«Ich, ähm… die brauche ich noch.»

Ich will schon fragen, warum, als ich einen großen, feuchten Kaffeefleck auf seiner Hose entdecke. Ich nicke, lächle noch einmal und lasse ihn allein.

Ich trage das schmutzige Geschirr in die Küche, fülle einen Eimer mit Wasser und komme mit einem Mopp zurück. Den rötlich-blonden Mann mit der Brille entdecke ich am Verkaufstresen, er versucht ungeschickt, mit einem riesigen Rucksack und einem Bücherstapel aus dem Café zu schleichen. Er zuckt erneut zusammen, als er mich sieht, und ein schweres Buch gleitet vom Stapel und knallt zu Boden. Ich eile um den Tresen herum und hebe es für ihn auf, dann halte ich ihm die Tür auf.

«Oh, danke. Noch einmal.» Seine Brille ist ihm auf der

sommersprossigen Nase heruntergerutscht. Er beugt sich vor und benutzt das Buch, das ich wieder auf seinen Stapel gelegt habe, um die Brille wieder hochzuschieben. «Na ja, ähm, noch mal Entschuldigung für das Chaos. Ich muss jetzt. Tschüs.»

Er lächelt den Boden an und schlurft in seinen feuchten Kleidern so schnell auf den belebten Bürgersteig hinaus, wie er kann, während er sich gleichzeitig darauf konzentrieren muss, seinen Bücherstapel zu balancieren.

Früher habe ich auch Bücherstapel balanciert. Ich lieh viel zu viel aus der Bibliothek aus, und dann stand ein gefährlich hoher Stapel auf meinem Schreibtisch – meinem alten Schreibtisch, der fünftausend Kilometer weit weg ist, in einer Doktorandenwohnung mit Jenna, Paolo und Raj zusammen. Ich kann mich noch gut an das Gewicht der Bücher in meinen Armen erinnern, an den Geruch, der aus den Seiten aufstieg. Die Psychologie- und Selbsthilfebücher aus der hiesigen Bibliothek sind irgendwie nicht dasselbe.

Ich gehe mit Mopp und Eimer zum Ecktisch.

«Lass mich das machen, Liebling.» Mum taucht neben mir auf und nimmt mir den Mopp aus der Hand.

«Deine Mum hat recht», sagt Dad und bückt sich, um den Eimer zu nehmen. «Geh aus, hab Spaß, triff dich mit Freunden. Entspann dich ein bisschen.»

Freunde? Ich habe schon seit Jahren keinen Kontakt mehr zu meinen Leuten aus der Schule, und auch sonst kenne ich hier niemanden wirklich gut.

«Oder du könntest dich mal wieder um deine amerikanischen Freunde kümmern», schlägt Mum vor. «Ruf sie an, frag sie, wie es ihnen geht. Wer war noch die Liebe, die uns Blumen geschickt hat? Jenny? Die Koreanerin?»

«Jenna», korrigiere ich automatisch, obwohl es in meinem Hals wehtut, auch nur ihren Namen auszusprechen. «Und sie ist halb Koreanerin, halb Amerikanerin, Mum.»

«Oh, stimmt, tut mir leid. *Jenna.* Ruf sie an.»

Ich muss an die Textnachricht denken, die sie mir heute Morgen geschickt hat, und an die ungefähr hundert anderen, auf die ich nicht reagiert habe.

Warum schickt sie immer noch welche?

«Wir haben dich wirklich gern hier», sagt Dad. «Aber wir schaffen es auch einen Tag lang ohne dich, Liebling. Wir kriegen das hin.»

Sie lächeln und schieben mich zur Tür, als täten sie mir damit einen Gefallen. Dasselbe haben sie auch nach Poppys Beerdigung getan, mit demselben etwas nervösen Lächeln. *«Es ist ein solcher Trost für uns, dass du da warst, Liebling, wirklich, aber du musst jetzt zurück zur Uni. Mach deinen Doktor. Du musst nicht hierbleiben und dein Leben für uns unterbrechen. Wir schaffen das schon. Wirklich. Wir wollen nur, dass du glücklich bist.»*

Aber wie kann ich zurück in dieses Leben, jetzt, da sich alles geändert hat?

«Und jetzt raus mit dir», sagt Dad.

Mum und Dad winken mir zu und schauen mir durch die Fenster des Cafés hinterher. Ihre besorgten Gesichter lächeln, als sie bemerken, dass ich sie sehe, und dann winken sie erneut.

Ich winke zurück, auf diese kitschig-sorglose Weise, wie damals, als sie mich unter Tränen nach Cambridge zum Flughafen brachten. Ich würde gern so tun, als wäre ich noch immer dieser Mensch, als hüpfte ich davon, um ins Kino zu gehen oder mich mit Freunden zu treffen, als hätte ich etwas Normales und Gesundes vor.

Aber stattdessen gehe ich nach Hause, nehme mein Handbuch und fahre mit der U-Bahn zurück nach Whitechapel. Zur Helpline.

Wenn Mum und Dad mich heute nicht brauchen, braucht mich vielleicht jemand anders.

Yewande

DREI MONATE VOR POPPY

Im Nachtbus nach Hause lege ich das Buch aus der Bibliothek auf meine Knie. Ich kreise einen Absatz ein und kritzele eine Notiz auf den Rand.

Vorahnung: Du bist in Gefahr, Girl!!

Meine Worte schimmern einen Augenblick lang auf dem Papier, glänzend und frisch, bevor sie eintrocknen und zu einer weiteren Stimme im Chor werden.

Wahnsinn als Thema. S. Wichtig.

Mr. Rochester ist ein richtiges ARSCH!

Das verdirbt mir Jane Eyre völlig, aber okay.

Ich liebe diese zerlesenen, zerfledderten Unibücher mit ihren Kaffeeflecken. Jeder große Roman ist von Dutzenden, vielleicht sogar Hunderten anderer Studierender kommentiert worden, die das Buch im Laufe der Jahrzehnte gelesen haben. Wann? Wer weiß? Diese Stimmen gehören Absolventen oder Abbrechern oder Rentnern oder Toten. Man wird es nie herausfinden. Sie leben für mich in diesem Augenblick, in dieser Szene, warten auf jeder neuen Seite auf mich, wie Kommentare unter einem jahrealten Tweet. Eine Gesellschaft der Geister, und ich sehne mich danach, zu ihnen zu gehören.

Ein dumpfer Schlag.

Ich schaue auf. Die Partystudenten sind ausgestiegen, und der Bus steht an einer Haltestelle. Ein Typ ist auf dem Weg den Gang hinunter, nach vorn. Er trägt Kopfhörer und hat seine

63

Tasche über die Schulter gehängt. Sein langer, marineblauer Mantel bauscht sich hinter ihm, als wäre er ein Held aus der Regency-Zeit auf einem stürmischen Feld. Ein Buch liegt neben mir auf dem Boden. Niemand sonst ist in der Nähe. Es muss ihm aus der Tasche gerutscht sein.

«Verzeihung, ich glaube, du hast…»

Aber er nickt dem Fahrer bereits zu und steigt aus. Er hat mich nicht gehört. Er weiß nicht, dass er etwas verloren hat.

Ich raffe meine Bücher zusammen und greife nach seinem, renne nach vorn, aber er sieht mich immer noch nicht, also springe ich hinaus und rufe erneut nach ihm. Da schließt sich hinter mir die Tür, und der Fahrer fährt los.

Auf der Straße ist es dunkel – und nass. Der Regen prasselt auf mich nieder, dringt durch meine Braids und klatscht auf meine Schultern. Na toll. Der Typ geht mit großen Schritten weiter, Wasser strömt von allen Seiten seines Schirms. Ich stopfe mir die Bücher unter den Mantel und renne hinter ihm her. Ich rufe, aber er kann mich nicht hören, weil er Kopfhörer trägt. Ich überhole ihn und muss mich ihm in den Weg stellen, damit er stehen bleibt.

«Ich habe dein Buch.»

Er weicht zurück und reißt die Augen auf. Seine Brille ist voller Regentropfen. Er nimmt die Kopfhörer ab. «Entschuldigung?»

«Ich glaube, du hast dein Buch im Bus vergessen.»

Er runzelt die Stirn. «Nein, es ist in meiner…» Seine Stimme mit dem schottischen Akzent verstummt, er schaut in seiner Tasche nach. «Oh!»

«Es muss wohl rausgefallen sein. Es lag auf dem Boden, als du ausgestiegen bist, und äh, ich würde es dir ja geben, aber ich habe nicht genug Hände…»

64

«Oje, natürlich. Ich helfe dir.» Er tritt näher heran und hält seinen Schirm über uns beide. Er ist groß, altmodisch, mit einem gebogenen Holzgriff. Der Regen fällt schwer darauf. «Danke, dass du es mir wiederbringst. Ich hätte beinahe meine Haltestelle verpasst, weil ich es gelesen habe ... Ich weiß wirklich nicht, wie ich es geschafft habe, es auf den paar Metern zu verlieren!»

«Das ist mir auch schon passiert. Bin neulich aus Versehen halb bis nach Glasgow gefahren.»

Er lächelt mich an. Sein langes blondes Haar und seine helle Haut steht im Kontrast zum dunklen Schirm. Ich lächle zurück.

«Na ja, ähm, also bitte sehr!» Ich halte ihm den Stapel umständlich entgegen, damit er sein Buch nehmen kann.

Er klemmt sich den Schirmgriff unter den Arm und nimmt mir unter ähnlichen Schwierigkeiten zwei Bücher ab. «Hm – welches von den beiden ist meins?»

Ich schaue hin, trete ein wenig zur Seite, damit das Licht der Straßenlaterne auf die beiden gebundenen Bücher fällt, die er in der Hand hält, beide mit dunkelblauem Stoff bezogen und mit Aufklebern der Edinburgh-University-Bibliothek beklebt. Die goldenen Lettern glänzen. *Die weite Sargassosee.* Zweimal.

Ich staune. «Wir lesen dasselbe Buch?»

«Das ist ja merkwürdig. Liest du es fürs Studium?»

«Nein, ich bin Medizinstudentin. *Du?*»

«Ich studiere Geschichte. Ich wollte es nur zum Spaß lesen.»

Er lacht ungläubig, und ich muss auch lachen. Der Regen pladdert weiter auf uns herunter, lässt die Pfützen um uns herum aufspritzen. Ein Schauer läuft über meine Haut.

«Entschuldige, dir muss ja furchtbar kalt sein. Okay, hm, mal sehen ...»

Er sieht sich beide Bücher an und bemerkt, dass in einem ein roter Stift steckt – und mit Rot etwas auf die Ränder geschrieben ist. Er steckt es in seine Tasche, legt meins auf den Stapel zurück und nimmt den Schirm wieder in die Hand.

«Okay, du hast mir das Buch wiedergegeben. Deine gute Tat des Tages – des Abends – ist verrichtet. Danke, wirklich.»

Wir lächeln erneut, aber es wirkt ein wenig peinlich, weil sich keiner von uns rührt. Dann nicke ich ihm noch einmal zu und trete wieder in den Regen. Ich greife meinen Stapel fester, ziehe die Schultern hoch, mache mich auf den Weg zurück zur Bushaltestelle und werfe einen Blick auf meine Armbanduhr. Die Nachtbusse fahren normalerweise alle halbe Stunde. Ich schaue mich um. Hier gibt es kein Wartehäuschen oder einen Unterstand, und der Regen prasselt weiter in Strömen. Ich kann mich nirgends vor ihm schützen.

Und dann ... hört der Regen auf.

«Hallo. Ich schon wieder.»

Er steht hinter mir und hält mir den Schirm über den Kopf. Ich nehme die Schultern herunter und drehe mich um.

«Du bist doch nicht wirklich nur aus dem Bus gestiegen, um mir mein Buch wiederzugeben, oder?»

«Ich konnte dich doch nicht ohne gehen lassen.»

Er sackt ein wenig in sich zusammen und sieht schuldbewusst aus. «Danke, aber das hättest du nicht tun müssen. Und vermutlich hättest du es auch nicht tun sollen. Es ist mitten in der Nacht. Hier könnten irgendwelche Irren herumlaufen. Abgesehen von mir, meine ich. Wann kommt denn der nächste Bus?»

«In ungefähr einer halben Stunde, glaube ich.»

Er schüttelt den Kopf. «Bis dahin bist du doch halb erfroren.»

«Schon okay. Ich habe ja meinen Mantel.»

Ich trete wieder hinaus in den Regen, um ihm die Erlaubnis zu geben zu gehen. Aber er geht nicht. Er runzelt die Stirn, scheint zu überlegen, und dann hält er wieder seinen Schirm über mich.

«Du musst nicht mit mir warten», sage ich, beinahe genervt von seinem Märtyrertum. «Ich schaff das schon.»

«Oh, du bist mir egal.» Er holt sein Buch heraus und öffnet es, wobei er sich gegen das Haltestellenschild lehnt. «Ich dachte, ich lese ein bisschen draußen, bevor ich nach Hause gehe. Hm, erfrischend! Das hier ist meine Lieblings-Lesestelle, weißt du?»

«Das ist sie absolut nicht», sage ich und lache.

«Doch!» Er klemmt das Buch unter den Arm und kreuzt die Finger vor seiner Brust. «Hand aufs Herz. Ich komme ständig hierher. Ich bleibe meistens so ... hm, eine halbe Stunde? Mehr oder weniger.» Er grinst. «Es ist einfach ein kleiner Zufall, dass wir zusammen auf den Bus warten.»

Ich verschränke die Arme. «Ich kann dich nicht davon abbringen, oder?»

«Ich fürchte nicht. Du hast mein Buch gerettet, und jetzt rette ich dich vor dem Erfrieren. Klingt das nach einem anständigen Deal?»

Ich seufze übertrieben und hole mein eigenes Buch heraus. Wir stehen nebeneinander unter dem großen Schirm und lesen.

«Wo bist du denn gerade?», fragt er nach einer Weile und reckt den Hals, um auf meine Seite zu schauen. «Ooh, Thornfield Hall. Da bin ich noch nicht. Ich bin noch in Jamaika.»

«Da wäre ich jetzt auch gern», sage ich und schaudere. «Das Wetter dort ist ungefähr das Gegenteil von dem in Schottland.»

«Kommst du aus Jamaika?»

Ich lache spöttisch. «Ich komme aus Leeds!»

Er lässt beinahe sein Buch fallen. «Oh, tut mir leid, so habe ich das nicht gemeint. Typischer dummer weißer Mann, was?»

«Das ist schon okay», sage ich und lache. «Mein Dad ist Jamaikaner, wir fahren alle paar Jahre dorthin, um die Familie zu besuchen. Nach Nigeria auch, von da ist meine Mum. Ich habe dich nur aufgezogen.»

Wir wenden uns wieder unseren Büchern zu.

«Also, warum Jean Rhys?», frage ich dann. «Wenn man sich für Literatur interessiert, ist eine postkolonialistische Neuerzählung von *Jane Eyre* vielleicht doch nicht jedermanns Sache?»

«Vielleicht nicht, aber meine Sache ist es schon. Ich liebe Bücher, ich habe sie immer geliebt, aber der literarische Kanon ist *sehr* eng, *sehr* weiß. Daher versuche ich, meinen Lesehorizont zu erweitern. Als weißer Mann ist das nicht immer angenehm zu lesen, aber sehr erhellend.» Er hustet ein wenig befangen. «Ich suche mir immer die Bücher mit den meisten Anmerkungen am Rand aus, damit ich sehe, was andere Leute davon halten. Das ist ein bisschen wie in einem Lesezirkel.»

«Wirklich? Ich mache das auch.»

Er grinst mich an, und ich grinse zurück. Meine Wangen fühlen sich ganz heiß an, obwohl meine Füße nass sind und ich das Gefühl habe, als würden eiskalte Ranken meine Beine und meinen Rücken hinaufkriechen. Ich schaudere unwillkürlich.

«Hier, nimm den hier. Ich bestehe darauf.»

Er legt sein Buch auf meins, nimmt seinen karierten Schal ab, schlingt ihn mir um den Hals und zieht ihn fest. Er ist weich und warm, ich fühle mich wie ein frisch gewickeltes Baby.

Meine Wangen werden noch heißer.

«Er steht dir», sagt er. «Ich heiße übrigens Alistair. Alistair Buchvergesser.»

«Ich heiße Yewande Buchzurückbringerin. Und danke hierfür.»

Der Bus kommt ein wenig zu früh. Er winkt ihn heran und schiebt mich zur Tür. Sein eigenes Haar wird nass, weil er den Schirm über mich hält.

«Genieß das Buch!», ruft er mir hinterher. «Erzähl mir, wie du es fandest!»

«Wie denn?»

Der Busfahrer schließt die Tür, bevor er antworten kann, und schüttelt ungeduldig den Kopf, er will weiterfahren. Ich laufe zum Fenster. Es ist beschlagen, ich wische ein Loch, durch das ich hindurchschauen kann.

Alistair winkt mir zu, den Regenschirm unter den Arm geklemmt. Er öffnet und schließt ein imaginäres Buch, tut so, als kritzelte er etwas. Er zeigt auf mich. Ich schaue nach unten.

In meinem Schoß liegt nicht nur mein, sondern auch sein Buch. Ich schlage es auf der Seite auf, in der sein Stift liegt, und finde elf Ziffern in Rot auf den Rand gekritzelt. Eine Telefonnummer.

Der Bus fährt weiter, und Alistair verschwindet hinter einer Ecke, als hätte ich ihn mir nur eingebildet. Ich setze mich auf den nächsten Sitz, drücke die Bücher an die Brust, fühle die Wärme seines Schals um den Hals.

Die weite Sargassosee hat kein Happy End, aber vielleicht kann ich mein eigenes schreiben.

Kapitel 5

Meine Tochter Yewande liebte Bücher», sagt Blessing, eine der regelmäßigen Anruferinnen der Helpline. «Sie machte sich Notizen auf den Seiten, unterstrich die Sätze, die sie am liebsten mochte. Ich habe dafür oft mit ihr geschimpft, weil es eine schlechte Angewohnheit ist, aber jetzt sind es diese Notizen, die mir von ihr noch geblieben sind. Ich lese ihre Bücher, und es ist, als spräche sie mit mir. Aber ich kann nie etwas antworten. Ich kann nie sagen, was ich ihr sagen will.»

Ich kenne das Gefühl.

«Was wollen Sie ihr denn sagen, Blessing?», frage ich.

«Dass ich … dass ich mir wünschte, dass ich gewusst hätte, wie allein sie sich in Schottland fühlte. Dass es mir so leidtut, dass sie das Gefühl hatte, nicht mit mir reden zu können. Und dass ich ihr vergebe.»

«Wofür vergeben Sie ihr?»

«Dass … dass sie Selbstmord begangen hat.»

Blessing schluchzt – aber dämpft das Geräusch beinahe sofort. Sie hat die Hand über die Sprechmuschel gelegt, damit ich sie nicht weinen höre.

Ich ärgere mich über mich selbst, nehme den Stift zur Hand und kritzele eine neue Zeile unter ihren Namen in meiner Mappe.

Blessing Arnold-Smith
in den Fünfzigern

Hinterbliebene, ruft häufig aus Einsamkeit an
(Tochter Yewande – SELBSTMORD.)

Ich höre ihr heute zum ersten Mal zu, aber Blessing steht auf der Liste der regelmäßigen Anrufer unserer Helpline. Manchmal haben Menschen so gute Erfahrungen mit der Zweigstelle gemacht, an die die Zentrale sie zufällig weiterleitet, dass sie für die weiteren Anrufe nach der Durchwahl fragen. Aus irgendwelchen Gründen hat sich Blessing uns ausgesucht.

Die Notizen, die ich mir während ihres Anrufs gemacht habe, stehen auf einer neuen Seite in meinem Notizbuch.

Tochter Yewande
trägt den Herzanhänger ihrer Tochter jeden Tag
kann die Vorstellung nicht ertragen, die Bücher ihrer Tochter
wegzugeben

Ins Papier eingedrückt kann ich noch die Worte erkennen, die ich letzte Nacht aufgeschrieben habe: *Rachel – Zug – glaubt, dass der Selbstmord ein Mord war.*

Es gibt so viele von uns, die keine Antwort haben. Blessing sehnt sich immer noch nach einem Gespräch, das sie niemals bekommen wird. Der Anrufer von gestern starb, weil er die Entscheidung seiner Schwester nicht glauben konnte.

Ich habe ihm nicht geglaubt. Das tue ich immer noch nicht. Er will den Tatsachen nicht ins Auge sehen, was er sagt, ist Wunschdenken. Aber vielleicht war da noch mehr, was er mir nicht gesagt hat. Er wirkte so sicher. Vielleicht hatte er doch Beweise? Vielleicht konnte er in den zwei Jahren keine Antwort auf sein Warum finden, weil es keine gab? Weil seine Schwester diese Entscheidung nicht getroffen hat?

Glaubt, dass der Selbstmord ein Mord war.

Was wollte Poppy mir in jener Nacht sagen? War sie nur traurig, oder war da noch etwas anderes? Steckte sie in Schwierigkeiten? Hatte sie Angst? Hatte sie…?

Nein. Ich klappe das Notizbuch zu und konzentriere mich auf die gedruckten Worte im Handbuch: Tatsachen, keine Spekulationen. Tatsachen, keine Hoffnung.

Poppy starb, weil ich zu egoistisch war, um ihr zu helfen. Und das war's.

«Blessing», sage ich sanft, «diesen Ausdruck verwenden wir nicht mehr. Die Menschen begehen Verbrechen, aber ein Selbstmord ist kein Verbrechen. Depressionen und Selbstmordgedanken sind Krankheiten. Yewande war krank, und sie hat sich das Leben genommen.» Ich halte inne. Dann sage ich: «Ich verstehe, wie schwer es ist, jemanden auf diese Weise zu verlieren, aber ich bin mir sicher, dass sie auf keinen Fall wollte, dass Sie denselben Schmerz erleben wie sie. Seien sie freundlich zu sich selbst.»

Blessing schnieft. «Danke, dass Sie für mich da sind. Sie sind ein guter Mensch. Ich wünschte, meine Yewande hätte jemanden wie Sie gehabt, am Ende. Ich glaube, das hätte sie gerettet.»

Ich will Blessings Worte gern glauben – aber ich kann nur daran denken, dass der Anrufer von letzter Nacht in den Tod gestürzt ist, wie Poppy.

» »

Nach meiner Schicht wandere ich durch die Stadt.

Ich gehe in Richtung Themse und folge dem Fluss in Richtung Westen, an der Shard vorbei, der Tate Modern, dem London Eye. Poppys alte Sonnenuntergangsorte.

Schließlich bringen mich meine schmerzenden Füße hinauf in die National Gallery mit ihrer Kuppel und den Säulen vor dem Eingang.

Wir sind früher ständig hierhergekommen. Poppy hasste Menschenmengen, daher kamen wir immer spät, wenn die meisten Besucher schon gegangen waren und die Säle leer und unheimlich dalagen.

Ich gehe durch die großen Räume mit den hohen Decken und erinnere mich, wie ihre Hand mich durch die Epochen und Kunstströmungen zog.

«Siehst du das da? Da haben sie noch nicht genau gewusst, wie man Perspektiven malt.»

«Ist das nicht hübsch? Er hat gesagt, Margate habe das beste Licht.»

«Unter diesem Gemälde befindet sich übrigens noch ein zweites, aber das kann man nur im Röntgengerät sehen!»

Ich hörte immer nur halb zu, ebenso wie ich nur halb hinsah, wenn ich mit ihr zusammen einen Sonnenuntergang ansah. Meistens nahm ich eins der Bücher aus der Bibliothek mit und las heimlich darin, oder ich übte in Gedanken für meine nächsten Prüfungen. Egal, was sie zu sagen hatte, ich hatte immer etwas Wichtigeres zu tun.

Selbst in jenen letzten Momenten ihres Lebens tat ich etwas Wichtigeres.

Ich lasse mich auf die Bank gegenüber von einem Turner-Gemälde sinken. Zuletzt saßen wir zusammen hier. Sie erklärte, wie das Licht eingesetzt oder die Farben gemischt worden waren, ich hörte nicht richtig zu. Das letzte Mal kurz nach Weihnachten. Sie saß neben mir, ihr Haar löste sich aus ihrem Dutt, und sie baumelte mit den Doc Martens, die sie immer trug. Eine Schulter ihrer locker gestrickten Strickjacke rutschte ihr herunter, und man sah den Stoff des Blümchenkleids.

Ich hätte zuhören sollen.

Als das Museum schließt, nehme ich die U-Bahn nach Hause. Ich will die Station gerade verlassen, da packt jemand meinen Arm.

«C! Ich wusste doch, dass du es bist.»

Liam grinst mich an. Sein pastell-pinkfarbenes Haar hängt ihm hinunter zu den dunklen, gezupften Augenbrauen, sonst trägt er es immer zurückgekämmt.

«Wie geht es dir, Schätzchen?», fragt er mich mit seinem leichten nordostenglischen Akzent. «Ist alles okay?»

«Ja, natürlich.» Ich räuspere mich und versuche, ein Lächeln zustande zu bringen. «Alles ist in Ordnung. Ich bin gerade auf dem Weg zurück in die Wohnung.»

«Oh nein, bist du nicht.» Er hakt sich bei mir ein. «Wir gehen was trinken.»

«Was trinken?»

«Ja, was trinken! Du hast es mir schon an dem Tag versprochen, an dem du eingezogen bist, aber immer, wenn ich versuche, mich mit dir zu verabreden, hast du zu tun. Na ja, jetzt gerade hast du nichts zu tun, also gehen wir was trinken.»

«Heute Abend kann ich nicht, ich...»

«... habe Kopfschmerzen? Muss noch ein Buch aus der Bibliothek lesen, bevor die Leihfrist abläuft? Will einfach nicht mit dir zusammen sein?»

Liam bleibt auf der Straße vor dem U-Bahn-Eingang stehen, mit trotzigem Gesichtsausdruck und vor der Brust verschränkten Armen. Es ist derselbe Gesichtsausdruck, den Jenna aufsetzte, wenn sie versuchte, mich aus dem Labor zum Paintball-Spielen, zu Comedy-Veranstaltungen oder in dieses kleine Café am Fluss zu zerren, das sich auf heiße Schokolade spezialisiert hatte. Trotzig, zu meinem eigenen Besten.

«Ich habe all deine Ausreden schon gehört, C. Lass mich dir einen ausgeben – nur einen Drink –, dann frage ich dich nie wieder, okay? Wir betrachten deine Pflicht dann als abgeleistet. Aber heute, nur dieses eine Mal, gehst du mit mir aus? *Bitte?*»

Ich werfe einen Blick auf meine Armbanduhr. Es ist schon fast halb sieben Uhr abends, und ich bin erschöpft. Eigentlich sollte ich nach Hause gehen und mich ausruhen. Ein Abendessen zubereiten, das ich nicht esse. In Reddit herumscrollen, bis meine Augen schmerzen. In den dunkelsten Stunden der Nacht wach liegen, an die Decke starren, verzweifelt einschlafen wollen, aber fürchten, Poppy wieder im Wasser zu sehen, mit dem Gesicht nach oben, die anklagenden Augen auf mich gerichtet, während der Rest von ihr verwest, in den Ohren das ferne Rauschen des Meeres.

«Du musst natürlich nicht, wenn du nicht willst, aber ...» Liam zuckt die Achseln und fummelt am Kragen seiner Lederjacke herum. «Um ehrlich zu sein, könnte ich wirklich Gesellschaft gebrauchen. Habe in letzter Zeit ziemlich Heimweh.»

Er vergräbt die Hände in den Hosentaschen. Wenn ich ihn sonst in der Wohnung sehe, ist er groß und selbstbewusst und macht über alles Scherze, aber jetzt wirkt er ein bisschen zusammengeschrumpft.

Poppy war von zu Hause ausgezogen. Hatte sie auch Heimweh? Brauchte sie jemanden zum Reden?

«Okay», sage ich und hole tief Luft. «Lass uns was trinken gehen.»

Liam sieht mich überrascht an. «Was? *Wirklich?*»

«Ja. Aber nur ein Glas», füge ich hinzu, weil er hüpft und wie irre grinst.

«Toll! Das wird super.»

75

Liam hakt sich wieder bei mir ein und schiebt mich in die entgegengesetzte Richtung, fort von zu Hause. Sein Gang ist jetzt ganz beschwingt – die Verletzlichkeit von vor ein paar Sekunden ist vergessen.

Auf dem Weg zu seiner Lieblingsbar um die Ecke erzählt er eine seiner langen Geschichten, und sein Geplauder wird zu einem beruhigenden Hintergrundgeräusch – die Art von Unterhaltung, bei der man nicht mitmachen muss.

Ich entspanne meinen Arm, in den er sich eingehakt hat, ein wenig.

Nur einen Drink, für Liam. Dann gehe ich nach Hause.

Kapitel 6

Warte, warte, warte», ruft Liam über das Hämmern der Musik in der Bar hinweg und zeigt auf mich. «Du bist Wissenschaftlerin? Eine echte Wissenschaftlerin?»

«Ja. Ich bin Molekularbiologin. Ich würde langfristig gern an der Uni bleiben und meine Zeit zwischen Forschung und Lehre aufteilen», rufe ich zurück.

«Oh mein Gott. Du bist ja so ein Nerd!»

Liam lacht in seinen Cocktail. Die Flüssigkeit schwappt gefährlich gegen den Rand, und ich nehme einen vorsichtigen Schluck durch meinen Strohhalm. Dieser Cocktail ist noch ekliger als die beiden davor. Oder waren es drei? Vier?

«Ich habe mir schon gedacht, dass du ein Nerd bist, aber nicht, dass du so ein großer bist», scherzt er. «Ich dachte, du bist nur ein bisschen nerdig. Du hast diese sexy Bibliothekarinnen-Ausstrahlung, das passt schon ziemlich perfekt.»

«Mach dich nicht lächerlich. Erstens bin ich keine Bibliothekarin, und zweitens ist *sexy* so ziemlich das letzte Wort, mit dem mich jemand beschreiben würde. Jemals.» Jetzt bin ich an der Reihe, in meinen Cocktail zu lachen.

Liam schürzt die Lippen und starrt mich vorwurfsvoll an.

«Also wirklich. Du bist doch ein Knaller! Wirklich! Du könntest deine Brille abnehmen und deine Haare offen tragen, und alle würden dich toll finden. Ehrlich.»

Ich hebe die Hände – um meinen Pferdeschwanz festzuziehen.

«Du Flirtmeisterin.» Er zwinkert mir zu, greift nach seinem Drink, hebt ihn zum Cheers und gibt mir ein Zeichen, es ihm nachzutun. Unsere Gläser klirren. «Also, wie ist Harvard so?»

«Toll. Die Labore sind unglaublich gut ausgestattet, sehr durchdacht, und die Bibliothek ist...»

«Jaja, aber was ist mit den Partys? Du und deine Freunde gehen ständig zu Verbindungspartys, wo ihr aus diesen roten Plastikbechern trinkt und so, oder?» Er faltet die Hände und stützt das Kinn mit den dunklen Bartstoppeln darauf. «Lebst du den *Traum vom Studentenleben?*»

«Na ja, ich bin eine Biologie-Doktorandin, und meine Freunde sind ebenfalls Doktoranden, also... Wir leben unseren Traum. Aber einen anderen.»

«Verdammt, ich dachte, ich könnte hier heute ein paar wilde Geschichten hören. Du bleibst aber nicht die ganze Zeit in der Bibliothek, oder?»

«Nein. Jenna lässt mich nicht.»

«Wer ist Jenna?»

«Meine Partnerin.»

Liams Augenbrauen schnellen weit nach oben.

«*Labor*partnerin, meine ich. Wir arbeiten an demselben Forschungsprojekt, und unsere Doktorarbeiten haben ähnliche Themen. Sie ist ungeheuer intelligent, aber auch ... cool? So wie du!»

Liam lässt in gespielter Bescheidenheit die Finger vor seiner Brust flattern. «*Moi?*»

«Sie ist vermutlich auch ein Nerd, aber du würdest es nicht bemerken. Sie ist sehr extrovertiert und versucht immer, mich zum Ausgehen zu bewegen, selbst wenn ich wieder drinnen bleiben und lesen will, und sie weiß, wann ich eine Pause *brauche,* bevor ich es weiß. So feinfühlig ist sie. Und sie ist wirklich

78

lustig. Die Leute mögen sie sofort, weil sie interessant und schlau und nett ist und immer weiß, was sie sagen muss ...» Ich ziehe meinen Pferdeschwanz erneut fest und zucke die Achseln. «Wir sind wirklich vollkommen unterschiedlich.»

«Du klingst mir gar nicht so viel anders.»

Er sagt es, als meinte er es ehrlich.

«Jedenfalls wohnen wir in Boston mit ein paar Typen aus der Astrophysik zusammen. Paolo und Raj.»

«Wow. Ich wette, wenn ihr zusammen zum Pubquiz geht, seid ihr unschlagbar.»

«Das sind wir wirklich!»

«Teamname?»

«Die Dämlichen Doktoranden.» Ich muss lachen.

«Das ist ja furchtbar. Herzlichen Glückwunsch.» Er grinst, dann wird er wieder ernst. «Vermisst du sie? Es muss schwierig für dich sein, Tausende Kilometer von deinen Freunden entfernt. Es ist für mich schon schlimm genug, allein in Newcastle zu sein, da mag ich gar nicht darüber nachdenken, wie es wäre, wenn ein ganzer Ozean dazwischen läge. Skypst du mit ihnen und so?»

«Ja, natürlich», sage ich hastig. «Jeden Tag.»

«Und was ist mit der Liebe? Hast du da drüben einen nerdigen Mr. Right, der darauf wartet, dass du nach Boston zurückkommst? Oder eine *Ms.* Right?»

Ich schnaube. «Absolut nicht.»

«Was? Wir haben doch bereits festgestellt, dass du ein amtliches Sexy-Bibliothekarin-Luder bist, also tu mal nicht so, als wäre diese Frage dumm. Und ich wette, dass all die Jungs in der Universität Schlange stehen, um mit dir auszugehen. Und zwar nicht nur die Nerds.»

Er versucht mich aufzuheitern. Jenna hat das auch immer gemacht. Oft haben sie Männer angesprochen, wenn wir ausgingen, dann hat sie mich in ihre Richtung geschoben und gesagt: *«Oh, tut mir leid, Jungs, ich spiele im anderen Team, aber meine Freundin Clem hier ist Single ...»* Ich hasste diese Momente. Einfach so ins Feuer gestoßen zu werden, mit anzusehen, wie das Grinsen in den Gesichtern erstarb, wie sie zwischen uns hin- und herschauten – Jenna mit ihren roten Lippen, ihren kurzen karierten Röcken, ihrem lässigen Selbstbewusstsein, und ich mit meinen Rollkragenpullovern und Strickjacken und der Brille, groß und schlaksig, absolut unauffällig in jeder Hinsicht. Aber Jenna tat so, als bemerkte sie das nachlassende Interesse der Jungs gar nicht, ihre halbherzigen Komplimente. Sie sprach für mich, schwärmte von mir wie eine Museumskuratorin vor einem unbezahlbaren Kunstwerk. Aber die Männer und ich kannten die Wahrheit ganz genau.

Sie war das Kunstwerk. Ich war nur eine Postkarte in einem Museumsshop.

«Wann warst du denn das letzte Mal mit jemandem zusammen?», fragt Liam.

Ich reibe mir die Stirn. Er ist nur freundlich, aber plötzlich bin ich ganz müde.

«Was ist denn mit dir?», frage ich, statt auf seine Frage einzugehen. «Hast du in Newcastle einen Freund?»

Liam bleibt der Mund offen stehen, er sieht aus wie eine Figur aus einem Comic. «Ach so, nur weil ich pinkfarbenes Haar und tolle Haut habe und als Friseur arbeite, bin ich *schwul*?»

«Du meinst, du bist es nicht?»

«Nein! Na ja, weißt du, vielleicht manchmal, aber wirklich nur zu sehr besonderen Gelegenheiten.» Er zwinkert mir zu und fährt sich mit der Hand durchs Haar. «Nein, ich bin pansexuell. Mir geht es um den Menschen, egal, welches Geschlecht er zufällig hat. Was ist denn mit dir?»

«Du hast meine Frage nicht beantwortet.»

«Welche? Oh, ob ich in einer Beziehung bin? Nein. Da gab es jemanden in Newcastle, aber ... sie ist für mich gestorben, und das ist völlig in Ordnung! Mein Herz ist nicht gebrochen, und ich bin auch nicht traumatisiert. Ich habe auch absolut keine riesigen Vertrauensprobleme, wenn ich neue Leute kennenlerne ...» Er seufzt. «Okay. Du bist dran. Erzähl mir von deinem Liebesleben!»

Ich trinke noch einen Schluck von meinem viel zu süßen Cocktail. «Dazu gibt es nichts zu sagen. Ich hab es nicht so mit Beziehungen.»

«Schon in Ordnung. Es ist nichts dagegen einzuwenden, entspannt nicht monogam zu leben – solange du die schlüpfrigen Details mit mir teilst.»

«Was? Nein! Ich meine, ich war noch nie mit jemandem zusammen. Nicht richtig.»

Liam reißt die Augen auf. «Ernsthaft?»

«Es gab da ein paar Typen in Cambridge, die mich mochten, und wir gingen auf ein paar Dates, aber ... nichts Ernstes.»

«Was zum Teufel? Da gab es niemanden?» Er beugt sich verschwörerisch vor. «*Nichts?*»

Ich weiß nicht, wo ich hinsehen soll. Ich grabe die Fingernägel in meine Hände und wünsche mir, dass diese Unterhaltung einfach verschwindet – und mit ihr all die Erinnerungen. Sie wirbeln um mich herum, genau wie der Raum, wenn ich zu lange blinzele.

Finger, die sich mit meinen verschränken.

Heißer Atem an meinem Hals, meiner Brust, meinem Bauch.

Wie meine Beine zitterten, wie sich die Zeit dehnte und das Universum um uns zusammenbrach.

Die warmen Erinnerungen werden kalt und dunkel, ertränkt vom Geräusch des Winterwindes und den krachenden Wellen.

«Na schön, da gab es mal jemanden. Einmal. Aber es war ein Fehler. Es bedeutete nichts. Und es ist vorbei.»

Ich trinke den Cocktail aus. Er betäubt meinen Mund, spült einen Geschmack weg, von dem ich nicht wusste, dass ich mich noch an ihn erinnere.

Ich bemühe mich so sehr, nie an diese Nacht zu denken.

«Ich bestelle noch eine Runde», sage ich und stehe auf. «Aber diesmal suche ich aus.»

«Gut. Oh, kann ich vielleicht dein Handy haben, um eine Nachricht zu schicken? Meins hat keinen Akku mehr.»

Ich tippe den Code ein – 3141, Pi – und schiebe es ihm hin, dann gehe ich zur Bar. Ich atme tief und gleichmäßig beim Gehen, versuche, meine Füße fest aufzusetzen. Der Boden wankt wie in einem dieser Spaßhäuser auf dem Jahrmarkt. Ich versuche, mich auf jeden Schritt zu konzentrieren.

Als ich wieder am Tisch ankomme, schaut Liam von meinem Handy auf und rümpft die Nase, weil ich ihm eine Bierflasche hinstelle.

«Ich suche aus», erinnere ich ihn.

Er rollt die Augen. «Okay, da wir von Aussuchen sprechen, ich bin neugierig. Was ist denn so dein Typ?»

«Bier?»

«Nein, Mensch! Worauf stehst du?» Er hält mein Handy hoch und wischt durch eine Galerie von Männer-Selfies. «Der haarige Chewbacca-Junge? Der Streber mit der Brille? Dieser Typ mit den Schultern?» Ich versuche, ihm mein Handy wegzunehmen, doch er hält es aus meiner Reichweite. «Ooh, das ist doch ganz sicher ein Super-Like, oder nicht? Spiel nicht die Schüchterne, C. Du bist diejenige, die Tinder auf dem Handy hat. Hübsches Profilbild, übrigens. Ich glaube, Josh, fünfundzwanzig, wird es gefallen. Er wirkt wie ein netter, respektabler Gentleman. Schau mal, er hat sogar ein Emoji auf seinem –»

«Liam!»

Es kommt mir vor, als wäre es im Raum plötzlich fünf Grad wärmer. Ich stürze um den Tisch herum, reiße ihm das Handy aus der Hand und stecke es in meine Tasche.

«Jetzt tu nicht so unschuldig. Du hattest die App schon auf deinem Handy!»

«Ich habe diese bescheuerte App nur, weil Jenna mir mein Handy geklaut und sie installiert hat. Ich habe sie nie benutzt!»

Sie hat es genau so gemacht wie er: Sie hielt das Handy so, dass ich es nicht erreichen konnte, und wischte Männer nach rechts, die mich nicht interessierten. Männer, die sich ganz sicher nicht für mich interessierten.

«Sie hat dich in dieser Hinsicht ja ziemlich unterstützt, diese Jenna. Ich mag sie.» Er grinst, dann wird er ernst. «Okay, tut mir leid. Ich verspreche, keine Witze mehr über Jungs zu machen. Aber unter einer Bedingung. Du musst mit mir tanzen.»

«Auf keinen Fall. Ich tanze nicht.»

«Ich fürchte, das ist nicht verhandelbar. Tinder-Gespräche oder Tanzen. Such dir eins aus.»

Ich würde lieber sterben.

Liam lacht, als ich ihn packe und hinter mir her in die Menge ziehe, die sich zu Musik und zuckenden Lichtern bewegt.

Ich habe mir den Rucksack über die Schulter gehängt. Zumindest kann er mir hier keine weiteren Fragen stellen.

Wir finden eine Lücke, und er dreht mich, sodass wir einander ansehen. Ich kenne den Song nicht, aber selbst wenn, wüsste ich ohnehin nicht, wie man dazu tanzen sollte. Liam erkennt sofort den Beat, bewegt die Schultern, schleudert sein Haar. Er grinst, nimmt meine Hände und versucht mich dazu zu bringen, mehr zu tun, als nur gehemmt mit dem Fuß auf den Boden zu tappen.

Ich schließe die Augen, spüre den benebelnden Alkohol in meinem Körper. Ich bin keine Tänzerin. Jenna versuchte auch einmal, mich zu einer zu machen. Die Musik verschmilzt mit dem Lärm dieser anderen Bar vor so vielen Monaten. Jenna ist in der Menge vor mir, ihr dunkler Bob schwingt, ihre lächelnden Lippen sind rot, sie kreuzt die Arme vor dem Gesicht und bewegt die Hüften, langsam und gezielt, zu einem Rhythmus, den ich nicht richtig erkenne. Männer sind um uns herum, die Männer von der Bar. Eine Hand packt meine Taille, ein Schoß drückt sich an meinen Rücken. Jenna befreit mich und zieht mich an sich, die Arme lässig um meinen Hals geschlungen, ihre Hüften bringen meinen bei, was sie zu tun haben. In meiner Tasche beginnt mein Handy zu vibrieren. Jenna holt es für mich heraus und zeigt mir das Display. Es ist ...

Nein, nicht daran denken. Ich darf nicht daran denken.

Aber der Alkohol lässt die verbotene Erinnerung in mein Bewusstsein dringen.

Es ist Poppy, die anruft. Ich denke nicht an den Zeitunterschied, nicht daran, dass es in Großbritannien drei Uhr morgens ist. Ich frage mich nicht, warum sie anruft. Es ist mir egal. Ich ignoriere sie und stecke mein Handy weg. In diesem Augenblick gibt es nur Jenna.

Die Erinnerung kommt in Wellen: die Hitze unserer Haut; der Alkohol in unserem Atem. Mein Handy, das vergessen in meiner Tasche vibriert.

Als es am nächsten Morgen klingelte und Dad dran war, schlief Jenna immer noch neben mir, zwischen uns ein roter Lippenstiftfleck auf dem Kissen.

Und Poppy war tot.

«Ich muss jetzt los», sage ich zu Liam, fasse meinen Rucksack fester und dränge mich durch die Menge zum Ausgang. Ich sehne mich nach frischer Luft und atme sie tief ein, als ich auf die Straße trete. Ich wünschte, es wäre kälter. Ich wünschte, es wäre die Sorte Luft, die beim Einatmen schmerzt, die in der Lunge sticht, die jeden Atemzug zu einer Strafe macht.

«Schätzchen, alles in Ordnung?»

Liam holt mich ein und zieht dabei seine Lederjacke an.

«Nur müde», sage ich und wende mich ab, damit er mein Gesicht nicht sieht.

Ich gehe schweigend nach Hause. Liam hört nicht auf zu reden. Seine Fragen folgen mir bis ins Treppenhaus unseres Gebäudes.

«Hey, C. C! Sprich mit mir, ja? Was ist damals passiert? Tut mir leid, wenn ich dich aus der Fassung gebracht habe, wenn meine blöden Fragen zu weit gegangen sind. Alles okay mit dir? Ist es ... deine Schwester? Willst du über sie reden?»

Ich habe ihm nie von Poppy erzählt. Nicht wirklich. Nur, dass ich für die Beerdigung zurückgekommen bin. Vielleicht kann er sich den Rest ohnehin zusammenreimen. Ich konzentriere mich darauf, das Schloss zu unserer Wohnung aufzuschließen, und bin froh, dass ich ihm dabei wieder den Rücken zuwende.

«Nein, mir geht's gut.»

85

«Sicher?», fragt er und schließt die Tür hinter uns. «Ich bin da für dich, wenn du darüber reden willst. Über alles. Jederzeit. Wirklich, ich bin da.»

«Ich muss nicht darüber reden. Mir geht es gut. Wie ich schon sagte, ich bin nur müde.»

Ich sehe ihm zum ersten Mal in die Augen, seit wir aus der Bar gekommen sind, und versuche dabei zu lächeln.

Er schaut direkt in mich hinein, das merke ich – aber er ist so nett mitzuspielen.

«Na ja, dann versuch besser, noch etwas zu schlafen! Danke, dass du mich heute ertragen hast. Das weiß ich wirklich zu schätzen.» Bevor ich ausweichen kann, macht er einen Schritt auf mich zu und zieht mich in eine Umarmung. Er riecht süß, wie einer dieser Cocktails. Aber einer der besseren.

«Weißt du, wenn du je über Müdigkeit reden willst, dann bin ich da.»

Wir lösen uns voneinander, und ich weiß nicht, was ich als Nächstes tun soll. Ich mache das Daumen-hoch-Zeichen. «Äh, danke.»

Liam grinst und reckt ebenfalls den Daumen. «Jederzeit. Gute Nacht, sexy Bibliothekarin! Schlaf schön.»

In meinem Zimmer lehne ich mich mit dem Rücken gegen die Tür. Jede Zelle meines Körpers schmerzt vor Müdigkeit, und die Cocktails lassen die Dunkelheit vor meinen Augen wirbeln. Ich sehe etwas darin: Jenna, die tanzt; einen Mann, der von einem Gebäude stürzt; Poppy mit verweinten Augen und nassem Haar – nass von Blut.

Ich lasse mich auf die Bettkante sinken. Ich kann nicht zur Helpline gehen, nicht in diesem Zustand, aber ich muss irgendetwas tun. Ich muss etwas bewirken.

Ich öffne Reddit auf meinem Handy und antworte auf jeden

r/Selbstmordgefahr-Post, den ich finden kann. Ich sage diesen Leuten, dass sie nicht allein sind, dass sie geliebt werden, dass es etwas gibt, wofür es sich zu leben lohnt. Ich sage ihnen alles, was ich in jeder Nacht Poppy hätte sagen sollen.

Aber tief in mir weiß ich, dass ich mich niemals weniger hassen werde. Egal, wie vielen Menschen ich helfe.

Kapitel 7

Eastbourne ist ein Touristenstädtchen. An der Strandpromenade stehen hübsche Hotels im viktorianischen Stil aufgereiht, es gibt Läden, die Postkarten und Eimer und Schaufeln verkaufen, einen Landungssteg, Kieswege und einige Stapel gestreifter Liegestühle. Aber meine Eltern und ich wollen nicht zum Strand. Wir verlassen den Bahnhof und gehen in Richtung Rathaus, einem großen Rotklinkergebäude mit Säulen und einem Turm auf dem Dach, um uns mit dem Untersuchungsrichter zu treffen. Konfetti hat sich in den Winkeln der Eingangstreppe gesammelt, und ein Paar mit einem kleinen Baby steigt vorsichtig die Stufen hinab.

Ich wünschte, wir wären aus einem anderen Grund hier.

Wir werden in einen Gerichtssaal geleitet. Er ist schlicht eingerichtet – zwei Zuschauerreihen, zwei Tische mit Bänken vorn, Platz für einen Richter und die Geschworenen. Aber heute gibt es keine Geschworenen. Denn das hier ist kein Prozess.

Im Saal sitzen schon Leute. Nur ein paar. Einige sehen offiziell aus, vielleicht sind es Polizisten und Rechtsmediziner, die als Zeugen aussagen sollen. Jemand mit ungekämmtem Haar sitzt ganz hinten und kritzelt etwas in seinen Notizblock. Ein Journalist, vermutlich von irgendeinem winzigen Lokalblatt. Er mustert uns, als wir an ihm vorbei zu unseren Plätzen gehen, und scheint bereits zu überlegen, welche Adjektive am besten zu uns passen: *traurig, müde, am Boden zerstört.* Unter meiner Bluse juckt meine Haut und fühlt sich heiß an. Warum muss hier ein Journalist sein? Warum muss der Tod meiner Schwester in die Nachrichten kommen? *Erinnern Sie sich an die Leiche, die im Februar am Fuß der Klippen gefunden wurde?*, wird er schreiben. *Nun, hier können Sie all die blutrünstigen Einzelheiten lesen!*

Der Untersuchungsrichter, ein Mann von ungefähr sechzig Jahren mit einem gepflegten grauen Bart und einer runden Brille, kommt durch die Seitentür herein. Er setzt sich uns gegenüber. Im Raum wird es still, und mein Magen zieht sich zusammen.

Nach sechs Monaten geschieht es endlich. Wir bekommen Antworten. Ich werde genau wissen, was in jener Nacht passierte, jede Einzelheit – und meine Eltern ebenfalls. Wir werden damit abschließen können.

Der Untersuchungsrichter erhebt sich.

«Am Morgen des 23. Februar 2019, eines Samstags, wurde die Leiche von Poppy Harris, achtzehn Jahre alt, unter der Klippe am Hope Gap, East Sussex, gefunden. Diese Untersuchung wurde eingeleitet, um verschiedene Faktoren zu klären – wer die Verstorbene war und wann, wo und wie sie gestorben ist. Ich werde Zeugen aufrufen, die ihre Aussagen zu Protokoll geben und Fragen beantworten werden, und wenn wir diese Zeugen gehört haben, werde ich eine Abschlusserklärung abgeben und verkünden, ob wir die Todesursache als zufällig, gesetzeswidrig, unbekannt oder vorläufig ansehen – oder ob wir feststellen, dass es Selbstmord war.

Für den Anfang wird der Vater der Verstorbenen, Fred Harris, eine Stellungnahme über seine Tochter verlesen. Mr. Harris, wenn Sie bitte in den Zeugenstand treten wollen.»

Dad geht nach vorn. Er atmet schwer. Er trägt einen alten grauen Anzug und Poppys Lieblingsschlips: Van Goghs «Sternennacht» ist darauf gedruckt. Der Anzug spannte früher an seinen Schultern, damals, als ich noch klein war, aber jetzt sitzt er locker. Ich hatte es vorher kaum bemerkt, aber Dad hat sich verändert. Er ist wie zusammengedrückt. Um die Augen hat er noch mehr Falten; sein dunkler Bart ist von silbrigen Härchen durchzogen. Er fischt seine Brille und ein Stück Papier aus der Tasche. Ich habe ihn in genau diesem Anzug schon auf Hochzeiten reden gesehen. Er verpasste nie die Pointen und brachte die Gäste immer zum Lachen.

Aber heute zittert er.

«Meine Tochter Poppy hatte eine Menge Eigenschaften», sagt er leise. «Sie war eine talentierte Künstlerin, die Schönheit in allem fand, was sie sah. Sie war allen eine Freundin, die eine Freundin brauchten. Und sie war freundlich. Sie lernte sprechen, und von diesem Moment an sagte sie nur noch nette Dinge. Sie hatte ihre eigene Art, auf die Welt zu blicken, und sie sah nur die guten Seiten. Sie war ein Sonnenschein – auch wenn wir uns ab und zu wegen der Unordnung in ihrem Zimmer stritten.»

Dad lächelt ein wenig, und ich lächele mit. Bei ihrer Beerdigung vor all den Monaten war er auch so: Er achtete darauf, dass wir uns an sie erinnerten, wie sie lebte, nicht, wie sie starb. Aber das heute ist keine Gedenkfeier.

«Sie war ein fröhliches kleines Mädchen, das immer lächelte. Gleichzeitig war sie schüchtern. Sie hatte nie viele Freunde, aber sie hatte uns – mich, ihre Mum Heather und ihre große Schwester Clementine. Wir waren einander sehr nah. Letztes Weihnachten haben wir ein Lebkuchenhaus gebastelt und Charade gespielt und dabei gelacht, bis uns die Tränen kamen. Wir hatten keine Ahnung, dass...» Dad scheint die nächsten Worte im Mund zu bewegen, dann blättert er um. «Poppy hatte eine

90

Sozialphobie. Situationen mit anderen Menschen machten sie nervös. Bei uns, bei ihrer Familie, war sie ein ganz normales, gesprächiges Mädchen, aber außerhalb unseres Zuhauses oder in größeren Gruppen war sie ängstlich und schüchtern. Als sie uns sagte, sie wolle sich an der Universität Brighton bewerben, dachten wir, sie sei dabei, ihre Schüchternheit zu überwinden. Sie zog aus, und... sie sagte, sie sei glücklich. Sie tat das, was sie liebte. Wir besuchten sie, sooft wir konnten, und ihre Mutter schickte ihr jede Woche Kuchen, und wir riefen außerdem fast jeden Tag an, aber sie sagte immer, sie sei glücklich... Wir wussten nicht... Wir wussten nicht, wie sehr sie kämpfte.»

Er atmet tief ein und aus und versucht, sich wieder zu fangen.

«Die Poppy, die wir kannten, war heiter und kreativ, aber auch nervös. Ein wenig ängstlich vor allem. Ich habe ihr ihr Fahrrad gebracht, weil sie die Gegend um Brighton herum erkunden wollte. In London ging sie niemals allein hinaus. Sie war zu ängstlich, um auf der Straße zu fahren, sie hatte solche Angst, auch nur die Hand vom Lenker zu lösen, um zu zeigen, dass sie abbiegen wollte. An manchen Tagen verließ sie überhaupt nicht das Haus, weil sie so schüchtern war. Zu... zu hören, dass sie so weit mit dem Fahrrad gefahren ist, so spät in der Nacht, auf der Straße...» Seine Stimme bricht. «Sie war mutig. Was auch immer in jener Nacht passiert ist – mein kleines Mädchen hatte offenbar ihre Ängstlichkeit überwunden. Sie war mutig.» Er senkt den Blick. «Ich danke Ihnen.»

Dad sieht den Untersuchungsrichter an, der nickt und ihm ein Zeichen gibt, dass er zu seinem Platz zurückgehen kann. Als er sich wieder neben uns setzt, nimmt Mum seine Hand.

Ich stecke meine zwischen die Knie, damit sie nicht so zittern.

91

Der Untersuchungsrichter räuspert sich. «Ich rufe jetzt Polizeiinspektor David Burnham auf.»

Ein Schwarzer Mann in einem Maßanzug tritt in den Zeugenstand. Er hält sich sehr gerade, nickt uns höflich zu und macht dann seine Aussage. Er gehörte zu dem Polizeiteam, das Poppys Leiche an jenem Morgen am Strand fand, nachdem ihr Fahrrad kurz vor sieben Uhr morgens von einem Mann mit Hund oben auf der Klippe in der Nähe von Hope Gap gefunden wurde. Der Tatort, sagt Burnham, weise auf Selbstmord hin, zumal er in der Nähe von Beachy Head liegt, einer bekannten Selbstmordstelle. Nichts, was er sagt, ist mir neu.

PC Burnham ist fertig, und der Untersuchungsrichter ruft die Gerichtsmedizinerin Dr. Jennifer Morgan auf.

Dr. Morgan streicht eine blonde Strähne in ihren Dutt zurück. Diese zarten Finger haben in Handschuhen in Poppy herumgewühlt, sie in Y-Form mit dem Skalpell aufgeschnitten, um ihre Organe herauszuholen, sie zu untersuchen, zu wiegen, wieder zurückzulegen und den Rumpf wieder zuzunähen. Diese Finger fotografierten Verletzungen und zogen Zweige und Blätter aus ihrem Haar. Sie untersuchten jeden Quadratzentimeter ihres Körpers.

Poppy hasste es, beobachtet zu werden. Warum hätte sie so sterben wollen? Die Polizei, die Küstenwache, Gerichtsmediziner, Ermittler, Journalisten, all die Menschen, die sich ihretwegen versammelten ... ist das wirklich das, was sie wollte? Ihre Leiche ins Rampenlicht zu zerren? Ihr Leben von Fremden durchleuchten zu lassen? *Warum?*

Ich schüttele den Kopf. Ich muss mich auf die Aussage der Gerichtsmedizinerin konzentrieren, nicht auf meine eigenen Fragen. Die *Warums* kommen später. Das müssen sie. Fürs Erste geht es um die *Wies*.

«Konnten Sie den Todeszeitpunkt bestimmen?»

«Ja», antwortet Dr. Morgan. «Dem Zustand der Leiche nach, und unter Berücksichtigung des Wassereinflusses und der Totenstarre, muss der Tod zwischen vier Uhr morgens und fünf Uhr morgens am 23. Februar eingetreten sein.»

«Und konnten Sie die Todesursache feststellen?»

Dr. Morgan listet die Verletzungen auf: drei mehrfache Knochenbrüche, die linke Schulter ausgekugelt, ein zertrümmertes Becken, Rückgratsverletzungen, ein Schädelbruch, eine Platzwunde am Kopf.

Mum sitzt vorgebeugt, sie hat den Kopf gesenkt und hält sich die Ohren zu. Dads Finger graben sich in ihr Knie, seine andere Hand findet meine. Sie ist kalt vor Verzweiflung.

Ich atme flach und ruhig. Das hier ist nur eine wissenschaftliche Analyse. Kalte, harte Fakten.

Ich stelle mir die Szene wie mit einem Crashtest-Dummy vor, der kleine Markierungen auf den verletzten Körperstellen hat. Das hier ist nicht meine Schwester, die lächelte und tanzte und malte.

Ich kann nicht zulassen, dass das meine Schwester ist. Sechzig Meter. Eine Kopfverletzung. Es ist schnell gegangen. Immerhin ist es schnell gegangen.

Es sei kein gerader Fall gewesen, sagt Dr. Morgan. Kalkspuren an ihrem Kopf haben auf einen Zusammenprall mit dem Felsen auf dem Weg nach unten hingewiesen, noch vor dem Aufprall.

Der Dummy in meiner Vorstellung prallt ab und landet rücklings.

Die körperlichen Verletzungen seien besonders schwer gewesen, weil das Wasser noch nicht ganz am Strand war. Die Flut habe erst eine Stunde später die Stelle erreicht, an der ihr

Körper aufgeprallt war. Die Post-mortem-Analyse habe ergeben, dass sich Wasser in der Lunge und kein Sauerstoff im Blut befand.

Moment. Nein ...

«Das weist darauf hin», fährt Dr. Morgan fort, «dass die Verstorbene noch atmete, als die Flut kam. Die Todesursache war ertrinken.»

Ich bekomme keine Luft. Der Dummy ist verschwunden. Poppy, *meine* Poppy, liegt am Fuß der Klippe, mit blutendem Gesicht, beide Arme gebrochen, unfähig, sich zu rühren, und die Flut kommt langsam auf sie zugekrochen.

Sie war am Leben. Sie war noch *eine Stunde lang* am Leben.

Und ihre Arme waren gebrochen. Weil sie versucht hatte, ihren Sturz aufzuhalten.

Der Helpline-Anruf von vor ein paar Tagen hallt noch in meinen Ohren nach, der Schrei, den der Anrufer ausstieß, als er sprang.

Er bereute es. Poppy bereute es auch.

Sie versuchte noch, sich zu retten.

Sie wollte nicht sterben.

Warum sprang sie, wenn sie nicht sterben wollte?

Jetzt steht einer der Beamten des Untersuchungsrichters im Zeugenstand. Mum weint, und Dad bemüht sich, es nicht zu tun. Ich verdränge meine Gedanken und konzentriere mich auf das, was der Mann sagt.

Jetzt kommen sie. Das sind die Antworten, auf die ich so sehr gewartet habe.

Gleich werde ich wissen, warum sie es getan hat.

«Ich wurde damit beauftragt, Informationen über das Leben der Verstorbenen und die letzten Tage vor ihrem Tod zusammenzutragen», sagt der Beamte. Ich habe ihn schon einmal gesehen; damals durchsuchte er Poppys Sachen. Stellte Fragen. «Dabei habe ich die Angestellten der Universität und die Mitbewohner der Verstorbenen befragt, und ich werde ihre Aussagen zusammenfassen. Sie finden die Abschrift meiner Aussage in den abschließenden Dokumenten.» Er räuspert sich. «Die Verstorbene wurde von den Universitätsangestellten als liebenswürdig und fleißig, aber still beschrieben. Weder kontaktierte sie die Stellen der Universität, die sich um die mentale Gesundheit der Studierenden kümmern, noch trat sie in Clubs, Sportvereinen oder anderen Studentenorganisationen in Erscheinung. Ihre Mitbewohner beschrieben sie als Einzelgängerin, und trotz ihrer Einladungen nahm sie nicht an sozialen Aktivitäten teil. Sie hielt sich abseits. Eine Mitbewohnerin sagte aus, sie habe sie während des Herbstsemesters in ihrem Zimmer weinen hören, habe aber nie mit ihr darüber gesprochen.»

Das Herbstsemester. Poppy schrieb mir in der Zeit Briefe und gab sie mir an Weihnachten. Darin stand nichts von Weinen. Nichts von Traurigkeit.

Nach Weihnachten schrieb sie keine Briefe mehr.

Warum? Warum wollte sie ihr Leben plötzlich nicht mehr mit mir teilen?

Der Gerichtsbeamte redet immer noch. Er ist klein und spricht undeutlich.

«... der Netflix-Account der Verstorbenen zeigt, dass sie in den Wochen vor ihrem Tod verschiedene Filme und TV-Shows mit dem Thema Suizid geschaut hat, darunter mehrfach eine Folge mit einer sehr deutlichen Suizidszene. Der Google-Suchverlauf zeigt, dass sie über die Küste von East Sussex recherchierte, einschließlich Beachy Head, einer bekannten Suizidstelle, und Informationen über Buslinien und Fahrradrouten dorthin einholte. Drei Google-Suchen wurden kurz vor dem ermittelten Todeszeitpunkt getätigt – *Aus welcher Höhe ist ein Sturz tödlich?*, *Hope-Gap-Klippen Höhe in Metern* und *Tut es weh, wenn man stirbt?*

Nein. Das würde sie nicht eintippen.

Wie konnte sie so etwas eintippen?

«Haben Sie im Zuge der Untersuchungen irgendeine Nachricht oder einen Abschiedsbrief gefunden?», fragt der Untersuchungsrichter.

«Nein.»

Wir hätten davon erfahren, wenn sie etwas gefunden hätten, sie hätten es uns gezeigt, aber dennoch zieht sich mein Herz zusammen. Ich hatte gehofft, dass sie irgendetwas fänden, eine nicht gesendete E-Mail oder einen Zettel zwischen Buchseiten.

Sie müssen etwas anderes bei ihrer Suche gefunden haben. Etwas, das als Beweis gelten kann. Als Erklärung.

«Haben Sie irgendeine mögliche Erklärung dafür gefunden, dass sie mit dem Fahrrad zur Klippe gefahren ist?», fragt der Richter. «Hat sie irgendwem von ihren Absichten erzählt?»

«Nein», antwortet der Beamte. «Ihr Browserverlauf zeigt, dass sie die Route auf Google Maps recherchiert hat, bevor sie das Haus verließ, aber eine Erklärung haben wir nicht gefunden. Ihre Mitbewohner waren zu der Zeit in einem Club in der Gegend und haben sie nicht gehen sehen.»

«Können Sie die letzten Stunden der Verstorbenen zusammenfassen?»

Ich wünschte, ich könnte weglaufen, um nicht zu hören, was gleich gesagt werden wird, oder dass alle anderen verschwinden. Ich will nicht, dass sie es hören. Weder die Journalisten, die sich Notizen machen, noch meine Eltern.

Mum nimmt wieder Dads Hand, und Dad drückt meine. Er hält sich an mir fest, als könnte uns in einer Sekunde eine Welle trennen.

Sie wissen nicht, was kommt. Ich schon.

«Die Sicherheitskameras zeigen, dass die Verstorbene am Morgen des 23. Februar um 1.24 Uhr ihr Wohnheim mit dem Fahrrad verließ. Sie fuhr allein durch Brighton und an der Küste entlang. Zuletzt wurde sie um 2.39 Uhr von einer Kamera in Seaford gefilmt. Dort blieb sie weiter auf dem Küstenweg und wurde nicht mehr gesehen.»

«Tat die Verstorbene, bevor sie das Wohnheim verließ, irgendetwas, das darauf schließen ließ, dass ihr psychischer Zustand fragil war?»

«Ja», sagt er Beamte und atmet tief durch.

Sag es nicht, flehe ich stumm und grabe meine Fingernägel in die Handfläche der freien Hand. *Bitte, sag es nicht.*

«Die Verstorbene versuchte, Kontakt mit ihrer Schwester Clementine Harris aufzunehmen. Am Freitag, den 22. Februar, schickte die Verstorbene um 19.19 Uhr per WhatsApp die Nachricht *Hey, hast du Zeit?* an ihre Schwester. Sie schickte eine zweite Nachricht um 0.48 Uhr: *Schreib mir.* Beide Nachrichten wurden von Clementine Harris um 0.49 Uhr gelesen. Um 3.07 Uhr nachts versuchte die Verstorbene, ihre Schwester anzurufen, aber der Anruf wurde auf die Voicemail weitergeleitet. Obwohl es davon eine Aufzeichnung gibt, sind die Geräusche darauf nicht zu deuten. Es wurden keine Worte gesprochen. Die Anruf-Triangulation lässt aufgrund der Position der Sendemasten darauf schließen, dass die Verstorbene sich nahe ihres Todesortes befand, als der Anruf getätigt wurde. Wir glauben, dass sie kurz darauf von der Klippe gestürzt und innerhalb der nächsten Stunde gestorben ist.»

Dads Finger um meine Hand lösen sich.

«Du ... du hast uns das nie erzählt», flüstert er. «Du hast uns nie gesagt, dass sie dich angerufen hat.»

Ich bringe es nicht über mich, ihn oder Mum anzusehen. Ich halte den Blick feige auf den Beamten gerichtet, der jetzt zurück zu seinem Platz geht.

Dads Stimme bebt. «Warum bist du nicht rangegangen?»

Im Raum ist es quälend still. Ich höre, wie der Stift des Journalisten auf dem Notizblock kratzt, spüre, dass die Blicke der wenigen Anwesenden auf meinen Hinterkopf gerichtet sind.

«Ich wusste nicht, warum sie anrief», sage ich und halte mich an diesem letzten Strohhalm fest. «Sie hat nie gesagt, dass es ihr nicht gut geht. Wir wussten das alle nicht. Ich dachte, sie wäre glücklich. Ich wusste nicht ...»

«Du hättest sie *aufhalten* können, Clem.»

«Fred! Hör auf», zischt Mum. Sie beugt sich zu mir und nimmt die Hand, die Dad losgelassen hat. Zieht sie zu sich. «Sieh mich an, Clementine. Bitte.»

Ich zwinge mich dazu. Mum zittert, ihre müden Augen glänzen, aber sie zwingt sich zu einem leeren, verzweifelten Lächeln. Sie drückt meine Hand.

«Du hattest mit deiner Forschung zu tun, Liebling. Du hast gelernt. Niemand gibt dir die Schuld. Stimmt doch, Fred?»

Dad zögert, er hat die Hände in seinem Schoß zu Fäusten geballt. Dann atmet er aus und legt fest seinen Arm um mich. «Entschuldige. Wir würden dir niemals die Schuld geben.»

Aber ich höre die Enttäuschung in ihren Stimmen.

Der Untersuchungsrichter steht erneut auf, doch er ruft keine Zeugen mehr auf. Seine Akte ist geschlossen. Er hat die Hände gefaltet.

«Ich werde jetzt die Abschlusserklärung der Untersuchung vortragen.»

Nein, das kann nicht richtig sein. Wir haben doch noch gar nichts erfahren. Da gibt es noch mehr. Da *muss* es mehr geben.

«Angesichts der Fakten, die wir heute gehört haben, glaube ich, dass die verstorbene Poppy Harris ein verletzlicher und einsamer Mensch war, der die bewusste Entscheidung traf, an einen gefährlichen Ort zu fahren. Ihre Online-Recherchen zu diesem Ort und seinen Gefahren und ihr Interesse am Thema Selbstmord sind ein Hinweis auf ihre Suizidgedanken. Ihr Versuch, kurz vor ihrem Tod Kontakt zu einem Familienmitglied aufzunehmen, scheiterte. Sie hinterließ keine Nachricht, das tun nur vierzig Prozent aller Menschen, die sich das Leben nehmen. Nach meiner Überzeugung stürzte sich Miss Poppy Harris am Morgen des 23. Februar 2019 von einer Klippe und ertrank. Und ich folgere daraus, dass es sich um Selbstmord handelt.»

» »

Im Zug zurück nach London weint Mum die ganze Zeit. Ihre Brust hebt und senkt sich krampfhaft, sie schluchzt, das Gesicht in den Händen vergraben. Dad schaut in die vorbeirasende Landschaft hinaus. Seine Fingerknöchel wirken ganz weiß auf der Oberfläche des Tischs. Er weicht dem Blick meines Spiegelbilds im Fenster aus.

So hätte es nicht laufen dürfen.

Die Untersuchung hätte uns Antworten bringen sollen. Ich wusste, dass sie keinen endgültigen Abschluss bringen würde, aber ich dachte, sie würde uns einen Grund geben – einen Hinweis darauf, dass Poppys Tod mehr war als nur ein Selbstmord, bewiesen durch ihre Selbstmordgefährdung. Und selbst wenn es niemals eine Antwort gibt, sollte es sich doch anders anfühlen als das hier. Die Untersuchung sollte ein Schlusspunkt sein.

Aber es wird wohl niemals ein Ende geben.

Ich werde niemals erfahren, warum sie es getan hat. Ich werde es niemals verstehen.

Und ich werde mir niemals verzeihen können.

Kapitel 8

Ich begleite meine Eltern zur Haustür, gehe aber nicht hinein. Ich kann es nicht. Nicht, solange Poppys Gesicht aus so vielen Bilderrahmen lächelt und eins ihrer alten Stiefelpaare noch im Schuhregal steht. Nicht, solange ich weiß, dass meine Eltern mich nicht hier haben wollen.

«Wo gehst du hin, Liebling?», ruft Dad, als ich mich abwende und zur Brücke gehe. «Clem!»

Doch ich drehe mich nicht um.

» »

Liam kommt mit ausgebreiteten Armen auf mich zu, als ich in den Wohnungsflur trete.

«C, Schatz, ich habe online von dem Urteilsspruch gelesen. Es tut mir so leid.»

Er legt seine Arme um mich, drückt meinen Kopf an seine Schulter und hüllt mich in die Weichheit seines flauschigen Pullis ein. Er riecht nach Zucker. Ich halte mich an diesem Duft fest, grabe mich in ihn hinein, folge seinen Wurzeln: Poppy in der Küche mit Mum, wie sie Randstücke vom Kuchen stibitzt, lacht, Löffel ableckt, Zuckerguss glitzert auf ihrer Wange.

Blut auf ihrer zertrümmerten Stirn.

«Ich habe Marmeladentörtchen gemacht», sagt Liam und wiegt mich in seinen Armen. «Lass uns eine von deinen nerdigen Fernsehshows gucken und sie alle aufessen. Oder ich mache uns etwas anderes. Wir könnten ausgehen oder hierbleiben, egal. Wenn du reden willst, können wir das auch tun, oder wir sitzen einfach da und schweigen.» Er drückt mich noch fester. «Ganz egal, was du brauchst, ich bin für dich da.»

Er ist für mich da. So wie ich es in jener Nacht für Poppy hätte sein sollen.

Ich löse mich von Liam und weiche zurück.

«Ich ... ich muss gehen.»

«Gehen? Du bist doch gerade erst angekommen.»

«Ich weiß, aber ich muss gehen.»

«Ach komm, setzt dich doch. Iss ein Marmeladentörtchen oder trink zumindest ein Glas Wasser.» Er macht einen Schritt auf mich zu und greift nach mir. «Du siehst nicht gut aus, Clementine.»

«Bis später.»

Er läuft mir hinterher, als ich aus der Wohnung und die Stufen hinunterrenne, seine Worte verlieren sich im Wummern der Bässe, die aus der Wohnung gegenüber dringen. Ich hänge ihn auf der Straße ab, laufe immer weiter, mit erhobenem Kopf, konzentriere mich auf den Horizont, bin wie auf Autopilot – und das Ziel ist überall, nur nicht hier. Läden schließen, Bars füllen sich, Arbeiter gehen nach Hause. Es ist ein ganz normaler Donnerstag.

Was ist ein normaler Donnerstag für mich? Eine Schicht im Café am Morgen, eine Schicht bei der Helpline am Nachmittag, ein Gruppentreffen am Abend. Jede Pause meines Tages ist ausgefüllt. Kein Raum für Gefühle.

Ein Gruppentreffen am Abend.

Ich werfe einen Blick auf meine Armbanduhr und drehe mich um, gehe den Weg, den ich gekommen bin, ein Stück zurück, auf das Gemeindezentrum zu.

Die Selbsthilfegruppe für Menschen, die jemanden durch

Selbstmord verloren haben, findet wöchentlich in einem Saal statt, der aussieht wie ein großer Klassenraum. Die Stühle sind im Kreis angeordnet. Vor Monaten war ich zum ersten Mal da, mit Mum und Dad, aber sie gingen nach zwei Sitzungen nicht mehr hin.

«Ich ertrage es nicht, mit Menschen zusammenzusitzen, die nach zehn Jahren immer noch so traurig sind», hörte ich Mum abends zu Dad sagen. Sie weinte in seinen Armen. Ich habe damals noch in meinem alten Zimmer gewohnt. *«Es wird nie besser, oder?»*

Also ging nur ich weiter zur Gruppe. Das war etwas, was ich tun konnte, noch so etwas wie Reddit oder die Helpline. Ein Ort, an dem ich den anderen sagen konnte, dass es besser wird, dass sich die Dinge ändern. Wo ich mit Menschen reden kann.

Aber nicht über Poppy. Nicht über jene Nacht.

Stattdessen sage ich meine üblichen Standardsätze auf und bemühe mich, sie selbst zu glauben.

Ich öffne die Tür zum Saal. Da sind Leute, aber das Treffen hat noch nicht wirklich begonnen. Olly, der Gruppenleiter, ist noch bei der Einführung, und ich setze mich so leise ich kann. Da sind ein paar neue Gesichter. Jede Woche sind da neue Gesichter, sie kommen und gehen. Manche Leute kommen hierher, schütten ihr Herz aus und tauchen nie wieder auf. Andere kommen jede Woche und sagen kein Wort. Wieder andere kommen, wenn sie Hilfe brauchen: an Geburtstagen, wichtigen Jahrestagen, an schlechten Tagen. Und dann sind da solche wie ich, die an jeder Sitzung teilnehmen, in der Hoffnung, eine Antwort zu finden, die nie kommt.

«Das hier ist ein sicherer Ort», sagt Olly gerade und sieht die neuen Teilnehmer freundlich an. Eine alte Frau, die ein zerknülltes Taschentuch in der Faust hält und nicht stillsitzen kann, ein dünner Typ mit Bart und leeren Augen, ein Mann im Anzug. «Ihr könnt reden oder nur zuhören, und alles, was ihr sagt, bleibt in diesen vier Wänden», schließt Olly seine Ansprache. «Möchte jemand beginnen?»

Meine Haut fühlt sich ganz klamm an. Ich warte darauf, dass jemand anfängt zu reden. Bilder von Poppy wirbeln in meinem Kopf herum, stechen mich wie Nadeln: wie sie weinend auf der Klippe steht und wartet, dass ich ans Handy gehe; wie sie auf den Felsen darunter liegt, mit gelähmten Beinen, gebrochenen Armen, immer noch am Leben, als die Flut kommt.

Aber egal, wie viele Bilder ich im Kopf habe, sie liefern mir nie einen Grund. Poppy hat sich das Leben genommen, aber ohne Grund.

Es ergibt einfach keinen Sinn.

Wenn man ein paar traurige Filme schaut, *beweist* das dann, dass man selbstmordgefährdet ist? Wenn ein Mitbewohner einen weinen hört, *beweist* das dann, dass man unter Depressionen leidet? Es gab doch nichts Konkretes, oder? Nichts. Nur diese Google-Suchen: *Aus welcher Höhe ist ein Sturz tödlich?*, *Hope-Gap-Klippen Höhe in Metern* und *Tut es weh, wenn man stirbt?* Fragen, die zum ersten Mal eingetippt wurden, nur Augenblicke bevor sie starb. Hektisch. Impulsiv.

Aber sie war nicht impulsiv. Sie war stur. Sie zerriss niemals eine Skizze oder übermalte eine Leinwand. Sie wartete im Regen auf Sonnenuntergänge, die nie kamen. Egal wie oft ich ihr sagte, dass die Wolkendecke nicht aufreißen würde. Sie wartete.

Die Poppy, die ich kannte, hätte so etwas nicht eingetippt.

Die Poppy, die ich kannte, wäre nicht gesprungen.

Aber sie hat es getan. Wenn ich sie nicht verlassen hätte, indem ich nach Boston ging, hätte ich sie vielleicht besser gekannt.

Die unruhige alte Frau redet jetzt. Ihre Stimme ist vor Trauer ganz brüchig, und ich konzentriere mich darauf. Es geht um ihren Sohn. Er musste eine Scheidung durchmachen und verlor seine Kinder. Damit kam er nicht zurecht.

Wir hören ihrem Weinen zu. Diese trauernde Mutter hätte nie gedacht, dass sie den Tod ihres Kindes würde ertragen müssen.

Mums Schluchzen dringt mir in die Ohren. Ich habe es im Telefon gehört, als Dad mir die Nachricht überbrachte, ein tiefes, hartes Weinen, und ich habe es heute wieder gehört: weicher, jämmerlich. Vielleicht weint sie immer noch. Vielleicht umarmt Dad sie noch auf dem Sofa, und das Bild von uns allen, wie wir in einem Sonnenblumenfeld stehen und auf sie hinunter lächeln, hängt darüber an der Wand.

Poppys Asche in der Urne auf dem Tisch.

Die alte Frau – *Gail* steht handgeschrieben auf ihrem Namensschild – schüttelt den Kopf, als Olly fragt, ob sie weitersprechen will. Er rückt sich die Brille zurecht und wendet sich nach links, um den neuen Teilnehmer ein paar Plätze von mir entfernt anzusprechen.

«Und was führt dich her, ähm ... Daniel, ist das richtig?» Der Name auf seinem Namensschild ist beinahe unleserlich, ein wütendes Kratzen auf Papier. «Möchtest du uns etwas von dir erzählen, Daniel?»

Der junge Mann atmet tief durch und beugt sich ein wenig vor – dann sackt er wieder gegen die Lehne und schüttelt den Kopf. Er greift in sein wirres Haar, zieht an den mausfarbenen Strähnen, starrt zu Boden. Schüttelt immer noch den Kopf.

Niemand sagt etwas. Ich möchte, dass er spricht. Ich brauche tiefe Trauer und Verzweiflung, die Trauer eines anderen. Irgendetwas, das mich von meinen eigenen Gedanken ablenkt. Von der Trauer. Den Schuldgefühlen. Dem Zweifel.

Eine Stimme auf der anderen Seite des Stuhlkreises beginnt zu reden. Der Mann im Anzug. Er spricht über jemanden, der gestorben ist, einen Bruder, und sagt, dass er sich wünscht, dieser Bruder hätte mit ihm geredet, statt allein zu leiden. Die anderen steigen ein, sagen ihm, er solle sich nicht selbst die Schuld geben. Er hätte es ja nicht wissen können.

Ich schlucke hart. Ich hätte es wissen können. Poppy hat mich angerufen. *Mich.*

Wenn ich rangegangen wäre, hätte ich jetzt nicht all diese Fragen. Dieser Mann; der Anrufer, der sich in den Tod stürzte; Blessing – was sie alle wollten und brauchten, war, dass die geliebten Menschen Kontakt zu ihnen aufnahmen. Ich habe meine Chance bekommen. Und ich habe sie vertan. Die einzige Möglichkeit, einen Sinn in alldem zu finden.

Das habe ich hier noch nie erzählt.

«Clementine, geht es dir gut?», fragt Olly. Er hat seine Hände gefaltet. Ich merke, dass ich ganz schief dasitze, beinahe zusammengerollt.

Der ganze Stuhlkreis wendet sich mir zu – alle richten ihre traurigen, verlorenen, trostsuchenden Blicke auf mich. Sie wollen mich ermuntern. *Du kannst es uns sagen. Wir sind für dich da.*

Ich atme zittrig durch.

«Heute war die Verkündigung der Ergebnisse der Leichenschau meiner Schwester. Selbstmord. Offiziell.»

Die Frau neben mir, Ruth, tätschelt meine Schulter. Ich höre wissendes Flüstern aus dem Kreis. *Das ist furchtbar. Dabei muss man alles noch einmal durchleben. Aber immerhin ist es ein Abschluss.*

«Ich wusste, dass es so kommen würde, aber noch einmal zu hören, wie genau sie gestorben ist ...» Ich breche ab, starre den Boden an. «Es war kein schneller Tod. Sie ist gestürzt, aber der Sturz hat sie nicht umgebracht. Sondern die Flut. Sie ist ertrunken. Ihre Arme waren gebrochen, weil sie ... weil sie versucht hat, ihren Sturz abzufangen. Als hätte sie es sich doch noch einmal anders überlegt, oder ...» Ich grabe meine Fingernägel in die Handflächen, bis es wehtut. «Ich weiß, wie sie gestorben ist, das haben sie ganz deutlich erklärt, aber ... niemand kann mir sagen, *warum*. Und das hätte ich gebraucht. Ich muss wissen, warum sie das getan hat, weil ich es nicht verstehe ...» Ich merke, dass ich lauter werde. «Es ergibt überhaupt keinen Sinn. Sie hatte keinerlei Grund, sich das Leben zu nehmen. Es sieht ihr überhaupt nicht ähnlich ...»

Olly holt tief Luft, aber ich rede weiter, bevor er mich unterbrechen kann.

«Ich weiß, was ihr sagen wollt – man braucht keinen besonderen Grund, sich das Leben zu nehmen, und es gibt fast nie nur ein einziges Problem, mit dem suizidgefährdete Menschen kämpfen. Aber Poppy hatte überhaupt keine Probleme. Sie war schüchtern. Mehr nicht. Der Untersuchungsrichter kam zu dem Schluss, dass es Selbstmord war, weil in ihrem Suchverlauf auf dem Handy die Stichworte Tod und Sturz aufgetaucht sind, und wegen des Ortes und der Sorte Filme, die sie geschaut hat, aber niemand hat einen *Grund* dafür gefunden, aus dem sie es getan haben könnte. Sie haben festgestellt, was sie getan hat, was die Schritte dorthin waren, aber nicht den Grund. Ich habe wirklich geglaubt, ihn dort erfahren zu können. Ich dachte, sie würden etwas herausfinden, das den Selbstmord irgendwie *schlüssig* würde erscheinen lassen. Aber so war es nicht. Sie haben nachgeforscht, konnten aber nichts finden. Und das bedeutet, dass es einfach kein Motiv *gab*.»

Endlich sehe ich auf.

Olly nickt. «Ja, das ist häufig der Fall. Ich weiß, dass es schmerzhaft und verwirrend ist, aber es ist schon mal ein gutes Zeichen, dass du es akzeptieren kannst. Manchmal reicht es schon aus, dass sich ein Mensch lebensmüde fühlt, ebenso wie...»

«Nein, nein, das versteht ihr nicht», falle ich ihm ins Wort. «Ich will sagen, dass es kein Motiv *gab*. Ihr Handeln ist völlig unlogisch. Ich weiß, dass ich das akzeptieren und weitermachen sollte, aber wie zur Hölle soll ich das tun? Ich bin Wissenschaftlerin, ich beschäftige mich den ganzen Tag nur mit Fakten und Zahlen. Jedes Ergebnis ist vorhersagbar. Aber dieses nicht! Ich würde gern besser damit zurechtkommen, glaubt mir. Ich wollte die fünf Stadien der Trauer schnell hinter mich bringen und mir den Schein holen, der beweist, dass ich darüber hinweg bin, aber das kann ich nicht. Ich kann es nicht, weil das hier einfach *völlig unlogisch ist*.»

Ich drücke mir die Fingerknöchel auf den Mund. Der Saal ist ziemlich klein, aber er kommt mir vor wie ein Vorlesungssaal, als hallte meine Stimme und alle säßen in aufsteigenden Sitzreihen um mich herum und schauten auf mich hinunter.

«Und... ich weiß nicht, was nicht denken soll. Ich kann einfach nicht glauben, dass sie das getan haben soll. Sie war zu so etwas gar nicht fähig, sie hätte es *nie* getan – aber vielleicht ist das nur das, was ich gern glauben will. Vielleicht rede ich mir das nur ein und hoffe auf irgendeine andere Erklärung, damit ich Selbstmord ausschließen kann, damit ich nicht mehr mit der Schuld leben muss...»

«Warum empfindest du Schuld?», fragt Olly.

«Weil sie mich kurz vor ihrem Sprung von der Klippe angerufen hat, und ich bin nicht rangegangen.»

Alle im Kreis verstummen: kein Widerspruch, keine Unterstützung. Es ist raus.

Ich kann ihnen den Rest nicht erzählen. Wie sehr würden mich diese Leute hassen, wenn sie wüssten, dass ich, während Poppy am Fuß der Klippe lag und starb, mit Jenna zusammen war? Dass ich getanzt habe? Ich habe zwei Textnachrichten und einen Anruf ignoriert. Ich hatte genau drei Chancen, sie in jener Nacht zu retten, und ich habe alle verpasst. Nein, ich habe sie nicht *verpasst* – ich habe sie *vermieden*. Ich habe *bewusst* entschieden, ihr nicht zu helfen. Ich habe mich nur um mich selbst gekümmert.

«Clementine, das ist nicht deine Schuld», sagt Olly mit seiner honigweichen Stimme, die eigentlich nur für die wirklich Schuldlosen reserviert ist. «Du konntest nicht wissen, was sie vorhatte oder was sie sagen wollte. Du kannst dir nicht die Schuld für ihre Handlungen geben.»

«Doch. Ich kann es, und ich tue es.»

«Aber du *solltest* es nicht tun.»

«Und warum nicht? Sie hatte keinen Grund zu springen. Wenn sie gemobbt worden wäre, Stress an der Uni oder Schulden gehabt hätte, wenn nur *irgendwas* gewesen wäre, dann … dann hätte das bedeutet, dass irgendwas sie dazu gebracht hätte. Dass es einen äußeren Grund gegeben hätte. Aber den gab es nicht. Es gab nur diesen verpassten Anruf. Sie war einsam. Sie brauchte mich. Und das bedeutet, wenn ich rangegangen wäre, hätte ich sie retten können. Ich hätte sie da rausholen können. Sie ist nur gestorben, weil ich nicht rangegangen bin …»

«Clementine …»

«Keinen Grund bedeutet, dass *ich* der Grund war.»

Dicke, schwere Tränen rinnen meine Wangen hinunter. Ich lege die Hände vors Gesicht, greife mit den Fingerkuppen in meine Haare, als könnte ich mit ihnen die Scham herunterreißen. «Vor ein paar Tagen, als ich wieder bei der Selbstmord-

Helpline gearbeitet habe, hat sich ein Anrufer umgebracht, während ich mit ihm telefoniert habe – aber vorher sagte er noch, ich hätte wissen müssen, dass etwas mit meiner Schwester nicht stimmte. Er sagte, dass es meine Schuld sei, weil ich mich nicht genügend gekümmert habe. Er hatte recht. Es ist meine Schuld. Und ich werde mir das nie verzeihen können.»

Alle starren mich an. Selbst der Neuling mit dem gekritzelten Namensschild sieht von der Seite aus zu mir, eine Hand noch im Haar.

Der Anruf bei der Helpline ist jetzt wieder ganz präsent, die Vorwürfe des Mannes treffen mich mitten ins Herz. Ich denke an die Gesichter von Mum und Dad im Untersuchungsgericht, wie verraten sie sich fühlten.

Ich krümme mich, versuche, mich in mir selbst zu vergraben, während das Weinen mich schüttelt. Ich bin Tränen nicht gewohnt. Sie kommen in Strömen, ich würge sie hervor, als hielte mir jemand den Hals zu. Als Poppy klein war, weinte sie auch so. Verzweifelte Schluchzer, eine erstickte Stimme. Weinte sie in jener Nacht auch so? Als sie mich anrief und keine Antwort bekam?

Ich fühle Hände auf meiner Schulter und meinem Arm. Sanftes Tätscheln.

Du musst dir selbst verzeihen.

Es wird besser.

Eines Tages wirst du weitermachen können.

Aber es gibt kein Weitermachen. Nicht für mich.

Was soll ich machen? Wieder nach Harvard fahren und so tun, als wäre das hier nie passiert? Mein Leben dort war alles, was ich mir je erhofft hatte. Die Wissenschaft, die Forschung, die Freunde. Jenna. Einen Moment lang hatte ich es.

Aber ich kann nicht dorthin zurück. Wie auch? Die Schuldgefühle werden immer bei mir sein. Die Scham wird mir folgen, egal, wohin ich gehe und was ich tue – und dort besonders. Ich verdiene es nicht, das Leben zu leben, das ich mir immer gewünscht habe, wenn meine Selbstsucht Poppys Leben beendet hat.

Ich kann nicht dorthin zurück. Niemals. Nicht, wenn ich bei jedem Blick in Jennas Augen den Tod meiner Schwester sehe.

Meine Zukunft ist in jener Nacht an der Küste mit Poppy gestorben.

Ich wünschte, sie hätte mich mitgenommen.

Ich stehe auf, durchquere den Kreis, wobei ich mir das Gesicht abwische, den Schweiß und die Tränen und die Scham darin, und ich stolpere aus dem Saal.

In meinem Kopf dreht sich alles wie ein Roulettekessel, und die Kugel der Verzweiflung springt darin herum, weiß nicht, wo sie landen wird. Die Schienen der U-Bahn? Die Themse? Die Räder eines Busses? Der Kessel dreht sich schneller, und ich drehe mich mit ihm. Die Stadt um mich herum verschwimmt wie eins von Poppys abstrakten Bildern, rote Lichter und Blut und gebrochene Arme, und ich wünsche mir inständig, dass nicht plötzlich alles schwarz wird.

«Clementine?»

Eine Hand packt mein Handgelenk, und ich werde in die Wirklichkeit zurückgerissen – ich bin draußen im Freien, am Rand einer Straße, die ich nicht wiedererkenne. Die Hand zieht mich vom Kantstein weg, und ich drehe mich um, erwarte, Olly oder vielleicht Liam zu sehen, die mich trösten wollen – aber es ist jemand anderes.

Der Neue aus der Gruppe steht vor mir, atemlos, mit seinem mausfarbenen, filzigen, wirren Haar. Der Blick aus seinen grauen Augen sieht mich forschend an.

«Du bist das, oder?», sagt er. «Ich war mir nicht sicher, ich dachte, das könne nicht sein, aber dann hast du das von deiner Schwester erzählt und von deiner Arbeit bei der Helpline und davon, dass du am Telefon gehört hast, wie sich jemand umgebracht hat, und...»

Er steht zu nah bei mir. Wir sind allein auf der Straße.

«Was willst du?» Ich versuche, mich loszureißen, aber er hält mich fest. «Wer bist du?»

Ein Bus donnert an uns vorbei und weht uns das Haar aus dem Gesicht.

«Ich bin's», sagt er, und der Griff an meinem Arm wird noch fester. «Ich bin er. Ich bin der Anrufer.»

Kapitel 9

Ich starre den Fremden an. Er weicht meinem Blick nicht aus. Seine Augen sind rot geädert, dunkle Schatten liegen darunter; seine Wangen sind so hohl, dass sein Gesicht beinahe aussieht wie ein Totenschädel. Seine Hand liegt noch immer um mein Handgelenk.

«Nein. Du kannst nicht er sein. Der Anrufer ist gestorben. Er ist *gestorben*. Ich habe es gehört.»

Das Schreien, das Rauschen von Luft, der Aufprall.

Er ist gestorben.

«Ich bin nicht gestorben, weil ich nicht gesprungen bin», sagt er. «Ich wollte zwar, wirklich, und ich hätte springen sollen. Aber dann habe ich mein Handy fallen lassen, und es fiel, es fiel so tief nach unten, und ich… es war mir plötzlich zu viel. Ich war zu feige. Ich bin nach Hause gegangen. Ich habe es nicht durchgezogen.»

Die Stimme klingt anders. Es knistert und rauscht nicht in der Leitung, und er lallt nicht betrunken.

Er ist es nicht. Er ist nur ein Fremder aus der Selbsthilfegruppe, der sich die Geschichte zu eigen gemacht hat, die ich im Stuhlkreis erzählt habe; er verwendet einfach all die Details, die ich von dem Anruf genannt habe. Er ist vielleicht nicht gesund. Er ist vielleicht gefährlich.

«Ich bin nicht gestorben, okay? Ich lüge nicht. Ich war das. *Ich*. Ich habe angerufen, du bist rangegangen, und ich war ziemlich betrunken, und … ich glaube, ich habe ewig kein Wort gesagt. Aber dann habe ich doch geredet, und ich habe

113

dir von meiner Schwester erzählt, davon, wie sie ... wie sie sich vor einen Zug geworfen hat. Erinnerst du dich daran? An den Zug? An meine Schwester?»

Sein Gesicht wirkt ganz eingesunken und krank, aber seine Augen sind lebendig. Verzweifelt. Flehend. «Rachel. Meine Schwester hieß Rachel.»

Er sagt ihren Namen ganz genau so wie der Anrufer: rau und schmerzerfüllt, als täte es ihm weh, ihn auszusprechen. So, wie ich Poppys Namen sage.

Er ist es wirklich.

Ich konnte ihn mir nicht vorstellen. In meinem Kopf war er die menschgewordene Verzweiflung, formlos, anonym, aber auch ohne die Störgeräusche in der Leitung und ohne das Lallen weiß ich jetzt, dass er es ist: Anfang zwanzig, hager, seine Kleider wirken viel zu groß an ihm, das mausfarbene Haar hängt ihm in schmutzigen Strähnen ins Gesicht, der Bart ist struppig, die Haut aschfahl, sein Blick gehetzt.

Von den Toten zurückgekehrt.

«Ich dachte, du wärst gestorben. Ich dachte ...»

Plötzlich wird mir klar, wie seltsam das ist, dass ich in diesem Augenblick diesen Menschen treffe; dass ein anonymer Anrufer einer landesweiten Helpline ausgerechnet in meinem Gemeindezentrum zum wöchentlichen Meeting auftaucht, zu dem ich immer gehe. Dass er mir gefolgt ist, als ich hinausgerannt bin.

«Warum bist du hier?», frage ich. Ich schaue mich nach anderen Fußgängern, nach Zeugen um. «Wie hast du mich gefunden?»

«Dich gefunden?» Er verzieht verständnislos das Gesicht. «Ich habe dich nicht *gefunden*. Ich meine, nicht absichtlich. Als ich auf dem Dach stand, hast du mir gesagt, ich solle mir Hilfe suchen. Und ich dachte, dass du vielleicht recht hast, dass ich es vielleicht ein letztes Mal versuchen sollte. Eine Selbsthilfegruppe, das hast du gesagt. Ich habe also nach einer gesucht, und diese hier war die einzige in meiner Nähe ohne diesen Kirchenscheiß, da bin ich hergekommen. Aber dann warst du da, und ich habe begriffen, wer du bist, und ich erinnerte mich daran, was ich über deine Schwester gesagt habe, und ich wollte mich entschuldigen, aber dann...»

«Dafür musst du dich nicht entschuldigen.» Langsam vergeht das Erschrecken über sein Auftauchen, und die Scham, vor der ich fliehen wollte, greift wieder mit kalten Fingern nach meinem Herzen. Drückt es. «Du hattest recht. Es *war* meine Schuld. Ich hätte für sie da sein müssen. Ich... ich hätte rangehen müssen.»

Wieder fährt ein Bus an uns vorbei, und mein Blick folgt ihm. Wie schnell er wohl fahren müsste, um einen Fußgänger zu töten?

«Warte mal bitte.»

Er zieht wieder an meinem Ärmel. Ich habe gar nicht gemerkt, dass ich mich bewegt habe.

«Hör mal, was ich an dem Abend gesagt habe, war falsch. Ich habe es nicht so gemeint. Na ja, zu dem Zeitpunkt schon, aber ich war betrunken und wütend, und ich wusste nicht, mit wem ich spreche, es war mir egal, und es ist leicht zu vergessen, dass am anderen Ende der Leitung ein echter Mensch sitzt, und... ich wollte dich einfach verletzen, okay? Das wollte ich, deswegen habe ich dieses Zeug gesagt, aber ich wollte nicht wirklich *dich* verletzen. Es war nicht deine Schuld. Das war es nicht, und ich weiß das, weil...»

«Es *war* meine Schuld», unterbreche ich ihn. «Völlig egal, wie sehr ich es bereue, ich habe sie im Stich gelassen. Das kann ich zugeben. Ich muss … ich muss damit leben.» Ich schüttele seine Hand ab. «Du hättest mir nicht hinterherkommen sollen. Ich brauche keine Entschuldigung. Du solltest zurück zur Gruppe gehen. Sie können dir helfen.»

Ich lasse ihn stehen und gehe, aber er kommt hinterher.

«Du hörst mir gar nicht zu, oder? Ich will nicht dorthin zurück. Ich muss mit dir reden. Du bist diejenige, die …»

«Ich kann dir nicht helfen, verdammt!», schreie ich. «Ich kann niemandem helfen!»

«Ich bitte dich auch nicht darum!» Er stellt sich mir in den Weg. «Wir sind in derselben Lage, kapierst du das nicht? Als wir telefonierten, habe ich das noch nicht begriffen, weil ich nur an mich selbst dachte, aber dieses Gefühl hatte ich schon da. Du hast Zweifel daran, dass deine Schwester sich das Leben genommen hat, oder? Genau wie ich. Du weißt, dass daran irgendetwas nicht stimmt. Es fühlt sich nicht richtig an, oder? Das hat es nie. Und das heute hat es nur noch bestätigt.»

«Ja, aber … Es ist nun mal wahr.» Ich lege die Hand auf die Stirn. «Es ist nur, weil ich es nicht akzeptieren kann. Poppy hat sich umgebracht, aber ich wollte es nicht wahrhaben. Ich bin ein Feigling. Ich muss akzeptieren, dass …»

«Deine Zweifel sind richtig. Ich hatte dieselben, und aus gutem Grund. Du weißt das. Du fühlst es! Deine Schwester hat sich nicht umgebracht, Clementine.»

«Doch!», schreie ich. «Sie hat sich umgebracht, und ich habe versagt, weil ich sie nicht aufgehalten habe.»

Ich will mich an ihm vorbeidrängen, doch er hält mich auf, indem er mich bei den Schultern packt.

«Die Untersuchung des Todes meiner Schwester hat ebenfalls ergeben, dass sie sich das Leben genommen hat, aber das stimmt nicht. Ich *weiß*, dass das nicht stimmt. Sie haben einen

Fehler gemacht. Ist es denn so abwegig anzunehmen, dass sie auch bei deiner Schwester einen Fehler gemacht haben?»

Sein Blick ist wild. Er riecht nach Alkohol und Schweiß, auf seinem Hoodie sind Flecken. Er sieht nicht gesund aus. Ich sehe in ihm den Mann, der bei der Helpline angerufen hat: den verletzlichen, labilen jungen Mann, der keine Ruhe findet, keinen Trost. Der sich in die letzte mögliche Erklärung hineinsteigert. Verzweifelt. Wahnhaft.

Ich darf nicht zulassen, dass ich auch so werde.

«Du glaubst mir nicht», sagt er. «Das verstehe ich, aber bitte, lass mich es dir erklären. Das, was du fühlst, dieser Zweifel? Und die Überzeugung, dass es nicht so passiert ist, wie sie behaupten? Das fühle ich auch. Ich habe zwei Jahre lang damit gelebt. Es geht einfach nicht weg. Du kannst nicht davor davonlaufen. Die Zweifel werden dir immer folgen. Immer, wenn du glaubst, sie endlich losgeworden zu sein, wenn du glaubst, dass du akzeptieren kannst, was geschehen ist, so wie die anderen, dann kommt es wieder, und du bist dir noch sicherer als vorher. Und ich weiß, dass du es ebenfalls weißt, in deinem Herzen. Du weißt, dass sie sich nicht das Leben genommen hat. Du *weißt* es. Stimmt doch? Oder?»

«Ich...» Etwas regt sich in meiner Brust. «Ich kann mir nicht vorstellen, dass sie es getan hat. Ich sehe einfach keinen Sinn darin. Es gibt keinen Grund. Aber welche Erklärung gibt es sonst? Sie war dort, in der Nacht, und...»

«Vergiss das alles, okay? Lass mal für eine Sekunde das ruhen, was du zu wissen glaubst. Versuche mal, nur heute Abend nicht zu fühlen, was du *denkst*, fühlen zu müssen, und hör einfach auf das, was dir deine Instinkte sagen.» Er macht eine Pause, bevor er weiterspricht. «Meine Schwester ist bei ihrer eigenen gerichtsmedizinischen Untersuchung beschissen worden, und ich bin mir ziemlich sicher, deine ebenfalls. Gib mir nur fünf Minuten, und ich beweise es dir.»

Wieder braust ein Bus an uns vorbei, und wir spiegeln uns in seinen Fenstern. Mein Shirt ist zerknittert, und mein Gesicht ist feucht von Tränen und Schmutz. Meine Haare sind ganz zerzaust, verwirrte, dunkelbraune Strähnen, die aus einer zerstörten Frisur hängen, die vor einer Weile noch ein Pferdeschwanz war. Ich kann mich nicht erinnern, wann ich zum letzten Mal etwas gegessen oder getrunken oder wann ich mehr als drei Stunden am Stück geschlafen habe.

Und der Anrufer neben mir sieht genauso aus.

«Ich kann nicht. Es tut mir leid. Ich muss ihre Entscheidung akzeptieren und weiterleben.»

Ich wende mich zum Gehen, und er lässt es zu. Er steckt die Hände in die Taschen seines Hoodies. Zuckt die Achseln.

«Okay, wie du willst. Akzeptiere etwas, von dem du *weißt*, dass es nicht stimmt. Hast du nicht gesagt, du seist Wissenschaftlerin? Ich dachte, du würdest vielleicht meine Beweise sehen wollen.»

Ich stehe mit dem Rücken zu ihm und stocke. Drehe mich um.

«Du hast Beweise, dass der Tod deiner Schwester kein Selbstmord war? Echte, belastbare Beweise?»

«Jawohl. Und ich zeige sie dir.»

Ich beiße mir auf die Lippe und sehe auf der anderen Straßenseite eine heruntergekommene Burger-Bar.

«Okay. Fünf Minuten.»

» »

Wir setzen uns ans Fenster, ich mit einem Kaffee, er mit einem Milkshake, aber keiner von uns trinkt sein Getränk. Kinder kommen und gehen, sie lachen in ihren übergroßen T-Shirts und makellos weißen Turnschuhen. Sie genießen den warmen Sommerabend.

Vor dem Fenster glüht der Horizont orangefarben.

«Also, wie sehen deine Beweise aus? Zeig sie mir.»

Der Anrufer – Daniel – seufzt.

«Darf ich erst etwas erklären? Es wird vielleicht klarer, wenn ich es erkläre.» Er knibbelt an dem gekritzelten Namensschild, das an seinem Hoodie klebt, zieht es ab. «Es hat sich nie richtig angefühlt. Ich weiß, dass das alle sagen, aber ich meine es wirklich so. Rachel war glücklich. Wirklich.» Er reißt das Namensschild in kleine Streifen. «Sie war Musikerin, Gitarristin in einer kleinen Indie-Band, und sie tourten durch Europa. Das alles kostete weit mehr, als sie verdienten. Sie hat es geliebt. In Asien waren sie auch. Australien. Sie liebte das Reisen. Unser Dad ist vor Jahren bei einem Arbeitsunfall gestorben – fehlerhafte Brandschutzausrüstung –, und wir haben beide einen ganzen Batzen Geld von seiner Arbeitsstelle bekommen. Ich glaube, sie hätte das ganze Geld durchgebracht, bevor sie fünfundzwanzig geworden wäre, wenn sie so lange gelebt hätte.» Er schluckte. «Noch kurz bevor sie starb, buchte sie ihre letzte Reise. Thailand. Sie wollte offenbar in einer Strandbar arbeiten, dort auftreten und von einem Plattenboss entdeckt werden, der zufällig da Urlaub macht. Das war zumindest ihr Traum. Und sie wollte ihn auf keinen Fall aufgeben.»

Poppy lacht in der Küche, sie hat Zuckerguss auf der Wange. Sie tanzt in ihrem Zimmer zu Weihnachtsliedern und singt mit. Sie strahlt, als ich ihr Geschenk auspacke – drei Kiesel aus Brighton, auf die von Hand die Porträts von Einstein, Curie und Tesla gemalt sind –, und sie strahlt sogar noch mehr, als sie meins auspackt: zwei Tickets für den 360-Grad-Aussichtsturm in Brighton Beach.

«Oh danke! Da wollte ich immer schon mal rauf! Du kommst aber mit, Clemmie. Wir können uns von dort den Sonnenuntergang ansehen. Wann kommst du das nächste Mal her? Ostern? Lass uns Ostern auf den Turm gehen!»

Ich fingere an meinem Kaffeebecher herum, spüre die Wärme durch die Pappe.

«Ich hätte es gewusst, wenn sie Probleme gehabt hätte», sagt Daniel. «Wir haben ständig miteinander geredet. Wir hatten keine Geheimnisse. Ich wusste zum Beispiel, dass sie Karten für *Christine and the Queens* gekauft hatte, kurz bevor sie starb, und dass sie für den Auftritt neue Jeans bestellt hatte. Sie kamen nach der Beerdigung an. Wer tut so was? Wer bestellt Jeans für ein Konzert, auf das er nicht gehen will? Sie hat sie noch in der Nacht bestellt, in der sie starb.»

«Und das haben sie bei der Untersuchung nicht beachtet?»

«Sie haben es kaum erwähnt. Irgendein Psychologe sagte, dass sie vielleicht kurz Zweifel an ihrer Entscheidung hatte, sich umzubringen. Hielt es aber für kein deutliches Zeichen, dass sie nicht sterben wollte. Sie konzentrierten sich auf all die winzigen, unwichtigen Dinge, die angeblich auf eine Depression und einen Selbstmordwunsch schließen ließen, ignorierten aber den Riesenhaufen Dinge, die auf das Gegenteil hindeuteten.»

Ich denke an Poppys gerichtsmedizinische Untersuchung, bei der der Gerichtsmediziner die traurigen Filme und Serien erwähnte, die sie geschaut hatte. Hatte sie nur solche Sachen geschaut? Oder hatten die Beamten die Folgen aus einer riesigen Liste «harmloser» Filme gepickt, um ihre Selbstmord-Theorie zu beweisen?

«Genau so hat es sich heute angefühlt», sage ich. Zum ersten Mal schiebe ich meine Zweifel nicht von mir; ich spreche sie sogar aus. «Wie ein klassischer Bestätigungsfehler. Es war, als zögen sie nur die Daten in Betracht, die den Schluss unterstützten, den sie erwarteten, und schöben alles andere beiseite.»

«Und sie hatten überhaupt kein Interesse daran, herauszufinden, was *wirklich* passiert ist.» Daniel nimmt seinen Milkshake. Seine Fingernägel sind abgekaut. «Rachel selbst war ihnen eigentlich völlig egal, sie wollten gar nicht wissen, wer sie war oder was passiert ist. Sie war für sie nur ein Name in einer Akte, ein Selbstmordopfer, und die sogenannte *Untersuchung* war eine reine Formalität.»

Ich nicke. «Ich hatte das Gefühl, dass sie heute über jemand ganz anderen gesprochen haben. Nicht über Poppy.»

«Ja. Ich weiß.» Er stochert mit seinem Strohhalm im Milkshake herum. «Wie ist deine Schwester gestorben? Ich meine, du hast ja gesagt, dass sie von der Klippe gestürzt und dann ertrunken ist, aber... wie ist denn die Geschichte dahinter?»

Ich nehme einen Schluck vom bitteren, brühheißen Kaffee. «Sie war an der Uni in Brighton. Gegen halb zwei Uhr morgens hat sie ihr Zimmer verlassen, damals im Februar, und ist mit dem Fahrrad an der Küste entlang zu den Klippen gefahren. Und am nächsten Morgen wurde sie am Fuß dieser Klippen gefunden.» Ich drehe den Becher zwischen den Händen. «Ich weiß, wie das wirkt, und ich verstehe auch, warum sie zu ihrer Schlussfolgerung gekommen sind, aber...»

«... sie wirkte glücklich, und einen Abschiedsbrief gab es auch nicht? Nichts, was direkt von ihr kam und beweisen könnte, dass sie es getan hat?» Er sieht mich eindringlich an. «Genau wie bei Rachel. Sie ist auch nachts gestorben. Wir waren beide bei meiner Mum, damals vor zwei Jahren. Ich kam ungefähr gegen ... elf zurück. Ihre Tür war zu. Am nächsten Morgen stand sie offen, und sie hatte nicht in ihrem Bett geschlafen. Die Sicherheitskameras haben aufgezeichnet, wie sie mit dem Auto an den Gleisen entlang zu dieser Kirche fuhr, was komisch war, weil es gar nicht so weit war und sie genauso gut auch hätte zu Fuß gehen können, aber sie ist gefahren. Und dann war da dieses Loch im Zaun, das wir schon Jahre zuvor gefunden hatten, eine geheime Abkürzung über die Gleise, wenn wir mal ganz mutig waren. Da haben sie sie gefunden. Aber wie bei deiner Schwester: kein Abschiedsbrief. Stattdessen die Karten für das Konzert, die an ihre Pinnwand geheftet waren, und die neue Jeans in der Post. Aber das war ihnen alles egal. Sie haben nur den Tod auf den Gleisen gesehen und alles getan, um zu beweisen, dass sie sich das selbst angetan hat. Sie haben gar nichts anderes in Betracht gezogen.»

Poppy fuhr in der Nacht mit dem Fahrrad zu den Klippen und stürzte hinunter. Wer weiß, ob das vielleicht ein Unfall war? Haben sie darüber überhaupt nachgedacht? Dass sie, eine Naturliebhaberin, dorthin fuhr, um sich die Sterne anzusehen, aber dann in der Dunkelheit stolperte? Es wäre nicht ihre erste nächtliche Exkursion gewesen. Ich habe sie schon früher dabei ertappt, wie sie mit dem Mantel über dem Pyjama, Würstchen in den Taschen und ihren Hunde-Plüschpuschen an den Füßen versuchte, den Riegel der Eingangstür aufzuschieben, um nachts die Füchse zu besuchen. Meistens konnte ich sie zurück ins Bett bringen, aber nicht immer. Manchmal öffnete ich die Tür für sie, und wir schlichen zusammen hinaus. Ich hielt die Taschenlampe, und Poppy rief flüsternd nach den Füchsen, ohne meine Hand loszulassen.

Sie hatte keine Angst vor der Nacht. Sie hatte viel mehr Angst bei Tag.

«Ich weiß nicht, ob der Gerichtsmediziner ein Unglück überhaupt in Betracht gezogen hat», sage ich. «Ich glaube nicht. Poppy ist in der Nähe von Beachy Head von der Klippe gestürzt, was ein…»

«Ein beliebter Ort für Selbstmord ist, ich weiß.»

«Genau. Aber… es passt irgendwie gar nicht zu ihr. Sie war ein schüchterner, in sich gekehrter Mensch. Sie hätte es… Sie hätte es vielleicht eher in ihrem Zimmer gemacht oder irgendwo, wo es still und abgeschieden ist. Nicht dort. Und nicht so… gewaltsam.»

«Ich weiß, was du meinst.» Daniel gräbt die Finger in die Wände seines Bechers, sodass sie sich eindellen. «Ein Tod auf den Gleisen ist so gewaltsam und zerstörerisch, wie es nur möglich ist. Rachel war ängstlich. Sie kam kaum damit zurecht, wenn sie sich an einem Blatt Papier schnitt. Sie hätte das nie getan.» Seine Augen glänzen jetzt. «Auf keinen Fall. Und ich kann es beweisen.»

Er holt sein Handy heraus, schiebt es mir über den Tisch hin und zeigt mir ein Video. Ich brauche eine Sekunde, um zu begreifen, was es ist, und schließe genau im richtigen Moment die Augen. Es ist das Kameramaterial des Zuges, der seine Schwester umgebracht hat.

«Ich will das nicht sehen.»

«Es ist zensiert, du wirst nichts wirklich Schlimmes sehen. Sieh es dir an. Bitte.»

Ich öffne meine Augen. Der Film läuft langsamer als normalerweise, Bild für Bild. Erst zeigt die Kamera die Gleise, dann kommt eine Gestalt in einem gestreiften Top durch ein Loch im Zaun hinter einem Busch hervor. Die Gestalt springt nicht vor den Zug; sie fällt. Ihre Arme rudern, ihre Füße stolpern, und sie verschwindet in dem gepixelten, zensierten Fleck un-

123

ten im Bild. Und dann sind die Gleise wieder frei, und der Zug rast erneut auf den Busch zu.

«Hast du es gesehen?», fragt Daniel.

«Ja, ich habe sie fallen sehen.»

«Nein, nicht den Sturz. Kurz davor. Sieh dir den Busch an. Ganz genau. Dort, in ihrem Rücken.»

Das Video läuft noch ein paarmal ab, Daniels abgekauter Fingernagel zeigt auf die richtige Stelle, hält das Video an, lässt es weiterlaufen, damit ich etwas erkenne.

«Tut mir leid, ich weiß nicht, was du mir zeigen willst», sage ich. «Das geht zu schnell. Hat es was mit den Blättern zu tun? Mit dem Schatten?»

«Nein.» Er hält das Video an und zoomt eine Stelle hinter Rachels Schulter heran. Dort ist etwas Blasses zu sehen. «Da, hinter ihr. Man sieht es nur für den Bruchteil einer Sekunde, aber es ist ganz klar da. Siehst du es? Eine Hand.»

«Eine Hand?»

«Ja. Die Hand von demjenigen, der sie durch den Zaun und vor den Zug gestoßen hat.»

Ich packe das Handy und halte es mir ganz nah vor die Augen, blinzele, versuche etwas zu erkennen. Er ist verschwommen, ja, aber da ist wirklich ein schmaler, weißer Fleck – wie ein großes L –, der aus dem Busch hervorragt. Ich zoome zurück und drücke auf Play. Der Fleck taucht auf und verschwindet wieder, ist nur für einen kurzen Moment sichtbar, bevor Rachel fällt. Blätter geraten in Bewegung, als sich der Zug nähert, und dieser Fleck sieht aus wie ein Blatt – beinahe. Aber er bewegt sich nicht wie ein Blatt. Das starre L an Rachels Rücken wird gerade, als sie fällt, und zieht sich dann zurück – genau wie ein Handgelenk, wenn jemand mit der flachen Hand etwas geschubst hat. Je länger ich hinsehe, desto mehr sehe ich, was

Daniel sieht. Sind diese dunkleren Pixel vielleicht der Schatten eines Daumens? Oder sieht man da eine Uhr oder ein Armband?

Ich sehe mir das Video immer und wieder an, und mein Magen zieht sich zusammen – nicht nur, weil ich das hier gerade sehe, sondern auch, weil ich es so sehr sehen will.

Wenn dieser weiße Fleck *wirklich* eine Hand ist – und genau so sieht er aus –, dann hat Daniel recht. Dann ist seine Schwester in jener Nacht nicht vor den Zug gesprungen. Dann wurde sie gestoßen.

«Du musst das der Polizei zeigen», sage ich.

Daniel lacht freudlos auf. Er nimmt das Handy und steckt es in die Hosentasche. «Die haben das schon gesehen. Es war ihnen egal.»

«Was? Aber das ist doch ein Beweis, dass sie jemand gestoßen hat! Ich weiß, dass das vielleicht nicht alles ändert, aber wenn du erklärst...»

«Ich habe das bereits alles erklärt.» Er lacht wieder und reibt sich die Stirn. «Dutzende Male, Hunderte. Sie haben dieses Video auch im Untersuchungsgericht gezeigt, aber niemand hat darin etwas entdeckt. Sie haben es einfach übersehen. Ich habe Kopien davon erstellt und war monatelang jeden Tag bei der Polizei, um sie dazu zu bringen, es sich noch mal anzusehen. Ich habe Screenshots gemacht und die Stelle umkringelt, damit sie sie auf jeden Fall sehen, auch wenn sie sich das Video nicht angucken, aber sie haben nur abgewinkt. Sie haben gesagt, das seien nur Blätter, sonst nichts, und...» Er schüttelt den Kopf. «Ich verstehe schon, es ist wirklich schwer zu erkennen, aber es ist auf *keinen* Fall ein Blatt. Das ist es einfach nicht. Ich habe mich offiziell beschwert und war beim Untersuchungsrichter im Büro, sogar bei ihm zu Hause. Ich habe mich gewei-

125

gert, die Polizeiwache zu verlassen, und ich habe Petitionen eingereicht. Ich habe mit allen gesprochen, die Rachel kannten, und der Polizei die Mitschriften gegeben. Aber sie haben einfach nicht zugehört. Sie haben mir nicht geglaubt. Sie...» Er räuspert sich. «Sie haben mich eingewiesen. Dreimal. Sie haben mich mit Medikamenten vollgepumpt und gesagt, ich sei verrückt. Das haben alle gesagt. Sogar Mum. Sie haben mich erst aus der Psychiatrie gelassen, als ich so tat, als glaubte ich ihnen. Niemand will die Wahrheit sehen, obwohl sie direkt vor unseren Augen liegt. Aber ich weiß, was passiert ist. Ich weiß, dass sie jemand umgebracht hat und damit durchgekommen ist. Er ist damit durchgekommen, weil mir niemand glaubt.»

Er zieht die Knie an die Brust und schlingt die Arme darum.

«Daher... daher weiß ich ganz genau, wie du dich fühlst. Du gibst dir selbst die Schuld an allem, weil du nicht ans Telefon gegangen bist. Und meine Schuld ist es, dass die Polizei Rachels Tod nie als Mordfall gesehen hat. Sie haben mich einmal angesehen und mich sofort für irre gehalten. Ich habe meine Schwester im Stich gelassen.»

Er reibt sich die geröteten Augen, dann greift er sich unter dem T-Shirt an die Brust. Etwas blinkt im unnatürlichen Licht des Restaurants auf: eine silberne Halskette. Er schaut weg, und ich sehe seinen Nacken. Die Kette hat seine Haut ganz wundgescheuert.

Das hier ist der Anrufer, wie ich ihn kennengelernt habe. Der Anrufer, der auf dem Dach eines Gebäudes stand, weil er keinen weiteren Tag in einer Welt leben wollte, die ihm nicht zuhörte.

Aber ich höre zu.

«Wir können Gerechtigkeit für sie erwirken», sage ich. Daniel schaut mich an und hört auf, an seiner Kette zu ziehen.

«Ich helfe dir. Wir können zur Polizei gehen und dafür sorgen, dass sie der Sache nachgehen.»

«Das bringt nichts. Sie haben mich schon als Irren abgestempelt und werden mich nie ernst nehmen. Ich war schon zu oft dort. Sie haben sich die Akte angeschaut und dann immer wieder gesagt, dass sie vor ihrem Tod den Zugfahrplan recherchiert hat. Sie sagen, sie habe es geplant. Sie ziehen gar nicht in Betracht, dass das auch jemand anders getan haben könnte, vielleicht mit ihrem Handy. Das beweist ja wohl gar nichts.»

Der Abschlussbericht der Untersuchung zu Poppys Tod hallt in meinen Ohren. «Drei Google-Suchen wurden kurz vor dem ermittelten Todeszeitpunkt getätigt: *Aus welcher Höhe ist ein Sturz tödlich?, Hope.Gap-Klippen Höhe in Metern* und *Tut es weh, wenn man stirbt?*»

Mein Mund fühlt sich ganz trocken an.

«So haben sie es zu beweisen versucht?», frage ich. «Das war ihr Hauptargument dafür, das Ganze als Selbstmord zu verbuchen?»

«Ja, die Zugplan-Recherche, und dann der Tod auf den Gleisen – sie sagen, das habe ihre Absichten gezeigt. Sie haben ihr Handy in der Nähe gefunden, es aber nie auf DNA-Spuren untersucht oder so. Das hätte doch auch jemand anders eintippen können. Das Handy war mit einer Geheimzahl gesichert, aber sie benutzte immer die Touch-ID. Man hätte sie überwältigen und das Handy mit ihrem Daumen entsperren können.»

Poppys Geheimzahl war 1234. Das Handy wurde nicht bei ihr gefunden, sondern am Rand der Klippe. Dort lag es am nächsten Morgen. Sie rief mich an, ließ das Handy fallen, als ich nicht ranging, und stürzte sich hinunter. So steht es im Abschlussbericht.

Aber was, wenn Poppy nie angerufen hat? Sie hasste es zu

telefonieren. Sie ging ran, wenn ich sie anrief, aber sie rief nie selbst an. Selbst die drängendsten Fragen stellte sie per Textnachricht.

Nur in jener Nacht rief sie an.

Niemand hat das Handy auf Fingerabdrücke untersucht. Warum auch, wenn der Polizeibeamte, der vor Ort war, bereits davon ausging, dass es Selbstmord war?

In mir zündet etwas. Etwas, das ich sechs Monate lang zu ignorieren versucht habe. Aber jetzt verbreitet es sich in meinem Körper, gelangt in mein Stammhirn und von dort aus in jeden Hirnlappen, jeden Zellkern. Sechs Monate lang waren meine Neuronen taub, jetzt feuern sie.

«So haben sie auch bewiesen, dass Poppys Tod Selbstmord war», sage ich. «Sie hat Einzelheiten recherchiert, die mit dem Sturz von einer Klippe zusammenhingen, bevor sie fiel, und sie fanden ihr Handy am Rand der Klippe. Aber...» Ich hole tief Luft, wappne mich für das, was ich sagen möchte. «Ich glaube nicht, dass sie sich umgebracht hat. Es war kein Selbstmord. Das kann nicht sein. Ihr Tod muss ein Unfall oder ein Unglück gewesen sein, ein Fehler.» Ich schüttele den Kopf. «Aber wenn es ein Unfall war, warum dann die Google-Suche auf ihrem Handy?»

Daniel richtet sich auf. «Irgendwie ist diese Suche in ihr Handy gekommen», sagt er. «Also hat deine Schwester entweder selbst recherchiert und ist gesprungen, oder...

«Oder...» Ich weiß nicht, ob ich es aussprechen kann. Ich sehe die Beweise und was sie vielleicht bedeuten, doch ich weiß nicht, ob ich damit umgehen kann. «Oder jemand anders hat es eingegeben und sie gestoßen.»

Ich lasse mich auf meinem Stuhl zurücksinken und presse mir die Faust auf den Mund.

Hat sich ihr Selbstmord deshalb immer so falsch angefühlt?

Nicht wegen der Schuldgefühle, mit denen ich mich gequält habe, sondern weil es gar kein Selbstmord war? Weil ich irgendwie wusste, dass an der Sache mehr dran war? Dass sie nicht selbstmordgefährdet war? Dass sie nicht der Typ war, der aus Versehen an die Kante einer Klippe trat? Dass jemand anders daran beteiligt gewesen sein muss?

Der Gerichtsmediziner hat jedoch keine Abwehrverletzungen erwähnt. Der Polizeibeamte sagte, es gebe keine Anzeichen, die auf einen Kampf hinweisen. Nur das Fahrrad am Zaun und ihr Handy am Rand der Klippe. Eindeutig Selbstmord, genau wie bei Daniels Schwester.

Er hat einen Beweis, dass Rachels Tod kein Selbstmord war. Er hat die Aufnahmen der Zugkamera. Und was habe ich?

«Die Voicemail», sage ich, und meine Stimme bricht. «Poppy hat mich angerufen, bevor sie fiel, und sie hat eine Sprachnachricht hinterlassen, weil ich nicht ranging. Ich habe sie mir später angehört, nachdem ... nachdem ich erfahren hatte, dass sie tot ist. Sie sagt nichts, aber man hört das Meer und den Wind. Ich dachte, dass sie schon gesprungen sei und den Anruf nicht beendet habe, aber ...»

Ich hole mein Handy heraus und tippe die gespeicherte Voicemail an. Ich habe sie nur einmal angehört, aber alle Geräusche haben sich mir eingeprägt. Ich höre sie in meinen Gedanken, in den leeren Pausen zwischen den Schichten bei der Helpline und den Reddit-Recherchen. Sie verfolgen mich in meinen wachen Stunden und in meinen Träumen.

Ich schließe die Augen, halte das Handy ans Ohr. Ich stehe jetzt am Rand der Klippe, und die gedämpften, rauschenden Geräusche werden zu einer grellen, klaren Wirklichkeit: kalte, salzige Luft, Wellen, die gegen Felsen klatschen, Dunkelheit, der Wind.

Nein, kein Wind.

«Was ist?», fragt Daniel.

Ich antworte nicht. Ich tippe auf Lautsprecher und drücke mir das Handy noch fester ans Ohr, halte mir das andere zu und schiebe den Lautstärkeregler ganz nach oben, ertrinke in den Wellen und dem Rauschen, immer und immer wieder, bis ich alles ausblenden und das Geräusch dahinter erkennen kann.

Atmen.

Nicht das feuchte, abgehackte Atmen eines Mädchens kurz vor dem Selbstmord oder die tiefen, ängstlichen Atemzüge von jemandem, der sich zwingt, mutig zu sein. Diese Atemzüge beginnen als kleine Luftschlückchen, gedämpft, leise, werden dann aber zittrig, wie mit offenem Mund genommen, im Ausatmen langsamer, sie beben ... vor Erregung.

Ich erinnere mich, wie Poppys Atemzüge klangen, wenn wir aus der Puste waren, weil wir laufen mussten, um einen Zug noch zu erreichen, oder wenn wir uns in der Kälte unter dem Schirm zusammenkauerten.

Diese Atemzüge sind nicht ihre.

Ich breche die Voicemail ab und knalle mein Handy mit dem Display nach unten auf den Tisch.

«Was ist?», wiederholt Daniel. «Was hast du gehört?»

«Jemand war dort», sage ich, ganz taub vor Schrecken. «Jemand ... jemand hat sie gestoßen, und dann hat er mich angerufen. Ich konnte das Atmen hören. Das Atmen von diesem *Jemand*. Ich habe gar nicht Poppys Anruf verpasst, ich habe *seinen* verpasst. Mich anzurufen, war nur ein Trick, um ... das alles glaubwürdiger zu machen. Damit es so wirkt, als hätte ein selbstmordgefährdeter Mensch noch einmal versucht, Kontakt aufzunehmen. Aber ... aber das war der Mörder. Jemand hat sie ermordet.»

130

Ich vergrabe mein Gesicht in den Händen wie in der Selbsthilfegruppe, fahre mir mit den Fingern durchs Haar – ich fühle eine Wut, für die ich kein Ventil finde. «Jemand hat sie umgebracht...»

«Das hätte ich nicht gedacht», murmelt Daniel. «Ich war mir zwar sicher, dass der Gerichtsmediziner einen Fehler gemacht hat, aber ich dachte ... Ich weiß nicht, was ich dachte, aber das? *Noch* ein Mord? So wie bei Rachel?» Er senkt den Blick. «Ich wollte nicht, dass das dabei herauskommt.» Seine Hand berührt zittrig und unsicher meinen Rücken – aber ich setze mich abrupt auf und schüttele sie so ab.

«Was glaubst du, wer Rachel getötet hat?»

«Was?»

«Du weißt seit zwei Jahren, dass sie umgebracht wurde. Wer sind deine Verdächtigen? Wer würde ihr so wehtun wollen? Was hast du der Polizei gesagt?»

Er öffnet den Mund, schließt ihn wieder, zuckt dann die Achseln und fingert wieder nach seinem Kettenanhänger.

«Ich weiß nicht, wer das gewesen sein soll. Alle haben Rachel geliebt. Ich weiß nicht, warum jemand ihr so etwas hätte antun wollen. Vermutlich war es ein Betrunkener oder irgendein Passant. Ich ... ich glaube, deshalb hat mich die Polizei auch nicht ernst genommen. Weil ich ihnen keinen Verdächtigen liefern konnte. Ich hatte nur das Bild von dieser Hand.»

Ich lasse mich wieder auf meinem Stuhl zurückfallen.

Ich kann nichts beweisen. Auf dem Material der Sicherheitskameras sieht man, wie Poppy allein nach Hope Gap geradelt ist, und sie wurde allein gefunden. Es gibt die Recherchen auf ihrem Handy, die auf Selbstmord hinweisen, und eine Voicemail, auf der ein schwaches, gedämpftes Atmen zu hören ist, das sich für jeden anderen wie ihres anhören kann.

Ich habe nichts in der Hand, um den Abschlussbericht der Gerichtsmedizin zu widerlegen. Abgesehen von der Tatsache, dass die Beweise, die Poppys Absichten untermauern sollen, ziemlich schwach sind, zwei Minuten Atmen und ein Gefühl.

Aber Gefühle beweisen keine Hypothesen.

«Jetzt bist du wie ich, Clementine», sagt Daniel. «Du kennst eine Wahrheit, die dir niemand glauben wird.»

Ich starre aus dem Fenster und versuche, nicht zu weinen.

Das wollte ich doch, oder? Ich habe mich nach etwas gesehnt, nach irgendwas, das erklären kann, warum Poppy in jener Nacht von der Klippe stürzte – um meinen eigenen Schuldgefühlen zu entkommen. Aber diese Schuldgefühle nagen immer noch an mir. Dasselbe Untier, nur mit anderen Zähnen.

Ich hätte meine Zweifel schon vor sechs Monaten aussprechen sollen, selbst wenn ich dabei irrational gewirkt hätte. Ich hätte meinem Bauchgefühl trauen sollen. Stattdessen hat meine Tatenlosigkeit dem Mörder meiner Schwester geholfen, damit durchzukommen.

Das letzte Tageslicht fällt in die enge Straße, das weiche Orange wird vom Tintenschwarz des Himmels verschluckt.

«Poppy liebte Sonnenuntergänge», sage ich. «Früher ist sie durch ganz London gefahren, um den besten Aussichtspunkt zu finden, von dem aus sie die Sonne untergehen sehen kann.»

«Dann hätte sie es dort geliebt, wo ich herkomme. Die Leute sagen, dass wir das schönste Licht im ganzen Vereinigten Königreich haben.»

Etwas streift meine Erinnerung: Poppy und ich in der National Gallery.

«Du wohnst in Margate?»

«Ja. Na ja, ich komme von dort. Jetzt gerade nerve ich einen Freund in Croydon mit meiner Anwesenheit. Woher wusstest du das?»

«Poppy sah gern die Gemälde von Turner in der National Gallery an. Besonders die Küstenlandschaften und Meeresbilder. Sie erzählte mir alles darüber.»

«Oh.» Daniel lächelt. «Rachel hatte es mit Hunden. Sie fand sie so niedlich, in ihren kleinen Regenmäntelchen und gestrickten Pullöverchen. Ich habe immer Fotos von diesen Hunden für sie gemacht. Manchmal tue ich das noch immer. Obwohl...» Er verstummt.

Ich werfe ihm einen Blick zu. Seine Augen sind ganz groß und feucht, er schaut konzentriert zum Himmel hinauf, obwohl dort nichts mehr zu sehen ist. Er kaut an seinen Fingerknöcheln, seine Lippen beben. Sein Ärmel ist ein wenig hinaufgerutscht und entblößt ein paar kaum verheilte Schnitte an seinem Handgelenk.

«Es war schon schlimm genug, sie zu verlieren», sagt er, und seine Stimme zittert. «Aber zu wissen, dass derjenige, der sie umgebracht hat, noch dort draußen ist? Dass er sein Leben lebt, nachdem er ihres genommen hat? Das ist...» Er schluckt. «Deshalb bin ich neulich auf das Dach geklettert. Wie soll ich denn weiterleben in dem Wissen, dass jemand mit dem Mord an meiner Schwester davonkommt, und ich kann nichts unternehmen, um ihn zu finden?»

Er zieht wieder an seiner Kette, hält sich an ihr fest.

Ist das meine Zukunft?

In zwei Jahren werde ich bei der Polizei auf der schwarzen Liste stehen, in die Psychiatrie eingewiesen werden, als psychisch krank und wahnhaft abgestempelt sein, weil ich versucht habe, die anderen von der Wahrheit zu überzeugen?

Als Daniel mir in seinem Anruf bei der Helpline erzählte, dass ihm genau das passiert ist, konnte ich ihm nicht glauben. Ich, die ich eine Schwester habe, die Opfer desselben Verbrechens wurde. Ich nahm an, dass er sich in seiner Trauer an Strohhalmen festklammerte. Und dass meine leisen Zweifel an Poppys Selbstmord nur das Wunschdenken meiner von Schuldgefühlen gequälten Psyche seien. Wenn nicht einmal ich ihm geglaubt habe – warum sollten andere dann mir glauben?

Ich sehe Jenna, in einer unserer Nächte in der Bibliothek, zwischen uns Dutzende eng beschriebene Zettel. *«Der Prof wird das nie akzeptieren»*, sagt sie und gähnt. Unser neuestes Konzept hat Kaffeeringe und ist an den Rändern bekritzelt. *«Nicht genügend Präzedenzfälle.»*

«Zumindest nicht auf Englisch.» Ich öffne eine Übersetzungs-Website auf meinem Laptop und schiebe ihr einen Stapel Zettel hin. *«Du nimmst diesen französischen Aufsatz, ich nehme den spanischen. Die perfekte Referenz ist irgendwo da draußen, vertrau mir. Wir müssen sie nur finden.»*

«Wenn es für die Polizei nicht genügend Beweise gibt», sage ich zu Daniel, «dann sollten wir uns auf die Suche nach mehr machen.»

Er kaut an der Innenseite seiner Wange. Seine Augen glänzen, als er mich ansieht. «Was meinst du damit?»

«Wir ermitteln selbst.» Ich setze mich auf und straffe die Schultern. «Wir müssen genügend Beweise finden, um die offiziellen Stellen davon zu überzeugen, das Verfahren neu zu eröffnen. Das können wir schaffen!»

«Du vielleicht. Aber Rachel ist vor zwei Jahren gestorben. Was kann man da noch finden? Glaubst du wirklich, dass es nach all dieser Zeit noch DNA-Spuren auf den Gleisen gibt?»

«Nein, aber das meine ich auch nicht. Wir sind ja keine Detectives. Aber wir können mit Freunden sprechen, die Hinterlassenschaften unserer Schwestern durchsuchen, irgendetwas finden, das unsere Theorie untermauert oder zumindest die Selbstmord-Hypothese widerlegt. Wir können nach mehr Sicherheitskamera-Aufnahmen von deiner Schwester suchen. Vielleicht gibt es eine Kamera, die die Szene aus einem anderen Winkel filmt, vielleicht kann man sehen, wie sich ihr jemand nähert. Und vielleicht wurde in der Nacht, in der Poppy starb, auch jemand in der Nähe von Hope Gap gesehen.»

Daniel starrt leer auf die Tischplatte. Ich muss daran denken, wie der freundliche ehrenamtliche Helfer in der Helpline nach Daniels Anruf mein Handgelenk berührte und mir, ohne zu zögern, Trost spenden wollte. Ich brauche einen Augenblick, aber dann zwinge ich mich, meine Hand über den Tisch auszustrecken und Daniels Hand zu greifen. Er zuckt zusammen.

«Es gibt Dinge, die wir tun können», sage ich eindringlich. «Unsere Schwestern müssen keine hilflosen Opfer sein. Wir können ihnen helfen. Wir können herausfinden, wer das getan hat. Wir werden Gerechtigkeit für Rachel erreichen.»

Für einen Moment scheint es, als würde er seine Hand unter meiner wegziehen wollen – aber dann tut er es doch nicht. Er legt seine andere Hand auf meine, die auf seiner liegt, und drückt sie.

«Und für Poppy», sagt er. «Wir werden auch für Poppy Gerechtigkeit erreichen.»

Heute habe ich Poppys Namen so oft aus dem Mund von Menschen gehört, die sie gar nicht kannten. Aber wenn Daniel ihn ausspricht, klingt es nicht so fremd. Es ist fast, als wären wir eine schräge Familie, als wären unsere Schwestern eben-

falls Schwestern. Rachel und Poppy. Namen, die zueinander-
passen. Zwei schlaue junge Frauen, die sterben mussten, bevor
sie die Chance hatten, richtig zu leben.

Daniel und ich tauschen Nummern, und ich gebe ihm mei-
ne Adresse. Ich begleite ihn zur U-Bahn-Station, weil er seine
Suche in Kent beginnen will, und spüre, wie mein Hirn in den
Forscher-Modus springt. In meinem Kopf entstehen Pläne.
Meine Finger kribbeln, ich will sofort anfangen.

Vor sechs Monaten hat jemand meine Schwester umgebracht und ihren Tod wie einen Selbstmord aussehen lassen –
aber ich kenne die Wahrheit. Und ich werde nicht aufhören
nachzuforschen, bis ich sie beweisen kann.

Kapitel 10

In Harvard folgte auf lange Nächte unweigerlich frühes Aufstehen. Egal, wie müde mein Körper war, ich wachte immer frisch auf, und die Arbeit der vorhergehenden Nacht war mir so klar im Gedächtnis wie ein Experiment, das nur kurz unterbrochen wird, bevor es nahtlos weitergeht. Ich putzte mir die Zähne, holte mir einen Kaffee und ging zurück in die Bibliothek oder ins Labor, wieder voll einsatzbereit.

Am Freitagmorgen fühle ich mich genauso.

Ich ziehe mich schnell an und nehme die Mappe vom Schreibtisch, die ich gestern Abend zusammengestellt habe. Sie ist neu, grau, mit bunten Abschnittsteilern, die ich bereits beschriftet habe.

Hypothese

Untersuchungsfehler

Tatsachen, die gegen einen Selbstmord sprechen

Hintergrundinformationen zu Poppy

Beweise, die für einen Mord sprechen

Verdächtige

Die letzten beiden Abschnitte sind noch leer, aber ich habe den ganzen letzten Abend damit zugebracht, die anderen zu füllen. Ich blättere die erste Seite auf und tue, was ich zu Beginn eines jeden neuen Projekts tue: Ich mache mich noch einmal mit der Hypothese vertraut, die ich beweisen will.

Am 23. Februar 2019 stürzte Poppy Harris von einer Klippe am Hope Gap und starb. Geht man nicht davon aus, dass es sich um Selbstmord handelt, werden weitere Ermittlungen ergeben, dass dieser Tod auf Mord zurückzuführen ist.

Wut und Ekel brennen in meiner Kehle, aber ich schlucke sie herunter. Emotionale Reaktionen vernebeln nur den Verstand und sind bei einer Ermittlung kontraproduktiv. Ich muss klar und ruhig sein. Ich muss diese Hypothese behandeln wie jede andere und rational nach Beweisen suchen, die meine Theorie stützen, um sie schließlich den zuständigen Behörden zu präsentieren. Denn egal, was mein Bauchgefühl sagt: Hypothesen muss man beweisen.

Liam hüpft in seinen Sportsachen durch die Küche, als ich mein Zimmer verlasse. Musik dringt aus seinen Kopfhörern. Er sucht ein Stück Kreide für seine tägliche Nachricht aus und beginnt in großen Schwüngen zu schreiben. Ich versuche, mich an ihm vorbeizuschleichen, aber er bemerkt mich, zuckt zusammen, und die Kreide zerbricht an der Tafel: *Du bist wunderb...*

«C!» Er nimmt die Kopfhörer ab, sodass sie um seinen Nacken liegen. «Tut mir leid, hab ich dich wieder aufgeweckt? Ich wollte mein Work-out wirklich ganz still machen, ich schwör's.»

«Nein, nein, keine Sorge, ich bin von allein aufgewacht.»

«Okay, puh.» Er streicht sich das pinkfarbene Haar aus der Stirn, aber es fällt wieder über sein linkes Auge, als er sich aus dem Kühlschrank einen Smoothie nimmt.

Ich werfe einen Blick auf die Katzenuhr an der Wand.

«Kommst du nicht zu spät zur Arbeit?»

«Habe einen Tag freigenommen. Langes Wochenende, Baby.» Er grinst und schwingt sich auf die Küchenarbeitsfläche, um seinen Smoothie aus der Flasche zu trinken. «Du fühlst dich also besser? Nach dem Gruppentreffen gestern Abend? Du hast gesagt, es hätte deine Gedanken geklärt.»

Er fragt es ganz lässig und baumelt dabei sogar mit den Beinen, aber ich weiß, dass er sich noch genauso viele Sorgen macht wie gestern Abend, als er wach blieb, bis ich nach Hause kam. Wir haben nur kurz gesprochen, und er hat so getan, als könne er nicht schlafen. Er ist kein besonders guter Schauspieler.

«Ich fühle mich viel besser. Das Treffen hat wirklich geholfen.»

«Sicher?»

Vielleicht bin ich auch keine besonders gute Schauspielerin, aber ich nicke trotzdem. Ich will ihm nichts von Daniel und Daniels Schwester erzählen, und auch nicht davon, dass ich mir beinahe sicher bin, dass auch meine Schwester ermordet wurde. Ich kann das noch nicht laut sagen, schon gar nicht ihm. Als Daniel zum ersten Mal von Mord sprach, nahm ich an, dass er psychisch krank sei. Warum sollte Liam etwas anderes von mir denken?

«Ja, ganz sicher.»

«Cool!» Liam leert die Smoothie-Flasche und wischt sich mit dem Handrücken den Mund ab. «Also, normalerweise arbeitest du freitags, oder? Aber das Café deiner Eltern ist heute zu?»

139

«Ja, genau.»

«Ich mache dir einen Vorschlag. Ich bin schon seit ungefähr fünf Monaten in London, aber ich habe noch kein einziges von diesen Touri-Dingen gemacht. Ich habe gehört, dass eine Hitzewelle auf uns zurollt, also lass uns irgendwo hin, wo es klimatisiert ist! Du könntest mir alles zeigen. Wir könnten ein paar Sehenswürdigkeiten anschauen und dann in ein Museum oder so. Ins Science Museum? Oder vielleicht in die National Gallery? Worauf hättest du Lust?»

«Ich kann nicht.»

Sein Lächeln erstirbt. «Oh.»

«Ich muss heute ein paar Dinge erledigen.»

«Ist das schon wieder eine deiner Ausreden? Willst du mich abwimmeln?»

«Nein, ich … ich habe eine Schicht bei der Helpline übernommen.» Ich zeige ihm meine neue Mappe. Er erinnert sich ganz sicher nicht daran, dass die andere schwarz ist. «Ich springe für jemanden ein. Tut mir leid.»

«Nein, kein Problem.» Er lacht ein wenig schuldbewusst und streicht sich das Haar zurück. Es bleibt immer noch nicht dort, wo er es haben will. «Du meine Güte, und bei mir geht es wieder nur um mich. Diesen Menschen zu helfen, ist *viel* wichtiger als Kunstgalerien oder Wachsfiguren! Du bist ein guter Mensch.» Er springt von der Küchenarbeitsfläche. «Da du ja zu tun hast, gehe ich jetzt unter die Dusche und mache mich dann allein auf den Weg. Mal sehen, wo ich lande. Aber du bist noch *nicht* vom Haken, junge Dame.» Er hebt scherzhaft einen mahnenden Finger. «Ich will eine persönliche Tour durch London, zum nächstmöglichen Termin, der dir passt, und dann kommst du nicht mehr so leicht aus der Sache raus. Okay?»

Trotz allem muss ich lächeln. «Okay.»

Liam reckt beide Daumen, wie damals, als wir zusammen ausgegangen sind. «Viel Glück dabei, den Menschen zu helfen. Ich weiß, dass du das toll machen wirst.»

Ich recke ebenfalls die Daumen.

Ich werde es toll machen.

» »

Ich gehe über den kleinen Pfad am Kanal entlang zu Mums und Dads Haus. Der Morgen ist bereits seltsam heiß, greller Sonnenschein glitzert auf der ruhigen Wasseroberfläche. Meine lange Hose und die praktischen Schnürschuhe sind heute gar nicht so praktisch.

Poppy zog sich immer nach Laune an: viel zu dünne Kleider im Winter, schwitzige Füße in riesigen Doc Martens an heißen Sommertagen. Ich bin für so etwas zu praktisch veranlagt. Jeden Morgen benutze ich Sonnencreme mit Lichtschutzfaktor 50, habe stets einen Regenschirm in der Tasche, trage wasserfeste Mäntel, kühle Baumwolloberteile und schaue ständig auf die Wetter-App. Im Sommer lassen Jenna und ich uns immer in der Nähe des Ventilators in der Bibliothek nieder und machen unsere täglichen Läufe über den Campus abends, wenn es kühler wird.

Zumindest war das früher so.

Ist es heute heiß in Boston? Wird Jenna am Abend laufen gehen, wie wir es immer machen, oder läuft sie ohne mich lieber in der Sonne?

Ich hole das Handy aus meiner Tasche. Die Nachricht, die sie mir heute Nacht geschickt hat, ist noch nicht geöffnet. Ich sehe mir die Vorschau noch einmal an.

Hallo, Clem. Es tut mir so, so leid wegen der gerichtsmedizinischen Untersuchung. Es tut mir leid, dass du all das durchmachen musst. Wir denken alle an dich, besonders ich. Ich weiß, dass es alles gerade schwierig ist für dich, das verstehe ich, aber ich wünschte, du könntest mit mir reden. Wir können diese Nacht einfach vergessen. Wir müssen nicht einmal mehr darüber sprechen. Aber bitte, rede mit mir. Ich vermisse meine beste Freundin. X

Die Luft um mich herum fühlt sich plötzlich ganz schwer und stickig an.

Wir haben nie darüber gesprochen. An jenem Morgen, am Morgen, nachdem sie mich auf der Tanzfläche geküsst hatte, ihre Finger mit meinen verschränkte und mich nach Hause führte, wie sie es noch nie getan hatte, wachte ich zuerst auf. Es fühlte sich unwirklich an, sie auf der anderen Seite des Kissens zu sehen, zu sehen, dass die Laken sie kaum bedeckten. Ich wusste nicht, was ich fühlen, was ich tun sollte. Sollte ich mich wegschleichen, bevor sie aufwachte, oder sollte ich sie wecken? Ihr das Haar aus dem Gesicht streichen? Ihre Schulter küssen? Den Mund? Durfte ich das tun? Würde sie den Kuss erwidern oder zurückweichen? War ich einfach nur ein weiterer One-Night-Stand? Waren die Worte, die sie in der Nacht in mein Ohr gehaucht hatte, nur das Produkt von viel zu viel Alkohol? War diese Nacht gar nichts, oder war sie alles? War sie überhaupt echt? Und wollte ich, dass sie das war?

Ich kam zu keinem Schluss. Denn dann klingelte mein Telefon, Dad rief an, und dieser Teil meines Lebens endete. Das kribbelnde Gefühl in meinem Bauch wurde zu Scham. Ich sah sie nicht an, als ich meine Taschen packte und zum Flughafen fuhr.

Ich kann sie immer noch nicht ansehen.

Ich wische die Nachricht weg, ungelesen, und tippe auf den neuen Namen in meiner Kontaktliste: Daniel Burton.

Er geht nicht ran. Ich lasse es klingeln und klingeln, gehe an unserer Bank und Poppys Lieblings-Hausboot vorbei, und der Anruf wird dreimal auf die Voicemail umgeleitet. *«Ihr habt Daniel erreicht! Hinterlasst eine Nachricht!»*, sagt eine heitere Stimme, die ich nicht wiedererkenne. Er muss die Ansage vor Jahren aufgenommen habe, bevor sein Leben sich veränderte. Diese Stimme gehört zu dem Menschen, der er einmal war.

Ich rufe ihn zum vierten Mal an, Panik wallt in mir auf. Warum reagiert er nicht? Wir haben gesagt, dass wir einander bei unserer Suche unterstützen wollen, aber ich kann ihn nicht unterstützen, wenn er nicht rangeht.

Plötzlich sehe ich ihn vor mir, wie an jenem Morgen, als ich glaubte, dass er vom Dach gestürzt sei: auf dem Asphalt, die Glieder gebrochen, Vögel picken an seiner Leiche – diesmal an einem Gesicht, das ich kenne.

Ich beende die fröhliche Ansage und rufe wieder an. Nach dreimal tuten hört das Freizeichen auf.

Am anderen Ende stöhnt jemand.

«Daniel?» Ich bleibe auf dem Pfad stehen. «Daniel? Ist mit dir alles in Ordnung?»

«Es ist viel zu früh», murmelt er. Er gähnt laut, etwas raschelt, dann klingt das Geräusch gedämpft. «Warum rufst du an? Moment, was ist los? Ist etwas passiert?»

«Ähm, nein, nein.» Ich atme erleichtert aus und gehe weiter. «Ich wollte nur sehen, wie es dir geht. Bist du in Margate?»

«Margate?» Er braucht einen Moment, dann fällt es ihm wieder ein. «Nee, ich habe wieder bei meinem Freund in Croydon gepennt. Ich … ich konnte die Vorstellung nicht ertragen, dort-

143

hin zurückzugehen. Noch nicht.» Es klingt, als legte er sich im Bett auf die andere Seite und riebe sich über das Gesicht. «Ich weiß auch nicht recht, wozu das gut sein soll, ehrlich gesagt. Was soll ich dort finden, was ein überzeugenderer Beweis sein könnte als das Video vom Zug?»

«Du musst nur etwas finden, was dieses Video bestätigt oder den Zweifel noch verstärkt. Die Polizei hat sich vielleicht nicht von den Kameraaufzeichnungen überzeugen lassen, aber können sie das Video *und* einen weiteren Beweis ignorieren? Ich glaube kaum. Und du *wirst* etwas finden.»

Er seufzt. «Du bist einer von diesen nervigen, energiegeladenen Morgenmenschen, oder?» In seinen Worten ist eine Spur seines alten Ichs zu erahnen, des Ichs, das eine heitere, freundliche Nachricht als Voicemail-Ansage aufgenommen hat.

«Ja, bin ich. Und je eher du zurück nach Margate fährst, desto eher kannst du etwas finden, das dir ebenfalls Energie gibt.»

«Uff. Na gut. Ich stehe auf. Ich gehe ja. Ich rufe dich später an.»

Er legt mitten im Gähnen auf – aber bevor ich mein Handy einstecken kann, ruft er wieder an.

«Warte. Ich habe dich ganz vergessen zu fragen. Hast *du* denn etwas gefunden?»

«Noch nicht. Aber ich werde etwas finden.»

Die vertraute, aufgeregte Rastlosigkeit pulsiert in mir, als ich das Haus meiner Eltern erreiche. Es ist die Sorte Aufregung, die ich vor einer Prüfung oder einem Experiment habe. Selbst von hier unten sehe ich den schwachen Abdruck von Poppys Nase am Fenster. Dort muss ich meine Suche beginnen.

Zum ersten Mal seit sechs Monaten habe ich das Gefühl, die Kontrolle zu haben. Statt meine Instinkte zu verdrängen, handele ich. Die Wahrheit ist in diesem Zimmer, und ich habe die Macht, dorthin zu gehen und sie zu finden.

Aber als mein Blick an der Fassade hinunter zu den Café-Fenstern gleitet, merke ich sofort, dass etwas nicht stimmt. Heute, am Tag nach dem Termin im Untersuchungsgericht, sollte das Café geschlossen haben, aber die Lichter brennen, Kunden sitzen am Fenster und draußen am Kanal. Olena und Harriet, die beiden Teilzeitangestellten, stehen am Tresen und servieren Getränke, während Dad Tische abräumt und die Kunden anlächelt. Er tritt ans Fenster, um mit einem rothaarigen Mann mit Brille zu sprechen, und ich verstecke mich hinter einer großen Weide am Pfad, damit er mich nicht sieht.

Es ist ein ganz normaler Tag im Café – es ist sogar mehr los als sonst –, aber Mum und Dad haben mich nicht angerufen. Sie wollen meine Hilfe nicht.

Sie wollen nicht, dass ich da bin.

Als ich vor sechs Monaten zurück nach London kam und Mum und Dad mich umarmten, war es die erste Umarmung dieser Art, seit Poppy auf die Welt gekommen war: ein Dreieck, kein Viereck. Und ich wusste, dass sich alles für immer geändert hatte und nichts wieder so werden würde wie zuvor. Ich wusste, dass sie eines Tages von dem verpassten Anruf erfahren würden. Dass sie mir ebenso die Schuld für ihren Tod geben würden, wie ich es tat. Und jetzt ist es so weit.

Aber Poppy ist nicht gesprungen. Poppy hat mich nicht angerufen. Was ich verpasst habe, war kein verzweifelter Hilferuf von meiner Schwester, es war ein Anruf von der Person, die sie umgebracht hat. Ich hätte Poppy niemals retten können, selbst wenn ich rangegangen wäre.

Ist das wahr? Was, wenn ich tatsächlich rangegangen wäre? Ich hätte die Geräusche gehört, die auf einer Klippe herrschen, und vielleicht sogar den Mörder selbst. Ich hätte Alarm geschlagen. Vielleicht hätte ich sogar jemanden dazu bewegen können, dorthin zu fahren. Vielleicht hätten sie sie noch finden können, in den Minuten, bevor sie ertrank. Vielleicht wäre sie jetzt am Leben, verletzt, aber am Leben, würde aus ihrem Fenster auf mich hinunterlächeln, die Nase an die Scheibe gedrückt, und immer noch überall Freude finden.

Aber niemand konnte sie in jener Nacht retten, weil ich nicht ans Telefon gegangen bin.

Ich muss das wiedergutmachen.

Ich verlasse den Pfad und gehe über die Brücke, wende den Kopf ab, als ich am Café vorbei zur Eingangstür unseres Hauses gehe. Davor zögere ich.

Ich bin schon so oft aus dieser Tür getreten, und Poppy hat ihre Hand in meine gelegt, in die Hand ihrer mutigen großen Schwester, die ihr dabei helfen sollte, ihren Weg durch die Welt zu finden.

Heute werde ich wieder für sie mutig sein. Ich werde ihr die Gerechtigkeit verschaffen, die sie verdient.

Ich atme tief durch, drehe den Schlüssel im Schloss und trete aus dem Sonnenlicht in die Dunkelheit meines Zuhauses.

Kapitel 11

Das Haus ist genau so, wie es war, als ich gegangen bin. Es ist, als beträte ich eine Erinnerung an eine Zeit, die lange her ist: aus dem Radio plärren Weihnachtslieder, Dad wäscht mit Weihnachtsmannmütze das Geschirr ab, Mum singt in einen Quirl, als wäre er ein Mikrofon, Poppy ist über und über mit Zuckerguss beschmiert und malt damit Muster auf Kekse, wofür sie sich das Haar mit einem Holzlöffel hochgesteckt hat.

Jetzt ist die Küche leer. Keine Musik, kein Gelächter. Zwei Becher und zwei Teller stehen auf dem Abtropfgitter. Obwohl draußen die Sonne auf dem Kanal glitzert, ist es hier kalt.

Ich gehe die Treppe hinauf. An der Wand hängen gerahmte Fotos aus sechsundzwanzig Jahren Familiengeschichte: Mum mit blauem Lidschatten und Dad mit vollem dunklem Haar, wie sie vor einem Weihnachtsbaum lächeln – dann, zwei Bilder weiter, bin ich zu sehen, und fünf Fotos weiter auch Poppy. Mit jeder Stufe wird sie größer. Ein kleines, in Tücher gewickeltes Bündel wird zu einem rosigen, lächelnden Kleinkind. Helle Haarsträhnen kräuseln sich zu rötlichen Locken. Mollige Ärmchen strecken sich, Knie werden abgeschürft und heilen, Zähne verschwinden und tauchen wieder auf, werden dann zwei Weihnachten lang von einer Zahnspange an Ort und Stelle geschoben. Ich verfolge ihre Entwicklung, sehe sie in Prinzessinnenkleidchen und One-Direction-T-Shirts, bis sie zu der Poppy wird, die ich kenne: zu dem künstlerisch so begabten Mädchen in groben Stiefeln und Blümchenkleid und riesiger Strickjacke, die ihr von der Schulter rutscht. Die lächelt, als wäre sie voll Glück.

Ich berühre den Rahmen. Das war letzten Dezember. Zwei Monate vor ihrem Tod.

Nein. Zwei Monate, bevor sie umgebracht wurde.

Ich bin jetzt im zweiten Stock, in dem das Badezimmer und Mums und Dads Schlafzimmer liegen, und gehe durch den Flur zur Treppe auf der anderen Seite. Früher war es mal eine baufällige Wendeltreppe, die zu einem Raum unter dem Dach führt, in dem antike Möbel gelagert wurden. Die dritte Stufe knarrt in der Mitte, so wie immer.

Im dritten Stock gehen zwei Türen vom Flur ab. Links die zu meinem Zimmer. Es ist ein heller Raum mit frischer weißer Bettwäsche, aufgeräumten Regalen mit Büchern und Preisen darin, Postern von Wissenschaftlern an den Wänden und einem Fenster, von dem aus man auf die Straße schauen kann. Die Tür zur Rechten führt in Poppys Zimmer: tieforangefarbene Wände, überall ihre Kunstwerke, Kleider, die an einem überfüllten Schrank hängen – und ein paar Kisten, in denen die letzten paar Monate ihres Lebens verstaut sind.

Ich war seit Weihnachten nicht mehr hier drin.

Mum sitzt auf Poppys Bett und starrt hinaus auf den Kanal. Sie dreht sich hastig um, als die Diele unter meinem Gewicht knarrt, und ihr tränenüberströmtes Gesicht ist voller Hoffnung, die sofort vergeht.

Für einen winzigen Moment hat sie sich gewünscht, dass ich Poppy wäre.

«Oh, Schätzchen», sagt sie, steht vom Bett auf und wischt sich die Wangen ab. Sie setzt ihr übliches heiteres Lächeln auf, aber es wirkt löchrig. «Ich habe gar nicht gehört, dass du hochgekommen bist. Was machst du hier?»

148

«Ich ... ich wollte nur mal nachsehen, wie es dir geht», lüge ich. «Du warst nicht im Café, also ...»

«Oh, das Café! Das habe ich ja völlig vergessen! Ich wollte mich nur kurz hinlegen, aber dann ...» Sie schüttelt den Kopf. «Ich muss wieder runter. Ich habe heute ohnehin schon viel zu viel Zeit vertrödelt.»

Sie wirft einen Blick in Poppys Kleiderschrankspiegel und reibt sich die Augen. Sie erwischt mich dabei, dass ich sie ansehe, und lächelt.

Ich mag Mums Heiterkeit nicht. Sie kommt mir in diesem Zimmer makaber vor, wie Konfetti auf einer Beerdigung. Auch das Zimmer wirkt, als wohnte darin noch jemand, aber das stimmt nicht. Das Buch auf dem Nachttisch wird niemals gelesen, die Skizzen auf dem Schreibtisch werden nie vollendet werden. Die Haarspray-Flasche ohne Deckel auf dem Regalbrett wird dort stehen bleiben, bis sie jemand wegwirft.

Das Zimmer eines toten Mädchens sollte nicht so voller Leben sein.

«Ich komme manchmal hier hoch», sagt Mum leise. «Es riecht noch immer nach ihr. Ich hatte es nicht geschafft, die Laken zu waschen, als sie ... Manchmal tue ich so, als wäre sie einfach nur in der Uni. Ich tue so, als hätte sie noch ihr ganzes Leben vor sich, als lebte sie es, als könnte ich sie nur nicht erreichen. Als wäre sie irgendwo, wo ich sie nicht sehen kann. Ich rede mir dann ein, dass sie dort glücklich ist ...» Mums Stimme bricht. «Ich habe wirklich gedacht, sie würden sagen, dass es ein Unfall war.»

Frische Tränen rinnen ihre Wangen hinunter, und ich drücke die Mappe an meine Brust.

Sie spürt ihn auch, oder? Den Zweifel. Sie kann auch nicht glauben, dass es Selbstmord war. Und sie verdient es, die Wahrheit zu erfahren über die Nacht, in der Poppy starb. Sie verdient es zu wissen, dass ihre Tochter sich nicht das Leben genommen hat, dass Poppy *wirklich* glücklich war, dass sie als Mutter nichts falsch gemacht hat. Dass jemand anders die ganze Schuld trägt. Daniels Mutter glaubte ihm nicht, als er ihr die Wahrheit sagte, aber vielleicht tut es meine? Sie ist immerhin diejenige, die mir aus Naturwissenschaftsbüchern vorgelesen und mir bei meinen Experimenten in der Küche geholfen hat, als ich klein war. Jeden Abend beim Ins-Bett-Bringen strich sie mir mit dem Daumen über die Wange, strich meine Doctor-Who-Laken glatt und sagte: *«Schlaf schön, mein kleines Genie.»*

Sie wird mir glauben.

Ich berühre ihre Schulter. «Mum, das Urteil muss nicht bedeuten, dass es auch *wirklich* Selbstmord war.»

«Was meinst du damit, Schätzchen?» Mum wischt sich das Gesicht ab und sieht mich prüfend an. Hoffnungsvoll.

«Der Gerichtsmediziner weiß nicht, was damals passiert ist, er hat schlicht aufgrund der begrenzten Beweislage Annahmen angestellt. Aber das bedeutet nicht, dass er recht hat. Die Beweise, die auf Selbstmord hindeuten, waren nur Indizien, allerhöchstens. Es gab kein Motiv und nichts, was darauf schließen lässt, dass sie wirklich Selbstmordgedanken hatte. Das bedeutet, dass es womöglich überhaupt kein Selbstmord war. Es war vielleicht doch ein Unfall, Mum, oder sogar…»

«Aber sie hat dich angerufen!» Die Worte brechen aus Mum heraus, und sie schlingt die Arme um ihren Oberkörper, als das Weinen sie erneut schüttelt. «Sie hat dich in jener Nacht angerufen, Clementine. Sie hat dich gebraucht. Wir können nicht so tun, als wäre das nicht so.»

Ich beiße mir fest auf die Zunge. Was nützt es zu erklären, dass es nicht Poppy war, die anrief, wenn Mum bereits glaubt, dass ich all das nur sage, um mich aus der Verantwortung zu winden? Sie gibt mir die Schuld – und wenn ihr das hilft, sollte ich sie das vielleicht einfach tun lassen.

«Ich muss jetzt wirklich runter zu deinem Dad. Er ist bei dem Wetter bestimmt schon völlig erschöpft, außerdem bin ich mir ziemlich sicher, dass wir heute lange geöffnet haben werden. Du weißt ja, was er immer sagt: Diese Alkohol-Schanklizenz rentiert sich bei jeder Hitzewelle!»

Sie lächelt, und diesmal schafft sie es, das Lächeln länger zu halten. Übt sie das im Spiegel?

«Ich … ich muss hier nach ein paar Dingen schauen», sage ich. «Aber dann komme ich runter und helfe euch.»

«Oh nein, das ist gar nicht nötig. Ruh dich nur aus, Schätzchen. Genieß die Sonne.»

Sie geht an mir vorbei zur Tür, dann wendet sie sich noch einmal um und küsst mich sanft auf die Stirn. Sie streicht mit dem Daumen über meine Wange, so wie früher.

«Bleib nicht allzu lange hier oben. Das hätte sie nicht gewollt.»

Mum geht und schließt sehr leise die Tür hinter sich.

An der Innenseite der Tür hängen Mäntel. Mäntel von vor Jahren. Poppys alter grün karierter Wintermantel mit den zu langen Ärmeln, in den sie nie wirklich hineingewachsen ist; der pink-violette Regenmantel mit den Tupfen, den sie damals in Primrose Hill trug, als sie davon überzeugt war, dass wir trotz des Regens noch einen Sonnenuntergang sehen würden.

Ich bin nicht der sentimentale Typ, das war ich nie, aber in diesem Zimmer springen mich ihre Dinge förmlich an, und die Erinnerungen, die sie auslösen, stoßen wie Dolche in mein Inneres.

Felix der Fuchs, der im Natural History Museum verloren ging, und ich, wie ich die weinende Poppy huckepack durch die Ausstellungsräume trug, bis wir seinen flauschigen Schwanz zwischen den Dinosauriern entdeckten.

Der Pokal, den Mum und Dad Poppy schenkten, nachdem ich von der Highschool-Abschiedsfeier einen ganzen Armvoll Pokale mit nach Hause gebracht hatte: *Beste kleine Schwester.*

Dad, wie er mit den flachen Händen auf unser Floß schlug, als wir den höchsten Punkt der Wasserbahn im Thorpe-Park erreichten: «*Hände hoch fürs Foto, Leute. Hände hoch. Du auch, Pops. Und jetzt geht's ruuuuuunter!*» Und Poppy, die neben mir kreischte, die eine Hand in die Luft streckte und mit der anderen meine Hand packte.

Nein.

Ich ziehe meinen Pferdeschwanz straff und öffne meine Mappe. Ich bin nicht hergekommen, um über die Einzelheiten aus Poppys Leben nachzudenken, die ich längst kenne. Das hier ist Forschung. Ich verhalte mich wie in der Bibliothek, wo ich Artikel und Datenanalysen und theoretische Lehrbücher durchgehe, immer auf der Suche nach neuen Informationen. Ich werde alles, was ich finde, mit äußerster Objektivität betrachten.

Und was ich finde, kann mich nicht verletzen.

Ich wiederhole den Satz in Gedanken und knie mich vor die Kisten mit den Dingen aus Poppys Universitätszeit, die immer noch in der Ecke stehen. Dad und ich sind gemeinsam nach Brighton gefahren, um sie abzuholen. Ich erinnere mich, wie er ihre Kleider so ordentlich faltete und in ihren Koffer legte, als würde sie in die Ferien fahren. Ich verdränge den Schmerz in meiner Brust und hole Kunsttheorie-Bücher heraus, die sie nie wieder lesen wird, Handschuhe, die nicht mehr getragen werden. Pinsel, die nie wieder Farbe auf Leinwand malen und in ein Meisterwerk verwandeln können.

Ich wühle mich durch jede Kiste, jede Tasche, sogar durch die Kästen mit den Küchenutensilien. Ich glätte Quittungen, die in Büchern und Mappen stecken, und konstruiere daraus eine Chronik, arbeite ihre Kaufgewohnheiten heraus und notiere sie in meiner Mappe: Fertiggerichte für eine Person; ein neues Glas mit Kakaopulver aus dem Laden an der Ecke jede Woche; Leckerli für die Katzen, die ihr auf ihren Spaziergängen durch Brighton über den Weg liefen. Manche Funde überraschen mich: Als sie noch klein war, dachte sie nie daran, Sonnencreme aufzutragen, aber jetzt liegt die Tube mit der Lichtschutzfaktor-50-Creme, die ich ihr gekauft habe, halb leer in ihrem Kulturbeutel. Meine Vernunft muss auf sie abgefärbt haben, denn sie hat sogar einen Erste-Hilfe-Kasten und eine Schachtel mit Kondomen – beides für den Notfall. Benutzte Post-it-Notizen kleben als Klumpen zusammen.

Milch kaufen!

Kandinsky für das nächste Referat?

Clemmie wegen Mums Geburtstag schreiben.

Seminar um 8.30 Uhr morgens!!!

Die Banalität all dieser Dinge schmerzt. Es ist nichts Bemerkenswertes daran, nichts Außergewöhnliches, sie war ein normaler Mensch mit einem normalen Leben. Warum hätte sie jemand umbringen sollen?

Poppys Rucksack wurde am Tatort gefunden, und bis gestern lag er als Beweisstück bei der Polizei. Jetzt steht er neben ihrem Schreibtisch, und ich öffne ihn. Auf dem Stoff klebt eine Zahl, ebenso auf einigen Gegenständen darin. Ich finde mehr Quittungen – Lebensmittel, übertretene Leihfristen – und ihren Skizzenblock.

Ich blättere gierig hindurch, obwohl ich nicht weiß, wonach ich suche. Da sind kleine Notizen, Gedanken, geschrieben in ihrer schnörkeligen Handschrift, aber vor allem sind da unordentliche Skizzen und Übungsbilder, Miniaturzeichnungen, die sie anfertigte, bevor sie sie groß auf Leinwand übertrug. Auch die zugehörigen Kunstwerke haben Dad und ich hergebracht, und ich öffne den Karton: ein Obstschalen-Stillleben, kreidig in ihrem Skizzenbuch, aber glänzend in Ölfarbe auf der Leinwand. Ein Blick über die Sussex Downs, die Bäume im Vordergrund nur verschwommene Flecken, die aus einzeln gemalten Blättern bestehen. Ich schaue mir die nächste Leinwand an, und mir stockt der Atem.

Eine Klippe.

Ich lasse sie fallen und muss mir alle Mühe geben, die Vorstellung von Poppys Leiche am Fuße der Felsen zu verdrängen. Zitternd blättere ich durchs Skizzenbuch. Einige Seiten sind diesem Bild gewidmet, und die Skizzen anzusehen, fällt mir leichter. Da ist ein rot-weiß gestreifter Leuchtturm im Meer, dahinter ein Küstenstreifen, einmal mit blauem Himmel und einmal mit Gewitterwolken, Landschaft und Porträt. Ich hebe die Leinwand wieder auf. Objektiv betrachtet, ist es gar kein Bild von einer Klippe. Alles konzentriert sich auf den Leuchtturm.

Ich lebe so gern am Meer!!, steht in ihrer Schrift unter der Skizze im Buch.

Ich muss an den Gerichtsmediziner denken, der uns ihre Google-Recherchen von Beachy Head zeigte und sagte, daran sei ein deutliches Interesse an Selbstmord zu erkennen. Die Internetsuchen sollten beweisen, dass sie plante, sich das Leben zu nehmen. Nein. Sie plante ein Bild. Es war Recherche. Sie *wusste* vermutlich nicht einmal, dass der Ort im Zusammenhang mit Suizid bekannt war.

Ich blättere durch den Rest des Skizzenbuchs und versuche, meinen Ärger in den Griff zu bekommen. Da sind Projekte und Kritzeleien zum Zeitvertreib, Bilder, die es nie auf die Leinwand geschafft haben. Die Farben werden dunkler, je mehr Seiten ich umblättere, Zeichnungen der Katzen aus der Nachbarschaft mit daruntergekritzelten Namen weichen lebensechten Kohleskizzen von Augen und Rümpfen, von Körpern, manche mit pinkfarbenen und roten Schlitzen, deren Bedeutung ich nicht erkennen kann, obwohl ich die Augen verenge. Dann sind da Gesichter. Freunde, Kommilitonen, Lehrer. Ein Mädchen, das Lockenwickler im Haar hat und die Stirn runzelt. Jemand, der in einem Vorlesungssaal schläft. Ein Mann, der eine Kamera hochhält und dem die Haare so ins Gesicht fallen, dass nur ein warm blickendes, glitzerndes Auge sichtbar wird. Ein Auge, dessen Blick dem Betrachter überallhin folgt.

Poppys Handy liegt in einem Spurensicherungsbeutel. Ich öffne es – Geheimzahl 1234 – und überprüfe die Porträts, indem ich sie mit den Profilbildern der Leute in ihrer Telefonliste und auf den Social-Media-Kanälen vergleiche. Ein paar von ihnen kann ich identifizieren – ihre Mitbewohnerin ist die mit den Lockenwicklern, außerdem einige Kommilitonen –, andere sind Fremde, vermutlich irgendwelche Leute, die sie draußen gesehen und später gezeichnet hat. Ich schreibe die Namen derjenigen auf, die ich finden kann, mitsamt ihren Kontaktdaten, für später. Dann durchsuche ich das Handy nach Notizen, Fotos, Nachrichten, in denen die Worte *Hope Gap* oder *Radtour* vorkommen. Ich finde nichts. Ich öffne ihren Laptop und vergleiche die Daten darauf mit denen auf dem Handy, überprüfe Fotos, zuletzt geöffnete Dateien, die Browserhistorie.

Sie ist immer noch in all ihre Apps eingeloggt. In ihrem Instagram-Feed finden sich nur wunderschöne Quadrate: Sonnenuntergänge, Gemälde, Straßenbahnen. *«Ich versuche jetzt, jeden Tag etwas Neues zu posten»*, erklärte sie mir vor einem oder zwei Jahren, als sie mir ihre Einkaufstüten auf die Arme lud, um das Graffiti in einer Gasse fotografieren zu können. Ich scrolle ganz nach unten zu diesem Graffiti: Juli 2017. Kurz bevor ich nach Harvard ging. Es kommen in den Jahren danach immer wieder auch eigene Zeichnungen von Boston vor, ebenso wie Bilder von London oder Brighton. *Habe das hier von einem Foto abgezeichnet*, heißt es in einer Bildunterschrift einer Zeichnung der Harvard-Universität. *Meine Schwester Clemmie studiert da gerade :-(Kann es kaum erwarten, sie zu besuchen!*

Wir haben es nie geschafft, diese Reise zu organisieren.

Ihr Reddit-Account ist ganz ähnlich. Ich wusste gar nicht, dass sie einen hatte, aber sie hat unter r/Painting viele ihrer Arbeiten gezeigt. *Das Licht ist wundervoll*, heißt es in einem der Kommentare unter ihren Brighton-Bildern. Es gibt noch andere:

Das ist ja so schön!

Total ästhetisch.

Wundervoll.

Du bist so talentiert!

Ich checke auch ihre anderen Apps, in ihrem Rucksack finde ich ihr Ladegerät, als die Batterie nachlässt. Auf Twitter hat sie nicht viel gepostet, aber sie hat eine Menge Likes bei Kunstposts, Zitaten aus Fernsehserien hinterlassen, außerdem bei Diskussionen über Feminismus und Trans-Rechte und deren Unterstützung. Der letzte Tweet, den sie likte, wurde einen Tag vor ihrem Tod gepostet.

Wer kann den Sommer auch kaum erwarten?? Grillen, Tage am Strand, Sommerkleider, Zehenringe, Sonnenblumen, Bienen, Schmetterlinge, warme Nächte mit den Menschen, die man liebt <3

Wieder flammt in mir die Wut auf. Der Untersuchungsrichter muss das doch gesehen haben? Wie konnte er das sehen und im Ernst glauben, dass sie suizidgefährdet war? Wie konnte er das hier ignorieren?

Ihre Nachrichten-Threads sind voller lächelnder Emojis. Es gibt nicht viele aktive Chats: ein paar mit ihren Mitbewohnern, in denen es um die gemeinsame Küche geht, ein paar mit anderen Kunststudierenden, in denen es um den Lernstoff geht. Die meisten Nachrichten sind von Leuten, die ihr nach ihrem Tod geschrieben haben. Sie fluten den oberen Teil ihrer WhatsApp-Liste.

Hoffentlich bist du jetzt an einem besseren Ort, Poppy.

Ich vermisse dich!

RIP xxx

Ich notiere mir die Namen und Nummern. Ich muss zu so vielen Menschen Kontakt aufnehmen, wie es geht. Einer von ihnen muss doch etwas über diese Nacht wissen – oder etwas Wichtiges über die Wochen davor. Mehr brauche ich gar nicht: nur einen Beweis, um die Selbstmordtheorie zu entkräften. Etwas, das die Polizei dazu bringt, die Voicemail ernst zu nehmen.

Ich scrolle so weit hinunter, bis ich meinen eigenen Namen in der Liste finde. Ihre für immer letzten Worte an mich waren: *Hey, hast du Zeit?* Und später: *Schreib mir.*

Ich sehe Jenna vor mir, die vor meinem Tisch in der Bibliothek steht und mir die Bücher in die Tasche stopft. *«Na, komm schon»*, sagt sie. *«Ich hol dich jetzt hier raus. Das schreit nach einer Feier! Ich gebe dir einen aus.»* Sie hält mir die Hand hin und grinst, auf ihrer Baskenmütze glitzern Schneeflocken.

In diesem Moment war sie nur eine Freundin.

«Na gut», sage ich, wische Poppys Nachricht vom Bildschirm und stecke das Handy in meine Tasche.

«Juhu!» Sie nimmt meine Hand, und wir laufen zusammen die Stufen der Bibliothek hinunter, in den fallenden Schnee. Wir lachen, während wir versuchen, im Hof nicht hinzufallen, und sie führt mich in eine Bar, in der es warm und voller Menschen ist.

«Auf uns und unsere großartigen Hirne», sagt sie später und reicht mir einen Shot. Wir stoßen an. Ihre andere Hand nimmt wieder meine. *«Na komm, du. Lass uns tanzen gehen. Und ein Nein gilt nicht!»*

Ich scrolle Poppys Browserhistorie hinunter, bis in die Wochen vor ihrem Tod. Vor den letzten Suchanfragen, die der Untersuchungsrichter erwähnt hat, sind da Suchen nach Filmkritiken, nach Künstlern für die Uni, Katzenbilder, ein Onlineshop für Unterwäsche. Ich folge dem letzten Link. Etwas Rotes, aus Spitze. Ich schaue in ihrem Koffer nach: etwas Rotes, aus Spitze, zwischen all den Blumenmustern und bunten Stoffen.

Ich wickele die Unterwäsche in eins ihrer Kleider. Sie würde nicht wollen, dass ich das sehe.

Ich setze mich auf den Boden und blicke mich um. Alle Kisten mit Universitätssachen sind durchsucht, aber ich habe nichts gefunden. Ich sehe noch einmal in Poppys Koffer, lege die Kleider flach hin, suche nach irgendetwas Verstecktem. Dann wende ich mich wieder ihren Büchern zu, blättere sie einzeln auf, um sicherzugehen, dass nichts zwischen den Seiten liegt. Ich öffne Taschen, schaue in Innentaschen, in Dosen, in ihre Schmuckschatulle mit den glitzernden Armreifen, in jedes Gefäß oder mögliche Versteck – ich finde sie nicht.

Da sind keine Briefe.

Am Ende eines jeden Semesters legte sie mir immer ein Bündel Briefe aufs Bett, darunter auch Zeichnungen und Notizen, zusammengebunden mit einem Band. Sie war zu ängstlich, um sie einzeln mit der Post zu schicken, daher bewahrte sie sie auf. Diese Bündel waren eine Art Zeitkapsel, in der sie die Momente ihrer letzten Monate aufbewahrte: all ihre Gedanken, Gefühle, Hoffnungen, Träume.

Wenn ich irgendwo Hinweise finde, dann in diesen Briefen.

Aber da sind keine.

Zum ersten Mal seit Jahren warten keine Briefe auf mich. Es gibt keine Spur von ihnen. Sie waren nicht in den Dokumenten des Untersuchungsrichters – ich habe die Akte von Dads Schreibtisch unten genommen und die Seiten auf Poppys Fußboden ausgebreitet –, und sie sind auch nicht unter den Sachen, die wir aus ihrem Wohnheimzimmer geholt haben. Wir haben das Zimmer komplett ausgeräumt.

Keine Briefe. Kein einziger Brief.

Ich rappele mich auf, gehe in mein Zimmer – das im Gegensatz zu Poppys Explosion der Buntheit kahl und leer wirkt – und öffne die unterste Schublade.

Ich habe ihre Briefe alle aufbewahrt. Eigentlich mehr aus Unentschlossenheit als aus Liebe. Was macht man mit einem Bündel Briefe, auf die man nicht wirklich etwas zu antworten weiß? Man stopft sie in eine Schublade. Und da liegen sie nun: Gedanken, über drei Jahre hinweg gesammelt, in Päckchen und jeweils mit einem Band verschnürt. Was fehlt, sind die sechs Wochen, die ich wirklich brauche.

Ich ziehe das Bündel heraus, das sie mir an Weihnachten gegeben hat, und öffne das Band.

Es beginnt mit einem langen Brief über ihre Nervosität, aber auch über ihre Vorfreude, ihr Studium zu beginnen. Dann ist da eine Postkarte mit einem Bild vom Brighton Pier darauf: *Es wäre so schön, wenn du hier wärst!* Sie erzählt mir von den Veranstaltungen der Einführungswoche – *Du wärst so stolz auf mich, Clemmie!* – und wie ihre Seminare und Professoren so sind. *Hier ist es ständig windig,* schreibt sie hinten auf die Zeichnung einer schmuddeligen Möwe, *aber das bedeutet auch, dass die Luft immer so frisch ist! Kommst du mich besuchen?? Kann es kaum erwarten, dich zu Weihnachten zu sehen! Heute habe ich dein Geschenk fertig gemacht. Du wirst es entweder lieben oder hassen, ich hoffe sehr, dass du es liebst!*

Ich drücke das Bündel an meine Brust und wünsche mir so sehr, sie wäre hier und könnte mir von alldem erzählen; dass ihre Worte so real wären, wie sie in meinem Kopf klingen.

Ich habe nie zurückgeschrieben. Hin und wieder tauschten wir Textnachrichten aus, sie schickte mir Onlineartikel und Posts auf Instagram, und ich likte sie, aber ich habe nie ein ganzes Semester lang Zuneigung für sie gesammelt. Diese Ergüsse waren einseitig. Ich *wollte* zwar immer zurückschreiben. Ich wollte eine Menge Dinge: eine Reise nach Boston für sie organisieren, zum Beispiel. Oder auf ihre Textnachrichten in jener Nacht reagieren, um zu erfahren, was sie wollte.

Aber jetzt ist es zu spät.

Ich nehme die anderen Briefbündel heraus und breite sie auf dem Boden aus, lese aus dem Leben meiner Schwester, auf der Suche nach dem fehlenden Puzzlestück. Sie pflegte letztes Jahr einen verletzten Vogel in einem Schuhkarton gesund, bis sie ihn in die Freiheit entließ. Sie war sich nicht sicher, aber sie glaubte, er sei danach jeden Morgen zum Baum vor ihrem Fenster gekommen und habe ihr von dort aus etwas vorgesungen. Sie wollte irgendwann nach Florenz fahren und sich die Gemälde dort ansehen. Sie vermisse mich immer so, so sehr, schrieb sie, wenn ich in Boston sei.

Ich habe auch noch die älteren Briefe, die sie mir damals nach Cambridge schickte und die ich mit dem Rest meiner Studienunterlagen in einen Karton gesteckt habe. Ich hatte sie schon in den Papierkorb geworfen, aber Mum kam mich eines Tages besuchen und zog eine handgemalte Postkarte heraus. Sie sagte, es würde Poppys Gefühle verletzen, wenn sie wüsste, dass ich ihre Bilder nicht aufbewahrte. Also behielt ich sie, die Briefe und die Bilder. Ich habe sie mir nie wieder angesehen, aber ich behielt sie.

Jetzt sehe ich sie mir an.

Sie war kaum zwölf Jahre alt, als ich von zu Hause auszog. Damals zeichnete sie noch Comicfiguren und bunte Sterne. Aber dann wurden ihre Zeichnungen detaillierter, schattierter, gegen Ende sogar lebensecht. Einen roten Kater, Henry, der manchmal auf dem Pfad zu unserem Zuhause herumstrich, fütterte sie oft mit Leckerli. Sie zeichnete ihn immer wieder: zuerst niedlich, gegen Ende beinahe professionell, schlichte Federstriche, die sich in Aquarellfarben auflösen.

Du bist so talentiert!, hat dieser Reddit-User kommentiert. Ich habe das nie zu ihr gesagt. Ich hielt es für völlig normal, dass sie zeichnen konnte, als wäre es gar nichts Besonderes, keine Gabe. Ich wusste das, was sie mit einem Stift und einem Zettel tun konnte, nie zu schätzen. Ich habe ihr nie gesagt, dass sie talentiert war. Ich habe ihr nie gesagt …

Ich gehe wieder in Poppys Zimmer und lasse mich zu Boden sinken. Das Leben meiner Schwester ist um mich herum verteilt.

Da ist nichts, oder? Kein Hinweis darauf, dass sie in jener Nacht jemanden treffen wollte, kein Textnachrichten-Verlauf, der einen Streit mit einem Freund oder einer Freundin andeutet. Sie wurde nicht gestalkt, sie hatte keine Feinde, sie war niemandem auf den Schlips getreten. Sie lebte ein recht einsames Leben, zeichnete die Sehenswürdigkeiten von Brighton, fotografierte Sonnenuntergänge, freundete sich mit den dortigen Katzen an, trank heiße Schokolade in ihrem Zimmer und recherchierte neue Ideen für ihre Kunstprojekte.

Der Mord an ihr scheint vollkommen zufällig gewesen zu sein. Er ist fast noch weniger zu erklären als ihr Selbstmord.

Aber war er *wirklich* zufällig?

Der Mörder hat ihr Handy benutzt. Wenn er ein Fremder war, hat er es ihr vielleicht an der Klippe aus der Hand geschlagen oder sie dazu gezwungen, es für ihn zu entsperren – aber die Polizei sagte, es habe keinerlei Hinweise auf einen Kampf gegeben. Sie hatte keine Abwehrverletzungen. Mir kommt ein Gedanke. Was, wenn der Mörder ihre Geheimzahl bereits kannte? Was, wenn er sie gut genug kannte, um zu wissen, was ich ihr bedeutete? Wenn er wusste, dass sie mir Briefe schrieb?

Vielleicht wurde er darin erwähnt. Vielleicht wusste er, dass er seine Spuren verwischen musste.

Vielleicht hat er die Briefe an sich genommen.

Ich nehme die Seiten mit den Namen und Kontaktdaten, die ich zusammengestellt habe, und fahre mit dem Finger über die Liste. Ist einer dieser Freunde ihr Mörder?

Hat derjenige, der sie in den Tod stürzte, am nächsten Tag *RIP xxx* gepostet?

Ich schiebe die Mappe von meinem Schoß, beuge mich vornüber und kralle die Finger in mein Haar.

Wenn ich mich für ihr Leben interessiert hätte, statt mich nur auf mich selbst zu konzentrieren, hätte ich längst die Antworten, die ich brauche. Sie hat mir in jener Nacht zwei Nachrichten geschrieben.

Hey, hast du Zeit?

Schreib mir.

Warum? Worüber wollte sie mit mir reden? Hatte sie Angst um ihr Leben? Kam ihr irgendwas komisch vor? Ahnte sie, was ihr passieren würde?

Wenn ich eine bessere Schwester gewesen wäre, wüsste ich das längst.

Ich greife nach der einzigen unberührten Sache auf dem Fußboden: einem kleinen Plastiktütchen mit den Gegenständen, die Poppy am Leib hatte, als sie starb. Meine Finger sind ganz taub, wie erfroren, als ich durch das Plastik hindurchtaste.

Schmuck.

Ich öffne das Tütchen. Kleine Silberohrstecker in Form von Kätzchen. Dünne Silberringe. Eine Halskette mit einem

Fuchs-Anhänger. Eine zweite Kette hat sich mit der ersten verheddert: ein Anhänger, der aus zwei dünnen Bögen besteht, aus Silber und Roségold, die nach einem verschlungenen Herz geformt sind.

Meine Schwester kannte mich gut genug, um Artikel zu schicken, die mich interessieren, und mir personalisierte Weihnachtsgeschenke zu schenken, und ich erkenne nicht einmal den Schmuck, mit dem sie starb. Diese Herzhalskette könnte jedem gehören.

Ich wünschte, das wäre so.

Ich werfe die Tüte mit dem Schmuck zu Boden und höre mir noch einmal die Voicemail auf meinem Handy an.

Keine Briefe, keine Verdächtigen, keine Motive.

Keinerlei Hinweise.

Kapitel 12

Es ist schon Abend, als ich endlich wieder auf dem Pfad am Café vorbeigehe, das jetzt eine von Kerzen erleuchtete Bar am Kanal ist. Poppys Handy, ihren Laptop und ihre Skizzenbücher habe ich mit meiner Mappe zusammen in meinen Rucksack gesteckt. Ich gebe nicht auf. Es fühlt sich ein bisschen so an, wie wenn ich Bücher aus der Bibliothek ausleihe, um zu Hause weiter zu recherchieren. Ich weiß, dass es manchmal Zeit braucht, bis man findet, was man sucht.

Der Weg liegt im Dunkeln, außer mir ist niemand da. Musik und Gelächter dringt von den Häusern herüber, auf der anderen Seite des Kanals sehe ich ein paar überfüllte Bars. Die Straßenlaternen werfen große, glitzernde Lichtkreise aufs stille Wasser und auf den Pfad, die Dunkelheit dazwischen wirkt dadurch noch tiefer. Ich trete aus einer Lichtpfütze in die Finsternis.

Ich war mir sicher, irgendetwas Aussagekräftiges in Poppys Zimmer zu finden, aber ich habe nichts. Die Niederlage lastet auf mir, schwerer als ein Stapel Prüfungspapiere, Bewertung «durchgefallen». Ich bin nicht an Niederlagen gewöhnt. Wenn ich Antworten suche, finde ich sie. Und wenn ich einen ganzen Monat lang Tag für Tag arbeiten, die Leute in der Bibliothek um Hilfe bitten, eine ganze Doktorarbeit mit einem Spanisch-Englischen Wörterbuch bis drei Uhr morgens nach einer speziellen Referenz durchsuchen muss, dann tue ich das. In der Wissenschaft bekommt man exakt so viel heraus, wie man hineintut. Harte Arbeit bringt gute Ergebnisse.

Vermutlich muss ich akzeptieren, dass es in der echten Welt anders läuft.

Poppys Lieblingshausboot leuchtet im Licht der nächsten Straßenlaterne. Sein Lack glänzt, die Sonnenblumen zeigen nach Osten, zurück zum Café. Sie warten auf den Sonnenaufgang.

Mein Handy vibriert in meiner Tasche, und ich werfe einen Blick aufs Display: Daniel.

«Bist du in Margate?», frage ich statt einer Begrüßung.

«Ich freue mich auch, von dir zu hören. Und ja, da bin ich. Na ja, so ziemlich. Der Zug hatte Verspätung, und dann bin ich ein paar Stationen vorher ausgestiegen, damit ich nicht ... du weißt schon. An der Stelle vorbeimuss, wo sie ...»

Gestorben ist.

Daran hatte ich gar nicht gedacht. Jedes Mal, wenn Daniel nach Hause will, fährt der Zug genau an der Stelle vorbei, an der seine Schwester Rachel auf den Gleisen gestorben ist. Er muss es immer und immer wieder erleben.

Ich sehe Hope Gap jede Nacht in meinen Träumen, aber ich musste noch nie dorthin.

«Ich bin noch zu Fuß unterwegs», sagt er. «Habe vielleicht ein paar Umwege gemacht. Das ist bei mir nicht so einfach, weißt du? Das letzte Mal bin ich im Streit abgehauen. Meine Mutter wollte, dass ich meine Medikamente wieder nehme. Ich wollte nicht. Ich habe viel geschrien. Ehrlich gesagt weiß ich gar nicht, ob sie mich überhaupt dahaben will.» Er seufzt. «Also, was hast *du* herausgefunden?»

«Nichts.» Ich halte mein Handy jetzt ans andere Ohr und wünschte, ich hätte eine bessere Antwort. «Na ja, nicht nichts, denn in diesem Fall ist etwas, was nicht da ist, ja ebenfalls ein möglicher Hinweis. Aber nichts, was sich anfassen ließe.»

166

«Was meinst du damit?»

«Poppy hat mir früher immer Briefe geschrieben, wenn wir getrennt waren, und sie dann auf mein Bett gelegt, wenn ich wiederkam, damit ich sie während der Ferien lesen konnte. Das hat sie jahrelang so gemacht. In den Briefen hat sie mir erzählt, was sie vorhatte, wie es ihr ging, es waren sogar kleine Zeichnungen für mich dabei. Die Briefe waren fast wie ein Tagebuch. Deshalb habe ich nach den letzten Briefen gesucht, aus den Wochen vor ihrem Tod. Aber in ihren Sachen habe ich keine gefunden.»

«Du hast überall gesucht?»

«Ja. Sie sind weder in den Untersuchungsdokumenten noch in ihren Kisten von der Uni. Ich habe sogar ihr altes Zimmer abgesucht, obwohl sie mehrere Wochen nicht mehr dort gewesen war, bevor sie starb. Aber da war nirgends etwas.» Ich halte das Handy wieder ans andere Ohr. «Wenn sie ihren Mörder kannte, und wenn sie das Gefühl gehabt hätte, irgendwie in Gefahr zu schweben, hätte sie etwas davon geschrieben. Aber was, wenn der Mörder das wusste? Was, wenn er die Briefe genommen hat? Wenn er sie zerstört hat, um seine Spuren zu verwischen?»

Daniel atmet am anderen Ende der Leitung tief durch. «Du glaubst also, das war von langer Hand geplant.»

«Ich weiß es nicht sicher, aber ich glaube schon. Ich glaube nicht, dass es zufällig war.»

Wir gehen schweigend weiter: ich in London, er in Margate.

«Tut mir leid, dass du nichts gefunden hast», sagt er schließlich. Er atmet scharf ein und wieder aus. «Ich mache mir immer Sorgen, dass...»

«Rauchst du?»

«Ja. Und?»

«Du weißt schon, dass ich Wissenschaftlerin bin, oder? Ich habe schon Lungen seziert. Hör auf zu rauchen.»

Er atmet wieder ein, langsam, lässt sich dabei Zeit, die Lunge vollständig zu füllen, um dann noch langsamer auszuatmen. «Entschuldige, was hast du gesagt? Ich konnte dich nicht hören, weil ich so tiefenentspannt vom Nikotin war. Außerdem weißt du, dass ich selbstmordgefährdet bin. Mich an die Risiken des Nikotingenusses zu erinnern, macht die Sache für mich nur noch reizvoller.»

Ich werde langsamer. «Mach keine Witze darüber.»

«Sorry. Du hast recht.» Er macht eine Pause, lässt sein Feuerzeug schnappen. «Dad hat einmal unsere Einfahrt neu gepflastert. Das war natürlich, bevor er gestorben ist, also war ich vielleicht… acht? Neun? Und Rach war ein paar Jahre älter. Jedenfalls stellte sich heraus, dass wir genau eine Steinplatte zu wenig hatten, also ließ Dad eine Lücke vor unserer Haustür, wie eine Willkommensmatte, und wir haben alle unsere Hände in den feuchten Zement gedrückt, Rach und ich und unsere Eltern. Und als Dad tot war, war das immer eine Erinnerung an ihn, irgendwie schön. Aber dann starb Rach, und plötzlich erinnerte mich die Lücke auch an sie. Und jetzt kann ich sie nicht mehr ansehen. Ich ertrage sie nicht.» Er nimmt einen Zug, bevor er weiterspricht. «Erst vor ein paar Tagen dachte ich noch, dass Mum die letzte Überlebende von uns sein würde. Die Letzte, die diese Handabdrücke sehen wird. Aber dann habe ich dich getroffen, und … ich glaube, ich will das nicht mehr. Ich meine, versteh mich nicht falsch, die Gefühle sind alle noch da – aber ich bin die letzte Stimme, die Rachel noch hat. Ich muss für sie sprechen und Gerechtigkeit für sie erwirken. Ich habe jetzt ein Ziel. Etwas, wofür ich leben kann.» Er seufzt, und ich stelle mir vor, wie er mit den Fingern durch seine Haare streicht. «Also, danke schön.»

Ich weiß genau, was er meint. Ich war an meinem Tiefpunkt, als er mir gestern aus dem Gemeindehaus auf die Straße folgte. Was hätte ich getan, wenn er mich nicht davon hätte überzeugen können, mir sein Video anzusehen? Wäre die Wahrheit über Poppys Mord dann für immer verborgen geblieben?

Ich schulde Daniel schon jetzt so viel. Aber ich war noch nie gut darin, über meine Gefühle zu sprechen.

«Gleichfalls», sage ich und stecke meine freie Hand in die Tasche. «Es ist gut, ein Ziel zu haben. Ich wünschte nur, dass unseres ein bisschen angenehmer wäre.»

«Ja, oder? Nächstes Mal tun wir uns zusammen, um Steuerbetrüger in einer Keksfabrik zu fassen.»

«Ich mag eigentlich keine Kekse.»

«Was?» Er lacht. «Okay, das war's, wir können keine Freunde sein. Wir sind ein einmaliges Ermittlerteam, das nach getaner Arbeit getrennte Wege geht. Wer mag keine Kekse? Im Ernst...»

Sein Lachen verklingt, und das Geräusch im Hintergrund, an das ich mich schon fast gewöhnt habe, drängt sich stattdessen in mein Ohr: Wellen. Die Klippe.

Die Voicemail.

«Wo bist du?», frage ich. Ich kann meine Panik kaum unterdrücken.

«Ich bin am Strand. Wollte ein bisschen entspannen und ... Oh», macht Daniel und scheint sein Handy jetzt mit der Hand vor dem Wind zu schützen. «Die Wellen. Ich habe nicht nachgedacht. Ich wusste nicht, dass du das hören kannst ...» Er verstummt. «Entschuldige. Darf ich weitergehen?»

«Ja, ja, ist schon okay.»

169

Ich konzentriere mich auf die wirklichen Geräusche, nicht auf die aus meiner Erinnerung. Lausche seinen tiefen, rauchigen Atemzügen, der sanften Brandung auf dem Sand, nicht gegen Felsen. Es ist nicht dasselbe.

Irgendwo hinter mir höre ich ein Schlurfen auf dem Pfad. Noch ein Fußgänger.

«Vielleicht bleibe ich heute Nacht am Strand», sagt Daniel. «Es ist warm hier. Ich könnte mich einfach auf den Rücken legen und zu den Sternen hinaufschauen und es dann morgen früh noch einmal versuchen. Ich bin heute Abend zu müde für diesen Kram. Mich mit meiner Mutter auseinanderzusetzen. Und ich weiß, dass ich danach die ganze Zeit nur suchen und suchen und suchen werde, bis ich endlich etwas finde. Aber was, wenn es nichts zu finden gibt? Was dann?»

«Dann rufst du mich an, und wir reden darüber.»

«Aber du hast auch nichts gefunden.»

Ich schaue zu den Sternen hinauf. London ist zu groß, zu hell, als dass man viel sehen könnte, aber ein paar Sternbilder schaffen es doch, durch die Lichtverschmutzung zu dringen, wie Leuchtzeichen. Ich rücke meinen Rucksack zurecht, spüre das Gewicht von Poppys Sachen, die ich mit nach Hause nehme.

«Heute habe ich nichts gefunden, aber morgen vielleicht schon. Und du auch.» Ich bemühe mich um einen aufmunternden Tonfall.

Er seufzt. «Du bist genauso unerträglich heiter am Abend wie am Morgen, oder? Wenn du einen Weg findest, wie man Optimismus in Flaschen abfüllen kann, dann schick mir ein paar, okay? Ich werde sie morgen brauchen. Gute Nacht, Clementine.»

«Nacht, Daniel. Pass auf dich auf.»

«Ja, du auch.»

Ich stecke mein Handy wieder ein. Ich hoffe, dass er morgen etwas findet. Ich hoffe, dass er seinen Tag nicht so niedergeschlagen beendet wie ich.

Wieder höre ich das Schlurfen hinter mir auf dem Pflaster. Der Fußgänger kommt näher, er geht schneller. Es klingt, als wäre er in Eile. Ich trete zur Seite und gehe ein wenig langsamer, um ihn überholen zu lassen, aber er bleibt hinter mir. Ich drehe mich um. Er befindet sich in der Dunkelheit zwischen zwei Straßenlaternen, nichts weiter als eine vage, schwarze Gestalt. Er hat sich meiner Geschwindigkeit angepasst. Ich werde wieder schneller; der andere tut dasselbe.

Hier gibt es keine anderen Fußwege, keine Wege, die zu Straßen oder Parkplätzen führen. Die Mauern zur Rechten des Kanals sind hoch; die Lagergebäude zur Linken verlassen. Das Licht unter der Brücke vor mir ist ausgefallen.

Ich schaue noch mal über die Schulter, als ich unter der Brücke bin, und erwische die Gestalt in dem Augenblick, als sie aus dem schwachen Licht in die Dunkelheit tritt. Es ist ein Mann. Ein großer Mann.

Jenna mochte es nie, wenn ich nachts über den Campus lief. *«Du musst vorsichtig sein»*, sagte sie immer. *«Man weiß nie, was für Irre da draußen im Dunkeln unterwegs sind.»*

Schweiß bildet sich unter meinen Brüsten, auf meinem Rücken, auf meiner Stirn. Ich schlucke meine Panik herunter. Es ist nur die Hitze, und der Fußgänger hinter mir will nur spazieren gehen, wie ich. Er geht so schnell er kann, so wie ich. Ich verlasse den Pfad, biege links über die Brücke ab, um eine Abkürzung zur Wohnung zu nehmen. Und er biegt auch ab.

Ich renne die letzten Meter, stürze die Stufen zu meinem Wohnhaus hinauf, taste hektisch nach meinen Schlüsseln –

und lasse sie fallen. Ich hebe sie wieder auf, fummele nach dem richtigen Schlüssel, versuche, ihn zu finden.

Schritte hinter mir; ein verschwommenes Spiegelbild in der Glasscheibe der Tür.

Ein Arm hebt sich.

Ist es das, was Poppy in jener Nacht passiert ist? Spürte sie auch jemanden hinter sich? Ist ihr jemand in der Dunkelheit gefolgt?

Konnte sie das Gesicht ihres Mörders sehen?

Ich stecke das Schlüsselbund so zwischen meine Finger, dass die Schlüssel wie Klingen hervorstehen, und drehe mich um.

«Hau ab!»

«Oh meine Güte, natürlich. Entschuldigung!»

Die Gestalt stolpert ein paar Schritte zurück. Eine Brille und rotblonde Locken leuchten im orangefarbenen Schein der Straßenlaterne auf. Er ist kein großer, breiter Mann, sondern ein schlanker, mit einem Bücherstapel auf dem Arm und hochroten Wangen. Der schwere Rucksack auf seinem Rücken lässt ihn nur so groß wirken.

Ich behalte die Schlüssel zwischen den Fingern.

«Wer bist du?», frage ich.

«Alexander!», stößt er hervor und räuspert sich dann. «Ich heiße Alexander Edwards.»

«Und was machst du hier?»

«Ich… ich wohne hier?» Er klimpert mit dem Schlüsselbund in seiner Hand. «Wohnung 4B. Du weißt schon, der mit der Musik? Auf dem Flur gegenüber? Wir sind Nachbarn, glaube ich.»

«Ich habe dich hier noch nie gesehen.»

«Oh. Wirklich? Ich wohne hier schon seit, äh, zwei Monaten. Und ich, äh… ich winke. Manchmal.»

Er verlagert das Gewicht der Bücher etwas und benutzt die Kante des einen Buchs, um sich die Brille wieder hochzuschieben.

«Also bist du mir nicht gefolgt?»

«Was? Nein! Auf keinen Fall.» Er sieht ehrlich bestürzt aus. «Lass es mich dir beweisen, schau mal.» Er kommt näher, ganz langsam, und öffnet die Haustür, wobei er eine Armlänge von mir entfernt steht, um mir Raum zu lassen. «Siehst du? Ich wohne hier.»

«Oh.» Ich trete durch die Tür, und er folgt mir, geht zu seinem Briefkasten und sieht hinein. «Tut mir leid», füge ich hinzu. «Es war dunkel, und ... entschuldige.»

«Schon gut», sagt er über die Schulter. Er wendet sich um. «Tut mir leid, dass ich dich erschreckt habe. Ich habe die Zeit vergessen, weil deine Eltern mich nicht wie sonst bei Ladenschluss aus dem Café geworfen haben, daher war es schon dunkel, als ich gegangen bin, und du warst vor mir, also bin ich ein bisschen langsamer geworden, aber du hast dich dann immer wieder umgeschaut, und ich wusste nicht, was ich tun sollte, und dann konntest du die Tür nicht öffnen, also wollte ich dir helfen, aber dann hast du dich so erschrocken, und ...» Er schließt seinen Briefkasten, Zeitschriften und ein Umschlag liegen jetzt auf dem Bücherstapel, und zuckt die Achseln.

«Das Café», sage ich. «Du bist der Typ, der neulich am Fenster gesessen hat. Der seinen Kaffee verschüttet hat!»

Es scheint ihm unangenehm zu sein. «Ja, danke schön, dass du mich daran erinnerst. Und danke, dass du mir beim Aufwischen geholfen hast. Die Bücher haben nichts abbekommen. Obwohl ich es tatsächlich geschafft habe, sie heute mit Orangensaft zu bekleckern, aber das ist ein anderes Thema.»

173

Er tätschelt den Stapel, und seine Post rutscht herunter. Ich hebe sie für ihn auf und sehe nach der handgeschriebenen Adresse auf dem Umschlag. Wohnung 4B, gegenüber von mir.

«Danke.» Er lächelt verlegen. «Ich gehe noch nicht lange in das Café. Ich mag den Blick von dort aus sehr. Ich, äh ... ich wusste nicht, dass du dort arbeitest, als ich es aussuchte.» Seine Wangen sind immer noch rot. «Ehrlich.»

«Merkwürdig, dass ich dich vorher noch nie gesehen habe», sage ich, als wir die Stufen hinaufgehen. «Deine Musik dagegen habe ich schon ziemlich oft gehört.»

«Oh, das ist nicht meine Musik. Sondern die meines Mitbewohners.» Er wirft einen bösen Blick in Richtung unserer Etage. Schon hier unten hört man die Bässe durchs Treppenhaus wummern. «Ich habe ihm schon so oft gesagt, er soll das leiser stellen, aber das tut er einfach nicht. Er sagt, dass er sich damit besser konzentrieren kann. Tut mir leid. Das nervt dich und deinen Freund bestimmt total.»

«Welchen Freund?»

«Mit dem du zusammenwohnst? Mit dem pinkfarbenen Haar und den ... den Muskeln?»

Ich lache und schüttele den Kopf. «Das ist nur Liam, mein Mitbewohner. Wir sind nicht ... *zusammen.*»

«Oh. Oh! Na ja, tut mir jedenfalls leid, wenn dich die Musik nervt. Ich versuche noch einmal, mit ihm zu reden. Deshalb sitze ich übrigens auch ständig im Café. Es ist dort viel einfacher, mich zu konzentrieren.»

«Bist du Student?», frage ich.

«Ja, am Imperial College.»

Ich werfe einen Blick auf seine Bücher. «Naturwissenschaften?»

«Astrophysik.»

174

«Oh, zwei meiner Mitbewohner in Harvard studieren Astrophysik.»

«Harvard?», fragt er.

«Ja, ich mache dort meinen Doktor in Molekularbiologie. Zumindest bis vor ein paar Monaten. Ich mache gerade eine Pause.»

«Das ist ja unglaublich.» Sein Blick strahlt. «Wie lautet denn das Thema deiner Dissertation?»

«Neue Mechanismen des hypoxischen metabolischen Reprogrammierens bei metastasierendem Krebs.»

«Oh, unter Professor Jeffords?»

«Ja.» Ich bin überrascht «Woher weißt du das?»

«Wer weiß das *nicht*? Er ist die absolute Koryphäe auf diesem Feld.» Er hält inne, um sich ein paar Locken aus seinem Gesicht zu pusten. «Er hat letztes Jahr am Imperial College eine Rede gehalten. Ich, ähm... ich schleiche mich immer in die Vorlesungen der anderen Fachbereiche, wenn dort Gastvorträge gehalten werden. Seiner war großartig.»

Jenna und ich hatten in jener Woche Professor Jeffords' Unterricht übernommen, abwechselnd die Seminare geleitet und die neuen Studierenden unterrichtet. Es war aufregend zu sehen, wie sich die Studenten und Studentinnen *meine* Worte notierten und Fragen stellten, von denen sie erwarteten, dass *ich* sie beantwortete. Es bestätigte nur meinen Wunsch, in meinem Leben vor allem forschen zu wollen und meine Ergebnisse dann der nächsten Generation kluger Köpfe beizubringen.

Und doch bin ich jetzt hier in London, fast fünftausend Kilometer von der Uni entfernt, und arbeite an einer Hypothese, die ich womöglich niemals werde beweisen können.

Wir erreichen unser Stockwerk, und er bleibt mit dem Rücken zu seiner Wohnung stehen. «Na ja, ähm. Tschüs dann.

175

Tut mir leid, dass ich dich erschreckt habe, und danke, dass du meine Post aufgehoben hast.»

Er lächelt mich unsicher an, als wüsste er nicht recht, was er mit seinem Gesicht anstellen solle.

«Oh!» Ich habe immer noch seinen Brief und die Zeitungen in der Hand. Ich schüttelte den Kopf und lege sie wieder auf seinen Bücherstapel. «Entschuldige. Bitte sehr. Dieser Artikel über Kybernetik sieht gut aus.»

«Du kannst ihn haben, wenn du möchtest. Wirklich.»

«Oh nein, das geht doch nicht. Es ist doch deiner.»

«Okay, wie wäre dann Folgendes: Ich lese ihn, und wenn er gut ist, gebe ich ihn dir. Das ist gar kein Ding. Ich weiß ja immerhin, wo du wohnst.» Er lächelt mich an, jetzt nicht mehr unsicher. Die Brille ist ihm die Nase hinuntergerutscht, und er hat zu viel auf den Armen, als dass er sie wieder zurückschieben könnte. Ich spüre den merkwürdigen Drang, es für ihn zu tun.

«Na ja, äh, es war nett, dich richtig kennenzulernen ...» Er verzieht das Gesicht. «Ich bin so ein Idiot. Ich habe dich ja noch gar nicht gefragt, wie du heißt, oder?»

«Ich heiße Clementine.»

«Clementine», wiederholt er, nickt und murmelt den Namen noch einmal, um ihn sich zu merken. «Ich heiße Alexander. Das habe ich dir aber schon gesagt, oder?»

«Ja.»

«Sehr gut. Also, tut mir leid, dass ich mich gleich doppelt vorgestellt und gar nicht nach deinem Namen gefragt habe, nachdem ich dich auf dem Weg hierher halb zu Tode erschreckt habe. Hoffentlich werden unsere künftigen Treffen ein bisschen weniger peinlich. Gute Nacht!»

Ich muss schmunzeln. «Gute Nacht!»

Wir gehen zu unseren Wohnungstüren und schließen sie auf, aber als er seine öffnet, hört man das unverwechselbare Rumsen von vielen Büchern, die zu Boden fallen. Ich drehe mich um. Er steht da, mit ausgestreckten Armen, erstarrt, einen Fuß auf der Schwelle, und wirft mir einen Blick zu, als hoffte er, dass ich schon verschwunden wäre.

«Soll ich dir helfen?»

«Nein, geht schon. Ich genieße nur einen weiteren peinlichen Moment, an den ich mich jeden Tag vor dem Einschlafen erinnern werde.» Er schiebt die Bücher mit dem Fuß aus dem Weg, geht in die Wohnung und schaut noch einmal durch den Türspalt. «Gute Nacht.»

Er winkt mir mit seiner freien Hand zu – und ich winke zurück.

«Hast du da draußen mit jemandem gesprochen?», ruft Liam vom Sofa aus, als ich in die Wohnung trete. Er liegt in T-Shirt und Boxershorts wie hingegossen da, einen Ventilator auf dem Tisch neben sich. Schulterzuckend legt er sich ein Kissen auf den Schoß. «Was? Es ist kochend heiß hier drin.»

«Ich habe mit dem Typen in der Wohnung gegenüber gesprochen. Alexander.»

«Der mit dem vielen Haar?»

«Genau.»

«Oh, der ist süß! Hast du seine Nummer?»

«Was? Nein. Er ist nur... er kommt oft ins Café, und wir haben uns zufällig auf dem Nachhauseweg getroffen. Er wirkt nett.»

«Nett, was?» Liam grinst. «Ist er so nerdig, wie er aussieht?»

«Er ist Astrophysiker.»

«Oh mein Gott. Meganerd. Du hättest ihn zum Tee einladen sollen. Earl Grey, heiß.» Er betont das letzte Wort und zwinkert dabei. Dann verengt er die Augen zu Schlitzen und setzt sich auf. «Wie war es denn heute? War die Schicht gut?»

Ich brauche einen Moment, bis ich mich an meine Ausrede erinnere. Ich hatte ihm ja gesagt, dass ich zur Helpline gehe.

«Ähm, ja. Eine Menge positiver Ergebnisse.»

«Das ist toll! Du bist echt– hey, wo gehst du hin?»

Ich bleibe vor meinem Schlafzimmer stehen. «Ich muss noch was tun.»

«Arbeit?»

«Lesen. Neue Bücher aus der Bibliothek. Recherchen.»

«C, ich meine das so nett, wie es nur geht, aber– du siehst erschöpft aus. Das Letzte, was du jetzt brauchst, ist *Lesen*. Komm und setz dich zu mir.» Liam klopft auf den Platz neben sich auf dem Sofa, räuspert sich übertrieben und zeigt auf die Teller auf dem Sofatisch. «An diesem besonderen Abend hat dein Mitbewohner und Konditor hier Schoko-Karamell-Brownies, Käsestangen und, als besondere Leckerei, eine Art Toffee-Experiment zubereitet, das leider nicht funktioniert hat und vermutlich deine Zähne abfaulen und/oder abbrechen lässt. Was meinst du? Snacks und ein bisschen schlechtes Fernsehen? Irgendeinen alten Science-Fiction-Film? Du musst dich mal entspannen, Süße.»

Ich halte mich an den Gurten meines Rucksacks fest. Ich will mir Poppys Nachrichten und ihre Dateien noch einmal ansehen, um dann ihren Freunden E-Mails zu schicken– aber der Rucksack lastet schwerer auf meinen Schultern, als ich mir bisher eingestehen wollte. Liams Gesichtsausdruck sieht aus wie Jennas.

«Nein, im Ernst, vergiss die Bücher! Keine Bücher mehr!» Sie entwindet mir die neueste Ausgabe von *Lewin's Cells* aus den Armen und wirft sie in den Wäschekorb. Dann baut sie sich

davor auf, die Fäuste erhoben wie ein Boxer. «*Du kommst jetzt mit mir ins Kino, sonst zerre ich dich bewusstlos dorthin, glaub mir. Du wirst jetzt eine Pause machen.*»

Ich schüttle den Kopf. «Das klingt toll, wirklich, aber... ich kann gerade nicht. Gute Nacht, Liam», sage ich und schließe die Zimmertür hinter mir.

Manche Dinge sind einfach zu wichtig, als dass man eine Pause machen könnte.

Sasha

8 MONATE VOR POPPY

Ich hocke auf dem Dach eines halb verfallenen Gebäudes und hebe mein Snipergewehr. Jax schleicht unten auf der staubigen Straße entlang, die Pistole in der Hand.

«Du wirst beschattet», sage ich ins Mikrofon.

Jax zuckt zusammen. «Wo? Wie viele?»

«Zwei in den Gebäuden links, einer hinter dir.»

«Verdammt. Soll ich übers Feld rennen? Ich könnte den Generator direkt erreichen.»

«Nein, du brauchst die Deckung. Sonst erwischen die dich sofort.»

«Ich kann sie nicht sehen.» Jax überprüft den Hauseingang neben sich und zielt mit der Pistole in alle Richtungen. «Sieht so aus, als müsstest du sie zuerst angreifen.»

«Mit größtem Vergnügen. Okay, geh in den nächsten Hauseingang zu deiner Linken. Die Typen in den Gebäuden müssen runterspringen, um zum nächsten Dach zu kommen, also können wir sie dann kaltmachen.»

«Wo muss ich jetzt hin?»

«Die Treppe hoch in den ersten Stock – bei dir ist das der zweite Stock, Ami. Sie werden von dem Treppenabsatz runterspringen, siehst du den? Stell dich darunter. Das ist ein toter Punkt. Wenn ich danebenschieße, übernimmst du.»

«Du schießt nicht daneben.»

«Hey, es gibt für alles ein erstes Mal.»

180

Jax begibt sich in Position. Die Feinde im Gebäude werden vor dem Sprung von einer versperrten Tür aufgehalten, ich kann durch das Fenster nicht richtig zielen. Ich richte das Gewehr wieder auf die Straße.

«Jax, pass auf den dritten auf. Den habe ich verloren.»

Jax' Waffe richtet sich ebenfalls auf die Straße. Er hockt sich hin.

«Ich kann ihn nicht sehen. Verdammt, sie kommen.»

Ich konzentriere mich wieder auf die Dächer. Zwei Soldaten treten aus einem verfallenen Flur und schätzen einen Sprung ab, den sie nicht schaffen werden. Ich richte mein Fadenkreuz auf den ersten, krümme die Finger, bereit, nach dem ersten Schuss sofort auf den zweiten Mann zu zielen.

«Fertig?», fragt Jax.

«Jepp. Eins, zwei – *nein!*»

Ein Schuss hat geknallt, und rote Flecken spritzen auf meinen Bildschirm: *YOU DIED.* Meinen Avatar – Mira, eine Frau, die ihre Heimat gegen Invasoren aus den USA verteidigt – sehe ich jetzt von außen. Sie krümmt sich unter einem perfekten Kopfschuss, der sie von der Dachkante gerissen hat. Hinter ihr steht der dritte US-Soldat oben auf der Treppe.

«Was ist da, pass – oh Scheiße, Granate!»

Ein Text erscheint in der Ecke des Bildschirms: *JAXXON102 DIED.* Dann füllt der Text den ganzen Bildschirm aus: *MISSION FAILED.*

«Wir waren so nah dran!» Am liebsten würde ich meinen Controller gegen den Fernseher schleudern, stattdessen boxe ich in ein Sofakissen. «Wir waren schon fast da!»

«Granaten! Wer zum Teufel wirft *da* Granaten?»

«Die beschissenen Amerikaner, Mann», murmele ich. «Nimm's mir nicht übel.»

«Tu ich nicht, stimmt ja. Wir sind die Schlimmsten. Mist. Vielleicht haben wir uns doch überschätzt, zu zweit ein Vier-Personen-Spiel zu spielen?»

«Das würdest du nicht sagen, wenn wir gewonnen hätten.»

«Vermutlich nicht.» Irgendetwas raschelt an Jax' Mikrofon, und ich höre mal wieder, wie er mit offenem Mund Popcorn kaut. «Spielen wir noch mal? Ich glaube, wenn ich den einen ein bisschen früher von dem Gebäude geworfen hätte, hätten wir es geschafft.»

«Red nicht davon, Leute von Gebäuden zu schubsen.» Ich nehme einen Schluck Cola und unterdrücke ein Gähnen. «Na gut, dann lass uns noch mal anfangen.»

«Sicher? Wie viel Uhr ist es denn bei dir? Musst du nicht morgen zur Schule?»

«Es ist erst Viertel nach eins. Reg dich ab.»

«Ich will aber nicht dafür verantwortlich sein, wenn du Algebra nicht schaffst, oder was auch immer.»

«Algebra? Ich mache Animation, du Arsch.»

«Selber Arsch, Miss *Geh ins Gebäude, das klappt bestimmt.*»

«Wenn du das nächste Mal die Mission leiten willst, dann bitte. Aber du hättest mindestens drei direkte Kopfschüsse abbekommen, wenn du aufs Feld gerannt wärst.»

«Ja, aber immerhin wäre ich dann so gestorben, wie ich gelebt habe.» Ich höre sein Grinsen. «Bei der dramatischen Flucht vor amerikanischen Ärschen, die mich umbringen wollen.»

Ich strecke mich auf dem Sofa aus, die Minecraft-Leggings habe ich in meine zwei verschiedenen Socken gesteckt.

Jax schiebt sich eine weitere Handvoll Geräusche in den Mund.

«Du musst dein Mikrofon stumm stellen, wenn du das machst.»

182

«Niemals.» Er kaut noch krachender. «Du liebst das doch. Essen ist wichtig, gerade für einen harten Typen wie mich hier in meinem gemütlichen Keller.»

«Du bist so ein Klischee. Bestimmt hast du immer noch einen von diesen kleinen flaumigen Schnurrbärten, weil du zu stolz darauf bist, als dass du ihn abrasieren könntest?»

«Hey, lass mein Flaumbärtchen da raus. Ich wette, du bist so ein richtiges Gamer-Girl-Klischee, oder? Du spielst bestimmt mit vollem Make-up und einem tief ausgeschnittenen Tanktop?»

Ich sehe mein Spiegelbild im Fernseher, wie ich auf dem Sofa hänge: Das Haar ist unordentlich oben auf dem Kopf zusammengebunden, und ich habe eindeutig ein Doppelkinn.

«Woher weißt du überhaupt, ob ich ein Gamer-*Girl* bin? Ich bin eigentlich ein fetter, glatzköpfiger Typ mittleren Alters, der Frank heißt und einen Stimmenverzerrer benutzt.» Ich halte das Mikrofon direkt vor meinen Mund und atme so tief und eklig hinein, wie ich kann.

«Was? Aber ich bin auch ein fetter, glatzköpfiger Typ mittleren Alters, der Frank heißt. Oh mein Gott, wir sind Seelenverwandte.»

Ich muss lachen und scrolle durch die verschiedenen Aufgaben. «Wozu hättest du Lust, auf etwas Neues? Oder sollen wir das hier noch mal machen? Ich glaube, wir kommen der Sache diesmal näher.»

«Scheiß drauf, lass es uns noch mal versuchen. Mit voller Kraft voraus in den sicheren Tod!»

«Hey, hab gefälligst ein wenig Vertrauen. Es ist kein *sicherer* Tod, nur ein ungeheuer wahrscheinlicher.»

Wir sind wieder in der verfallenen Stadt, vor uns steht ein Tisch mit Hilfsmitteln. Jax – im Spiel ein oberkörperfreier Bodybuilder – geht voran und nimmt sich ein Schwert und eine Pistole. Ich nehme mein Lieblings-Snipergewehr.

«Hey», sagt Jax, und sein Avatar dreht sich zu mir um. «Also, meine Mom und ich besuchen meine Familie in Schottland, ungefähr in einem Monat. Und ich dachte, ich könnte dann vielleicht auch einen Abstecher nach England machen. Den Big Ben sehen, weißt du? Und, äh, wenn du auch den Big Ben sehen möchtest, könnten wir uns vielleicht treffen?»

Für einen Moment bin ich zu perplex, um zu antworten.

«Wenn du nicht möchtest, ist es auch okay», sagt er schnell. «Na ja, es war vielleicht ohnehin eine blöde Idee. Bestimmt willst du den komischen Typen aus dem Internet nicht kennenlernen. Vergiss es.»

Sein Avatar geht weiter, um sich in Position zu bringen. Ich hebe mein Gewehr und schieße ihm ins Knie, um ihn aufzuhalten.

«Was zum Teufel?»

Ich gehe zu seiner hinkenden Gestalt.

«Machen wir, Jax. Wir ziehen eine London-Mission durch.»

Ich drücke den Knopf, um ihn wieder zu heilen. Mein Avatar kniet neben ihm. Jax mampft wieder sein Popcorn. Dann stehen wir beide, heben die Waffen und sind bereit.

«Okay, such das Benzin und den Generator. Los.»

«Verdammt, ja», sagt er. «Wir zwei Franks. Wir schaffen das.»

Kapitel 13

Heute ist es ganz ruhig in der Nachtschicht. So ist das manchmal: Ein paar Ehrenamtliche reden stundenlang mit ihren Gesprächspartnern, ansonsten kommen nur kurze Anrufe und Chats, die für den Rest von uns die Stille unterbrechen.

Ich sitze mit meinem Headset um den Hals da und starre auf mein Handy-Display.

Es ist zwei Tage her, seit ich Kontakt mit Poppys Freunden, Tutoren und Mitbewohnern aufgenommen habe, und die meisten von ihnen haben immer noch nicht reagiert. Diejenigen, die sich doch gemeldet haben, konnten mir nichts Nützliches erzählen.

Ich habe der Untersuchungsbehörde schon alles gesagt, was ich weiß, hat Emily auf Facebook zurückgeschrieben – die Mitbewohnerin, die Poppy mit Lockenwicklern gezeichnet hat –, sieben Stunden nachdem sie meine Nachricht gelesen hatte. *Sie war schüchtern und wollte nie mit uns ausgehen. Ich kannte sie eigentlich gar nicht. Tut mir leid.*

Die anderen Reaktionen waren ganz ähnlich.

Ich hatte vor ihrem Tod schon monatelang nicht mehr mit ihr gesprochen, tut mir leid.

Ich kannte sie aus den Seminaren, aber wir haben kaum miteinander geredet.

Wir haben nur unsere Nummern getauscht, damit sie mir ihre Vorlesungsnotizen schicken konnte, als ich krank war. Sie wirkte sehr nett. Herzliches Beileid.

Heute Morgen hat ihre Kunsttutorin geantwortet.

Ihre Schwester Poppy war eine kluge, talentierte Studentin, die der Rest der Klasse sehr vermisst. Ich wünschte, ich könnte Ihnen mehr erzählen, aber unglücklicherweise wandte sie sich weder an ein Mitglied des Lehrkörpers an der Brighton University noch an die Studentenvereinigung, um über ihre psychische Gesundheit zu reden, daher konnten wir ihr keine Unterstützung bieten. Ich wünschte, ich könnte Ihnen etwas sagen, das Ihnen weiterhilft, aber leider wussten wir nichts von ihren psychischen Problemen.
Ich sende Ihnen mein herzlichstes Beileid.

Ich aktualisiere meinen E-Mail-Eingang erneut und hoffe, dass darin etwas Neues auftaucht.

Hätte ich direkter sein sollen? Ich habe den Leuten eine E-Mail geschickt, in der ich gefragt habe, wie Poppys letzte Wochen waren – mit wem sie gesprochen hat, wer ihre Freunde waren, ob irgendetwas sie aus dem Lot gebracht hat. Vielleicht hätte ich anfangen sollen mit: *Ich glaube, meine Schwester wurde ermordet, und ich brauche Ihre Hilfe, um den Mörder zu finden.*

Aber ich erinnere mich daran, wie schnell Mum das Gespräch abgewürgt hat, als ich versucht habe, ihr davon zu erzählen, und ich muss an Daniels Erfahrungen denken. Wenn die Leute glauben, dass ich die Schuld an Poppys Tod einem Mörder zuschieben will, weil ich psychisch krank bin, dann werden sie mir gar nichts sagen – und wenn ich doch Beweise finde, glauben sie sie womöglich nicht. Ich muss vorsichtig sein.

Und dann ist da im Hinterkopf dieser eine beängstigende Gedanke: was, wenn einer ihrer Kontakte im Handy ihr Mörder ist? Dann ist es vermutlich nicht besonders klug, ihn wissen zu lassen, dass ich nach ihm suche. Noch nicht.

Ich seufze. Keine neuen E-Mails, keine Anrufe bei der Helpline. Ich bin heute Abend zur Schicht gekommen, um Menschen zu helfen, aber hier gibt es niemanden, dem ich zur Seite stehen kann. Ich muss unbedingt *irgendwem* helfen.

Ich öffne meine Reddit-App und scrolle durch die Gruppen, denen ich folge. R/Selbstmordgefahr ist praktisch eine Echokammer voller depressiver Beiträge, in der Hilfeschreie aus der ganzen Welt ankommen. Ich klicke auf r/VerlustdurchSelbstmord, aber der Ton in dieser Gruppe ist ebenso verzweifelt.

Er ist schon ein Jahr lang tot. Wird es irgendwann leichter?

Ich vermisse sie so sehr.

Warum musste das geschehen?

Früher habe ich diesen Leuten das geschrieben, was ich mir selbst ständig einredete: Dass es nicht gesund ist, einen Selbstmord zu hinterfragen. Dass wir akzeptieren müssen, dass es niemals eine einzige Antwort geben wird. Aber jetzt habe ich ihnen nichts Tröstliches zu sagen.

Ich bin in diesem Forum nicht nur, um zu helfen, sondern auch, um Hilfe zu bekommen. Nach Poppys Tod dachte ich, Selbstmord sei so etwas wie eine exakte Wissenschaft, eine

Folge, der eine spezifischen Ursache vorangeht. Ich dachte, der Grund, warum ich Poppys Tod nicht verstand, sei, dass ich das Konzept noch nicht gut genug durchdrungen hätte. Ich dachte, wenn ich mich nur mit Gleichgesinnten umgäbe, mich nur genug in die Thematik einarbeitete, würde ich die Antwort schon irgendwann finden.

Aber wir waren nie Gleichgesinnte, nicht wahr? Ich habe hier nichts zu suchen.

Ich navigiere zu einem anderen Forum – r/AskReddit – und poste einen neuen Beitrag.

> Wenn der Tod eines geliebten Menschen als Selbstmord angesehen wird, es einem aber verdächtig vorkommt, wie würde man die Polizei dazu bringen können, neu zu ermitteln?

Ich weiß nicht mehr, was ich tun soll. Da kann es sicher nicht schaden, diese Frage auszulagern.

«Hab dir einen Kaffee mitgebracht», sagt eine Stimme und schiebt mir einen Becher mit dem Logo des Science Museum zu. «Ein kleiner Schuss Milch, keinen Zucker, oder?»

Der dunkelhaarige Ehrenamtliche, mit dem ich gesprochen habe, als ich dachte, Daniel sei gestorben, lässt sich auf den Stuhl neben mir fallen, den eigenen Becher in der Hand: die National Gallery. Sein gelocktes Haar ist heute nicht zusammengebunden und fällt ihm auf die Schultern. Die braunen Augen blicken so freundlich wie damals.

«Ja. Danke schön…»

«Jude», sagt er und tippt sich auf die Brust.

«Danke, *Jude.*»

«Gern geschehen. Also, ziemlich ruhig heute, was?» Er

lehnt sich in seinem knarrenden Stuhl zurück und legt die Füße auf den Tisch.

«Ja. Sehr.»

«Ich mag es lieber, wenn mehr los ist, aber wenn uns weniger Leute anrufen müssen, dann ist das ja eigentlich gut.»

Er lächelt, und ich trinke einen Schluck von meinem Kaffee. Es ist kalt hier im Telefonraum, die Klimaanlage läuft auf Hochtouren, um gegen die stickige Londoner Hitze anzuarbeiten, die wir hier drin nicht mehr fühlen. Jude ist entsprechend angezogen – mit Farbe bekleckerte Stiefel, hochgekrempelte Jeans, ein kariertes Hemd und eine Strickjacke –, aber ich nicht. Ich lege meine Finger um den Becher, um die Wärme in mich aufzunehmen.

«Ist dir kalt? Du siehst so aus.»

Ich schüttele den Kopf. «Schon okay.»

«Nein, im Ernst, es ist ja eiskalt hier.» Er zieht sich die Strickjacke aus und bietet sie mir an. «Nimm die.»

Ich versuche abzulehnen, aber er beugt sich zu mir und legt sie mir um die Schultern. Dann legt er die Füße wieder auf den Tisch.

«Gemütlich, oder? Oh, und sie kommt frisch aus der Wäsche, versprochen.»

Die Wolle fühlt sich warm an, aufgewärmt von Judes Körperwärme.

«Sicher?», frage ich. «Willst du sie nicht...»

«Nein, schon gut. Nimm sie nur.»

Ich stecke meine Arme in die Ärmel der dicken Jacke und spüre, wie sie sich locker an mich schmiegt. Als ich wieder nach meinem Becher greife, rutscht sie auf der einen Seite von meiner Schulter, wie bei Poppy früher.

Ich ziehe sie wieder hoch.

«Meine erste Schicht ganz allein war so», sagt Jude. «Es war nichts los, ich hatte nur einen einzigen Anrufer, und der wollte wissen, wie man einen neuen Drive auf einem PC installiert. Und ich weiß, dass wir eigentlich dazu verpflichtet sind, derlei Dinge zu unterbinden, aber ich habe ungefähr zwanzig Minuten damit verbracht, es ihm zu erklären. Also habe ich in jener Nacht doch noch jemandem geholfen.» Er lächelte. «Wie war denn deine erste Nacht?»

Ich versuche mich zu erinnern. Nachdem ich mich hier beworben hatte, hatte ich zuerst ein Training, musste Übungsanrufe absolvieren, dann Telefonate unter Aufsicht, und nach ein paar Monaten durfte ich selbst Anrufe annehmen. Ich hatte mein Handbuch und mein Notizbuch, und ich war an die Schicht herangegangen wie an ein Experiment im Labor: konzentriert, ruhig und mit einer Liste, zur Sicherheit.

«Da hatte ich ziemlich viel zu tun. Jedenfalls mehr als jetzt.» Ich deute in den stillen Raum. «Aber ich weiß nicht mehr, mit wem ich gesprochen habe.»

«Das ist gut», sagt Jude. «Manche Anrufe bleiben einem im Gedächtnis, aber den Rest muss man loslassen. Sonst macht man sich zu viele Sorgen um Menschen, bei denen man nie wieder nachfragen kann. Das ist nicht gesund.»

Ich trinke erneut von meinem Kaffee und setze mich auf meinem Stuhl zurecht. Manchmal schaue ich mir meine alten Kommentare auf Reddit an und klicke auf die User-Namen der Leute, denen ich geantwortet habe, um zu sehen, wie es ihnen jetzt geht.

Oft geht es ihnen wieder gut, sie posten etwas über *Game of Thrones* oder über Indie-Rock, aber manchmal sind sie auch zurück auf r/Selbstmordgefahr – oder, noch schlimmer, sie haben gar nichts mehr gepostet.

Ich glaube nicht, dass ich Daniel ausreichend klargemacht habe, was es für eine Erleichterung ist, dass er noch am Leben ist.

«Was tust du, um dir die Zeit zu vertreiben?», fragt Jude jetzt. «Liest du etwas auf dem Handy?»

Ich schalte das Display aus, um Reddit zu verbergen.

«Nur ein Buch.»

«Ah. Ich zeichne.» Er tippt auf das Skizzenbuch auf seinem Schoß. Es sieht fast genauso aus wie Poppys, das in meiner Ermittlungsmappe in meiner Tasche steckt. Ich habe jetzt immer beides bei mir.

«Ich habe schon immer gekritzelt beim Telefonieren, dann kann ich es auch zwischen den Anrufen machen.»

Er schlägt das Skizzenbuch auf, sein Stift kratzt leise über das Papier, dann verwischt er eine Linie mit dem Finger. Poppy tat das früher auch: Sie saß im Schneidersitz und mit geneigtem Kopf da, die Zunge schaute zwischen den Lippen hervor. Sie konnte in weniger als zehn Minuten etwas Wunderschönes erschaffen.

«Zeichnest du?», fragt er, ohne aufzuschauen.

«Nein. Ich kann wissenschaftliche Diagramme erstellen, aber keine Kunst. Meine Schwester ist die mit dem Talent.»

«Wirklich? Wie ist ihr Stil?» Er wirft mir einen kurzen Blick zu, schaut dann aber wieder auf sein Skizzenbuch.

«Sie ... Ich weiß es nicht. Und deiner?»

«Oh, ich mache alles Mögliche. Ich bin Grafik-Designer – freiberuflich, daher die Nachtschichten –, aber am liebsten mag ich Illustration. Ich male mal lustige Comicstrips, mal lebensechte Zeichnungen, mal Porträts. Porträts eigentlich am liebsten. Siehst du?»

Er hält sein Skizzenbuch hoch. Ein lebensechtes Bild ist darin zu sehen, ein Mann mittleren Alters, der sich das schüttere Haar rauft. Sein Gesicht ist in einem Augenblick zwischen zwei Gefühlen getroffen: Er weint verzweifelt und kocht vor Wut. Das Gesicht ist voller Linien und Falten, Licht und Schatten. Traurige, glitzernde Augen.

«Wer ist das?»

«Ein Anrufer, mit dem ich gerade gesprochen habe. Er sagte, seine Ehe sei vorbei, und er stehe kurz davor, alles zu verlieren, für das er sein ganzes Leben lang gearbeitet hat. Wir redeten darüber, aber dann beendete er das Telefonat. Ich hoffe, er hat dennoch etwas Gutes aus dem Gespräch mitgenommen.»

Die Details der Zeichnung sind unglaublich. Die Haut ist fast völlig schattiert, abgesehen von einem kleinen Streifen am Finger: die Linie, die vom Ehering geblieben ist.

«Das ist wundervoll», sage ich. Die Kommentare unter Poppys Bildern fallen mir wieder ein. «Du bist wirklich talentiert.»

«Danke.» Jude legt sich das Skizzenbuch wieder auf die Schenkel und zeichnet noch ein paar Details.

«Woher weißt du, wie er aussieht?»

«Das weiß ich nicht. Aber wenn man mit einem Anrufer spricht, dann macht sich das Hirn doch ein Bild von dem Menschen, der zu der Stimme passt?»

Ich schüttle den Kopf.

«Oh.» Er lacht. «Na ja, wenn *ich* mit Menschen spreche, stelle ich mir sie immer irgendwie vor. Ich habe dann dieses ganz bestimmte Bild von ihnen. Und während wir reden, zeichne ich sie. Wenn uns jemand anruft, zeigt er uns einen Teil von sich, den sonst niemand zu sehen bekommt. Das versuche ich einzufangen.»

«Aber diese Zeichnung ist so realistisch. Wie machst du das ohne Vorlage?»

«Die Vorlage ist hier drin.» Jude tippt sich an den Kopf und klemmt sich dann eine Strähne hinters Ohr. «Ich kann sie ganz genau sehen. Ich muss es nur auf Papier übertragen.»

Mein Hirn funktioniert so nicht. Ich sehe einzelne Teile und füge sie zu einem Menschen zusammen – Poppys übergroße Strickjacke, ihr rötlich-blondes Haar, das sie sich mit einem Pinsel hochgesteckt hat –, aber ich sehe diesen Menschen nicht genau. Blaue Augen, wie meine, daran erinnere ich mich, aber welche Form hatten sie? Wie sah ihre Nase aus? Ich sehe sie, ohne sie zu sehen. Sie ist da, aber irgendwie durchsichtig. Wie ein Geist.

«Ich zeige dir ein paar andere Bilder.»

Jude nimmt seine Füße vom Tisch und fährt quietschend näher zu meinem Stuhl. Er blättert durch sein Skizzenbuch und zeigt mir die Gesichter, die zu den Geschichten passen, die Menschen ihm erzählt haben.

«Dieser Typ hier ist in seinem zweiten Jahr an der Uni durchgefallen. Seine Stimme war ganz tonlos. Kein Gefühl. Er sagte, seine Eltern würden ihn enterben. Und dieser Typ hier, der hatte gerade seine Frau verloren, Krebs. Sie waren sechzig Jahre lang verheiratet. Und diese Frau ist eine unserer regelmäßigen Anruferinnen. Ihre Tochter hat sich vor ein, zwei Jahren das Leben genommen, und sie leidet immer noch sehr daran. Und dann ist hier...»

«Warte, warte, blättere noch mal zurück.»

Jude blättert zu einer Schwarzen Frau mittleren Alters zurück, die sich das zu Cornrows geflochtene Haar mit einem Seidenschal hochgebunden hat. Sie lächelt freundlich, aber aus den zusammengekniffenen Augen rinnen ihr die Tränen über die Wangen. Zwischen den Fingern hält sie eine Kette mit einem Herzanhänger. «Das ist doch Blessing.»

«Ja, genau.» Jude neigt seinen Kopf zur Seite. «Du hast auch mit ihr gesprochen?»

«Ja, und das ist sie... Na ja, ich habe sie mir nie richtig vorgestellt, aber das ist sie. Ich... ich erkenne sie wieder.»

«Jetzt kapierst du es.»

Jude blättert weiter, und meine Augen werden ganz glasig. Das Skizzenbuch ist dick, Dutzende, vielleicht Hunderte Gesichter sind darin. So viel Verzweiflung. So viele Geschichten.

«Hast du schon mal einen Mann gezeichnet, der den Selbstmord seiner Schwester nicht akzeptieren konnte?»

Jude hält inne und sieht mich an. «Warum?»

«Ich frage mich nur.»

Er schürzt die Lippen und blättert erneut durch die Seiten. Dann hält er bei einer Zeichnung inne und zeigt sie mir.

Das ist nicht der Daniel, den ich kenne. Nicht nur rein optisch ist er es nicht, sondern auch, was die Ausstrahlung angeht: Sein Gesicht ist finster verzogen; seine Lippen wirken gemein. Dunkle Schatten und Iriden lassen seine Augen hohl wirken.

Er sieht erschreckend aus.

«Ich habe einmal mit ihm geredet. Er wurde sehr schnell sehr wütend. Er sagte... Na ja, er kämpft gegen seine Dämonen.» Jude schließt das Skizzenbuch. «Er ist derjenige, mit dem du neulich gesprochen hast, oder? Der, der gesprungen ist?»

Dieser Anruf kommt mir so lange her vor. So viel hat sich seitdem geändert.

«Ja, das ist er. Aber er ist gar nicht gesprungen. Ich habe seitdem wieder mit ihm gesprochen, und... er lebt.»

«Ach, er lebt? Wow. Du kannst echt stolz auf dich sein, Clementine. Du hast ihn offenbar wirklich erreicht. Ich hoffe, er tut etwas, damit es ihm nachhaltig besser geht. Er braucht Hilfe, aber nicht die Hilfe, die wir geben können.»

Nicht innerhalb der Grenzen unseres Trainings. Aber es gibt auch andere Formen der Hilfe.

Jude rollt quietschend ein wenig von mir weg und lehnt sich zurück. Ein paar Stimmen murmeln leise am anderen Ende des Raums, ein Telefon klingelt. Aber unsere bleiben still. Ich überlege, mein Handy zu nehmen und meine Reddit-Posts zu überprüfen, Daniel eine Nachricht zu schreiben, für den Fall, dass er um 2.38 Uhr morgens an einem Montag noch wach ist.

«Wie bist du auf die Idee gekommen, ehrenamtlich zu arbeiten?», fragt Jude und kritzelt weiter in seinem Skizzenbuch.

«Ein Flyer ist in meinem Briefkasten gelandet, auf dem nach Ehrenamtlichen gesucht wurde. Ich habe diese Niederlassung hier kontaktiert und mich angemeldet.»

«Einfach so? Ganz zufällig?»

«Na ja, nein. Es gibt da ... noch einen anderen Grund.» Ich räuspere mich. «Meine Schwester. Sie ist vor sechs Monaten in der Nähe von Beachy Head gestorben.»

«Oh. Das tut mir so, so leid.» Jude streckt die Hand aus und berührt meinen Arm, der im Ärmel seiner Strickjacke steckt. «Willst du darüber sprechen?»

Ich denke einen Augenblick nach. Ich könnte ihm alles erzählen, all meine Geheimnisse vor diesem sanften, weichen Menschen ausbreiten, die Wärme seiner Strickjacke und seiner freundlichen braunen Augen fühlen.

Aber er folgt meiner Checkliste. Im Moment bin ich nur ein weiterer verletzter Mensch, und er versucht, sich mit mir seine Zeit zu vertreiben.

Außerdem würde er mir ohnehin nicht glauben.

«Wie bist du denn auf die Idee gekommen, ehrenamtlich zu arbeiten?», frage ich und setze mich gerade hin. Er lächelt und wendet sich wieder seiner Zeichnung zu.

«Na ja, vor ein paar Jahren habe ich versucht, mir das Leben zu nehmen.»

Er sagt es ohne jeden Schmerz, ohne jede Scham. Er schreit es nicht durch den Telefonraum, aber er verbirgt es auch vor niemandem. Er schiebt seinen karierten Ärmel hoch und zeigt ein tätowiertes Handgelenk. Fährt mit dem Finger die dicke, vertikale Narbe entlang, die vom Tattoo verdeckt wird.

«Es ging mir nicht gut. Eine Beziehung war gescheitert, ich war am Ende, ich fühlte mich verloren ... ich wollte sterben. Das war's. Aber bevor ich es zu Ende bringen konnte, rief mich meine Mutter an. Sie muss irgendeinen schrägen sechsten Sinn gehabt haben oder so, es war, als wüsste sie intuitiv, dass ich sie brauchte. Ich wusste es selbst nicht, aber sie schon. Und als ich mit ihr sprach, wurde mir klar, dass ich es nicht beenden konnte. Nicht einfach so. Also ließ ich es bleiben.»

Er schiebt seine Ärmel nicht wieder hinunter. Er krempelt sie hoch und lässt die alten Narben atmen.

«Ich habe mir Hilfe geholt, für den Körper *und* für die Seele, und dann habe ich beschlossen, mich als Zuhörer ausbilden zu lassen. Um das für andere zu tun, was meine Mum für mich getan hat. Denn das ist das Allerwichtigste, glaube ich. Einfach für Menschen da zu sein. Ihnen ein wenig Zeit zu schenken. Brenda schimpft immer mit mir, wenn ich zu viele Nachtschichten schiebe, aber ich hasse es, wenn ich lange nicht hier bin. Ich mache mir dann immer Sorgen, dass ich womöglich den wichtigsten Anruf im Leben eines anderen verpasse.»

Vor ein paar Tagen wäre ich nach diesen Worten wieder in einem Strudel der Selbstvorwürfe versunken. Aber jetzt weiß ich es besser.

Judes Telefon klingelt.

«Ah, jetzt geht es wieder los. Ich überlasse dich dann mal

deinem Buch, Clementine.» Er lächelt, begrüßt seinen Anrufer und blättert eine neue Seite in seinem Skizzenbuch auf.

Ich ziehe mich wieder in meine Nische zurück und beuge mich über mein Handy. Niemand hat bis jetzt auf meine r/AskReddit-Frage reagiert. Vielleicht tut es auch niemand. Also öffne ich WhatsApp. Daniel ist online. Ich tippe auf das Anrufen-Symbol.

«Du bist ganz schön spät noch wach», sagt er statt einer Begrüßung. «Oder ziemlich früh?»

«Ich bin gerade bei der Helpline in der Nachtschicht», sage ich leise. «Es ist ganz ruhig. Ich habe gesehen, dass du online bist.»

«Ja. Kann nicht schlafen.»

«Du könntest dir Tabletten besorgen.»

«Ich weiß, aber die machen mich immer so platt, dass ich nicht aus meinen Albträumen aufwachen kann. Dann bin ich lieber wach.»

Ich weiß, was er meint. Meine Schachtel mit den vom Arzt verschriebenen Schlaftabletten liegt auch so gut wie unangetastet in einer Schublade, zusammen mit den Antidepressiva. Der Arzt hat darauf bestanden, dass ich sie nehmen soll. Ich habe die Schachtel nicht einmal geöffnet.

«Wie läuft es denn bei dir?», frage ich.

«Nicht so gut. Ich kann immer noch nichts finden. Ich glaube inzwischen, dass vielleicht irgendetwas verloren gegangen ist. Vielleicht hatte sie auch ein geheimes Tagebuch oder so. Daher habe ich den Teppich hochgehoben und wollte schon die losen Dielen aufstemmen, aber Mum hat mich daran gehindert. Sie wirkte ein bisschen besorgt, aber hey, man hat mich noch nicht in die Geschlossene eingewiesen. Ich habe sie davon überzeugt, dass ich nach einem Abschiedsbrief suche, also glaubt sie immerhin, dass meine irre Suche einen rationalen Grund hat, glaube ich.» Daniel reibt sich das Gesicht. Ich höre das raue Geräusch, als er sich über den Bart streicht. «Hast du eine Reaktion auf die E-Mails bekommen, die du verschickt hast?»

«Ein paar haben geantwortet, aber ich habe keine neuen Informationen. Die meisten haben nur gesagt, dass sie sie nicht kannten, und mir ihr herzliches Beileid ausgesprochen.»

«Das ging mir auch oft so. Ich habe so viel herumgefragt und gehofft, dass irgendetwas dabei herauskommt, aber die meisten ihrer Freunde haben mich irgendwann geblockt.»

«Sie haben dich geblockt? Warum? Du wolltest doch nur wissen, was mit deiner Schwester passiert ist.»

«Ja, aber *sie* wollten einfach nur weiterleben. Ich kann es ihnen noch nicht einmal übel nehmen.» Er seufzt. «Was, wenn da draußen nichts mehr ist? Was, wenn es einfach nichts gibt, womit ich es beweisen kann?»

Das ist genau meine Angst. Ich habe Poppys Zimmer mit leeren Händen und erfolglos verlassen, und jede weitere nutzlose E-Mail-Antwort, die ich bekomme, macht die Niederlage nur noch schmerzvoller. In der Wissenschaft gibt es immer Antworten: Eine Theorie wird bewiesen oder widerlegt. Ein Experiment gelingt oder scheitert. Es gibt auch da Abstufungen, natürlich, aber keine Blindflüge.

Ich kann nicht garantieren, dass Daniel irgendetwas finden wird, womit er den Mord an seiner Schwester beweisen kann, ebenso wenig, wie ich garantieren kann, dass ich den Mord an Poppy beweisen kann.

«Schlaf noch ein bisschen», sage ich. «Schlaf dich aus, und morgen suchst du dann noch einmal mit klarem Blick. Morgen wird es besser laufen.»

«Es ist schon nach Mitternacht. Es ist schon morgen.»

«Nein, ist es nicht. Es ist erst morgen, wenn die Sonne aufgeht.»

Jude neben mir telefoniert noch immer. Sein Stift kratzt über das Papier, seine tröstlichen Worte fließen mühelos. Seine Strickjacke auf meinen Schultern fühlt sich weich an, die Ärmel sind lang genug, dass ich sie mir über die Hände ziehen kann. Ich tue so, als besäße ich seine Sanftheit, seine Ruhe.

«Gib nicht auf», sage ich zu Daniel. «Da draußen sind Antworten, und wir werden sie gemeinsam finden.»

» »

Jude und ich gehen um sechs Uhr morgens nach unserer Schicht nach draußen. Die ganze Straße leuchtet im Licht der noch tief stehenden Sonne.

«Danke für die Strickjacke», sage ich und gebe sie ihm zurück.

«Danke. Viel schöner hier draußen, oder?» Er dreht seine Arme in der Sonne. Aus ein wenig Entfernung sieht man die Narben gar nicht mehr. Dann holt er etwas aus seiner Tasche. «Ich habe auch etwas für dich.»

Er gibt mir ein Stück Papier mit einem seiner Porträts darauf.

Es zeigt mich: scharfer Blick, dunkles Haar, der kleine Höcker auf meiner Nase. Aber das bin nicht *ich*. In diesem Gesicht liegt eine Freundlichkeit, die dort nicht hingehört, eine Leichtigkeit. Etwas Weiches.

Plötzlich erkenne ich, dass dieses Porträt denen in Poppys Skizzenbuch auf unheimliche Weise ähnlich ist.

«Ich glaube, bei der Arbeit hier lernen wir eine Menge über

199

uns selbst», sagt er. «Und ich glaube, dass du jemand bist, auf den deine Schwester sehr stolz wäre. Vergiss das nicht.» Er berührt meinen Arm – nicht fest, es ist kein Griff, sondern nur ein schnelles, sanftes Drücken. «Sie würde wollen, dass du glücklich bist und weiterlebst.»

Er lächelt freundlich, mit leicht gesenktem Kopf, und wir trennen uns – er macht sich vermutlich auf den Weg zu irgendeiner Einzimmerwohnung voller Licht und Leinwände; ich gehe zurück in meine Wohnung, zu den E-Mails ohne Antwort, zu den Social-Media-Accounts, die ich längst durchwühlt habe.

Mein Handy brummt, eine Nachricht, und ich werfe einen Blick aufs Display. Es ist ein Kommentar auf meinen r/AskReddit-Post.

Ich würde auf jeden Fall Detektiv spielen. Folge ihren Schritten, such nach Hinweisen, sprich mit jedem. Ich würde kein Nein akzeptieren. Dann würde ich denjenigen finden, der es getan hat, und ihn eigenhändig umbringen.

Ich stopfe Judes Zeichnung in meine Helpline-Mappe und mache mich auf den Weg zur Aldgate Station – aber ich nehme nicht die Circle Line Richtung Norden, wie sonst. Ich nehme die District Line in Richtung Westen, zur Victoria Station. Ich kaufe ein Ticket nach Brighton und steige in den ersten Zug, der mich dorthin fährt.

Morgen ist jetzt heute, und heute ist der Tag, an dem ich etwas finde, womit ich etwas anfangen kann.

Kapitel 14

Als Poppy noch klein war, sind wir oft nach Brighton gefahren. Wir quetschten uns mit den anderen Tagesausflüglern in einen Zug, kamen ungefähr eine Stunde später dort an und traten hinaus in die frische Küstenluft. Die vielen Ausflüge fließen inzwischen ineinander und hinterlassen einzelne verschwommene, sonnenglänzende Szenen, wie die Vorschau eines altmodischen Films. Es sind Erinnerungen, die alle Sinne ansprechen: der Geruch nach Essig, nach Sonnencreme und heißen, zuckrigen Donuts, das Jucken von Sand, der an den Beinen klebt, das Drücken von Kieseln im Rücken. Ich schmecke die Zuckerwatte, die auf meiner Zunge schmilzt, höre die Holzplanken des Anlegers unter meinen Füßen ächzen, spüre die Plastikoberfläche des Karussellpferdchens unter mir, Poppy neben mir, und wir beide steigen und fallen mit der Musik, wir lächeln, lachen. Wir leben.

Brighton ist grauer, als ich es in Erinnerung habe. Ich dränge mich durch die Pendler und trete aus dem Bahnhof. Trotz der Hitze hat die Stadt heute keinen Sommerzauber für mich. Das hier ist kein Tag am Meer, sondern eine Suchmission.

Wenn ich in Poppys altem Zimmer keine Hinweise finden kann, dann ist die Stadt, in der sie starb, der zweitbeste Ort für meine Suche.

Ich folge einem Schild, das das North-Laine-Viertel anzeigt, das Poppy in ihren Briefen erwähnt hat, und gehe durch enge, mit regenbogenfarbenen Wimpeln geschmückte Straßen, in denen sich vegane Cafés, Piercing-Studios, Kunstgalerien und

Secondhand-Boutiquen reihen. Ich versuche mir vorzustellen, dass sie letzten Winter denselben Weg gegangen ist, eingepackt in ihren roten Mantel, die Pudelmütze auf dem Kopf, Wangen und Nase gerötet, und vor jedem Schaufenster stehen geblieben ist, ohne je in einen Laden hineinzugehen, weil sie zu schüchtern war.

Poppys Instagram-Feed ist voller Illustrationen ihrer Lieblingsplätze: die Sehenswürdigkeiten Brightons, die sie immer wieder besuchte, bei jedem Wetter. Ich öffne Google Maps.

Der Brighton Pavilion ist genauso majestätisch wie in ihren Bildern, obwohl der Rasen jetzt im Sommer ganz verdorrt ist. Auf einem Platz in The Lines steht ein versteckter Delfin-Brunnen, mit grün-bläulicher Patina überzogen, ausgetrocknet. Queen Victoria steht auf einem Sockel am Rand von Hove. Und eine Reihe bunter Strandhütten schmückt die Promenade.

Der West Pier ist von der Sonne ausgeblichen und sieht in den Wellen des English Channel aus wie ein Skelett, seine morschen Beine sind in der Realität genauso spindeldürr wie in Poppys Skizze. Auf dem Brighton Pier finde ich das rote, erleuchtete Schild, den grünen Wahrsagerwohnwagen, die Achterbahn. Und ihren Lieblingsplatz zum Sonnenunterganggucken, in Richtung Westen.

Wenn ich über den Pier hinweg in Richtung Osten schaue, erkenne ich die weißen Klippen, an denen sie gestorben ist.

An jedem ihrer Lieblingsorte gehe ich in die Cafés und Läden rundherum, zeige ihnen ein Foto von Poppy – das, auf dem wir zusammen auf der Bank sitzen – und stelle immer wieder dieselbe Frage: *«Können Sie sich an dieses Mädchen erinnern? War sie im Februar hier? Vielleicht mit jemandem zusammen?»* Aber niemand erkennt sie wieder. Es gibt keine Spur mehr von ihr. Es ist, als wäre sie überhaupt nie da gewesen.

Es ist eine makabre Schnitzeljagd. Wenn Poppy am Leben wäre und ich Zeit totschlagen müsste, bis ich sie nach der Uni träfe, wäre es vielleicht lustig – wie wenn man sich mit einer Landkarte und einem Kompass in einem Wald zurechtzufinden versuchte. Aber ohne sie ist es wie eine dieser Jack-the-Ripper-Touren, die auf meinem Weg zur Helpline in London überall angeboten werden.

«Und hier ist die ermordete Frau entlanggegangen, und hier hat sie sich immer den Sonnenuntergang angeschaut, und genau hier ist die Stelle, an der sie einen grausamen Tod erlitt. Irgendwelche Fragen? Okay, dann gehen wir weiter...»

In ihrem Instagram-Feed sind kaum Fotos von Poppy. Sie hat nicht viele Selfies gepostet, sie zeigte sich nicht so gern, nicht einmal online. Aber einer ihrer letzten Posts zeigt sie selbst. Hinter ihr das Meer, der Himmel voller Farben, die Locken, die sich unter ihrer Mütze hervorgewagt haben, leuchten im Licht sogar noch stärker orange, und sie lächelt.

Aber es ist nicht nur ein Lächeln. In ihren Augenwinkeln haben sich Fältchen gebildet, ihre Wangen sind gerötet, der Mund breit. Es ist das Lächeln, mit dem sie mich empfangen hat, als ich zu Weihnachten in die Küche trat, als sie aufsprang und mich umarmte und gar nicht mehr loslassen wollte.

Es ist ein Lächeln, in dem etwas Besonderes liegt. Die Freude, mit jemandem zusammen zu sein, den sie liebt.

Mein Handy macht Ping, und eine Nachricht erscheint oben auf dem Display und verdeckt den oberen Teil des Sonnenuntergangs.

Tinder: Du hast ein Super-Like bekommen!

Ich tippe auf die Nachricht, die mich von Poppy wegführt. Ich begrabe ihr strahlendes Bild unter einem neuen App-Fenster. Es tut einfach zu sehr weh, dieses Lächeln zu sehen.

203

Tinder lädt. Wieder ein lächelndes Gesicht: diesmal ein Mann mit blondem Haar, das ihm in die Stirn fällt, einer Brille, schmutzigen Gummistiefeln und einem roten Strickpullover, der an einem Holzzaun irgendwo auf dem Land lehnt. Das Foto ist blau eingerahmt.

Das glückliche, normale Leben der anderen geht mir auf die Nerven. Ich tippe auf den Home-Button, um aus meinen Apps herauszukommen, aber stattdessen treffe ich etwas anderes. Ein blauer Stern poppt auf, dann ein weiteres Fenster.

It's a Match!, sagt Tinder, und ein Foto von meinem Gesicht erscheint in einer herzförmigen Blase neben dem des Fremden. Ich lächle ebenfalls auf meinem Foto. Lächle Jenna an, die das Bild von mir im Schnee aufgenommen hat.

Ich klicke die App so schnell es geht weg und komme zurück auf meinen Home-Bildschirm. Es ist beinahe elf. Ich gehe den Pier zurück, fädele mich durch die Menge der Sommertouristen und überquere die Promenade, wieder in Richtung Stadt. Bei einem kleinen Café auf dem Weg mache ich halt, kaufe mir einen Kaffee und gehe auf die Toilette, um mich ein wenig frisch zu machen. Nach der Nachtschicht und der Zugfahrt fühle ich mich klebrig, aber es hilft nicht wirklich, mir das Gesicht im Waschbecken zu waschen. Meine Augen wirken noch röter als zuvor, von Liams Concealer auf den dunklen Augenringen ist nichts mehr zu sehen. Ich kämme mir das Haar mit den Fingern zurück, binde mir einen ordentlicheren Pferdeschwanz und kaue ein paar Pfefferminzdragees. Das muss reichen.

Poppys ehemalige Mitbewohnerin Emily – die Skizzenbuchzeichnung mit den Lockenwicklern – arbeitet im Sommer Vollzeit bei Primark, auch am Montag. Sie hat mir das nicht gesagt, aber ich habe ihre Social-Media-Accounts durchforstet und genügend Hinweise darauf gefunden. *#Working9to5, Mitarbeiterrabatt Yeaaaaah, #primarni, #Ich hasse Montage.*

Ich kämpfe mich die belebte Einkaufsstraße entlang, Menschengruppen und Busse verstellen mir den Weg, bis ich beim Laden ankomme. Darin ist es genauso voll und chaotisch. Kleider liegen auf dem Boden, Kleiderbügel klappern. Ich brauche eine Weile, bis ich Emily finde, dann entdecke ich sie vor den Umkleidekabinen. Sie trägt ein kurzes Top und Jeans, dazu einen hohen Pferdeschwanz, und weist den in der Schlange stehenden Frauen jeweils eine Kabine zu. Ich nehme mir ein T-Shirt vom Ständer und stelle mich an.

«Ein Teil? Gehen Sie in Nummer drei.» Sie sieht nur das T-Shirt, nicht mich, und versucht, mir eine Plakette mit einer eins darauf in die Hand zu drücken.

«Emily?»

Jetzt schaut sie hoch.

«Ich bin Clementine Harris, Poppys Schwester. Tut mir leid, dass ich einfach so hier hereinplatze, aber können wir vielleicht reden?»

Ihr Gesicht fällt in sich zusammen, und sie sieht sich unsicher um, als wüsste sie nicht, wie sie reagieren soll.

«Ich arbeite gerade», sagt sie schließlich. «Nimm einfach die Plakette.»

Ich tue es nicht. «Ich habe ein paar Fragen. Es würde mir wirklich helfen, wenn du versuchen könntest, sie zu beantworten. Bitte?»

Sie presst kurz die Lippen aufeinander, trotzdem sieht ihr pudrig-altrosafarbener Lippenstift immer noch makellos aus. Dann seufzt sie. «Na gut. Rick? Rick! Übernimm doch hier bitte mal kurz, okay? Ich muss, ähm … dieser Dame helfen, eine Jeans zu finden.»

205

Ihr Kollege übernimmt, und ich folge Emily in eine Ecke des Ladens. Sie schaut sich die ganze Zeit um, sogar noch, als wir hinter einem großen Regal mit Taschen stehen.

«Was ist los?», fragt sie und verschränkt die Arme vor der Brust. Ihr Tonfall wirkt herausfordernd. «Was willst du?»

«Ich möchte dir noch ein paar Fragen zu Poppy stellen.»

«Ich habe dir schon alles gesagt. Sie war schüchtern, wir haben sie nicht richtig gekannt. Ich weiß nicht, was ich noch sagen soll.»

«Ich weiß, ich habe deine Aussage gelesen. Die Sache ist die ...» Mir fällt ein, dass Daniel von den Freunden seiner Schwester geblockt wurde und dass seine eigene Mutter ihn in die Psychiatrie hat einweisen lassen. Ich muss vorsichtig sein, was ich sage. «Ich versuche, mehr über ihre letzten Wochen zu erfahren, nur um einen besseren Eindruck davon zu bekommen, was passiert ist. Ich will verstehen, warum sie es getan hat. Und ich dachte, du könntest mir vielleicht dabei helfen.»

«Warum ich?» Irgendwie schafft sie es, ihre Arme noch fester zu verschränken, und reckt das Kinn. «Ich habe sie fast nie gesehen.»

«Vielleicht nicht, aber du hast mit ihr zusammengewohnt. In deiner Befragung hast du gesagt, dass du sie manchmal in ihrem Zimmer weinen gehört hast. Du bist der einzige Mensch, der so etwas überhaupt bemerkt hat.»

Emily blinzelt. «Und?»

«Kannst du dich vielleicht daran erinnern, wann du sie hast weinen hören? Kannst du dir einen Grund vorstellen? Hat sie dir gegenüber vielleicht irgendetwas erwähnt?»

«Ich erinnere mich nicht.»

«Könntest du dich vielleicht bemühen? Bitte? Ich weiß, dass ihr nicht wirklich Freundinnen wart, aber ihr müsst doch manchmal miteinander gesprochen haben. Du musst doch irgendetwas bemerkt haben.»

Emily schaut weg und streicht sich mit den Fingernägeln über die Arme, auf und ab. «Ich kannte sie kaum. Wir sind uns manchmal in der Küche über den Weg gelaufen und so, sie sagte Hallo, aber das war's auch schon. Ich ...» Sie seufzt. «Hör mal, ich bin wirklich nicht stolz darauf, aber ich fand sie irgendwie komisch, okay? Ich *wollte* gar nicht, dass sie meine Freundin ist, obwohl sie es schon ein bisschen versucht hat. Wir alle in der Wohnung sind oft ausgegangen, und ich, na ja, ich habe einfach vergessen, sie einzuladen. Daher war sie oft allein zu Hause.» Emily sieht mich an, schaut dann wieder weg. Sie zupft an ihrem Haar, befingert ihre Nägel, den Saum ihres Tops. «Sie war einsam, glaube ich.»

Ich kenne meine Schwester besser als irgendeine unaufmerksame Mitbewohnerin. Vielleicht hat sie unsere Eltern vermisst, aber Poppy war daran gewöhnt, allein zu sein. Sie war *gern* allein.

«Bist du sicher, dass sie einsam war?»

«Ja», sagt Emily schnell. «Muss so gewesen sein.»

«Aber du weißt nicht sicher, ob sie deswegen geweint hat?»

«Was soll es denn sonst gewesen sein? Sie hatte ja keine Freunde.»

«Na ja, es könnte ja noch eine Menge anderer Gründe geben. Hat sie jemand aus der Fassung gebracht oder mit ihr gestritten? Hat sie sich nicht sicher gefühlt? Gab es irgendetwas, was darauf hindeutete, dass sie Angst hatte? Bitte, Emily. Denk nach. Ich *muss* wissen, warum sie geweint hat.»

«Ich *weiß* nicht, warum!»

«Erinnerst du dich denn daran, wann sie geweint hat? Vielleicht können wir die Sache auf diese Weise einengen. Welche

Jahreszeit war es? Herbst oder Frühling? Vor oder nach Weihnachten? Kurz vor ihrem Tod, oder ...»

«Ich weiß es nicht!», fährt mich Emily an.

«Warum nicht?»

«Weil ich sie nie habe weinen hören!»

Sie schaut mich an, den Mund verzogen, die Augen glitzernd wie ihr Lidschatten.

«Ich habe gelogen, okay? Ich fühle mich deswegen jetzt schlecht, aber ich fand sie komisch und habe sie zurückgestoßen, und dann war sie plötzlich tot, und diese Polizistin wollte über sie reden, aber irgendwie ... ich wusste gar nichts über sie, und es war mir peinlich, dass ich nichts wusste, und ich dachte, sie würden mich dafür verurteilen, dass ich nichts wusste, also habe ich ... ich habe gelogen. Nur eine kleine Lüge. Weil sie doch wirklich viel geweint haben muss, so oft, wie sie allein in ihrem Zimmer war ... Und wenn ich ein netterer Mensch gewesen wäre, hätte ich das gewusst.» Emily tupft sich das Gesicht ab, um ihre Tränen zu trocknen, ohne sich das Make-up zu ruinieren.

«Du hast sie gar nicht weinen gehört?», wiederhole ich und versuche, es zu begreifen. «*Nie?*»

Sie schüttelt den Kopf und beißt sich auf die Unterlippe. «Tut mir leid. Ich hatte ja keine Ahnung, dass sie selbstmordgefährdet war. Ich wäre sonst viel netter zu ihr gewesen.» Sie wendet sich ab und beginnt schniefend, die Waren auf dem Regal zu ordnen.

Sie hat gelogen. Es gab gar keine Tränen, keine Traurigkeit in Poppys Zeit in Brighton. Der Untersuchungsrichter sagte, sie sei in den Monaten vor ihrem Tod «eindeutig» traurig gewesen – *wegen* Emilys Aussage. Diese Aussage war der Beweis, der die Richtung der Ermittlung bestimmte. Wenn Emily nicht gelogen hätte, hätte der Untersuchungsrichter vielleicht andere Gründe für Poppys Tod in Erwägung gezogen. Vielleicht hätte man die Polizei hinzugezogen. Vielleicht wäre Poppys Mörder gefasst worden.

«Entschuldigung, könnten Sie mir vielleicht bei der Umstandskleidung helfen? Ich kenne mich mit den Größen nicht aus.»

Eine Kundin, die hinter Emily steht, lächelt sie höflich an, die Hände auf ihrem Babybauch.

«Ja, klar.» Emily wirft sich den Pferdeschwanz über die Schulter. Sie deutet in eine Richtung. «Die Umstandskleidung ist dort hinten. Ich zeige es ihnen.»

Sie will schon davonlaufen, da fasse ich sie am Arm. «Emily, warte.» Ich versuche, nicht wütend zu klingen, aber man hört meinen Ärger trotzdem heraus.

«Ich bin in einer Sekunde bei Ihnen», sagt sie zur Kundin, um sich dann widerwillig zu mir umzudrehen. «*Was*? Ich muss wieder an die Arbeit.»

«Bist du *sicher*, dass du sie nie mit jemandem zusammen gesehen hast? Oder irgendetwas Ungewöhnliches oder ... Verdächtiges bemerkt hast? Hat jemals jemand ...?»

«Ich weiß *überhaupt* nichts», unterbricht sie mich. «Ernsthaft. Ich wünschte, es wäre anders! Ich wünschte, ich könnte das Richtige sagen und müsste mich nicht jeden Tag wieder dafür hassen, dass ich sie ausgeschlossen habe. Ich wünschte, ich könnte dir helfen, aber ich kann nicht! Kann ich jetzt bitte weiterarbeiten?»

Ich klemme die Daumen unter die Schultergurte meines Rucksacks. «Ja, natürlich. Entschuldige.»

Sie geht zurück zu der Kundin – langsam. Dann dreht sie sich noch einmal um.

209

«Wenn ich mich doch noch an irgendetwas erinnern sollte, schreibe ich dir eine Nachricht», sagt sie. «Aber ich denke
seit – ich weiß nicht, fünf, sechs Monaten? – an nichts anderes. Und ich habe noch immer keinen Grund dafür gefunden.»
Sie schüttelt den Kopf. «Ganz ehrlich? Sie wirkte, als wäre sie
okay. Sie wirkte glücklich.»

» »

Ich gehe langsam zurück zum Strand und über den Kies zum
Meer.

Das Wasser glitzert und glänzt, schwappt sanft gegen die
Steine, der Anblick hat hundert unterschiedliche Zeichnungen von Poppy inspiriert – aber ich hasse ihn. Dieses Wasser
hat sie umgebracht. Nicht der Sturz, nicht die Verletzungen,
sondern das Wasser. Es umhüllte sie und flutete ihre Lunge, sie
versuchte, dagegen zu kämpfen, aber ihre gebrochenen Glieder gehorchten ihr nicht, ihre Beine waren gelähmt, sie konnte nicht mehr schreien. Dieses Wasser zog sie in seine Tiefen,
während ihr Körper im Seichten blieb.

Ich will Steine werfen und meine Wut hinausbrüllen, aber
stattdessen lasse ich mich zu Boden sinken.

Es gibt nichts mehr, was ich weiter untersuchen könnte.
Poppy hat sich niemandem anvertraut. Niemand in Brighton
nahm wirklich von ihr Notiz. Sie hatte keine Freunde. Sie erzählte niemandem davon, was sie in jener Nacht an den Rand
einer Klippe führte oder wer ihr dorthin hätte folgen können.

Brighton ist ebenso eine Sackgasse wie ihr Zimmer zu
Hause.

Die Kälte durchdringt mich, kühlt meine Haut. Man sieht
nicht mehr, wo der Himmel aufhört und das Meer beginnt.

Sprühnebel wälzt sich über den Strand, macht die Promenade nass, umhüllt die Straßen mit trüber Tristesse. Die Sonne ist nicht mehr zu sehen, und der Nebel wirbelt in der Luft wie Rauch.

Ich bleibe am Strand, die Steine graben sich in die Haut meiner Beine, bis mein ganzer Körper zittert. Ich stelle mir vor, wie die Kälte in mich dringt, jede einzelne Zelle bestraft.

Poppy war hier glücklich. Schüchtern und zurückgezogen, ja, aber glücklich. Ihre Kunst entwickelte sich, sie liebte die Stadt, sie hatte Hobbys, mit denen sie ihre Zeit verbrachte. Einzig Emilys Aussage – Emilys *Lüge* – hat jede Spur ihres Glücks ausgelöscht. Diese eine Bemerkung darüber, wie sie angeblich allein in ihrem Zimmer weinte, hat alles andere in den Hintergrund gedrängt: jeden positiven Tweet, jeden fröhlichen Instagram-Post. Es war einfach zu leicht für den Untersuchungsrichter, diesen einen Beweis zu benutzen und eine ganze tragische Geschichte daraus zu stricken.

Das wäre nicht passiert, wenn ich früher gehandelt hätte. Ich hätte Poppys Sachen schon vor Monaten durchsuchen können, ich hätte nach Brighton kommen können, als der Anblick von Poppy in ihrem roten Wintermantel noch frisch in der Erinnerung der Menschen war. Dann hätte ich den Untersuchungsrichter von einem anderen Bild überzeugen können. Ich hätte die Polizei alarmieren können. Aber jetzt ist es zu spät. Die Ermittlungen sind abgeschlossen. Die Spuren sind kalt. Niemand erinnert sich an meine Schwester – und wenn sie es tun, dann erinnern sie sich an die falsche Poppy. Sie erinnern sich an die Lüge, von der der Mörder wollte, dass sie sie glauben.

Wer auch immer sie von der Klippe stieß, hat ihr nicht nur die Zukunft genommen, die sie hätte haben sollen – er hat auch ihre Vergangenheit genommen. Und ich weiß nicht, ob es einen Weg gibt, das rückgängig zu machen.

Ich verlasse den Strand und gehe in Richtung Osten, am Brighton Pier, dem Jachthafen und meilenweise beeindruckenden Kreidefelsen vorbei, den Pfad am Fuß der Klippen entlang. Meine Füße schmerzen, meine Kehle ist trocken, und ich habe Gänsehaut auf den nackten Armen, aber ich gehe weiter, den Blick nur ein paar Zentimeter vor mich auf den Boden gerichtet. Mein Ziel liegt im Nebel.

Auf dieser makabren Reise auf den Spuren meiner Schwester gibt es nur noch einen Ort, den ich besuchen muss.

Der Weg endet unten am Fuß der Klippe, und ich steige nach oben, wobei ich dem Küstenpfad folge, der um ein Städtchen namens Peacehaven herumführt und dann langsam hinunter zur Flussmündung des Ouse.

Der Wind verteilt den vom Meer kommenden Sprühnebel ein wenig, sodass man wieder über das Wasser sehen kann – bis hinüber zum Städtchen Seaford, das sich an das gewundene Ufer des Flusses schmiegt, und zum steil in die Höhe ragenden Seaford Head. Auf der anderen Seite befindet sich Hope Gap, wo Poppy starb.

Ich gehe den Abhang hinunter.

Das Handy in meiner Hosentasche piept – einmal, zweimal, öfter. Ich habe niemandem gesagt, wo ich hinfahre. Vielleicht sind es Mum und Dad, die wissen wollen, wo ich bin, oder Liam, der fragen will, wie es mir geht, oder Daniel, der etwas Neues herausgefunden hat.

Ich entsperre das Handy und öffne die Textnachricht.

Tinder: Neue Nachricht von Harry!

Es ist der Fremde – der lächelnde Frischluftfanatiker mit dem blonden Haar, das ihm in die Stirn fällt, der Brille und dem bequemen Pulli, der vor einer idyllischen Landschaft posiert. Eine ganze Reihe von Nachrichten erscheint unter seinem Namen.

Hi

Tut mir leid, wenn das hier irgendwie schräg rüberkommt

Aber ich muss einfach fragen

Bist du Poppys Schwester?

Die Härchen auf meinen nackten Armen stellen sich noch mehr auf. Ich lese mir die Frage ein paarmal durch und versuche, sie zu begreifen. Bin ich verrückt? Das hier kann doch nicht wahr sein. Woher kennt dieser Fremde Poppy?

Ja, schreibe ich zurück. Wer bist du denn?

Ein Freund

Ich kenne sie

Kannte sie

Bevor sie starb

Poppy hatte keine Freunde. Das haben alle gesagt. Sie war eine Einzelgängerin. Allein.

Was willst du?, tippe ich.

Können wir reden?

Worüber?, frage ich.

Über sie

Über das, was passiert ist

Warum sie es getan hat

Der Nebel wird wieder dichter und hüllt alles um mich herum ein. Ich kann Seaford Head nicht mehr sehen, auch nicht den Rand der Klippen neben mir. Ich fühle mich völlig desorientiert. Schwindelig. Es piept wieder.

Ich verstehe, wenn du nicht reden willst

Und es tut mir leid, dich damit zu belästigen

Aber heute Morgen wurde mir dein Profil angezeigt, und ich habe mir deine Bilder angesehen, und dann war da das mit Poppy

Und dann wusste ich, dass du die Schwester mit all dem Wissenschaftszeug sein musst

Na ja, deshalb

> Also wenn du doch sprechen willst, ich hätte heute
> Abend Zeit

Ich tippe auf mein Tinder-Profil und sehe mir die Fotos an, die Jenna für mich hochgeladen hat. Das letzte zeigt mich mit Poppy. Ihr Haar darauf ist so rotblond wie das von Mum, und meins ist so dunkel wie das von Dad. Wir sitzen auf der Familienbank am Pfad, der zu unserem Zuhause führt.

Ich tippe auf das Display. Ihr Lächeln ist so strahlend, so breit. Sie hat den Arm um meine Taille gelegt, ihr Körper lehnt sich an meinen, drückt mich, schmiegt sich so eng an mich wie möglich. Ich habe meinen Arm um ihre Schulter gelegt, die automatische Beschützergeste der älteren Schwester.

Ich lese Harrys Nachricht noch einmal.

> Heute Abend?, schreibe ich zurück.

> Ja. Jetzt gerade habe ich zu tun, aber später können wir
> uns treffen

> Im Grey Hare? 7?

Ich scrolle zurück zu seinen vorherigen Nachrichten. *Können wir reden? Über sie. Über das, was passiert ist. Warum sie es getan hat.*

Ich bin schon drei Stunden und viele Kilometer unterwegs, strenge mich an, quäle meine Füße und meine Schultern, um nach Hope Gap zu kommen. Um sehen zu können, wo das Leben meiner Schwester endete. Aber jetzt drehe ich um. Und beginne den langsamen, quälenden Rückweg nach Brighton.

Werde da sein, schreibe ich.

Wer auch immer dieser Harry ist, er hat Informationen. Und ich werde sie bekommen.

Eliza

11 MONATE VOR POPPY

Ich drehe das neue Spiritbox-Album auf, hole Rattilda aus dem Käfig und strecke mich auf dem Bett aus. Rattilda klettert über meine Beine. Ich öffne Tinder.

Es fängt an wie immer: mit einem Mann, der ein Selfie von sich mit Schmollmund gemacht hat, und einem entschlossenen Wischen nach links meinerseits, um es schnell wieder loszuwerden.

Snapchat-Dog-Filter. Nein danke, ich stehe mehr auf Menschen. Links.

Neu in Cardiff, suche nach jemandem, der mir die Stadt zeigt! – Bin mir nicht sicher, ob es eine schlaue Idee ist, den Eindruck zu erwecken, als sei das Ausgehen mit dir wie ein öder, unbezahlter Job. Links.

Bin neu hier, zeigst du mir die Gegend? – Verdammt noch mal… Links.

Mann mit Kind, lächelnd: *Das Kind auf dem Foto ist nicht meins. –* Und warum um Himmels willen teilst du dann Bilder von dem Kind online? Links.

Ich suche nach jemandem, mit dem ich Pferde stehlen kann. – Wow, was für ein Zufall! Ich suche nach einem Phrasendrescher, mit dem ich ausgelutschte Dinge unternehmen kann. Links.

Ich liebe Essen und Fernsehen und Urlaub. – Außerdem noch Atmen und fließendes Blut in den Adern, nehme ich an. Links.

Warum antwortet keine von Euch Schlampen hier lol. – Links.

Ich suche nach einer Frau, die schön ist, intelligent, respektvoll, mitfühlend, lustig und sexy. Bonuspunkte, wenn du braunes Haar und Augen hast. – Ich weiß, dass ich das alles bin, aber was hast du zu bieten? Links.

Kleiner Frechdachs vom Land. Hier wegen der Uni. Suche nach der Stacey für meinen Gavin lol. – Wie originell! Oh mein Gott! Genau diesen Scherz habe ich ja noch auf keiner Dating-App gesehen! Links.

Suche nach einem Mädchen, mit dem mein Freund und ich spielen können. – Ich glaube, mir ist es gerade ein bisschen hochgekommen. Links.

Dasselbe blöde Bild vom Machu Picchu, das jeder hat. – Links.

Drei Bilder von seinem hoch getunten Auto. – Gehen Sie direkt in die Ablehnungsallee. Gehen Sie nicht über Los.

Ein Profil, das nur aus Emojis besteht. –

Bin nur für eine Nacht in deiner Stadt. – Und schleppe eine ganze Kollektion von Geschlechtskrankheiten mit mir herum? Schönen Dank auch. Links.

Warum sollte ich mich zuerst bei dir melden?? – Wow, ich liebe es, wenn man mir das Gefühl gibt, mit mir zu kommunizieren, sei eine Last. Ganz klar mein Kink. Links.

Ein Foto von einem nackten Oberkörper und heruntergezogenen Jeans: *Daddy sucht nach einem ungezogenen Mädchen, das er bestrafen muss.* – Ah, ganz klar jemand, den man seinen Eltern vorstellen kann. Links.

Suche nach einem Grund, Tinder zu löschen. – Und ich suche nach einer Persönlichkeit. Links.

Meine 3 Kinder sind mein Leben, und keine Frau kann sie je ersetzen, also versuch es erst gar nicht. – Keine Sorge, werde ich nicht. Links.

Acht verschwommene Selfies, die in einem Auto aufgenommen worden sind. – Was ist das, ein Zentaur, halb Mensch, halb Auto? Links.

Suche nach einem Mädchen, das sich selbst nicht zu ernst nimmt. – Soll heißen: Nimmt es hin, dass du dich nicht auf sie einlassen willst, weil du lieber noch mit anderen bumsen möchtest? Links.

Ich will nur Sex, ohne Bindung. – Der ist immerhin ehrlich. Links.

Auf der Suche nach meiner nächsten Ex-Freundin. – WARUM? Links.

Suche nach der Stacy für meinen Gavin! Nicht schon wieder. – Links.

Suche nach der Pam für meinen Jim. – Ärgs. Links.

Suche nach der Morticia für meinen Gomez.

Ich hebe meinen Finger vom Display.

Frederick, 21. Langes schwarzes Haar, schwarze Kleidung, schwarze Fingernägel. Seine Augen sind dunkel und intensiv, mit schwarzem Eyeliner umrandet. Sie schauen mich direkt an, ebenso wie die Schlange, die sich um seinen Arm geschlungen hat.

Rechts.

It's a match!

Unsere Fotos – er mit der Schlange, ich mit Rattilda auf der Schulter – vereinigen sich in dem Herz. Ich kaue auf meinem Lippenring herum. Ich muss jetzt etwas sagen. Aber was?

Ich beginne zu tippen, aber seine Nachricht poppt als Erstes auf.

Nette Ratte.

Nette Schlange, erwidere ich. Das ist Rattilda, Zerstörerin der Kissen meiner Mitbewohnerin. Und wer ist das auf deinem Bild?

Das ist Edgar, Vernichter meiner Kakerlaken. Und meiner Feinde.

Hast du viele Feinde?

Mit Edgar nicht mehr.

Ich grinse und schaue meinen Fingern zu, wie sie fast von allein tippen. Meine Nägel sind schwarz, wie seine.

Was machst du so, Frederick? Wenn du gerade keine Reptilien-Rachefeldzüge planst?

Ich studiere Schmerz und Folter. Ich will Kindern und Erwachsenen auf der ganzen Welt Angst und Schrecken bereiten, und die reine Erwähnung meiner Profession soll sie mit unerträglicher, physischer Angst erfüllen. Ich will das Ungeheuer sein, das sie fürchten, das düstere Schicksal, das ihnen droht.

Eine Pause.

Zahnarzt.

Ich muss lachen.

Wow. Ich hatte noch nie ein Match mit dem personifizierten Bösen. Was hat dich dazu bewogen, einen derart sadistischen Beruf zu ergreifen?

Wer will nicht wie ein Rachegott gefürchtet werden? Wer wünscht sich nicht, auf die sich windenden Opfer hinabzuschauen und tiefen, traumatischen Schmerz zuzufügen?

Wieder eine Pause.

Außerdem ist die Bezahlung gut.

Und wie willst du deinen Blutzoll ausgeben?

Ich werde Spiritbox-Tickets erstehen und fingerlose Handschuhe der höchsten Qualität tragen.

Wenn du dann zu Reichtum gekommen bist, darf ich dir den Kat-Von-D-Eyeliner empfehlen? Es ist der beste, der derzeit zu haben ist. Teuer, aber hält den ganzen Tag. Perfekt, um den Schrecken in die Herzen kleiner Kinder zu pflanzen.

Danke für die Empfehlung! Ich werde ihn sofort auf meine Einkaufsliste setzen. Also, Eliza, was machst du so?

Ich bin Studentin der dunklen Künste. Ich will die Geheimnisse des menschlichen Geistes erkunden, die graue Masse nach meinem Willen formen. Wenn ich meine Kunst beherrsche, sollen alle vernichtet werden.

Ich warte kurz, so wie er.

Psychologie.

Ich fühle bereits deine Macht.

Rattilda schmiegt sich an meinen Hals, ihre kleinen Pfötchen halten sich an meinem Haar fest. Ich streichele sie vom Köpfchen bis zum Schwanz und lächele.

Was möchtest du nach deinem Psychologie-Abschluss machen?, fragt Frederick. Abgesehen von der Manipulation der Massen natürlich.

Ich interessiere mich für Forensische Psychologie.

Mörder jagen?

Ja, das fände ich spannend.

Wirklich? Was deutet denn darauf hin, dass jemand ein Mörder sein könnte?

Kommt auf den Menschen an. Manche tragen ihre Störung nach außen – das sind dann die, die auf offener Straße Köpfe abhacken –, während andere ganz ruhig sind und sich im Verborgenen halten. Aber auch da gibt es gewisse Hinweise. Psychopathen gähnen oft nicht, wenn andere es tun, weil ihre Hirne keine Verbindungen zum Gegenüber aufbauen. Der durchschnittliche Mensch kann zumeist nicht anders als zu gähnen, wenn

er jemand anders gähnen sieht. Das ist ein ganz natür-
licher Impuls.

Das ist ja interessant. Und welche Anzeichen gibt es
noch?

Zum Beispiel schauen viele Menschen nach links, wenn
sie lügen. Außerdem kehren Mörder oft zum Tatort zurück oder beteiligen sich an der Suche nach Vermissten.
Sie mögen es, einbezogen zu sein. Etwas Besonderes zu
sein.

Ich tippe schon weiter, als es an meiner Tür klopft. Es ist ein
hartes, wütendes Klopfen. Ich seufzte und öffne.

«Was?», frage ich Hayley. Sie hat sich ein rosafarbenes Laken wie ein Handtuch umgewickelt, ihr blondes Haar ist völlig
zerzaust. Am Hals hat sie einen Knutschfleck.

«Mach deine Musik leiser! Oh Gott, ich kann mich ja nicht
einmal denken hören. Und igitt, tu diese Ratte weg! Iih!»

Ich nehme Rattilda von meiner Schulter und halte sie Hayley hin. «Welche, diese hier? Dieses kleine Tierchen?»

Sie weicht zurück und verzieht das Gesicht.

«Musik aus. Das ist so rücksichtslos.»

Ich ziehe die Augenbrauen hoch. «Es ist noch nicht einmal
halb acht.»

«Darum geht's nicht.»

«Nein, es geht darum, dass ich nicht hören will, wie du und
der Typ, mit dem du gerade zusammen bist, stundenlang her-
umbumst. Solange du die Namen von irgendwelchen Typen
durch die Wohnung schreist und das Kopfteil deines Bettes
gegen *meine* Wand knallt, werde ich das mit der Musik über-

tönen, die ich mir aussuche. Okay? Oder soll ich mich mal bei deiner Fernbeziehung melden und fragen, was er von der Sache hält?»

Hayley sieht mich böse an. «Du bist ja nur neidisch, weil niemand mit einer Irren wie dir schlafen will. Ich wette, außer der Ratte hast du noch nie jemanden geküsst!» Sie stürmt über den Flur davon und knallt ihre Zimmertür so laut hinter sich zu, dass die Wände zittern. Ich höre sie über die Musik hinweg kreischen: «Diese Gothic-Braut ist so eine Schlampe!»

Ich setze mich wieder auf mein Bett und nehme mein Handy in die Hand. Eine Nachricht wartet auf mich.

Ich würde dich gern über all das ausfragen. Ich könnte eine Menge lernen. Hättest du Lust auf ein Treffen irgendwann?

Ich kaue wieder auf meinem Lippenring herum. Meine Musik übertönt kaum Hayleys Beleidigungen auf der anderen Seite der Wand.
Scheiß drauf.

Hättest du jetzt Zeit?, frage ich.

Eine Pause, dann poppt Fredericks Antwort auf.

Absolut. Warst du schon mal in dem alten Pub beim Friedhof? Ich habe gehört, da spukt's. Neun Uhr?

Neun ist super.

Ich stehe auf, setze Rattilda zurück in ihren Käfig und mache mich ein wenig frisch: extra Lidschatten, meinen dunkelsten Lippenstift. Ich nehme gerade meine Tasche, als noch eine Nachricht hereinkommt.

Woher weißt du, dass ich kein Mörder bin, der dich in den Tod lockt?, fragt Frederick.

Ich weiß es nicht, antworte ich. Aber wenn du einer bist, werde ich das ganz sicher herausfinden.

Ich ziehe meine Lederjacke an und schalte das Licht aus. Die Musik lasse ich laufen.

Hayley wird gar nicht merken, dass ich weg bin.

Kapitel 15

Ich komme kurz nach sieben im Pub an. Er liegt versteckt in der North Laine und wirkt warm und einladend, Kerzenschein und Lichterketten spiegeln sich im dunklen Holz, Zimmerpflanzen stehen in Regalen an den Wänden, und Indie-Musik klingt aus den Lautsprechern. Es ist einigermaßen viel los, Leute in T-Shirts fliehen vor der Kälte des Nebels draußen. Die feuchte Luft scheint mir in den Pub hinein zu folgen, selbst als ich schon drinnen stehe und mich nach einem blonden Mann umschaue, umhüllt sie mich noch. Dann entdecke ich ihn. Er winkt mir aus einer Ecke zu.

Harry sieht genauso aus wie auf dem Foto: helles Haar, das ihm in die Stirn fällt, Brille, Strickpullover.

Ich setze mich ihm gegenüber hin und lege mir den Rucksack auf den Schoß.

«Hi, Clemmie. Ich bin Harry.»

«Ich heiße Clementine», sage ich, schärfer als beabsichtigt. Poppy war die Einzige, die mich Clemmie genannt hat. Sie war die Einzige, die das durfte.

«Oh, natürlich, entschuldige. *Clementine.* Danke, dass du gekommen bist. Ich habe uns Lager bestellt. Ich weiß nicht, ob du es magst, aber es ist hier gebraut, und...»

Ich trinke ein paar Schlucke, dankbar für die Flüssigkeit. Er tut es mir nach, dann sitzt er da, fingert am Glas herum. Er sieht mich an.

«Das ist ein bisschen schwierig, oder?», sagt er. «Ich weiß nicht genau, wo ich...»

226

«Woher kennst du meine Schwester?»

«Also direkt auf den Punkt? Okay.» Er nimmt noch einen Schluck von seinem Bier. «Wir waren befreundet.»

Mein Magen zieht sich zusammen. Poppy hatte keine Freunde in Brighton. Sie hatte ja schon in London kaum welche.

Jenna hatte immer mal wieder Tinder-Dates. Einmal kam sie stocksauer zurück in die Wohnung, weil die Frau, mit der sie sich treffen wollte – Scarlett, eine Tänzerin –, sich als haariger Barista namens Todd herausstellte, der glaubte, ihre sexuellen Neigungen verändern zu können.

Die Leute im Internet lügen ständig. Vielleicht lügt Harry jetzt auch.

«Warst du mit ihr zusammen an der Uni?», frage ich. «Bist du Künstler?»

«Oh Gott, nein. Ich kriege kaum ein Strichmännchen hin.» Er lächelt. «Nein, wir lieben beide Tiere, daher haben wir viel darüber gesprochen, und über das Landleben und allgemein über die Natur. Sie hat mir manchmal Bilder geschickt, Zeichnungen. Ich kann absolut nicht zeichnen, aber ich habe ihr stattdessen Fotos geschickt. Sonnenuntergänge, Tiere, so was. Ich helfe in einem Zentrum für den Schutz von Wildtieren aus – ich will Tierarzt werden –, also habe ich ihr immer Fotos von den Füchsen geschickt, die bei uns ankamen, und sie schickte mir Zeichnungen von Füchsen, die sie auf der Straße gesehen hatte.» Er streckt seine Beine aus und zeigt auf seine Socken mit Fuchs-Motiv. «Ich liebe Füchse.»

Er legt die Hände um sein Glas. «Wir haben viel miteinander geredet. Jeden Tag. Ich … sie war mir wirklich wichtig.»

Ich grabe die Fingernägel in den Rucksack auf meinem Schoß. «Wenn sie dir so wichtig war, warum warst du dann nicht auf ihrer Beerdigung?»

Er war nicht dort. Ihre Mitbewohner waren nicht dort. Niemand aus Brighton war dort. Wenn Poppy diesem Mann so wichtig war, wenn sie wirklich Freunde waren, wäre er dort gewesen.

«Ich wusste nicht, dass sie tot war.» Er blickt in sein halb leeres Bierglas und schwenkt die Flüssigkeit darin herum. «Wir hatten ein, zwei Monate lang fast jeden Tag Kontakt, wir waren uns wirklich nah, aber dann hörte sie einfach auf zu antworten. Als ich nichts mehr von ihr hörte, dachte ich, dass sie vielleicht einfach nicht mehr mit mir befreundet sein wollte. Vielleicht fand sie es merkwürdig zwischen uns. Aber dann, vor ein paar Tagen, sah ich Dads Lokalzeitung auf dem Tisch, und da war ein kleines Bild von ihr, und es ging um Selbstmord, und...» Er schüttelt den Kopf und lässt das Glas los. «Ich hatte keine Ahnung.»

Irgendwas hier ist nicht in Ordnung. Es fühlt sich komisch an. *Er* fühlt sich komisch an. Wie kann es sein, dass er nicht wusste, dass sie tot ist?

«Aber du hast gesagt, ihr seid Freunde gewesen. Hast du gar nicht bemerkt, dass sie nicht mehr da war?»

«Ich war oben in Surrey. Dort studiere ich. Ich war gerade für die Ferien zurück, um auf der Farm meiner Eltern zu helfen, als ich die Zeitung sah.»

«Aber dir muss doch jemand davon erzählt haben? Ein gemeinsamer Freund oder so?»

«Wir hatten keine gemeinsamen Freunde. Ich kannte nur *sie*. Und...» Er zögert. «Na ja, wir haben uns nie wirklich getroffen. Wir haben nur getextet.»

«Was?» Ich versuche, mich an ihre Social-Media-Accounts zu erinnern, an ihre Reddit-Posts. «Ihr habt euch online kennengelernt?»

«Sozusagen.» Er reibt sich den Hals. «Hör mal, ich will nicht lügen, es ist ein bisschen peinlich ... wir hatten ein Match. Wir verstanden uns sofort gut, wir hatten uns viel zu erzählen, aber ich musste wegen der Uni zurück nach Surrey, und sie studierte hier, und, na ja ... um ehrlich zu sein, ich wollte sie daten, aber sie wollte mich nicht daten. Also blieben wir nur Freunde, die sich gegenseitig Textnachrichten schrieben.»

Ich begreife die Worte kaum.

«Ein Match? Meine Schwester war auf Tinder? Bist du sicher?»

«Ja, ich bin sicher. Wir hatten unser Match vor einigen Monaten.» Er fasst sich an die Stirn. «Tut mir leid. Natürlich ist das schon Monate her. Es war Anfang Januar, in den wenigen Tagen, als sie gerade hier angekommen war und bevor ich wieder wegmusste. Es war definitiv kurz nach Neujahr. Ich erinnere mich noch, dass sie schrieb, ihr Neujahrsvorsatz sei, viel mit dem Rad zu fahren und die Gegend zu erkunden.»

Ich sehe sie vor mir, an Silvester, mit glitzerndem Konfetti von Mums Partyknallern im Haar. *«Was ist denn dein Neujahrsvorsatz, Clemmie?»* Im Fernsehen übertrugen sie die Feuerwerke, untermalt mit Musik. *«Meiner ist, dass ich mit dem Fahrrad zum Devil's Dyke fahren will. Dad bringt mir das Rad nach Brighton!»*

Er sagt die Wahrheit. Er kannte sie.

Aber ich verstehe das nicht. Poppy war schon zu scheu, um Verkäufer anzusprechen oder mit ihren Mitbewohnern zu reden. Wie konnte es da sein, dass sie sich mit Fremden unterhielt?

Jenna zeigte mir manchmal ihre App: Fotos von lächelnden Gesichtern, aufpoppende Nachrichten, Verabredungen.

Ich kann mir das für Poppy überhaupt nicht vorstellen.

«Ich habe Poppys Handy untersucht und nichts gefunden, was auf Tinder hinweist», sage ich. «Darauf waren keine Dating-Apps. Und ich erinnere mich auch nicht an deinen Namen. Ich bin all ihre Nachrichten und Kontakte durchgegangen. Alle. Du warst nicht dabei.»

«Wirklich?» Sein Gesichtsausdruck fällt zusammen. «Oh. Vielleicht hat sie es gelöscht? Sie … sie ist im Februar gestorben, oder?»

«Ja. Am dreiundzwanzigsten.»

Er holt sein Handy heraus und scrollt. Ich schaue von meinem Platz ihm gegenüber zu und sehe alles auf dem Kopf: eine WhatsApp-Unterhaltung mit Poppys Namen und Foto, aber das Display zeigt nur unbeantwortete Nachrichten von Harry. Einige kurze kann ich lesen.

Hey! Hast du heute Morgen den Sonnenaufgang gesehen??

Schläfst du noch?

Hey, alles okay mit dir?

Ground Control an Major Pop

Bist du von einem Fuchs gefressen worden oder so?

Geht es dir gut?

Es sieht genauso aus wie mein Nachrichtenverlauf mit Jenna.

«Das erklärt, warum an den Nachrichten immer nur ein Haken war, nehme ich an», sagt er. «Meine Nachrichten wurden verschickt, kamen aber nicht auf ihrem Handy an. Ähm, am 22. Februar hat sie zum letzten Mal geantwortet. Am Tag bevor...» Er verstummt und scrollt zurück zu einem Foto. Es zeigt einen Fuchs mitten auf einer dunklen Straße.

Schau mal, wen ich auf dem Weg von der Post nach Hause getroffen habe!

«Warum hätte sie denn deine Kontaktdaten löschen sollen?», frage ich.

«Ich weiß es nicht.» Er scrollt weiter. Fotos von Sonnenuntergängen und Füchsen und Katzen und Kunst fliegen vorbei. Ich erkenne das Foto von Poppys Instagram-Account, das mit dem Sonnenuntergang hinter ihr. Das hat sie ihm geschickt.

Er schaltet das Display aus und schaut zu mir hoch. «Ich war ihr Freund. Auch wenn sie meine Gefühle nicht erwidert hat, waren wir Freunde. Wirklich.»

Ich trinke noch einen Schluck von meinem Bier. Ich bin müde, und meine Gedanken fühlen sich dick und träge an. Das Bier verlangsamt sie nur noch mehr.

Poppy auf Tinder. Das ist einfach nicht zu begreifen. Es fühlt sich nicht richtig an. Warum konnte ich die App nicht auf ihrem Handy finden? Warum habe ich nie von Harry gehört?

Er beugt sich vor und zieht sich die Ärmel über die Hände. «Seit ich von ihrem Tod gelesen habe, kann ich nicht aufhören, an sie zu denken. Wenn sie in jener Nacht doch nur mit mir gesprochen hätte ...» Er reibt sich das Gesicht, und ich schlucke den Kloß in meinem Hals hinunter. «Ich muss es wissen, Clementine. Warum hat sie es getan?»

Er starrt mich an, sein Blick fleht um eine Antwort. Er kannte sie. Sie war ihm wichtig. Sie waren Freunde.

«Hatte sie noch mit jemand anderem ein Match?», frage ich, ohne nachzudenken. «Auf Tinder?»

«Natürlich!» Harry lehnt sich mit seinem Bier zurück. «Natürlich hatte sie das.»

Ich blinzele.

«Wo sonst hätte sie ihren Freund kennenlernen sollen?»

Ich merke, wie meine Finger kribbeln, wie der Pub um mich herum verschwimmt. Das kann nicht sein. Obwohl ich Poppys Foto auf Henrys Handy gesehen habe und er Einzelheiten weiß, die er sonst nicht wissen kann, muss er sie verwechseln. Das kann nicht richtig sein.

«Sie und er hatten ihr Match ungefähr, als wir unseres hatten», erzählt Harry weiter. «Eher danach, glaube ich, und … na ja, ich dachte, vielleicht wollte sie deshalb nicht mit mir ausgehen. Weil sie ihn lieber mochte. Und das ist natürlich in Ordnung! Ich meine, das passiert eben manchmal.» Er räuspert sich. «Ich war froh, mit ihr befreundet zu sein. Ehrlich. Ich habe keinen Druck ausgeübt. Ich war glücklich, dass *sie* glücklich mit jemandem war, auch wenn derjenige nicht ich war.»

«Meine Schwester hatte keinen Freund.»

Harry sieht mich überrascht an. «Doch, hatte sie.»

In meinen Schläfen sticht es, der Schmerz strahlt schneidend ins Innere meines Schädels. Das kann nicht wahr sein. Nicht Poppy. Nicht meine schüchterne, nervöse kleine Poppy.

Aber dann erinnere ich mich an das Atmen in der Voicemail. An das entsperrte Handy. An die Google-Suchen, die sie nicht eingetippt hat.

«Wer? Wer war das?»

Harry runzelt die Stirn. «Du hast gar nicht mit ihm geredet?»

«Ich höre zum ersten Mal von einem Freund.»

«Weil Poppy ihn nicht so bezeichnet hat, meinst du? Vielleicht haben sie es nicht offiziell gemacht? Hast du ihn auf der Beerdigung für einen Kumpel aus der Uni gehalten?»

«Er war nicht auf der Beerdigung.» Ich versuche, mich an den Tag zu erinnern: an die Sonnenblumen auf ihrem Sarg, die Foto-Slideshow, die ich mir nicht ansehen konnte, weil ich es nicht ertrug. «Aus Brighton war niemand da. Hauptsächlich die Familie. Ein paar alte Lehrer, alte Schulfreunde. Leute, die ich kannte. Das war's. Kein Freund.» Ich schüttele den Kopf. «Ich habe nie von einem Freund gehört. Auch der Untersuchungsrichter und die Mitbewohner nicht. Bei der Untersuchung wurde kein Freund erwähnt. Auf ihrem Handy gab es keine Spur von ihm.»

Der Mörder hat Poppys Handy benutzt, nachdem er sie von der Klippe stieß. Er musste ihren Geheimcode kennen, um es zu entsperren.

Ihr Freund würde sie gut genug kennen, um ihren Code zu wissen.

«Das ... das ist komisch», sagt Harry. «Ich denke mir das nicht aus, das schwöre ich. Sie hat mir *wirklich* gesagt, dass sie mit jemandem zusammen war. Sie war vollkommen hin und weg von ihm. Wir haben über so etwas immer gesprochen, über unsere Tinder-Matches, unsere Dates. Na ja, über meine Matches und meinen Mangel an Dates. Ich glaube, sie wollte, dass ich auch jemanden finde, daher ermunterte sie mich, die App zu behalten, und hat immer gefragt, wie es läuft. Wir sprachen in einer Art Code miteinander. Ich schrieb ihr, mit wem ich ein Match hatte oder mich traf, und dann gaben wir den Kandidatinnen anonyme Spitznamen. Die Litauerin, Chihuahua-Chick, i360-Selfie-Girl, so was. Bei mir gab es immer neue Spitznamen, ehrlich gesagt konnte ich niemanden mehr finden, den ich mochte. Aber sie hatte nur ihn.

233

«Und welchen Spitznamen hatte er?»

«Der Fotograf.»

Ich hole die Mappe aus meiner Tasche und blättere zum rot markierten Teil: *Verdächtige*. Ich schraube den Verschluss von meinem Stift, bereit, Informationen auf die leere Seite zu schreiben.

«Was machst du da?»

«Wer ist er?», frage ich und übergehe Harrys Frage. «Der Fotograf?»

«Oh, das weiß ich nicht.»

«Du kennst seinen Namen nicht?»

«Ich hab dir doch gesagt, wir haben immer in Codes gesprochen. Ich habe nicht gefragt.»

«Hast du denn ein Bild von ihm gesehen?»

«Nein.»

«Hast du eine Beschreibung? Haarfarbe, Augenfarbe, irgendwas?»

«Nein, sie hat nie etwas gesagt...»

«Was weißt du dann *überhaupt* über ihn?»

«Eigentlich nicht viel. Nur, dass er gern fotografierte und dass sie zusammen zu Kunstausstellungen gingen, dass er sie glücklich machte und ständig an unterschiedliche Orte mit ihr fuhr, damit sie sich dort die Sonnenuntergänge ansehen konnten.»

Ich halte den Stift so fest, dass er beinahe zerbricht, und denke an die Sonnenuntergänge, die Poppy und ich uns überall in London angeschaut haben. Das war *unser* Ding.

Aber Poppy ist nachts gestorben.

«Hat er sich mit ihr auch die Sterne angesehen?»

«Ich weiß nicht. Sie schrieb vor allem über die Sonnenuntergänge.»

«Hatte sie in der Nacht ihres Todes vor, ihn zu treffen?»

«Sie hat nichts erwähnt. Sie hat mir nur dieses Fuchsfoto geschickt.» Er fährt sich nachlässig durchs Haar. «Es war ein Freitag, oder? Ich glaube nicht, dass sie sich normalerweise freitags trafen. Er arbeitete auf Abendveranstaltungen, glaube ich. Du weißt schon, Fotoaufträge und...»

«Hatte er ein schwieriges Temperament?», unterbreche ich ihn. «Hatten sie oft Krach? Gab es überhaupt Streit?»

Harry schnauft ein wenig peinlich berührt und versteckt sich hinter seinem Bier. «Du überschätzt, wie viel wir über ihn gesprochen haben. Ich habe keine Fragen gestellt, okay? Ich ... ich mochte sie, immer noch. Nicht auf eine schmierige Art, nicht so sehnsüchtig aus der Ferne, aber das Gefühl ging einfach nicht weg. Also, abgesehen davon, dass ich höflich war und natürlich darauf einging, wenn sie darüber reden wollte, wollte ich es eigentlich gar nicht so genau wissen, ehrlich gesagt.»

Ich starre die beiden nutzlosen Wörter auf der Seite an: *Der Fotograf.*

Meine Schwester hat Harry – einem Fremden – Textnachrichten über ihren neuen Freund geschickt, aber mir gegenüber hat sie keinen von beiden je erwähnt. Warum nicht? Warum hat sie mir nichts über diesen Teil ihres Lebens erzählt? Warum hat sie das alles geheim gehalten?

«Sie war wirklich glücklich», sagt Harry und lächelt traurig in sein Glas, das jetzt leer ist. «Ich weiß, ich kannte sie nicht so gut wie du, aber ich habe es gespürt. Sie war verliebt. Dass sie also ihrem Leben so ein Ende gesetzt hat, dass sie so auch diese Beziehung beendet hat ... Na ja, vermutlich war da keine Beziehung mehr, die man hätte beenden können.»

«Was meinst du damit?»

Er seufzt schwer. «Er hat vermutlich mit ihr Schluss gemacht, oder? Deshalb kennst du ihn nicht. Er hat ihr das Herz gebrochen, und das hat sie zerstört. Sie wollte nicht ohne ihn leben. Und, ich weiß nicht, vielleicht hat sie jede Spur von ihm ausgelöscht, weil es sie so quälte. Und mich hat sie auch gleich gelöscht.» Er sieht zu mir auf. «Depressive Menschen werden so, oder? Sie stoßen andere Menschen von sich. Ich wünschte, ich hätte das gewusst. Monatelang dachte ich, sie hätte mich geghostet, weil sie fand, dass es merkwürdig zwischen uns wurde. Ich hatte ja keine Ahnung, dass sie tot war. Ich ... ich habe die ganze Zeit gehofft, dass sie es sich anders überlegen und eines Tages wieder schreiben würde, so wie früher, aber ohne Freund, sodass ich sie endlich treffen, ihr meine Gefühle gestehen und mit ihr Füchse füttern konnte.» Er lacht freudlos und steht auf. «Möchtest du noch etwas trinken?»

«Nein. Nein, danke.»

«Ich brauche auf jeden Fall noch einen Drink. Bin gleich wieder da.»

Er geht zur Bar und rauft sich dabei die Haare, offenbar will er einen Schmerz vertreiben, den ich nur zu gut kenne.

Poppy hatte einen Freund. Sie schauten sich zusammen die Natur an. Und sie verließ ganz absichtlich mitten in der Nacht ihr Zimmer, um an eine Klippe zu fahren.

Waren sie zusammen dort? Wollte sie ihn dort treffen? Fuhr sie allein dorthin, und er folgte ihr?

Ich schaue mich im Pub um. Es ist jetzt mehr los. Freundesgruppen unterhalten sich und lachen bei einem Pint, Paare verschränken beim Kerzenlicht ihre Hände ineinander. Überall sind Männer: hinter der Bar, an den Tischen, draußen auf der Straße.

Jeder dieser Männer könnte er sein. Der Fotograf. Harry hat

236

keine Ahnung, wie er aussieht. Es gibt keine Fotos. Wie soll ich wissen, wonach ich suchen muss?

Mit einem Mal regt sich etwas in mir, weit hinten in meinen Gedanken. Langsam schärft sich ein Bild. So wie Jude beschreibt, dass die Anrufer der Helpline in seinem Kopf Gestalt annehmen, nimmt auch vor meinen Augen etwas Gestalt an. Die Bleistiftzeichnung in Poppys Skizzenbuch. Der Mann, der halb hinter einer Kamera versteckt ist, in dessen sichtbarem Auge ein intensives Gefühl lodert, das ich nicht recht benennen kann.

Der Fotograf.

Ich hole ihr Skizzenbuch aus meiner Tasche und blättere hindurch, mit zitternden Fingern, bis ich zur letzten der von ihr benutzten Seiten komme. Da ist er.

Die Zeichnung ist beängstigender, als ich sie in Erinnerung habe. Das eine sichtbare Auge ist dunkel und blickt durchdringend, die Braue ist geschwungen. Vielleicht hat Poppy darin ein Lächeln gesehen, aber das ist kein Lächeln. Es ist ein Feixen. Eine Provokation. Allein für mich.

Fang mich doch, wenn du kannst.

Ich streiche mit den Fingern über die fransigen Fetzen der herausgerissenen Seiten, die die Zeichnung des *Fotografen* einmal vom Rest der glatten, makellosen Skizzenbuchseiten getrennt haben. Sein Auge feixt bedrohlich auf diesen Seiten – er lacht über die Beweise, die jetzt fehlen.

Das Skizzenbuch war in jener Nacht in Poppys Tasche. Er stieß sie von der Klippe und riss dann die Seiten heraus, die sein Gesicht zeigten. Er entsperrte ihr Handy mit dem Code, den er wusste, und löschte seine Kontaktdaten. Er blockierte Harry, löschte Tinder. Er tippte die Google-Suchen ein. Er rief mich an. Er verhöhnte mich mit dieser Voicemail, mit diesem kaum wahrnehmbaren Atem, provozierend. Die Hände, mit denen er meine Schwester umgebracht hatte, berührten all ihre Dinge, befleckten sie, zerstörten jede Spur, die zu ihm zurückführen konnte.

Abgesehen von dieser einen Zeichnung – dieser Zeichnung, die mir gar nichts sagt.

Er will mich verhöhnen.

Ich schaue mich wieder im Pub um, konzentriere mich jetzt auf die Augen der Männer, suche nach professionellen Kameras. Der Fotograf könnte jeder in dieser Stadt sein. Er könnte direkt vor mir stehen.

«Ich habe dir trotzdem noch eins mitgebracht, Clemmie. Oh, sorry, *Clementine.*»

Harry gibt mir ein Bier, aber ich trinke es nicht. Ich weiß nicht mehr, wie man trinkt. Mein Körper fühlt sich ganz seltsam an, wie abgekoppelt von mir, und mein Hirn springt zwischen zwei schrecklichen Gedanken hin und her.

Hat der Fotograf die Nachrichten über Poppys Tod verfolgt? Hat er gewartet, ob jemand begreift? War er bei der Leichenschau? Hat er das abschließende Urteil gefeiert?

Ist er in der Nacht, nachdem er sie von der Klippe stieß, die Holzstufen zum Strand hinuntergegangen, um über ihr zu stehen und darauf zu warten, dass die Flut kam und die Sache beendete? Bat sie ihn um Hilfe? Liebte sie ihn selbst da noch?

Die Damentoiletten sind ganz hinten im Pub, und ich schaffe es gerade noch rechtzeitig in die Kabine, bevor ich mich übergebe. Tränen rinnen mir über das Gesicht. Ich packe die Kloschüssel und versuche, nicht daran zu denken, es mir nicht vorzustellen.

Aber wie soll man so ein Bild je wieder loswerden?

Wie könnte ich das vergessen?

238

Hinterher wasche ich mir am Waschbecken das Gesicht. Die roten, stecknadelgroßen Punkte der geplatzten Äderchen um meine Augen sind die einzige Farbe auf meiner bleichen Haut. Ich wühle ein paar Pfefferminzdragees aus meiner Tasche und schließe sie sofort wieder, damit ich die Mappe und das Skizzenbuch nicht mehr sehe. Ich habe keine neuen Informationen, die ich hineinschreiben könnte. Ich habe nur noch mehr Fragen.

Ein Freund. Warum hat sie mir das nicht gesagt? Warum schrieb sie mir keine Briefe mehr? Darin hätte sie bestimmt nur über ihn geschrieben. Hat der Mörder sie in jener Nacht zerstört? Oder hat sie sie wirklich nie …?

Ich schlucke einen halb zerkauten Klumpen Pfefferminzdragees herunter.

Das Letzte, was Poppy Harry schickte, war ein Foto von einem Fuchs, mit einer Bildunterschrift.

Schau mal, wen ich auf dem Weg von der Post nach Hause getroffen habe!

Die Post.

Jahrelang brachte sie es nicht über sich, die Briefe per Post zu schicken, weil das bedeutete, dass sie mit jemandem in der Post sprechen musste. Stattdessen legte sie sie in Bündeln auf mein Bett, mit einem Band zusammengebunden.

Aber unter ihren Hinterlassenschaften befanden sich keine Briefe.

Hat der Mörder sie in jener Nacht zerstört – oder konnte sie sie noch irgendwie abschicken?

Ich entsperre mein Handy. Jennas Name ist immer noch ganz oben in meiner Kontaktliste, selbst nach sechs Monaten noch. Aber ich scrolle an ihr vorbei. Ich tippe auf Rajs Nummer und warte.

239

«Clementine?», flüstert er. Seine Stimme ist tröstlich vertraut – und reserviert. «Ich bin gerade in der Bibliothek. Kann ich dich später zurückrufen?»

«Ist das Clem?», höre ich Paolo sagen, dann höre ich Geräusche wie von einem Handgemenge.

«Clementine!» Das ist Paolos Stimme. «Ich bin's. Wie geht es dir? Du hast gar nicht auf unsere Textnachrichten geantwortet. Wir machen uns Sorgen. Jenna hat gesagt...»

«Ist Post für mich gekommen? In der Wohnung?»

«Ähm, ah, ja? Ich glaube, ich erinnere mich an ein paar Dinge. Alles nicht so wichtig, dachte ich. Ich habe es auf deinen Tisch gelegt.»

«War da irgendwas aus Großbritannien? Luftpost? Mit einer handgeschriebenen Adresse?»

«Ich erinnere mich nicht genau. Raj? Hat Clementine Luftpost bekommen? Mit einer handgeschriebenen Adresse auf dem Umschlag?»

«Das müsste ziemlich lange her sein», sage ich hastig. «Im März vielleicht. Habe ich etwas im März bekommen?»

«Ähm, okay, er nickt. Da war ein Paket, glaubt er. Mit Zeichnungen darauf. Ein Stern, ein orangefarbener Hund...»

«Ein Fuchs.»

Sie hat sie mir geschickt. Zum allerersten Mal hat sie den Mut aufgebracht, mir einen Stapel Briefe nach Boston zu schicken – aber ich war nicht da, um sie anzunehmen.

Paolo atmet scharf ein. «*Oh*, ist das... von deiner Schwester?» Er flucht auf Italienisch. «Ich wusste nicht, dass das von ihr ist. Es tut mir so leid, Clem. Wenn ich gewusst hätte, dass da die ganze Zeit etwas liegt, hätte ich...»

«Ich muss wissen, was drinsteht», sage ich zu Paolo. «Es ist sehr wichtig.»

«Natürlich, ich kann gleich nach Hause gehen und ...»

«Ich will, dass du sie öffnest und, ich weiß auch nicht, Fotos davon machst, sie einscannst, egal. Aber ich muss jeden einzelnen Brief sehen. Und ich brauche die Originale, so schnell du sie mir schicken kannst.» Jetzt kommen die Tränen, obwohl ich dagegen ankämpfe. «Ich muss wissen, wer ihr wehgetan hat ...»

Ich wische mir über die Nase, schniefe – und höre nichts außer meinen eigenen unterdrückten Schluchzern.

«Paolo? Bist du noch da?»

Ich schaue aufs Display. Der Akku ist leer.

Die Briefe sind in Boston. Sie sind in *Sicherheit*. Und sobald ich mein Handy wieder aufgeladen habe, kann ich sie lesen und herausfinden, wer der Fotograf ist.

Ich hole das Skizzenbuch erneut aus meiner Tasche und blättere zu seinem Gesicht, zu seinem bedrohlichen Blick.

Ich kann ihn finden. Und ich werde ihn finden.

Kapitel 16

In Brighton gibt es nichts mehr für mich zu tun. Jedenfalls nicht heute Abend.

Ich verabschiede mich von Harry und fahre mit dem Zug zurück nach London, meine Ermittlungsmappe offen auf dem Tisch vor mir. Unter *Verdächtige* schreibe ich alles hin, was mir über den Fotografen einfällt: die Ausflüge zu den Sonnenuntergängen, seine Aufträge auf Veranstaltungen, dass er Poppy über eine Dating-App kennengelernt hat. Diese Dinge könnten noch wichtig werden. Sobald ich mein Handy wieder aufgeladen und mir die gescannten Briefe angesehen habe, die Paolo mir schicken wird, werde ich mehr über den Fotografen wissen. Jedenfalls genug, um ihn zu finden.

Und ich werde ihn finden.

Liam liegt auf dem Sofa und schaut fern, als ich wieder in die Wohnung komme. Ich versuche, mich an ihm vorbei in mein Zimmer zu schleichen, aber er hört mich. Er dreht sich zu mir um und stützt sich mit den Ellenbogen auf der Sofalehne ab. Hinter ihm flimmert der Fernseher. Er legt den Kopf schief.

«Hey, Fremde. Wo warst du?»

Ich frage mich, ob er die Meeresluft an mir riechen kann, ob ihm auffällt, dass ich dieselben Kleider trage wie gestern.

«Ich musste noch eine Schicht bei der Helpline übernehmen. Ein paar Leute sind krank geworden.»

«Das ist dann ja ein langer Tag gewesen.» Er lächelt mitleidig. «Du brauchst mal eine Pause! Komm, setz dich zu mir. Ich habe Brownies gebacken.»

«Danke, aber ich muss schlafen. Ich bin völlig erschöpft.»

Er sieht mir prüfend ins Gesicht, und sein Blick hält meinen. «Von wegen erschöpft, du siehst halb tot aus! Alles in Ordnung mit dir?»

Ich nicke. «Mir geht es gut, ich muss nur schlafen.»

Ich sage Gute Nacht und gehe in mein Zimmer. Was ich jetzt *wirklich* brauche, ist ein Handyladekabel.

Ich stöpsele das Handy an, lege es neben mein Bett und warte, bis ich es wieder anschalten kann. Als es so weit ist, piept und vibriert es. Paolo hat angerufen und Textnachrichten geschickt. Eine Nachricht ist von Jenna.

Clem, es tut mir so leid. Ich hatte keine Ahnung, dass
sie dir etwas geschickt hat. Ich kümmere mich sofort
darum. X

Ich checke meine E-Mails, aber da sind noch keine Scans oder Fotos von Briefen. Ich rufe sofort Paolo an.

«Clem!», ruft er. «Wo warst du? Wir versuchen seit Stunden, dich zu erreichen!»

«Tut mir leid, mein Akku war leer. Hast du schon das Paket geöffnet? Es sind Briefe darin, oder? Ein Bündel Briefe, zusammengebunden mit einem Band? Was steht darin? Hast du sie schon gescannt? Ich muss mehr über ihren Freund erfahren. Ich habe noch keinen Namen, aber ich glaube, er hat etwas mit alldem zu tun. Steht darin etwas von einem Freund?»

«Ich ... ich weiß nicht.»

«Kannst du nachsehen? Bitte?»

«Leider nicht.»

«Warum nicht?» Ich werfe einen Blick auf die Uhr. «Bist du noch im Seminar?»

«Clem, wir haben das Paket nicht mehr.»

«Was?»

«Ich ... ich dachte, du wolltest, dass wir es dir schicken. Jenna hat es per FedEx losgeschickt, als unser Gespräch unterbrochen wurde. Sie hat darauf bestanden. Und sie hat es nicht geöffnet. Sie sagte, das sei privat. Keiner von uns hat gesehen, was darin war. Und jetzt ist es schon unterwegs...»

Mir wird schon wieder ganz übel. Ich hatte die Antworten, sie waren *zum Greifen nahe.* Wie lange dauert es, bis man ein Paket aus den USA bekommt? Tage? Wochen? Und was, wenn das Paket verloren geht? Es ist schon einmal über den Atlantik gereist, aber was, wenn es diesmal nicht klappt? Was, wenn ich meine einzige Chance verliere, Poppys Mörder zu identifizieren?

«Ist das Paket versichert?», bringe ich heraus. «Hat es eine Nachverfolgungsnummer? Wann soll es hier ankommen?»

Ich höre Paolos gedämpfte Stimme, die die Fragen wiederholt, und eine andere gedämpfte Stimme, die ihm antwortet.

«Ganz hoch versichert. Das Paket hat einen Link zur Nachverfolgung, Jenna schickt ihn dir, und es sollte in drei bis fünf Tagen ankommen.»

Drei bis fünf *Tage.* Heute ist Montag. Vielleicht bekomme ich die Briefe erst am Samstag.

«Tut uns leid, Clem. Wir dachten, das wäre es, was du möchtest. Wir wollten nur helfen.»

«Okay», sage ich knapp. Ich kann meine Verärgerung nicht überspielen. «Danke. Bis dann.»

Ich beende den Anruf.

Es ist nicht ihre Schuld, das *weiß* ich, aber ich kann meiner eigenen Wut nicht trauen. Ich sitze auf der Bettkante mit dem Handy in der Hand und tippe immer wieder auf den Ablehnen-Button, wenn ein Name aufpoppt: Paolo, Paolo, Raj, Paolo, Jenna – Daniel.

Ich gehe ran.

«Clem! Da bist du ja.»

«Ja, ich bin hier. Alles in Ordnung? Geht es dir gut?»

«Jetzt ja, aber ich habe mir ziemliche Sorgen gemacht. Ich versuche schon seit Stunden, dich zu erreichen. Hast du nach der Schicht gestern Abend dein Handy ausgemacht?»

«Tut mir leid, ich hatte in Brighton plötzlich keinen Akku mehr. Ich bin gerade erst zurückgekommen.»

«Brighton? Du warst in Brighton?»

«Ja.» Ich schließe die Augen. «Die Sache mit den E-Mails an ihre Kommilitonen hat ja nicht funktioniert, deshalb habe ich gedacht, dass ich dort vielleicht etwas finde.»

«Und hast du etwas gefunden?»

«Ja.» Ich lehne mich auf dem Bett zurück, sehne mich nach dem Trost der weichen Kissen – aber mein Körper ist viel zu angespannt, um ihn spüren zu können. «Poppy hatte einen Freund. Ich hatte keine Ahnung davon, ich konnte es zuerst gar nicht glauben, aber einer ihrer Freunde hat mir erzählt, dass sie mit jemandem zusammen war. Und er hatte Beweise, da waren Nachrichten, in denen sie von ihm schrieb. Und … ich glaube, er war es, Daniel. Ich glaube, er ist derjenige, der sie umgebracht hat.»

Es dauert einen Augenblick, bis Daniel reagiert. Ich höre Hintergrundgeräusche, vermutlich ist er draußen und raucht, geht die Straße entlang, wie er das immer tut, wenn er nicht schlafen kann. Ich versuche, ihn mir vorzustellen, wie er in Kent auf und ab geht. Lieber das als die Klippe. Lieber das als Poppy.

«Wer ist es?», fragt er. «Wer ist der Freund?»

Ich reibe mir die Stirn, spüre den Schweiß und den Schmutz des Tages unter meinen Fingern. «Ich weiß es nicht. Ich habe weder einen Namen noch eine Beschreibung, und es scheint, als hätte er jede Spur von sich vernichtet. Aber ich weiß, dass er Fotograf ist. Es gibt eine Zeichnung von ihm im Skizzenbuch.»

«Tatsächlich? Ich wette, die Polizei kann ihn damit finden.»

«Nein, ich glaube leider nicht. Sein Gesicht ist halb von einer Kamera verdeckt. Man erkennt zu wenig.»

«Wirklich?» Er stöhnt. «Verdammt.»

«Aber vielleicht ist in Poppys Briefen noch etwas Besseres.»

«Briefe? Aber du sagtest doch, da seien keine Briefe?»

«Ich habe sie gefunden. Na ja, sozusagen. Sie hat sie ein paar Stunden vor ihrem Tod losgeschickt, aber nach Boston. Sie liegen schon die ganze Zeit in meinem Zimmer.» Ich schlucke meine Selbstvorwürfe herunter, schiebe sie fort, für später. «Meine Freunde haben sie jetzt hierher verschickt. Es dauert ein paar Tage, aber spätestens am Samstag sollte ich alles über ihn wissen. Sie hat ganz sicher über ihn geschrieben. Vielleicht sind auch Bilder oder Fotos dabei. Ein Name. Er hat seinen Kontakt und seinen Chat von ihrem Handy gelöscht und die Zeichnungen, die ihn zeigten, aus dem Skizzenbuch gerissen, aber er konnte nicht zerstören, was sie schon losgeschickt hatte, oder? Und so werde ich ihn finden.»

«Wow. Das ist ja toll.» Aber seine Stimme klingt dumpf, niedergeschlagen. «Du wirst alles herausbekommen, du wirst ihn finden.»

Er verstummt wieder, atmet ein und aus. Das erinnert mich plötzlich an die Stille, bevor er bei seinem Anruf bei Helpline anfing zu sprechen.

«Ist alles in Ordnung, Daniel?»

«Ja, nur ...» Er nimmt das Handy vom Ohr, flucht undeut-

lich, und es klingt, als träte er nach etwas. Dann ist er wieder
da. «Tut mir leid. Ich freue mich für dich, wirklich, ich bin
nur...» Er holt tief Luft. «Ich bin neidisch, okay? Ich habe zwei
Jahre lang versucht, zu beweisen, dass Rachel ermordet wurde,
und bin immer nur in Sackgassen geraten. Und du hast schon
nach zwei *Tagen* deinen Durchbruch.»

Ich schlucke, daran hatte ich nicht gedacht. «Tut mir leid.»

«Nein, es soll dir nicht leidtun! Ich freue mich ja, dass du
das herausgefunden hast. Du verdienst es. Ich will nicht, dass
du auch Jahre deines Lebens verlierst, so wie ich. Aber ... aber
ich habe das Gefühl, dass da nichts ist, was ich finden könnte.
Es gibt keine magischen Briefe von Rachel, die mir Antworten
geben können.»

«Du musst weitersuchen, dann...»

«Ich *habe* gesucht! Ihre Freunde reden nicht mit mir. In ihren Sachen ist nichts zu finden!»

«Hey, ich bin Poppys Kumpel auch nur zufällig begegnet.
Ich habe nicht nach ihm gesucht, aber er hat mich auf Tinder
gefunden und mir eine Nachricht geschickt, und...»

«Warte mal, du bist auf Tinder?»

«Ja, ist doch egal jetzt. Die Sache ist die, Poppy hatte einen
guten Freund, von dem ich nichts wusste. Und wenn wir uns
nicht auf diese Weise gefunden hätten, dann hätte ich weder
etwas von den Briefen *noch* vom Fotografen erfahren.»

«Vom Fotografen?»

«Von ihrem Freund, mit dem sie zusammen war. So nannte
sie ihn. Vielleicht hatte Rachel auch so einen Kumpel wie Poppy. Vielleicht gibt es jemanden, von dem du noch nichts weißt,
der dir etwas sagen kann. Vielleicht hat irgendein Autofahrer
jemanden in jener Nacht gesehen, oder ein Nachbar, oder sie
hatte einen Online-Brieffreund, dem gegenüber sie irgendet-

247

was erwähnt hat. Du musst es einfach weiter versuchen, Daniel. Gib nicht auf.»

Es ist leicht, diese Dinge zu sagen. Noch vor ein paar Stunden war ich genauso hoffnungslos wie er.

«Okay. Ich gebe nicht auf. Ich *werde* etwas herausfinden.» Es klingt beinahe so, als glaubte er es. «Wann bekommst du die Briefe?»

«In drei bis fünf Tagen. Dann werde ich wissen, wer er ist, und dann kann ich zur Polizei gehen.»

«Sie werden dich ernst nehmen, Clem. Das weiß ich.»

«Hoffentlich.»

Das grelle Deckenlicht blendet in den Augen. Ich kneife sie wieder zusammen, aber das reicht nicht. Ich lege auch noch den Unterarm darauf.

«Daniel, ich ... ich hätte wissen müssen, dass sie Briefe für mich hat. Ich hätte zurück nach Boston fliegen müssen. Wenn ich zurückgeflogen wäre, hätte ich sie längst gefunden. Dann wüsste ich all das schon.» Ich merke, wie meine Stimme zittert. «Wenn ich vor sechs Monaten gewusst hätte, wer sie umgebracht hat, hätte man ihn vielleicht schon festgenommen. Ich hätte gewusst, warum er ihr das angetan hat. Aber ich bin nicht zurückgeflogen, und er ist mit diesem Mord davongekommen. Er ist schon sechs Monate zu viel auf freiem Fuß. Ihr Tod ist als Selbstmord eingestuft worden, und er ist auf freiem Fuß. Das ist nicht fair, dass er sein Leben leben kann, während sie ...»

Die Dielen vor meiner Zimmertür knarren, aber Liam klopft nicht. Er ist da draußen, macht sich Sorgen um mich, versucht zu verstehen, was mit mir los ist. Ich rolle mich auf die Seite und ziehe mir die Decke über den Kopf, rolle mich ein, lasse die Welt verschwinden, sodass nur noch Daniel und ich da sind – die einzigen beiden Menschen, die je werden verstehen können.

«Ich werde ihn finden, Daniel. In drei bis fünf Tagen weiß ich genug, um ihn zu finden.»

Aber im Augenblick fühlen sich drei bis fünf Tage wie eine Ewigkeit an.

Kapitel 17

In den nächsten vier Tagen überarbeite ich meine Ermittlungsmappe, um sie der Polizei zu überreichen, sobald die Briefe ankommen.

Ich erstelle einen ausführlichen Überblick über Poppys Persönlichkeit, ihre Vorlieben und Abneigungen, ihre Ängste, ihre Hobbys, ihre Zukunftsperspektiven, ihren Charakter – und arbeite heraus, dass ihre Handlungen, die das Untersuchungsgericht als Beweise für ihren Suizid anführte, nicht dazu passen. Ich benutze die Dokumente von der gerichtsmedizinischen Untersuchung und markiere die Fehler des Untersuchungsrichters: Emilys Falschaussage, sie habe Poppy weinen gehört; die herausgepickten Filme und Serien aus ihrer Netflix-Historie, die aber zwischen unzähligen fröhlichen Filmen standen, die sie geschaut hatte; dass Poppys Recherche über Beachy Head für ein Kunstprojekt gedacht war; die Google-Suchen nach Klippen, die auch jemand anders eingetippt haben könnte; das Atmen auf der Voicemail, das nicht so klingt wie Poppys.

Ich schaue noch mal auf ihrem Handy nach und finde eine blockierte Nummer: Harrys. Ihr WhatsApp-Nachrichtenverlauf mit ihm ist vollständig gelöscht, einschließlich all der Fotos, die sie ausgetauscht haben. Ich installiere sogar Tinder neu, hoffe, dass dort irgendeine Spur ihres Matches mit dem Fotografen zu finden ist, aber ihr Profil existiert nicht mehr: Es gibt ein gespeichertes Passwort, aber keinen zugehörigen Account. Ich habe schon genug auf Tinder recherchiert, um zu wissen, wie unwahrscheinlich es ist, irgendwelche Hinweise dort zu finden, selbst wenn ihr Account nicht gelöscht wäre: Wenn einer der beiden gematchten Tinder-User das Match wieder auflöst, wird die ganze Konversation automatisch gelöscht, das hätte also schon gereicht. Ihren Account muss er rein zur Sicherheit gelöscht haben. Oder zum Spaß.

Ich schreibe all die Dinge in die Mappe, die ich wirklich weiß, und kann kaum schlafen wegen all der Dinge, die ich nicht weiß.

Wer ist der Fotograf? Und warum hat er meine Schwester umgebracht? Ich werde es erfahren. Wenn ich die Briefe bekomme.

» »

«Na, wenn das mal nicht meine Lieblings-Mitbewohnerin ist», sagt Liam und winkt mir aus der Küche zu, als ich am Freitagmorgen zur Wohnungstür gehe. Er sitzt auf der Küchenarbeitsfläche, die Beine in seinen zerrissenen Jeans übergeschlagen, und seine Popmusik plärrt aus dem Lautsprecher. «Morgen, C!»

«Morgen. Irgendwelche Post?»

«Noch nicht. Worauf wartest du denn? Auf ein klingonisches Reim-Wörterbuch?» Er zwinkert mir zu und macht die Musik ein wenig leiser.

«So was in der Art.»

Ich klicke zum hundertsten Mal auf den Nachverfolgungslink, den Jenna mir per E-Mail geschickt hat: Das Paket ist in Großbritannien, aber es wird vermutlich erst morgen zugestellt. Ich stecke mein Handy wieder ein und seufze.

«Du bist gestresst», sagt Liam. «Ich weiß nicht, was du da in deinem Zimmer machst, aber du brauchst eine Pause davon. Gönn dir einen Tag ohne Bücher und Laptop, okay?»

Er springt von der Arbeitsfläche. Auf der Tafel steht noch die Nachricht von gestern: *Don't worry! Be happy!*

«Ich habe heute die Spätschicht, also hätte ich den ganzen Morgen frei und Zeit für dich. Wie wäre es, wenn ich uns ein paar Smoothies mache und wir Couch Potato vor dem Fernseher spielen? Ich könnte dir auch ein paar Yogaübungen zeigen? Ich meine, es ist wirklich *heiß* heute, aber wir könnten den Ventilator ja direkt auf dich ausrichten. Oder, oooh! Ich könnte dich ein bisschen verwöhnen. Maniküre, Pediküre, Gesichtsmaske, Haareschneiden...»

Er flattert um mich herum, berührt meine Schultern, meine Hände, mein Haar. Seine Heiterkeit, egal wie gut sie gemeint ist, strengt mich an. Bevor ich mich ducken kann, zieht er das Haargummi von meinem Pferdeschwanz und fährt mit den Fingern durch mein Haar, um es sich genau anzusehen.

«Ich würde drei, vier Zentimeter abschneiden, mindestens. Dann sieht es ein bisschen netter aus. Wann warst du zum letzten Mal beim Friseur?»

«Ich weiß nicht. Ich glaube, in Boston.»

«Also ungefähr sechs Monate? C, ganz ehrlich, es ist wirklich Zeit für einen Schnitt. Was meinst du? Ungefähr so viel abschneiden?»

Er hält eine Strähne hoch, die er ungefähr fünf Zentimeter über den Spitzen zwischen die Finger geklemmt hat.

Haare wachsen nur sehr langsam. Sie brauchen Jahre. Wie alt ist wohl der untere Teil der Strähne? Drei Jahre? Vier? Fünf? War er schon da, als ich in Cambridge mein Examen machte? Ist er mit in den Familienurlaub nach Dorset gekommen, wo Poppy versuchte, über einen Bach zu springen, stattdessen hineingefallen ist und von Kopf bis Fuß nass wurde? Sie kreischte vor Lachen, genau wie wir anderen, als sie einen verwirrten Frosch aus ihrem Gummistiefel hervorholte.

Eines Tages wird jemand das letzte Stück Haar abschneiden, das zur gleichen Zeit da war wie sie.

Ich ziehe die Strähne aus Liams Fingern und binde meine Haare wieder zu einem Pferdeschwanz zusammen.

«Vielleicht irgendwann anders, okay? Ich helfe heute im Café aus.»

«Oh, klar. Ich freue mich, dass du wieder dorthin gehst. Es ist gut, einen festen Tagesablauf zu haben.»

Er hat recht. Jede wache Minute wenig hilfreiche Mails zu checken und Poppys bereits ausgiebig durchwühlte Social-Media-Accounts noch einmal zu überprüfen, fühlt sich immer sinnloser an. Ich weiß nicht mehr, was ich noch tun kann. Ich *brauche* diese Briefe. Ich *muss* wissen, wer der Fotograf ist.

«Sag mir, wenn du etwas brauchst», sagt Liam. «Egal was, ich bin immer für dich da. Wenn du jemals...»

«Wie findet man einen Fremden online?», unterbreche ich ihn.

«Was meinst du damit?»

«Ich meine, gibt es irgendeine Methode, wie man jemanden im Internet findet, obwohl man nicht viel über ihn weiß? Wenn man zum Beispiel seinen Namen nicht kennt und nicht weiß, wie er aussieht, aber weiß, wo er wohnt und welches Hobby er hat?»

«Welches Hobby denn?»

«Fotografie.»

«Äh, na ja, Leute, die fotografieren, sind meist auf Instagram und taggen die Orte, die sie fotografieren, also könnte man vielleicht die entsprechenden Orte und Hashtags durchsuchen und nachsehen, wen man so findet? Aber, ähm, warum? Hast du jemanden mit einer Kamera in der Bibliothek gesehen und vergessen, nach seiner Nummer zu fragen?» Er verzieht das Gesicht zu einem Grinsen. «Willst du etwa einen *heißen Typen* stalken?»

Die vertraute Übelkeit steigt in mir auf, weil ich an die Zeichnung des Fotografen in Poppys Skizzenbuch denken muss. Ein Auge, wirre Haare, eine Hand, die die Kamera hält und auf den Auslöser drückt. Diese Finger müssen Poppys Haut, ihr Haar berührt – und sie von der Klippe gestoßen haben.

«Nein, ich ... ich bin nur neugierig.»

«Klar, klar.» Er zwinkert mir erneut zu. «Aber wenn du hier bei mir bleiben und Jungs im Internet stalken willst, bin ich gern dein Verbündeter. Um ehrlich zu sein, sogar sehr gern.»

Ich spiele mit dem Saum meiner Hosentaschen. Warum will er, dass ich bleibe?

Liam ist ein Mensch, dem sich andere Leute automatisch zuwenden. Nach einigen Monaten in London muss er doch eine ganze Truppe selbstbewusster, geselliger Freunde haben, mit denen er Kunstgalerien besuchen, Cocktails trinken und tanzen gehen kann. Er sollte eigentlich jeden Tag etwas vorhaben und jeden Abend ausgehen. Aber stattdessen bleibt er in dieser winzigen Wohnung, nur mit mir als Gesellschaft, und tut so, als wäre das genug.

Jenna war genauso. Sie hätte jeden als besten Freund haben können, aber sie entschied sich für mich: eine Freundin, die sie jedes Mal von ihren Büchern wegzerren musste, wenn sie ein wenig Aufmerksamkeit wollte. Eine Freundin, die nicht auf ihre Nachrichten reagiert.

Sie hat mich vor Monaten gefragt, ob sie mir meine Post hinterherschicken soll, aber ich habe ihre Nachricht einfach weggewischt, wie alle anderen. Ich brachte es einfach nicht über mich, ihr zu schreiben oder mit ihr zu sprechen. Und das ist immer noch so. Stattdessen habe ich Raj und Paolo nach Poppys Briefen gefragt.

Auch jetzt ist da schon wieder eine Nachricht von ihr auf meinem Handy, darin die neuesten Nachverfolgungsdaten und die Frage, wie es mir geht. Sie versucht, den Kontakt wiederherzustellen.

Aber ich kann nicht antworten. Nicht, solange ich schon bei der Vorstellung, mit ihr zusammen zu sein, wieder an Poppy denken muss, wie sie allein am Fuß der Klippe liegt. Ob sich das wohl jemals ändern wird?

«Ich muss jetzt los.» Ich will zur Wohnungstür gehen, aber Liam hält mich auf.

«Warte mal, C. Komm mal her.» Er zieht mich in eine feste Umarmung und wiegt mich hin und her. Es kommt so plötzlich, dass ich nicht weiß, wie ich darauf reagieren soll.

«C, wir sind Freunde. Du bist mir wichtig, obwohl ich dir meistens auf die Nerven gehe und du dir wünschst, dass ich aufhöre, dich zu umarmen.» Er wiegt mich weiter hin und her. «Ich will nur, dass du glücklich bist, okay? Denn du verdienst das.» Er lockert die Umarmung und gibt mir einen festen Kuss auf die Stirn.

«Ich *weiß*, dass es dir jetzt gerade nicht gut geht. Nach dem, was mit deiner Schwester passiert ist, hast du auch alles Recht der Welt dazu. Aber stoß nicht alle anderen von dir weg. Ich bin für dich da, ob du nun eine Schulter zum Ausweinen oder eine dicke, fette Ablenkung brauchst. Alles in Ordnung. Und mein Angebot für einen neuen Haarschnitt steht übrigens auch noch.»

Er lächelt mich an, er strahlt, seine Arme sind noch immer um mich geschlungen. Sein Haar fällt ihm in die Stirn, über

sein eines Auge. Das andere wirkt ein wenig wie eine Bleistiftzeichnung.

«Danke, aber ich muss trotzdem gehen.»

Ich löse mich so schnell wie ich kann aus seinen Armen, trete in den Hausflur und schließe die Tür hinter mir.

«Oh!»

Vor mir steht Alexander und zuckt erschrocken zurück.
Hinter seinen Brillengläsern wirken seine Augen ganz riesig.
Er hält eine Zeitschrift in der Hand.

«Hallo?», sage ich.

«Hallo, tut mir leid, du hast mich erschreckt. Ich wollte dir
das hier gerade durch den Briefschlitz schieben. Heute Teil-
chenphysik. Interessantes Zeug. Ich dachte, das könnte dir gefallen.»

Die Brille rutscht ihm die sommersprossige Nase hinunter.
Er schiebt sie wieder hoch und versucht zu lächeln. Stattdessen wird es ein nervöses, etwas albernes Grinsen. Sein Blick
gleitet zur Tür hinter mir, als wollte er nachsehen, ob Liam uns
belauscht. Dann gibt er mir die Zeitschrift.

«Seite vierunddreißig. Ich habe ein Post-it hineingeklebt,
damit du es schneller findest. Nicht, dass ich glaube, du wüss-
test nicht, wie die Seitenzahlen in einer Zeitschrift funktionieren, aber...»

«Danke schön», sage ich.

Ich will schon wieder zurück in die Wohnung und die Zeitschrift auf den Stapel mit den anderen ungelesenen Zeitschriften werfen, die er mir durch den Briefschlitz geschoben hat,
überlege es mir dann aber anders. Ich öffne den Reißverschluss
meiner Tasche und lasse die Zeitschrift zwischen Poppys Skizzenbuch und meine Mappe gleiten.

«Farbige Abschnittsteiler!», bemerkt er. «Das muss ja ein

großes Projekt sein, an dem du arbeitest. Ist das für deine Doktorarbeit?»

«Das ist … ja. Aber ich stecke gerade ein bisschen fest. Ich warte auf neue Daten und kann bis dahin eigentlich nicht viel tun.»

«Oh ja, ich hasse das! Es ist so schrecklich, wenn man unbedingt weitermachen will, aber nicht das Material dafür hat. Einmal, als ich an einer Arbeit über Rote Zwerge gearbeitet habe, hat mein Professor…»

Auf einmal dröhnt Musik durch die Wände von Alexanders Wohnung. Er zuckt zusammen und greift nach den Gurten seines riesigen Rucksacks. Der Bass ist so laut, dass wir ihn durch unsere Fußsohlen hindurch fühlen können.

«Tut mir leid, mein Mitbewohner ist ein totaler Penner. Ich muss mit Ohrstöpsel schlafen, und selbst das reicht nicht. Hält dich das auch wach?»

«Nein, ich höre das in meinem Zimmer kaum.»

«Na, immerhin.» Er deutet auf die Treppe. «Wo willst du denn jetzt hin?»

«Heute helfe ich im Café.»

«Ach, wirklich?» Sein Gesicht hellt sich auf. «Ich wollte auch gerade dorthin. Wollen wir zusammen am Kanal entlanggehen?»

Mein Instinkt will, dass ich Nein sage und einen anderen Weg nehme – aber wenn ich das tue, muss ich mich wieder mit den Gedanken an Poppy und den Fotografen beschäftigen, jedem ins Gesicht sehen, an dem ich vorbeigehe, immer auf der Suche nach einem mit Kohlestift gezeichneten Auge, nach dunkel skizziertem Haar.

Vielleicht hat Liam recht, und ich brauche einfach Ablenkung.

Wir gehen gemeinsam den Pfad entlang zum Café meiner Eltern. Alexander redet mit den Händen: mit großen, schwungvollen Bewegungen. Er ist so in unser Gespräch vertieft, dass er gar nicht bemerkt, dass er beinahe einen Fahrradfahrer in den Kanal stößt, als er begeistert über *Der Marsianer* spricht.

Nach einer Zeit, die sich wie ein paar Minuten anfühlt, kommen wir schon vor dem Café an.

«... und deshalb ist *Star Trek: Discovery* das Beste, was dem Franchise seit Jahren passiert ist», sagt Alexander gerade.

«Ich bin vollkommen deiner Meinung, aber ich habe das Gefühl, dass wir da in der Minderheit sind.»

«Na ja, alle anderen haben eben unrecht, und eines Tages werden sie das schon bemerken. Widerstand ist letztlich zwecklos.» Er grinst mich an, und ich lächle zurück.

Wir gehen ins Café und trennen uns. Er stellt sich in die Schlange, und ich gehe hinter den Tresen – aber Dad stellt sich mir in den Weg und hält mich auf.

«Clementine, was machst du hier?» Sein Lächeln fällt in sich zusammen. Heute muss er es eigenhändig wieder aufsetzen, aber es hält nicht lange. «Ich dachte, du hättest ein bisschen frei? Mum hat gesagt, dass es dir letzte Woche nicht so gut ging. Du musst nicht hier sein.»

«Aber ich *möchte* hier sein. Und ihr braucht die Hilfe.» Ich greife nach einer Schürze, aber Dad packt meine Hand.

«Nein, Liebling. Wir brauchen deine Hilfe nicht.»

In seinen Worten liegt eine Kälte, die ich nicht kenne. Im Café ist viel los, und sie haben meine Hilfe auch an Tagen gern angenommen, an denen weit weniger Gäste da waren.

Es liegt nicht daran, dass er meine Hilfe nicht braucht; er *will* sie nicht.

«Hast du dich richtig ausgeruht? Du siehst sehr blass aus. Wie wäre es mit ein bisschen Sonne? Du könntest am Kanal lesen. Das klingt doch gut, oder? Viel besser als arbeiten.»

Er lächelt jetzt wieder und schiebt mich entschlossen zur Tür. Ich sehe mich nach Mum um, aber die ist am Tresen beschäftigt. Sie kann mich nicht sehen.

Sie weiß noch nicht, was mit Poppy passiert ist. Keiner von ihnen weiß es. Aber sie müssen es wissen.

«Dad, ich muss dir etwas sagen. Es geht um Poppys Tod...»

«Jetzt nicht, Liebling. Bitte, jetzt nicht.» Er seufzt, und der Griff seiner Hand an meiner Schulter ist hart. «Mum hat mir gesagt, was du neulich erzählt hast. Dass du nicht daran glaubst, was die Gerichtsmedizin herausgefunden hat.»

«Ja, weil...»

«Clementine, ich will das nicht hören. Wir müssen heilen, wir alle, und wenn wir so reden, hilft uns das nicht. Deine Mum war nach dem, was du da erzählt hast, sehr aufgebracht, und ich will nicht, dass das wieder passiert. Heute hat sie einen relativ guten Tag. Das soll auch so bleiben.»

Das Gespräch ist vorbei. Er schiebt mich aus dem Café – nicht unfreundlich, aber entschlossen. Er umarmt mich noch einmal, bevor er wieder hineingeht, aber nicht so fest wie sonst.

Ich will nicht am Kanal sitzen, und ich will auch nicht zurück in die Wohnung. Ich will etwas tun. Ich will Fortschritte machen. Ich will jemandem helfen. Irgendwem.

Ich schlucke den Kloß in meinem Hals herunter, rücke meinen Rucksack zurecht und gehe zur nächsten U-Bahn-Station. Ich kann in weniger als einer Stunde bei der Helpline sein.

Kapitel 18

Ich gehe zu meinem üblichen Tisch in der hinteren Ecke des Telefonraums. Erst als ich meine Mappe auspacke, fällt mir ein, dass es die falsche ist, die mit meinen Recherchenotizen statt mein Helpline-Handbuch. Ich überlege, alles wieder einzupacken und zu gehen, aber da steht jemand hinter mir, und es riecht nach Kaffee.

«Hallo, Clementine», sagt Jude und lächelt. Er gibt mir einen der beiden Becher, die er in den Händen hält. «Ich bin auch gerade erst gekommen. Wie geht es dir?»

Bevor ich antworten kann, klingelt sein Telefon. Er entschuldigt sich und eilt zu seinem Stuhl, nimmt sein Skizzenbuch und setzt sich sein Headset auf. «Hallo. Ich bin hier und höre zu.»

Ich setze mich ebenfalls.

Ist es nicht egal, ob ich mein Handbuch dabei habe oder nicht? Ich habe es selbst geschrieben. Ich weiß genau, was darin steht. Ich werde nicht wieder gehen. Ich schaffe es auch ohne.

Am Vormittag ist es ruhig. Jude spricht lange mit seinem Anrufer, aber mein Telefon klingelt nicht. Draußen ist es heiß und sonnig, bei diesem Wetter fühlen sich die Leute manchmal anders. Hoffnungsvoller. Vielleicht liegt es an der Sonne und am hohen Luftdruck, aber ich fühle mich auch hoffnungsvoller.

Die Briefe sind in Großbritannien, und morgen um diese Zeit müsste ich sie bereits haben. Meine Mappe ist vorbereitet.

Die polizeiliche Ermittlung, die ich in Gang setzen werde, wird Aufnahmen von Sicherheitskameras auswerten und Telefonate nachverfolgen, auf die ich keinen Zugriff habe. Die Polizei wird Poppys Mörder finden.

Das glaube ich wirklich.

Im Laufe des Nachmittags gehen mehr Anrufe ein. Statt kurzer Ausbrüche von Wut oder Traurigkeit sind es lange, verhaltene Gespräche mit Leuten, die einfach reden wollen. Das ist oft so tagsüber: Es sind Gefangene, die mit dem Leben im Gefängnis nicht zurechtkommen; Hausfrauen, die sich vor dem Zeitpunkt fürchten, an dem sie ihre Kinder wieder aus dem Kindergarten abholen müssen. Einsame Menschen, die irgendeine soziale Interaktion suchen. Ich versuche, es Jude nachzutun, während ich mit ihnen spreche. Ich sage weniger als sonst, stelle offene Fragen, damit sie sich ihrer Probleme bewusst werden, lasse sie wissen, dass ich zuhöre.

Ich brauche mein Handbuch gar nicht.

Am Ende der Schicht packe ich meine Sachen ein und schaue auf mein stumm geschaltetes Handy, in der Hoffnung, die Benachrichtigung von UPS zu finden, dass das Paket ausgeliefert wurde. Stattdessen ist da eine Textnachricht von Jenna.

> Hallo, Clem. Das Paket sollte morgen bei dir sein. Es tut mir so leid, dass ich es nicht schon früher gefunden habe. Es tut mir alles so leid. Als du nach England zurückgefahren bist, habe ich …

Ich klicke die Nachricht weg, ungelesen, wie immer. Außerdem sind da noch eine Reihe verpasster Anrufe. Ich schalte mein Display aus und stecke das Handy in die Tasche. Dann gehe ich zum Ausgang.

«Hey, Clementine! Warte mal kurz.» Jude läuft hinter mir her, hängt sich die Tasche über die Schulter. Hinter seinem Ohr steckt ein Bleistift. Poppy hat das auch immer gemacht. Er zeigt auf ein paar andere Ehrenamtliche im Raum. «Wir gehen gleich in den Pub, um dort etwas zu trinken, vielleicht auch zu essen. Hast du Lust mitzukommen?»

Meine automatische Reaktion ist Nein, aber die anderen winken und lächeln. Ich kenne sie nicht, aber sie scheinen mich zu kennen.

Ich habe mich nie groß um die Leute gekümmert, mit denen ich diesen Raum teile. Vermutlich hatte ich auch schon viele Schichten mit Jude zusammen gearbeitet, bevor ich ihn überhaupt bemerkt habe.

Poppy war immer, *immer* schüchtern – aber sie wollte es nicht sein. Sie sagte, es sei ein grausamer genetischer Fehler, dass ich das ganze Selbstbewusstsein geerbt habe, sie aber die sozialen Fähigkeiten. Und sie hatte recht. Ich ging, ohne nachzudenken, ins Hockey-Team oder in den Debattierclub oder zog ins Ausland oder gab Seminare oder sprach mit Fremden. Poppy konnte nichts davon einfach so tun. Sie sehnte sich zwar danach, sie flüsterte die richtigen Worte bei Familienfeiern vor sich hin, aber sie schaffte es einfach nicht, sie laut zu sagen.

Sie versteckte sich hinter mir. Sie brauchte jemanden, der sie bei der Hand nahm und diese Dinge *mit* ihr tat. Als sie noch lebte, tat ich das einfach nicht genug.

Ich spüre die Wärme ihrer Hand an meinem Handgelenk, ich höre, wie sie mir etwas ins Ohr flüstert.

Poppy hätte gewollt, dass ich das hier tue.

«Na gut», sage ich zu Jude und nicke. «Ich komme mit.»

» »

Die Atmosphäre im Pub ist traditionell. Die Buntglasfenster, die gepolsterten Barhocker und die dicken Holztischplatten tragen dazu bei. Es ist voll hier drin. Wir quetschen uns um einen Tisch herum, und Jude kommt mit einem Tablett Getränke von der Bar. Die anderen Ehrenamtlichen von der Helpline kennen einander alle und unterhalten sich entspannt über ihre Partner und Kinder, über den Verkehr und ihre Hobbys.

«Clementine ist übrigens *Wissenschaftlerin*», sagt Jude, als eine Frau mittleren Alters über die Abschlussnoten ihres Sohnes jammert. «Wenn er also Nachhilfe für den zweiten Versuch braucht, dann ist sie da!»

Die Frau gibt Jude einen spielerischen Klaps auf den Arm, wendet sich dann aber trotzdem an mich. «Bist du wirklich Wissenschaftlerin? Das ist ja toll! In welchem Fach?»

Ich erzähle ihr von meiner Arbeit in Boston, woraufhin sofort die üblichen Fragen zu Harvard kommen.

«Wie ist es denn da so?»

«Wo wohnst du?»

«Was machst du, wenn du Freizeit hast?»

Ich habe schon lange nicht mehr richtig an Boston gedacht und versuche meistens, das zu vermeiden. Ich achte darauf, dass die Erinnerung verschwommen bleibt, wie ein Spiegelbild in aufgewühltem Wasser. Ich warte nie ab, bis sich die Wellen glätten.

Aber während ich spreche, kommt mein früherer Alltag zurück, lässt Café- und Helpline-Schichten und die ganzen letzten Wochen in den Hintergrund treten. Mein Leben war nicht immer so. Ich hatte Freunde, Hobbys. Wir haben um Tische herum gesessen, über die Forschung und die Zukunft gesprochen. Jennas warmes, fröhliches Lächeln, das mir immer folgte, so wie Judes jetzt.

263

«Fährst du im Herbst wieder zurück?»

Seine Frage verschlägt mir den Atem.

So lange konnte ich mir keine Zukunft für mich selbst vorstellen. Jedenfalls keine ohne Gewissensbisse und Trauer und unbeantwortete Fragen. Aber jetzt kann ich Antworten bekommen, oder? Ich bin kurz davor, die leeren Stellen zu füllen; endlich richtigzustellen, was mit Poppy passiert ist.

Aber wenn ich das erledigt habe, was kommt dann?

Ich stelle mir vor, wie ich ein Flugzeug besteige, die Stufen zu unserer Wohnung hochsteige, mit dem Schloss kämpfe, das immer, wirklich immer beim ersten Versuch klemmt, wie ich meine Sachen auspacke, die Bücher auf meinem Schreibtisch ordne, mich mit Jenna aufs Sofa setze und Aufsätze korrigiere, wie ich lache, mit ihr über *Star Trek* plaudere, wie sie ihre Beine über die Armlehne baumeln lässt, entspannt, freundschaftlich, so wie früher.

Kann es je wieder so sein, wie es war?

«Ich weiß nicht genau», sage ich zu Jude. «Vielleicht.» Ich sehe in die Runde. «Will noch jemand einen Drink?»

Ich bin dankbar für die Schlange an der Bar, denn so gewinne ich Zeit, und das Gespräch geht ohne mich weiter. Wenn ich zurück bin, wird es ein anderes Thema geben, weit weg von Boston und all den Dingen, über die ich nicht mehr reden will.

Nach der nächsten Runde verabschieden sich die ersten Ehrenamtlichen. Ich gehe zur Toilette. Als ich zurückkomme, ist unser Tisch leer, mein Rucksack ist fort. Panik steigt in mir hoch.

«Clementine! Hier!»

Jude winkt mir von einem Seitentisch zu, an dem nur zwei Stühle stehen. Da ist mein Rucksack, und ein volles Glas steht auch da. Ich setze mich zu ihm und stelle den Rucksack zwischen meine Füße, damit ich ihn spüren kann.

«Tut mir leid, die anderen sind gegangen, und es kam mir nicht richtig vor, den riesigen Tisch besetzt zu halten. Ist das okay für dich?»

«Ja, klar, ist in Ordnung.»

Ein Kellner beugt sich über unseren Tisch, um die Kerze darauf anzuzünden. Die orangefarbene Flamme spiegelt sich in Judes Augen.

«Die sind nett, oder? Die anderen Helpliner. Wir kommen ziemlich oft hierher. In den Schichten ist man manchmal ja doch etwas isoliert, da hilft es, danach zusammenzusitzen und langsam wieder ins normale Leben zurückzukehren. Sonst nimmt man die Traurigkeit des Telefonraums mit sich nach Hause.» Er nimmt einen Schluck von seinem Drink. «Ich freue mich wirklich, dass du heute mitgekommen bist, Clementine.»

«Ich mich auch.»

Abgesehen von jenem Abend mit Liam ist dies das erste Mal seit sechs Monaten, dass ich einen «normalen» Abend mit Freunden verbringe. Aber allein, dass ich das bemerke, setzt eine Welle von *Warums* in Gang.

«Ich will ja nicht nachbohren», sagt Jude sanft, «aber ich merke, dass du leidest. Wenn du darüber reden willst, ich bin da. Ehrlich, ohne jede Wertung, egal, was es ist. Du musst dich nicht allein fühlen.»

Er lächelt sein übliches freundliches Lächeln – das, von dem ich mich bisher immer abgewendet habe. Muss ich darüber reden? Ich habe Daniel, dem ich mich anvertrauen kann, aber seine Unsicherheit kann meine eigene nicht heilen. Vielleicht brauche ich wirklich einen Blick von außen.

Ich streiche mir eine Strähne hinters Ohr.

«Ich habe neulich etwas über meine Schwester herausgefunden. Bevor sie starb, hatte sie einen Freund.»

Er neigt den Kopf ein wenig zur Seite – die höfliche Variante eines Achselzuckens. «War das denn ungewöhnlich?»

«Sehr. Sie war unglaublich schüchtern, ich bezweifle, dass sie vorher überhaupt mit Jungs geredet hat, geschweige denn einen geküsst. Offenbar war sie in ihn verliebt ... und dann starb sie.» Ich drehe das Glas in den Händen und spüre die Kälte der Kondenstropfen. Ich nehme meinen Mut zusammen. «Ich glaube, er hatte etwas damit zu tun.»

Jude nimmt einen Schluck von seinem Bier und nickt. «Ich kann mir vorstellen, was passiert ist.»

«Du kannst es dir vorstellen?»

«Natürlich. Das war bei mir genauso.» Er tippt auf sein Handgelenk. «Als ich Liebeskummer hatte, dachte ich auch, es gebe nichts mehr, für das es sich zu leben lohnt. Es war nicht der einzige Grund, aber ein Katalysator. Tut mir leid, dass es deiner Schwester auch so ging.»

Ich schüttele den Kopf. «Nein, das meinte ich nicht. Poppy hat sich nicht aus Liebeskummer das Leben genommen.»

«Liebeskummer ist auch eine Art von Trauer, Clementine.» Er sieht mich ernst an. «Ich weiß, dass sich das von außen vielleicht ein bisschen ... verletzend anhört, das zu sagen, weil der Tod ein unumkehrbarer Verlust ist, aber Liebeskummer trifft einen auch ins Mark. Er tut *weh*, und zwar körperlich. Es fühlt sich an, als hätte einem der andere ein Stück von einem selbst genommen, als könnte man es niemals wiederbekommen. Der andere ist fort, aber nicht wegen einer Krankheit oder weil er gestorben ist – er will einen nur nicht mehr in seinem Leben.» Er senkt den Blick. «Dieses Gefühl wünsche ich wirklich niemandem.»

Judes Worte überzeugen mich mehr, als ich erwartet habe – aber sie tun nichts zur Sache. Nicht, was Poppy angeht.

«Ich will herausfinden, wer er ist», sage ich. «Der Freund.»

Jude hält beim Trinken inne. Dann schluckt er bedächtig und stellt sein Glas wieder auf den Tisch.

«Ist das denn klug?»

«Warum nicht? Er ist schließlich für ihren Tod verantwortlich.»

«Nein.» Er lächelt traurig und berührt mein Handgelenk. «So darfst du nicht denken. Poppy hat ihre eigene Entscheidung getroffen, und vielleicht wurde sie durch das ausgelöst, was zwischen ihr und ihrem Ex geschehen ist, aber es war nicht seine Schuld. Du kannst ihm nicht die Schuld geben. Er macht sich vermutlich ohnehin schon Vorwürfe.»

«Aber...»

«Such nicht nach ihm. Bitte, Clementine. Das ist nicht gesund. Wenn jemand auf diese Weise stirbt, wollen wir einen Schuldigen finden, aber es gibt keinen. Du wirst diese Sache nicht abschließen können, es sei denn, du findest den Weg in dir selbst. Diesen Mann zu finden, wird dir keinen Trost bringen. Das verspreche ich dir.»

Er versteht es nicht. Ich habe eine ganze Mappe mit Beweisen in meiner Tasche, mit denen ich ihm erklären könnte, dass ich recht habe und warum Poppys Tod viel mehr ist als nur ein Selbstmord aus Liebeskummer – aber ich lasse meinen Rucksack verschlossen unten zwischen meinen Füßen stehen.

Er ist daran gewöhnt, mit Menschen zu reden, die psychische Probleme haben. Ich will nicht, dass er glaubt, ich hätte auch welche.

«Meine Schwester hat Briefe an meine Adresse in Boston geschickt, bevor sie starb», sage ich stattdessen. «Das habe ich gerade erst herausgefunden. Daher wusste ich nichts von dem Freund. Aber morgen bekomme ich sie, und dann erfahre ich alles über ihn. Ich werde jede einzelne Zeile ganz genau lesen. Dann werde ich wissen, was zwischen ihnen passiert ist.»

«Wow, das ... es wird bestimmt schwierig, das zu lesen. Ihre letzten Worte an dich. Das kann ich mir kaum vorstellen.»

Ich fingere an meinem Glas herum.

Daran hatte ich gar nicht gedacht. Mein einziger Gedanke war, alles über den Mörder herauszufinden, seinen Namen und ein Foto von ihm der Polizei zu übergeben, damit sie ihn festnehmen – aber dies sind die letzten Briefe, die mir Poppy je schicken wird. Das letzte Mal, dass ich Sätze in ihrer Handschrift lese, die ich noch nie gelesen habe; das letzte Mal, dass ich etwas Neues über sie erfahre. Ich werde sie zu den anderen Briefen in die Schublade in meinem Zimmer legen, geschützt vor Sonnenlicht. Und dann wird sie vollkommen verstummt sein.

«Wie war sie denn so?», fragt Jude, der wie immer genau weiß, was man in einer solchen Situation sagen muss. «Erzähl mir von ihr. Erzähl mir all die tollen Dinge, die man über Poppy wissen muss.»

Er lächelt im Kerzenlicht, offen und einladend. Und ich lächle zurück.

Kapitel 19

Jude und ich verlassen später am Abend den Pub und gehen zusammen zur U-Bahn. Die Luft ist heiß und schwer vor Feuchtigkeit, drückend und voller Anspannung. Die ersten Tropfen fallen vom Himmel. Zuerst nur wenige, hin und wieder ein klopfendes Geräusch auf dem Dach eines parkenden Autos, aber dann wird es schnell lauter. Die Tropfen werden zu einem Regenvorhang, zu glitzernden Linien im Licht der Straßenlampen, die uns wie Geschosse treffen.

«Wildes Wetter!», ruft Jude. «Komm schnell!»

Wir versuchen, zur U-Bahn zu rennen, sind aber nur Sekunden später völlig durchnässt. Wir schaffen es über eine Straße, dann fasst mich Jude lachend am Arm und zeigt auf einen Hauseingang mit einem kleinen Vorsprung darüber. Er zieht mich hinein, sodass wir in der kleinen Nische gefangen sind, in der der Regen nicht auf uns niederströmt. Ich halte mich an ihm fest. Er lässt mich nicht los, sein Arm ist um meine Schultern gelegt, unsere Haut ist tropfnass, der Regen prasselt ohrenbetäubend nieder. Es fühlt sich an, als befänden wir uns auf der anderen Seite eines Wasserfalls.

Jude lacht immer noch, gutmütig selbst in einem Platzregen. Ich merke, dass ich ebenfalls lache.

«Wir haben unseren Aufbruch vielleicht einen Hauch zu schlecht geplant», sagt er und hebt den Arm über mich, um sich mit dem Handrücken das Gesicht abzuwischen. «Es war so ziemlich der schlimmste Moment, um zu gehen. Mal schauen, wie lange es dauert.»

Jude greift umständlich in seine Tasche und versucht, sein Handy herauszuholen, ohne einen von uns dem Regen auszusetzen. «Oh mein Gott, das ist ja eine Sintflut.» Er zeigt mir seine Wetter-App, ein Satellitenbild mit einer riesigen schwarzen Regenwolke direkt über London. Neonfarbene Blitze markieren die Stellen, an denen es gewittert. Einer zuckt jetzt über unserer Straße herunter, gefolgt von einem tiefen Grollen.

«Scheiß drauf, lass uns ein Uber rufen. Wo wohnst du?»

Er bestellt eins zu meiner Adresse und steckt sein Handy wieder ein. Dann legt er den Arm dorthin, wo er vorher war: um meine Schulter. Er zieht mich zu sich und schützt mich so vor dem Regen. Wir stehen so nah, unsere nassen Kleider kleben aneinander. Regenwasser rinnt uns in kühlen, mäandernden Bächen aus den Haaren und über die Haut.

«...und in einer Straße wie dieser», ruft eine Frau in viktorianischer Kleidung, die einen riesigen Schirm über sich hält. Sie schleift eine nasse Touristengruppe hinter sich her und an unserer Nische vorbei. «...wo Jack the Ripper Jagd auf seine Opfer machte. Er war wie ein respektabler Gentleman gekleidet und lockte verletzliche Frauen an ruhige, versteckte Orte, und...»

Es donnert. Irgendwo in der Nähe geht eine Auto-Alarmanlage los. Die Touristengruppe eilt weiter, und die kleine Straße ist wieder leer.

«So hatte ich mir das Ende unseres Abends eigentlich nicht vorgestellt», sagt Jude, immer noch lächelnd. Er verlagert das Gewicht ein wenig, sieht mich direkt an. Seine dunklen Locken hängen ihm ins Gesicht, tropfend. Er streicht sie sich aus der Stirn. Dann streckt er die Hand aus und steckt sanft eine nasse Haarsträhne hinter mein Ohr, wischt einen Regentropfen von meiner Wange. Er nimmt die Hand nicht wieder weg.

Unsere dünnen, nassen Oberteile sind wie eine zweite Haut, eine durchlässige Membran, die uns verbindet. Ich spüre die Wärme seines Körpers. Ich weiß plötzlich nicht mehr, was ich mit meiner Hand tun soll, bin mir ihrer viel zu bewusst, weiß nicht, wo ich hinsehen soll. Aber Jude sieht mich einfach weiter an. Der Augenblick erinnert mich plötzlich an Boston.

Jene Nacht im Schnee, als Jenna meine Hand nahm und in einem Ladeneingang stehen blieb, um mir die Schneeflocken von der Wange zu streichen, ihr Blick auf meinen Lippen, ihre Lippen, die meine fanden, oder vielleicht meine, die ihre fanden, und ...

Ein Auto hält mit kreischenden Bremsen auf der Straße, hupt, und wir zucken zusammen. Jude senkt den Blick.

«Das ist unser Uber. Bereit?» Er nimmt meine Hand und bringt sich in Startposition. «Okay, lauf!»

Er führt mich durch den Wasserfall und öffnet mir die Tür des Ubers, dann klettert er hinterher. Er sagt etwas, und der Fahrer fährt kopfschüttelnd los. Die Fenster beschlagen.

Ich wuchte mir den Rucksack auf den Schoß und öffne ihn, schaue nach meiner Mappe, dem Skizzenbuch. Sie sind trocken geblieben. Ich lehne mich zurück und seufze – dankbar dafür, einen vernünftigen, wasserdichten Rucksack gekauft zu haben.

«Was ist das?», fragt Jude, bevor ich den Reißverschluss wieder zuziehe. «Oh, dein Handbuch? Alles in Ordnung damit?»

«Alles okay.»

«Gut.» Er öffnet seine Ledertasche und kontrolliert sein eigenes Skizzenbuch. «Puh, meine Sachen auch. Gut, dass ich meine Strickklamotten in der Maschine waschen kann.»

Er greift in seine Strickjacke und drückt zu, und das Wasser, das er herauswringt, kleckert auf seine ohnehin schon nassen Jeans. Ich schaue an mir herunter. Mein weißes T-Shirt ist durchsichtig geworden. Ich verschränke die Arme vor der Brust.

Die Stadt zieht auf unserer Fahrt Richtung Nordwesten als undeutlicher Streifen aus Blitzen und künstlichem Licht an uns vorbei. Ich habe keine Ahnung, wo wir sind. Jude redet davon, wie er einmal auf dem Land in den Regen geriet, in einer Scheune Schutz suchte und viel zu spät merkte, dass darin auch ein Bulle war. Ich erzähle ihm, wie Poppy unbedingt wollte, dass wir auf Primrose Hill im Regen auf den Sonnenuntergang warten.

Das Auto hält abrupt an, und der Fahrer sagt meine Adresse.

«Wie viel schulde ich dir?», frage ich Jude und suche nach meinem Portemonnaie.

«Nichts. Schon okay. Es ist sowieso meine Schuld, dass wir in den Regen geraten sind.»

«Sei nicht albern.» Ich drücke ihm einen Geldschein in die Hand. Er nimmt ihn, seine warmen Finger berühren meine Haut.

«Danke, dass du heute Abend mit uns gekommen bist.» Er lächelt warm. «Die anderen mögen dich sehr. Das haben sie mir gesagt, bevor sie gegangen sind.»

«Oh.» Ich weiß nicht, was ich darauf sagen soll. «Äh, danke, dass du mich eingeladen hast.»

«Jederzeit. Im Ernst, sehr gerne wieder. Wir gehen jeden Freitag, aber du und ich könnten auch an einem anderen Tag ausgehen, wenn du möchtest.»

«Ich mache ja meistens die Nachtschichten.»

«Na ja, ich kenne ein paar Lokale in der Gegend, in denen es morgens schon Kaffee gibt. Guten Kaffee. Wir könnten auch frühstücken gehen.»

Ich stelle es mir vor: ein Tisch für zwei, kleine Tässchen mit gutem Kaffee, aus deren feinem Schaum Dampf aufsteigt, warme Eier auf Toast, Judes Gesicht, lächelnd wie immer, das Leuchten des Sonnenaufgangs um ihn herum.

Ich weiß, was Poppy wollen würde, dass ich sage – aber diesmal tue ich es nicht.

«Ähm, ich gehe dann mal.»

«Natürlich. Gute Nacht, Clementine. Es hat mir wirklich viel Spaß…»

Ich klettere hinaus in den Regen, schließe die Autotür hinter mir und halte das Gesicht in die kalte Dusche von oben.

Vergiss Boston. Vergiss Jenna. Vergiss diese Nacht mit all ihrem Zauber, denn in dieser Nacht starb Poppy. Diese Nacht war verflucht. Und es sollte keine Nächte wie diese mehr geben. Vergiss sie. *Vergiss sie.*

Ich reibe mir das Gesicht und drehe mich zu meiner Wohnung um.

Eine Gestalt sitzt auf den Stufen zum Eingang, den Kopf gesenkt, eine Flasche neben sich. Sie hantiert mit etwas, ein kleines orangefarbenes Flämmchen leuchtet auf. Ein Feuerzeug. Die Gestalt versucht, eine Zigarette anzuzünden. Sie schafft es nicht. Das Feuerzeug leuchtet erneut auf, aber die Gestalt wirft es zu Boden, zusammen mit der feuchten Zigarette. Sie schaut hoch, zeigt mir ihr Gesicht. Das zerzauste, mausgraue Haar.

Ich renne zu den Stufen, der Regen läuft mir in die Augen und macht mich halb blind. Ich springe durch Pfützen, halte mir die Hand schützend über die Augen, bis ich vor ihm stehe.

«Daniel?»

Seine Augen sind ganz groß und blinzeln unregelmäßig. Er ist völlig durchnässt, die Kleider hängen ihm sackartig vom dünnen Körper, Wasser tropft aus seinem ungepflegten Haar.

273

«Wo warst du?», fragt er. Er lallt etwas, und seine Lippen beben. «Ich habe dich angerufen. Ich habe so oft angerufen, aber du bist nicht rangegangen. Dabei hast du versprochen, dass du immer rangehen wirst.»

Seine Wangen sind nass, aber nicht nur vom Regen. Selbst im schwachen Licht der Straßenlampen erkenne ich die schmerzhaft geröteten Augen, sein verquollenes Gesicht, die tiefen, dunklen Schatten unter den Augen. Er weint. Warum weint er?

«Ich musste unbedingt mit dir reden, aber du warst nicht da. Ich habe dich gebraucht, Clem. Aber du warst nicht da...»

Schuldgefühle überkommen mich. Als ich Jennas Textnachricht sah, waren da auch verpasste Anrufe. Ich dachte, sie wären von ihr, ich steckte das Handy in die Tasche und... stellte es stumm.

«Daniel, es tut mir leid, ich ...» Meine Stimme bricht. Es ist wie in jener Nacht. Ich bin ausgegangen, hatte Spaß, und jemand, der mir wichtig ist, hat mich gebraucht. Aber ich habe mich nicht gekümmert. Ich habe nicht nachgesehen. Ich habe mein Handy ignoriert. Schon einmal ist dann jemand gestorben.

Das kann ich nicht noch einmal zulassen.

«Es tut mir so leid», wiederhole ich und setze mich neben ihn auf die Stufen. Ich berühre seine Schulter. «Was ist los? Ist was passiert? Hast du in Kent etwas gefunden?»

«Nein!» Er reibt sich das Gesicht und schnieft. «Ich habe gar nichts gefunden. Da ist *nichts*. Ich habe keine Ahnung, wer sie getötet hat. Ich weiß gar nicht, wer das hätte tun sollen. Ich... ich habe sie im Stich gelassen...»

«Hast du nicht. Du tust, was du kannst. Es ist nicht deine Schuld, wenn da nichts zu finden ist.»

274

«Aber du hast selbst gesagt, dass da *ganz sicher* etwas ist!» Er weicht vor mir zurück und schüttelt meine Hand ab. Ich rieche den Alkohol in seinem Atem. «*Du* hast mir Hoffnungen gemacht, als ... als könnte ich normal sein und kein Irrer, aber ich bin trotzdem noch irre. Niemand glaubt mir. Es ist genauso wie vorher!»

Er beugt sich wieder vornüber, fasst in seine Haare, wiegt sich vor und zurück. Ich strecke die Hand wieder nach ihm aus, aber er schlägt sie weg.

«Hör auf! Hör auf zu versuchen, mich zu trösten! Wer auch immer Rachel umgebracht hat, kommt für immer davon damit, und es ist meine Schuld. Ich habe einfach nicht genug getan. Vielleicht bin ich verrückt! Ich ...»

«Alles in Ordnung hier?»

Daniels Schrei erstirbt in seiner Kehle, sein Gesicht erstarrt. Mit geöffnetem Mund schaut er hoch.

Jude steht vor uns und sieht so besorgt aus wie sonst immer im Telefonraum. Er muss vom Auto aus gewartet haben, bis ich im Haus bin.

Ich wünschte, er hätte das nicht getan.

«Es ist alles in Ordnung», sage ich hastig. «Daniel ist heute ein bisschen neben der Spur, aber es ist schon okay. Uns geht es gut. Du kannst wieder gehen.»

Jude tritt ein wenig näher. Er sieht mich direkt an. «Ich kann auch bleiben.»

«Bleiben?», sagt Daniel. «Niemand will, dass du bleibst, Kumpel. Kümmere dich um deinen eigenen Scheiß. Das hier geht dich nichts an. Hau ab.»

Jude rührt sich nicht.

«Was starrst du so? Verpiss dich!»

Jude schaut mich an. «Clementine, was ...?»

«*Clementine?*», wiederholt Daniel. Er dreht sich zu mir um. «Du kennst diesen Typ?»

«Ja, er heißt Jude», erkläre ich ruhig. «Er ist auch bei der Helpline. Wir hatten zusammen eine Schicht, und dann sind wir was trinken gegangen, und…»

«Oh, ihr habt was getrunken? Da warst du also, als ich auf dich gewartet habe? Du hast was *getrunken*?» Er steht schwankend auf und zeigt wütend auf mich. «Und dann auf dem Rücksitz des Taxis rumgeknutscht?»

«Hey», sagt Jude schnell. «Wir setzen uns kurz hin, ja? Atmen ein paarmal tief durch?»

«Sag mir nicht, was ich zu tun habe. Du kennst mich nicht. Kennst du sie überhaupt? Weißt du, was mit ihrer Schwester passiert ist? Was unseren beiden Schwestern passiert ist?»

«Daniel», sage ich und springe ebenfalls auf. «Beruhige dich.»

Erkennen leuchtet in Judes Blick auf. «Daniel, oder? Ich kenne dich tatsächlich. Wir haben schon mal miteinander gesprochen, bei der Helpline. Wir haben über deine Schwester geredet.»

«Du hast keine Ahnung von meiner Schwester!»

Daniel will sich auf Jude stürzen, aber ich ziehe ihn zurück. Er schwankt, bevor er sein Gleichgewicht wiederfindet.

«Ich erinnere mich an ihn», sagt er. «Er ist genauso wie die anderen. Alle denken so wie er, Clem. Niemand wird mir glauben.»

«Doch, das werden sie», sage ich sanft. «Du wirst etwas finden. Ich kann zusammen mit dir nach Kent fahren. Wir können…»

«… dir Hilfe besorgen», sagt Jude laut. «Ich kenne ein paar wirklich gute Therapeuten und Selbsthilfegruppen. Ich kann dich empfehlen. Wir können dir die Hilfe besorgen, die du brauchst. Es wird nicht immer so wehtun wie jetzt gerade. Du kannst gesund werden, Daniel.»

«Ich bin nicht verrückt!», schreit Daniel. Er weicht vor uns zurück und greift nach der Flasche auf den Stufen. «Ich weiß, was passiert ist. Es ist auch mit ihrer Schwester passiert. Wenn ich verrückt bin, ist sie es auch.» Er versucht, einen Schluck Wodka zu nehmen, aber die Flasche ist leer. Er knallt sie gegen die Wand, und die Scherben fallen glitzernd wie Regen zu Boden. Dann zeigt er auf mich. «Sie ist auch eine Irre!»

«Daniel, du bist... du blutest ja.»

Er schaut auf seine Hand: Blut tropft von seiner Handfläche, und der Regen verdünnt es zu einem durchscheinenden Hellrot. Er schüttelt das Blut ab. «Egal. Ist ja alles egal. Was für einen Sinn ergibt das alles jetzt noch?»

Er sinkt wieder auf die Stufe und vergräbt das Gesicht in den Händen. Trotz des rauschenden Regens höre ich ihn schluchzen.

Jude tritt auf ihn zu, aber ich halte ihn auf.

«Daniel», sage ich und lege die Arme um ihn. Diesmal stößt er mich nicht weg. Er nimmt meinen Arm, lehnt sich an mich, weint an meiner Brust. «Schon gut. Wir bringen dich jetzt nach oben, okay? Jude hilft uns.»

«Okay. Nach oben.»

Jude und ich wuchten ihn hoch, jeder legt sich einen Arm von Daniel um die Schultern. Jude holt eine Strickmütze aus seiner Tasche und drückt sie ihm in die Hand, um die Blutung zu stillen. Er sackt zwischen uns zusammen, aber wir schaffen es, ihn zum Haus und die Stufen hinauf zur Wohnung zu bringen.

«Tut mir leid», murmelt Daniel, ohne aufzuschauen. «Tut mir leid.»

Ich krame in meiner Tasche nach dem Schlüssel und schließe auf.

«Du kommst ganz schön spät», ruft Liam vom Sofa aus, als wir hereinkommen. «Hoffentlich hast du Hunger, denn ich habe Pizza bestellt, außerdem habe ich die Mutter aller Biscuittorten geba...»

Er starrt uns mit offenem Mund an, steht dann auf und kommt auf uns zu. «Was ist los? Wer ist das?»

«Äh, Freunde», sage ich. «Hast du irgendwo einen Erste-Hilfe-Kasten? Daniel hat sich die Hand verletzt.»

Daniel neben mir schnieft, den Kopf noch immer gesenkt. Tränen und Regen tropfen ihm vom Gesicht.

Liam, rosig und perfekt wie immer, zögert – und nickt dann. «Ja, klar. Wartet kurz.»

Er verschwindet im Badezimmer, und ich höre, wie er etwas aus dem Schrank holt. Jude und ich setzen Daniel aufs Sofa. Liam kommt wieder und schaut zu, wie Jude seine Tasche auf dem Boden öffnet, den Couchtisch zu sich zieht und ihm dann den Erste-Hilfe-Kasten abnimmt. Er fährt sich durch das rosa Haar und schaut zwischen uns allen hin und her: Daniel, völlig durcheinander; Jude, ruhig und zuverlässig, wie er immer zu sein scheint; und mich, die ich irgendwie dazwischenstehe. Er zieht mich zur Seite.

«Okay, mal im Ernst, was ist los? Du hast noch nie einen Typen mit nach Hause gebracht, und jetzt gleich *zwei*? Und du bist überall mit Blut beschmiert ...»

Ich schaue an mir herunter: Die Nässe in meinem T-Shirt hat den Blutfleck darauf zu Rosa verdünnt.

«Es war ein Unfall, und sie sind beide von der Helpline. Jude ist ein Ehrenamtlicher, wie ich. Er hat mich hergebracht. Daniel war schon da.»

278

«Daniel?» Liam runzelt die Stirn. «Der andere?»

Ich habe vergessen, dass ich ihm noch nie von Daniel erzählt habe. Ich entscheide mich für die halbe Wahrheit.

«Er ist von der Selbsthilfegruppe. Wir haben uns vor ein paar Wochen kennengelernt, und seitdem versuche ich, ihm zu helfen.»

«Na ja, das scheint ja super zu laufen.» Liam beißt sich auf die Unterlippe. «Ist er okay? Warum blutet er? Warum ist er hier?»

«Es... es geht ihm nicht so gut. Aber ich kann ihm helfen.»

«Hey, Daniel», sagt Jude mit seiner beruhigenden Telefonstimme. «Wie geht es dir? Wollen wir darüber sprechen?»

Daniel beugt sich vor und schüttelt heftig den Kopf.

«Okay, das ist in Ordnung. Wir müssen nicht reden. Aber ich muss mir diesen Schnitt anschauen. Ist es okay, wenn ich...?»

«Nein!» Daniel reißt seinen Arm aus Judes Griff und presst ihn an die Brust, die Mütze immer noch in der Hand. «Ich... ich mach das schon. Ich... fass mich nicht an. Bitte. Lass mich einfach in Ruhe.»

Er wiegt sich auf dem Sofa vor und zurück, die Knie zusammengepresst, er zuckt wie eine unter einem Wasserglas gefangene Spinne. Jude nickt. Ich gebe ihm ein Zeichen, und wir gehen in Richtung Zimmer. Die Wohnung ist so klein, dass es nur ein paar Schritte sind.

«Ich rede mit ihm», flüstere ich. «Das wird schon wieder.»

«Das weißt du nicht», sagt Jude. Sein Ton ist anders als sonst. Kälter.

«Doch, das weiß ich.»

Jude öffnet den Mund, um etwas zu sagen, sieht dann aber Liam an. «Hey, hast du irgendwelche alten Handtücher irgendwo? Er könnte eins gebrauchen. Er friert.»

«Ja, natürlich», sagt Liam. «Ich hole etwas.»

279

«Danke dir.»

Liam schaut zwischen uns hin und her, dann geht er wieder ins Badezimmer. Als er verschwunden ist, sieht Jude mich an. Die Wärme in seinem Blick ist verschwunden.

«Du hast privaten Kontakt mit einem Anrufer von der Helpline, Clementine.» Obwohl er leise spricht, ist sein Ton scharf. «Das ist gegen die Richtlinien. Wir geben niemals unsere persönlichen Daten raus, wir mischen uns *nie* in ihr Leben ein. Du kennst ihn nicht. Er könnte gefährlich sein.»

«Wir haben uns zufällig getroffen, und er ist *nicht* gefährlich.»

«Und was war das da draußen? Er hat versucht, mich zu schlagen. Er hat dich *weggestoßen*.» Jude atmet wütend ein und wieder aus. «Das hättest du nicht tun sollen. Was hast du dir dabei *gedacht*?»

Es fühlt sich an wie damals, als mein Physikprofessor mich vor dem ganzen Seminar abkanzelte, weil ich die Prüfung nicht bestanden hatte – aber letztlich lag es an einem Computerfehler. Ich hatte die volle Punktzahl, aber die falsche Note bekommen. Ich hatte nichts falsch gemacht.

Damals wusste ich das, und jetzt weiß ich es auch. Ich verschränke die Arme vor der Brust.

«Ich glaube, du solltest jetzt gehen.»

Jude blinzelt, als könne er es nicht glauben. Seine Züge werden hart.

«Wenn du das willst, in Ordnung.»

Jude geht zurück zum Sofa, hebt seine Tasche vom Boden auf und schließt die Schnallen. Er lässt seine blutige Mütze auf dem Tisch liegen. «Hoffentlich geht es dir bald besser», sagt er zu Daniel. Dann geht er durch den Flur und öffnet die Wohnungstür.

Eine Zeitschrift fällt über die Schwelle, als hätte sie jemand von außen an die Tür gelehnt. Er hebt sie auf, kommt zurück und gibt sie mir.

Als wir ganz nah beieinanderstehen, flüstert er: «Du glaubst, du könntest ihm helfen, aber was, wenn das nicht so ist? Er ist wahnhaft, das weißt du. Er jagt einen Mörder, den es nicht gibt. Das ist nicht gesund, und...» Er bricht ab.

«Was?»

«Ich habe gehört, wie du das erste Mal mit ihm gesprochen hast, Clementine. Ich habe gehört, was du über deine Schwester gesagt hast, darüber, dass du selbst nicht begreifen kannst, dass sie sich das Leben genommen hat. Ich will nicht, dass er dich mit seinem Wahn ansteckt oder dir falsche Hoffnungen macht. Du musst heilen und keinen Phantomen hinterherjagen. Es hat Gründe, dass es die Helpline-Richtlinien gibt, für die Anrufer *und* für die Ehrenamtlichen. Sie sind zu unserem Schutz da.»

«Wovor sollen sie mich schützen? Vor *ihm*?»

Daniel hat sich jetzt auf dem Sofa zusammengerollt, seine Schuhe liegen davor auf dem Boden. Er zittert und starrt ins Nichts. Er sieht aus wie ein Kind.

«Du kennst ihn nicht.» Judes Gesicht, sonst immer so freundlich, wirkt hart und bitter. In seinem Blick ist keinerlei Verständnis; keine freundlichen Fältchen mehr um seine Augen. Es ist, als hätte er all seine Empathie im Telefonraum gelassen.

Ich erkenne ihn kaum wieder.

«Dich kenne ich auch nicht», sage ich. «Daniel braucht Hilfe, und du willst nicht, dass ich für ihn da bin? Du willst, dass ich ihn wegschicke? Kein Wunder, dass du in der Helpline immer so entspannt bist. Dir sind die Leute am anderen Ende der Leitung völlig egal.»

Ich reiße Jude die Zeitschrift aus der Hand und zeige auf die Tür. «Du kannst jetzt gehen.»

Jude geht ein paar Schritte, schaut sich dann wieder um und schüttelt den Kopf. «Ich hoffe, du weißt, was du da tust.»

Und zum ersten Mal, seit ich ihn kenne, geht Jude ohne ein Lächeln im Gesicht.

Die Tür knallt zu, und Liam kommt zu mir.

«Alles okay, Süße? Worum ging es denn da? Warum ist er gegangen? Ich konnte nicht – ich meine, ich *habe* nichts gehört.»

Ich seufze und nehme ihm den Stapel Handtücher ab. «Danke, aber von jetzt an schaffe ich das alleine.»

«Was?» Er sieht mich entsetzt an. «Ich lasse dich doch nicht mit einem Typen allein, der blutet *und* weint. Lass mich helfen. Ich bin gut in Erster Hilfe. Ich habe mal einen Kurs gemacht. Na ja, ein paar Stunden. Vielleicht war es auch nur eine Broschüre. Aber ich kann helfen!»

Ich lächele ihn an, freue mich über sein lustiges Haar, das bunte T-Shirt und seine heitere Art. «Danke, aber ich bin die Einzige, mit der er redet. Ich glaube, ich versuche es zuerst allein.»

«Na gut, wenn du dir sicher bist. Ruf mich, wenn du mich brauchst, okay? Im Ernst.»

Er drückt aufmunternd meine Schulter und geht in sein Zimmer, ich höre, dass er seine Tür einen Spalt offen lässt. Ich sehe ihn an und ziehe die Augenbrauen hoch, und er schließt sie richtig. Dann gehe ich zu Daniel, lege ihm ein Handtuch über die Schultern und setze mich neben ihn.

Ich seufze und ziehe die Knie an die Brust.

«Daniel, ich hätte auf mein Handy schauen sollen. Es war laut im Pub, und ich habe nichts gehört, aber das ist keine Entschuldigung. Ich habe dir versprochen, deine Anrufe immer anzunehmen, aber ich habe das nicht getan. Du hast mich gebraucht, und ich war nicht da. Es tut mir leid. Ich meine es ernst. Ich habe dich im Stich gelassen.»

Die Worte schmerzen. Sie fühlen sich an wie mit Stacheldraht umwickelt, und in ihnen stecken Hunderte ungesagte Entschuldigungen.

Daniel schaut hoch. Seine feuchten Augen sind ganz groß. Sein Mund verzieht sich zu so etwas wie einem Lächeln.

«Du hast mich nicht im Stich gelassen. Sag das nicht.» Seine unverletzte Hand findet meine, seine kalten Finger schließen sich um meine. «Ich bin heute Abend nur betrunken und schrecklich. Mir tut es auch leid. Du hast das nicht verdient. Ich habe nur ... Verdammt, ich dachte wirklich, ich würde etwas finden. Aber stattdessen habe ich das Gefühl, als hätte ich nur alles aufgewühlt und all die Wunden wieder aufgerissen.»

Er lehnt sich an mich, und ich lege den Arm um seine Schulter.

«Was, wenn ich nichts finde?», fragt er. «Und bitte schieb die Frage nicht weg. Was machen wir dann? Wenn ich es nicht beweisen kann? Wenn das Video nicht reicht?»

Ich streichle ihm die Schulter und versuche, ihn so gut zu trösten, wie ich kann.

Ich wünschte, ich wüsste eine Antwort darauf.

Kapitel 20

Ich starre zur Zimmerdecke hinauf und kann nicht schlafen.

Ich habe Daniels Hand verbunden und ihm mit einer Decke auf dem Sofa einen Schlafplatz eingerichtet, aber das brauchte er heute Abend nicht von mir. Er brauchte Trost und Unterstützung. Er wollte, dass ich ihm sage, dass alles gut wird und dass wir den Mörder seiner Schwester finden. Aber das konnte ich ihm heute nicht geben. Ich konnte nicht lügen. Wenn die Polizei nicht einmal seinen Videobeweis mit der Hand beachtet hat, die Rachel vor den Zug stieß, wie soll sie dann irgendetwas anderes zum Umdenken bewegen?

Es ist nicht unwahrscheinlich, dass er niemals herausfinden wird, wer das getan hat und warum.

Er muss mich gerade wirklich hassen, auch wenn er das nicht sagt. Er hat zwei harte Jahre hinter sich, in denen er jeden Tag mit einem Mord beschäftigt war, den er nicht beweisen kann. Und dennoch bin ich in nur einer Woche viel weiter gekommen. Ich weiß, wen ich finden muss.

Den Fotografen.

Ich greife im Dunkeln nach meinem Handy. Sechsundzwanzig verpasste Anrufe von Daniel, Dutzende Textnachrichten. Ich lösche sie mit schlechtem Gewissen und öffne die UPS-App für den Fall, dass es eine Aktualisierung des Zustellzeitpunktes morgen gibt.

Aber die Worte auf dem Display sagen etwas anderes.

Sendung zugestellt.

Ich setze mich auf. Poppys Briefe sind hier. Sie sind *hier*.

Ich stehe auf, suche überall in meinem Zimmer, aber Liam muss sie wohl woanders hingelegt haben. Ich schleiche hinaus, um im Rest der Wohnung nachzusehen.

Ich habe die Lichterkette für Daniel angelassen, praktisch als Nachtlicht, und ihr Schein fällt jetzt auf ihn. Er sieht anders aus, wenn er schläft. Die körperlichen Merkmale haben sich nicht verändert – der ungepflegte, viel zu lange Bart, das struppige Haar, die dünnen Handgelenke eines schlecht ernährten Mannes –, aber sein Gesicht wirkt ganz ruhig. Die Verzweiflung, die sich in nervösen Ticks und tiefen Sorgenfalten zeigt, wenn er wach ist, ist von ihm abgefallen, und man kann erahnen, was für ein Mensch er vor alldem gewesen ist. Er hat sich umgedreht, seit ich ihn zugedeckt habe, und jetzt umarmt er eins von Liams flauschigen Kissen, die Lippen leicht geöffnet, eine Strähne hebt und senkt sich mit jedem Atemzug. Ich würde sie ihm am liebsten hinters Ohr streichen, damit sie ihn nicht mehr stört, aber ich lasse sie flattern.

Er muss sich ausruhen, und ich muss Poppys Briefe lesen.

Die Arbeitsflächen der Küche und alle anderen Oberflächen sind leer. Ich schaue überall nach, benutze mein Handy als Taschenlampe, aber nirgends ist eine Spur von einem Paket oder einem Umschlag. Liam muss die Briefe an eine merkwürdige Stelle gelegt haben.

Ich öffne seine Tür, und das schwache Licht meines Handys fällt auf ihn. Er liegt auf dem Bauch, hat das Gesicht von mir abgewandt, und er trägt kein T-Shirt.

«Liam?», flüstere ich, um Daniel auf dem Sofa nicht zu wecken. «Liam, wo ist mein Paket? Wo hast du es hingelegt?»

«Morgen», stöhnt er, rollt auf den Rücken und legt sich den Arm übers Gesicht. «Es kommt doch erst morgen.»

«Aber die App sagt, die Sendung sei zugestellt worden. Du musst doch wissen…»

Er schnarcht leise, seine nackte Brust hebt und senkt sich im Schlaf.

Ich öffne erneut die Tracking-App. *Paketstatus: zugestellt.* Ich tippe darauf. *Sendung liegt bei Nachbar 4B.*

Alexanders Wohnung.

Ich tappe aus Liams Zimmer und schließe die Tür hinter mir. Es ist schon nach zwei Uhr morgens. Ich kann nicht einfach hinübergehen und an die Tür klopfen, wie ich es am liebsten täte, nicht, wenn Alexander schläft – aber die Musik seines Mitbewohners dröhnt noch immer, laut genug, dass ich sie durch den Flur und zwei Wände zwischen uns hören kann.

Ich trete auf den Flur und klopfe an Alexanders Wohnungstür, ganz fest. Ich höre nicht auf, bis jemand öffnet.

«Ja?»

Alexander blinzelt, die Brille sitzt schief auf seiner Nase. Er trägt ein NASA-T-Shirt und eine karierte Pyjamahose. Dann erkennt er mich und rückt seine Brille gerade.

«Clementine! Ähm, was machst du denn hier? Ist es die Musik? Ich habe ihn gebeten, sie leiser zu stellen, aber er…»

«Ich will nur mein Paket abholen.»

«Paket?»

«Ja, ein Paket. Du hast die Annahme mit deiner Unterschrift bestätigt, und ich möchte es gern abholen. Es ist wichtig.»

Er kratzt sich am Kopf, sein Haar ist noch wirrer als Liams. «Ich habe keine Ahnung von einem Paket. Ich war den ganzen Tag im Café. Ich habe nichts unterschrieben.» Er schaut sich ziellos in der dunklen Wohnung um. «Jay muss das gemacht haben. Komm rein, komm rein. Es muss ja irgendwo hier sein…»

Er schaltet das Licht ein und kneift in der künstlichen Helligkeit die Augen zusammen. Die Wohnung ist ein Spiegelbild von meiner: Ein Flur führt in ein kleines Badezimmer, das zwischen zwei Schlafzimmern und gegenüber dem Wohnzimmer und der Küche liegt. Aber in dieser Wohnung gibt es keine Spur von Liams Deko-Talent. Sie hat etwas Steriles, als lebte hier nicht wirklich jemand. Alexanders Bücher stapeln sich auf dem Couchtisch, daneben sein Laptop, aber es gibt hier keine bunten Kissen, keine Bilder an den Wänden, keine schmutzigen Teller oder solche mit Essensresten neben dem Ausguss, keine Kaffeebecher, die irgendwo auf den Oberflächen stehen. Wäre da nicht die Musik, die aus dem anderen Zimmer dröhnt, würde man nicht glauben, dass hier jemand wohnt.

«Tut mir leid», sagt Alexander. «Er ist Gamer und macht immer bei diesen Competitions in unterschiedlichen Zeitzonen mit, daher läuft *das hier* meistens so bis fünf Uhr morgens.» Er gähnt und schaut sich in der Küche um. «Okay. Paket, Paket, Paket...»

Es ist eine sinnlose Suche. Nirgends sind Briefstapel oder überhaupt Papier zu sehen, und es gibt auch keine Stelle, die dazu einladen würde, die Post dorthin zu legen. Alexander schaut in ein paar Schubladen nach, für alle Fälle.

«Bist du sicher, dass es hier ist? Ich habe auch nichts gesehen, als ich heimgekommen bin...»

Ich zeige ihm die Zustellinformationen. «Ja, es muss hier sein. Ich brauche es, Alexander. Es ist sehr wichtig.»

Seine Wangen röten sich. «Vielleicht hat Jay es aus Versehen mit in sein Zimmer genommen? Warte hier, ich frage ihn.»

Er eilt zum anderen Zimmer – das in meiner Wohnung meinem entspricht – und tritt ein, wobei er die Tür sofort wieder hinter sich schließt. Die Musik ist zu laut, ich kann nichts hören. Nach einer Weile kommt Alexander wieder heraus, reibt sich die Ohren, seine Wangen sind sogar noch röter – und hat eine braune Versandtasche unter dem Arm.

«Ich dachte, der schlägt mich! Er meinte, ich hätte ihn erschreckt, und er wäre von einem Sniper getroffen worden.» Er schüttelt den Kopf. «Ist das das Paket?»

Er gibt mir die Versandtasche. Ich nehme sie vorsichtig entgegen, fühle unter dem leicht zerknitterten Papier und der Blisterfolie darunter etwas Vertrautes, Festes: ein Bündel Briefe. Überall auf das Päckchen sind kleine Bilder gezeichnet – Sterne, ein Fuchs, Sehenswürdigkeiten in Brighton –, aber die Schrift ist klar und präzise, meine neue Adresse steht auf weißem Papier und ist so beschnitten, dass sie keine einzige Zeichnung verdeckt. Jenna. Obwohl ich Paolo darum gebeten hatte, hat Jenna dieses Paket geschickt.

Ich drehe den Umschlag um. Er wurde geöffnet.

«Ich glaube, Jay dachte, es sei für ihn», sagt Alexander. «Er macht das mit meiner Post auch ständig. Aber er sagt, er hat alles wieder hineingesteckt, als er begriffen hat, dass es nicht sein Paket ist.»

Ich stecke die Hand in den Umschlag, wünschte, er würde mich nicht dabei beobachten, und ziehe die Briefe hervor.

Es ist wie jedes von Poppys Briefbündeln: ein buntes Band, gefaltetes Papier, Postkarten, Zeitschriftenausschnitte, ihre hastige, verschnörkelte Handschrift.

Ich schiebe sie zurück in den Umschlag.

«Briefe von einer Freundin?», fragt Alexander und wippt auf den Fersen.

«Ja. Also, danke schön.» Ich lächle ihn kurz an. «Gute Nacht.»

Ich warte nicht, bis er mich hinausbegleitet. Ich gehe sofort zurück in meine Wohnung, sehe die vertrauten Illustrationen und Poppys Worte an, fühle das Gewicht der Briefe in meinen Händen. Die Antworten sind da. Ich werde alles erfahren. Ich...

«Clementine?»

Daniel späht über die Sofalehne. Sein Haar ist vom Regen ganz platt.

«Entschuldige», flüstere ich auf dem Weg in mein Zimmer. «Ich wollte dich nicht wecken. Schlaf weiter.»

Er reibt sich die Augen. «Wo warst du? Was ist das?»

«Poppys Briefe. Sie sind in der Wohnung gegenüber abgegeben worden.»

Jetzt ist er ganz wach. Er setzt sich auf, hält sich am Sofa fest. «Hast du sie gelesen? Weißt du, wer es ist?»

«Nein», sage ich. «Ich habe sie noch nicht gelesen.»

«Worauf wartest du? Wir müssen sie durchlesen. Jetzt.»

Er wirft sich die Decke wie ein Cape über die Schultern und gibt mir ein Zeichen, mich neben ihn zu setzen. «Komm her. Ich helfe dir.»

«Sicher? Du musst dabei nicht mitmachen.» Ich halte das Paket im Arm und überlege, wie ich es ausdrücken soll. «Ich will nicht, dass du dich ärgerst... weil ich das hier habe, aber du in Kent nichts gefunden hast. Weißt du, nach heute Abend...»

«Ach, hör auf.» Er schaltet die Lampe ein und setzt sich im Schneidersitz aufs Sofa, zieht den Couchtisch näher heran. «Als ob ich dich das alleine machen lasse. Ich will auch wissen, wer der Scheißkerl ist. Setz dich.»

Das muss er mir nicht zweimal sagen. Ich knie mich gegenüber von ihm aufs Sofa, ziehe meinen Pferdeschwanz fester und öffne das Paket erneut. Das habe ich schon oft getan. Im Labor haben wir regelmäßig von Kurieren überbrachte Proben bekommen, und ich habe sie ausgepackt, die zarten, in

Luftpolsterfolie oder in Boxen verpackten Objektträger aus dünnem Glas herausgezogen, immer in dem Bewusstsein, wie wichtig sie waren. Dasselbe tue ich mit den Briefen. Ich ziehe sie heraus, als bestünden sie aus Glas.

Aber es ist nicht wie im Labor. Das hier ist keine Probe, die man von einer Liste abhakt und dann ins Lager bringt. Das hier ist persönlich. Jeder der Briefe ist bedeutsam für mich.

Das Band ist blau. Ich löse es vorsichtig, festes Schreibpapier und selbst gemalte Postkarten halten den Stapel auf dem Tisch aufrecht.

Poppy hat die Briefe immer auf dieselbe Weise geordnet: in chronologischer Reihenfolge, mit Datum, den ersten Brief ganz oben und den letzten unten, sodass ich sie wie ein Tagebuch durchlesen kann.

«Wie sollen wir es machen?», fragt Daniel. «Am Anfang anfangen, oder...»

«Zuerst den letzten.» Ich drehe den Stapel um und nehme den Brief in die Hand, der zuunterst liegt. Er steckt in einem Umschlag, also ziehe ich ihn heraus und entfalte ihn. Es ist Poppys Lieblingspapier. Mum hat es ihr letztes Jahr gekauft. In der Ecke ist ihr Name eingeprägt. Es ist das Schreibpapier für besondere Gelegenheiten.

Ich lese die erste Zeile.

Hey, Clemmie! Überraschung – du hast Post!

Schmerz brennt in meiner Brust, und die Worte verschwimmen auf der Seite.

Das hier sind die letzten Worte, die sie je geschrieben hat. Das hier ist das Letzte, was sie je zu mir sagen wird.

Und ich hätte all das schon vor sechs Monaten lesen sollen.

«Soll ich es dir vorlesen?», fragt Daniel sanft. «Ich habe damit keine Probleme. Ehrlich.»

290

«Nein», sage ich und reiße mich zusammen. Ich setze mich wieder gerade hin und glätte den Brief, versuche, tapfer zu sein.

Das hier wird wehtun – aber ich darf jetzt nicht sentimental werden. Eines Tages werde ich in der Lage sein, mich hinzusetzen, diese Briefe zu lesen und jede Kleinigkeit darin wertzuschätzen. Dann werde ich den Schmerz spüren und weinen und schreien und fluchen – aber heute nicht. Heute muss ich mich konzentrieren.

Heute schulde ich es Poppy, diese Briefe als Daten anzusehen, als Forschungsmaterial, mit dem ich das tue, was ich am besten kann: Verbindungen ziehen, um meine Hypothese zu beweisen.

Die Gefühle hebe ich mir für später auf.

Hey, Clemmie!

Überraschung – du hast Post!
Ich wünschte, ich wäre bei dir, um dein Gesicht zu sehen, wenn du dieses Päckchen bekommst. Ich wette, das hast du nicht erwartet, oder? Ich dachte, ich bin mal mutig und gehe zur Post. Wenn du das hier also liest, hat es geklappt! Dann habe ich tatsächlich mit einem unbekannten Menschen gesprochen und für eine Dienstleistung bezahlt! Ich weiß, ich weiß, du hast nie verstanden, was so schwierig daran sein soll, in eine Post zu gehen, aber glaub mir: Es ist angsteinflößend.
JEDENFALLS – ich dachte, ich schicke dir dieses Bündel, bevor du zu Ostern nach Hause kommst (du kommst doch zu Ostern nach Hause, oder??), hauptsächlich deswegen, weil ich Ben nicht länger geheim halten kann. Ich will so dringend mit dir über ihn sprechen! Ehrlich, Clemmie, ich weiß, dass du der Meinung bist, dass man keine Liebe braucht, wenn man seine Leidenschaft für etwas hat (wie

deine Wissenschaft oder meine Kunst), aber er ist wirklich traum-
haft: klug und künstlerisch interessiert und einfach so, so toll.
So habe ich mich noch nie gefühlt. Ich wusste nicht, dass ich mich so
verlieben kann. Ich hatte natürlich gehofft, dass es mir eines Tages
passieren würde. Aber es dann wirklich zu erleben, ist etwas ganz
anderes. Er versteht mich so gut. Wir unternehmen ständig etwas
in Brighton und machen schon alle möglichen Pläne, damit er diesen
Sommer nach London kommen und meine liebsten Galerien mit mir
besuchen kann. Er sagt, dass er heute Abend eine Überraschung für
mich hat: Ich soll gegen Mitternacht aus dem Haus schleichen und
mit dem Fahrrad nach Seaford fahren, wo wir uns auf dem Küstenpfad treffen wollen, irgendwo in der Nähe von Hope Gap. Roman-
tisch, oder? Ich hoffe nur, dass ich ihn in der Dunkelheit überhaupt
finden kann... Er hat gesagt, dass ich noch niemandem davon oder
überhaupt von uns erzählen soll, aber du bekommst diese Post ja
sowieso erst in ein paar Tagen, daher breche ich mein Versprechen
ja eigentlich nicht.
Du wirst ihn toll finden, Clemmie. Du musst unbedingt im Sommer
nach Hause kommen, wenn er uns besucht! Er sagt, er kann es
kaum erwarten, dich kennenzulernen.
Ganz bestimmt habe ich dir morgen noch viel mehr zu erzählen,
aber das schreibe ich in einem anderen Brief. Vielleicht schicke ich
die Briefe jetzt jede Woche los, dann könntest du vielleicht zurückschreiben. Was meinst du?

Alles Liebe
Deine Poppy x

Ich starre auf ihren Namen, Wut und Traurigkeit und hundert
andere Gefühle bäumen sich wie eine Welle in mir auf.

«Was steht drin?», fragt Daniel. «Geht es um jene Nacht?»

«Ja.»

«Und? Beweist er etwas?»

«Ja. Sie … sie ist nach Hope Gap gefahren, weil er sie dorthin bestellt hat. Er hat ihr das Versprechen abgenommen, es niemandem zu sagen. Es sei ein Geheimnis.» Ich gebe ihm den Brief, damit er ihn ebenfalls lesen kann. «Ben. Das ist sein Name. Ben hat ihr gesagt, sie sollten sich dort treffen. Ben hat das alles geplant.» Ich schlucke. «Ben ist Poppys Mörder.»

«Oh mein Gott», sagt Daniel, und der Brief zittert in seiner Hand. «Ben wer? Gibt es Bilder? Es muss doch Bilder geben. Wer ist er?»

Ich drehe das Bündel wieder um und durchsuche es, suche nach ausgedruckten Fotos oder Passfotoautomatenstreifen, aber es gibt keine. Da sind nur Zeichnungen. Nicht so lebensecht wie die in Poppys Skizzenbuch, sondern eher wie Comics im Disney-Stil: sie mit einem unordentlichen, rotblonden Dutt in einem Blümchenkleid und Doc Martens, daneben er, größer als sie – viel größer, mit braunem Haar und grünen Augen –, wie er ihr eine herzförmige Zuckerwatte auf dem Brighton Pier überreicht, hinter ihnen steigt ein Schwarm Stare vor dem Sonnenuntergang auf, Möwen kreischen im Vorbeifliegen. Von dieser Sorte gibt es ganz viele, alle an unterschiedlichen Orten in Brighton, die auch in ihrem Instagram-Account zu sehen sind und die ich mir schon unzählige Male angeschaut habe. Die Comics zeigen kleine Szenen: Wie sie auf der Kante des Delfin-Brunnens sitzen, schüchtern lächelnd; wie sie an den bunten Strandhäuschen an der Promenade vorbeispazieren und dabei Händchen halten. Jedes Mal trägt er hochgekrempelte Jeans und Stiefel, und jedes Mal flattert ein anderer Schal im Meereswind um seinen Hals. Er lächelt, macht Fotos, zeigt begeistert auf irgendetwas in der Ferne.

«Erkennst du ihn?», fragt Daniel. «War er in ihrer Freundesliste oder so?»

Ich hole mein Handy heraus und durchsuche ihre Kontaktliste und ihre Social-Media-Accounts nach einem Ben, aber der einzige, der auftaucht, ist unser Onkel Benjamin. Unter den vielen Absendern der RIP-Nachrichten, die sie nach ihrem Tod bekam, gibt es auch keine Bens.

«Sie muss doch irgendwo seinen vollen Namen erwähnt haben.» Ich schiebe die Briefe wieder zu einem Stapel zusammen und fange vorne an. «Es gibt hier drin bestimmt Hinweise. Wir müssen sie nur finden.»

Die ersten paar Briefe sind nicht besonders hilfreich. Poppy schreibt darin, wie es ist, wieder in Brighton zu sein, über ihre Mitbewohner, die Meeresluft, die Kälte – Dinge, für die ich jetzt keinen Kopf habe. Ich überfliege die Briefe bis zu den Stellen, die ich brauche. Die Stellen, von denen mir übel wird. Die mir verraten, was Poppy passiert ist.

Poppy und Ben haben an einem Mittwochnachmittag ein Match auf Tinder. Er hat ihr ein Super-Like geschickt. Sie schreiben über Kunst und ihre Lieblingskünstler, dann tauschen sie Telefonnummern aus, um sich gegenseitig ihre eigenen Werke zu schicken: sie ihre Bilder, er seine Fotos. Nach einer Woche ständigen Schreibens verabreden sie sich zu einem Date. Sie ist nervös; er sorgt dafür, dass sie sich entspannt. Sie küssen sich bei ihrem zweiten Date. Er kauft ihr Zuckerwatte, und sie schauen sich vom Brighton Pier den Sonnenuntergang an. Sie sehen sich häufig: Abendessen im Restaurant, entspannte Picknicks auf dem Rasen hinter der Uni, Übernachtungen beim jeweils anderen. Er möchte sie seiner Familie vorstellen, wenn sie ihn im April besuchen kommt. Sie lädt ihn in den Sommerferien nach London ein.

Sie ist glücklich. Er auch. Er bringt sie zum Lachen, er hält sie fest, er macht Versprechungen und schwört, sie einzuhalten, indem er seine Finger kreuzt und die Hand aufs Herz legt. Sie glaubt, verliebt zu sein, und er ist es vielleicht auch. Sie will es ihm sagen. Er lädt sie nach Hope Gap ein, am frühen Morgen des 23. Februar.

Sie geht hin. Sie stirbt.

Und er ist bei ihr.

«Das ist der Beweis!», sage ich. «Sie war nicht selbstmordgefährdet, sie wurde in jener Nacht zur Klippe gelockt. Ich weiß, dass sie seinen Nachnamen nicht erwähnt oder wo er arbeitete oder wie er genau aussieht, nicht wirklich, aber das hier reicht doch, oder? Die Polizei muss dann eben ermitteln. Sie *müssen* das hier ernst nehmen.»

Daniel nickt. Er braucht einen Moment, bis er die richtigen Worte findet.

«Sie ... hat so viel geschrieben. Sie hat ihn tatsächlich geliebt. Man spürt in ihren Briefen, wie sie sich in ihn verliebte. Wie sie ihm vertraut hat.» Er ballt die Fäuste. «Das macht es nur noch so viel schlimmer.»

Ich wische mir die Tränen aus dem Gesicht und starre auf die fröhlichen, heiteren, beinahe lächerlich glücklichen Worte meiner Schwester hinunter. Sie hatte keine Ahnung. Sie wusste nicht, dass sie sich in einen Mörder verliebte. Sie hatte nicht den Hauch eines Zweifels an ihm, keine Sekunde lang. Sie vertraute ihm so sehr, dass sie mitten in der Nacht mit dem Fahrrad in ihren eigenen Tod fuhr, ohne auch nur eine Sekunde darüber nachzudenken.

Sie war leichte Beute. Sie war verletzlich.

Sie war allein.

«Sie hat mir in der Nacht Nachrichten geschickt», sage ich,

295

obwohl sich der für die Selbsterhaltung zuständige Teil meines Hirns so sehr Mühe gibt, es zu vergessen. «Zwei Nachrichten. Sie wollte mir etwas sagen, noch Stunden vor dem Anruf. Und jetzt weiß ich, was es war: Sie wollte erzählen, dass sie in jener Nacht noch einmal hinausgehen würde. Ich hätte ihr sagen können, dass sie es lassen soll. Ich hätte erkennen können, dass die Sache zwielichtig ist. Ich hätte sie retten können. Ich hätte das alles aufhalten können.» Ich beuge mich vor und vergrabe das Gesicht in den Händen. Schluchzen lässt meine Schultern beben. «Es ist *immer noch* meine Schuld.»

«Nein, Clementine. Es ist schon gut, du hast nichts falsch gemacht.» Daniel zieht mir die Hände vom Gesicht und umarmt mich – es ist mehr ein Schwitzkasten als eine Umarmung. Ich lehne mich an ihn, seine Kleider sind noch feucht vom Unwetter, seine Knochen hart an meinem Körper, und ich atme den Geruch von Schweiß, Zigaretten und Wodka ein. Ich lasse es zu, dass er meine Sinne flutet, die frische Meeresluft, das Salzwasser auf meinen Lippen verdrängt, die schwachen Schreie aus Poppys Kehle, die kalten Wellen, das tiefe, schmerzende Loch in meiner Brust, in dem früher meine Hoffnung lebte.

«Es ist nicht deine Schuld», sagt Daniel in mein Haar. «Gib dir nicht die Schuld, tu das bitte nie. Ben hat das getan, nicht du. Er ist dafür verantwortlich. Er ist derjenige, der sie umgebracht hat.»

«Ich weiß.» Ich setze mich auf und wische mir das Gesicht ab. «Und ich werde diejenige sein, die ihn findet.»

Kapitel 21

Ich warte bis zu einem vernünftigen Zeitpunkt – acht Uhr morgens –, bevor ich bei der Polizei anrufe. Online sind keine Durchwahlnummern aufgelistet, aber ich wähle 101 und schaffe es, zum Bereich Brighton und Hove durchgestellt zu werden.

«Polizei Sussex, wie kann ich Ihnen helfen?», meldet sich eine Frau.

«Guten Morgen», beginne ich, «ich hätte neue Informationen zu einem Fall, der Anfang des Jahres passiert ist. Ich würde gern mit jemandem darüber sprechen, geht das?»

«Nicht direkt, aber ich kann Ihre Aussage aufnehmen und sie zum zuständigen Polizeirevier weiterleiten. Die Kollegen dort werden sich dann an Sie wenden.» Ich höre, dass die Frau tippt. «Welchen Fall betrifft das denn?»

Ich fange Daniels Blick auf, der mir gegenübersitzt. Auf dem Couchtisch zwischen uns liegen die Mappe, die Briefe und die Ermittlungsmaterialien, die wir die ganze Nacht studiert haben. Er hat mir noch einmal von seinen eigenen Erfahrungen mit der Polizei in Kent erzählt, wie schnell er als psychisch krank eingestuft wurde und dass man ihm nicht geglaubt hat, trotz seines Beweises.

«Poppy Harris», sage ich. «Sie wurde im Februar tot am Fuß der Klippen in Hope Gap gefunden. Der Fall wurde als Selbstmord eingestuft, aber ich habe neue Informationen, die ... die sich jemand ansehen müsste.»

Daniel formt mit den Lippen das Wort: «Perfekt.»

«Und Sie sind?»

«Clementine Harris, ihre Schwester.»

Es dauert, bis ich der Dame in der Zentrale alle Einzelheiten geschildert habe. Daniel behält mich die ganze Zeit im Auge. Hin und wieder notiert er, was ich sagen soll – und was lieber nicht –, und hält es mir hin.

«Sie glauben also, dass Miss Harris in der Nacht ihres Todes nicht allein war?»

«Ich habe Beweise dafür, ja.»

Die Dame in der Zentrale tippt wieder etwas in ihren Computer. «In Ordnung. Gut, ich werde das zum zuständigen Revier weiterleiten, und...»

Liams Tür öffnet sich knarrend.

«Oh, danke schön!», unterbreche ich sie schnell. «Ich stehe jederzeit für Nachfragen zur Verfügung. Auf Wiederhören.»

Ich lege auf.

«Morgen, ihr beiden», sagt Liam heiter und holt sich einen Smoothie aus dem Kühlschrank. «Wer war das denn?»

«Uber», antwortet Daniel, bevor ich mir eine Ausrede ausdenken kann. «Clementine hat gestern etwas im Auto liegen lassen.»

«Was denn?»

«Äh, ein Buch aus der Bibliothek.»

«Oh nein. Hoffentlich bringt es dir jemand zurück.» Er lächelt mitfühlend. «Wollt ihr vielleicht Frühstück? Ich dachte an Eier auf Toast.»

Wir lehnen ab, und Liam geht in die Küche, um sich Eier zu braten.

«Geht's dir heute besser, Kumpel?», ruft er Daniel zu. «Du hast gestern ziemlich fertig gewirkt. Wie geht es der Hand?» Er deutet mit dem Pfannenwender auf den Verband.

Daniel wird unter seinem Blick irgendwie kleiner und schaut auf seine Hand, als hätte er ganz vergessen, was passiert ist. Die Mullbinde ist jetzt etwas schmuddelig, nicht mehr weiß und makellos. Er räuspert sich.

«Es geht ganz gut, danke. Ich glaube, der Schnitt war wohl nicht so tief.»

«Oh gut! Dann kannst du mir ja hinterher beim Abwasch helfen.»

Liam zwinkert ihm zu und widmet sich wieder seiner Bratpfanne. «Sag Bescheid, wenn du etwas brauchst», ruft er über die Schulter. «Ich habe saubere Kleidung, die ich dir leihen kann, und natürlich kannst du auch meine Sachen im Badezimmer benutzen. Duschgel, Deo, egal was. Ich glaube, ich habe sogar noch eine frische Zahnbürste unter dem Waschbecken. Wie gesagt, bedien dich einfach.»

Liam schaltet das Radio ein, summt mit und verbreitet Heiterkeit. Daniel sinkt in sich zusammen und zieht den Ausschnitt seines schmutzigen T-Shirts bis hoch zu seiner Nase. Er verzieht das Gesicht und nimmt sich eins der Handtücher, die noch auf dem Sofa liegen.

«Äh, danke», sagt er und verschwindet mit gesenktem Kopf im Badezimmer.

«Okay, was ist letzte Nacht passiert?», fragt Liam sofort, als wir die Dusche rauschen hören. «Geht es ihm gut? Wie geht es dir? Von wegen Tränen*säcke*, du hast Tränen*container*! Hast du überhaupt *eine Sekunde* geschlafen?»

«Nein», gebe ich zu.

«Was ist los, C?» Er kommt rüber und setzt sich vor mich auf eine Ecke des Couchtischs. «Geht es ihm wirklich gut? Er sah letzte Nacht wirklich schlimm aus, aber heute noch schlimmer. Was ist passiert?»

299

«Er war nur ein bisschen aufgewühlt, das ist alles. Hat zu viel getrunken und sich aus Versehen die Hand an einer Flasche aufgeschnitten.»

«Er wirkte aber mehr als aufgewühlt, wenn du mich fragst.»

Ich winde mich. Daniel hätte mich letzte Nacht gebraucht, aber ich war nicht zu erreichen. Ist es da ein Wunder, dass er zusammengebrochen ist, allein in seiner Verzweiflung?

«Es war der Alkohol», sage ich. «Er hatte zu viel und hat überreagiert. Mehr nicht.»

«Aber jetzt geht es ihm wieder gut, oder? Er ist jetzt keine Gefahr für sich selbst oder so?»

«Nein, natürlich nicht.» Ich senke den Blick. «Es geht ihm gut.»

Aus dem Badezimmer ist ein Klappern zu hören, ein paar Flaschen scheinen in der Dusche zu Boden gefallen zu sein, gefolgt von einem gedämpften, wütenden Fluch. Liam zieht seine dunklen Augenbrauen hoch.

«Gereizt vielleicht, aber es geht ihm gut. Ganz anders als gestern Nacht.»

«Und was ist mit dir?»

Ich stehe auf, gehe in die Küche und schenke meinen Kaffeebecher wieder voll. Ich hatte schon einige Kaffees in den letzten Stunden. «Mir geht es gut.»

«Ach hör doch auf, C.» Er kommt mir hinterher. «Ich bin doch nicht blind. Du bist völlig erschöpft.» Er verschränkt die Arme vor der Brust. «Hör mal, wenn du ein bisschen Ruhe brauchst, dann geh ins Bett. Ich passe auf Daniel auf.»

«Du passt auf ihn auf?»

«Ja. Das tust du doch, oder? Du passt auf, dass es ihm gut geht? Hilfst ihm, mit … mit was auch immer zurechtzukommen. Du willst nicht, dass er allein ist. Na ja, mit mir ist er auch nicht allein. Es muss ja nicht dein Job sein, dich um ihn zu kümmern, nur weil du diejenige bist, an die er sich gewandt hat.»

«So ist das nicht. Es ist kein Babysitting. Wenn überhaupt, dann babysittet er mich.»

«Was?» Liam schaltet den Herd auf eine kleinere Stufe, lässt die Eier in der Pfanne stehen und sieht mich ernst an. «Was ist los, C? Sag's mir.»

Ich seufze und reibe mir die Stirn.

Liams Blick ist hell und voller Hoffnung, seine Wangen und Lippen so rosig wie sein Haar. Er lebt in einer ganz anderen Welt als Daniel und ich. Ihn plagt keine Schlaflosigkeit, er leidet nicht unter demselben Trauma wie wir. Wenn ich ihm erzählte, dass Poppy umgebracht wurde, würde er es glauben? Würden sich diese leuchtenden, hoffnungsvollen Augen verengen und mich mustern, wie sie es gerade eben mit Daniel getan haben, würde er mich verurteilen, mich analysieren und mich als Gefahr für mich selbst einschätzen, nur weil er es nicht versteht? Würde er darauf bestehen, auch auf mich aufzupassen? Würde er professionelle Hilfe holen? Würde er glauben, dass ich verrückt bin, und mich plötzlich als Last empfinden, so wie es bei Daniels Freunden war?

Ich will es ihm erzählen, wirklich. Aber nicht bevor ich weiß, dass die Polizei die Ermittlungen wieder aufnimmt.

Nicht, bis ich sicher sein kann, dass er mir glauben wird.

«Steht dein Angebot noch, mir zu helfen, jemanden online zu finden?», frage ich stattdessen.

«Äh, ja? Warum?»

«Weil sich herausgestellt hat, dass meine Schwester einen Freund hatte, von dem keiner von uns wusste, und ich muss ihn irgendwie finden, obwohl ich weder den Nachnamen noch ein Foto von ihm habe.»

Liam blinzelt. «Okay. Was hast du denn dann?»

Ich erzähle von den Briefen, zeige ihm Poppys Zeichnungen und liste alles auf, was ich über Ben weiß – alles außer der Tatsache, dass er ihr Mörder ist. Liam glaubt, dass ich immer noch nach weiteren Informationen über Poppys Selbstmord suche. Das geht als normales Verhalten einer trauernden Schwester durch.

«Das ist jetzt nicht unbedingt viel an Hinweisen», sagt er. «Gibt es noch irgendetwas?»

Er will nach den Briefen greifen, aber ich raffe sie zusammen und stecke sie in die Mappe. Poppy hat Ben nie beim vollen Namen genannt oder mir die Einzelheiten verraten, die ich brauche, um ihn zu finden, aber bei allem anderen war sie sehr offen. Zu offen. Seitenweise erzählt sie, wie sie sich verliebt hat, scherzt über ihre neue Unterwäsche, schwärmt, wie es war, zum ersten Mal gewisse Dinge zu erleben ...

Ich erinnere mich an die Schachtel mit den Kondomen in ihrem Koffer und die rote Spitzenunterwäsche. Die war für ihn, oder?

Liam muss diese privaten Dinge nicht lesen. Ich habe sie nicht einmal Daniel gezeigt. Sie sind für niemand anderen gedacht als für mich.

«Ich habe dir alles erzählt, was ich weiß», sage ich. «Wenn du mir helfen kannst, Ben zu finden, würde ich mich sehr freuen.»

Liam umarmt mich. «Natürlich. Ich werde dir dabei helfen, mit der Sache abzuschließen, C. Versprochen. Ich werde alle Bens aus Brighton für dich finden, und dann können wir nach dem Ausschlussverfahren vorgehen: herausfinden, ob sie braunes Haar haben oder auf Veranstaltungen fotografieren. So können wir die falschen Bens aussortieren, du kommst dem richtigen Ben näher und findest vielleicht noch mehr über deine Schwester heraus.»

Liam wiegt mich in seiner süß duftenden Umarmung, die immer fester wird, und jetzt umarme ich ihn zurück.

«Danke», sage ich. «Es wäre toll, wenn wir der Polizei einen Anhaltspunkt geben könnten.»

Liam zögert. «Der Polizei?»

Die Badezimmertür öffnet sich quietschend einen Spalt.

«Oh», sagt Daniel, und ich befreie mich aus Liams Umarmung. «Tut mir leid, ich wollte nichts unterbrechen ... Du hast etwas von Kleidung gesagt?» Er blickt zu Boden und zieht die Tür ganz nah an seinen nur mit einem Handtuch bedeckten Körper, um sich dahinter zu verstecken.

«Natürlich!» Liam grinst und verschwindet in seinem Schlafzimmer. «Was brauchen wir denn so, Jeans und einen Pulli? Du würdest in Blau sehr gut aussehen, glaube ich. Sind Boxershorts okay? Wie findest du Kunstpelz?»

Er lädt einen Haufen Kleidung auf seine Arme und legt sie im Badezimmer ab, Daniel murmelt «Danke», und die Tür fällt wieder zu. Dann kommt Liam zu mir zurück. Er sieht mich direkt an, Sorge liegt in seinem Blick.

Er zweifelt an meinem psychischen Zustand.

«Hast du was von der Polizei gesagt?»

«Nein», entgegne ich hastig und räume den Couchtisch auf. Ich wünschte, es gäbe einen Weg, ihn das eine Wort vergessen zu lassen.

«Doch, hast du. Du hast gesagt, Ben zu finden, würde der Polizei einen Anhaltspunkt geben.»

«Ich meinte den Untersuchungsrichter. Ich weiß, dass der Fall geschlossen ist, aber der Untersuchungsrichter möchte vielleicht trotzdem auf dem Laufenden gehalten werden.

Wenn Ben also weiß, warum Poppy sich das Leben genommen hat, und es ein anderer Grund ist, als es im Abschlussbericht heißt, muss man ihn vielleicht aktualisieren.»

Ich hasse es, so zu lügen, besonders, wenn es um Poppy geht. Jetzt, da ich weiß, was ich weiß, jetzt, da ich den Beweis nur ein paar Zentimeter neben mir in einer Mappe habe, kommt es mir wie Verrat vor, so zu reden, als wäre ihr Tod eine Entscheidung gewesen, die sie selbst getroffen hat. Das habe ich so lange geglaubt. Ich habe die Lüge geglaubt, die der Mörder konstruiert hat, um ihr die Verantwortung in die Schuhe zu schieben.

Ich will Liam nicht anlügen. Wäre es einfacher, ehrlich zu sein? Er war immer so nett zu mir, und das würde sich doch sicher nicht ändern, wenn ich ihm alles genau erkläre und ihm die Briefe zeigen würde? Ganz sicher würde er...

«C», sagt Liam, und es klingt so scharf, dass ich zusammenzucke. «Mit wem hast du gerade eben telefoniert?»

Die Badezimmertür öffnet sich erneut, und Daniel kommt heraus, das Haar handtuchtrocken und weich, den Dreck und das Blut von letzter Nacht abgewaschen. Er sieht in Liams Sachen viel kleiner aus. Die Ärmel eines blauen Pullis mit Kontrastfarben hängen ihm beinahe bis zu den Fingerspitzen. Er schiebt sie hoch, erinnert sich dann an die roten Schnitte an seinem Handgelenk und schiebt sie wieder hinunter.

«Ähm, hallo», sagt er, weil Liam und ich ihn anstarren.

«Liam, hattest du da nicht etwas auf dem Herd?», frage ich.

«Oh Mist! Meine Eier. Danke, dass du mich daran erinnerst.» Liam reckt beide Daumen – halbherzig – und geht wieder in die Küche. Obwohl er weiter kocht, merke ich, dass er uns durch die Strähnen seines pinkfarbenen Haars im Auge behält.

Ich nehme meine Mappe vom Couchtisch und bedeute Daniel, mir in mein Zimmer zu folgen.

«Hat die Polizei schon zurückgerufen?», fragt er leise und zieht die Tür zu.

«Nein.» Ich schaue wieder auf mein Handy, für alle Fälle. «Noch nicht. Aber Liam sagt, dass er mir dabei helfen will, alle Bens auf Instagram zu finden, damit wir der Polizei weitere Einzelheiten liefern können, wenn sie anruft.»

«Du hast deinem Mitbewohner davon erzählt?»

Ich schüttle den Kopf. «Nicht alles. Er weiß, dass Ben Poppys Freund war, aber sonst nichts. Ich habe darüber nachgedacht, ihm alles zu erzählen, aber...»

«Du machst dir Sorgen, dass er dir nicht glaubt. Versteh ich gut. Ich habe allen möglichen Leuten das Video gezeigt, das beweist, dass meine Schwester umgebracht wurde, und trotzdem glauben sie mir nicht. Sie *wollen* mir nicht glauben. Aber sobald sie wissen, dass die Polizei ermittelt, halten sie es wahrscheinlich für denkbar. Dann ist man nicht mehr der Irre mit der merkwürdigen Theorie. Wenn die Polizei allerdings nicht ermittelt ... dieses Etikett wird man nur sehr schwer wieder los.» Er zieht die Ärmel des Pullis lang und knüllt den Stoff mit den Fäusten zusammen. «Aber du kannst es schaffen, Clem. Diese Briefe sind alles, was du brauchst. Die Polizei wird dir glauben, sie werden den Typen verhaften, und du kannst die Geschichte deiner Schwester richtigstellen. Und das liegt nicht nur an den Briefen, sondern auch an allem anderen. Es liegt an dir. Du hast die Hoffnung nie verloren oder aufgegeben. Du hast weitergesucht, du bist nach Brighton gereist, du hast Spuren gefunden, die niemand anders überhaupt nur gesucht hat. Das wiederum liegt wohl daran, dass du Wissenschaftlerin bist, oder? Du beendest, was du anfängst. Poppy hat so ein Glück, eine Schwester wie dich zu haben. Jemanden, der das für sie tun kann.» Er lächelt traurig und fummelt jetzt an den Säumen seiner Ärmel herum.

«Clem, ich muss gehen.»

«Was?» Ich schaue wieder auf mein Handy. «Aber die Polizei hat doch noch gar nicht angerufen. Ich weiß überhaupt nicht, was ich dann sagen soll! Vielleicht mache ich dann alles falsch...»

«Nein, wirst du nicht. Du brauchst mich nicht für einen Anruf. Du brauchst mich überhaupt nicht mehr. Das kann ich offen zugeben.» Er lächelt erneut. «Du hast so viel für deine Schwester getan, und ich muss mich jetzt um meine kümmern. Ich muss zurück nach Kent.»

«Aber du bist doch gerade erst gekommen ... Ich dachte, du hättest dort nichts finden können?»

«Vielleicht habe ich doch nicht richtig geschaut.» Er lässt sich auf die Bettkante fallen und seufzt. «Ich habe bisher nach einem Fremden gesucht – aber was, wenn der Mörder gar kein Fremder war? Was, wenn sie denjenigen kannte, der sie gestoßen hat? Was, wenn er sie in jener Nacht dorthin gelockt hat, so wie Ben Poppy?» Er sieht mich traurig an. «Ich muss zurück. Ich weiß, dass es schon zwei Jahre her ist, aber...»

«Du musst das nicht weiter erklären. Geh ruhig.» Ich setze mich neben ihn. «Du sagst, ich habe all diese Dinge getan und neue Beweise gefunden, weil ich schlau bin, aber in Wirklichkeit hatte ich nur Glück. Der Mann mit dem entscheidenden Hinweis auf Poppys Freund ist auf *mich* zugetreten, und zwar nur, weil mein Tinder-Account zufällig in seiner Reichweite in Brighton war und er Poppy auf dem Foto wiedererkannt hat. Ich war nur zur richtigen Zeit am richtigen Ort. Also sei du auch zur richtigen Zeit am richtigen Ort. Tu es für Rachel.»

306

Daniels Augen leuchten zart auf, und er fischt die Halskette heraus, die unter Liams Pulli auf seiner Brust liegt. Er hält den Anhänger ganz fest. «Tut mir leid, dass ich dich so allein lassen muss. Ich wünschte, ich könnte bleiben und dich unterstützen.»

«Es ist in Ordnung. Wirklich. Ich schaffe das schon.»

«Okay.» Daniel reibt sich die Nase und strafft sich. «Solange du langsam vorgehst und der Polizei die Einzelheiten jeweils auf Nachfrage erklärst, solange du nicht wie eine Besessene alles auf einmal herausposaunst, wird es schon werden. Dann werden sie dir glauben. Und dann ist das alles irgendwann vorbei.»

Ich sage nichts. *Vorbei* ist ein relativer Begriff. Vielleicht sind dann meine Nachforschungen vorbei, vielleicht ist dann Bens Zeit als freier Mann vorbei, aber alles andere bleibt, wie es ist. Poppy wird dann immer noch tot sein; mein Leben wird immer noch schlimm sein.

Einige Jahre im Gefängnis gegen ein ganzes Leben voller Trauer, Verlust und Reue.

Ich weiß, welche Strafe die schlimmere ist.

Kapitel 22

Nachdem Daniel nach Margate aufgebrochen ist, warte ich darauf, dass die Polizei mich zurückruft.

Um mich abzulenken, tippe ich meine Notizen ab, ordne meine Mappe neu und mache Fotos von den Beweisen. Ich öffne Instagram, Twitter und Facebook und suche nach allen Bens im Umkreis von Brighton. Ich scrolle, bis mir die Augen brennen. Ich erhöhe die Entfernung in meiner Tinder-App, um ganz Sussex abzudecken, und wische mich durch Hunderte, Tausende Männergesichter, suche nach Fotografen, nach Bens, nach irgendwem, der dem Mann aus Poppys Zeichnungen ähnelt. Ich wühle mich durch die Social-Media-Accounts von Bands und Nachtclubs und Veranstaltungsorten in Brighton und suche nach Bildnachweisen. Ich sitze an meinem Schreibtisch, dann wieder auf meinem Bett, ganz aufgedreht von all dem Kaffee, ganz schwummrig vor Müdigkeit, starre die Seite mit den vorgefertigten Sätzen für das Gespräch mit der Polizei und mein Handydisplay an und warte darauf, dass es aufleuchtet und die Polizei Sussex anruft.

Aber das Display leuchtet nicht auf.

Am Sonntag ist es dasselbe Spiel: keine Anrufe, keinerlei Dringlichkeit seitens der Polizei Sussex. Ich warte bis mittags, dann wähle ich erneut die 101.

«Ich habe neue Informationen über einen alten Fall», sage ich dem Mann in der Zentrale. «Es ist dringend. Es geht um den Tod meiner Schwester. Ich glaube, sie ...» Ich beiße mir auf die Zunge und denke gerade noch rechtzeitig an Daniels

Warnungen, nicht zu schnell zu viel preiszugeben. «Ich habe meine Informationen schon gestern an dieser Stelle mitgeteilt, aber bisher hat sich noch niemand bei mir zurückgemeldet. Ich muss mit jemandem sprechen. Sofort.»

«Tut mir leid für die Verzögerung», sagt er. «Vielleicht sind alle Kollegen beschäftigt, hier ist viel los. Aber machen Sie sich keine Sorgen, Ihr Bericht wurde weitergeleitet, und es wird sich zeitnah jemand darum kümmern. Okay?»

Es ist nicht okay, aber ich sage trotzdem Ja.

Ich versuche, nicht über all die Zeit nachzudenken, die ungenutzt verstreicht. Stattdessen konzentriere ich mich auf das Positive: So habe ich mehr Zeit, meine Mappe auf den neuesten Stand zu bringen und weitere Beweise zu finden. Nach Ben zu suchen.

Warum muss er nur so einen gängigen Namen haben? Bei Facebook erscheint eine unendliche Liste von Bens, bei Instagram ebenfalls. Ich schicke Textnachrichten und E-Mails an Poppys Mitbewohner, Klassenkameraden und Universitätstutoren, um zu fragen, ob sie sie je mit jemandem zusammen gesehen haben, auf den die Beschreibung von Ben zutrifft, oder ob sie je erwähnt hat, dass sie Zeit mit einem Freund verbringt. Emily schickt eine kurze Antwort.

Ich habe Stimmen in ihrem Zimmer gehört, aber ich dachte, es wäre der Fernseher oder so. Ich habe nie jemanden bei ihr gesehen. Sie war sehr zurückgezogen. Tut mir leid.

Wie kann es nur sein, dass sie eine ernsthafte Beziehung hatte, ohne dass es jemand bemerkt hat? Ich lese mich wieder in ihren Briefen fest und benutze einen gelben Marker, um die

wichtigen Stellen in den Kopien in meiner Mappe herauszu-
heben.

*Es fühlt sich alles so gut an! Ben sagt, er will mir keinen Druck
machen. Daher soll ich lieber noch niemandem von uns erzählen,
für den Fall, dass es plötzlich doch nicht so toll läuft oder ich es mir
anders überlege. Als ob ich das je tun würde!! Er ist perfekt!*

*Wir treffen uns oft am Meer, um uns die Sonnenuntergänge anzu-
schauen. Er arbeitet auch nachts, daher kommt er manchmal erst
um zwei oder drei Uhr morgens wieder. Ich fühle mich dann wie
Juliet, die auf dem Balkon auf ihren Romeo wartet! Nur mit mehr
Möwen und einem glücklicheren Ende...*
*Wenn ich dir doch nur von ihm erzählen könnte, C! Persönlich,
meine ich. Aber er sagt, es wäre eine so tolle Überraschung, wenn
du es erst später erfährst. Du erwartest es sicher überhaupt nicht!
Ich habe ihm auch nichts von diesen Briefen erzählt. Das wird dann
seine Überraschung, wenn er uns besucht und du auch wieder zu
Hause bist und dann schon alles von ihm weißt!*

Er wusste, was er tat, von Anfang an. Er hat alle Vorkehrungen
getroffen, um nicht entdeckt zu werden, keine Spuren zu hinterlassen. Als er seine Daten von Poppys Handy gelöscht und
die Seiten mit den Zeichnungen von ihm aus dem Skizzenbuch gerissen hat, tat er das, um sich selbst aus ihrem Leben
auszuradieren. Er verschwand, als wäre er nie da gewesen.

Aber von den Briefen, die sie für mich schrieb, erzählte
Poppy ihm nicht. Er wusste nicht, dass es Seiten über Seiten
Beweise gegen ihn gab, die den ausgeklügelten Plan ruinieren
würden, den er verfolgte.

Sehr gut.

Ich verbringe den Rest des Sonntags damit, die sozialen Medien weiter nach Ben zu durchforsten, Hashtags zu überprüfen und jeden männlichen Fotografen aufzuspüren, der in diesem Jahr in Brighton Bilder gemacht hat. Liam hilft mir, aber wir finden nichts.

Wir können ihn einfach nicht finden.

In dieser Nacht liege ich wach im Bett und starre an die Decke.

Wenn Ben nicht in den sozialen Medien ist, wie soll ich ihn dann finden? Und *warum* ist er nicht dort? Poppy sagte, dass er die Fotografie liebte, warum teilte er sie dann nicht online?

Er glaubt, mit dem Mord an Poppy davongekommen zu sein. Soweit er weiß, denken alle, dass es ein Selbstmord war. Fall geschlossen. Er weiß nicht von den Hinweisen, die sie für mich in den Briefen hinterlassen hat, geschweige denn, dass ich sie endlich empfangen habe. Aber wenn er glaubt, dass er damit davongekommen ist, warum versteckt er sich dann? *Wovor* muss er sich verstecken?

Ich packe die Laken und balle meine Hände zu Fäusten.

Poppy war verliebt. Sie dachte, Ben sei es auch. Immer, wenn er sie geküsst, berührt oder ihr etwas versprochen hat, indem er die Hand auf sein Herz legte und die Finger kreuzte, dachte sie, dass er ehrlich sei, dass alles, was er sagte, wahr sei – aber das stimmte nicht. Er wollte, dass sie ihn von Anfang an geheim hielt. Er ließ sie in dem Glauben, das sei ein romantisches Spiel, eine Überraschung für mich, aber eigentlich wollte er nur seine Spuren verwischen. Er hatte all das geplant.

Zweifel überkommen mich und legen sich als flaues Gefühl in meinen Magen.

311

Wenn er von Anfang an seine Spuren verwischt hat, woher soll ich dann wissen, ob Ben überhaupt sein richtiger Name ist?

Mein Telefon klingelt, und ich nehme es vom Nachttisch – aber der Anruf kommt nicht aus Brighton.

«Daniel», sage ich und lege mich zurück in die Kissen. «Hallo. Na, was gefunden?»

«Vielleicht. Ich weiß nicht.» Er atmet aus, das vertraute Geräusch seines Rauchens. Er geht bestimmt wieder die Straßen von Margate auf und ab. «Ich habe es mit der Suche nach einem Freund versucht, für den Fall, dass Rachel jemanden hatte, die Leute, mit denen ich gesprochen habe, wussten allerdings nichts. Aber ich habe trotzdem etwas gefunden, glaube ich. Vielleicht. Ich bin nicht ganz sicher.»

«Was denn?»

«Einen Flyer. Rachel stand ja sehr auf Musik, sie war Musikerin und liebte Vinylschallplatten. Und dann habe ich diesen Flyer gefunden, auf dem ein Plattentausch in einem Pub angekündigt war, mit Schallplatten, du weißt schon. Der Flyer fiel aus einem Stapel Zeitschriften heraus.»

«Und du glaubst, sie ist dorthin gegangen?»

«Ich weiß nicht, ob sie dorthin gegangen ist, aber ich glaube, dass jemand wollte, dass sie es tut. Auf der Rückseite des Flyers steht eine Nummer geschrieben – und ich meine, richtig *geschrieben*. Mit der Hand. Als wollte jemand, dass sie dort anruft. Und darunter ein Name und ein Smiley. Dylan. Aber ...» Ein Auto fährt an Daniel vorbei, und er wartet, bis es vorbei ist, um seinen Satz zu beenden. «Aber es waren keine Dylans in ihren Telefonkontakten oder auf Social Media.»

Ich stütze mich auf den Ellenbogen auf.

«Hast du die Nummer angerufen?»

«Ja. Kein Anschluss. Was bedeuten kann, dass er sie falsch aufgeschrieben hat, oder...»

«Oder er hat jetzt eine andere Nummer.» Ich merke, wie mein Frust der Aufregung weicht. «Du musst jetzt wieder Rachels Freunde anrufen und den Namen erwähnen. Dylan, oder? Vielleicht erinnert sich jemand an etwas, wenn du sie fragst...»

«Habe ich natürlich schon längst getan. Ich habe heute schon allen Leuten ungefähr sechs Nachrichten geschrieben, für alle Fälle. Ich weiß ja gar nicht, ob sie ihn angerufen hat, vielleicht ist es also Unsinn, aber immerhin etwas, oder? Es ist vielleicht ein Hinweis. Ein Name.» Er zieht wieder an seiner Zigarette. «Mist, entschuldige, ich habe ganz vergessen zu fragen. Wie lief es mit der Polizei?»

«Sie haben immer noch nicht angerufen.»

«Oh. Vermutlich beschäftigen sie sich noch mit deinen Hinweisen, oder? Und Brighton ist ja jetzt keine Stadt der Heiligen. Sie haben übers Wochenende bestimmt mit einer Menge Schlägereien und so zu tun gehabt. Morgen weißt du sicher mehr.»

«Ich weiß. Ich hasse die Warterei. Ich hasse es, das Gefühl zu haben, Zeit zu verschwenden.»

«Du hast gern die Kontrolle, das verstehe ich. Und jetzt gerade hast du das Gefühl, machtlos zu sein, nicht wahr? Die Wahrheit zu kennen, aber noch nicht *ganz* dazu in der Lage zu sein, es zu beweisen? Willkommen in meiner Welt.»

Ich seufze. «Wie hast du das die ganze Zeit ausgehalten?»

«Na ja, wenn ich mich daran erinnere, wie wir uns kennengelernt haben – nicht besonders gut!» Er lacht. «Trotz hilft. Trotz und Unterstützung. Also: danke schön.»

«Jederzeit. Ich hoffe nur, dass keiner von uns das noch lange aushalten muss.»

313

» »

Nach ein paar Stunden Schlaf ist es wieder Montag: Ich schreibe E-Mails, recherchiere, pflege meine Mappe und warte darauf, dass das Telefon klingelt. Ich überprüfe Poppys Briefe und vergleiche sie mit Landkarten und den Bildern ihres Instagram-Accounts, versuche, die Orte zu finden, an denen sie zusammen mit Ben war. Sie erwähnt ein italienisches Essen am 25. Januar, also schreibe ich allen italienischen Restaurants in der Gegend eine E-Mail und frage nach Reservierungen an diesem Tag und ob sie Sicherheitskameras haben. Dasselbe mache ich mit den Cafés an bestimmten Tagen, danach nehme ich Kontakt mit den Zuckerwattenständen auf dem Brighton Pier auf. Schließlich schreibe ich sogar an die Stadtverwaltung, bitte um Zugang zu den Sicherheitskameras auf dem Pier und frage, ob ein Paar, auf das die Beschreibung von Poppy und Ben passt, zwischen Januar und Februar dort gesichtet worden ist.

Natürlich erhalte ich keine positiven Antworten.

Ich versuche es auch auf Reddit.

Wie viele Beweise braucht die Polizei, um einen abgeschlossenen Fall wieder zu öffnen?

Gibt es Fälle, in denen ein angeblicher Selbstmord nachträglich als Mord klassifiziert wurde?

Wie kann man einen Fremden finden, wenn man nur seinen Vornamen und einen Ort hat?

Ich erhalte einige Antworten, der letzte Post wird von Männern geflutet, die damit angeben, wie sie Mädchen aufgespürt haben, die sie auf Tinder gesehen haben.

> Mach einen Screenshot von ihrem Foto und versuch es dann mit der umgekehrten Bildsuche. Mädchen posten ihre Fotos meistens überall, um Likes zu bekommen, also wirst du so ihre Social-Media-Accounts finden, und dann kannst du ihr auch ohne Tinder-Match eine Nachricht schicken.

Aber ich habe kein Foto von Ben, daher nützt mir dieser Rat nichts. Ich benutze die Google-Lens-App auf meinem Handy, um Poppys Zeichnungen abzufotografieren und im Internet danach zu suchen, aber weder Poppy noch Ben haben sie online gepostet. Die Zeichnung des Fotografen aus Poppys Skizzenbuch lässt Seiten aufpoppen, auf denen teure Kameras angeboten werden, aber nicht die Identität desjenigen, der sich hinter dieser Kamera versteckt.

Das Telefon klingelt immer noch nicht.

Am Dienstag fällt mir die Decke auf den Kopf. Ich nehme den Bus zur Bibliothek, weil ich Angst habe, in der U-Bahn keinen Empfang zu haben. Ich gebe die Bücher über Selbstmord und Depressionen wieder ab, die monatelang in Stapeln auf meinem Schreibtisch lagen, und wähle neue aus: *Die Psychologie des Mordes, Warum Männer morden, Missbräuchliche Beziehungen, Die Wissenschaft des Mordes, Berühmte Mordermittlungen.* Ich nehme sie mit nach Hause und beginne zu lesen, wobei ich mir alles notiere, was nützlich sein könnte.

Ich rufe bei Daniel an, aber Dylan scheint für ihn ebenso schwer zu fassen zu sein wie Ben für mich.

315

«Niemand kennt einen Dylan», sagt er. Er geht wieder auf der Straße auf und ab. «*Aber* offenbar hat sie einer Freundin gegenüber einen Drummer mit Tattoos erwähnt.»

«Ein Drummer mit Tattoos klingt genau wie jemand, der zu einem Plattentausch in einen Pub geht.»

«Ganz genau. Aber warum hat niemand von dem Typen gehört? Sie sind doch sicher zusammen gesehen worden, oder? Daran müsste sich doch jemand erinnern?» Er bläst Rauch aus. «Ich glaube, ich muss noch weiter herumfragen. Vielleicht weiß derjenige, der die besten Informationen hat, noch gar nicht, dass er sie hat.»

» »

Der Mittwoch kommt, und gegen Nachmittag reißt mir der Geduldsfaden.

«Hallo, Polizei Sussex?», sagt eine Männerstimme, als ich 101 wähle.

«Hallo, Clementine Harris. Ich verstehe, dass die Polizei sehr viel zu tun hat, aber ich habe am Wochenende zweimal angerufen, um neue Informationen einen Todesfall Anfang dieses Jahres betreffend zu überbringen, und das kann nicht warten. Ich muss so schnell wie möglich mit jemandem sprechen.»

«Haben Sie Ihre Informationen zu Protokoll gegeben?»

«Ja, ich habe alle Einzelheiten beantwortet, nach denen man mich gefragt hat. Man hat mir gesagt, dass der Bericht an das Revier Brighton und Hove geschickt wird.»

«Ah, Brighton und Hove hat immer sehr viel zu tun», sagt er. «Wenn Sie ein paar Tage warten wollen, dann ruft sie sicher jemand...»

Ich lege die Hand auf den Lautsprecher und fluche leise. Ich würde das Handy am liebsten gegen die Wand schleudern.

Die ruhige, gemäßigte Vorgehensweise funktioniert nicht. Nein, ich will nicht, dass die Polizei mich für durchgedreht hält oder glaubt, dass ich mich in meiner Trauer am letzten Strohhalm festhalte, wie die Polizei in Kent bei Daniel, aber wie soll ich die richtigen Ansprechpartner finden, wenn ich nicht einmal sagen darf, wie wichtig die neuen Beweise sind? Ich habe der Frau und dem Mann in der Zentrale bei meinen letzten Anrufen nicht einmal gesagt, dass ich neue Informationen zu einem Mordfall habe, warum sollte man sich also beeilen, mich zurückzurufen?

Ich klemme das Handy zwischen Wange und Schulter und ziehe meinen Pferdeschwanz straff. Es ist Zeit für die Wahrheit. Ich werde nicht damit herausplatzen oder wütend werden; ich werde ruhig bleiben, meine Informationen auf rationale Art und Weise präsentieren. Ich werde dafür sorgen, dass man mir glaubt.

«Madam? Sind Sie noch da?»

«Ja. Hören Sie, ich wollte das nicht einfach so am Telefon sagen, aber die neuen Beweise, die ich habe, legen nahe, dass meine Schwester...»

Ein lautes, wiederholtes Summen unterbricht mich. Es ist die Gegensprechanlage. Jemand klingelt Sturm.

Ich seufze. «Entschuldigung, ich müsste zurückrufen.»

Genervt gehe ich zur Tür und nehme den Hörer ab. «Wer...?»

«Ich bin's», sagt Daniel, ohne dass ich meinen Satz beenden kann. «Lass mich rein. Ich habe was herausgefunden.»

Ich gehe in die Küche und warte darauf, dass er die Treppe hinaufkommt. Liam hat eine neue Nachricht auf die Tafel gekritzelt: *Wenn wir den Drecksack nicht finden, dann wird es das Karma tun!* Ich hoffe, er hat recht.

317

Als Daniel oben angekommen ist, öffne ich die Tür. Er ist außer Atem, aber immer noch in Eile.

«Ich muss – dein – Ladegerät benutzen», keucht er und drängt mich beiseite, um zu meinem Zimmer zu kommen. Ich hole ein Glas Wasser aus der Küche und folge ihm.

Er sitzt auf meiner Bettkante, stöpselt das Handy an und wartet, bis es genug geladen ist, dass er es einschalten kann. Ich gebe ihm das Wasser, und er stürzt es hinunter und wischt sich den Mund mit dem Handrücken ab.

«Was ist passiert? Was hast du gefunden?»

Er drückt hektisch auf den Einschaltknopf seines Handys, und das Display leuchtet auf.

«Ich habe ja herumgefragt, weil ich noch mal wissen wollte, ob irgendwer irgendwas über Rach weiß, ob sie mit jemandem ausgegangen ist oder ob jemand Informationen über die Nacht hat. Und es hat sich herausgestellt, dass die Freundin einer Freundin von ihr die Schwester von einem Mädchen ist, mit dem ich zur Schule gegangen bin, und diese Schwestern haben auf der Straße bei der Kirche gewohnt, direkt neben der Lücke im Zaun, wo sie... wo sie gestorben ist. Daher habe ich das Mädchen angerufen, das ich damals kannte, Kelly, um nachzufragen, ob sie oder ihre Eltern sich an irgendetwas aus jener Nacht erinnern können, und nein, kann sie nicht, sie weiß es nicht, aber sie hat gesagt, dass es da eine Frau etwas weiter die Straße hinunter gibt, die sich sehr für Tiere interessiert. Sie hat Wildkameras mit Bewegungssensoren, und eine davon erfasst alles, was auf der Straße vor sich geht. Also habe ich mit der Frau gesprochen, und es stellte sich heraus, dass sie alles archiviert hat. Sie hat ein Foto von jener Nacht. Sie hat es mir geschickt, und ich...»

Er drückt auf seinem jetzt wieder etwas geladenen Handy herum und reicht es mir: Es ist ein Foto von einem Auto, das hinter einem Vogelfutterhäuschen vorbeifährt. Am Steuer sitzt eine Frau in einem schwarz-weiß gestreiften Top und mit Sonnenbrille, ein Mann auf dem Beifahrersitz zeigt nach vorn. Er hat den anderen Arm um ihre Schulter gelegt. Dunkles, zotteliges Haar verdeckt sein Gesicht, aber auf dem Arm des Mannes sieht man Tattoos. Er trägt ein dunkles Lederarmband am Handgelenk.

«Das ist er», sagt Daniel und schluckt atemlos. «Dylan. Das ist der Typ, der meine Schwester umgebracht hat.»

Kapitel 23

Daniel und ich sitzen auf der Bettkante und starren das Foto vom Auto seiner Schwester an.

«Sie sind auf die gleiche Art gestorben», murmelt er. «Männer haben sie umgebracht. Ihre Partner, denen sie vertraut haben. Ist das ... irgendwie so ein Ding?» Er sieht mich an. «Dass Typen so ihre Freundinnen töten?»

«Ja.» Ich denke an die Bücher, die ich aus der Bibliothek ausgeliehen habe, und die Kapitel über häusliche Gewalt. «In ungefähr einundsechzig Prozent aller Mordfälle an Frauen sind die Täter die Partner oder Expartner. Das ist nicht ungewöhnlich. Aber...»

«Was?»

«Na ja, diesen Morden gehen oft gewalttätige Angriffe voraus, wie Messerattacken oder Schläge. Es sind Verbrechen aus Leidenschaft. Aber der Mord an Poppy wurde genau geplant, der Mörder hat sich alle Mühe gegeben, seine Spuren zu verwischen und die Sache wie einen Selbstmord aussehen zu lassen. Das ist ungewöhnlich.»

«So ungewöhnlich offenbar nicht», bemerkt Daniel. «Wenn es Rachel auch passiert ist.»

Ich denke an die Männer unter meinem Reddit-Post, die geschrieben hatten, wie man Mädchen aus Dating-Apps online finden kann. Ich habe auf einige ihrer Namen geklickt, um mir ihre anderen Aktivitäten anzuschauen: Frauenfeindliche Sprüche, Tricks, wie man eine Frau ins Bett locken kann.

Gibt es im Internet auch Seiten, auf denen man lernt, wie

man einen Mord wie einen Selbstmord aussehen lässt? Gibt es irgendwo eine Gruppe, in der Männern beigebracht wird, wie man unschuldigen Frauen so etwas antut?

«Sein Gesicht ist verdeckt», sagt Daniel. «Wie sollen wir diesen Typen identifizieren? Sie haben das Material der umliegenden Sicherheitskameras auch für die gerichtsmedizinische Untersuchung gesichtet und ihn vorher nie entdeckt. Das hier ist alles, was sie gefunden haben.» Er sucht in seinem Handy nach dem richtigen Ordner. «Hier, siehst du? Da war diese Aufnahme von ihr im Auto auf der Kreuzung, aber...»

«Es liegt am Winkel, dass es so aussieht, als sei niemand bei ihr.»

«Ganz genau, und deshalb glaubten sie, dass sie allein war. Dasselbe gilt für die Sicherheitsaufnahmen an der Kirche.» Er ruft ein neues Video auf. «Das hier ist ihr Auto, aber man sieht es nur von einer Seite, der Fahrerseite. Er muss direkt neben ihr gesessen haben, wo man ihn nicht sehen kann.»

«Vielleicht können sie ihn anhand der Tattoos identifizieren?»

«Ich kann sie kaum erkennen.» Daniel tippt wieder auf das Video. «Was ist das, ein Sleeve Tattoo, das den ganzen Arm bedeckt? Vielleicht Blumen? Tiere? Ich könnte es nicht sagen. Und heutzutage hat doch jeder Tattoos. Sie sind ja wirklich nicht mehr selten.»

Ich denke an Jude und die komplizierte Tattookunst, die die Narben an seinem Handgelenk bedeckt. Ich erinnere mich daran, dass die Tattoos wunderschön aussahen, aber ich würde sie jetzt nicht mehr identifizieren können. Vielleicht würde auch Dylans Tattoos niemand wiedererkennen.

Ich suche auf dem Bild nach anderen Hinweisen. Das Haar des Mannes ist eher lang und ein wenig wellig. Er sieht aus, als

321

wäre er groß, ragt hoch im Sitz auf, und der Arm, mit dem er nach vorn deutet, ist eher kräftig als dünn. Unter seinem anderen Arm beugt sich Rachel ein wenig vor, und etwas leuchtet auf ihrer Brust auf. Ein Anhänger. Er ist mir irgendwie vertraut. Ich habe ihn schon mal gesehen.

Daniel sieht sich das Bild ebenfalls an – seine eine Hand liegt auf seiner Brust, er hält den Anhänger fest, den er selbst immer trägt. Die Kette hat rote Linien in seinem Nacken hinterlassen. Er greift immer nach dem Anhänger, wenn er aufgeregt und nervös ist.

Mein Finger schwebt über den hellen Pixeln.

«Ist das die Kette, die du jetzt trägst?»

Er lächelt, aber es liegt Traurigkeit darin.

«Ja. Ich weiß, dass das schräg ist, weil sie sie in jener Nacht getragen hat, aber... ich habe sie nach der gerichtsmedizinischen Untersuchung zurückbekommen und konnte die Vorstellung nicht ertragen, sie irgendwo zu verstauen. Sie hat ihr gehört, und ich fühle mich besser, wenn ich sie trage, oder vielleicht auch nicht besser, nicht wirklich, aber sie erinnert mich an sie und an das, was ich für sie tun muss. Also behalte ich sie bei mir.»

Er öffnet die Hand. Der Anhänger liegt auf seiner Handfläche.

Es ist ein Herz, auf der einen Seite Silber, auf der anderen Roségold. Aus der Nähe sehe ich, dass es genau so aussieht, wie ich es erwartet habe: Die beiden dünnen Metallstreifen sind zu einem Herz verschlungen und liegen unten übereinander, sodass sie eine unebene Spitze formen.

Die Vertrautheit dieses Anblicks nagt an mir.

Ich muss dieses Herz schon mal an ihm gesehen haben. Letztes Wochenende, als er aus dem Badezimmer kam? Oder habe ich schon einmal gesehen, wie er es anfasst?

Aber ... die Kette ist aus Gold. Warum erinnere ich mich an sie, als wäre sie nicht nur aus Gold, sondern auch aus Silber? Warum steigt in mir, wenn ich sie ansehe, so eine ... Wut auf? Und so ein Schuldgefühl? Warum erinnere ich mich daran, sie in der *Hand* gehabt zu haben?

Daniel lässt den Anhänger wieder unter sein T-Shirt gleiten und streicht noch einmal darüber. Ich starre den hellen Fleck auf dem Display an.

Ein Herz aus zwei Metallen. Wo habe ich so eins schon mal gesehen oder berührt?

Mum trägt nicht oft Schmuck, und wenn, ist es normalerweise etwas Großes und Buntes. War das Jennas Kette? Trug sie sie in jener Nacht? Nein, daran würde ich mich erinnern. Es ist nicht ihre. Poppy trug ständig eine Kette, aber das war immer dieselbe, der silberne Fuchs mit ...

Plötzlich spüre ich sie wieder in der Hand: die kleine Plastiktüte mit dem Schmuck, den Poppy trug, als sie starb. Der Fuchsanhänger war darin – und darunter, verschlungen mit der silbernen Fuchskette, lag eine zweite. Eine Kette mit einem Herz daran. Zwei Metalle, zart ineinander verschlungen.

«Wir müssen gehen», sage ich zu Daniel, nehme meine Tasche und den Regenmantel und werfe ihm meinen Schirm zu.

«Warum? Was ist los?» Er springt auf und läuft mir hinterher aus der Wohnung. Die Musik von Alexanders Mitbewohner folgt uns wummernd die Treppe hinunter. «Wohin gehen wir?»

«In Poppys Zimmer», sage ich knapp, weil ich keinen Sauerstoff auf Worte verschwenden will, wenn meine Lunge ihn gleich nötiger brauchen wird. «Ich muss etwas nachprüfen. Es ist vielleicht nichts, aber ...»

«Vielleicht auch doch?»

«Ja. Komm mit.»

Heute ist die Luft kalt, die Hitzewelle ist vom Gewitter am Wochenende fortgewischt worden, das Wasser im Kanal ist trüb. Wir eilen schweigend den Pfad entlang, an der Bank unserer Familienpicknicks und an Poppys Lieblingshausboot vorbei. Ich werfe beidem nur einen kurzen Blick zu. Als wir ankommen, schaue ich zum Café hinüber und sehe, dass Mum und Dad noch da sind. Alexander ebenso. Er sitzt wie üblich an seinem Tisch, trägt einen Pullover mit Zopfmuster und kritzelt so wild vor sich hin, dass seine Locken wackeln. Er schaut auf und winkt mit seinem Stift. Ich hebe ebenfalls die Hand.

«Ist das euer Haus?», fragt Daniel und blinzelt übers Wasser.

«Ja. Unten ist unser Café, meine Eltern wohnen darüber, aber jetzt arbeiten sie. Sie sehen uns bestimmt nicht.»

Ich muss die Kapuze meines Regenmantels zurechtziehen, um mein Gesicht zu verstecken, als ich Daniel über die Brücke und am Café vorbei zur Haustür scheuche. Den Kopf halte ich gesenkt.

Ich führe ihn die düstere Treppe zu Poppys Zimmer hinauf. Er folgt mir, aber seine Schritte verlangsamen sich, als wir die Stufen zum ersten Stock hochgehen, wo an den Wänden gerahmte Familienfotos hängen.

«Weißt du, ich habe sie mir zuerst gar nicht rotblond vorgestellt», sagt er und bleibt vor einem Bild von Poppy stehen, auf dem sie ungefähr zwölf ist. Er berührt das Glas beinahe mit der Nase. «Bevor ich die Zeichnungen in den Briefen gesehen habe, dachte ich, sie sähe mehr so aus wie du. Dunkles Haar. Hochgewachsen. Aber du siehst ganz anders aus.»

Ich stehe vor dem letzten Bild, das es je von uns allen geben wird: Mum und Dad strahlen stolz, ich trage den Harvard-Pulli – darauf haben sie bestanden –, und Poppy steht neben mir, Haarsträhnen haben sich aus ihrem Dutt gelöst. Ich schaue sie mir genau an, erinnere mich an die Feinheiten in ihrem Gesicht. Ein breites Lächeln. Ein einzelnes Grübchen auf einer Seite. Schwache Sommersprossen auf der Nase und noch schwächere auf ihren Wangen.

Die silberne Fuchskette liegt unter ihrem Schlüsselbein, wie immer. Wie immer? Ich steige die Stufen wieder hinunter und sehe mir die Fotos genau an.

2018, 2017, 2016, 2015, 2014, 2013. Sechs Jahre mit der Fuchskette, die Mum und Dad ihr zum dreizehnten Geburtstag schenkten. Sie trug sie jeden Tag. Sie schlief mit ihr. Ich erinnere mich nicht, dass sie je anderen Schmuck getragen hätte.

Warum trug sie dann in der Nacht, in der sie starb, eine Kette mit Herzanhänger?

In Poppys Zimmer ist alles fast genauso wie vor einer Woche: Ihre Universitätssachen liegen in den Kisten; ihre Unordnung ist in ihrem natürlichen Habitat geblieben. Das Bett ist das Einzige, was sich verändert hat. Eine frische Delle ist zu sehen, als hätte Mum wieder darauf gesessen.

Ich wühle durch den Karton neben ihrem Schreibtisch, bis ich die kleine Plastiktüte mit Poppys persönlichen Habseligkeiten finde. Darin liegt die Fuchskette, genau wie ich mich erinnere, und die Ringe und Ohrringe. Ich betaste die verschlungenen Schmuckstücke, schiebe sie wie Wasser herum, teile sie – und ein wenig Roségold blitzt darunter hervor. Schnell öffne ich die Tüte und lasse den Inhalt auf Poppys Bett fallen, entwirre die Gold- und Silberkettchen, versuche, den Anhänger hervorzuholen.

Endlich löst er sich. Ich lege ihn auf die Handfläche, so, wie es Daniel vorhin mit Rachels Kettenanhänger getan hat. Zwei

325

dünne Streifen Metall, einer Silber, der andere Roségold, ineinander verschlungen und zu einem Herz geformt, die Enden liegen an der Spitze übereinander.

Genau wie der Anhänger, den Daniel trägt.

Er hat es noch nicht bemerkt. Er steht vor Poppys Kleiderschrank und schaut sich die Leinwände an, die dagegenlehnen, murmelt etwas.

Ich schlucke die Galle herunter, die in meiner Kehle aufsteigt.

Unsere Schwestern wurden beide von Männern in den Tod gestoßen, mit denen sie heimlich zusammen waren. Und beide wurden mit einer Herzkette gefunden. Mit identischen Herzketten.

Ich spüre, wie mein Herz mir bis zum Hals schlägt. Das sind einfach zu viele Zufälle. Das ist ein Muster.

Ein Modus Operandi.

Ich muss sichergehen. Ich hole meine Mappe heraus und finde die Aufnahmen der Sicherheitskameras von Poppy, wie sie in der Nacht ihres Todes ihr Wohnheim verlässt. Da ist sie, mit ihrem Fahrrad, mit offenem Mantel, losem Schal – und einer Fuchskette darunter.

Das hier ist nicht Poppys Kette: Es ist die Kette des Mörders.

«Daniel, ich ...»

Er schaut zu mir herüber, sein Blick ist offen, er hat sich das Haar hinters Ohr geklemmt. Ich weiß nicht, wie ich es ihm sagen soll. Ich öffne meine Hand, in der der Herzanhänger liegt. So wie Rachels Anhänger vor einer Stunde in seiner lag.

Er starrt den Anhänger an, blinzelt, lacht dann und greift an seinen Hals.

«Oh, ich muss ihn wohl fallen gelassen haben! Danke. Die Kette muss sich gelöst haben, hier ...»

Die Kette ist dort, wo sie immer ist. Daniels Finger schließen sich um sie. Langsam gleiten sie nach unten und berühren Rachels Anhänger, heben ihn von der Brust. Er schaut auf ihn hinunter. Schaut zu meiner Hand. Sieht mich an.

«Daniel, Poppy hat diese Kette getragen, als die Polizei sie fand, aber sie trug sie nicht, als sie ihr Wohnheim verließ. Ich glaube – nein, ich *weiß* –, dass der Mörder sie ihr in jener Nacht geschenkt hat.» Ich atme tief durch und schaue auf seine Kette. «Und ich glaube, er gab die da Rachel. Vor ihrem Tod.»

«Was?»

«Es ist derselbe Mörder. Er hat Rachel umgebracht, und zwei Jahre später Poppy, auf beinahe dieselbe Art und Weise. Er hat beiden diese Kette geschenkt. Sie ist seine Visitenkarte.»

«Nein», murmelt Daniel. Er schließt die Finger fest um den Anhänger. «Nein, das stimmt nicht. Das hier ist *ihre* Kette. Rachels.» Er wird lauter. «Deshalb trage ich sie doch. Es ist ihre!»

«Und warum hat Poppy dann genau die gleiche?» Ich sehe ihn eindringlich an. «Daniel, erinnerst du dich daran, dass Rachel diese Kette getragen hat? Gibt es Bilder, auf denen sie sie trägt, vor jener Nacht?»

«Ich weiß nicht. Es muss Fotos geben, aber ... ich weiß es nicht ...»

Ich kann fast zusehen, wie sein altes, manisches Selbst wieder von ihm Besitz ergreift. Er zieht an der Kette, sodass sie sich in seinen Nacken gräbt, öffnet Facebook auf seinem Handy und scrollt durch einen endlosen Strom von Fotos, auf denen das Gesicht seiner Schwester zu sehen ist, zu verschwommen, als dass ich etwas erkennen könnte.

«Ich kann sie nicht finden», sagt er und sieht zu mir auf. Tränen verschleiern seinen Blick. «Sie ... ist da nicht.»

Sein Gesicht wird ganz leer, dann traurig – und dann wü-

327

tend. Er zerrt wieder am Herz, aber nicht wie sonst, mit seiner verzweifelten Anhänglichkeit. Diesmal reißt er die Kette von seinem Hals und schleudert sie durch das Zimmer. Sie prallt gegen die Wand und fällt zu Boden, versinkt im Flor des Teppichs. Er krallt die Finger in die Bettdecke, krümmt sich, und die Wut packt ihn in Wellen.

«Ich habe sie getragen», brüllt er. «Ich habe sie *zwei Jahre* lang jeden verdammten Tag getragen. Und er hat sie ihr angelegt! Es war noch nicht einmal ihre! Fuck!»

Er rollt sich auf dem Bett zusammen, die Arme über den Kopf gelegt, wiegt sich vor und zurück, weint und schreit in die Bettdecke. Ich will auch schreien. Ich balle die Faust um den Anhänger, würde ihn so gern zerdrücken, schmelzen, zerstören, bis man ihn nicht wiedererkennt.

Wann hat er Poppy die Kette umgelegt? War es, bevor er sie stieß? War sie ein Geschenk, über das sie sich gefreut hat? Hatte sie das Gefühl, etwas Besonderes zu sein? Geliebt zu werden? Oder hat er sie ihr später umgelegt? Ist er zu ihr zum Strand hinuntergeklettert, wo sie blutend, sterbend lag und auf die Wellen wartete, und hat sie ihr dann angelegt? Dachte sie, er käme, um sie zu retten? Dachte sie, sie wäre gerettet?

Daniel richtet sich wieder auf, fährt sich mit den Fingern durchs Haar, schluckt seine Schluchzer herunter.

«Das kann nicht ein und derselbe Typ sein», sagt er. «Poppy kannte Ben, aber Rachel kannte Dylan. Er hat Tattoos und längere Haare. Und Rachel stand auf Musik, nicht auf Kunst. Es müssen unterschiedliche Typen gewesen sein.»

Ich blättere durch meine Mappe zu Poppys Zeichnungen, meine Finger zittern vor Wut. Ben lächelt Poppy als Cartoongestalt an, hochgewachsen, welliges Haar, in Mantel und Schal gehüllt, die Kamera hängt ihm um den Hals.

«Dieses Wildkamera-Foto von Dylan in Rachels Auto ist im Sommer aufgenommen, und wir sehen Bens Arme im Wintermantel nicht. Keins der Bilder zeigt das Gesicht. Dylans Haar ist länger, aber wenn das Bild nicht schwarz-weiß wäre, könnte es leicht von demselben hellen Braun sein wie Bens.»

«Aber sie haben unterschiedliche Namen.»

«Oder denselben. Ben Dylan. Er könnte bei Rachel seinen Nachnamen benutzt haben.»

Ich schaue online nach, suche nach den beiden Namen zusammen – aber das lässt zu viele Ergebnisse erscheinen, und keins davon zeigt den Mann, nach dem wir suchen.

«Oder es sind beides falsche Namen. Oder einer ist falsch. Vielleicht ist Dylan sein echter Name, den er geändert hat, als er nach Brighton kam?» Ich schlucke. «Vielleicht hat er diesen Drang zu morden. Er hat es einmal getan und ist damit durchgekommen. Er musste es noch einmal tun. Er konnte nicht widerstehen. Er traf Poppy, und er … er …» Ich lege die Hand auf den Mund, weil ich nicht weiß, ob ich weinen, fluchen oder kotzen muss.

«Clementine … Es tut mir so, so leid.» Daniel krallt sich an seinen Knien unter den Jeans fest und weicht meinem Blick aus. «Wenn die Polizei mir vor zwei Jahren geglaubt hätte, wenn ich meine Sache einfach besser gemacht hätte, dann hätten sie ihn damals schon gefasst. Und er wäre Poppy nie begegnet.» Seine Lippen beben, wieder rinnen ihm Tränen aus den Augen. «Ich hätte ihn aufhalten müssen.»

«Nein.» Ich schüttle den Kopf. «Es ist die Polizei, die dir nicht zugehört hat, und es war Ben, Dylan, oder wie immer er heißt, der das getan hat. Gib dir nicht selbst die Schuld. *Niemals*. Ich gebe sie dir auf keinen Fall.» Ich versuche, ihm trotz der grausamen Verbindung, die wir entdeckt haben, aufmunternd zu-

329

zulächeln. «Es gibt nichts, was dir leidtun müsste. Wir werden ihn finden. Zusammen. Denn jetzt haben wir die Halsketten, und unsere Geschichten beweisen sich gegenseitig. Es gibt eine Verbindung zwischen Rachel und Poppy. Es sind nicht nur Morde, sondern Serienmorde, die demselben Muster folgen. Die Kette beweist alles. Sie ist das Verbindungsglied. Wir können zeigen, dass derselbe Mörder zweimal getötet hat.» Die vertraute, sprudelnde Entdeckerfreude kribbelt in meinen Adern, vermischt sich mit einer morbiden Dunkelheit. «Wenn wir herausfinden, woher er die Ketten hat, erfahren wir vielleicht auch, wer er ist.»

Ich suche auf meinem Handy nach *Silber- und Roségold-Halsketten.* Siebenundfünfzig Millionen Ergebnisse poppen auf. Ich tippe auf «Bilder» und scrolle hinunter, suche nach ähnlichen Ketten.

Meistens sind es große Anhänger oder Freundschaftsketten mit den zwei Hälften eines zerbrochenen Herzens, oder es sind Medaillons. Viele sind mit Diamanten oder anderen Edelsteinen besetzt, andere graviert. Ich scrolle weiter, suche nach den dünnen Metallstreifen, dem länglichen Herz, den elegant geschwungenen Bögen und der prägnanten überkreuzten Spitze.

Aber ich finde es nicht.

«Und?», fragt Daniel.

«Nichts. Die Frage ist nicht spezifisch genug, ich bekomme *alle* Herzanhänger gezeigt. Vielleicht…»

Wie schon bei Poppys Zeichnungen öffne ich auch jetzt die Google-Lens-App. Ich halte die Kamera auf meine Handfläche, sodass der Anhänger ganz klar im Fokus liegt, und tippe auf den Auslöser. Beinahe sofort poppt eine Seite mit ähnlichen Bildern auf: filigrane Herzen, dünnes Metall, Silber und Roségold.

Aber sie sehen nicht ganz so aus wie Poppys und Rachels Ketten. Ich scrolle und scrolle, Bilder über Bilder, die Seiten von Verkäufern und Juwelieren – bis mein Herz plötzlich schneller schlägt. Ich klicke aufs Bild, und Instagram öffnet sich.

Es ist ein Bild von einer fremden Handfläche, auf der eine Kette liegt, genau wie Poppys. Die Hand scheint die einer Frau zu sein, am Handgelenk ist Strandschmuck aus Bändern und Muscheln zu sehen, und im Hintergrund ist Sand.

#NeuAnfangen steht darunter.

«Daniel, guck mal.»

Er kommt näher und verengt seine geröteten Augen, als er auf mein Handy schaut. Ich halte Poppys Kette neben den Instagram-Post.

«Oh Gott. Du hast sie gefunden. Das ist sie! Wer ist die Frau? Können wir ihr eine Nachricht schreiben, um sie zu fragen, wo sie sie herhat? Oder ist sie die Verkäuferin?»

Ich tippe auf ihr Profil.

Imogen Hawkins: Buchhaltungsauszubildende und Möchtegern-Freigeist. RIP.

RIP? Ihr Feed ist voller wunderschöner Strandbilder: Sand und Wellen, felsige Klippen, blauer Himmel, der das Wasser türkis leuchten lässt. Es ist Cornwall. Ich habe dort lange genug mit meiner Familie gelebt, um das zu wissen.

Ich tippe auf den letzten Post: ein Schwarz-Weiß-Bild von Imogen Hawkins selbst, die lächelnd in einem Neoprenanzug posiert. Ihr langes, gewelltes und von der Sonne gebleichtes Haar flattert im Wind.

Imogen ist letzte Woche verstorben.

Sie war erst zwanzig und hatte noch ihr ganzes Leben vor sich. Wir werden nie genau erfahren, was draußen an jenem Strand mit ihr geschah, ob sie wusste, wie gefährlich die Klippen waren. Was wir wissen, ist, dass sie uns unendlich fehlen wird.

Wir sind am Boden zerstört. Wenn ihr je traurig seid oder das Gefühl habt, dass alles zu viel wird, bitte sprecht mit jemandem. Dafür muss Zeit sein. Wir werden dich nie vergessen, Imz.

Hab dich für immer lieb – Yaz x

«Oh mein Gott», murmelt Daniel. «Sie ist auch tot. Sie hatte die Halskette, und sie ist tot. Wann war das?»

«September 2017.»

Daniel sackt in sich zusammen. «Rachel ist im Juni gestorben.»

Mein Mund wird ganz trocken. Die Angst in meinem Bauch wird größer, es fühlt sich an, als müsste ich einen Schritt in vollkommene Dunkelheit machen.

Ben hat es so leicht geschafft, Poppy dazu zu bringen, ihm zu vertrauen. Er wusste genau, was er sagen musste, um sie für sich zu gewinnen, wusste, wie er sie manipulieren konnte, damit sie uns nichts von ihm erzählte. Das war kein Glück; das war eine oft eingeübte Fertigkeit.

Er wusste genau, was er tun musste, weil er es schon viele, viele Male zuvor getan hatte.

«Da könnten noch mehr sein», sage ich und rechne im Kopf nach. «Deine Schwester ist ... vor sechsundzwanzig Monaten gestorben? Wenn Imogen vom selben Mann getötet wurde, dann ist da eine Lücke von ungefähr drei oder vier Monaten. Er hat Poppy im Februar dieses Jahres getötet, was ungefähr zwanzig Monate nach deiner Schwester wäre. Wenn er jeden Mord auf dieselbe Art und Weise durchgeführt und immer dieselbe Zeit gebraucht hat, ihn zu planen, dann könnte er alle drei Monate gemordet haben.»

«Alle drei Monate?», fragt Daniel. «Das könnte bedeuten ...»

«Sechs Opfer vor Poppy. Und vielleicht noch zwei danach.»

Wir sitzen schweigend da und starren Poppys Bilder an der Wand an: Blumen, Gesichterstudien, Sonnenuntergänge. Die Ungeheuerlichkeit des Ganzen ist überwältigend. Sieben, acht, neun weitere Opfer? Sieben, acht, neun andere Zimmer so wie dieses, mit Betten, in denen niemand mehr schläft, mit Nebenzimmern, in denen zerrissene Familien um einen Selbstmord trauern, an dem sie sich selbst die Schuld geben?

«Er ist noch da draußen», sage ich mit hohler Stimme. «Es könnte sein, dass er genau in diesem Moment seinem nächsten Opfer gegenübersitzt. Sie weiß es nur noch nicht. Sie denkt, sie sei mit jemandem zusammen, dem sie vertrauen kann. Sie hat keine Ahnung.» Ich sehe Daniel an. «Wir müssen sie retten. Wir können nicht zulassen, dass noch jemand so stirbt.»

Ich öffne die Mappe, die auf meinem Schoß liegt, und beginne, einen Aktionsplan zu kritzeln.

«Wir wissen vielleicht noch nicht, wer er ist», sage ich, «aber wir haben Hinweise. Dylan, Ben ... Das müssen alles falsche Namen sein, und Imogen muss ihn als noch jemand anders gekannt haben. Vielleicht hat sie die Informationen, die wir brauchen, um ihn zu identifizieren. Vielleicht müssen wir mit *ihren* Freunden sprechen, nicht mit Rachels oder Poppys. Vielleicht hat einer von ihren Freunden sein Gesicht gesehen oder besitzt ein gemeinsames Foto. Wir können auch da Informationen sammeln und dann die Erkenntnisse aus den verschiedenen Fällen zusammensetzen. Drei ganz genau gleiche Halsketten sind *kein* Zufall. Das können wir jetzt beweisen.»

Ich weiß, dass ich recht habe. Ich glaube daran. Poppys, Rachels und Imogens Tode passen wie Puzzleteile zueinander, aus denen ein Bild entsteht. Da draußen sind noch weitere Opfer, es muss einfach so sein, und sie werden das Bild immer deutlicher durchscheinen lassen. Sobald die Polizei zu ermitteln beginnt, kann sie die anderen finden, und von dort aus auch *ihn*. Sie können diese Mordserie beenden und den Familien wieder Frieden schenken. Wir müssen ihnen nur genügend Beweise liefern, damit sie uns glauben.

Und ich weiß, wie ich das anstelle.

Eine Kette am Hals einer toten Frau ist nur eine Kette.

Eine zweite Kette am Hals einer weiteren toten Frau weist auf eine mögliche Verbindung hin. Eine dritte Kette bestätigt die Verbindung.

Um zu beweisen, dass die drei ermordet wurden, und um das nächste potenzielle Opfer zu retten, brauchen wir Imogens Halskette.

Imogen

17 MONATE VOR POPPY

Manchmal sind die Wellen zu stark, dann kann man sie nicht reiten. Sie wölben sich und brechen über mir, werfen mich vom Board, und ich werde unter Wasser gezerrt – blind, taub, ohne zu wissen, wo oben ist oder wann ich wieder einen Atemzug tun kann, der Gnade des Meeres vollkommen ausgeliefert.

Das hier ist genauso.

Travis und ich liegen zusammen im Sand, zwei gestrandete Quallen unter der Sonne Cornwalls. Meine Bikinihose klebt an meinem Fußgelenk, unsere Neoprenanzüge liegen als nasse Haufen neben unseren Boards.

Ich spiele mit seinen Fingern, zu erschöpft, um sonst noch etwas zu tun.

«Hast du immer Kondome in deinen Surfklamotten dabei?», frage ich.

«Nein, aber ich hatte so ein Gefühl, dass ich heute ein paar gebrauchen könnte.» Er lächelt verschmitzt.

«Gute Idee.»

Eine Wolke zieht über die Sonne und mildert das grelle Licht. Der blaue Himmel über mir wird von einem gewölbten Felsen umrahmt, steile Klippen bilden einen kleinen privaten Strand, zu dem man nur übers Meer gelangen kann.

«Wetten, jemand hat uns gesehen?»

«Nee.» Travis reckt sich und legt einen Arm unter seinen

335

Kopf. Mit dem anderen deutet er nach oben. «Der Küstenpfad reicht nicht bis hierher. Das hier ist im Grunde eine Halbinsel, und der Pfad schneidet sie oben ab. Vertrau mir, hier kann uns keiner sehen.»

Er spricht mit aus Erfahrung gewonnener Sicherheit.

«Ach so», sage ich. «Also ist das hier die Stelle, zu der du all deine Mädchen bringst?»

«Willst du wirklich, dass ich das beantworte?» Er wendet sich mir zu, den Kopf auf seinen muskulösen Arm gelegt, immer noch lächelnd. «Nein. Die meisten schaffen es nicht so weit.»

Ich erwidere sein Lächeln und schaue wieder hinauf in den Himmel.

Ich bin vor einem Monat nach Cornwall gekommen, um Surfen zu lernen, die Wellen zu jagen, bei Sonnenuntergang nachdenklich aufs Meer zu schauen, das Haar perfekt zerzaust vom Salzwasser. Ich habe ein Leben gesucht, das ich nur von Instagram kannte. Ich wollte ein paar Wochen Freiheit.

Und was ist befreiender, als einen Fremden an einem Lagerfeuer zu küssen? Ihm in sein Wohnmobil zu folgen? Ihn in der Dunkelheit auszuziehen, sein langes, sonnengebleichtes Haar zu packen, ihn zu schmecken, zu riechen, einen Namen zu schreien, den ich gerade erst gelernt habe und danach nie mehr schreien werde?

Aber unsere Wege kreuzten sich immer wieder. Wir trieben auf dem Meer, warteten auf die Wellen und philosophierten über das Leben. Wir entdeckten einander auf denselben Strandpartys, die Gesichter vom Feuer erleuchtet, mit Bierflaschen in der Hand. Und jede Nacht gingen wir zusammen nach Hause, zogen uns aus, atemlos, ineinander verkrallt, in dem verzweifelten Wunsch nach mehr.

Aber wir sprachen es nie aus.

«Wo gehst du als Nächstes hin?», fragt Travis.

«Zum Abendessen, meinst du?»

«Nein, in welche Stadt? Welches Land?» Er stützt sich auf und streichelt mit der Hand über meinen Bauch. «Ein Mädchen wie du muss doch die Welt sehen. Was steht als Nächstes auf deiner Liste?»

Als Nächstes? Es gibt kein nächstes Ziel für mich. Das war sie: meine Flucht. Mein Tapetenwechsel. Oder, wie meine Eltern es nannten: eine Phase, ein kleiner Sommerurlaub, bevor ich wieder aufwache und in mein Leben zurückkehre, wie es sich gehört.

Das Leben, das bereits für mich durchgeplant ist. Noch ein Jahr, um den Buchhaltungsabschluss zu bekommen, den ich nicht will, damit ich im Familienunternehmen mitarbeiten kann, das ich hasse. Ein ganzes Leben in derselben langweiligen beigefarbenen Stadt mit denselben langweiligen beigefarbenen Leuten. Eine Ehe mit Noah – dem lieben, vernünftigen, unendlich langweiligen Noah, den meine Eltern ermuntert haben, mir einen Antrag zu machen, und der mich mit unsicheren Händen befummelt.

Ich sehe es vor mir. Ein ganzes Leben mit routinemäßigem Sex, bei dem wir die Socken anbehalten, mit einem Mann, der nett ist, sich um mich kümmert, der mich aber nie, nie zum Schreien gebracht hat.

Wie soll ich dorthin zurückkehren, obwohl es mich schon früher nicht glücklich gemacht hat? Bevor ich das hier erlebt habe, bevor ich wusste, wie es sein kann?

Travis' Fingerspitzen streichen über meine Hüften. Innerlich bete ich darum, dass sie tiefer gleiten, fester zufassen, aber sie bleiben ein wenig zu weit oben und necken meine nackte Haut.

337

«Ich habe dir ja von meinen Plänen erzählt», sagt er. «Ich will raus aus diesem Land und an den besten Surfplätzen der Welt surfen. Einmal ein Reisender sein. Das will ich. Was ist mit dir? Was willst *du*?»

Hat mich das jemals jemand gefragt? Meine Eltern sicher nicht. Und dieses erste Date mit Noah, dieses befangene italienische Essen, bei dem er Basilikum zwischen den Zähnen hatte und ständig sein Messer fallen ließ, endete auch nicht mit der Frage, wie ich mich fühle, sondern mit: «Imogen, ich bin so froh, dass du jetzt meine Freundin bist.» Und ich habe es einfach so akzeptiert, weil ich dachte, dass Liebe so ist. Dass das Leben so ist.

Aber jetzt habe ich die Wahl, hier am Strand.

Was will ich wirklich?

«Ich will überallhin», antworte ich. «Ich will auf den Kilimandscharo klettern und Sydney sehen und mir in Thailand ein schlimmes Tattoo stechen lassen und mit dem Rucksack durch Amerika wandern. Ich will mit Haien schwimmen und Rentiere im Schnee beobachten.» Ich drehe mich zu Travis, wobei ich meine Hüften bewege und seine Hand dort einklemme, wo ich sie haben will. «Und ich will *das* hier, auf der ganzen Welt.»

Seine Finger reagieren, langsam und fest.

«Du willst leidenschaftliche Liebesaffären mit gut aussehenden Einheimischen? Ich bin mir nicht sicher, ob die alle so entgegenkommend sind wie ich.»

Ich ziehe sein Gesicht zu mir.

«Nein, ich will, dass du mitkommst. Ich habe noch nie so jemanden wie dich kennengelernt, Travis. Du bist genau das, was ich will.»

Ich küsse ihn, und auf einmal begreife ich, was ich gesucht habe, als ich hierhergekommen bin.

Ich bin nicht vor meinem alten Selbst davongerannt; ich bin *zu* der wahren Imogen geflohen. Und die wahre Imogen ist selbstsicher, wild und trifft ihre eigenen Entscheidungen. Sie nimmt sich, was sie will. Sie ist stolz.

Sie reitet die Welle.

Ich schubse Travis zurück in den Sand und setze mich rittlings auf ihn, hole noch ein Kondom aus der Tasche seiner Shorts. Er packt mich bei den Hüften, versucht mich zu kontrollieren, den Takt zu bestimmen, aber ich halte seine Arme über seinem Kopf fest und finde meinen eigenen Rhythmus.

Diesmal habe ich die Macht.

» »

Die Sonne geht schon unter, die Schatten der Felsen werden kalt. Das Wasser ist jetzt höher als bei unserer Ankunft. Es klatscht gegen die Steine um uns herum, die Wellen kommen abgehackter und spritzen hoch.

«Wir müssen vorsichtig sein, wenn wir gehen», sage ich. Travis küsst mich auf die Schulter und zieht den Reißverschluss meines Neoprenanzugs hoch. «Es sieht aus, als könnten wir leicht die Kontrolle verlieren und gegen die Klippen geschleudert werden. Das ist hier nicht der beste Ort für eine Gehirnerschütterung.»

«Nein, stimmt», sagt er. «Jemand, der nicht so erfahren ist, könnte hier leicht ertrinken. Aber mach dir keine Sorgen. Ich passe auf dich auf.» Er reicht mir mein Board, lächelt, kreuzt die Finger und legt die Hand auf seine gebräunte Brust.

«Hand aufs Herz.»

Kapitel 24

Am 23. Februar 2019 stürzte Poppy Harris von einer Klippe am Hope Gap und starb. Geht man nicht davon aus, dass es sich um Selbstmord handelt, werden weitere Ermittlungen ergeben, dass dieser Tod auf Mord zurückzuführen ist.

Das ist die Hypothese, mit der ich vor Wochen meine Suche begonnen habe – eine Hypothese, die, wiewohl korrekt, in den letzten paar Stunden meiner Recherchen immer mehr von den neuesten Erkenntnissen in den Schatten gestellt wurde. Ich nehme die erste Seite meiner Mappe heraus und stecke stattdessen eine andere Seite hinein. Eine neue Hypothese.

Poppy Harris, Rachel Burton und Imogen Hawkins sind drei junge Frauen, die innerhalb einer Zeitspanne von zwei Jahren unter ähnlichen Umständen starben. Sie trugen alle die gleiche Kette. Die Untersuchung der Ähnlichkeiten und Verbindungen zwischen diesen Toden wird beweisen, dass es sich hierbei um Serienmorde handelt.

Ich wickele das neue Päckchen bunter Abschnittsteiler aus, das Daniel und ich auf dem Weg zurück in die Wohnung gekauft haben, und beginne damit, neue Abschnitte anzulegen.

Nachdem wir ausführlich zusammengestellt haben, was wir bereits über Daniels Schwester wissen, sammeln wir jetzt alles, was wir über Imogen Hawkins finden können: zwanzig Jahre alt, geboren in Liverpool, ging zur Hull University, um

Buchhaltung zu lernen. In den Zeitungsartikeln steht, dass sie vor zwei Jahren allein nach Cornwall gereist ist, ihr Tod wurde als Unglücksfall eingestuft. Sie fuhr mit dem Surfbrett zu einer gefährlichen Stelle, geriet aufgrund ihrer Unerfahrenheit in Schwierigkeiten und ertrank, nachdem sie mit dem Kopf gegen Felsen geschlagen war.

Zumindest sah das für den Gerichtsmediziner so aus.

Wir finden Yaz, die Freundin, die den Post auf Imogens Instagram-Account hinterlassen hat, und diskutieren über eine Stunde darüber, was wir ihr schreiben sollen. Am Ende schließen wir einen Kompromiss zwischen meiner direkten Ansprache und Daniels viel vorsichtigerer Variante.

Hallo, Yaz. Entschuldige, dass ich mich aus heiterem Himmel einfach so bei dir melde, aber bist du die Yaz, die mit Imogen Hawkins befreundet war?

Wir starren auf das Display und warten auf eine Antwort, unsere Vorgehensweise für das weitere Gespräch haben wir in meiner Mappe skizziert. Nur kommen die Notizen nicht zum Einsatz, denn Yaz antwortet nicht. Zumindest jetzt noch nicht. Aber immerhin sind wir bereit, wenn sie reagiert.

Wir durchsuchen Imogens Fotos nach getaggten Freunden und notieren uns für alle Fälle ihre Namen. Obwohl es so wichtig ist, die Informationen zu bekommen, die wir brauchen, um klarzustellen, dass die drei Morde von ein und demselben Menschen begangen wurden, wissen Daniel und ich beide, wie schnell wir durchgeknallt wirken könnten und Gefahr laufen, dadurch mögliche Zeugen abzuschrecken. Wir müssen geduldig sein.

Aber Geduld ist keine Eigenschaft, die ich im Übermaß besitze.

Rachel, Poppy, Imogen. Es können nicht nur die drei sein, zumal es dann eine Pause von beinahe zwei Jahren zwischen dem Mord an Rachel und dem an meiner Schwester geben würde. In diese Zeit können theoretisch noch fünf andere Morde begangen worden sein, die fälschlicherweise als Selbstmorde eingestuft wurden – sogar noch mehr, wenn wir nicht annehmen, dass Rachel das erste Opfer war. Wer weiß, wie lange dieser Mann es schon auf diese Weise auf Frauen abgesehen hat?

Ich *muss* die anderen finden.

Wir beginnen mit Selbstmorden. Wir drucken Seiten um Seiten mit Lokalzeitungsartikeln aus ganz England aus – *Teenagerin nimmt sich das Leben im Wald; Tod auf dem Parkplatz war Selbstmord* – und breiten sie auf dem Couchtisch aus. Lächelnde Gesichter schauen uns an, Namen, die uns fremd sind. Wir überprüfen die zugehörigen Social-Media-Accounts und versuchen, junge Frauen mit ähnlichen Todesdaten herauszufiltern wie die, von denen wir bereits wissen.

«Halt Ausschau nach Interessen wie Fotografie, Kunst, Musik, Reisen, Meer», sage ich und öffne einen pinkfarbenen Textmarker. «Poppy kam aus London, aber sie wurde in Brighton umgebracht. Bei Rachel war es auch ein Ort am Meer. Vielleicht sind die Küstenregionen die Verbindung.»

«Bin dran», sagt Daniel, steckt sich den Stift hinters Ohr und tippt etwas bei Google ein.

«Und such natürlich auch nach Fotos mit der Halskette. Sie ist unser wichtigster Beweis.»

Die Kette ist der Schlüssel. Sie ist eine stabile Verbindung zwischen den Opfern: die Visitenkarte, die der Mörder hinterlassen hat, um sich an seinen Morden zu ergötzen. Daniel und ich durchforsten das Internet danach, aber außer Imogens Instagram-Post finden wir kein Bild einer Kette, die genau so aussieht. Es kann kein ganz übliches Design sein. Wenn wir wüssten, woher es stammt, könnten wir die Spur zum Mörder zurückverfolgen. Aber das ist die Aufgabe der Polizei, wenn wir genügend Material präsentieren können, um ernst genommen zu werden.

Hier geht es nicht mehr nur um Poppy. Wenn ich das nächste Mal 101 wähle, werde ich einen Serienmörder melden – und ich werde die nötigen Informationen haben, um das zu beweisen.

Ich öffne meinen Reddit-Account und zeige die Kette so vielen Menschen wie möglich, in der Hoffnung, dass jemand sie erkennt. Ich flute die Unterkategorien Schmuck und Goldschmiede mit Bildern und Posts mit dem Titel *Weiß irgendwer, woher diese Kette stammt?*, aber ich bekomme nur Links zu anderen Anhängern, die an anderen Ketten hängen. Auf r/Ask-Reddit stelle ich ein Dutzend verschiedene Fragen desselben Inhalts: *Ist eine Freundin/Verwandte von euch gestorben und trug dabei Schmuck, den ihr nicht kanntet? Welchen?*, aber ich bekomme nur respektlose, unfreundliche Antworten oder Geschichten von Großonkeln und gravierten Uhren. Ich versuche es sogar bei r/VerlustdurchSelbstmord – meinem alten Stammbereich, in dem ich jetzt keinen Platz mehr habe.

Ist eine Freundin/Verwandte von jemandem von euch mit so einer Herzkette am Hals gestorben? (Nur Großbritannien), frage ich, und poste ein Foto der Kette. Ein paar User sind so freundlich, mit Nein zu antworten, ein paar wollen wissen, warum ich frage, aber insgesamt ist darunter nichts von Wert.

Am Donnerstagmorgen hat Yaz immer noch nicht geantwortet. Ich schicke ihr noch eine Nachricht, Daniel versucht es ebenfalls, aber sie reagiert nicht. Ich schaue alle paar Minuten auf mein Handy, aber die SMS, die ich bekomme, sind nicht die, die ich brauche.

Wie geht es dir, Liebling? Dad sagt, dass du noch
freihast. Viel Spaß! Xxxxx

Hallo, Clementine? Hier ist Brenda von der Helpline.
Hättest du nicht gestern Abend eine Schicht gehabt?
Ich hoffe, bei dir ist alles in Ordnung!

Clem, bitte sprich mit mir. Es tut mir so leid, dass ich
die Briefe deiner Schwester nicht früher gefunden
habe. Ich hätte schon vor Monaten nachsehen und dir
alles schicken sollen. Ich hoffe, es geht dir gut. X

Ich schicke höfliche Antworten – zumindest an Mum und
Brenda. Ich kann nicht mit Jenna reden. Ich weiß nicht, was
ich sagen soll. Es ist einfacher, die Nachrichten ungelesen
wegzuwischen. Wenn ich an sie denke, spüre ich die dunkle,
schwere Schuld in mir aufsteigen. Eine Schuld, mit der ich
nicht umgehen kann.

Ich warte auf viel zu viel: auf Yaz, auf eine zufällige Antwort
von einem Reddit-User, auf einen Anruf von der Polizei Sussex.
Aber nichts davon kommt.

Ich löchere die verwundbaren anonymen User von r/Ver-
lustdurchSelbstmord stärker, als ich sollte. *Ist ein euch naheste-
hender Mensch unerwartet gestorben? Habt ihr je darüber nachgedacht, ob dabei alles mit rechten Dingen zugegangen ist? Wenn euch
etwas merkwürdig vorkommt, dann vielleicht deshalb, weil es gar
kein Selbstmord war. Schickt mir eine Nachricht.*

Daniel und ich wenden dieselbe Taktik in den folgenden
Tagen auch offline an. Wir suchen so viele Trauergruppen in
der Umgebung heraus, wie wir finden können, besuchen sie
alle und zeigen den Leuten die Halskette, für den Fall, dass sie

jemand wiedererkennt. Aber natürlich tut das niemand, und meistens werden wir gebeten zu gehen.

«Wie sollen wir andere Opfer finden, wenn niemand mit uns reden will?», fragt Daniel, als wir wieder einmal vor der Tür einer Trauergruppe stehen, die uns gerade rausgeworfen hat. Er tritt gegen einen Laternenpfahl. «Ich hasse das.»

«Ich auch.» Ich laufe frustriert auf und ab. «Wir *wissen*, dass Imogen eine Halskette hatte, also *wissen* wir, dass sie ebenfalls ein Opfer ist, aber wir können nichts tun, bis jemand mit uns spricht. Es reicht mir langsam, immer höflich und rational zu sein. Lass uns einfach zu Yaz gehen und sie fragen. Persönlich.»

«Persönlich?»

«Ja. Das habe ich mit einer von Poppys Mitbewohnerinnen auch gemacht, und es hat funktioniert. Auf Yaz' Facebookseite steht bestimmt ihre Arbeitsstelle, und wenn wir ihre Social-Media-Posts durchforsten, finden wir vielleicht Hinweise darauf, an welchen Tagen sie arbeitet. Wir können sie dort ansprechen, dann kann sie uns nicht ignorieren.»

Ich schaue beim Gehen auf mein Handy und scrolle durch die Informationsfetzen aus Yaz' Leben, die sie online gestellt hat.

«Da, ein Kunsthandwerkladen in Birmingham. Das ist nicht allzu weit mit dem Zug. Wir könnten morgen schon fahren.» Ich sehe ihn an.

Daniel blinzelt, dann lacht er. «Wow. Ich hätte dich wirklich nicht für eine Stalkerin gehalten.»

«Das ist kein Stalking! Wenn Yaz sie gut genug kannte, dass sie Zugang zu ihrem Instagram-Account hatte, dann *muss* sie etwas über ihren Tod wissen. Wir müssen es ausprobieren.»

«Na gut. Fahren wir also nach Birmingham.»

Ich erkenne Yaz von ihren Instagram-Posts wieder, als wir am Freitagmorgen durch das Fenster des Kunsthandwerkladens spähen: braune Haut, ein kleiner Nasenring, das schwarze Haar zu einem unordentlichen Dutt hochgesteckt, die Augenbrauen so wohlgeformt wie Liams, gekleidet in eine Jeans-Latzhose und ein weißes T-Shirt, Sneakers an den Füßen. Sonst ist niemand im Laden.

«Bereit?», frage ich Daniel.

«Beinahe.» Er drückt sich ein neues Nikotinpflaster auf den Arm und rollt den Ärmel wieder darüber, dann streicht er sich das Haar hinter die Ohren. Ich runzele die Stirn.

«Warte mal... warst du beim Friseur?»

«Ja, hast du das gar nicht bemerkt? Ich habe mich außerdem rasiert. Dachte, ich werde vielleicht ein bisschen ernster genommen von den Leuten, wenn ich nicht so... du weißt schon, obdachlos aussehe. Hat es geklappt?»

Ich mustere ihn von Kopf bis Fuß: Seine Haut strahlt mehr, trotz unserer anstrengenden Ermittlungen, und seine Kleidung ist sauber und wirkt erwachsener. Seine neue Frisur steht ihm. Er sieht wie die normale Version von sich selbst aus – wie der Mensch, der er vor alldem gewesen sein muss. Ich lächle.

«Du siehst toll aus. Lass uns reingehen.»

Die Tür zum Laden ist bereits offen. Wir treten ein, gehen an handgemachten Kerzen, Figürchen und Bildern vorbei und hinüber zu Yaz. Sie arrangiert gerade bunt bedruckte Schals und schaut auf.

«Kann ich Ihnen helfen?»

«Hallo. Ich heiße Clementine, und das hier ist Daniel. Wir haben dir auf Instagram Nachrichten geschickt, aber ich bin mir nicht sicher, ob du sie gesehen hast. Wir würden gern mit dir über deine Freundin reden – über Imogen Hawkins.»

Yaz' Kundenservice-Lächeln verschwindet.

«Und dafür kommt ihr zu meiner *Arbeit*?» Sie verschränkt die Arme vor der Brust und schaut zum Ausgang, sie scheint den schnellsten Weg dorthin auszumachen.

«Es ist nichts Schlimmes. Wir sind nicht seltsam oder so…» Ich bereue es sofort, das gesagt zu haben. Ich sehne mich danach, Poppy hinter mir stehen zu haben, die mir Sätze ins Ohr flüstert, damit ich diese peinliche Unterhaltung irgendwie wieder in die richtige Richtung biegen kann.

«Dann schießt los. Worum geht es? Raus damit.»

«Okay. Wir sind hier, weil… Die Sache ist die… Wir glauben, da gibt es einen Mann, der…»

«Wir suchen nach unserem Bruder», sagt Daniel. Er stützt den Arm auf dem Verkaufstresen ab, lässig, ganz beiläufig – aber ich sehe die weißen Fingerknöchel, seine zitternden Knie. Er redet schnell, spult eine der Geschichten ab, die wir uns auf der Zugfahrt ausgedacht haben. «Ich weiß, dass das total seltsam wirkt, aber er ist vor ein paar Jahren von zu Hause abgehauen und hat etwas Schmuck von Mum mitgenommen, du weißt schon, um ihn zu verkaufen. Und wir suchen immer noch nach ihm, und neulich haben wir ein altes Foto von Mums Schmuck mit Google Lens abgeglichen und haben das hier bekommen.»

Er hält das Handy hoch, damit Yaz das Bild von der Halskette auf Imogens Instagram-Account sehen kann. Dabei fängt er meinen Blick auf und bittet stumm um Hilfe.

«Das ist Mums Halskette», sage ich und lehne mich ebenfalls auf den Verkaufstresen, um entspannt zu wirken. «Da, auf dem Foto. Wenn deine Freundin Imogen sie also hatte, bedeutet es, dass er sie ihr geschenkt hat. Es bedeutet, dass sie einander kannten. Ich weiß, dass sie nicht lange nach diesem Foto gestorben ist, und das tut mir wirklich sehr leid, aber...»

«Aber wir suchen wirklich schon seit *Jahren* nach ihm», übernimmt Daniel wieder. «Ohne Erfolg. Das hier ist das erste Mal, dass wir auch nur in die Nähe von etwas kommen, was mit ihm zu tun hat. Also mussten wir mit dir reden. Wir mussten einfach.»

Yaz blinzelt. «Aber was hat das mit mir zu tun?»

«Wir brauchen einfach jede Information, die du uns geben kannst», bittet Daniel. «Alles. Diese Kette war sehr wertvoll für Mum, daher wird er sie nicht einfach irgendwem geschenkt haben. Deine Freundin muss ihm wichtig gewesen sein, er muss sie gut gekannt haben. Also... ich weiß nicht, hat sie je irgendetwas erwähnt? Hat sie gesagt, wohin er vielleicht gegangen sein könnte?»

«Ich weiß nichts.» Yaz beißt sich auf die Unterlippe und sieht weg.

«Bitte», sagt Daniel, und jetzt scheint echte Verzweiflung durch seine Schauspielerei hindurch. «Wir müssen ihn wirklich finden.»

Sie seufzt. «Okay. Na gut. Sie war in Cornwall tatsächlich mit jemandem zusammen, aber ich habe ihn nie kennengelernt oder so.»

«Hat sie Bilder geschickt?», frage ich. «Äh, damit wir seine Identität überprüfen könnten?»

«Nein, nichts. Hört mal, das ist jetzt vielleicht ein bisschen merkwürdig, dass ich euch das sage, aber sie hatte irgendwie eine kleine Quarterlife-Krise und ist einfach weggerannt, um in jenem Sommer surfen zu lernen, was toll war, gut für sie. Die Sache ist, sie hatte zu Hause einen Freund – einen sehr lieben Kerl, wirklich nett –, aber dieser andere Typ hat sie völlig umgehauen, und ja, sie hat ihren Freund betrogen, also ...»

«Bist du die Einzige, der sie das erzählt hat?»

«Ja. Und ich habe es auch niemandem weitererzählt.»

«Auch nicht der Polizei oder so?»

«Nee. Ich habe ihren Eltern erzählt, dass sie dort Freundschaft mit jemandem geschlossen hatte, ihr wisst schon, für den Fall, dass sie in Cornwall irgendwelche Leute befragen mussten wegen des Unglücks, aber ich habe die Tatsache, dass sie mit ihm schlief, einfach ausgelassen.»

Ich merke mir das Muster: heimliche Beziehungen, von denen niemand wissen durfte.

«Hat sie dir seinen Namen gesagt?», fragt Daniel.

«Äh, ja. Travis.»

Ben, Dylan, Travis. *Mörder.*

«Das ist er», sagt Daniel und setzt ein Lächeln auf. «Unser Bruder Travis.»

«Hat sie dir irgendetwas anderes über ihn erzählt?», frage ich. «Hat sie gesagt, wie sie sich kennengelernt haben, wie er so war, wie er aussah?»

«Ähm, er hat ihr, glaube ich, geholfen, Surfen zu lernen. Nicht besonders gut, offensichtlich.» Yaz lächelt traurig, und in ihrem Gesicht liegt ein Hauch Zorn. «Ja, sie redete *ständig* darüber, wie er aussah. Sie war völlig verrückt nach ihm. Sagte, er sei absolut umwerfend.»

Ich ziehe eine von Poppys Comic-Zeichnungen aus meiner Tasche: «Ben», dessen Schal im Wind flattert, hochgekrempelte Jeans, in Stiefeln, mit welligem braunem Haar, grünen Augen und einer Kamera um den Hals.

«So?»

349

«Oh.» Yaz nimmt die Zeichnung und runzelt die Stirn. «Oh nein, das kann er nicht sein.»

«Was?»

«So sah er nicht aus. Er war fit. Athletisch. Sie sagte, er habe typisches Surferhaar. Lang, wellig, blond. Und Muskeln. Dieser Typ hier ist ein bisschen ... schmächtig. Ihrer nicht. Er war vermutlich einer von diesen Riesenkerlen, größer als ...» Sie deutet auf Daniel. «Wie groß bist du, eins fünfundsiebzig?»

«Eins *achtzig*, eigentlich», sagt er und stellt sich gerade hin.

«Na ja, noch größer wahrscheinlich. Und mit Tattoos, glaube ich.»

«Was für Tattoos? Wo? Auf dem Arm? Hier so?»

«An ganz vielen Stellen, glaube ich. Auf jeden Fall auf der Brust.» Sie überlegt. «Vielleicht hatte er einen Delfin auf dem Arm? Sie sagte was über einen Delfin, und von Wellen.»

Wir konnten die Tattoos auf «Dylans» Arm auf dem Foto der Wildkamera nicht genau erkennen, aber ein Delfin war ganz sicher nicht dabei.

«Bist du sicher, dass er es nicht doch sein könnte?», frage ich und zeige auf die Zeichnung. «Hat sie etwas von Fotografie gesagt? Oder von einer Kamera?»

«Oder von Musik? Von Auftritten vielleicht? Von Vinylschallplatten?»

«Sorry, das war alles nicht ihr Ding. Davon hat sie nichts gesagt.» Yaz gibt mir die Zeichnung zurück. «Sorry, das muss ein anderer Travis gewesen sein. Seid ihr sicher, dass es dieselbe Kette ist? Vielleicht hat euer Bruder die Kette doch verkauft, und dieser Travis war der Käufer?» Sie zuckt die Schultern. «Jedenfalls wünsche ich euch, dass ihr ihn findet.»

Ich würde gern bleiben, mehr Fragen stellen, bis alles etwas klarer wird, aber Daniel zieht mich aus dem Laden und zurück zum Bahnhof.

«Es bringt nichts», sagt er. «Das hier ist eine Sackgasse.»

«Aber die Halskette…»

«Ich weiß, das ist die gleiche, aber es ist nicht derselbe Typ.» Er reibt sich die Stirn. «Ich weiß auch nicht, wie sie an die Kette gekommen oder warum Imogen gestorben ist, aber ich weiß, dass dieser Travis gar nicht so klingt wie Ben, und auf keinen Fall wie jemand, auf den Rachel stehen würde. Er ist nicht der, der sie getötet hat. Das kann nicht sein.»

Ich will nicht, dass Daniel recht hat, aber ich kann nicht gegen die Tatsachen anargumentieren.

Wir sind genauso allein in unserer Suche wie zuvor.

Kapitel 25

Was jetzt?», fragt Daniel, als wir uns durch die wartende Menge an der Euston Station drängeln. «Die nächste Trauergruppe? Ich habe gesehen, dass es auch eine in Stratford gibt. Wir könnten es dort versuchen? Clementine?»

Ich bleibe neben einer Säule stehen, wo ein wenig Platz ist. «Ich mache die Trauergruppen. *Du* musst zurück nach Kent.»

«Was? Warum?» Er greift automatisch nach seinem Hals, um sich mit dem vertrauten Ziehen an der Kette zu beruhigen, aber dann fällt ihm ein, wo sie jetzt ist und was sie repräsentiert. «Habe ich was falsch gemacht?»

«Nein, überhaupt nicht. Aber du hast recht, was die Sackgassen angeht.» Ich sehe ihn an. «Imogen ist plötzlich gestorben, ebenso wie Poppy und Rachel, und sie hatten alle einen geheimen Freund und eine Kette. Was, wenn Imogen *wirklich* umgebracht wurde, aber von jemand anderem? Es könnte sein, dass es mehr als einen Mörder gibt, und dass alle demselben Muster folgen. Eine Gruppe, die sich über das ganze Land verteilt. Travis in Cornwall, Ben in Sussex, Dylan in Kent.»

«Du glaubst, es waren *alle* unterschiedliche Mörder?»

«Ich weiß es nicht, aber das würde erklären, warum Poppy nie erwähnt hat, dass Ben ein Tattoo hatte. Vielleicht sind es Freunde – oder sie gehören zu einer Art krankem Club.»

«Ich ... verdammt. Du hast recht. Das könnte so sein.»

«Ja. Und wenn das so ist, wenn Dylan einfach nur Dylan ist und er Poppy nie kennengelernt hat, dann ist es völlig sinnlos, wenn du mit mir kommst und all die Gruppen besuchst, obwohl du doch schon alle Beweise hast, die du brauchst, um zur Polizei zu gehen. Das Foto von der Wildkamera beweist, dass Rachel auf dem Weg zu den Gleisen in jener Nacht nicht allein war, und die Aufnahmen auf den Gleisen unterstützen das. Du musst nach Kent fahren und es der Polizei zeigen. Du solltest hier mit mir keine Zeit mehr verlieren.»

Daniel tritt von einem Fuß auf den anderen. «Das hier ist keine Zeitverschwendung, Clem.»

«Doch, und du weißt das auch. Vielleicht war es falsch, unbedingt eine Verbindung zwischen den beiden Todesfällen ziehen zu wollen. Geh du nach Kent, ich kümmere mich wieder um Brighton.»

«In Kent hören sie mir nicht zu, das weißt du doch! Welchen Sinn hätte das also?»

«Diesmal hören sie dir zu.» Ich öffne meine Tasche und ziehe einen Plastikumschlag mit getippten Papieren heraus. «Ich habe alles über Rachels Tod für dich zusammengefasst, einschließlich der Fotos, die zeigen, dass sie in jener Nacht nicht allein war. Sobald sich das jemand ansieht, müssen sie dich ernst nehmen. Und außerdem nehmen ihnen diese Unterlagen die Hälfte der Arbeit bereits ab.»

Ich gebe ihm den Umschlag.

«Wann hast du das gemacht?», fragt er und blättert durch die Papiere.

«Gestern Nacht, als du geschlafen hast.»

«Du hast gesagt, du hast auch geschlafen.»

«Ich habe gelogen.» Ich lächele. «Das hier war wichtiger.»

Er drückt den Umschlag an sich und strafft die Schultern. «Okay. Ich mache es. Ich überrede diese Arschlöcher, mir zu glauben, und wenn sie es dann tun, wenn sie mich ernst nehmen, sage ich dir Bescheid. Selbst wenn es unterschiedliche

Mörder sind – die Umstände sind einfach zu ähnlich, als dass man die Verbindungen übergehen könnte. Margate kann sich dann auch direkt mit Brighton in Verbindung setzen. Offizielle Kanäle und so.»

«Ganz genau. Bring ihnen die Mappe, beweise, dass Rachel ermordet wurde, und bring die Sache ins Rollen.» Ich nicke ihm aufmunternd zu. «Na geh schon.»

Ich deute auf die U-Bahn-Station, aber er zögert.

«Bist du sicher? Ich kann auch bei dir bleiben. Ich muss nicht gehen.»

«Doch, musst du. Du hast lange genug darauf gewartet, Beweise zu haben, die du benutzen kannst. Jetzt mach das auch.»

Daniel umarmt mich, legt die Arme fest um mich.

«Danke», murmelt er mir ins Ohr, und ich drücke ihn. «Ich lass dich nicht im Stich.»

»»

Daniels Besuch bei der Polizei in Margate wird eine ganze Lawine paralleler Ermittlungen lostreten – und ich muss für Poppys Fall bereit sein.

Bis Samstagmorgen habe ich zwei Umschläge vorbereitet: einen mit Kopien von Poppys Briefen und Zeichnungen, getippten Aussagen und allgemeinen Informationen, die die Mordtheorie stützen, und einen zweiten mit allem, was die Serienmord-Theorie untermauert. Selbst wenn es nicht derselbe Mörder ist, weist die Kette dennoch auf ein Muster oder einen Modus Operandi hin, der vielleicht von mehreren Männern geteilt wird: Ben, Dylan, Travis. Freunde? Komplizen? Oder nur Fremde, die einander auf die krankestmögliche Weise zu übertreffen versuchen?

354

Ist das hier ein Spiel für sie?

Darüber darf ich nicht nachdenken. Das hier ist größer als ich, als Daniel. Das hier muss die Polizei übernehmen. Ich stecke die Umschläge in meine Tasche und gehe zur Tür.

«Hey, Süße. Wo willst du hin?», ruft Liam aus der Küche. Er knetet Mehl in einen Teig.

«Bibliothek», sage ich schnell.

«In die Bibliothek? Schon *wieder*? Du musst doch längst alles gelesen haben, was es dort gibt.»

Ich fummele an den Gurten meines Rucksacks herum. Ich habe Gewissensbisse, dass ich schon wieder lüge. Bisher habe ich ihm noch nicht die Wahrheit darüber erzählt, was mit Poppy passiert ist und warum ich nach Ben gesucht habe. Ich weiß immer noch nicht, wie ich das Thema am besten anschneiden soll.

«Du weißt doch, dass meine Schwester tot ist? Es hat sich herausgestellt, dass sie ermordet wurde! Daniels auch! Womöglich von demselben Mann! Cool, was?»

«Ist Daniel bei dir?», fragt Liam und versucht, um meine Tür herum in mein Zimmer zu spähen. «Heute Morgen war er nicht auf dem Sofa.»

«Er ist zurück nach Margate gefahren.»

«Ah. Der hält ja ganz allein die Eisenbahngesellschaft am Laufen. Kommt und geht die ganze Zeit.» Liam hebt die Brauen. «Warum ist er denn wieder weggefahren?»

Es ist einfacher, die Wahrheit zu sagen, wenn es nicht um mich selbst geht.

«Erinnerst du dich daran, dass er seine Schwester verloren hat, weil sie sich das Leben genommen hat?»

«Ja, der Arme.»

«Na ja, es hat sich herausgestellt, dass es gar kein Selbstmord war ... Sie wurde umgebracht.»

355

«Oh mein Gott.» Liam legt den Löffel beiseite und richtet sich auf. «Das ist ... das ist ja schrecklich. Wie haben sie das denn herausgefunden? Wissen sie schon, wer es war?»

«Noch nicht, aber sobald die Polizei mit den Ermittlungen beginnt, werden sie ihn finden. Daniel bringt die Beweise, die er gesammelt hat, heute dorthin.»

«Du meinst, die Polizei weiß noch gar nichts davon? Er hat das *selbst* herausgefunden?»

«Ja. Er hat eine Aufnahme gefunden, zu der sonst niemand Zugang hatte.»

«Oh wow. So ein Glück für ihn. Also, kein *Glück*, weil seine Schwester gestorben ist, aber du weißt schon, wie ich das meine. Kein Wunder, dass er immer so aufgelöst wirkt, bei alldem.» Er schüttelt den Kopf. «Das kann ja jedem die seelische Gesundheit zerstören.» Er probiert mit dem Finger den Teig. «Und was ist mit dir?»

«Mit mir? Was meinst du damit?»

«Hast du diesen Ben gefunden, nach dem du gesucht hast?»

«Äh, ja und nein. Es ist ziemlich kompliziert.» Das hier wäre der Moment, in dem ich ihm alles erzähle, es mir von der Seele reden könnte – aber ich tue es nicht. Schon bald wird das, was mit Poppy passiert ist, kein Geheimnis mehr sein. Soll er bis dahin noch das Backen genießen. «Ich muss jetzt los. Bis bald.»

«Alles klar, C. Hab einen schönen Tag! Wenn du wieder da bist, ist der Kuchen fertig.»

Er reckt beide Daumen, aber meine Finger sind zu fest hinter die Gurte des Rucksacks geklemmt, dass ich die Geste erwidern könnte. Ich lächele kurz und verlasse die Wohnung. Wie üblich wummert die Musik im Flur.

Ich gehe zur Post, gebe die Umschläge mit meinen Beweisen ab und schicke sie zum Polizeirevier Brighton. Ich hoffe, dass die Mitarbeiter dort ihre Post häufiger öffnen als ihre E-Mails.

Mein Handy meldet eine Nachricht, als ich aus der Post trete. Ich blinzele, muss das Display vor der Sonne schützen, und lese die Nachricht. Lese sie noch mal.

Es ist eine Antwort auf einen meiner Reddit-Posts.

r/VerlustdurchSelbstmord: Ist eine Freundin/Verwandte von jemand anderem auch mit so einer Herzkette am Hals gestorben?

Das ist merkwürdig, meine Tochter hatte dieselbe. Habe sie in ihren Sachen gefunden.

Es gibt einen Link. Ich klicke darauf, und ein etwas verschwommenes Foto öffnet sich: eine raue, kräftige Männerhand hält eine Kette. Der Anhänger ist herzförmig, besteht aus zwei verschiedenen Metallen, die Kette ist aus Roségold. Das ist sie.

Ich tippe auf den Button, mit dem ich eine private Nachricht schicken kann, und die Autokorrektur hilft meinen vor Ungeduld ungeschickten Fingern.

Was ist mit deiner Tochter passiert? Wann ist sie gestorben? Wie?

Innerhalb einer Minute bekomme ich eine Antwort.

Eliza hat sich im März 2018 das Leben genommen. Sie war an der Universität in Cardiff.

Ich rechne kurz nach: Sie ist ungefähr auf der Hälfte zwischen Rachel und Poppy gestorben. Cardiff. *Wales*. Das ist ein Stück weg. Mein Gehirn arbeitet.

Wie weit reicht diese Sache? Wie viele Leute sind daran beteiligt?

Nach welchem Namen suchen wir diesmal? Nach was für einem Menschen?

War deine Tochter mit jemandem zusammen?, tippe ich. Hatte sie einen Freund?

Ich glaube nicht. Die Gerichtsmedizin sagte, dass sie kurz zuvor damit begonnen hatte, die Pille zu nehmen, wegen ihrer Menstruationskrämpfe, und dass die Hormone Depressionen auslösen könnten. Das hat mir ihre Mum gesagt. Aber ich weiß es nicht.

Noch eine heimliche Beziehung. Noch eine Familie, die im Dunkeln tappt. Nach welchem Handbuch gehen diese Männer nur vor?

Der Mann schreibt erneut.

Warum fragst du nach der Halskette? Ist irgendetwas daran besonders? Ich habe mir deine Posts angesehen. Hat die Kette irgendwas mit ihrem Selbstmord zu tun? Ist das eine Art Kult? Gibt es einen bestimmten Grund, aus dem die Mädchen sie tragen? Eliza hat so etwas vorher noch nie getragen.

Ich runzele die Stirn.

Was trug sie denn sonst für Schmuck?

Totenschädel, Spinnennetze, so was. Sie mochte gruselige Dinge. Immer nur in Silber. Deshalb konnte ich mich sofort an die Kette erinnern, als ich deine sah. Sie fiel mir auf.

Seine nächste Nachricht kommt nach einer kurzen Pause. Es ist wieder ein Link zu einem Foto: ein junges Mädchen mit langem, schwarz gefärbtem Haar, dunklem Eyeliner, in metallbeschlagenen Stiefeln und schwarzer Kleidung, das neben einem Mann mittleren Alters in einem grünen Rugby-Shirt steht. Auf ihrer Schulter sitzt eine Ratte.

Sie war ein sehr kluges Mädchen. Sie studierte Psychologie. Ich glaube, es interessierte sie, weil sie mit ihrer eigenen psychischen Gesundheit kämpfte. Das hätte ein Warnzeichen sein müssen. All diese Totenschädel und schwarzen Klamotten und all die düsteren Dinge, die sie auf Tumblr postete. Zu uns sagte sie, dieses Gothic-Grufti-Zeug sei eben einfach ihr Stil, aber wir hätten unserem Bauchgefühl trauen sollen. Es ging ihr nicht gut.

Ich atme jetzt schneller. Wut steigt in mir hoch. Wut, und Erkennen.

Du bist sicher, dass sie mit niemandem zusammen war?

Ich bin mir sicher.

Aber wenn es so gewesen wäre, wie hätte er ausgesehen?

Er tippt eine Antwort, und ich lese sie. Lese sie noch mal. Dann rufe ich Daniel an, das Telefon fest in der Hand, und gehe die Straße auf und ab.

«Hey. Ich bin gerade auf dem Polizeirevier. Kann ich dich zurückrufen?»

«Nein!»

«Nein? Warum nicht?»

«Ich habe gerade eine Nachricht auf Reddit bekommen. Es gibt noch ein Opfer. Die gleiche Kette, im Studentenalter, ist vor ungefähr anderthalb Jahren gestorben. Aber diese Eliza war eine Goth, ein Gothic-Mädchen. Sie trug nur Schwarz.»

«Eine Goth? Das unterscheidet sich ja ziemlich von den anderen.»

«Ja, und ich glaube, darum geht es», sage ich aufgeregt. «Ich glaube, das ist es, was er wollte.»

«Er? Ich dachte, wir glauben, dass es verschiedene Mörder sind?»

«Jetzt nicht mehr! Ich hätte das viel früher kapieren müssen.»

Es reicht nicht mehr, auf und ab zu gehen, ich gehe jetzt in Richtung Kanalpfad, weil ich eine gerade Strecke brauche.

«Jede dieser Frauen war ein ganz anderer Typ als die anderen. Poppy war Künstlerin, Rachel Musikerin, Eliza war eine Goth, und Imogen stand auf Surfen und Reisen und Selbstfindung.»

Ich gehe etwas schneller, finde meinen Takt. Das mache ich auch in Harvard immer, in der Bibliothek, im Labor, in der Wohnung. Dabei kann ich am besten nachdenken, Verbindungen finden, Schlussfolgerungen ziehen.

«Der Mörder hat all diese Frauen umgebracht und ihre Tode wie Selbstmorde aussehen lassen, um nicht erwischt zu werden», sage ich. «Er wollte nicht, dass irgendwer in einem Mordfall ermittelt, daher hat er versucht, die Taten zu vertuschen. Aber er konnte nicht wissen, dass es funktionieren würde, oder? Vielleicht ist das hier also sein Back-up. Sein Sicherheitsnetz. Er hat *unterschiedliche* Frauen umgebracht, Frauen, die niemals miteinander in Verbindung gebracht worden wären, weil sie zufällig dieselbe Band mochten oder an der Uni dasselbe studierten. Ihre Unterschiede sind Teil des Musters.»

«Oh mein Gott», murmelt Daniel. Er scheint zu überlegen. «Aber wie hat er seine Opfer dann gefunden? Warum gerade diese Frauen? Warum Rachel? Warum Poppy?»

«Ich weiß es nicht. Wobei – vielleicht weiß ich es doch. Poppy hat ihre Kunstwerke online gezeigt, und Imogen war ebenfalls auf Instagram. Elizas Dad hat etwas von Tumblr gesagt ...»

«Und Rachel hatte YouTube und SoundCloud für ihre Musik.»

«Er hat sie online gefunden.» Ein Bild entsteht vor meinem inneren Auge. «Er hat sich die Frauen zufällig ausgesucht, Frauen aus jeder Ecke des Landes. Nicht nur im Süden, auch in Wales. Er muss sie online gefunden und dann vor Ort ins Visier genommen haben. Und dass die Todesfälle in ganz Großbritannien verteilt waren, hat die Gefahr, erwischt zu werden, zusätzlich minimiert.» Ich bleibe stehen. «Er konnte sich sicher sein, dass niemals jemand zufällig jemand anderen treffen würde, dem dasselbe passiert ist.»

«Bis wir uns über den Weg liefen.»

«Ja. Unser Treffen war zu unwahrscheinlich, um es zu kontrollieren.»

Ich weiß, dass alles, was ich sage, stimmt, aber ich kann mich darüber nicht freuen. Es ist ein Durchbruch, von dem ich mir wünsche, dass ich ihn nicht gehabt hätte. Ich gehe weiter die Straße hinunter.

«Poppy hat ihr gesamtes Leben auf ihren Social-Media-Accounts ausgebreitet. Was sie mochte, was sie hasste, wo sie gerade war. Es war leicht für einen Fremden, ihre Persönlichkeit zu erfassen, um dann einen Tinder-Account zu erstellen, der ihr auf jeden Fall gefallen würde.» Ich bin jetzt auf dem Kanalpfad und gehe schneller. «Wir haben uns ihre Zeichnungen auf die falsche Art und Weise angeschaut, Daniel. Wir dachten, sie hätte *ihn* gezeichnet, den Mörder – aber sie hat nur das gezeichnet, was der Mörder *für sie* war. Sie hat Ben gezeichnet, aber Ben war nicht der Mann im Auto mit deiner Schwester. Ben hat nicht Imogen das Surfen beigebracht, und Ben hat nicht getan, was auch immer Eliza dazu brachte, sich in ihn zu verlieben. Der Mann war jemand ganz anderes für jedes einzelne seiner Opfer. Er war immer das, wovon er wusste, dass sie es wollten.»

«Oh mein Gott.» Daniel holt tief Luft, und ich stelle mir vor, wie Daniel mit den Fingern durch sein Haar fährt. «Er ändert sein Aussehen wie ein … ein …»

«Chamäleon.» Ich gehe an unserer Familienbank vorbei und grabe die Fingernägel in meine Handfläche. «Er passt sich an jedes seiner Opfer an, indem er ganz genau der Mensch wird, den sie suchen, sowohl was das Aussehen angeht als auch die Persönlichkeit. Er lässt sie glauben, er sei ihr perfektes Match. Und dann, wenn sie sich in ihn verlieben, bringt er sie um.»

Das Grauen in meinen Worten passt nicht zum glitzernden, algengrünen Wasser des Kanals und den Entchen, die faul darin herumdümpeln.

Ich versuche mir den Mann vorzustellen, in den sich Eliza verliebte: Hatte er eine Stachelfrisur? Piercings? Schwarze Fingernägel? Und für Imogen gebräunte Muskeln? Sonnengebleichtes Haar? Geflochtene Armbänder und Ketten? Vielleicht änderte er seine Stimme und seinen Akzent bei jeder neuen Frau. Passte seine Haltung und seinen Gang an. Vielleicht machte er Witze. Oder keine. Veränderte seine Haarfarbe, ließ sich einen Bart wachsen, rasierte ihn wieder ab. Trug farbige Kontaktlinsen. Bräunte seine Haut. Schminkte sich die Augen mit Eyeliner. Er studierte seine Opfer, kannte ihre Hobbys, bis er ihre Interessen übernehmen und als Waffe gegen sie einsetzen konnte.

Er konnte werden, wer immer er wollte.

Woher wissen wir also, nach wem wir suchen?

Ich sehe die Landkarte von Großbritannien vor meinem inneren Auge. Mit Stecknadeln markiere ich die Tatorte. Margate, Newquay, Brighton, Cardiff.

Dieser Reddit-User, wer auch immer er ist, ist ein Vater, der mit dem Selbstmord seiner Tochter zurechtkommen muss. Er ist überzeugt davon, dass sie sich das Leben genommen hat.

Diese Geschichte kenne ich. Ich habe sie selbst erlebt, Daniel auch, ebenso wie meine Eltern und Imogens, aber ... es gibt da noch jemanden. Dieser Jemand hat mit mir darüber gesprochen. Es ist eine Frau, die, jetzt, da ich darüber nachdenke, sagte, dass sie die Halskette ihrer Tochter jeden Tag um den Hals trage, als Erinnerung an sie.

Musikerin, Goth, Surferin, Künstlerin.

Bücherwurm?

«Ich muss auflegen», sage ich zu Daniel und verlasse den Kanalpfad, um zur nächsten U-Bahn-Station zu gehen. «Zeig der Polizei den Umschlag. Erklär ihnen alles.»

«Okay. Wo gehst du hin?»

«Zur Helpline.» Ich beginne zu rennen. «Ich glaube, ich weiß, wer Opfer Nummer fünf ist.»

Kapitel 26

Es ist heller Tag in Whitechapel, aber die Jack-the-Ripper-Touristen spazieren auch jetzt durch die Straßen. Die Tourleiter erschrecken die Kinder unter ihnen mit grausigen Details, Touristen machen Fotos an den Fundorten der toten Frauen.

Wird Hope Gap auch so ein Ort werden, den neugierige Fremde besuchen, weil sie davon in True-Crime-Podcasts und Dokumentationssendungen gehört haben? Wird man sich an Poppy als Leiche an einem Strand erinnern statt an den talentierten, empfindsamen, sturen, unordentlichen, nervigen, freundlichen, dankbaren, hoffnungsvollen, glücklichen Menschen, der sie für beinahe neunzehn Jahre war?

Ich steige die Treppe hinauf zur Helpline, als wäre das hier eine ganz normale Schicht für mich, gehe an der Rezeption mit der Dienstliste vorbei, an den weißen Wänden, dem grünen Poster mit dem Spruch *Egal wie allein du dich fühlst, wir sind für dich da.* Ich höre das Gemurmel aus dem Telefonraum. Die Ehrenamtlichen trösten bereits, mit ihren vorgefertigten Antworten und dem hoffnungsvollen Tonfall, den sie geübt haben.

Selbstmord erzeugt Selbstmord. Es ist nicht selten, dass jemand, der einen Freund oder ein Familienmitglied hat, das sich für Selbstmord entschieden hat, sich ebenfalls umbringt. Das ist Daniel passiert, der sich die Pulsadern aufschneiden wollte und später aufs Dach eines Gebäudes gestiegen ist, um sich ins Nichts zu stürzen. Es ist auch Blessing passiert – der Anruferin vor ein paar Wochen, die mir erzählte, dass sich

365

ihre Tochter umgebracht und sie selbst seitdem jeden Tag ihre Herzhalskette getragen habe. Eine besondere Halskette. Das kann kein Zufall sein.

Wie viele von uns gibt es noch da draußen? Angehörige, die trauern, die verzweifelt sind? Wie viele weitere Leben hat der Mörder zerstört?

Ich will seins zerstören.

Brenda kommt mit ein paar Bechern und Keksen aus der Küche am Ende des Flurs und geht in den Telefonraum. Leise schleiche ich in ihr Büro. Ich muss schnell sein. Ich suche nach der richtigen Mappe, die ich schließlich in einer Schublade finde: *Regelmäßige Anrufer, Anrufpläne.* Ich blättere hindurch und suche nach Blessings Namen.

«Clementine?»

Ich klappe die Mappe zu. Jude steht in der Tür.

«Ich wusste gar nicht, dass du heute kommen würdest. Was machst du denn hier drin?»

«Ich wollte … mein Handbuch aktualisieren.»

«Oh, ach so.»

Keiner von uns rührt sich oder sagt irgendetwas. Dann gibt Jude nach.

«Hör mal, was letzte Woche angeht. Ich möchte mich entschuldigen. Ich habe überreagiert, was Daniel angeht. Ich hätte auf das hören sollen, was du über ihn gesagt hast, und ich hätte dir vertrauen sollen. Du weißt schon, was du tust.» Er sieht mich fest und ehrlich an. «Ich bin mir sicher, dass du deine Gründe hast – gute Gründe –, ihn in dein Leben zu lassen, das hast du sicher nicht einfach so getan. Es tut mir leid, dass ich an dir gezweifelt habe. Wirklich. Entschuldige.»

Er berührt seine Brust, direkt über dem Herzen. Sein freundliches Lächeln ist wieder da – aber ich habe gerade keine Zeit, zu überlegen, ob ich es erwidern möchte. Ich nehme die Mappe vor mir in die Hand. Brenda kommt jeden Augenblick zurück, und vorher muss ich hier raus. Was neulich passiert ist, ist unwichtig.

«Entschuldigung angenommen», sage ich, «aber nur, wenn du mir einen Kaffee holst.»

Er lacht. «Milch, keinen Zucker. Kommt sofort.»

Als er weg ist, öffne ich die Mappe wieder. Da steckt er noch mal den Kopf in die Tür und lächelt sein sanftes Lächeln.

«Ich freue mich wirklich, dass du zurückgekommen bist, Clementine. Im Telefonraum ist es weniger schön ohne dich.»

Ich lächle zurück und hoffe, dass es überzeugend ist.

Sobald er wieder fort ist, diesmal wirklich, blättere ich hastig durch die Mappe und finde Blessings Daten. Den vollen Namen, die Adresse, die Telefonnummer. All das ist nur für unseren professionellen Gebrauch bestimmt, für Notfälle, und um eingehende Anrufe zu identifizieren. Ich mache ein Foto von ihrer Seite und gebe ihre Nummer in mein Handy ein, dann verstaue ich die Mappe wieder im Schreibtisch und eile aus Brendas Büro. Ich nehme mir nicht die Zeit, mich von den anderen zu verabschieden, laufe den Gang entlang und trete in den Hausflur. Ich will gerade die ersten Stufen hinunter nehmen, als ich höre, dass jemand die Treppe heraufkommt. Stattdessen steige ich also ebenfalls die Stufen hoch, bis zum Dach, wo ich allein sein kann. Ich trete hinaus in die frische Luft, tippe auf den Anrufbutton und schließe die Tür hinter mir.

«Hallo, kann ich Ihnen helfen?», fragt Blessing mit ihrem vertrauten nigerianischen Akzent.

Einen Augenblick lang kann ich keinen Gedanken fassen; ich habe mir gar nicht überlegt, was ich sagen soll. Ich hocke mich hin und hole meine Mappe hervor, nehme einen Stift und schlage eine leere Seite auf.

«Hallo, Blessing. Ich bin von der Telefon-Helpline *UK-Listeners*, und es tut mir furchtbar leid, dass ich Sie aus heiterem Himmel anrufe. Das hier ist ein … Serviceanruf. Zur Vorsorge. Eine neue Initiative, die wir für unsere regelmäßigen Anrufer ins Leben gerufen haben.»

«Verstehe. Wie wunderbar.» Es klingt, als lächelte sie. «Wir haben schon miteinander gesprochen, oder? Ich erkenne Ihre Stimme wieder.»

Jede andere Person würde diesen Anruf als übergriffig und geschmacklos empfinden, aber Blessing ist zu gutmütig, um überhaupt auf die Idee zu kommen aufzulegen. Wenn sie sich unwohl fühlt, zeigt sie es nicht. Vielleicht fühlt sie sich auch nicht unwohl. Vielleicht hört sie in ihrer Einsamkeit auch dem merkwürdigsten Anrufer gern zu.

«Also, wie geht es Ihnen, Blessing?», frage ich.

«Es geht mir schon besser, danke Ihnen. Ich bin auf einem guten Weg.»

Und jetzt muss ich die Wunden öffnen, die so schwer verheilen.

«Als wir miteinander sprachen, sagten Sie mir, dass Sie alle Bücher Ihrer Tochter behalten hätten und dass Sie noch ein paar andere Gegenstände als Erinnerung aufbewahrten, oder?»

«Ja. Ich habe in jedem Zimmer ein Foto von Yewande, und ich rede mit ihr, wenn ich sauber mache, lese, Abendessen koche. Ich bin Krankenschwester, und ich erzähle all meinen Patienten von ihr. Sie ist immer bei mir, immer.»

«Wunderbar, wunderbar.» Ich räuspere mich, muss mich zügeln, nicht mit meinen Fragen herauszuplatzen. «Und haben Sie nicht mal davon gesprochen, dass Sie etwas von ihr am Körper tragen? Was war das noch? Einen Schal? Ein Armband?»

«Ihre Kette. Sie ist sehr hübsch.»

«Oh. Wie sieht sie denn aus?»

«Es ist eine Kette mit Herzanhänger. Ich weiß nicht, ob sie mir steht, aber ich trage sie trotzdem gern.» Ich stelle mir vor, wie Blessing nach dem Anhänger an ihrem Hals greift. «Meine Tochter hat nie Schmuck getragen, wissen Sie, dass sie diese Kette trug, bedeutet, dass sie ihr sehr wichtig war.»

«Ein Herz? Wie hübsch. Ist es ein Medaillon? Oder ein Plättchen?» Ich spüre mein eigenes Herz in meiner Brust schlagen.

«Nein, es ist ein… Ich weiß nicht genau, wie ich das beschreiben soll. Ein Umriss? Eine hohle Form, die aus zwei verschiedenen Metallen besteht. Silber und…»

«Roségold?»

«Oh. Ja. Woher wissen Sie das?»

Ich balle die Faust. Ich hatte recht. Yewande ist auch ein Opfer.

Ich weiß genau, welchen Schmerz Blessing fühlen wird, wenn wir ihr die Wahrheit über die Kette erzählen. Ihre Welt wird zusammenbrechen. All ihre Fortschritte in der Trauerbewältigung werden zunichtegemacht. Sie wird sich die Kette vom Hals reißen wie Daniel, sie wird sich dafür hassen, dass sie sie überhaupt jemals getragen hat.

Ich kann ihr die Wahrheit nicht sagen. Nicht jetzt. Und nicht hier. Sie soll zumindest noch einen Tag haben, an dem sie sich sicher fühlt. An dem ihr Leben noch nicht aus den Fugen gerät.

«Es tut mir sehr leid, Blessing, aber ich muss jetzt auflegen. Da ist… ein weiterer Anruf in der Leitung.»

369

«Oh, da müssen Sie sofort rangehen, bitte. Er oder sie braucht Sie sicher mehr als ich.»

«Danke sehr.»

«Nein, ich danke Ihnen. Was für ein schöner Anruf. Passen Sie auf sich auf, meine Liebe.»

«Alles Gute für Sie. Auf Wiederhören.»

Ich lege auf.

Yewande Arnold-Smith. Ich notiere den Namen in meiner Mappe und kreise ihn ein. Dann tippe ich ihn in die Google-Suche ein, und natürlich erscheinen sofort die Social-Media-Accounts: ein Facebook-Profil, das zeigt, wo sie sich regelmäßig aufhielt, außerdem ihre Seminare an der Universität. Ein Twitter-Feed mit retweeteten Meinungen; ein Goodreads-Account mit einer nicht enden wollenden Liste von Buchrezensionen.

Yewande war ein leichtes Ziel. Sie waren alle leichte Ziele. Sie wussten ja nicht, dass sie gejagt wurden.

Ich setze mich im Schneidersitz hin und reibe mir die Schläfen. Meine Mappe liegt offen vor mir.

Er hat das über Jahre hinweg gemacht: sich ein Mädchen ausgeguckt, sich in den Mann verwandelt, der alles hat, was sie sich je gewünscht hat, und sie dann umgebracht. Vielleicht tut er es immer noch. *Aber warum?* Ist das eine Art Spiel für ihn? Sammelt er Morde? Oder begeht er die Taten einfach nur, weil er es *kann*?

Und wo ist er jetzt? Die meisten Menschen haben Social-Media-Accounts und eine Online-Präsenz. Ich könnte irgendeine zufällige Kombination aus Vor- und Nachnamen bei Google, Instagram, Facebook oder irgendwo anders eintippen und Hunderte möglicher Opfer finden, deren Leben allesamt offenliegen. Leben, die auch er sehen kann. Informationen, die er sich zunutze machen kann.

Wen nimmt er als Nächstes ins Visier? Was für einen Menschen? Bisher waren die meisten seiner Opfer kreativ – jedenfalls diejenigen, von denen ich weiß. Ist das eine Verbindung? Offene, fantasievolle, freundliche Mädchen? Sind sie formbarer? Kann er sie gestalten und umformen wie die Metalle des Kettenanhängers, den er ihnen schenkt? Er muss sie verfolgen, sie stalken, *alles* über sie herausfinden. Wie sonst könnte er sich so perfekt als derjenige präsentieren, in den sie sich verlieben? Ich stelle es mir vor wie ein Forschungsprojekt. Hat er eine Mappe wie meine, mit bunten Trennern? Hat er jede Frau nach Hobbys, politischen Einstellungen, Interessen, Lieblingsfilmen und Lieblingspromis eingeteilt? Wie geht er vor, wenn er sie dazu bringt, sich in ihn zu verlieben? Hat er dasselbe Triumphgefühl wie ich, wenn er einen Durchbruch erreicht, wenn er endlich den Schlüssel zu seinem Erfolg findet?

Was war dieser Schlüssel bei Poppy? Was war so besonders an ihm, dass er es geschafft hat, meine schüchterne, ängstliche Schwester aus der Sicherheit ihres Zimmers herauf die Felsenklippen zu locken?

Ich blättere durch die Kopien von ihren Briefen in meiner Mappe. Ich möchte weinen und sie zerreißen, aus vollem Hals schreien – aber ich zwinge mich dazu, sie noch einmal zu lesen. Sie wirklich aufmerksam zu lesen. Sie nicht nur nach Hinweisen zu überfliegen, nicht nur nach Zeiten und Orten zu schauen, um nach entsprechenden Aufnahmen von Sicherheitskameras zu suchen. Ich konzentriere mich auf ihre Worte, ihre Gefühle, ihr Herz.

Und plötzlich sehe ich etwas.

Beim Lesen fällt mir immer mehr ein Muster auf, das schon die ganze Zeit da war.

Ich habe Ben alles von dir erzählt!

Ben hat so gelacht, als ich ihm davon erzählt habe, wie wir auf Primrose Hill beim Warten auf den Sonnenuntergang so nass geworden sind.

Ich stehe ja nicht so auf Science-Fiction, aber Ben schon, ihr könnt also beste Freunde werden, wenn er nach London kommt! Er sagt, ihr beide hättet so viel gemeinsam.

Ben fragt oft nach dir. Ihr werdet bestimmt beste Freunde, wenn ihr euch endlich kennenlernt!

Ben hat mich heute gefragt, ob du noch Single bist. Ich habe gesagt, du seist mit der Wissenschaft verheiratet, hehe!

Und schließlich der letzte Brief, den Poppy mir je geschrieben hat. Der Brief, den Daniel und ich eine Woche lang analysiert haben.
Aber du wirst ihn toll finden, Clemmie. Du musst unbedingt im Sommer nach Hause kommen, wenn er uns besucht! Er sagt, er kann es kaum erwarten, dich kennenzulernen.
Ich will nicht recht haben. Ich blättere erneut durch die Briefe und hoffe, dass sich die Worte spontan neu schreiben – aber sie bleiben dieselben, die Tintenschnörkel meiner Schwester stehen klar auf dem Papier.

Ich blättere zu dem Porträt aus Poppys Skizzenbuch. Ben sieht mich hinter der Kamera intensiv aus einem Auge an. Darin liegt eine Provokation versteckt, die mich so wütend gemacht hat, als ich sie zum ersten Mal sah. Aber jetzt lese ich sie auf andere Weise. Es ist kein *Fang mich doch, wenn du kannst.*

Es ist ein *Wir sehen uns.*

Sie haben über mich gesprochen. Der Mörder hat Poppy Fragen gestellt, und sie hat sie beantwortet. Sie kannte mich in- und auswendig. Von ihr konnte er alles über mich lernen. Die ganze Zeit, in der er sie kennenlernte, konnte er auch mich kennenlernen. Er konnte alles erfahren, was er wissen musste, um sich in mein Leben einzuschleichen und mir ganz genau dasselbe anzutun wie meiner Schwester.

Musikerin, Goth, Freigeist, Künstlerin, Buchwurm – Wissenschaftlerin?

Bin ich sein nächstes Ziel?

«Clementine?»

Ich zucke zusammen. Die Tür zum Dach ist weit aufgerissen, und Jude steht da, keuchend, mit einer nervösen Panik im Blick. Er versucht, sie mit einem lässigen Lächeln zu überspielen.

«Ich habe überall nach dir gesucht. Was machst du hier oben?»

Er lächelt immer noch, aber ich lächele nicht zurück. Ich kann nicht. Angst kreist in meinen Adern, und jeder Herzschlag transportiert mehr davon in jede Faser meines Körpers.

Ich bin seit sechs Monaten zurück in England, seit Poppys Todestag.

Was, wenn der Mörder längst in meinem Leben ist?

Kapitel 27

Mein Herz wummert in meinen Ohren. Der Mörder war blond, dunkelhaarig, dünn, muskulös, künstlerisch, athletisch, grünäugig, blauäugig. Er könnte aussehen wie irgendwer, sich als irgendjemand verkleiden.

Warum nicht als ehrenamtlicher Helpline-Mitarbeiter?

Jude war immer nett zu mir. Viel zu nett. Er malt, wie Poppy. Er fragt mich nach ihr aus. Er ist wie sie: kreativ, mit lockigem Haar, immer mit einem Stift hinter dem Ohr oder zeichnend. Aber ich habe noch nie gesehen, wie er eine Zeichnung vom ersten Strich an begonnen hat. Wir arbeiten meistens in denselben Schichten. Auch jetzt ist er hier, obwohl ich selbst mich kaum erinnern kann, welcher Tag heute ist. Wie kann das sein? Dass er zufällig gerade hier ist? Dass er mir bis hinauf aufs Dach folgt, obwohl er doch im Büro sein sollte, um Anrufe zu beantworten?

Er war wütend, als er herausfand, dass ich Daniel kenne. Er hat versucht, ihn loszuwerden. Er hat gesagt, er sei gefährlich.

Warum sollte er glauben, dass Daniel gefährlich sei – es sei denn, er weiß, dass Daniel für *ihn* gefährlich ist?

«Clementine?», wiederholt Jude und tritt auf mich zu. Er ragt über mir auf – so groß wie Ben, so massiv wie Travis, mit Tattoos wie Dylan, dunkelhaarig wie das Heavy-Metal-Bandmitglied, in das Eliza sich verliebte. «Alles in Ordnung mit dir? Was ist los?» Er schaut zu meinem Handy, zu meiner Mappe. «Was machst du hier oben?»

«Nichts», bringe ich heraus. «Mir ... mir geht's gut.»

Ich raffe meine Sachen zusammen und stehe auf. Ich wünschte, ich könnte mutig und trotzig sein, aber ich zittere. Mir ist übel.

Ich bin groß, aber er ist größer. Seine Arme sind stark. Wir beide sind allein auf diesem Dach.

Es gibt keine Zeugen.

Seine braunen Augen blicken nicht mehr warm und freundlich. Keine Lachfältchen bilden sich um sie herum, es liegt kein Verständnis mehr in ihrem Blick. Stattdessen erkenne ich eine Schärfe darin, eine Wildheit, wie an jenem Abend in der Wohnung, als er mich vor Daniel warnte.

Als wir uns zum ersten Mal sahen, als ich dachte, Daniel sei während unseres Gesprächs in den Tod gesprungen, tröstete er mich. Er versuchte, mir Sicherheit zu geben. Jetzt fühle ich mich nicht mehr sicher. Ich spüre den acht Stockwerke tiefen Abgrund hinter mir.

War Judes Gesicht das Letzte, was Poppy sah? Vertraute sie diesen Augen? Berührte er sie mit diesen Händen? Stießen diese Arme sie in den Tod?

Ist er der Mann, den sie liebte?

Hat er ihren Tod benutzt, um sich mir zu nähern?

«Lüg mich nicht an», sagt er. «Ich wollte wirklich glauben, dass es dir gut geht, aber das stimmt nicht, oder? Dir ging es nie gut. Ich hätte meinem Bauchgefühl trauen sollen, als du anfingst, über falsche richterliche Feststellungen und über Morde und Halsketten zu posten, aber…»

«Woher weißt du das?»

Ich halte meine Mappe an die Brust gepresst, als könnte sie mich beschützen. Langsam trete ich zurück, weg von ihm.

«Ich weiß es, weil…» Er sieht zu Boden und flucht leise. «Ich bin vor einer Weile auf deinen Reddit-Account gestoßen. Es war Zufall. Ich poste auch auf r/Selbstmordgefahr, und dein Username kam immer wieder vor. Eines Nachts waren deine Kommentare ein wenig persönlicher, und ich habe begriffen, dass du dahintersteckst.» Er hebt den Blick. «Ich weiß, dass ich nicht ständig hätte verfolgen dürfen, was du gepostet hast, aber ich habe mir Sorgen um dich gemacht. Ich wollte helfen. Lass mich dir helfen, Clementine.»

Er tritt weiter vor, die Hände nach mir ausgestreckt– Hände, denen ich nicht vertrauen kann. Hände, die mich nicht berühren dürfen. Jetzt nicht, nie. Ich weiche weiter zurück und stoße gegen das niedrige Mäuerchen des Daches. Ich erstarre.

«Geh weg von der Kante, Clementine.»

Ich taste mit einer Hand nach Mauer und versuche zu atmen.

«Wir können darüber sprechen», sagt Jude. «Es muss nicht so weitergehen. Es wird besser, das verspreche ich. Diese … diese Theorie, die du hast, was mit deiner Schwester passiert ist? Das ist nicht, wie es aussieht. Das ist eine Flucht, weil du die Tatsache nicht akzeptieren kannst, dass Poppy nicht mehr leben wollte. Du kannst wieder gesund werden, Clementine. Lass mich dir helfen.»

Er streckt weiter die Hände nach mir aus und nähert sich langsam. Um mich zu trösten, oder um mich zu töten?

Ich grabe die Fingernägel in den Beton.

Er hätte sich in dem Moment, in dem er mich entdeckte, auf mich stürzen können, er hätte mich längst packen können, aber das hat er nicht getan. Wenn er der Mörder ist, warum sollte er es in die Länge ziehen? Vielleicht ist er wirklich hier, um mir zu helfen. Vielleicht glaubt er wirklich, dass es mir psychisch nicht gut geht und ich eine Gefahr für mich selbst bin.

Oder ist das nur, was er den Menschen später erzählen wird, nachdem ich in den Abgrund gestürzt bin? Wird er sagen, dass er es nicht mehr rechtzeitig hierhergeschafft hat, um mich aufzuhalten? Wird der Aufprall unten die Tatsache verschleiern, dass es seine Hände waren, die mich über die Kante gestoßen haben? Wird sich dann eine weitere Harris-Tochter scheinbar das Leben genommen haben?

Das kann ich nicht zulassen.

Er spürt meine Bewegung, schnellt nach vorn und versucht, mich zu packen, aber ich hole mit der Mappe so weit aus, wie ich kann, ziele auf sein Gesicht und treffe ihn am Kiefer. Er schreit auf, ich ducke mich unter seinen Armen weg und renne zur Treppe.

Er ruft hinter mir her, und ich höre ihn noch rufen, als ich schon unten im Treppenhaus angekommen und aus dem Gebäude gerannt bin. Ich renne und renne, atemlos und panisch, um so viel Abstand wie möglich zwischen ihn und mich zu bringen.

An einer Straßenecke dränge ich mich in eine Menschengruppe, benutze sie als Sicherheitsschild. Ihr kostümierter Tourguide führt sie in eine Seitenstraße.

«... aber natürlich wurden selbst die respektabelsten Gentlemen in diesen Straßen misstrauisch beäugt. Die fünf bestätigten armen Opfer von Jack the Ripper machten den großen Fehler, anzunehmen, dass der Mörder so vertrauenswürdig war, wie es sein Gesicht nahelegte – einen Fehler, der nie mehr rückgängig zu machen war.»

Wir gehen an dem Hauseingang vorbei, in dem Jude und ich während des Unwetters Schutz gesucht haben. Ich spüre erneut, wie seine Finger über meine Wange streichen, wie warm seine Haut an meiner ist. Schaudernd löse ich mich aus der Gruppe, um wieder auf die Hauptstraße hinauszutreten. Ich laufe weiter, so schnell, dass meine Lunge brennt. Je weiter ich von der Helpline weg bin, desto leichter ist es zu atmen, zu denken.

Jude hat mich auf dem Dach zu packen versucht – aber wollte er mich stoßen oder mich von der Kante zurückziehen? Wollte er mein Leben beenden oder es retten? Habe ich einen Angreifer geschlagen oder einen Freund angegriffen?

Ich werde es nicht herausfinden.

Zwar könnte Jude der Mörder sein – allerdings spricht auch vieles dagegen, dass er es ist. Er war freundlich zu mir, sonst nichts. Ich habe keine Beziehung gesucht, wie Poppy es auf ihrem Tinder-Account tat. Ich bin mit niemandem zusammen. Ich bin nicht verliebt.

Wenn ich die Ergebnisse meiner Nachforschungen ernst nehme, sind die Opfer dann in Gefahr, wenn sie sich verlieben. Das ist der Augenblick, in dem er tötet. Dann hat er, was er von ihnen will.

Aber das wird er von mir niemals bekommen.

Ich warte auf dem Bahnsteig auf eine U-Bahn und versuche, tief und gleichmäßig zu atmen.

Vielleicht bin ich gar nicht das nächste Opfer. Vielleicht leide ich unter Paranoia, ausgelöst durch Schlaflosigkeit, oder ich bin einfach selbstbezogen. Natürlich muss sich der Mörder den Anschein geben, er interessiere sich für Poppys Familie. Er hat vermutlich auch nach Mum und Dad gefragt, und die gleichen Fragen allen anderen Frauen gestellt. Es bedeutet gar nichts, dass er mit Poppy so viel über mich sprechen wollte. Ich bin nichts Besonderes.

Aber *ich* war es, die er in jener Nacht in Hope Gap von ihrem Handy aus angerufen hat. Er hat diese Voicemail für *mich* hinterlassen.

Ich schaudere, obwohl ich schwitze. Es wird voll auf dem Bahnsteig, immer mehr Menschen strömen herein und stellen sich hinter mich. An der Wand hinter den Gleisen hängt das Poster der Helpline: *Egal wie allein du dich fühlst, wir sind für dich da.* Er hat Rachel gestoßen. Er hat Poppy gestoßen. Ob ich mich in ihn verliebe oder nicht, ob ich ihn kenne oder nicht. Er könnte mich ebenfalls stoßen.

Der Zug fährt in den Tunnel, aber ich dränge mich zurück durch die Menge – von Männern, von möglichen Mördern – und fahre die Rolltreppe zum Ausgang hinauf. Als ich wieder draußen in der Sonne stehe, hole ich mein Handy hervor.

«Polizei Sussex, wie kann ich Ihnen helfen?», fragt eine Frau. Sie klingt viel zu heiter.

«Ich muss mit jemandem von der Polizei Brighton sprechen. Es ist dringend.»

«Wenn Sie mir einige Informationen geben, worum es geht, kann ich einen Bericht schreiben und ihn weiterleiten an…»

«Nein! Das habe ich bereits versucht, und es ruft nie jemand zurück. Sie müssen mich mit einem Polizeibeamten verbinden, jetzt.»

«Ich fürchte, so funktioniert unser System nicht mehr…»

«Was soll ich dann tun?» Ich höre die Verzweiflung in meiner eigenen Stimme. «Ich habe Beweise, dass der Selbstmord meiner Schwester von ihrem Mörder vorgetäuscht wurde, aber niemand will mit mir reden!»

Einen Moment ist Stille in der Leitung. «Hören Sie», sagt sie dann, «wann haben Sie zum ersten Mal angerufen? Ich schaue nach, ob ich Ihren Bericht finde, und sehe nach, ob er weitergeleitet worden ist. Wie heißen Sie?»

Mit geballten Fäusten gehe ich mit ihr noch einmal den

ganzen Prozess durch und gebe ihr meine und Poppys Daten.

«Harris, Harris ...», sagt die Dame in der Zentrale vor sich hin, als scrollte sie eine Liste hinunter. «Da ist es ja, der Bericht ist letzte Woche eingegangen. Ich kann bestätigen, dass er zur Polizei in Brighton und Hove weitergeleitet wurde. Die Kollegen *haben* ihn sich angesehen. Tatsächlich hat jemand den Bericht gekennzeichnet mit ... Ah.»

«Ah?», frage ich. «Was steht da? Schauen sie ihn sich an? Rufen sie mich an?»

«Ms. Harris ... hier steht, dass Ihr Vater Kontakt mit dem Revier aufgenommen hat, damit der Bericht wieder zurückgezogen wird.»

Ich bleibe an einer Ampel stehen. Ein Bus dröhnt an mir vorbei.

«Wie bitte?»

«Das steht hier in der Notiz. Tut mir leid, der Verlust Ihrer Schwester muss für Sie sehr schmerzhaft sein. Sicher hat Ihr Vater nur in Ihrem Interesse gehandelt. Selbstmord ist eine schreckliche Sache. Es überrascht mich nicht, dass Sie Schwierigkeiten haben, damit zurechtzukommen.»

Ich kann nicht atmen in diesen überfüllten Straßen, in dieser stickigen Luft. *Deshalb* hat mich niemand zurückgerufen? Weil *Dad* ihnen gesagt hat, sie sollten es nicht tun?

Die Dame in der Zentrale am anderen Ende der Verbindung räuspert sich. «Ich kann ein paar Selbsthilfegruppen empfehlen, wenn Sie möchten? Wie klingt das für ...»

Ich beende den Anruf und zwinge mich, die Straße zu überqueren. Warum sollte Dad das tun? Warum sollte er verhindern wollen, dass wir die Wahrheit über Poppys Tod erfahren?

Ich muss sofort ins Café.

»»

Mum wischt gerade Tische ab, als ich hereinkomme. Ich war seit Tagen, Wochen nicht mehr hier, und doch ist alles wie immer: Es riecht nach aromatischem Kaffee, überall stehen gemütliche Holztische und -stühle, Poppys Handschrift schnörkelt sich auf den Angebotstafeln, ihre blumigen Malereien hängen an den Wänden. Hier lebt die Erinnerung an sie, begleitet Mum und Dad bei jedem Schritt.

Ich versuche, nicht hinzusehen, und fädele mich zwischen den Tischen hindurch.

«Mum?»

«Oh!» Sie fährt zusammen und presst einen Lappen an die Brust. «Du hast mich erschreckt, Liebling. Was machst du hier? Ich dachte, du hättest ein paar Tage frei?» Sie lächelt, aber es wirkt brüchig.

«Wo ist Dad? Ich muss mit ihm reden.»

«Er sortiert gerade die Lieferungen. Ich wollte ihm helfen, aber ...» Ihr Lächeln verschwindet. «Liebling, was ist los? Ich dachte, du ruhtest dich aus, und es gehe dir besser.» Sie macht einen Schritt auf mich zu. «Wann hast du zum letzten Mal geschlafen? Hast du überhaupt gegessen? Du musst essen, Liebling ...»

Sie streckt die Hände nach mir aus, will mein Haar berühren, mein Gesicht, aber ich zucke zurück.

«Ich gehe ihn suchen.»

«Nein. Setz dich, ich hole ihn. Iss ein Stück Kuchen. Ein großes. Ich bin in einer Minute wieder da.»

Sie geht zur Küchentür, schaut sich aber noch einmal um, bevor sie hindurchgeht. Ihr Mund ist eine dünne, blasse Linie.

Ich lasse mich auf einen freien Stuhl sinken und versuche, nicht zu Poppys Bildern zu schauen. Ich versuche, nicht an…

«Clementine? Hallo!»

Alexander winkt mir von seinem üblichen Tisch in der Ecke zu, sein rötlich-blondes Haar glüht wie Feuer im Sonnenlicht. Um ihn herum stapeln sich Bücher.

«Ich hatte schon gehofft, dir über den Weg zu laufen. Es ist ein bisschen spontan, das weiß ich, aber ich habe gerade Tickets für diese Spezialvorstellung von *Interstellar* bekommen – du weißt schon, die mit den Astrophysikern, die über die wissenschaftlichen Grundlagen des Drehbuchs reden –, und ich habe mich gefragt, ob du vielleicht mit mir hinwillst? Nächsten Freitag. Geht auf mich.» Er lächelt nervös, seine Wangen sind gerötet. Seine Brille ist seine sommersprossige Nase hinuntergerutscht, und er schiebt sie mit einem Finger wieder hinauf.

Ich grabe die Nägel in meine Knie und bemühe mich, die aufsteigende Übelkeit zu verdrängen.

Alexander hat dieselben Interessen wie ich. Er wohnt gegenüber. Er kommt jeden Tag in *dieses* Café – in dem ich bis vor Kurzem noch gearbeitet habe.

Ist er mir an jenem Abend den Kanalpfad entlang gefolgt, um ein Gespräch zu erzwingen, weil ich ihn einfach nicht bemerkt hatte? War das wirklich ein unschuldiges, zufälliges Treffen von zwei Menschen mit sehr spezifischen Nischeninteressen?

Oder war es etwas anderes?

War es geplant?

Muss er überhaupt eine Brille tragen? Würden die Sommersprossen verschwinden, wenn ich daran riebe?

Hatte er vor seiner Schwärmerei für Wissenschaft eine Schwärmerei für Kunst? Für Musik?

Die Küchentür geht auf, und Mum und Dad kommen heraus. Ich stehe auf und passe sie am Verkaufstresen ab, wobei ich Alexanders Tisch den Rücken zukehre. Ich will nicht, dass er das hier hört.

«Worum geht's, Clem?», fragt Dad. «Deine Mum hat gesagt...»

«Warum hast du bei der Polizei Brighton angerufen und dort gesagt, sie sollten nicht mit mir sprechen?», frage ich geradeheraus.

«Hä?»

«Du hast ihnen gesagt, sie sollten nicht auf meine Anrufe reagieren. Warum? Warum hast du das getan?»

«Das habe ich nicht getan. Ich...» Dad kratzt sich am Kopf. «Wovon redest du, Clem? Die Polizei anrufen? Wer hat die Polizei angerufen?»

«Die Untersuchung des Falls ist vorbei», sagt Mum sanft. «Wir müssen nicht...»

«Poppy wurde umgebracht.»

Mum wird schlagartig blass. «*Was?*»

«Ich habe versucht, die Polizei Brighton dazu zu bringen, die Ermittlungen neu aufzunehmen, aber sie wollen nicht mit mir reden.» Ich sehe Dad an. «Sie haben gesagt, *du* hättest ihnen gesagt, sie sollten meinen Bericht einfach ignorieren. Es klang, als hättest du gesagt, dass es mir psychisch schlecht gehe, dass ich mit Poppys Tod nicht zurechtkomme, und...»

Dad packt mich bei den Schultern. «Das habe ich nie getan, Liebling. *Nie.* Ich habe mir um dich Sorgen gemacht, ja, das haben wir beide, aber wir haben niemanden angerufen.» Er wechselt einen Blick mit Mum. «Sollen wir jetzt jemanden anrufen? Geht es dir nicht gut...?»

«Nein! Mir geht es gut. Aber Poppy wurde umgebracht.»

«Clementine», sagt Dad ruhig, «das hat der Untersuchungsrichter aber...»

«Fred, hör ihr zu», flüstert Mum. Sie hält sich an seinem Ärmel fest, ihre Fingerknöchel sind ganz weiß. «Was, wenn sie recht hat und es gar kein Selbstmord war? Was, wenn ich die Zeichen gar nicht übersehen habe, weil es keine gab?»

«Ich kann es beweisen.» Ich trete einen Schritt vom Tresen zurück, hole meine Mappe heraus und blättere zu den markierten Seiten, erkläre, was ich herausgefunden habe.

«Seht ihr? Es ist alles da. Ich habe ihre Briefe gefunden. Und das, was mit Daniels Schwester passiert ist, beweist es. Es gibt noch mehr Opfer. Er ist ein Serienmörder. Er...»

Dad nimmt mir die Mappe ab und klappt sie entschlossen zu.

«Heather, könntest du nach den Tischen draußen sehen? Ich glaube, da müssen noch einige Tische abgeräumt werden.»

«Aber die Mappe...»

«Draußen, *bitte*. Ich regle das hier mit Clementine.»

Mum will nicht, aber dann nimmt sie doch ein Tablett und geht hinaus. Ihr Blick hält meinen, bis sie durch die Tür ist. Dad wartet, bis sie außer Hörweite ist. Dann sieht er mich an, seine Augen sind dunkel.

«Ich will nicht, dass du das deiner Mutter antust. Sechs Monate lang war sie am Boden zerstört, und seit die Ermittlungen abgeschlossen sind, geht es ihr endlich ein wenig besser. Sie lächelt wieder. Sie schläft nachts durch. Ich will nicht, dass du ihr das wieder nimmst.»

«Aber Dad, Poppy wurde *ermordet*. Ich habe Beweise. Ich habe ihre Briefe...»

«Ist mir egal, was du zu haben glaubst. Poppy hat sich das Leben genommen, und wir müssen damit zurechtkommen.

Du musst damit zurechtkommen.» Er beugt sich zu mir vor. «Ich habe die Polizei nicht angerufen, Clementine, aber ich hätte das tun müssen. Du bist nicht gesund. Du brauchst Hilfe. Die Polizei hat das offenbar erkannt, und ich habe schon viel zu lange so getan, als sei alles in Ordnung. Du musst dir Hilfe suchen. Einen Spezialisten. Die können dich beraten. Aber das hier…» Er deutet auf die Mappe, auf die Menge an Rechercheergebnissen, abgeteilt durch bunte Trenner. «… das hier ist nicht gesund. Das ist besessen.»

Er drückt mir die Mappe wieder in die Hand, ich erkenne Betroffenheit in seinem Blick. Wenn die Polizei Sussex die Beweise sichtet, die ich ihnen heute Morgen geschickt habe, werden die Beamten dann auch diesen Blick wechseln, bevor sie sie in den Papierkorb werfen?

Genau das ist Daniel passiert.

Niemand wollte sich seine Beweise sehen. Die Polizei glaubte ihm nicht. Seine Mutter ließ ihn einweisen. Alle dachten, er habe sich seine Geschichte nur ausgedacht, weil…

Weil der Mörder sie dazu brachte, das zu glauben?

Dad hat die Polizei in Brighton nicht angerufen, aber jemand muss es getan haben. Sie haben mich nie zurückgerufen, nicht einmal nach meinem ersten Versuch – das war an dem Morgen, nachdem ich die Briefe gefunden hatte. Ich habe sofort reagiert, als ich sie hatte. Die Briefe waren der erste handfeste Beweis. Das war am Freitag, und dann…

Moment, nein. Sie sind nicht an mich geliefert worden. Sie wurden an Alexander geliefert. Und als ich sie abholte, war das Paket *offen*.

Er beobachtet mich von seinem Tisch in der Ecke. Als er sieht, dass ich zu ihm hinsehe, greift er schnell wieder nach seinem Buch – und stößt dabei seine Kaffeetasse vom Tisch.

Dad seufzt. «Das muss ich wohl sauber machen. Bleib bitte hier, Clem. Wir reden später weiter, wenn wir schließen, okay?»

Er eilt mit Lappen und Besen zu Alexanders Tisch, aber ich bleibe nicht. Ich nehme meine Mappe und gehe nach Hause, wobei ich auf der Terrasse an Mum vorbeikomme, die gerade wieder hineingeht – «Clem? Wo willst du denn jetzt hin?» –, und dann an Poppys Lieblingshausboot mit den Sonnenblumen am Kanalpfad, und an der Bank, auf der wir immer Picknick gemacht haben. Ich fange nicht an zu rennen, nicht wirklich, aber ich gehe so schnell ich kann, schaue mich um, gehe sicher, dass mir niemand folgt.

Als ich endlich wieder zurück in der Wohnung bin, verriegele ich die Tür hinter mir, lege die Kette vor und spähe durch den Spion, für alle Fälle. Niemand. Ich lehne mich gegen die Tür, schließe die Augen und atme zum ersten Mal seit Stunden wieder tief und regelmäßig.

Dann wanke ich in die Küche, gieße mir zitternd ein Glas Wasser ein, das ich hinunterstürze, und halte mich am Küchentresen fest. Darüber hängt die Tafel, auf der wie immer etwas gekritzelt steht.

Behalte stets das Positive im Blick, Ms. Sexy Bibliothekarin!

Das Glas gleitet mir durch die Finger und zerschellt auf dem Boden.

Liam. *Liam.*

Immer freundlich. Immer ein Kompliment auf den Lippen. Immer interessiert an mir. Lädt mich zu Drinks ein, will Abende mit mir verbringen – *warum?* Ich bin keine besonders interessante Gesellschaft und eine noch schlechtere Freundin. Niemand ist *so* nett. Nicht wirklich. Also warum sollte er sich für mich interessieren? Warum mich ständig umarmen? Warum sollte er mir hier ein Zimmer anbieten, für eine lächerlich niedrige Miete, wie wir beide wissen?

Warum *ich*?

Ist das nicht alles ein bisschen zu gut, um wahr zu sein?

Auf dem Couchtisch steht ein Teller mit Muffins mit Glasur, darüber eine Glasglocke, um sie frisch zu halten. Liam backt ständig, füllt die Wohnung mit dem Duft nach Zucker und Brot und Obst und Kuchen und Keksen. Mit dem Geruch meiner Kindheit. Ein Geruch, von dem ihm Poppy erzählt haben könnte.

Ich laufe durch die leere Wohnung, schaue in jedes Zimmer. Die Wände sind dünn. Liam hätte alles hören können, worüber Daniel und ich gesprochen haben. Er hat diese Wohnung eingerichtet, und er ist ständig zu Hause, wenn ich nicht da bin. Es könnten überall Wanzen sein, versteckte Kameras. Ich sehe in den Topfpflanzen nach, für alle Fälle, unter Tischplatten und Stühlen. Ich blicke mich in meinem Zimmer um.

Meine Tür hat keinen Schlüssel. Er könnte hier gewesen sein, wenn ich aus dem Haus war, und herumgeschnüffelt haben. Er könnte sich in aller Ruhe ein Bild von mir gemacht haben. Herausgefunden haben, was ich über den Mörder weiß. Er hat mich oft genug danach gefragt: Mit wem ich am Telefon gesprochen habe? Wo ich gewesen bin? Was los ist? Was *wirklich* los ist?

Er könnte alles beobachtet haben. Er könnte die Polizei Sussex angerufen haben, um mich dort zu diskreditieren, noch am selben Abend, an dem die Briefe ankamen. Er könnte gehört haben, was darin steht. Er könnte gehört haben, dass ich sie der Polizei schicken wollte.

Es könnte Liam gewesen sein, der angerufen hat – aber es könnte auch Alexander gewesen sein. *Und* Jude. Er war ebenfalls an jenem Abend da, am Abend des Unwetters. Ich habe

Jude von den Briefen erzählt, oder? Im Pub? Ich habe gesagt, dass ich auf sie wartete. Ich habe gesagt...

Ich habe gesagt, dass ich weiß, dass Poppy einen Freund hatte.

Ich vergrabe das Gesicht in den Händen.

Ich habe all diese Männer selbst in mein Leben gelassen. Ich war völlig blind, ich habe allen genau gesagt, wie viel ich weiß, ohne es zu wollen. Die Briefe, meine Recherche...

Mir wird flau im Magen.

Der Mörder hat seine Opfer online beobachtet. Er hat sie gestalkt, ist ihren Social-Media-Accounts gefolgt, hat Dinge über sie erfahren.

Kennt er meinen Reddit-Usernamen? Ich weiß, dass zumindest Jude ihn kennt. Was ist mit den anderen?

Wenn der Mörder diesen Namen hat, weiß er, dass Daniel und ich die Halsketten-Verbindung herausgefunden haben. Er weiß, dass wir nach weiteren Opfern suchen. Er wird auch wissen, dass wir Eliza gefunden haben.

Weiß er, dass ich weiß, dass ich sein nächstes Ziel bin?

Was wird er tun, wenn er es weiß?

Die Wohnungstür erzittert, eine schwere Faust hämmert dagegen. Ich schließe meine Zimmertür und lehne mich von innen dagegen.

«Clementine, bist du da?» Das Hämmern geht weiter. «Ich bin's, Daniel. Lass mich rein.»

Daniel? Ich gehe auf Zehenspitzen durch den Flur und spähe durch den Spion: Sein Gesicht sieht durch die Linse seltsam verzerrt aus, sein mausgraues Haar völlig wirr, und er hat dunkle Ringe unter den Augen. Sonst ist niemand im Flur – jedenfalls sehe ich sonst niemanden. Ich schließe auf und ziehe ihn herein, dann verriegele ich die Tür wieder.

388

«Ich habe es versucht», sagt er und zieht sich die Krawatte vom offenen Kragen. «Ich habe mich rasiert, eine beschissene Krawatte umgelegt und alles, aber die Polizei hat mir nicht geglaubt. Ich habe ihnen die ganzen Informationen gegeben und sehr ruhig vorgeschlagen, dass sie alles so schnell wie möglich lesen, aber ...» Jetzt erst sieht er mich richtig an. «Clementine? Was ist los? Was ist passiert?»

«Ich bin die Nächste», sage ich heiser. Es laut auszusprechen, ist irgendwie noch schlimmer. «Er hat Poppy nach mir ausgefragt. Das ist seine Methode. Er informiert sich über seine Opfer. Er hat sich über mich informiert. Er wird mich als Nächstes umbringen. Er könnte schon längst da sein ... Er könnte jemand sein, den ich kenne. Jude oder Alexander oder ...»

«Liam?»

Daniel schaut sich in der Wohnung um, so wie ich.

«Er ist nicht da», sage ich, «aber es kann sein, dass er uns hört. Es kann sein, dass hier Kameras und Wanzen versteckt sind. Vielleicht weiß er schon, dass ich weiß, dass ...»

«Bist du sicher, dass er es auf dich abgesehen hat, Clementine?» Daniel streckt die Hand aus, so sanft, dass sie sich wie ein Schmetterling auf meiner Schulter anfühlt. «Ganz sicher?»

«Hundertprozentig kann ich nicht sicher sein, aber ich glaube schon.» Meine Stimme bebt. «Also ja, ich bin sicher.»

Daniel nickt, und seine Kiefermuskeln spielen unter der Haut. «Dann musst du hier raus. Du musst irgendwo anders hin. Wie wäre es mit dem Haus deiner Eltern?»

Ich schüttele den Kopf. «Die werden nicht auf mich hören. Sie glauben, dass ich verrückt bin.»

«Okay ...» Er überlegt. «Was ist mit Margate? Wir können uns dort verstecken, zumindest bis die Polizei die Ermittlungen startet. Vielleicht kannst du dann Zeugenschutz bekommen. Bis dahin kann ich dich beschützen.»

Ich zögere, noch einmal blicke ich mich um. In der Wohnung ist es hell und bunt und friedlich – aber unsicher. Mein ganzes Leben hier ist nicht sicher.

«Okay. Ich komme mit.»

«Du holst dein Zeug aus dem Badezimmer, ich packe dir ein paar Klamotten zusammen.»

Wir trennen uns, und ich hole meine Zahnbürste und meinen Kulturbeutel aus dem Schränkchen unter dem Waschbecken. Liams Kosmetikartikel stehen überall im Badezimmer herum – ich habe seit Tagen nicht mehr geputzt. Früher habe ich heimlich seinen Abdeckstift mitbenutzt, um die Schatten der Schlaflosigkeit unter meinen Augen vor der Welt zu verstecken, aber allein vom Anblick des Tübchens wird mir jetzt flau. Was hat er alles vor mir versteckt? Was hat er hinter dem pastellrosa Haar und den heiteren Komplimenten verborgen? Wer ist er wirklich?

Ich bin so schnell hier eingezogen und war danach meist für mich. Wir hatten unsere morgendlichen Plaudereien in der Küche, haben ein paarmal gemeinsam auf dem Sofa zu Abend gegessen, waren einmal in dieser Bar – aber ich habe ihn nie überprüft. Ich habe ihn nie kennengelernt. Nicht wirklich. Ich habe einfach angenommen, dass er ist, wer er zu sein schien: ein fröhlicher, extrovertierter, cooler, modischer Typ. Aber was, wenn das nicht alles ist? Was, wenn das nur eine Maske ist, die ich schon vor langer Zeit hätte erkennen müssen?

Ich gehe aus dem Badezimmer, ohne den Kulturbeutel, und betrete Liams Zimmer.

Wie der Rest der Wohnung ist auch dieser Raum wie eine leere, weiße Leinwand, auf der alle Farben des Regenbogens explodiert sind: knallige Haarpflegeprodukte auf der Frisierkommode, gerahmte Kunstdrucke, ein überquellender Kleiderschrank. Ich stelle mich vor die offenen Schranktüren und schaue hinein.

Darin sind Klamotten, die ich wiedererkenne – ein schwarzweiß gepunkteter Pulli, zerrissene Jeans, ein pfirsichfarbenes Hemd –, aber auch einige, die ich nicht kenne. Eine Stange ist mit Schals behängt, manche mit lustigen Prints, andere eher zurückgenommen, kariert und in schlichten Kontrastfarben. Ben trug Schals. Ben trug immer Schals. Unten im Schrank stehen Schuhe aufgereiht: Bikerboots, polierte Oxford-Schnürschuhe, Sandalen, Sneaker mit dicken Sohlen. Verschiedene Stile für verschiedene Gelegenheiten – oder für verschiedene Persönlichkeiten.

Ich schaue mich im Zimmer um, durchwühle Schubladen, blättere durch Zeitschriften, werfe einen Blick unters Bett und finde eine Kiste, die ganz tief daruntergeschoben ist. Ich ziehe sie hervor und nehme den Deckel ab.

Perücken. Langhaarperücken, bunte Perücken, lockige Perücken. Daneben liegen Packungen mit bunten Kontaktlinsen. Falsche Bärte und ein Spezialkleber, um sie anzukleben. Aufklebbare Tattoos. Bräunungssprays. Contouring-Make-up. Falsche Zähne. Haarfärbemittel, Modelliermasse, Make-up in allen Farben.

«Daniel?», rufe ich. «Das musst du dir anschauen.»

Daniel kommt und setzt sich neben mich vor die Kiste. Meine Hände zittern. Hier ist sie, Liams Schatztruhe voller Verkleidungsmaterialien. Sind dies hier die grünen Kontaktlinsen, in die sich Poppy verliebte? War dieses Bräunungsspray für das coole Surfer-Aussehen verantwortlich, das Imogen so attraktiv fand? Ist das die schwarze Perücke, durch die Eliza mit den

Fingern gefahren ist? Hat das Klebetattoo mit Gitarrenmotiv Rachel glauben lassen, dass dieser Typ cool genug zum Daten sei? Und auf welchen Look ist Yewande hereingefallen? Auf das blonde Haar? Die charmant-unperfekten Zähne? Die nutzlose Brille? Die ...

«Äh, hallo?»

Liam steht in der Tür, den Kopfhörer um den Hals, sein verschwitztes Trainings-T-Shirt klebt an ihm. Er schaut zur Kiste, dann von mir zu Daniel.

«Warum durchwühlt ihr meine Sachen?»

Nichts an Liam hat sich seit heute Morgen verändert – aber es ist nicht mehr Liam.

Sein pinkfarbenes Haar fällt ihm ins Gesicht, so wie Ben auf Poppys Zeichnung seines. Seine Muskeln sind stark, so wie Travis' es vermutlich waren, als er mit Imogen am Strand war. Musik plärrt aus seinem Kopfhörer – ein Kopfhörer, den Dylan vielleicht benutzt hat, um mit Rachel Musik zu hören.

Ich habe mich nie unsicher in der Wohnung gefühlt, ich hatte nie einen Grund, an Liam zu zweifeln, aber jetzt tue ich es. Und an ihm zu zweifeln, *tut weh*.

«Warum hast du das hier?», frage ich und berühre den Rand der Kiste. Daniel sitzt still neben mir, in sich zusammengefallen, mit offenem Mund. Ich muss stark für uns beide sein. «Wofür ist das hier?»

«Das ist Friseurzeug?», sagt Liam langsam, als wäre ich ein Kind. «Du weißt schon, für meine *Arbeit*?»

«Nein, das stimmt nicht.»

Er lacht auf. «Ah, also bist du jetzt eine Spezialistin für den Friseurberuf?»

«Du kennst dich mit dem Färben aus, das hast du mir gesagt. Das hier sind Perücken und Klebetattoos und Kontaktlinsen.

Das gehört nicht zu deinem Job. Also warum hast du das alles? Wofür ist das?»

Er lacht leise und verdreht die Augen. «Befragst du mich allen Ernstes über meine Habseligkeiten in meinem eigenen Zimmer? Über die Dinge, die du unter meinem Bett hervorgezerrt hast?»

«Ja.» Ich stehe auf und versuche, hart zu bleiben. Mir meine Angst nicht anmerken zu lassen. «Warum hast du das alles?»

Liam verschränkt die Arme vor der Brust und lehnt sich gegen den Türrahmen. Es ist eine lässige Haltung, aber sein Körper ist angespannt.

«Fünf Monate lang habe ich versucht, dich kennenzulernen, für dich da zu sein. Dein *Freund* zu sein. So erfährt man was über andere Menschen, weißt du? Indem man mit ihnen spricht. Indem man sich für sie interessiert. Nicht, indem man in ihren Sachen schnüffelt.» Er schüttelt den Kopf. «Hast du mir überhaupt eine Frage über mich selbst gestellt? Ich kann mich nicht erinnern. Du warst immer nur ... gleichgültig. *Kalt.* Also, was veranlasst dich zu glauben, es gehe dich irgendetwas an, was ich unter meinem Bett aufbewahre?»

Er blockiert die Tür, und er weiß es. Daniel und ich sind hier gefangen. Wir ...

«Weil sie es verdient zu wissen, mit wem sie zusammenwohnt», sagt Daniel und steht ebenfalls auf. «Und warum dieser Mensch eine ganze Kiste mit Verkleidungen unter seinem Bett versteckt.»

«Verkleidungen?»

«Ja, Verkleidungen. Andere Ichs. Du weißt schon, Surfer? Gothic-Typ? Musiker? *Fotograf?*»

Liams Blick verdunkelt sich noch mehr. «Was zum Teufel willst du damit sagen?»

«Wir wissen, was du getan hast», sagt Daniel. «Wen du verletzt hast. Wer du *warst.* Travis. Dylan. Ben.»

«Ben? Warte mal …» Liam löst seine verschränkten Arme und stellt sich gerade hin. «Ben, der Fotograf, nach dem C und ich gesucht haben? *Was?* Ihr glaubt, ich hätte etwas damit zu tun?» Er schaut zwischen uns hin und her und bleibt dann an meinem Gesicht hängen. «Was zum Teufel ist hier los, C?»

«Warum hast du diese Verkleidungen, wenn es nicht das ist?», frage ich. «Erklär mir das. Warum hast du das hier alles?»

«Das ist doch ein Scherz, oder? Oder? Sehr witzig. Aber können wir mal ernsthaft darüber sprechen, was hier los ist?»

Er tritt auf mich zu, aber ich weiche zurück und drücke mich ans Fenster hinter mir.

«Im Ernst? Du hast jetzt *Angst* vor mir? Warum? Was hat dieser Typ dir erzählt?»

Daniel stellt sich vor mich. Er ist kleiner als Liam und schwächer, aber er versucht, sich ein wenig aufzuplustern.

«Bleib weg von ihr. Ich konnte Rachel nicht vor dir beschützen, aber Clementine wirst du nicht zu nahe kommen.»

Liam starrt ihn ungläubig an – und fängt dann an zu lachen. Er kommt auf uns zu, die Fäuste geballt. Daniel greift blind hinter sich nach meiner Hand, und ich ergreife sie. Aber Liam geht an uns vorbei. Er holt eine Tasche aus seinem Schrank und beginnt, Dinge hineinzustopfen.

«Ich habe keine Ahnung, was hier los ist, aber ich bin raus. Ich habe versucht, dich zu unterstützen, C, aber du wolltest nie reden, du wolltest nichts tun, was gut für dich ist. Ich dachte, es sei besser, wenn ich für dich da bin, aber das stimmt wohl nicht! Du hast diesen Typen kennengelernt, und plötzlich ging es dir so schlecht wie noch nie. Du glaubst wohl, ich wüsste nicht, dass du nicht schläfst? Dass ich nicht hören würde, wie du die ganze Nacht etwas in deinen Laptop tippst? Ich wusste nicht, worum es ging. Ich wusste nicht, dass du so verrückt geworden bist wie er. Aber jetzt wird mir alles klar.»

Liam verlässt das Zimmer, und ich höre Flaschen und Tuben im Badezimmer klappern. Er kommt zurück, die Tasche über der Schulter.

«Das ist Cosplay-Zeug, okay? Mein Ex hat mir gesagt, das sei peinlich und lahm, daher habe ich es nie jemandem erzählt, aber ich mache Cosplay. Daher diese Sachen. Es ist keine Verkleidungskiste, um mich zu tarnen oder was auch immer du da zu glauben scheinst. Es sind *Kostüme*. Zum *Spaß*. Hol auch die anderen Kisten raus, wenn du willst. Ich bin mir nicht sicher, ob man einen grüngoldenen Umhang trägt, wenn man sich *tarnen* will.»

Daniels Finger graben sich in meine Handfläche.

Liam ist verletzt. Er hat eine überzeugende Ausrede. Es gibt eine logische Erklärung für all das hier.

Aber meine Gedanken sind so schnell wie mein Herzschlag.

Aber was, wenn das auch zu seiner Tarnung gehört? Was, wenn er die Kiste mit den Cosplay-Sachen unter dem Bett versteckt hat, um so tun zu können, als sei er unschuldig, wenn ich ihn je verdächtigen würde?

«Dieser Typ, der hier war», sagt Liam. «Jude? Mit dem dunklen Haar? Ich habe gehört, was er gesagt hat, als ihr Daniel hereingetragen habt, und ich finde, er hat recht. Wer ist dieser Typ?» Er deutet auf Daniel. «Es ging dir *gut*, C, du warst auf dem Weg der Besserung, und dann hast du ihn kennengelernt, und seitdem ist dein Leben völlig durcheinander. Er ist gefährlich. Ich meine, guck doch mal, was er aus dir gemacht hat. Guck, was er aus *uns* gemacht hat.» Liam schüttelt traurig den Kopf. «Er hat dich dazu gebracht, irgendeine verrückte Verschwörungstheorie über mich zu glauben. Dass ich mit deiner Schwester zusammen war, bevor sie starb? Dass ich noch andere Persönlichkeiten habe? Das ist Schwachsinn, kompletter Schwachsinn. Er hat dich verändert. Er hat durcheinandergebracht, was du glaubst. Ich habe so was nie gemacht. Ich habe dich immer unterstützt, dich beschützt. Mir solltest du trauen, nicht ihm. Traue *mir.*»

Er macht einen Schritt auf mich zu und hält mir die Hand hin, der Daumenring, den ich so gut kenne, glänzt. Ich spüre Erschöpfung in meinen Muskeln und in meinem Hirn, mein Körper leidet darunter, dass der Adrenalinpegel langsam sinkt. Ich will, dass das hier endlich vorbei ist. Ich will in seinen sanften Armen liegen, Zucker riechen, den warmen, unkomplizierten Trost spüren, den er mir immer gibt.

Er hat recht. Er hat mir nie einen Grund gegeben, an ihm zu zweifeln.

Aber das ist genau das, was der Mörder tun würde, oder?

Ich weiche noch weiter zurück und verstecke mich hinter Daniel. Liam lässt die Hand fallen. Er tritt zurück, und sein Schmerz verwandelt sich in Wut.

«Na gut, dann ist es eben so! Vertraue einem verrückten Fremden. Ich habe es versucht, aber ich kann dir nicht helfen, wenn du nicht willst. Bleibt hier und werdet zusammen irre, mir egal. Ich bin damit durch. Tschüs, *Clementine.*»

Liam geht, und die Wohnungstür knallt zu. Ich spüre an Daniels Hand, dass er erleichtert ist. Er atmet aus, lässt sich aufs Bett fallen und reibt sich das Gesicht. «Oh mein Gott, das war knapp. Glaubst du, er hat sich das ausgedacht, oder stimmt das? Das mit dem Cosplay?»

«Ich weiß nicht.»

«Ich auch nicht. Vielleicht ist er wirklich wütend abgehauen, aber vielleicht flieht er auch? Weil wir ihm so nahe gekommen sind? Sollen wir die Polizei holen?»

«Ich ... ich weiß nicht.»

Liam ist weg, aber das beklommene Gefühl in mir ist noch da. Ich schaue mich in der Wohnung um. Er ist definitiv fort, aber mein Herz hämmert immer noch. Ich zittere. Mir ist übel. Ich sollte mich sicher fühlen, aber ich tue es nicht.

Daniel folgt mir in die Küche und lächelt mich kurz an.

«Es ist okay. Du bist jetzt in Sicherheit.»

Aber ich weiß, dass ich das nicht bin.

Rachel und Poppy sind auf die gleiche Art und Weise gestorben, derselbe Mann hat sie umgebracht. Das ist eine Verbindung, die Daniel und ich teilen: Wir beide mussten einen plötzlichen Verlust ertragen, wir beide kennen eine Wahrheit, die der Rest der Welt nicht einmal in Betracht ziehen will. Niemand versteht ihn so, wie ich ihn verstehe, und niemand kennt meinen Schmerz so gut wie er.

Aber wir haben uns zufällig getroffen – zweimal. Das erste Mal durch die Helpline, und dann in der Selbsthilfegruppe. Gegen jede Wahrscheinlichkeit, inmitten vieler Millionen von Menschen in Großbritannien, haben wir uns gefunden.

Oder hat er mich gefunden?

«Warum bist du eigentlich in jener Nacht zu meiner Selbsthilfegruppe gekommen?»

«Was?» Daniel runzelt die Stirn. «Hab ich dir doch gesagt, ich habe bei einem Freund in Croydon gewohnt, und das war die nächste von dort aus. Es war ein Zufall. Ich bin nicht zu *deiner* Selbsthilfegruppe gegangen, sondern zu *einer* Selbsthilfegruppe, und es war zufällig deine. Und ich bin froh darüber.»

Er lächelt wieder, aber ich kann das Lächeln nicht erwidern.

Ich kann das flaue Gefühl nicht abschütteln. Es breitet sich wie eine Fäulnis in mir aus, und ich möchte würgen.

Wir haben uns zufällig getroffen. Er hat zwei Jahre lang nach Rachels Mörder gesucht, aber nur wenige Tage nach unserem Kennenlernen hat er neue Beweise gefunden, die Rachels Fall mit Poppys verbinden – zufällig. Er war in der Nacht da, als ich Poppys Briefe bekam, die Schlüsselinformationen über den Mörder enthielten – zufällig. Und jetzt ist er wieder hier, unangekündigt, an dem Tag, an dem ich begriffen habe, dass ich selbst gejagt werde – zufällig.

Ich habe die Informationen und Dokumente gesehen, die mir Daniel über Rachels Tod gegeben hat, aber ich habe sie nie selbst gegoogelt. Ich habe ihren familiären Hintergrund nie selbst überprüft.

Vielleicht hatte sie gar keinen Bruder.

Oder vielleicht gibt es sie gar nicht.

«Clem?», fragt Daniel und neigt den Kopf zur Seite. «Was ist los?»

«Zeig mir ein Foto von dir und Rachel zusammen.»

«Was?»

«Du hast mich verstanden. Zeig mir, dass du sie kanntest.»

«Dass ich sie kannte? Sie war meine Schwester! Wir sind zusammen aufgewachsen. Das weißt du doch.»

«Weiß ich das? Oder weiß ich nur, was du mir gesagt hast?»

Daniels Lippen zittern. «Clementine, was ist los? Denkst du... denkst du, dass ich lüge? Ich würde dich nie anlügen, ich...»

«Zeig mir ein Foto. Jetzt.»

«Okay, okay.» Daniel nimmt sein Handy. «Ich habe keinen Akku mehr, ich zeige es dir beim nächsten...»

«Nein, das reicht nicht.»

«Clementine, ich schwöre...»

398

«Hör auf, meinen Namen zu sagen!» Eine Träne, die ich nicht weinen will – ein Zeichen der Schwäche –, rinnt aus meinem Auge, und ich wische sie ab. «Ich kenne dich eigentlich gar nicht, aber du bist die ganze Zeit hier! Da sind Zufälle, zu viele Zufälle. Du... du hast die ganze Zeit die Kette berührt. Du *wolltest*, dass ich sie bemerke, du *wolltest*, dass ich sie wiedererkenne und diese Verbindung zu dir herstelle, und...»

«Nein! Nein, das hast du ganz falsch verstanden!» Daniel rinnen jetzt auch Tränen die Wangen hinunter, aber er kümmert sich nicht um sie. «Meine Schwester ist *tot*. Warum sollte ich dich deswegen anlügen? Warum sollte *ich* derjenige sein, der sie getötet hat? Er tötet Freundinnen, nicht Schwestern!»

«Und woher soll ich wissen, dass sie überhaupt einen Bruder gehabt hat?»

Daniel starrt mich sprachlos an.

«Geh.»

Er findet seine Stimme wieder. «Clementine, bitte, nein.»

«Geh», flüstere ich und balle die Fäuste. «Geh!»

Er weicht zurück, die Hände flehend erhoben – seine Ärmel rutschen weit genug hoch, um die gerade verheilten Schnitte auf seinen Handgelenken zu entblößen.

«Ich bin das nicht. Ich bin nicht er. Bitte, schick mich nicht weg, Clem. *Bitte*.»

Ich marschiere voran, gebe nicht nach, zwinge ihn zur Wohnungstür.

«Ich vertraue dir nicht. Ich *kann* dir nicht vertrauen. Ich kann niemandem vertrauen.»

«Doch, du kannst *mir* vertrauen. Das weißt du, Clem. Sie war meine Schwester. Ich hätte ihr niemals etwas angetan. Ich würde niemandem etwas antun. Das weißt du. Du kennst mich.»

«Nein, das tue ich nicht. Geh!»

Er tastet nach der Türklinke hinter sich und schluckt einen Schluchzer herunter.

«Ich war das nicht, Clem. Ich würde dir nie etwas antun. Bitte, ich ...»

«Geh einfach!» Das letzte Stück schiebe ich ihn, die Hände auf seiner Brust. Er greift danach, einen kurzen Moment lang, bittend, flehend, ihn nicht wegzuschicken – aber ich löse mich aus seinem Griff und knalle die Tür zu. Ich lege die Kette vor und lehne mich mit der Stirn gegen das Holz.

«Bitte, Clementine», bettelt Daniel draußen. Ich spüre, dass er ebenfalls an der Tür lehnt. «Lass mich wieder rein. *Bitte.*»

Ich sinke zu Boden und halte mir die Ohren zu, um das Hämmern und Bitten nicht mehr hören zu müssen.

Ich kann ihn nicht wieder reinlassen. Ich kann ihm nicht trauen.

Ich werde nie wieder einem Mann vertrauen können. Denn jeder könnte *er* sein.

» »

In der Wohnung ist es dunkel und im Flur ganz still, als ich mich endlich aufsetze und mein Handy nehme. Ich tippe fünf Wörter in die Google-Suche und weiß nicht genau, ob ich überhaupt ein Ergebnis bekommen will.

Rachel Burton Selbstmord Zug Margate.

Sofort kommen die Ergebnisse.

Sängerin Rachel Burton begeht Selbstmord auf Eisenbahngleisen.

Tod auf der Eisenbahnlinie: Bessere Einzäunung nötig, sagt Rachel Burtons trauernde Mutter.

...die junge Sängerin hinterlässt ihre Mutter, Debbie Burton, und ihren jüngeren Bruder Daniel.

Im Artikel ist auch ein Foto von den dreien zusammen abgedruckt: eine blonde Mutter, die zwischen dem Mädchen, das ich auf den Aufnahmen der Sicherheitskamera gesehen habe, und ihrem Bruder Daniel sitzt. Meinem Daniel. Aber er sieht nicht so aus, wie ich ihn kenne.

Dieser Daniel ist glücklich, die Aufnahme hat ihn mitten in einem herzlichen Lachen erwischt. Sein Haar ist gewaschen und zurückgekämmt, seine Fingernägel sind nicht abgekaut, die Sohlen seiner Turnschuhe noch heil, ein gebügeltes Shirt lässt bloße Handgelenke ohne Narben frei, die er nicht verstecken muss. Er sieht jung und zufrieden aus. Ein ganz normaler Mensch, der ein ganz normales Leben lebt.

Die Familie Burton ein paar Wochen vor der Tragödie, steht in der Bildunterschrift.

Es ist eine echte Website.

Daniel ist echt.

Ich rappele mich auf und schließe die Tür auf, aber im Flur ist niemand.

Der einzige Mensch, dem ich trauen kann, ist fort.

Kapitel 28

Als Dad und ich zu Poppys Wohnheim fuhren, um nach ihrem «Selbstmord» ihr Zimmer auszuräumen, wirkte alles darin so normal. Es war unordentlich, ja, aber Poppy war schon immer unordentlich gewesen. Daran war nichts merkwürdig. Überall lagen halb fertige Leinwände herum, halb gegessene Schokoriegel, ein halb gelesener Roman auf dem ungemachten Bett. Es sah ganz danach aus, als hätte sie das Zimmer in der festen Absicht verlassen, bald wiederzukommen. Noch etwas, das einfach nicht zusammenpasste.

Wenn ich jetzt Selbstmord begehen würde, hätte niemand Probleme, daran zu glauben.

Ich habe seit Tagen nicht geschlafen. Ich kann nicht essen. Überall stehen schmutzige Kaffeebecher auf den Tischen herum – neben meinem Bett, in dem ich nicht schlafen kann; neben dem Sofa, von dem ich es kaum schaffe aufzustehen. Ich habe nicht geputzt, nichts weggeräumt. Die ganze Wohnung ist dreckig, ich auch. Der Mensch, der mir aus dem Badezimmerspiegel entgegenstarrt, sieht krank und gehetzt aus, mit wirrem Haar, blasser Haut und Schatten unter den Augen nach wochenlanger Schlaflosigkeit.

Daniel reagiert nicht auf meine Anrufe oder Textnachrichten. Ich entschuldige mich dafür, dass ich ihn verdächtigt habe, flehe um Verzeihung, aber er antwortet nicht. Stattdessen bekomme ich Nachrichten von Jenna.

Clem, geht es dir gut?

Clem! Schreib mir zurück!

Deine Eltern sagen, sie hätten seit Tagen nichts von dir gehört. Was ist los? Sprich endlich mit mir, bitte.

Mum und Dad besuchen mich. Ich lasse die Tür verschlossen, aber Mum zwängt ihre Finger durch den Briefschlitz und sagt mir flüsternd, dass sie immer da ist, wenn ich sie brauche. Ich sage, sie soll weggehen. Die Polizei kann ich nicht mehr anrufen. Selbst wenn die Leute beim Notruf oder bei Scotland Yard mich ernst genug nehmen sollten, um sich bei der Polizei Sussex nach Poppy zu erkundigen, werden spätestens da ihre Bemühungen enden. Sie werden annehmen, dass ich psychisch krank bin, genau wie alle anderen. Wenn ich ihnen die Rechercheergebnisse zu Rachel gebe, werden sie von meiner Verbindung zu Daniel erfahren, dem anderen Verrückten. Und von Imogen und den anderen brauche ich wahrscheinlich gar nicht anzufangen.

Alle Beweisstücke, die wir haben, passen zusammen, erzählen aber unterschiedliche Teile der Geschichte: Die verschwommene Aufnahme der Sicherheitskamera, auf der zu sehen ist, wie Rachel auf die Gleise gestoßen wird, beweist einen Mord, aber nur, wenn Poppys Briefe, in denen sie darüber schreibt, dass sie Ben an den Klippen treffen will, einen Vorsatz beweisen. Und ohne diese Puzzleteile zeigen Imogens und Elizas Ketten nur eine Verbindung zwischen Selbstmorden, nicht zwischen Morden.

Die Beweise, die ich habe, sind wie ein Kartenhaus, und ich weiß nicht, wie ich verhindern kann, dass es zusammenbricht, bevor es jemand sieht.

403

Ich weiß nicht, was ich tun soll. Ich habe Poppy im Stich gelassen. Ich kann den Mord an ihr nicht beweisen, und deshalb kann ich auch nicht beweisen, dass ich womöglich das nächste Opfer bin. Wenn ich jetzt um Hilfe bitte, werden sie mich direkt in die Psychiatrie einweisen.

Ich denke darüber nach zu fliehen, packe ein paarmal meine Tasche und packe sie dann wieder aus.

Wo sollte ich auch hin? Zurück nach Boston? Er könnte mir folgen und dort zuschlagen. Oder nicht zuschlagen. Wenn ich in dieser Unsicherheit würde leben müssen, würde ich wahrscheinlich wirklich verrückt werden, ich würde jedes Gesicht in der Menge für das des Mörders halten. Ich würde mich niemals sicher fühlen.

Aber vielleicht wäre es auch vorbei, wenn ich nach Boston gehen würde. Ich würde vielleicht *wirklich* in Sicherheit sein. Nur, was bedeutet das dann für das nächste Opfer, das übernächste und das überübernächste? Es würde mit mir ja nicht aufhören. Wenn ich mich selbst aus dieser Gleichung entferne, findet er einen Ersatz. Er wird immer weitermachen.

Wenn er noch hinter mir her ist, kann ich immerhin hinauszögern, dass jemand anders verletzt wird.

Rational, logisch gesehen hätte er ohnehin längst aufgeben und in irgendeiner anderen Identität verschwinden müssen, so schwer, wie er an mich herankommt – aber ich bin wie eine unerledigte Aufgabe, nicht wahr? Ich weiß zu viel, und ich könnte einen Weg finden, all das der Polizei weiterzugeben. Ich bin gefährlich für ihn. Und wenn er weiß, was ich von ihm weiß, wird er vielleicht von seinem Muster abweichen. Es würde dann nicht um Verführung gehen oder darum, mein Vertrauen zu gewinnen, er würde mich so schnell wie möglich loswerden wollen. Er könnte mich niederstechen, wenn ich

404

Milch einkaufen gehe, oder mich auf die U-Bahn-Gleise stoßen. Es könnte ganz plötzlich kommen.

Ich gehe die Männer durch, mit denen ich Kontakt habe.
Die Männer, die mir auf eine Art nah sind oder waren.

Daniel will nicht – oder kann nicht – mit mir reden, und
er ist unschuldig. Er ist Rachels Bruder. Ich habe es auf verschiedenen Websites nachgeprüft, der Stachel des schlechten
Gewissens schmerzt bei jedem neuen Familienfoto oder Facebook-Post, den ich entdecke. Ich hätte nie an ihm zweifeln dürfen.

Ich hätte auch nicht an Liam zweifeln dürfen. Die anderen
Kisten unter seinem Bett waren voller Superhelden-Kostüme
und bunter Perücken und viktorianischer Schnurrbärte, und
außerdem habe ich einen Instagram-Account von vor ein paar
Jahren von ihm gefunden, auf dem er Bilder gepostet hat, die
ihn beim Cosplay zeigen. Er kann es auch nicht sein – zumal
er nichts mehr mit mir zu tun haben will. Seit unserem Streit
ist er nicht wiedergekommen, und ich habe mich auch noch
nicht zu entschuldigen versucht.

Es geht ihm besser ohne mich.

Alexander schiebt mir immer wieder Zeitschriftenausschnitte durch den Briefschlitz: Rezensionen von Sci-Fi-Fil-
men, Nachrichten über die neueste Mars-Mission, neue Durch-
brüche in der Biologie. Von Jude höre ich ebenfalls. Er schickt
mir über Reddit Nachrichten – *Es tut mir so leid, dass ich in deine Privatsphäre eingedrungen bin, aber ich habe mir solche Sorgen
um dich gemacht –*, er kommt auch zur Wohnung, klopft sanft,
klebt von außen etwas an die Tür, wenn ich nicht reagiere:
eine kleine Notiz wie die, die er mir einmal bei der Helpline
hinterlassen hat. Eine Cartoon-Zeichnung von ihm, wie er einen Blumenstrauß lächelnd in der ausgestreckten Hand hält,

und darunter: *Ich weiß, dass du in letzter Zeit viel durchmachst, aber ich hoffe, dass es dir bald wieder besser geht. Ich bin da, wenn du mit jemandem darüber reden möchtest. Jude x*, steht darauf, und eine Telefonnummer. Ich werfe den Zettel in den Müll, fische ihn dann wieder heraus. Es könnte ein Beweismittel sein.

Wenn der Mörder bereits in meinem Leben ist, muss es Alexander sein oder Jude. Ich habe mich an jenem Tag gegenüber allen vieren merkwürdig verhalten. Liam ist gegangen, Daniel redet nicht mehr mit mir. Aber Alexander und Jude versuchen es immer noch. Die Zettel, die Besuche – sie haben den Fuß in die Tür zu meinem Leben gestellt und lassen mich nicht vergessen, dass sie da und zur Stelle sind, wann immer ich es will. Warum? Warum bestehen sie so darauf, für mich da sein zu wollen, obwohl sie wissen müssten, dass ich darauf nicht mehr hereinfalle?

Es sei denn, sie wissen nicht, dass ich weiß, dass ich die Nächste sein werde? Ich habe mich merkwürdig verhalten, ja, ich bin vor beiden davongelaufen – aber ich habe keinen von ihnen je beschuldigt. Ich habe nichts von alldem erwähnt, nur Daniel und Liam gegenüber. Und ich habe seit der Sache mit den Halsketten nichts auf Reddit gepostet.

Alexander und Jude. Wenn einer von beiden der Mörder ist und sein Risiko anhand meiner Reddit-Posts abschätzt, dann weiß er nicht, dass ich ihn im Auge habe. Er glaubt, dass ich die Serienkiller-These zusammen mit Daniel aufgestellt habe, und vielleicht weiß er auch, dass ich Eliza gefunden habe, aber das ist alles. Er weiß nichts von den Hinweisen, die ich in Poppys Briefen gefunden habe. Nichts von den anderen Mädchen.

Sie beide spielen immer noch ihre Rolle als Freund, aber je freundlicher und interessierter sie an mir sind, desto schuldiger wirken sie auf mich. Wer auch immer der Täter ist, er hält sich an seinen Plan, indem er alles dafür tut, dass ich mich in ihn verliebe. Aber das wird nicht passieren. Und das weiß er nicht. Das bedeutet, dass ich in Sicherheit bin, oder? In Sicherheit, bis der Mörder begreift, dass sein Plan nicht funktionieren wird.

Und das gibt mir die Kontrolle. Meine Muskeln schmerzen von der ganzen Untätigkeit in den letzten Tagen. Ich schleppe mich vom Sofa zu meinem Schreibtisch, eine Decke um die Schultern gelegt. Ich schiebe die ganzen zerknüllten Papiere und benutzten Becher beiseite, um Platz zu schaffen, und beginne, zwei Listen zu erstellen: *Alexander* und *Jude*. Wieder wühle ich mich durch Poppys Briefe und grübele über die anderen Opfer in meiner Mappe nach: darüber, welche Sorte von Männern sie mochten, wie sich der Mörder entsprechend veränderte.

Die Art, wie der Mörder seine Opfer ins Visier nimmt, folgt einem Muster. Poppy war Künstlerin, also wurde er zum Fotografen. Rachel war Musikerin und spielte Gitarre, also wurde er zum Schlagzeuger. Imogen wollte Abenteuer, also verwandelte er sich in einen Surfer. Vermutlich wurde er zum Goth für Eliza und zum Leser für Yewande. Aber das war nicht das Ende.

Poppy wusste immer genau, was sie mochte, schon als sie klein war. Schwärmereien für Disney-Prinzen und One-Direction-Stars verwandelten sich in sehnsuchtsvolle Blicke durch die Caféfenster hin zu Jungs in engen Hosen und mit lässigen Haarschnitten. Sie mochte braunes Haar. Sie mochte grüne Augen. Sie mochte empfindsame Seelen und Herzen voller Mitgefühl – obwohl sie keinerlei Erfahrung mit Jungs hatte, sehnte sie sich nach einem bestimmten Typ Mensch. Der Ben in ihren Zeichnungen ist genau dieser Typ, in den sie sich immer verlieben wollte.

Aber ich war nie so.

Ich habe nie für Promis geschwärmt. Ich hatte nie eine Lieblingsfrisur oder -augenfarbe bei Jungs. Die einzigen «Dates», auf die ich je gegangen bin, sind mich praktisch angesprungen – wenn platonische Lesestunden in der Bibliothek mit männlichen Mitstudenten plötzlich zu Knutschereien wurden, die mich völlig überrumpelten. In Harvard flüsterte Jenna mir Namen von heiß begehrten Kommilitonen ins Ohr und wies mich auf *«süße Jungs»* in unseren Vorlesungen hin, aber ich wollte immer nur lernen. Wenn sie mich Männern in Bars vorstellte, wollte ich meistens, dass sie wieder gingen. Als sie mir diesen Tinder-Account erstellte und wir Gesicht um Gesicht nach links oder rechts wischten, wollte ich eigentlich gar keins davon wirklich ansehen.

Aber als ich an jenem Morgen neben ihr im Bett aufwachte, als das Sonnenlicht alles in ein sanftes, orangefarbenes Licht tauchte, ihr Lippenstift weggeküsst war, ihr Bein über meinem lag, da ... da fühlte ich es. Ich fühlte das, wovon Poppy immer geträumt hatte. Und ich begriff, dass ich es vielleicht schon die ganze Zeit gefühlt hatte. Tief in mir wusste ich, wonach ich suche.

Ich trinke den Rest aus einem Kaffeebecher, der schon mindestens einen Tag dasteht, und reibe mir die brennenden, übernächtigten Augen.

Nichts davon ist wichtig, weil Poppy nie erfahren hat, was in jener Nacht geschah. Sie lag bereits sterbend an jenem Strand, als Jenna und ich zusammen nach Hause gingen, im Schnee schlitterten, lachten, Jennas Hand immer in meiner. Es ist nicht wichtig, das Jenna intelligent, leidenschaftlich, entschlossen, lustig, freundlich und sorglos ist, denn Poppy wusste nicht, dass das die Eigenschaften sind, die ich liebe. Ich habe es ihr nie gesagt. Sie konnte es nicht wissen. Also kann auch der Mörder es nicht wissen.

Aber sie muss ihm etwas gesagt haben, zumindest genug, sodass er sich daraus eine Persönlichkeit zusammenbauen konnte, von der er glaubte, dass sie funktionieren würde. Aber was? Wer? Was war es, das meine Schwester für meinen Typ hielt?

Jude: der freundliche, sanfte, braunäugige Mann, der mich so sehr an Poppy erinnert, der bei der Helpline zu mir kam, um mich kennenzulernen, der mir eine rührselige Geschichte über seinen eigenen Selbstmordversuch erzählte, um darüber eine Verbindung zu mir aufzubauen? Oder Alexander: der Wissenschaftler, der nur ein paar Meter von mir entfernt wohnt, der jeden Tag im Café meiner Eltern sitzt, der ein Handbuch über all meine Hobbys und Interessen auswendig gelernt zu haben scheint?

An der Tür höre ich Papier rascheln. Ich schaue nach: Schon wieder wird ein Zeitschriftenartikel darunter hindurchgeschoben und entfaltet sich auf der Fußmatte: *Gurken auf dem Mars: Hydrokulturen der Zukunft.*

Jude ist womöglich nur ein guter Mensch, genau wie Poppy. Er war freundlich zu mir, weil er wusste, dass ich es brauchte. Er wollte helfen. Er bot mir seine Freundschaft und seine Gesellschaft an.

Aber Alexander ist ein wandelndes Klischee all dessen, was eine Wissenschaftlerin sich wünschen *sollte.*

Ich schalte die Aufnahmefunktion auf meinem Handy ein und stecke es in meine Tasche, zusammen mit einem kleinen Messer aus der Küche, für alle Fälle. Ich ziehe den Stuhl weg, den ich unter die Klinke geklemmt habe, öffne die Sicherheitskette und schließe auf. Dann verlasse ich die Wohnung zum ersten Mal seit ... ich weiß nicht mehr wie vielen Tagen.

Es ist Nacht. Das hatte ich gar nicht bemerkt, aber die Musik hämmert durch den Flur wie immer nach Einbruch der Dunkelheit. Ich muss eine ganze Weile sehr laut klopfen, bis sich die Tür öffnet.

«Oh, Clementine!» Alexander zuckt ein wenig zusammen, als er mich sieht, und seine Locken hüpfen dabei. «Das ist aber eine Überraschung. Ich dachte, du wärst vielleicht für ein paar Tage weggefahren. Geht es dir gut?»

Ich hätte mir vermutlich vorher die Haare kämmen sollen, aber jetzt ist es zu spät.

«Ja, mir geht es gut.»

«Oh. Gut.»

Er lächelt. Er hat sein kurzärmeliges Hemd bis ganz oben zugeknöpft, trägt seine Brille, und seine Haare liegen in perfekt unperfekten Locken.

Er ist ein fleischgewordener Comic-Streber, wie ihn Poppy früher auf Postkarten gekritzelt hat.

«Kann ich reinkommen?», frage ich und warte nicht auf eine Antwort, sondern zwänge mich an ihm vorbei.

«Ähm, ja. Natürlich. Ich war gerade dabei, ins Bett zu gehen, aber...»

Die Wohnung ist genauso wie beim letzten Mal, als ich hier war: kahl, undekoriert, und aus dem hinteren Zimmer dringt das ewige Wummern der Musik.

«Was hast du denn in der letzten Zeit so gemacht?», fragt Alexander. «Ich habe dich schon länger nicht mehr gesehen, auch deinen Mitbewohner nicht.»

«Er ist ausgezogen. Ich weiß nicht, wann er zurückkommt.»

«Oh. Das ist aber schade.»

Ich gehe in der Wohnung umher, barfuß, und tue so, als interessierte mich die karge Einrichtung, aber eigentlich suche ich nach Hinweisen. Ich weiß nicht genau, wonach. Ich weiß auch nicht genau, warum ich eigentlich hier bin.

«Ging es dir nicht so gut? Du siehst, ähm ... Na ja, dieser Pyjama sieht sehr gemütlich aus.» Er lächelt wieder.

«Ist er auch.» Ich streiche mir eine Strähne aus den Augen. Alexander – nicht, dass das sein echter Name wäre – beobachtet mich, die Arme fest vor der Brust verschränkt, und tritt von einem Fuß auf den anderen. Verlegen. Unaufdringlich.

Er versucht, so zu sein wie Poppy, begreife ich. Und dann wird mir übel. Es gibt keinen Mitbewohner. Es gibt auch kein Studium in Astrophysik. Um eine Wissenschaftlerin zu erwischen, wurde er selbst zu einem Wissenschaftler.

Was wollte er mit mir machen? Wollte er mit mir Sterne anschauen, wie mit Poppy? Mich zu einem hohen Ort führen und dann – ups! Noch eine tote Harris-Schwester. War es das? Ist es das noch immer?

«Meinst du, die neue Star-Trek-Spin-off-Serie taugt was?», fragt Alexander, der noch immer auf den Fersen wippt. «Ich hoffe es sehr, aber man weiß nie, was ...»

Er redet, aber ich höre nicht zu. Ich beobachte seine Hände: kurze, saubere Nägel, so wie die in Poppys Skizzenbuch-Zeichnung. Finger, die sich nervös ineinander verschränken.

Ich hasse diese Hände. Ich *hasse* sie. Ich durchschaue seine Schauspielerei, durch die sein wahres Ich hindurchscheint: Dunkelheit in seinen Augen. Ich stelle mir vor, wie sie Poppy von der Klippe fallen sehen. Wie er mich anruft, statt ihr zu helfen. *Er* hinterließ mir die Nachricht auf der Mailbox. Er wollte mir wehtun.

Meine Finger schließen sich um das Küchenmesser in meiner Tasche.

Ich will ihn verletzen.

«... daher habe ich mich gefragt, ob du vielleicht immer noch gehen willst?»

«Gehen?»

Er räuspert sich. «Äh, zu dieser *Interstellar*-Vorführung? Du hast mir nie geantwortet und das Café so eilig verlassen, daher dachte ich, ich frage noch mal, für alle Fälle. Kein Druck! Aber wenn du *doch* gehen möchtest, dann ...»

«Wie bist du so kurzfristig an diese Tickets gekommen?» Ich starre ihn an. «Man muss so etwas doch normalerweise Monate im Voraus kaufen, aber du tauchst einfach so im Café auf, in letzter Minute, und hast gleich zwei davon?»

«Ich habe sie schon vor Monaten gekauft. Mit meinem Telefonvertrag konnte ich sie schon vor dem offiziellen Verkauf buchen.»

«Ach wirklich? Und es ist nur ein Zufall, dass du mir über den Weg gelaufen bist, jemandem, der diesen Film liebt und wahnsinnig gern hingehen würde? Und dann hast du plötzlich ein Ticket über?»

«Na ja, ähm, es war *wirklich* ein Zufall, ein großer, aber ich hatte kein überschüssiges Ticket gekauft. Derjenige, für den ich es gekauft hatte, will nicht mehr.» Er sieht zu Boden.

«So? Und wer soll das gewesen sein? Was ist denn der praktische Umstand, der mir das Ticket verschafft?»

Alexander lässt die Schultern sinken, irgendwie scheinen auch seine Locken zu erschlaffen. Jetzt habe ich ihn erwischt, oder? Er wird aufgeben und gestehen. Er weiß, dass ich hinter ihm her bin. Er ...

«Ich wollte es dir eigentlich nicht sagen, aber ... Das Ticket war für meinen Freund.» Er kratzt sich am Kopf. «Aber er hat Schluss mit mir gemacht, und ich hatte keine rechte Lust, allein zu gehen.»

Die Beschuldigungen ersterben auf meiner Zunge.

«Warte mal, dein... dein Freund?»

«Na ja, Ex-Freund, wenn man es genau nimmt.»

«Du hattest einen *Freund*?»

«Ja.»

«Du magst Männer?»

«Ja.» Er hebt den Blick.

«Aber du magst Mädchen auch, oder?»

Er hustet und schüttelt den Kopf. «Ich meine, ich finde Mädchen toll! Mädchen sind super. Aber ... als Freundinnen. Ich bin, äh, einhundert Prozent, ganz eindeutig schwul.»

«... Oh.»

Er lächelt betreten, seine Wangen und Ohren sind ganz rot geworden.

Das kann nicht stimmen. Es *muss* Alexander sein. Die Zeitschriftenausschnitte, das Interesse an Wissenschaft, der erfundene Mitbewohner.

Erfunden?

Ich renne zum hinteren Schlafzimmer und reiße die Tür auf, bevor Alexander mich daran hindern kann. Ein Mann mit Baseball-Mütze und einem Headset sitzt an einem Schreibtisch. Eine Kamera ist auf ihn gerichtet. Auf dem Bildschirm läuft ein Computerspiel. Er dreht sich um und schaut mich böse an.

«Alter, wer zum Teufel bist du?», schreit er über die Musik hinweg. «Du hast meine Killer-Glückssträhne unterbrochen!»

Ich gehe rückwärts wieder aus dem Zimmer und schließe die Tür. Alexander taucht neben mir auf.

«Das ist Jay, mein Mitbewohner. Tut mir leid, er ist nicht besonders nett. Geht es dir nicht gut, Clementine? Du siehst aus, als hättest du ein Gespenst gesehen.»

Ich lehne mich gegen die Wand und lache. Ich lache zum ersten Mal seit Wochen.

Er ist es nicht. Alexander ist Alexander.

Er ist nicht gefährlich.

«Du warst wirklich die ganze Zeit lang schwul?»

«Ähm, ja? Normalerweise läuft das so.» Er lacht auch und lehnt sich neben mir gegen die Wand. «Warte, äh, du hast nicht gedacht, dass meine Einladung zur *Interstellar*-Vorführung ein Date sein sollte, oder?»

«Nein, nein», lüge ich. «Na ja, vielleicht. Aber, ähm, ich stehe auch nicht auf dich, daher passt das wunderbar.»

«Puh. Weil ich dich nämlich sehr mag, aber nicht auf diese Weise. Ich stehe eher auf lächerlich gut aussehende, vollkommen unerreichbare Jungs mit rosafarbenem Haar.» Er seufzt wehmütig.

«Warte mal.» Ich sehe ihn an. «Liam? Du magst Liam?»

«Tut das nicht jeder?» Er sieht ein bisschen besorgt aus. «Magst du ihn nicht?»

«Nein.» Jetzt bin ich wieder an der Reihe zu lachen. «Nein, er ist nicht wirklich mein Typ. Wolltest du dich mit mir anfreunden, um an ihn heranzukommen?»

«Nein, ich mag dich», sagt er schnell. «Aber, ähm, wenn ich ihn fünf Minuten sähe, während ich mit dir spreche, na ja, das wäre schon ein Bonus, irgendwie.» Er reibt sich die Nase. «Sorry, ich weiß, wie jämmerlich das ist.»

Ich denke daran, wie sehr mein Herz damals gehüpft ist, wenn ich eine neue Textnachricht von Jenna gesehen habe – und wie sehr ich mich jetzt oft zwingen muss, sie ungelesen wegzuwischen.

«Es ist nicht jämmerlich», sage ich und lächle ihn an. «Und unter uns, er hat dich einmal süß genannt.»

»»

Als ich wieder in der Wohnung bin, wasche ich mir in der Küche das Gesicht mit kaltem Wasser. Ich reibe den Schmutz der Schlaflosigkeit, der Unentschiedenheit und der Angst ab und fühle mich wieder wie ich selbst, als die in einem halben Jahr angesammelte Negativität im Abfluss verschwindet. Ohne sie ist meine Haut ganz wund und exponiert – aber ich bin bereit.

Ich habe die letzten, ich weiß nicht wie viele, Tage – und den größten Teil der letzten sechs Monate – damit verbracht, exakt das zu tun, was der Mörder wollte: nichts. Er hat mich gebrochen, mit dem Anruf, der Voicemail, den Schuldgefühlen, von denen er wusste, dass er sie hervorrufen würde. Und als ich endlich klar genug sehen konnte, um *ihm* die Schuld zu geben und nach ihm zu suchen, verunglimpfte er mich bei der Polizei. Er stellte sicher, dass mir niemand glauben würde, selbst wenn ich etwas herausfände. Und er machte mir Angst.

Er hatte mich nie als Opfer im Visier, er wollte nur, dass ich das *glaube*. Damit ich Zeit verliere. Damit ich irrational handele, paranoid werde, guten Menschen misstraue. Damit ich meine eigene Glaubwürdigkeit erschüttere. Und es hat funktioniert.

Aber jetzt funktioniert es nicht mehr.

Ich muss all meine Beweise zur Polizei bringen und *dort bleiben*, selbst wenn sie mir nicht glauben. Ich muss ihnen Blessings Telefonnummer und den Reddit-Usernamen von Elizas Dad und Yaz' Arbeitsadresse geben, dann können sie die Halsketten selbst finden. Ich muss es versuchen. Ich muss daran glauben, dass ich meine Hypothese erfolgreich präsentieren und dafür sorgen kann, dass der wahre Mörder gefasst wird.

Früher habe ich immer alles lösen können. Wenn Poppy ein Spielzeug nicht zusammenbauen konnte, brachte sie es zu mir, und ich half ihr. Wenn sie zu schüchtern war, um allein rauszugehen, ging ich mit, hielt auf der belebten Straße ihre Hand und sorgte dafür, dass sie sich sicher fühlte. An jenem regnerischen Sonntagnachmittag auf Primrose Hill, als der Wind heulte, war sie nicht die Einzige, die auf einen Sonnenuntergang hoffte. Ich war bei ihr und hoffte mit ihr.

Das hatte ich fast vergessen.

Ich sammele meine Sachen in der Wohnung zusammen: die Briefe und die Mappe von meinem Schreibtisch, Poppys Skizzenbuch vom Couchtisch. Ein Stift rollt darunter hervor, fällt auf den Boden, rollt weiter unter das Sofa, und ich bücke mich, um ihn wiederzuholen. Meine Finger streifen etwas anderes. Ein Buch. Ein Buch aus der Bibliothek vielleicht. Vermutlich muss ich für die Überschreitung der Leihfrist jetzt eine Strafe zahlen. Ich hole es hervor und streiche über das Cover: braunes Leder, der Rücken etwas abgenutzt. Die Art Buch, die oft aufgeschlagen hingelegt wird.

Es ist Judes Skizzenbuch. Er muss es in jener Nacht hier verloren haben, nachdem er Daniel geholfen hat, aus dem Regen hereinzukommen. Das kommt mir wie eine Ewigkeit her vor.

Ich setze mich hin und blättere hindurch. Es sind fast nur Porträts wie die, die er mir schon gezeigt hat, Gesichter der verzweifelten Anrufer der Helpline, wie er sie sich vorstellt. Ich blättere weiter und finde Daniel – nicht den Daniel, den ich kenne, sondern den harten, wütenden, den, vor dem mich Jude gewarnt hat. Ich finde den Studenten, der seine Prüfungen nicht bestanden hat, und Blessing mit ihrem Tuch im Haar und dem weinenden und gleichzeitig lächelnden Gesicht.

Nach den Porträts, ganz hinten, kommen ein paar Seiten mit Kritzeleien: die entspannten, assoziativen Zeichnungen, die die meisten Leute am Telefon kritzeln. Und in der Mitte der Seite sehe ich ein allzu bekanntes Motiv. Eine Kette mit Herzanhänger. Es ist die Kette. *Die* Kette. Die Kette, von der Jude auf keinen Fall etwas wissen kann, es sei denn, er hat sie ein halbes Dutzend Mal gesehen, an einem halben Dutzend Frauen. Frauen, die alle ermordet wurden.

Meine Hände zittern. Etwas fällt aus einem Fach hinten am Einband: ein grünes Flugblatt der Helpline, genau wie das, das ich direkt nach Poppys Tod in der Post gefunden habe. Es ist noch mehr in diesem Fach: Seiten aus einem Skizzenbuch mit etwas anderem Papier, an der Seite etwas ausgefranst, weil sie ausgerissen wurden.

Poppys Skizzenbuch liegt neben mir. Ich öffne es, atme tief durch. Ich stelle mir vor, dass das hier nur eine Probe im Labor ist, dass es reine Routine ist – und blättere zu der Seite mit der Zeichnung vom Fotografen hinter der Kamera. Zu den ausgefransten Resten der ausgerissenen Seiten dahinter. Ich lege die Seiten aus dem Fach in Judes Skizzenbuch daran. Sie passen.

Das hier sind die Zeichnungen, von denen der Mörder nicht wollte, dass ich sie sehe. Die Seiten, die er auf den Klippen aus Poppys Skizzenbuch gerissen hat.

Sein ganzes Gesicht lächelt mich an: ohne Bart, mit kürzerem und hellerem Haar, liebevoll gemalt in Aquarell. Mit grünen Augen.

Ben. Der Freund. Der Mann, der Poppy ermordet hat.

Es ist Jude.

Kapitel 29

Wenn die Polizei Serienmörder jagt, gibt es oft zumindest einen Zeugen oder einen Überlebenden, der beschreiben kann, wie der Mörder aussah, und mit seinen Hinweisen kann eine Software ein Phantombild erstellen.

Meine Schwester, die schon seit sechs Monaten tot ist, hat ihr eigenes Phantombild gezeichnet.

Ich wusste immer schon, dass Poppy eine tolle Künstlerin war, aber ich wusste nicht, dass sie derartig begabt war. Jude – als Ben – ist auf der Zeichnung sofort zu erkennen, selbst ohne seinen dunklen Bart, die dunkleren Augen und das lange, lockige Haar. Die Wahrheit liegt in der Form seiner Nase, der Schattierung seiner Wangenknochen, dem Schwung seiner Brauen. Selbst mit diesem Gesichtsausdruck, den ich noch nicht kenne – es ist eher Feixen als ein warmes Lächeln – sind all die winzigen, kaum bemerkbaren Einzelheiten seiner Gesichtsstruktur da. Die Zeichnung, die der Mörder aus Poppys Skizzenbuch gerissen hat, zeigt eindeutig und zweifellos Jude. Oder sollte ich ihn Dylan nennen? Travis? Ben?

Sein echter Name könnte noch ganz anders sein.

Es ist so lange her, seit ich mich so gefühlt habe: getragen vom Triumph der Sicherheit. Doch das Gefühl vergeht sofort, als mir klar wird, was es bedeutet, was es beweist.

Jude hat meine Schwester umgebracht, und seitdem trägt er diese Seiten mit sich herum. Diese Zeichnungen sind seine Trophäe. Er muss sie jedes Mal dabeigehabt haben, wenn wir zusammen im Telefonraum waren, die ganze Zeit waren sie

418

hinten im Fach des Skizzenbuchs versteckt. Sie müssen da gewesen sein, als er mir seine eigenen Zeichnungen zeigte – die er vermutlich irgendwo abgezeichnet oder von einem anderen Künstler hatte machen lassen, gerade so unfertig, dass ich dabei zusehen konnte, wie er ein Auge fertig zeichnete oder einen Mund schattierte, als stammte das Bild von ihm. Er hat mir Geschichten über die Leute in diesem Buch erzählt. Er sagte, er habe Daniel gezeichnet, erschüttert durch Rachels Tod. Er zeigte mir Blessing, die um ihre tote Tochter Yewande trauert.

Beides Frauen, die er umgebracht hat.

Ich klemme meine zitternden Hände zwischen die Knie.

Unter was für einem monströsen Narzissmus leidet dieser Mann, dass er mit Beweisen herumläuft, die ihn mit Poppys Tod in Zusammenhang bringen? Dass er sie in seiner Tasche mit sich herumträgt? Dass er so nachlässig ist, sie sogar noch liegen zu lassen?

Ich erinnere mich an die Unwetternacht, als wir Daniel in die Wohnung geschleppt haben und das Buch unter das Sofa gerutscht sein muss. Er schaute im Auto noch in seine Tasche, oder? Um sicherzugehen, dass sein Skizzenbuch nicht vom Regen beschädigt war. Um sicherzugehen, dass seine Trophäe intakt war. Aber als wir hier waren, war seine Tasche offen, er warf sie neben das Sofa, das Skizzenbuch fiel heraus, wurde unters Sofa gekickt ...

Wie konnte er es einfach so dalassen? Er muss es doch immer im Auge behalten, in diesen Dingen ist er akribisch, er verwischt seine Spuren so gut, er ist umsichtig, er ist ...

Emotional.

Das war die Nacht, in der er begriff, dass Daniel und ich in Kontakt miteinander standen. Er wusste, dass ich Poppys Briefe bekommen würde, und er muss diese Fahrt mit dem Uber vorgeschlagen haben, um irgendwie in meine Wohnung zu kommen. Aber dann war Daniel da. Jude hat sofort reagiert, er wollte einen Keil zwischen uns treiben, uns daran hindern, dass wir eins und eins zusammenzählen und die Verbindung zwischen uns begreifen, aber es ist ihm nicht gelungen. Ich habe Daniel verteidigt. Ich habe Jude rausgeworfen. Er war wütend. Abgelenkt. Als er begriff, dass er das Skizzenbuch verloren hatte, war es schon zu spät: Wir redeten nicht mehr miteinander, und ich bin nicht mehr bei der Helpline aufgetaucht, bis zu dem Tag, als ich Blessings Kontaktdaten brauchte. Und selbst da haben wir auf dem Dach gestritten. Ich habe ihn mit meiner Mappe geschlagen. Ich bin vor ihm weggerannt.

Aber warum hat er nicht versucht, das Buch wiederzubekommen? Er muss doch gewusst haben, dass er es hier verloren hat. Er hat mir auf Reddit Nachrichten geschrieben, Zettel durch den Briefschlitz geschoben, geklopft, aber er hat mich nie gebeten, nach dem Skizzenbuch zu schauen.

Weil er keine Aufmerksamkeit darauf lenken wollte. Wenn ich es früher gefunden und reingesehen hätte, wäre er sofort verhaftet worden. Aber er ist nicht verhaftet worden, weil ich es erst jetzt gefunden habe. Wenn er mich danach gefragt hätte, hätte ich hindurchgeblättert, das wusste er. Also musste er versuchen, es selbst zu holen, irgendwie in die Wohnung zu gelangen, ohne dass ich misstrauisch werde. Er hätte das Buch einfach unbemerkt wieder mitnehmen können, und ich hätte seine Trophäe nie gesehen. Sein Plan wäre dann immer noch intakt.

Ich sammele die Zettel zusammen, die er durch den Briefschlitz geworfen hat: besorgte Nachrichten mit süßen kleinen Zeichnungen darauf. Er versucht seit Tagen hereinzukommen, aber sanft. Geduldig. Er versucht, mein Vertrauen zurückzuerobern.

Er *weiß* nicht, was ich weiß. Er glaubt, dass ich immer noch keine Ahnung habe, dass ich gejagt werde. Er ist einen Schritt hinter mir.

Mehr als einen Schritt. Denn jetzt habe ich noch einen weiteren Beweis dafür, dass Poppy ermordet wurde.

Danke für dein Geschenk, *Jude.*

» »

Es fällt mir schwer einzuschlafen, weil mein Hirn in meinem Schädel arbeitet, aber dann gewinnt die Erschöpfung gegen die Aufgewühltheit – zumindest für ein paar Stunden. Früh am nächsten Morgen verlasse ich die Wohnung, mit unter der Dusche sauber geschrubbter Haut, in einem frischen T-Shirt, mit all meinen Beweisen, säuberlich geordnet in meinem Rucksack. Aber ich gehe nicht zum Polizeirevier. Ich nehme einen Zug nach Margate.

Es gibt da jemanden, dem ich das hier zeigen muss, bevor es die Polizei zu sehen bekommt.

Daniel hat mir nie seine Adresse gesagt, aber ich finde die Straße, die in einem der Lokalzeitungsartikel über Rachels Tod erwähnt wurde, und gehe sie entlang, bis ich es sehe: eine kleine Doppelhaushälfte, vor deren Tür eine Gehwegplatte fehlt. Acht Hände haben im vor langer Zeit getrockneten Zement ihre Abdrücke hinterlassen.

Ich bemühe mich, nicht auf sie zu treten, und klingele.

Durch die Milchglasscheibe hindurch sehe ich eine Bewegung, und schließlich öffnet eine Frau. Ihr welliges, an den Ansätzen graues Haar hat sie zurückgebunden, ihre Leggings und ihr weiter Pulli sind abgetragen. Post liegt auf dem Fußboden.

«Hallo, Deborah Burton?»

«Debbie.» Ihre Stimme klingt müde. Alles an ihr wirkt müde. «Worum geht's?»

«Tut mir leid, dass ich aus heiterem Himmel einfach so auftauche, aber ich suche nach Ihrem Sohn Daniel. Wissen Sie, wo er ist?»

«Warum?» Debbie hält die Tür nur einen Spalt offen, als wollte sie sie mir gleich vor der Nase zuschlagen. «Was wollen Sie?»

«Ich würde gern mit ihm reden. Als wir das letzte Mal miteinander gesprochen haben, habe ich etwas gesagt, was ich nicht hätte sagen sollen, und ich möchte mich gern entschuldigen.»

Sie blinzelt und schließt die Tür einen Zentimeter weiter.

«Wir sind Freunde», füge ich hinzu. «Oder wir waren es zumindest. Ich hoffe, wir können wieder Freunde sein, aber vielleicht ist er...»

«Du bist eine Freundin von Danny?» Ihr Gesichtsausdruck verändert sich.

«Ja. Wir haben uns in London kennengelernt.»

«London! Da war er die ganze Zeit? Er erzählt mir ja nichts.» Sie macht die Tür jetzt weit auf, tritt in ihren flauschigen Schlappen ein paar Schritte zurück und hat plötzlich ein Lächeln im Gesicht. «Komm rein, komm rein. Freunde von Danny sind immer willkommen. Ich mache Tee. Willst du Zucker? Ich habe auch irgendwo ein paar Kekse. Magst du Haferkekse?»

Sie wartet nicht auf eine Antwort, lässt die Tür offen stehen und tappt davon, mit schlurfenden Schlappen, plaudert dabei heiter über dies und das. Ich steige über die Zement-Handabdrücke und folge ihr.

Im Haus ist es dunkel und stickig: Ein paar Vorhänge zu viel sind zugezogen, obwohl es helllichter Tag ist; auf den Bilderrahmen liegen dicke Schichten Staub.

Ich betrachte die Bilder. Rachel mit Brille lächelt zahnlückig neben einem Weihnachtsbaum, im Arm vermutlich ihre erste Gitarre, während ein kleinerer, maushaariger Junge im Hintergrund schreit. Offenbar hat er die Spielzeugfeuerwehr zu Boden geschleudert, denn er hat noch Geschenkpapierfetzen in der geballten Faust. Sonnenverbrannt und klebrig sitzen die Geschwister zusammen unter einem Sonnenschirm an einem Plastiktisch neben einem Pool, Daniel winkt, Rachel klaut sich ein paar Chips von seinem Teller. Auf dem nächsten Bild tragen beide graue Schuluniformen, Rachel, mit einer schicken Brille, lächelt selbstbewusst in die Kamera – jetzt etwas älter, den Kopf zur Seite geneigt –, während Daniel seine Hände im Schoß verschränkt hat, die Fingernägel abgekaut, dünn nach einem plötzlichen Wachstumsschub, mit tiefen, grellroten Akneausbrüchen im Gesicht, die er hinter seinem Haar zu verstecken versucht.

«Der arme Junge», sagt Debbie und reicht mir eine Tasse Tee. «Sie haben ihn in dieser Schule so schlimm gemobbt, das er in Tränen aufgelöst nach Hause kam. Ich musste ihn schließlich auf eine andere Schule schicken, nach all den Schwierigkeiten.»

«Schwierigkeiten?»

«Du weißt ja, wie das ist. Jahrelang wurde er gemobbt, jeden einzelnen Tag, aber dann war *er* derjenige, der bestraft wurde, weil er sich einmal gewehrt hat. Kinder können so grausam sein.» Sie schüttelt den Kopf. «Immerhin hatte er seine Schwester.»

Sie sind sich ähnlich. Eine ähnliche Gesichtsform, die gleichen Nasen, das gleiche nicht ganz blonde, nicht ganz braune Haar. Ich stelle sie mir vor, wie Daniel mir von ihnen erzählt hat: Rachel, die seine Chips klaut, Daniel, wie er sie in den Pool schubst. Zankereien, die in Gelächter und einem Waffenstillstand enden.

«Ihr Verlust tut mir sehr leid», sage ich. «Sie scheint ein wunderbarer Mensch gewesen zu sein.»

«Das war sie. Genau wie ihr Dad.» Debbie schlürft ihren Tee, beide Hände um ihren Becher gelegt.

Sie trägt immer noch ihren Ehering, obwohl Daniels Vater schon seit Jahren tot ist. Auch von ihm gibt es Fotos: Die Küchenwand ist eine Collage aus Erinnerungen an die Menschen, die sie verloren hat.

«Rachel und ihr Dad haben immer so schön miteinander gespielt. Ich habe sie da oben immer vor Lachen schreien gehört. Ich höre sie manchmal immer noch. Es war seine Idee, ihr die Gitarre zu schenken. Bevor er starb, bei dem Unfall. Er hat nicht lange genug gelebt, um zu hören, wie sie darauf spielte. Sie schrieb Songs für ihn. Ich manchmal auch. Hin und wieder kommt mir eine kleine Melodie in den Sinn. Vielleicht ist es Rachel, die sie spielt, wo auch immer sie jetzt ist.»

Debbie summt eine schiefe, gruselige Melodie.

«Ich habe irgendwo ein paar Videos von ihnen. Möchtest du sie sehen?»

«Eigentlich müsste ich mit Daniel sprechen.» Ich stelle meinen Becher neben dem Küchenausguss ab. Der Tee ist schwach und eiskalt; sie muss vergessen haben, den Kessel aufzusetzen. «Wissen Sie, wo er ist?»

Debbie nimmt noch einen Schluck von ihrem Tee, hält den Becher immer noch mit beiden Händen fest, als könnte er ihr Wärme geben.

«Ach ja. Er ist oben.» Sie zeigt hinauf zum vollkommen stillen ersten Stock. «Soll ich dir zeigen, wo?»

«Ich glaube, ich finde den Weg.»

«In Ordnung.» Sie lächelt erneut, dann schlurft sie zurück in das dunkle, staubige Wohnzimmer. «Ich suche das Video heraus, wie Rachel bei einer Talentshow singt. Es ist toll. Wirklich schade, dass sie nicht mehr singen kann. Aber immerhin habe ich meine Aufnahmen.»

Sie summt wieder vor sich hin und kramt in einem Schrank herum, als suchte sie nach etwas zur leichten Unterhaltung.

Oben ist es ebenso düster. Ich gehe die Treppe hinauf und sehe in ein Zimmer mit einem Doppelbett, das nicht gemacht ist. Tablettenschachteln und -dosen stapeln sich auf dem Nachttisch. Daneben ist ein Badezimmer, und dann, nach vorn zur Straße raus, finde ich zwei Türen mit zueinander passenden Holzschildern: *Rachel* und *Daniel*.

Ich klopfe an die zweite.

«Lass mich in Ruhe», höre ich eine gedämpfte Stimme.

Ich klopfe erneut.

«Ich sagte, lass mich in Ruhe, Mum!»

Ich öffne die Tür ein Stück.

Im Raum ist es dunkel und muffig. Durch einen Spalt zwischen den Vorhängen fällt etwas Licht ins Zimmer, sodass ich einen Schreibtisch, einen Computer, einen unordentlichen Haufen Laken und ein paar wirre Haare sehen kann, die darunter hervorschauen. Das Haar verschwindet, Daniel rollt sich unter der Decke zusammen, versteckt sich vor dem Licht.

«Geh weg!»

«Daniel? Ich bin's.»

Die Laken bewegen sich, dann werden sie still.

«Clementine?»

«Ja.»

«Bist du ... bist du wirklich hier?»

«Ja.»

Daniel zieht die Decke zurück und setzt sich auf. Seine Augen glänzen kurz auf, als er sich aus dem Schatten bewegt, um sich selbst zu überzeugen. Ich winke unbeholfen. Er hält sich die Bettdecke an die Brust.

«Was tust du hier?»

«Ich bin gekommen, weil ich mich entschuldigen will. Es tut mir leid, dass ich dir nicht getraut habe. Du hast mich immer unterstützt, und ich habe mich dir gegenüber schrecklich verhalten. Ich hatte unrecht, und es tut mir leid.»

Er drückt die Decke fester an sich.

«Du dachtest, ich sei der Mörder.»

«Ich weiß. Aber ich hatte unrecht.»

«Ich habe dich angefleht, mich wieder reinzulassen. *Angefleht.*» Er schnieft und atmet unregelmäßig. «Aber du hast mir nicht zugehört. Du hast mich angesehen, als ... als trautest du mir nicht.»

«Ich weiß.» Ich mache einen Schritt weiter ins Zimmer. «Ich bin auf einmal in Panik geraten. Ich habe danach weiterrecherchiert und alles über deine Schwester online gefunden, genau, wie du es erzählt hattest, aber da warst du schon weg. Ich habe dich angerufen, ich habe versucht, wieder Kontakt aufzunehmen, aber du hast nicht reagiert. Also bin ich hergekommen.»

«Du hast mich angerufen?»

«Ja, in der ersten Nacht, und von da an jeden Tag. Du bist nicht rangegangen, und ich habe mir Sorgen gemacht, dass du vielleicht ... etwas getan haben könntest.»

«Oh.» Er wischt sich das Gesicht am Laken ab. «Ich habe

426

gar keine Nachricht bekommen. Ich dachte...» Er greift nach seinem Handy auf dem Fensterbrett und schiebt dabei den Vorhang etwas mehr zur Seite. Das Display ist gebrochen, als hätte er es weggeschleudert. Er hält es in der Hand und kaut auf seiner Unterlippe. «Ich dachte, du hasst mich. Ich dachte ... ich würde dich nie wiedersehen.»

Sein Zimmer sieht genauso aus wie die ganze Wohnung. Überall ist Unordnung, leere Flaschen auf dem Nachttisch und Taschentücher auf dem Fußboden. Ein Aschenbecher quillt über, kalter Rauch und Schweiß liegen in der Luft. Sein fettiges Haar ist verfilzt, sein T-Shirt schmutzig, sein Bart lang, die Lippen rissig, die Handgelenke dünn – und er hat frische rote Striemen auf der Haut. Er wickelt sich die Laken darum, benutzt sie, um die Tränen von seinen Wangen zu wischen.

Ich habe Tage in der Wohnung verbracht, um mich zu verstecken, ich hatte zu viel Angst, zu viel Traurigkeit und zu viel Verzweiflung in mir, um rauszugehen.

Und Daniel hat dasselbe getan.

«Jetzt bin ich hier», sage ich und setze mich zu ihm auf die Bettkante. Ich öffne meine Tasche. «Und ich muss dir was zeigen.»

Er rückt zu mir und blickt mir über die Schulter. «Poppys Skizzenbuch? Warte, sind das ...»

Ich lege die ausgerissenen Seiten, die ich in Plastikumschläge gesteckt habe, an die Risskanten in ihrem Skizzenbuch. Die vollständigen Porträts von Jude als Ben schauen uns durch die Plastikfolie hindurch an.

«Wo hast du die her? Ist das ...?»

«Jude. Ich habe die Seiten in Judes Skizzenbuch gefunden. Das sind die Seiten, die der Mörder in jener Nacht aus Poppys Buch herausgerissen hat.»

427

Daniel zögert. «Aber ... wie bist du an Judes Zeug gekommen? Hast du es bei der Helpline geklaut? Warum...?»

«Nein, habe ich nicht. Er muss es in jener Nacht bei mir in der Wohnung fallen lassen haben. Ich habe es erst jetzt gefunden.» Ich drehe mich zu ihm um. «Daniel, das hier stellt die Verbindung zwischen ihm und Poppy her. Er muss diese Seiten als Trophäe behalten haben. Sobald wir das hier zur Polizei bringen, haben sie ihn! Darauf müssen überall Fingerabdrücke sein. Es ist *sein* Skizzenbuch, und die Seiten *ihres* Skizzenbuchs, die darin lagen, sind voller Zeichnungen von ihm. Das ist ein eindeutiger Beweis.»

«Und du hast es gefunden.» Daniel lächelt mich an und nimmt meine Hand. «Du hast denjenigen gefunden, der uns unsere Schwestern genommen hat.»

Ich drücke sie. «Und wir werden zusammen dafür sorgen, dass er verhaftet wird. Sie werden unsere *beiden* Geschichten brauchen, wenn wir beweisen wollen, dass er ein Serienmörder ist. Lass uns nach London fahren und das zusammen erledigen.»

Von irgendwoher hört man das Tuten eines Zuges und das Rattern der Waggons auf den Gleisen. Daniel und seine Mutter müssen das jeden Tag hören: eine ständige Erinnerung an Rachels Tod. Ich merke, wie sich Daniels Hand in meiner verkrampft. Es tut ihm noch immer weh, auch nach all der Zeit.

«Okay», sagt er. «Ich komme mit.»

Ich warte in seinem Zimmer, während er duscht, ziehe das Bett ab, damit die Wäsche gewaschen werden kann, und reiße die Fenster weit auf, um zu lüften. Abgesehen von der Unordnung und dem gesammelten Müll von zwei schwierigen Jahren ist es das Zimmer eines normalen, glücklichen jungen Erwachsenen. Da steht ein Gaming-Computer, auf den Regalen

Discs, ein *Battlestar-Galactica*-Boxset, ein paar Hanteln, zwei Skateboards, Bücher und eine Pinnwand mit einer Weltkarte darauf, auf die er ausgedruckte Bilder von den Orten gepinnt hat, die er besuchen will.

Als Daniel zurückkommt, sieht er ganz anders aus. Der Schmutz ist abgewaschen, er hat sich das Haar aus dem Gesicht gekämmt, und sein Bart ist wieder abrasiert. In frischen Kleidern und mit der Hoffnung, die wir jetzt haben, sieht er viel ordentlicher, viel gesünder aus. Er sieht bereit aus.

Und das bin ich auch.

Kapitel 30

Wir sind erst am frühen Abend wieder zurück in London, daher beschließen Daniel und ich, bis zum nächsten Tag zu warten, bevor wir der Polizei unsere Beweise bringen. Stattdessen gehen wir spazieren, vertreten uns die Beine ein wenig im Regent's Park. Es ist noch hell, die Sonne wirft lange Schatten auf das Gras, aber die kühle Luft kündigt schon den Herbst an. Es ist jetzt September. Die Blätter werden trocken und kräuseln sich, und in ein paar Wochen werden sie in bunten Bergen überall auf dem Campus von Harvard liegen. Hier liegen sie dann auch, sammeln sich in Haufen und warten darauf, dass Poppy mit ihren derben Stiefeln hindurchwatet, so wie früher. Sie liebte den Herbst: die frühen Sonnenuntergänge, die mit Raureif überzogenen Spinnweben, die Farben.

«Gehen wir dort nicht hinauf?», fragt Daniel, als ich an Primrose Hill vorbeigehe und den Rückweg in Richtung Wohnung einschlage.

«Nein, wir sollten jetzt zurückgehen. Es ist gleich dunkel.»

Ich habe schon die erste Andeutung des orangefarbenen Leuchtens am Horizont und die rosa behauchten Wolken darüber entdeckt. Ich will nicht bei einem Sonnenuntergang dort oben sein, den Poppy nicht sehen kann.

Er fragt nicht nach, läuft mir nur schweigend hinterher nach Hause.

«Wow, in dieser Wohnung sieht's ja noch schlimmer aus als in meinem Zimmer», witzelt Daniel, als wir eintreten. Er hebt die Post von der Matte auf, holt die leeren Becher und den Müll

aus meinem Zimmer, öffnet die Fenster – aber sein Putzanfall
ist nur vorgeschoben. Ich merke, wie er hinter den Türen nach-
sieht, ob die Wohnung auch wirklich leer ist. Ich bin dankbar
dafür.

Er schaut in den Kühlschrank. «Igitt. Ich geh mal kurz runter in den Laden und kaufe frische Milch. Brauchst du was?»

«Kaffee wäre prima.»

Das ist das Normalste, was wir je zueinander gesagt haben.
Es klingt, als wären wir Mitbewohner in irgendeiner öden Sit-
com, als wäre gar nichts auch nur annähernd Unnormales an
uns.

Er grinst. «Bin gleich wieder da.»

Ich räume auf, um mich vom Auf-und-ab-Laufen abzuhal-
ten, bis Daniel mit Kaffee und Milch zurückkommt. Er ist
schnell zurück, auf seinen Armen kleben zwei Nikotinpflaster.
Außerdem hat er eine große Flasche Wodka mitgebracht.

«Ich dachte, wir könnten vielleicht auf unseren Erfolg an-
stoßen, vor morgen. Was meinst du?»

Ich lächle ihn an. «Ich hole mal die Gläser.»

Wir setzen uns zusammen aufs Sofa, und Daniel füllt zwei
von Liams Schnapsgläsern. Er stößt mit mir an.

«Darauf, dass wir diesen Drecksack endlich überführen.»

Der Alkohol schmeckt widerlich, aber ich schlucke ihn
trotzdem herunter. Wir haben jetzt die Beweise, die wir brauchen, und bis morgen Nachmittag ist alles erledigt. Das ist es
wert, gefeiert zu werden.

«Was meinst du, wie lange Jude schon an dir dran war?»,
fragt Daniel. «Seit Poppy? Oder war da eine Lücke?»

«Ich weiß es nicht genau. Ich habe ihn erst vor ein paar Wochen bemerkt – an jenem Abend, als du anriefst und ich dachte,
du seist gesprungen. Er hat mich getröstet. Er wirkte so nett...»

Rückblickend kommt mir seine Nettigkeit süßlich und klebrig vor und seine sanften Berührungen schleimig. Daniel füllt unsere Gläser erneut und drückt mir meins in die Hand. Ich kippe den Inhalt herunter und konzentriere mich auf den Geschmack statt auf meine Gefühle. Es fühlt sich gut an.

«Wenn ich nur daran denke, wird mir übel», sage ich. «Ich habe Zeit mit ihm verbracht. Ich habe mit ihm über Poppy gesprochen, darüber, dass ich versuche, mit meinem Verlust zurechtzukommen – dabei war er derjenige, der sie umgebracht hat. Die ganze Zeit.»

Wieder schenkt er nach; noch ein Shot.

«Ich weiß», sagt Daniel und leert sein Glas. «Ich denke ständig daran, wie ich ihn kennengelernt habe. Er saß genau hier und wollte mit mir reden, als wäre er ein Freund, als kümmerte es ihn wirklich. Er muss gewusst haben, wer ich bin. Er wusste, wen er tötete, er wusste, was Rachel mir bedeutet hat. Er muss das genossen haben. Er muss innerlich über mich gelacht haben.»

«Und über mich. Monatelang hatte ich keine Ahnung, dass Poppy ermordet wurde. Er muss mich jede Schicht beobachtet und auf den rechten Moment gewartet haben, sich mir vorzustellen. Und er hat den Moment gewählt, in dem es mir am schlechtesten ging.»

Diesmal schenke ich nach.

«Er ist dir zur Helpline gefolgt. Er hat einen Weg gefunden, an dich heranzukommen, und...»

«Nicht unbedingt.» Ich blättere durch meine Mappe und finde das UK-Listeners-Flugblatt, das in Judes Skizzenbuch lag und das ich ebenfalls in eine Plastikfolie geschoben und zu den Beweisen geheftet habe, wie der Rest von Judes Sachen. «Ich bin auf die Idee gekommen, dort ehrenamtlich zu arbeiten, weil mir dieser Flyer durch den Briefkastenschlitz geworfen wurde. Ich dachte, es wäre irgendeine Mitarbeitersuche oder so, aber mittlerweile glaube ich, dass *er* diesen Zettel bei mir eingeworfen hat. Er *wollte*, dass ich dort arbeite. Er wusste genau, welche Rolle er an mir ausprobieren wollte.» «Er ist nicht irgendein kranker Kerl», murmelt Daniel. «Er hat alles genau vorausgeplant. Er wusste, wie er an dich rankommen kann. Und es hat beinahe geklappt.»

Er schenkt wieder nach, aber ich trinke mein Glas nicht aus. «Was meinst du damit?»

«Na ja, weißt du ...» Daniel zuckt die Achseln und weicht meinem Blick aus. «Du hast ihn gemocht. Das habe ich gemerkt.»

«Na ja, schon. Er war immer nett zu mir.»

«Weißt du, ich habe ständig über jene Nacht nachgedacht, als ich da draußen im Gewitter auf dich gewartet habe.» Er zögert, bevor er weiterspricht. «Ich meine, wenn ich nicht da gewesen wäre, wäre er mit dir in die Wohnung gegangen, und dann wäre es zu spät gewesen. Du warst ihm schon fast ins Netz gegangen. Er hätte dich in jener Nacht oder am Morgen danach erwischen können, nachdem Liam gegangen war. Und dann hätte ich nie etwas über die Halsketten erfahren. Ich würde Rachels immer noch tragen. Und Jude wäre längst hinter jemand anderem her.» Daniel nimmt einen Schluck und erschaudert.

«Oh», sage ich. Diese Richtung habe ich nicht kommen sehen. «Na ja, er wäre wohl nicht über Nacht geblieben. Ich meine, ich mochte ihn – aber nicht *so*.»

Ich kann nicht anders, ich muss über Daniels Gesicht lachen.

«Was?», sagt er. «Aber ... er ist doch zu genau dem Menschen geworden, den *du* willst. Er ist groß, dunkel, gut aussehend, oder nicht? Ist das nicht so dein Geschmack? Ich dachte, er wäre genau dein Typ.»

Ich schüttele den Kopf, und Daniel lacht jetzt ebenfalls. «Oh. Das ist irgendwie komisch, oder? Wie konnte er so falschliegen?»

Ich fummele an meinem Glas herum. «Ich weiß gar nicht, ob er wirklich falschlag, eigentlich. Ich habe schon auch bemerkt, dass er attraktiv ist, aber... er war einfach nicht, wonach *ich* suche.»

«Ja, aber wie? Warum?»

«Weil...» Ich habe es noch nie laut ausgesprochen. Ich habe es mir in Wirklichkeit noch nicht einmal zu denken erlaubt. «Weil da schon jemand anders war.»

Jenna.

In der Nacht, in der Poppy starb, waren wir zum ersten Mal zusammen. Jenna flüsterte mir ihre Liebe ins Ohr, sie küsste Versprechen auf meine Lippen, sie schwor mir, sie würde immer so fühlen – aber ich konnte nichts davon erwidern. Ich war zu unsicher, zu ungeschickt. Ich wusste nicht, was ich sagen sollte – oder wie.

Aber im Licht des Morgens, bevor sie aufwachte, wusste ich, was ich fühlte. Ich wusste, dass ich sie im Vorlesungssaal heimlich beobachtet hatte, dass ich oft so getan hatte, als wüsste ich nicht, wo unsere Proben seien, damit ich eine Ausrede hatte, mit ihr zu sprechen, dass der schönste Teil meines Tages war, sie morgens in der Küche zu sehen, und dass der traurigste Teil war, mich abends von ihr verabschieden zu müssen. Ich wusste, was ich sagen wollte.

Aber dann rief Dad an. Poppy war tot. Und diese perfekte Nacht wurde zur schlimmsten meines Lebens.

Ich habe Jenna weggestoßen. Ich konnte es monatelang kaum ertragen, ihre Nachrichten zu lesen, und schon gar nicht konnte ich sie beantworten. Ich habe es so lange verschleppt, bis es mir normal vorkam, habe mich gewöhnt an den täglichen Schmerz einer fürsorglichen Textnachricht, die ich nicht verdiene; an die Gewissensbisse, die jedes Mal kamen, wenn ich nicht antwortete.

Ich hätte sie so nicht behandeln dürfen. Ich habe versucht, nicht an sie zu denken. Ich habe mir eingeredet, ich tue ihr leid, dass sie die Textnachrichten nur aus Mitleid geschickt hat – oder dass sie sich für mich schämte, ebenso wie ich mich für mich schämte. Ich habe mich selbst so sehr gehasst, dass ich mir wünschte, sie würde mich auch hassen.

Aber das will ich nicht mehr.

Ich kann nicht ändern, dass ich den Anruf des Mörders in jener Nacht ignoriert und nicht die Polizei gerufen habe, oder dass meine Tatenlosigkeit dazu geführt hat, dass der Mord an Poppy sechs Monate lang nicht als solcher erkannt wurde. Mit der Schuld werde ich leben müssen. Aber etwas anderes kann ich ändern.

Wenn es eine normale Zukunft für mich gibt, dann beginnt sie, indem ich mit Jenna spreche.

«Warum bist du heute nach Margate gekommen?», fragt Daniel leise.

«Du hast es verdient, alles über Jude zu erfahren. Auch Rachel war sein Opfer.»

«Aber du hättest nicht extra kommen müssen.»

«Ich habe mir Sorgen um dich gemacht», gebe ich zu. «Ich hatte so lange nichts von dir gehört und gedacht ... ich habe mir schon das Schlimmste ausgemalt. Deshalb bin ich gekommen, um nachzusehen, ob es dir gut geht, und um dich wieder mitzunehmen. Ich wollte gern, dass du dabei bist. Na ja, eigentlich...» Ich nehme seine Hand und lächele ihn an. «Ich *brauche* dich für das hier. Wir ziehen das zusammen durch, erinnerst du dich?»

Daniel lächelt ebenfalls – es ist fast das Lächeln von den alten Familienfotos in seinem Haus in Margate. Er drückt meine Hand und streckt die andere aus, um mir sanft eine Strähne hinter das Ohr zu streichen.

Und dann küsst er mich. Einen Augenblick lang bin ich wie gelähmt. Sein Daumen streichelt mein Ohr, seine Lippen sind ganz weich auf meinen. Aber ich hebe meine Hand und schiebe ihn sanft von mir. Seine Augen öffnen sich wieder.

«Daniel, es tut mir leid, aber...» Ich beende den Satz nicht. Das Glück weicht aus seinem Gesicht, und er wird wieder zu dem Daniel, der er war: verletzt, beschädigt, verloren.

«Du... du fühlst gar nicht...?» Seine Hände fühlen sich jetzt klamm an und halten meine viel zu fest. «Gar nicht?»

«Ich finde dich wunderbar, wirklich, und du bist mir sehr wichtig, aber...»

«Aber nicht *so*?»

Ich schüttele den Kopf. «Nicht so.»

Er lässt meine Hand los, klemmt seine zwischen die Knie und starrt auf sie hinab. «Als du gesagt hast, da sei jemand anders...»

«Ich meine jemanden in Boston. Von vorher. Sie heißt Jenna.»

«Warte mal...» Daniel schaut auf, und seine Verletzung verwandelt sich in Verwirrung. «*Jenna? Ein Mädchen?*»

«Ja.» Ich atme tief durch. «Ich war mit ihr zusammen, in der Nacht, in der Poppy starb. Deshalb bin ich nicht ans Telefon gegangen, als der Mörder mich anrief. Ich habe mir danach

436

eingeredet, dass diese Nacht ein Fehler war, aber ... das stimmt nicht. Sie hat mir etwas bedeutet. Sie bedeutet mir immer noch etwas.»

«Oh. Wow», sagt Daniel tonlos. «Ich hatte keine Ahnung.»

«Das liegt daran, dass ich es dir nie gesagt habe. Ich habe es niemandem erzählt. Ich bin nicht so gut in solchen Sachen.» Ich lächele, aber Daniel kann es nicht sehen, er hat das Gesicht in den Händen vergraben.

«Daniel, es tut mir leid. Ich wollte dir keinen falschen Eindruck vermitteln. Geht es dir gut?»

Er antwortet nicht.

«Daniel?»

«Ja.» Er reibt sich das Gesicht, sieht mich wieder an. «Tut mir leid, ja, mir geht es gut. Sehr gut! Nur einen *Hauch* beschämt, dass ich mich an dich rangemacht habe.»

«Es tut mir wirklich leid.»

«Gott, nein, entschuldige dich nicht! Es ist ja mein eigener Fehler, dass ich so ein Trottel bin, der alles falsch versteht. Ich hätte wissen müssen, dass du nicht dasselbe empfindest.» Er kämmt sich mit den Fingern das Haar aus dem Gesicht und lacht. «Tut mir leid, dass jetzt alles so peinlich ist. Können wir vielleicht einfach wieder Freunde sein und nie wieder darüber reden?»

«Okay ...»

«Puh. Jetzt brauche ich einen Drink.» Er nimmt die Wodkaflasche und geht in die Küche, um in den Kühlschrank zu schauen. «Ooh, ich könnte uns einen Smoothie-Cocktail machen? Klingt das gut?»

«Äh, klar», sage ich und freue mich über die Ablenkung.

«Brauchst du Hilfe?»

«Nee, das schaffe ich schon.» Er lächelt, aber ich sehe, dass es ein immer noch peinlich berührtes Lächeln ist. Er wendet sich ab und beginnt, die Schränke zu durchsuchen.

Ich lasse ihn machen und sehe mir noch einmal die Beweise an, die wir morgen zur Polizei bringen wollen. Die ausgefransten Seitenreste in Poppys Skizzenbuch und die Seiten, die ich in Judes Skizzenbuch gefunden habe, werden alles beweisen: zwei Puzzlestücke, die wir zusammensetzen und die zeigen, dass Jude Ben war. Ich war so vorsichtig, sie nicht wieder zu berühren, in den Folien sind sie gut geschützt. Die Polizei wird Judes Fingerabdrücke finden, und das wird ihn überführen. Das ist das Beweisstück, das alles ändern wird.

Am Ende ist alles so simpel. Was hat er sich nur dabei gedacht, die Seiten in seinem Skizzenbuch mit sich herumzuschleppen?

Daniel kommt mit zwei schaumigen, pinkfarbenen Drinks wieder und gibt mir einen davon. Es steckt sogar eines von Liams Schirmchen darin.

«Auf die Freundschaft», sagt Daniel und hebt sein Glas. «Und darauf, dass wir all die peinlichen Annäherungsversuche an lesbische Freundinnen unter dem Einfluss von Alkohol vergessen.»

«Und auf die Gerechtigkeit.»

«Ja. Darauf auch.»

Wir nehmen beide einen Schluck und müssen sofort würgen: Daniel bringt es noch fertig, ihn herunterzuschlucken, aber ich spucke meinen zurück ins Glas.

«Nein, meinen Cocktail kannst du nicht auch noch zurückweisen», sagt Daniel und lacht. «Das ertrage ich nicht. Na komm, wir kippen den zusammen runter. Drei, zwei ... eins!»

Ich zwinge den Drink herunter, der eine eklige Mischung aus Obst und ... saurem Kalk ist? Er muss einen von Liams ausgefallenen Schnäpsen aus dem Schrank gekramt haben. Ich schaffe es bis zum Ende, knalle das leere Glas auf den Tisch und wische mir mit dem Handrücken den Mund ab. «Bah.»

«Ekelhaft», sagt Daniel und schaudert.

«Irgendwie noch schlimmer gegen Ende. Warum schmeckt das so kalkig?»

Er zuckt die Schultern. «Für das Zeug, das ihr im Kühlschrank habt, kann ich wirklich nichts.»

Wir lassen uns wieder aufs Sofa fallen und spüren den weichen Nebel des Alkohols im Blut. Wir plaudern noch ein wenig, gehen noch einmal unseren Plan für morgen durch, diskutieren, wie wir die Beweise am besten präsentieren. Trotz des Kusses fühle ich mich wohl hier mit Daniel. Aber vielleicht geht es ihm nicht genauso.

«Bist du sicher, dass alles gut ist?», frage ich. «Wegen eben. Es tut mir leid, dass ich nie etwas von Jenna erzählt habe. Wenn du das Gefühl hast, ich hätte dir falsche Signale gesendet, dann tut es mir wirklich …»

Er hebt die Hand.

«Es ist in Ordnung. Ehrlich. Nichts hat sich geändert.»

«Bist du sicher?»

«Ja, ich bin sicher. Wir sind Freunde – Partner –, und nichts wird das jemals ändern.»

Er lächelt, kreuzt seine Finger und legt sie auf die Brust.

«Hand aufs Herz.»

Rachel

20 MONATE VOR POPPY

Lass deinen Computer nie unbeaufsichtigt: Das war immer unser Familienmotto. Ein eingeloggter Computer bedeutet scheußliche Desktop-Hintergründe, die man nie wieder vergessen kann, oder ein peinlicher Facebook-Post, von dem man immer wieder eingeholt wird. Einmal habe ich Dans Handy in die Finger bekommen und seinen Schwarm in seiner Kontaktliste in *Mum* umbenannt, und er hat ihr danach eine Textnachricht geschickt, dass sie ihm bitte Pickelcreme aus der Apotheke mitbringen solle. Legendär.

Er ist weg, als ich nach Hause komme, aber in seinem dunklen Raum leuchtet es bläulich aus dem Computerbildschirm. Selbst wenn ich um die ganze Welt gereist wäre, manche Dinge ändern sich eben nie.

Was soll ich als Hintergrund einstellen? Eklige Füße? Einen toten Fisch? Das eine Foto von ihm, als er dreizehn war und ihm überall Brokkolifetzen in der Zahnspange hingen, ganz groß herangezoomt?

Ich bewege die Maus, um den Bildschirmschoner zu beenden, und klicke in das Browserfeld. Reddit ist geöffnet, und eine ganze Liste von Posts füllt den Bildschirm.

Mädchen sind nur für das eine gut.

Selbst meine Mom ist eine Nutte.

Frauen sind verwöhnte kleine Schlampen, und selbst die fetten halten sich für etwas Besseres.

Feminismus ist das Schlimmste, was uns in der Geschichte des Universums je passiert ist.

Ich hoffe, die Schlampe VERRECKT, die gestern Abend in der Bar über mich gelacht hat.

Ich scrolle herunter, überfliege die lange Seite voller frauenfeindlicher Kommentare aus Foren wie r/Männerrechte und r/TheBlackPill. Das hier ist wie ein Incel-Reel – die frustrierten Videos von unfreiwillig jungfräulichen Männern, die Frauen hassen, weil sie nicht mit ihnen schlafen. Ich halte die Luft an. Das kann nicht wahr sein. Ist das der Account eines Freundes? Oder ein Fake-Account, der Daniel gehackt hat? Das muss doch ein Scherz sein. Ich sehe nach. Er ist auf dieser Seite aktiv, seit er dreizehn war, und hat bereits eine ganze Reihe von Posts selbst geschrieben. Es erscheint alles in umgekehrter Reihenfolge. Ich scrolle zum Ende und arbeite mich Post für Post hinauf.

Es beginnt mit unschuldigen Posts über Marvel-Filme und andere allgemeine Themen, aber dann ändert sich etwas.

Woher weiß man, dass man nicht liebenswert ist?

Mädchen schauen mich nicht einmal an.

Ich wäre lieber tot als immer so hässlich.

Er schreibt darüber, abstoßend zu sein – andere User posten mitleidige Kommentare, manche sagen, sie fühlen sich ebenfalls widerlich, nicht liebenswert. Er schreibt, dass er in der Schule gemobbt werde und seine ältere Schwester dumme Witze über ihn mache.

Das ist nicht deine Schuld, sagt ein User in einem Kommentar. So sind Mädchen. Sie glauben, sie seien was Besseres als du, aber das stimmt nicht. Das ist der Feminismus. Selbst die hässlichsten Frauen denken noch, sie seien zu gut für uns.

Habe ich mich über ihn lustig gemacht? Ich habe ihn vielleicht manchmal geneckt, aber immer nur im Scherz. So war das nun mal zwischen uns. Wir haben uns gegenseitig aus Spaß beleidigt, aber das bedeutete gar nichts. Das weiß er doch, oder?
Oder?

Neue Schule, aber die Mädchen sind immer noch Schlampen.

Schon wieder abgewiesen worden. Ich überlege, ein Gerücht über sie zu streuen. Ideen??

Schmächtiger Junge hier. Lohnt es sich, in ein Gym zu gehen? Oder gibt es andere Wege, breiter zu werden?

Gibt es Methoden, den Körper zu strecken, damit man größer wird?

Bin heute süß genannt worden. Was haltet ihr davon?
Ja/nein

Habe mir Schuhe mit hohen Einlegesohlen gekauft. Mit der richtigen Frisur gehe ich als eins achtzig durch.

Die Einlegesohlen funktionieren! Habe eine Telefonnummer bekommen. Mädchen geht es wirklich nur um die Größe.

Dieses Gefühl, wenn du merkst, dass man dir eine falsche Nummer gegeben hat ...

Gibt es irgendwelche guten Tipps für (Männer-)Makeup?? Muss diese Akne irgendwie abdecken.

Wie redet man am besten mit Mädchen?

Wie fängt man ein Gespräch an?

Habe versucht, ein Mädchen zu küssen, und sie hat mir eine gescheuert. Juhu, Körperkontakt ...

Bin heute Nacht beinahe zum Zug gekommen, aber ihre Freundin meinte, sie sei zu betrunken, und hat sie nach Hause gebracht. Die ganzen Getränke umsonst gekauft!

Ist mein Tinder kaputt? Keine Matches.

Ich: keine Matches.

Das heiße Männermodel, dessen Bild ich geklaut habe: massenweise Matches.

Heiße Mädchen sind so oberflächlich.

Warum glauben alle Mädchen, sie seien so viel besser als ich?

Ich habe es satt, von mittelmäßigen Schlampen ignoriert zu werden.

Langsam fange ich an, Mädchen zu hassen, lol.

Ich hasse unsere Gesellschaft. Mädchen haben die ganze Macht, dabei sollten sie gar nichts haben.

Mir reicht das alles.

Ich wünschte, dass es den Mädchen so beschissen geht wie mir.

Wolltet ihr auch schon mal einem Mädchen in die selbstgefällige Fresse …

«Was machst du in meinem Zimmer?»
Ich fahre herum, Dan steht in der Tür. Er schaltet das Licht ein und sieht mich böse an. Ich tue so, als hätte er mich nicht zu Tode erschreckt, und schaue böse zurück.
«Was ist das für ein Mist? Bist du ein Incel oder was?»
«Du hast in meinen Sachen gelesen?» Er wird noch wütender.

«Ich wollte dir einen ekelhaften neuen Bildschirmschoner einrichten, aber zufällig bin ich dabei auf noch etwas
viel Schlimmeres gestoßen. Das ist doch ein Witz, oder? Ein
Troll-Account?»
Er zuckt die Achseln und verschränkt die Arme vor der
Brust. «Ist doch egal?»
«Dan, hör mal, du glaubst diesen Kram doch nicht etwa,
oder? Dass ... dass Frauen Schlampen sind? Dass sie oberflächlich sind und sich für was Besseres halten und es verdienen,
geschlagen zu werden?»
«Das hast du jetzt gesagt.» Er grinst und streicht sich über
das Kinn voller Bartstoppeln, die er immer wollte. Er war früher ein magerer Junge, der stundenlang vor dem Spiegel stand,
erfolglos trainierte, Proteinpulver schluckte und um Gesichts-
behaarung betete, der seine Pickel unter Abdeckcreme versteckte, die drei Schattierungen zu dunkel war, der Anmach-
sprüche übte und Muskeln anspannte, die einfach nicht größer
werden wollten. Der nass und mit kaputtem Handy von der
Schule nach Hause kam, weil man ihn in den Teich geschubst
hatte, oder mit Kaugummi im Haar, oder mit einem blauen
Auge. Meine Freundinnen lachten über seine Zahnspange und
darüber, wie er ihnen durchs Haus hinterherschlich, wenn sie
bei mir übernachteten, wie er beschämt unter seiner fettigen
Stirn hervorguckte, wie seine Stimme kiekste, wenn er versuchte, mit ihnen zu reden. Er ging nicht zu Partys. Er hatte nie
eine Freundin. Er küsste jeden Abend sein Poster von Megan
Fox, bevor er ins Bett ging.

Jetzt steht er mir gegenüber, im Körper eines Erwachsenen,
aber er wirkt wie ein wütendes Kind mit einer geladenen Waffe.

«*Wehe*, das hier ist kein Witz, Dan. Mum hat dich nicht zu
so etwas erzogen.»

Er lacht freudlos auf. «Mum hat uns überhaupt nicht erzogen, oder? Sie ist eine depressive Loserin, die sich mit Tabletten zudröhnt und vor der Glotze einpennt. Es ist jämmerlich. Wenn sie sich mehr gekümmert hätte, hätte sie erst mal *dich* besser erzogen.»

«Mich? *Du* bist doch derjenige, der sich einer Reddit-Sekte angeschlossen hat!»

«Ja, und zu welcher Sekte gehörst du? Ich wette, du vögelst nur mit heißen Kerlen, oder? Ich wette, dass du auf alle anderen Typen runterschaust, als wären sie dreckiger Abschaum. Ich wette, du glaubst, den Besten von allen zu verdienen. Obwohl du total gewöhnlich aussiehst und keine Titten hast.»

Ich lasse es an mir abperlen, wie die Millionen Beleidigungen, die wir als Kinder ausgetauscht haben.

«Du klingst wie ein richtiger Frauenhasser.»

«Es ist kein Frauenhass, wenn es die Wahrheit ist. Frauen sind eingebildete Schlampen. Alle. Sie haben mir die Hölle auf Erden bereitet, als ich jünger war – und warum? Weil ich schlechte Haut hatte? Sie glauben, das Allerbeste zu verdienen, irgendwelche heißen Typen, die ihnen ihre Wünsche erfüllen. Sie verdienen gar nichts.»

Ich reibe mir die Schläfen. «Dan, was zum Teufel? Das bist doch nicht *du*. Du warst so ein netter Junge, du musst nicht …»

«Ein netter Junge?» Er hebt verächtlich die Brauen. «Du hast mich *nie* nett genannt. Du hast mich gemobbt, Rachel. Du hast mich vor deinen Freundinnen erniedrigt, und du hast jeden verschreckt, der vielleicht etwas mit mir hätte zu tun haben wollen. Deshalb musste ich ins Internat. Deshalb bin ich so, wie ich bin, okay? Deinetwegen. Und wegen Mädchen wie dir.»

«Gib nicht mir die Schuld für dein Verhalten!» Ich bin fassungslos. «Es tut mir leid, wenn ich dich verletzt habe, als wir

Kinder waren, wirklich, aber das bedeutet noch lange nicht, dass du es an anderen Mädchen auslassen kannst. Das ist doch völlig irre! Wie kannst du das richtig finden? In deinen Posts hört es sich an, als wolltest du Frauen *verletzen*. Das ist nicht gesund, Dan. Es ist nicht normal.» «Scheiß auf normal. Weißt du, was *früher* normal war? Früher waren die Frauen noch nicht so wählerisch, sondern loyal, aber dann kam der Feminismus, und plötzlich wollten die Frauen nur noch mehr, mehr und immer mehr – sie wollen schöne Männer mit dem dicken Geld und glauben auch noch, sie hätten ein *Recht* auf solche Männer, nur weil sie *Frauen* sind, auch wenn sie fett und hässlich sind und nichts zu bieten haben. Das macht mich ganz krank! Wenn Attraktivität die Skala ist, dann wollen die oberen achtzig Prozent der Frauen nur die oberen *zwanzig* Prozent der Männer daten, Rachel. Das bedeutet, dass durchschnittliche und unterdurchschnittliche Frauen die Männer, die eigentlich zu ihnen passen, gar nicht wollen – sie glauben, sie seien *besser* als wir. Das ist doch nicht fair? Solche Frauen verletzen mich schon mein ganzes Leben lang, weil ich nicht zu diesen oberen zwanzig Prozent gehöre. Und wer entscheidet, was attraktiv ist und was nicht? *Sie! Sie* schreiben die beschissenen Regeln, und sie schreiben sie, um mich auszuschließen. Das ist alles eine ganz große Scheiße!»

Er zittert, als er mit seiner Wutrede fertig ist. Denn nichts anderes als eine Wutrede ist es: halb verdaute Phrasen, die er vermutlich schon Hunderte Male auf Reddit gelesen hat, zusammengerührt zu einer Art Extremisten-Mantra. Er glaubt dieses Zeug. Er übt vermutlich sogar vor dem Spiegel.

Ich stehe von seinem Schreibtisch auf und wünsche mir, ich könnte ihn überragen, so wie früher. Die Wut in mir lässt meinen Körper vibrieren.

«Dad würde sich für dich schämen.»

Er lacht verächtlich. «Er wäre stolz auf mich, dass ich mich wehre. Jeder Mann auf der ganzen Welt wäre stolz auf mich.»

«Nicht alle Männer sind unsichere Frauenfeinde mit mickrigen Schwänzen.»

«Als würdest du einen großen Schwanz überhaupt spüren. Du bist vermutlich schon total ausgeleiert, so viel wie du in ganz Europa mit irgendwelchen Männern vögelst.»

«Ah, da spricht die Jungfrau. So funktioniert die weibliche Anatomie nicht.»

«Ich bin keine Jungfrau!»

«Ach wirklich? Denn diese Posts klingen doch ziemlich nach der Wutrede eines Typen, der sauer ist, noch nicht zum Zug gekommen zu sein. Du bist eine Jungfrau, weil niemand auch nur in deine Nähe kommen will.»

«Halt's Maul.»

«Nein, *Jungfrau.*»

«Halt's Maul, *Schlampe!*»

Wir stehen voreinander, fletschen die Zähne, die Fäuste geballt, als wären wir wieder Kinder und als wäre unser Gezanke und Haareziehen mal wieder zu weit gegangen. Aber jetzt gibt es keinen Dad mehr, der herbeigestürmt kommt und uns auseinanderzieht, und keine Mum, die uns mit Eis am Stiel besticht, einen Waffenstillstand zu beschließen.

Wir sind keine Kinder mehr.

Früher habe ich all unsere Kämpfe gewonnen. Dan war mir einfach deshalb unterlegen, weil ich älter und stärker war als er. Das ist vorbei, ich bin nicht mehr stärker. Jedenfalls nicht physisch. Aber es gibt andere Methoden.

«Du bist nicht hässlich», sage ich. «Das warst du nie. Du warst ein Kind, so wie alle anderen in der Schule. Du hattest

Pickel, und wenn schon? Ich auch. Alle hatten Pickel. Die Leute mochten dich nicht deswegen nicht, weil du Pickel hattest oder klein warst. Sie mochten dich nicht, weil du *komisch* warst. Du hast den Mädchen aufgelauert, du hast komische Dinge gesagt, du hast dir nie die Haare gewaschen, du hast auf den Fingernägeln gekaut, du bist herumgeschlichen und hast die Leute creepy angeschaut. Du warst einfach nicht nett genug, um gemocht zu werden. Und das bist du immer noch nicht, obwohl du jetzt gut aussiehst.» Ich merke, wie sich die Wut in mir entlädt, und es fühlt sich gut an. «Du sagst, es sei alles die Schuld dieser Mädchen, weil sie dich nicht toll fanden – aber kannst du es ihnen verdenken? Das Problem war nie deine äußere Hülle, sondern das, was darin ist, Dan. Sie haben schon von Weitem gesehen, wie verdorben du bist. Das sieht man auf tausend Meter Entfernung. Auch heute noch. Du bist das Problem. *Du.*» Ich tippe fest mit dem Zeigefinger auf seine Brust. Er knurrt mich jetzt an, und ich weiß, dass ich nicht sagen sollte, was mir auf der Zunge liegt, ich sollte es auf keinen Fall sagen, aber scheiß drauf, ich tue es trotzdem. «Soll ich dir einen Tipp geben? Du schaffst es höchstens mit einer Frau ins Bett, wenn du so tust, als wärst du jemand ganz anderes. Denn kein Mädchen auf der ganzen Welt wird jemals mit *dir* Sex haben wollen.»

Er stürzt sich auf mich und stößt mich gegen die Brust, so fest, dass ich das Gleichgewicht verliere, dass ich falle. Mein Kopf knallt gegen etwas Hartes, und alles wird schwarz.

» »

Dad war ein großer Mann. Wir spielten oft das Feuerwehr-Spiel, als ich klein war, dann warf er mich über die Schulter und

449

rannte mit mir die Treppen rauf und runter, lief immer wieder in mein Zimmer, um meine Gitarre, die Puppen, meine Teddybären vor dem Feuer zu retten.

Auch jetzt liege ich über seiner Schulter, aber wir nehmen keine Spielsachen mit. Mein Kopf schmerzt. Ich will es ihm sagen, aber er hört es nicht. Mum ist im Wohnzimmer, sie liegt auf dem Sofa. Ich will winken, aber sie sieht es nicht. Sie schläft. Dann ist sie weg. Ich versuche, die Hand nach ihr auszustrecken, sie zu erreichen, aber mein Kopf schmerzt so sehr. Jetzt sind wir draußen, das Feuer ist aus, frische Luft dringt in meine Lunge, unsere Handabdrücke im Zement vor der Tür: Mum, Dad, Daniel und ich.

Etwas fällt auf den Zement. Etwas Rotes. Ich glaube, es kommt von mir. Ich versuche, meinen Kopf zu berühren, aber meine Arme bewegen sich nicht. Sie baumeln schlaff herunter, leere Ärmel.

Ich höre, wie die Zentralverriegelung des Autos klackt. Ich bin verletzt, oder? Dad bringt mich zum Krankenhaus, wie damals, als ich den Gips an meinem Bein bekam und er mir sagte, ich sei so ein tapferes Mädchen. Aber jetzt tut mir der Kopf weh. Er tut so sehr weh.

Dad flucht. Er flucht eigentlich *nie*. Ich bin im Auto, aber hier gibt es keinen Gurt. Es ist dunkel. Die Tür schließt sich über mir, um mich herum ist Stoff, und mir ist kalt. Es ist so dunkel.

Dad fährt sekunden- oder stundenlang, ich weiß es nicht, aber als wir anhalten, sieht er anders aus. Er trägt die gleiche Brille wie ich und ein Top mit Streifen, so wie meins.

«Ist das das Krankenhaus?»

Ich bin mir auch nicht sicher, ob ich es laut gesagt habe. Er antwortet mir nicht. Er zieht das Top aus, zieht es mir an, nimmt die Brille ab und setzt sie mir auf, dann wischt er mir das Gesicht ab. Er schaut sich um und zieht mich aus dem Auto, um eine neue Runde Feuerwehr zu spielen. Ich möchte nicht mehr spielen, es tut so weh.

«Ich habe dich vermisst, Dad», sage ich – oder vielleicht sage ich es auch nicht. Meine Arme baumeln wieder schlaff herunter, mein Kopf rollt zur Seite. Selbst mit der Brille kann ich nur verschwommen sehen. Da ist ein Gebäude, Bäume. Ein Metallzaun. Ein Loch im Zaun.

Dad stellt mich auf die Füße, hält mich von hinten aufrecht. Ich sacke in seine Arme, kann nicht mehr stehen, aber dann strenge ich mich an. Wir müssen ins Krankenhaus. Da sind Geräusche – ein Rumpeln, das lauter wird, ein Tuten. Die Büsche vor mir tanzen. Licht spiegelt sich auf den Metallgleisen hinter ihnen.

Dad schiebt mich direkt zum Busch, und der Lärm wird lauter. Ich bemühe mich, auf meinen Beinen zu stehen. Es rumpelt metallen. Funken schlagen. Das Tuten dröhnt. Dad stößt mich, und das Licht blendet. Ich falle.

An diesen Teil des Spiels erinnere ich mich gar nicht...

Kapitel 31

Es ist ein Zufall. Es muss ein Zufall sein. Die Geste mit den gekreuzten Fingern über dem Herzen ist bestimmt üblich, wahrscheinlich tun das viele Leute. Es ist nicht seltsam. Es ist nichts Besonderes daran. Es bedeutet gar nichts, dass Poppy immer und immer darüber schrieb. Dass der Mann, der auf diese Weise Dinge versprach, sie schließlich umbrachte.

Der Mann, der mich jetzt jagt.

«Alles in Ordnung?», fragt Daniel.

«Äh, ja, ich ... ich brauche nur ein wenig Wasser.»

«Ich hole dir welches.» Er steht auf und lächelt. An ihm ist nichts Unheimliches. Nichts hat sich geändert. Er ist derselbe Daniel, den ich so gut kenne: etwas ungepflegt und zerbrechlich, wie eine vom Wind zerzauste Blume. Aber freundlich.

Ich lächele zurück.

Nein. Ich habe ihn schon einmal fälschlich verdächtigt, ich kann ihn nicht noch einmal verraten. Ich *vertraue* ihm. Die Zeitungsartikel haben bewiesen, wer er ist, wer Rachel für ihn war. Er ist wie ich ein Opfer. Er ist kein Mörder. Das kann nicht sein.

Jude ist der Täter. Ich habe das Skizzenbuch. Darin sind Poppys Zeichnungen von ihm, die er aus ihrem Skizzenbuch gerissen hat, und der Flyer, der mich zur Helpline locken sollte.

Zur Helpline, wo ich Daniel kennenlernte.

Zweifel schwappt langsam in meine Wahrheit wie Wasser in ein sinkendes Schiff.

Die Nacht seines Anrufs kommt mir wieder in den Sinn:

Wie Jude mit Brenda die Kaffeebecher verteilte, wie er lächelte, wie die anderen Ehrenamtlichen an die klingelnden Telefone gingen, nur um sofort wieder aufzulegen, weil niemand dran war.

«Da hat wohl wieder einer angerufen und sofort aufgelegt», sagte Brenda. «In letzter Zeit gibt es viele von diesen Anrufen.» Anrufen und wieder auflegen. Warum? Weil die Anrufer zu viel Angst hatten? Oder weil sie vielleicht nur mit einer speziellen Person reden wollten?

Weil der Mörder mit mir reden wollte?

Das war nur wenige Tage vor dem Abschlussbericht des Untersuchungsgerichts. Der Mörder wusste das, oder? Er hat mich beobachtet. Er wusste genau, wann ich besonders verletzlich sein würde. Und dann, gleich nach dem Termin im Gericht, als ich bei der Selbsthilfegruppe war, wer tauchte dort auf: Daniel. Als ich davonlief, folgte er mir auf die Straße. Er bemühte sich darum, den Kontakt zu halten. Er weinte, brach zusammen, zeigte mir seine schlimmsten, verletzlichsten Seiten. Er baute eine Verbindung auf. Eine Verbindung durch unser gemeinsames Trauma.

Nein. Es ist der Alkohol, der mich so denken lässt, der Nebel in meinem Kopf. Ich habe mich bei ihm immer sicher gefühlt. Ich bin sicher bei ihm. Ich fühle mich sicherer als bei irgendjemandem sonst.

Aber genau das würde der Mörder wollen, oder?

«Bitte sehr.»

Daniel gibt mir ein Glas Wasser und setzt sich wieder neben mich. Er lächelt immer noch. Ich gebe mir alle Mühe, sein Lächeln zu erwidern. Ich versuche zu trinken, aber meine Kehle ist wie zugeschnürt. Ich stelle das Glas wieder ab.

Unsere «Beweise» gegen Jude liegen auf dem Tisch. Ich blättere durch die Zeichnungen von ihm als Ben, betrachte die Seiten, die aus Poppys Skizzenbuch gerissen wurden. Er hat helleres Haar, einen Schal, ein Lächeln, keinen Bart – aber es ist definitiv Judes Gesicht. Ich schiebe sie fort und sehe mir Poppys Zeichnung vom Fotografen hinter seiner Kamera an.

Ist das derselbe Zeichenstil? Sind die Linien in der Zeichnung von Jude überhaupt dieselben? Sind sie nicht präziser? Als hätte man ein Foto abgezeichnet? Ist das Bild des Fotografen nicht irgendwie zarter? Ist sein Auge nicht doch einen Hauch, kaum sichtbar anders?

Judes Skizzenbuch. Ich blättere hindurch, sehe mir die Porträts der Anrufer an. Den wütenden, am Boden zerstörten geschiedenen Mann, den Studenten, der nichts fühlte. Und Blessing.

Ihr weiches, rundes Gesicht wirkt heiter und liebevoll, trotz der Tränen. Ihr Haar ist mit einem seidenen Schal mit einem wunderschönen Muster hochgebunden, und die Kette ihrer Tochter hängt um ihren Hals, genau wie sie es mir erzählt hat.

Aber es ist die falsche Kette.

Die Kette, die sie mir beschrieben hat, war genau wie Poppys. Ihre Tochter Yewande ist eins der Opfer, und Jude muss ihr Mörder sein – aber er hat ein dickes, herzförmiges Medaillon gezeichnet. Warum sollte er ein Medaillon zeichnen, wenn er doch wusste, dass der Anhänger anders aussieht? Um mich von meiner Spur abzubringen? Um sicherzugehen, dass ich die Kette nicht erkenne?

Aber wenn das so wäre, warum hat er dann ganz hinten im Buch die echte Halskette gezeichnet, sodass ich sie doch finden konnte? Warum trug er diese Seiten aus Poppys Skizzenbuch in seiner Tasche herum, obwohl sie eindeutig sein Gesicht zeigen? Warum ist er dieses Risiko eingegangen? Warum war er so unvorsichtig, diese belastenden Beweise zurückzulassen, warum hat er sich nicht mehr Mühe gegeben, sie wiederzubekommen? Ich kenne die Antwort auf all diese Fragen bereits. Ich kenne sie, seit Daniel dieses Fingerkreuz vor seiner Brust gemacht hat.

Jude ist nicht der Mörder.

Sondern Daniel.

Deshalb hat er mich geküsst. Deshalb hat er diesen Annäherungsversuch gestartet.

Unser Plan war, morgen zur Polizei zu gehen, aber das werden wir nie tun.

Er hatte immer schon vor, mich heute Nacht zu töten.

«Ich... ich gehe kurz nach unten in den Laden», sage ich und stehe auf. Ich taumele und halte mich an der Rückenlehne des Sofas fest, um mich abzustützen. Zu viel Alkohol. Warum habe ich nur mit ihm getrunken? Dumm. *Dumm.*

«Warum?»

«Milch.»

«Die habe ich vorhin schon gekauft.»

«Ähm, und Zahnpasta. Ich habe keine mehr. Bin in ein paar Minuten wieder da.»

«Nein, du hast massenweise davon. Habe ich gesehen. Setz dich wieder hin, Clem.»

Er lächelt immer noch, ist noch immer freundlich. Ich schlucke die aufsteigende Galle in meinem Hals herunter.

Er hat versucht, Jude als Mörder hinzustellen. Er wollte, dass ich das Skizzenbuch unter dem Sofa finde und die ausgerissenen Seiten an die Risskanten von Poppys Skizzenbuch halte. Er muss in jener Nacht auf der Klippe die leeren Seiten aus ihrem Skizzenbuch herausgerissen und so lange aufbewahrt haben, bis er sie brauchte. Er muss Fotos von Jude online gefunden und sie auf die Seiten abgepaust haben. Und dann hat er sie bei mir liegen lassen, damit ich sie finde. Zusammen mit dem Skizzenbuch.

Daniel hat meine Schwester und viele andere Frauen umgebracht.

Und ich bin die nächste.

Wenn ich es nur nach draußen oder in Alexanders Wohnung schaffe, bin ich in Sicherheit. Solange er nicht weiß, dass ich es weiß, wird alles gut.

«Ich brauche ein bisschen frische Luft. Bin gleich wieder da.»

Ich gehe zur Wohnungstür, doch ich komme nicht einmal bis zum Flur. Meine Beine fühlen sich plötzlich so bleiern an, und in meinem Kopf dreht sich alles. Ich sacke zu Boden, rappele mich wieder hoch, stütze mich an der Wand ab – und falle wieder hin.

Die Welt dreht sich. Das ist nicht normal. Das darf nicht passieren. Es war nur Wodka, und so viele davon hatten wir gar nicht. Doch ich kann mich nicht rühren, ich kann nicht zur Tür ... aber ich habe immer noch mein Handy. Ich hole es aus meiner Tasche. Meine Finger fühlen sich an wie aus Gelee, und ich lege es auf den Teppich vor mich. *Anrufe. Favoriten. Jenna.*

Daniel hockt sich vor mich hin und tippt entschlossen auf den *Anruf-beenden*-Button. Er nimmt das Handy und schüttelt missbilligend den Kopf.

«Weißt du, für eine Wissenschaftlerin bist du erstaunlich langsam im Kopf.»

Jetzt sieht er ganz anders aus. Das Lächeln ist noch da – aber es wirkt gruselig und falsch. Sein ganzes Gesicht hat sich verändert. Er ist nicht mehr der Mann, den ich kannte. Das war er nie.

456

«Hilfe!», schreie ich. «Hilfe!»

Daniel lacht leise. «Dich kann niemand hören. Draußen wummert die Musik, wie du weißt. Heute Nacht sind es nur wir beide, und niemand wird uns stören. Nicht einmal Liam, seit du ihn fortgeschickt hast.»

Ich weiß, dass er recht hat, aber ich will es nicht wahrhaben. Ich versuche wieder aufzustehen, schreie, kreische – aber die Worte kommen nicht laut genug heraus. Alles klingt verwaschen, meine Zunge will meinen Kommandos nicht folgen. Ich schaffe es, mich gegen die Wand zu lehnen, und rutsche daran weiter zur Tür. Aber nicht weit und nicht schnell genug. Daniel greift nach meiner Schulter und drückt mich wieder zu Boden, und ich kann ihn nicht daran hindern.

«Was war ...» Ich konzentriere mich auf meine Gesichtsmuskeln und zwinge die Worte heraus. «... in diesem Drink?»

«Hey, du hast es ja doch kapiert!» Er verzieht das Gesicht. «Wird dir nicht gefallen, fürchte ich. Erinnerst du dich an die Schachteln mit Schlaftabletten und Antidepressiva, die du seit Monaten ganz hinten in der Schublade liegen hast? Die ich gefunden habe, als ich in deinem Zimmer herumgeschnüffelt habe, immer wenn du unter der Dusche warst? Na ja, ich habe dir halt einen kleinen Cocktail gemacht, wie versprochen.»

Er verschwindet in der Küche, kommt wieder und zeigt mir ein paar leere Blister und Schachteln.

«Ich meine, ich bin ja kein Wissenschaftler oder so, aber ich bin mir ziemlich sicher, dass diese Dosis tödlich ist. Eliza ist jedenfalls an weniger gestorben.» Er zuckt mit den Schultern. «Wusstest du, dass mich diese Schlampe schon an dem Abend rangelassen hat, an dem wir uns kennenlernten? Das war viel zu einfach.»

Nein. *Nein.* Nicht so. Ich zwinge die Hand zu meinem Mund

und schiebe die Finger tief in meine Kehle, um alles wieder rauszuwürgen – bis ich bemerke, dass ich mich nicht einmal gerührt habe. Ich sitze immer noch zusammengesunken an der Wand, die Arme ganz schlaff, das Hirn langsam und träge, von massenweise zerstoßenen und aufgelösten Tabletten beschwert, die nach und nach in meinen Blutkreislauf gelangen.

Und ich kann nichts tun, um das zu verhindern.

«Du kannst dankbar sein, weißt du. Es gibt schlimmere Arten zu sterben. Du wirst einfach davongleiten, ganz friedlich. Nicht so wie Poppy.» Er beugt sich vor, immer noch grinsend. «Sie hat geschrien.»

Diesmal reagiert mein Körper.

Obwohl mein Arm vor meinen Augen ganz verschwommen aussieht, spüre ich, wie meine Fingernägel sein Gesicht treffen. Er zuckt zurück, tiefe Kratzer auf der Wange, tief genug, dass sie bluten. Mein Arm fällt schwer auf den Boden zurück, aber er hebt ihn hoch und knallt ihn mir selbst ins Gesicht.

«Du Schlampe.» Dann hält er inne. Er seufzt. «Na ja, das habe ich wohl verdient.»

«Warum?», bringe ich heraus, laut genug, dass er es hören kann. «Warum ... hast du ... ihr wehgetan? Sie ... hat dich geliebt.»

«Sie hat nicht *mich* geliebt, sie hat Ben geliebt!» Er lacht ein düsteres Lachen. «Keine von denen hat mich geliebt. Sie hätten sich einen Dreck um mich geschert, wenn sie mich gekannt hätten. Sie wollten Mister Perfect und nichts darunter, also habe ich ihnen das gegeben. Ich wurde zu genau dem, was sie wollten, und sie waren so arrogant und eitel, dass sie es nie merkwürdig fanden, dass ich sie liebte, dass ich so verrückt nach ihnen war. Sie hätten Hunderte, Tausende nette, durchschnittliche, liebevolle Typen haben können, aber die wollten

458

sie nicht. Sie wollten nur den besten. Sie glaubten, sie *verdienten* den besten. Also wurde ich zu dem Mann, den sie begehrten. Und dann zeigte ich ihnen, wie falsch es war, die anderen zu übersehen.»

Seine Worte sind irgendwie ungeordnet und hallen in meinem Kopf wider, einige scheinen sich in die Länge zu ziehen, andere schrumpfen, sodass sie zu unterschiedlichen Zeiten auf mein Ohr treffen. Schläfrigkeit drückt auf meine Lider, aber ich kämpfe dagegen an. Ich versuche, die Fragmente dessen, was er sagt, zu ordnen, zu entschlüsseln, ihre Bedeutung zu begreifen.

«Poppy ... war nicht so. Sie war ... freundlich.»

«Sie sind niemals freundlich. Keine von ihnen ist das. Nicht einmal du.» Er kommt mir wieder ganz nah. Das Blut auf seiner Wange gerinnt bereits. «Ich dachte, du wärst anders, aber das stimmt nicht. Du bist genauso schlimm wie die anderen.»

Mein Körper ist betäubt und langsam, aber mein Herz hämmert in meiner Brust. Ich spüre es überall, in jeder Ader. Panik.

Ich muss etwas *tun*.

«Damit kommst du ... nicht durch», lalle ich. «Sie werden dich ... fangen.»

«Wen, mich? Daniel Burton? Aber ich war doch gar nicht *da*.» Er lacht selbstgefällig und zieht etwas aus seiner Tasche. «Ich habe mich vorbereitet. Ein falscher Bart, fürs Einkaufen. Außerdem habe ich eine Wendejacke. Daniel ist vorhin aus dem Haus gegangen, und irgendein anderer Typ ist zurückgekommen. Ein ziemlich solides Alibi, was? Nicht, dass irgendwer nach einem Mörder suchen wird. Das hier wird eindeutig nach Selbstmord aussehen.»

«Aber ... die Leute wissen es doch. Die Polizei ... meine Eltern.»

«Na ja, das erste Mal haben sie dir doch auch nicht geglaubt, oder?» Er sagt es, als wäre ich ein Kind. «Die Polizei Brighton denkt, du seist klinisch irre, verrückt geworden durch die Trauer um den Selbstmord deiner Schwester. Deine Eltern denken es auch, und Liam vermutlich ebenso. Alle denken das. Du hast dich wochenlang völlig irrational verhalten, *Clem*, genau, wie ich es mir erhofft hatte. Eine Überdosis, allein in der Wohnung, nachdem du alle, die dich lieben, von dir gestoßen hast? Nach allem, was du durchgemacht hast? Klingt in meinen Ohren sehr nach Selbstmord.»

«Es gibt Beweise. Es gibt...»

«Was denn, das hier zum Beispiel?» Er tritt an den Couchtisch und kommt mit den Beweisen zurück, die er vor mir zu Boden fallen lässt. Er zieht einen von Poppys Briefen hervor – den letzten, in dem sie davon schreibt, dass sie Ben am Hope Gap treffen will, den Originalbrief – und hält das Feuerzeug daran.

Ich schreie erneut auf, hilflos, vergeblich, und sehe zu, wie Poppys aufgeregte Schrift von der Flamme aufgefressen wird, wie die Seite sich krümmt und auseinanderfällt, bis nur noch eine geprägte Blume ganz oben und zwei Worte übrig bleiben: *«Hey Clemmie!»*

Ihre letzten Worte gibt es nicht mehr.

Ich kann nicht richtig sehen. Ich blinzele noch mehr, spüre etwas Nasses auf meiner Wange. Tränen.

Daniel benutzt mein Handy.

«Du brauchst wirklich eine bessere Geheimzahl als Pi», sagt er. Er tippt auf dem Screen herum. «Kopien der Briefe, gelöscht. Posts über die Halskette, gelöscht. Deine Reddit-Posts, gelöscht. Fertig!»

Es ist alles weg. All die Recherchen, all die Beweise. Und es gibt niemanden, der glauben wird, dass ich ermordet wurde.

Ich blinzele. Da ist Liams Kreidetafel, und Daniel schreibt langsam, sehr langsam vier Worte darauf: *Es tut mir leid.* In meiner Handschrift.

«Ich habe früher immer Entschuldigungen und solche Dinge gefälscht, als ich noch zur Schule ging», erklärt er. «Gut, oder? Niemand wird diese Selbstmordnachricht anzweifeln.» Ich blinzele erneut. «Sie werden ... die Verbindung zwischen den Halsketten finden», sage ich, in der Hoffnung, ihn herauszufordern, ihn irgendwie umzustimmen, aber meine Worte klingen schwach und jämmerlich.

Er lacht höhnisch. «Welche Verbindung zwischen den Halsketten? Hast du wirklich geglaubt, ich wäre so dumm, jeden Mord mit dem an meiner Schwester zu verbinden?» Er lacht wieder. «Mit den Ketten habe ich erst später angefangen, Rachel hatte nie eine Herz-Halskette. Ich habe nur so getan, weil ich dachte, du würdest sie wiedererkennen. Du solltest sie sehen und die Verbindung zwischen uns begreifen, zwischen uns beiden – aber du hast ewig gebraucht, bis dir die Kette überhaupt aufgefallen ist, und als es dann so weit war, hast du die Sache mit Imogen und den anderen herausgefunden – na ja, mit *einigen* von den anderen – und alles ruiniert. Ich wusste, dass ich diesen bescheuerten Instagram-Post hätte löschen sollen. Damals war ich noch nicht ganz so vorsichtig. Aber seitdem habe ich eine Menge gelernt.»

«Aber ... du hast sie getragen. Rachels Kette.»

Er rollt die Augen. «Dumme Clementine. Das war nicht *ihre* Kette. Das war immer deine.»

Seine Hände sind jetzt an meinem Hals, und etwas Kaltes legt sich auf meine Haut. Ich schaue an mir herunter und sehe die Spitze eines silbernen und roségoldenen Herzens auf meiner Brust.

461

«Ich habe sie für dich warm gehalten.»

Er greift in meine Tasche und holt Poppys Halskette heraus – die, die er ihr schenkte, bevor er sie umbrachte. Er wirft sie spielerisch in die Luft und fängt sie wieder auf.

«Diese hier nehme ich dann wohl wieder mit. So wird jeder glauben, dass die arme Clementine so traurig war, dass sie sogar die Halskette ihrer Schwester angelegt hat, bevor sie ihr gefolgt ist. Gute Geschichte, oder? Selbst du würdest so etwas glauben.»

Ich kann meine Augen kaum noch offen halten – vielleicht will ich es auch gar nicht. Er hockt sich vor mich hin und zeigt mir ein Bild auf dem Handy – es ist das gefakte Foto von der Wildkamera. Er hat die Halskette hineinmontiert und «Dylan» ungefähr so aussehen lassen wie Jude, um ihn weiter zu belasten. Aber es gibt keinen Dylan. Es gab nie einen Dylan. Daniel hat seine eigene Schwester ermordet. Und ist so auf den Geschmack gekommen.

«Und ich dachte, wenn ich damit einmal davonkomme, warum nicht zweimal?», sagt er heiter. «Warum nicht noch öfter? Es gibt so viele Mädchen, von denen du gar nichts weißt – von denen du *nie* etwas erfahren wirst. Und wenn ich mit dir fertig bin, werde ich weitermachen...»

Daniel redet immer weiter, aber ich weiß nicht mehr, was er sagt. Seine Worte verschmelzen ineinander, hallen wider, dröhnen, flüstern, werden ein- und wieder ausgeblendet. Ich selbst blende sie ein und wieder aus. Mein Kopf rollt zur Seite, meine Glieder hängen schlaff an mir herab, die Dunkelheit drückt auf meine Lider. Ich mag die Dunkelheit. Sie ist weich und hüllt mich ein wie eine warme Decke. Ich bin müde. So müde.

Aber ich will nicht schlafen. Noch nicht.

Ich zwinge meine Augen wieder auf und blinzele, bis einzelne Gegenstände wieder scharf aussehen. Zuerst ist es viel zu hell. Zu weiß. Da sind Geräusche, die ich nicht verstehe: das Rauschen von Wasser; ein hartes Bürsten.

Ich sehe meinen Körper, der in einer seltsamen Haltung liegt, bekleidet nur mit Unterhose und Unterhemd. Gekauert. Verzerrt. Wasser gurgelt laut.

Ich bin in der Badewanne, lehne ein wenig zur Seite, und das Wasser ist schon bis zu meiner Brust gestiegen.

«Bei der gerichtsmedizinischen Untersuchung werden sie das lieben», sagt Daniel. «*Selbstmord aufgrund der psychischen Belastung durch den Verlust ihrer Schwester unter ähnlichen Umständen.* Großartig.»

Er summt vor sich hin, und das kratzende Geräusch setzt sich fort. Der Blick meiner schweren Augen folgt ihm. Mein Arm ragt aus dem Wasser. Daniel hält ihn fest und schrubbt meine Fingernägel mit einer Bürste. Ich versuche, die Hand wegzuziehen, aber ich habe nicht genug Kraft dafür. Er schrubbt seine DNA von meiner Kratzattacke auf ihn weg.

Meine Gedanken sind so verlangsamt, so betäubt, dass die Panik erst verspätet in mir aufsteigt. Das Wasser steigt, und ich kann mich nicht rühren. Ich kann mich nicht aufsetzen oder herausklettern. Ich kann nicht fliehen.

Ich werde ertrinken. Genau wie Poppy.

Ich krümme die Zehen und versuche, die Kette vom Stöpsel zu erwischen, um ihn herauszuziehen, aber Daniel merkt es. Er reißt die Kette aus ihrer Halterung und lässt sie ins Wasser fallen, auf den Grund der Wanne, wo ich sie nicht greifen kann.

Ich versuche, gegen die Panik anzuatmen, gegen die Benommenheit, den Schmerz in meinem Bauch. Ich muss lange genug überleben, um etwas tun zu können. Es muss einen Ausweg geben. Es gibt immer eine Antwort. Ich habe noch nie keine gefunden.

Daniel lässt meinen Arm wieder ins Wasser gleiten, immer darauf bedacht, keine blauen Flecken zu verursachen. Jetzt weiß ich, warum er sich nicht gewehrt hat, als ich ihn kratzte, und warum er mich mit Tabletten außer Gefecht gesetzt hat, statt mich einfach mit brutaler Gewalt ins Bad zu zerren. Es muss wie Selbstmord aussehen, und Abwehrverletzungen können diesen Anschein ruinieren. Sie würden Fragen aufwerfen. Zweifel säen.

Er hat schon oft genug gemordet, um zu wissen, wie man damit durchkommt.

Das Wasser reicht mir jetzt bis zum Kinn, und es steigt schnell. Daniel hat sich entspannt auf den Wannenrand gelehnt, er lächelt mit zur Seite geneigtem Kopf traurig auf mich hinunter.

«Ich dachte wirklich, du wärst anders, Clementine. Diese anderen Mädchen waren so oberflächlich und arrogant und von sich eingenommen, aber du nicht. Du hast dein Gesicht hinter einer Brille versteckt, weil es dir egal war, es war dir einfach nicht wichtig, und das fand ich an dir toll. Schon bevor ich dich kennenlernte, habe ich das toll gefunden. Bei den anderen musste ich ständig schauspielern. Ich musste mich so verstellen, dass ich zu dem Menschen wurde, den sie wollten. Und im Laufe der Jahre war ich schon so viele Männer. Mehr, als du dir vorstellen kannst. Nette Jungs, Bad Boys. Fotografen …»

Ich kann die Augen nicht mehr offen halten. Auf der Innenseite meiner Lider wird er zu unterschiedlichen Personen, wie auf verzögerten Bildern eines Films: Auf einem hat er sein Haar cool zurückgekämmt, dann wieder lässt er es jungenhaft ins

Gesicht fallen; die Schultern fallen ab oder sind gerade; sein Gesichtsausdruck ist freundlich oder selbstsicher oder lässig. Er beugt sich ganz nah zu mir und drückt den Auslöser einer unsichtbaren Kamera. Sein Auge sieht mich intensiv an: Es ist das aus Poppys Zeichnung. Wie konnte ich das nur nicht sehen? Warum habe ich es nicht bemerkt? Vielleicht wollte ich einfach nicht. Ich zwinge meine Augen wieder auf, schaue ihm in sein echtes, gelassenes Gesicht. «Ich dachte, bei dir müsste ich all das nicht tun», sagt er. «Ich habe an dich *geglaubt.* Ich habe dich *respektiert.* Ich dachte, du interessierst dich nicht für Aussehen und die albernen Spielchen und die Komplimente und all die anderen Stöckchen, über die ich für die anderen springen musste, aber das ist gar nicht so, oder? Du bist sogar noch schlimmer als die anderen. Ich habe dir einen Seelenverwandten geschenkt, jemanden, der deinen Schmerz und deine Einsamkeit versteht. Ich habe dir eine gebrochene Seele gegeben, jemanden, der dir seine Gefühle anvertraute, seine Verletzungen.» Er tippt auf sein Handgelenk. «*Echte* Narbe, nur für dich geschnitten. Dieser jemand war dein Trost, dein Vertrauter, derjenige, der an dich glaubte, obwohl es niemand anders tat. Er war der einzige Mensch auf der ganzen Erde, der verstand, wie du dich fühltest, und der einzige, dem du wichtig genug warst, dass er dir half. Er war all das, er liebte dich – und du wolltest ihn trotzdem nicht. Du wolltest *mich* nicht.» Er streckt die Hand aus, streichelt meine Wange und krümmt die Finger etwas, als müsste er dem Drang zu kratzen widerstehen.

«Das hier ist es, was du verdienst, du hässliche Schlampe», sagt er leise. «Du hast nur bewiesen, dass ich schon immer recht hatte, was Frauen angeht.»

Daniels Gesicht kräuselt sich, als wäre ich schon unter der Wasseroberfläche, verzerrt sich zu Bruchstücken des Menschen, der mir so wichtig war. Aber diesen Menschen gab es nie. Daniel hat mir geholfen, den Mord zu untersuchen, den *er* begangen hatte. Er stützte mich, als ich um die Schwester weinte, die *er* mir genommen hatte.

Und warum? Weil er mit Zurückweisung nicht zurechtkam? Meine Schwester und all die anderen mussten sterben, weil dieser Mann ein gestörtes Ego hat?

Ich neige den Kopf, zwinge meinen Mund aus dem Wasser, obwohl das bedeutet, dass ich ein wenig tiefer in die Wanne rutsche.

«Du bist jämmerlich.» Ich lalle die Worte, sie sind kaum zu verstehen, aber es reicht, um Daniels selbstgefälliges Lächeln zu einer bösen Grimasse werden zu lassen. «Du bist ein Versager.»

Daniel kämpft mit seiner Wut. Die Knöchel seiner Hände, die den Badewannenrand packen, sind weiß.

«Du glaubst, das hier sei eine Niederlage? Ich habe die ganze Macht. Ich habe die Kontrolle. Du kannst mich nicht mehr zurückweisen, wenn du tot bist.»

«Ich habe dich ... zurückgewiesen», presse ich hervor. Mein Hirn kämpft damit, die Worte zusammenzufügen. «Ich habe ... nein gesagt.»

«Das nächste Mädchen nicht.» Er kommt näher, sein Gesicht ist direkt vor meinem. «Weißt du, wo ich als Nächstes hingehe? Nach Boston. Ich finde Jenna. Bringe sie dazu, sich in mich zu verlieben.»

«Kannst du nicht. Sie mag ... *Mädchen*.»

«Nein, das denkt sie nur.» Er grinst höhnisch. «Sie hat dich vermutlich nur benutzt, bis ein Typ kommt, der heiß genug ist. So macht ihr Lesben das doch. Ihr schlagt nur die Zeit tot und seid Schlampen, während ihr auf etwas Besseres wartet, auf einen perfekten Typen. Tja, der kann ich sein. Ich habe zu sehr an dich geglaubt, das weiß ich jetzt. Bei Jenna werde ich wieder zurück zu den Anfängen gehen. Ich werde viel Sport machen, ein perfekter gut aussehender Streber sein. Ich kriege sie. Und ich werde sie töten.»

«Nein...» Wasser dringt in meinen Mund, ich muss würgen. Ich kann nicht sprechen.

«Und wenn ich sie gefickt und getötet habe, genau wie Poppy, wessen Versagen ist das dann, hm? Wer fühlt sich dann jämmerlich und scheiße? Ich jedenfalls nicht.»

Daniels Hand liegt jetzt auf meinem Scheitel und drückt zu – drückt mich ein weiteres Stück nach unten. Das Wasser bedeckt meinen Mund und schwappt gegen meine Nase. Ich versuche, dennoch zu atmen.

«Das hier hätte anders ausgehen können. Wenn du mich nur geliebt hättest ... aber das hast du nicht, und jetzt wirst du genau wie die anderen enden. Auf Wiedersehen, *Clemmie*. Grüß deine Schwester von mir...»

Und er drückt mich unter Wasser.

Er hält mich nicht unten, weil das nicht nötig ist. Ich kann mich nicht rühren, ich kann mich nicht retten. Er schaut einen Moment auf mich hinunter, seine Züge sind verzerrt, und verschwindet dann.

Ich bin allein, unter Wasser.

Und ich werde sterben.

Jemand wird mich in dieser schmutzigen Wohnung finden, nach all den Wochen, in denen ich mich eigenartig verhalten habe, und Vermutungen anstellen. Meine Beweise sind zerstört. Es gibt keine DNA unter meinen Fingernägeln, keine Abwehrverletzungen. Ich werde eine Leiche auf einer Bahre sein, genau wie Poppy es war. Genau wie alle anderen Opfer. Keine Spuren, keine Geschichte. Leere Leinwände, auf die das Wort *Selbstmord* geschrieben ist. Geschrieben von einem Mann, der uns die Stimme genommen hat.

Das kann ich nicht zulassen.

Alle Energie, alle Konzentration lege ich in den Versuch, meine Arme zu bewegen. Ich greife nach der Kette um meinen Hals und ziehe daran, so fest ich kann – und die Kette reißt. Ich nehme den Anhänger zwischen die Finger und lasse den anderen Arm über meinen Bauch fallen, steche mit der scharfen Metallspitze in meine aufgeweichte Haut und drücke zu, so tief ich kann, bis in mein Fleisch.

M

Ich mache weiter, Buchstabe um Buchstabe ritze ich in meine Haut, damit der Gerichtsmediziner es findet.

Dunkelheit kriecht wieder in mein Blickfeld, die verschwimmende Decke verdunkelt sich. Es hallt merkwürdig, als mein letzter Atemzug aus mir herauskommt, in Blasen emporsteigt, mich für immer verlässt. Meine Lunge brennt und zieht sich zusammen, als ich den letzten Schnitt mache, nach Luft schnappe, die unerreichbar ist, mehr und mehr Wasser dringt ein, die Panik hämmert in jeder nutzlosen Zelle meines gelähmten Körpers.

Der Anhänger gleitet mir aus den Fingern. Meine Hände schweben ruhig, ein roter Nebel aus Blut sickert ins Wasser.

MORD steht jetzt auf meinem Arm geschrieben. Mir fallen die Augen zu.

Ich hoffe, dass das reicht.

Ich glaube nicht an ein Leben nach dem Tod, aber ich denke an Poppy, während ich sterbe. Ich liege am Strand am Hope Gap, die Brandung überspült mich, ich spüre den Sand unter mir, die Wellen schlagen sanft und kühl gegen meinen Körper.

Poppy steht über mir, schaut auf mich herunter und lächelt. Sie riecht genau wie früher: Kokoshaarpflege, Farbkleckse überall. Sie beugt sich herunter und streckt die Hand nach mir aus, über uns färbt ein Sonnenuntergang den Himmel, das Licht wirft ein rosa Glühen auf ihr Haar.

«Nein, C! Was ist passiert?»

Sie zieht mich mit beiden Händen aus dem Wasser, stärker, als sie sein sollte, und legt mich in den Sand.

«Bleib bei mir, C! Bleib bei mir, bis Hilfe kommt.»

Der Sonnenuntergang verblasst, und ich schlinge die Arme um sie.

Ich werde bleiben.

Kapitel 32

Dunkelheit, und dann Licht. Sterne. Sie kommen und gehen, glitzern und verblassen dann in der Schwärze, aber ich kämpfe darum, sie zu sehen: glühende Planeten, milchig weiße Galaxien. Dann sind sie wieder verschwunden. Die Dunkelheit ist sicher und warm und leicht, aber ich will sie nicht. Ich will sehen.

Zwischen meinen langsamen Lidschlägen werden die Sterne zu winzigen Lichtern, die an Maschinen blinken; aus dem Flur sickert Helligkeit durch eine angelehnte Tür. Es scheint auf die Falten der Laken, auf die Plastikschläuche, die aus einer Hand ragen.

Aus meiner Hand.

Es kommt alles auf einmal wieder: die Badewanne, das steigende Wasser. Ich kann nicht raus. Ich kann nicht um Hilfe schreien. Ich kann nicht atmen.

«Clem? Es ist okay, Clem. Du bist in Sicherheit. Du bist im Krankenhaus. Versuch nicht, aufzustehen.»

Aber ich *muss* aufstehen. Daniel grinst durch das Wasser auf mich herunter, ganz verzerrt. Nicht der Mensch, den ich kannte. Ein Mörder. Er hat Poppy umgebracht. Er hat ihre Briefe verbrannt. Er ist damit durchgekommen.

«Ich muss gehen.» Meine Kehle fühlt sich an, als steckten tausend winzige Glasscherben darin. «Ich muss...»

«...dich ausruhen. Du musst dich ausruhen.»

Aber ich kann mich nicht ausruhen. Jetzt nicht. Ich versuche, die Laken von mir zu treten, aber ich bin zu schwach.

Weitere verschwommene Erinnerungsbruchstücke tauchen auf: der bittere Drink, Daniel, der in meiner Handschrift eine Nachricht auf der Kreidetafel hinterlässt. Eine Abschiedsnotiz.

«Ich war das nicht.» Die Worte tun weh. Sie kommen als heiseres Flüstern hervor, nicht als das Schreien, das ich will. «Ich habe das nicht getan.»

«Ich weiß.»

«Das war Daniel. Er hat Poppy … Er hat versucht, mich umzubringen. Er hat andere getötet. Ich muss ihn …»

«Clem, es ist okay.»

«Ist es nicht!» Ich kämpfe, will aus dem Bett steigen. «Ich muss ihn finden. Er hat Poppys Briefe verbrannt. Ich muss ihn unbedingt finden!»

«Musst du nicht. Clem, hör mir zu. *Hör zu.* Er ist schon verhaftet worden. Er ist in Gewahrsam. Alles ist gut. Du wirst wieder gesund.» Finger streichen mir eine Strähne aus dem Gesicht und hinter mein Ohr. «Vertrau mir, okay?»

Finger legen sich sanft auf meinen Arm, und ich öffne die Augen, dieses Mal wirklich, wende den Kopf zu der Stimme neben mir.

Sie hat den Stuhl dicht ans Bett gezogen, aber sie ist aufgestanden und sitzt auf der Bettkante. Ein gedämpftes Licht brennt hinter ihr und betont den warmen Farbton ihres dunklen Haares, ihrer noch dunkleren Augen. Ihrer roten Lippen.

«Jenna?», flüstere ich.

«Hey», sagt sie und lächelt.

«Was machst du hier?»

«Ich habe nach dir geschaut. Für den Fall, dass du das vergessen hast: Du hast nicht auf meine Textnachrichten geantwortet.» Ihre Hand liegt noch immer dort, an meinem Hals.

471

Sie räuspert sich und zieht sie zurück. «Ich muss jetzt deine Eltern holen. Sie haben gesagt, ich soll sie wecken, wenn du aufwachst.»

Ich folge ihrem Blick. Mum und Dad sitzen auf den Stühlen im Flur, die Hände ganz nah nebeneinander, als wären sie Hand in Hand eingeschlafen.

«Was ist passiert?», frage ich, als sich meine Überraschung legt, Jenna an meinem Bett zu sehen, und die Fragen kommen. «Ich... ich dachte, ich wäre... Wie kommt es, dass ich hier bin?»

«Liam hat dich gefunden. Er wollte nach dir sehen. Er ist gerade noch rechtzeitig gekommen.»

«Er ist in die Wohnung gekommen?» Ich reibe mir den Kopf. «Aber warum? Warum gerade dann?»

«Ah, weil ich ihn darum gebeten habe. Du erinnerst dich vielleicht nicht, aber ich habe in jener Nacht einen Anruf von dir bekommen. Er dauerte nur eine Sekunde, aber das war so ungewöhnlich, und du bist nicht rangegangen, als ich zurückrief. Also habe ich Liam eine Textnachricht geschickt, und...»

«Warte. Wie kann es sein...?» Ich räuspere mich, das Sprechen fällt mit jedem Wort leichter. «Wie kann es sein, dass du Liam eine Nachricht geschrieben hast? Du kennst ihn doch gar nicht.»

Sie lächelt. «Doch, das tue ich tatsächlich. Wir stehen schon seit ein paar Wochen in Kontakt. Er hat mich online gefunden, weil er sich solche Sorgen um dich gemacht hat. Er wollte wissen, ob du okay bist. Aber ich wusste das eigentlich auch nicht, daher waren wir einander keine große Hilfe. Nachdem du angerufen hattest, habe ich ihm sofort eine Nachricht geschickt. Er war in der Bar um die Ecke und ging zu dir, um nach dir zu sehen.»

«Oh.» Ich spüre wieder die vertrauten Gewissensbisse. «Ich

war ganz schrecklich zu ihm. Ich ... ich dachte, ich könne ihm nicht vertrauen. Ich kann kaum glauben, dass er sich danach noch um mich gekümmert hat.»

«Hey, jetzt hör aber auf», höre ich plötzlich eine andere Stimme. «Was ist schon ein kleiner Mordvorwurf unter Freunden, he?»

Liam steht mit zwei Bechern Kaffee in der Hand im Türrahmen. Er lächelt und eilt zu mir, stellt die Becher auf den Tisch und lässt sich auf die gegenüberliegende Bettkante fallen. Ich zucke zusammen.

«Oh Mist, tut mir leid. Jetzt sind wir wohl quitt.»

«Sind wir sicher nicht», sage ich. «Liam, es tut mir so leid. Ich hätte dich nie so behandeln dürfen. Ich hätte auch nicht dein Zimmer durchsuchen oder dir das Gefühl geben dürfen, dass du nicht in deiner eigenen Wohnung bleiben darfst. Es tut mir so leid, dass ich nicht auf dich gehört habe, was ... was Daniel angeht.» Ich muss schlucken. «Danke, dass du trotzdem für mich da warst.»

«Aber immer doch, Süße.» Er lächelt, nimmt meine Hand und drückt sie. Obwohl ich plötzlich nur noch verschwommen sehen kann, weiß ich, dass es ein ansteckendes Lächeln ist. «Du warst in den letzten Monaten nicht du selbst, und ich verstehe jetzt gut, warum. Das ist in Ordnung. Aber ich freue mich sehr, bald die richtige C kennenzulernen.»

Ich schniefe und wische mir die Tränen ab.

«Was ist passiert, nachdem du gekommen bist? Jenna hat gesagt, sie hätten Daniel in Gewahrsam?»

«Er wurde heute verhaftet.» Jenna schaut auf die Uhr an der Wand: Es ist beinahe drei Uhr nachts. «Na ja, gestern. Er hat versucht, ein Schiff nach Frankreich zu nehmen. Jetzt ist er im Gefängnis.»

«Aber wie konnten sie das tun? Ich hatte all die Beweise für das, was er getan hat, Poppys Briefe, wie alles geplant war, dass es noch andere Opfer gab, aber er muss alles zerstört haben. Ich habe gesehen, wie er damit angefangen hat. Er…» Ich schaue auf den Schlauch hinunter, der an meiner Hand festgeklebt ist, und versuche, so ihren Blicken auszuweichen. «Er hat den letzten Brief verbrannt, den sie mir geschrieben hat.»

«Oh, Clem. Es tut mir so leid», sagt Jenna. Liam drückt wieder meine Hand.

«Ich habe erst in der Nacht begriffen, dass er es war. Er hat mich reingelegt. Er hat so getan, als säßen wir im selben Boot, er hat so getan, als wollte er mir helfen, aber das hat er natürlich nicht. Er ist der Mörder, nach dem wir scheinbar gemeinsam gesucht haben. Und die ganze Zeit wusste er das. Und ich nicht. Ich bin voll darauf reingefallen. Ich bin so dumm.»

«Bist du nicht.» Jenna streichelt meine Schulter und rückt näher an mich heran. «Du hast dafür gesorgt, dass sie ihn fassen konnten. Sie haben ihn deinetwegen erwischt.»

«Was meinst du damit?»

«Okay, bist du bereit?» Jenna wirft ihr Haar zurück und beginnt, an den Fingern abzuzählen. «Erstens – du hast ihm das Gesicht zerkratzt. Liam ist auf der Treppe an ihm vorbeigekommen, als er gerade ging. Ziemlich verdächtig, oder?»

«Superverdächtig», sagt Liam.

«Zweitens – du hast uns eine Nachricht hinterlassen.» Sie tippt auf meinen Arm. Er ist verbunden. «Verdächtiger Typ verlässt den Ort eines Selbstmords mit einem zerkratzten Gesicht, während die angebliche Selbstmörderin schriftlich festgehalten hat, dass es Mord war? Das ist nicht besonders überzeugend. Und drittens – du hast vor einer Woche zwei Mappen mit Beweisen und Theorien zur Polizei in Brighton geschickt. Als dein Dad begriffen hat, was Daniel versucht hat dir anzutun, hat er dort sofort angerufen. Er sagte, er würde so lange in der Leitung bleiben, bis sie sich die Sachen ansähen. Die Mappen lagen bei jemandem auf dem Schreibtisch, ungeöffnet. Offenbar hat Daniel damals da angerufen, so getan, als wäre er dein Dad, und die Polizisten davor gewarnt, mit dir zu sprechen, weil du nicht zurechnungsfähig seist. Dein Dad hat das wieder zurechtgerückt.»

«Er war toll, C», sagt Liam. «Er hat ihnen klargemacht, was wirklich passiert ist. Du musst für die Polizei noch ein paar Lücken schließen, aber sie glauben dir. Du hast bewiesen, dass all diese Selbstmorde Morde waren. Und dass Daniel der Täter ist.»

Ich reibe meinen verbundenen Arm, spüre das Stechen der Buchstaben, die dort eingeritzt sind: *Mord.*

«Ich habe vorher schon versucht, Dad alles zu erzählen, aber da hat er mir nicht zugehört.»

«Ja, das hat er uns auch gesagt.» Jenna setzt sich zurecht und schlägt die Beine übereinander. Sie schaut in den Flur; meine Eltern schlafen noch. «Es tut ihm sehr leid, Clem. Er weiß, dass er viel falsch gemacht hat. Er...»

«Hat mir die Schuld gegeben. Für Poppy. Dafür, dass ich damals ihren Anruf nicht angenommen habe.» Wieder laufen Tränen über meine Wange.

«Das ist es nicht.»

«Doch. Ich weiß, dass es nicht einmal Poppy war, die mich angerufen hat, aber ich bin nicht rangegangen, und meine Eltern haben mir die Schuld für das gegeben, was mit ihr passiert ist.» Ich schniefe. «Und sie haben recht. Vielleicht hätte ich etwas tun können, wenn ich rangegangen wäre. Ich hätte jemanden anrufen können, die Küstenwache, die Polizei, und...»

«Nein.» Jenna hebt mein Kinn, sodass ich sie ansehen muss. «Das ist es nicht, gar nicht. Hör mal, ich habe vielleicht kein Recht, das zu sagen, weil das eine Sache zwischen ihnen und dir ist, aber... Sie dachten, ihre Tochter habe sich das Leben genommen, und sie trauerten. Sie dachten, sie hätten sie irgendwie im Stich gelassen, dass sie die Zeichen übersehen hätten. Niemand sollte sich für so etwas die Schuld geben müssen, Selbstmord ist niemandes Schuld, aber sie haben es getan. Und ich glaube, wenn deine Eltern etwas hart mit dir waren, lag das daran, dass es einfacher ist, hart mit jemand anderem zu sein, als hart mit sich selbst zu sein. Aber sie haben dich immer so geliebt, Clem. Das hat sich nicht geändert. Sie sind auf deiner Seite.»

Ich seufze, ziehe die Knie an und starre an die Wand. «Vielleicht, aber sie werden mir immer vorwerfen, dass ich diesen Anruf nicht angenommen habe. Wenn ich ihn angenommen hätte, wäre sie vielleicht noch da.»

Jenna und Liam wechseln einen Blick.

«Ist das der Grund, dass du dich die ganze Zeit selbst bestraft hast? Weil du denkst, du hättest sie retten können?» Liam beugt sich vor und legt seine Hände auf meine Knie. Ich spüre, dass Jenna ihre auf meine Schulter gelegt hat.

«C, egal, was du anders gemacht hättest, nichts hätte geändert, was mit Poppy passiert ist. Und deine Eltern wissen das. Du musst einen Weg finden, das ebenfalls zu verstehen.»

Ich schließe die Augen. Ich will nicht an den Strand denken, aber ich muss. Ich sehe ihn wieder vor mir, wie damals, bei der Verkündung des Urteils im Untersuchungsgericht: wie der Dummy fällt, auf die Klippe prallt, weiterfällt. Die Verletzungen waren tödlich. Selbst wenn es letztlich das Meer war, das sie ertränkte, hätte sie nicht überleben können.

Sie war tot, bevor ich den Anruf verpasste. Zum ersten Mal lasse ich den Gedanken zu.

Jenna reicht mir ein Taschentuch, und ich tupfe mir damit die Augen ab.

In den letzten sechs Monaten war Poppy mein Ein und Alles. Ich habe ihr Leben untersucht, mich mit ihrer Vergangenheit beschäftigt, jeden Brief, den sie mir schrieb, habe ich gelesen, als spräche sie zu mir. Sie war in gewisser Weise am Leben, zumindest für mich. Ich habe ihren Geist mit mir in die Gegenwart getragen, und es war gerechtfertigt, denn die ganze Zeit habe ich ihren Mörder gesucht. Ich hatte einen Grund.

Aber jetzt gehört sie nicht mehr hierher. Sehr bald werde ich sie in die Vergangenheit zurückgleiten lassen müssen. Ich werde sie loslassen müssen.

Ich habe alles für sie getan, was ich konnte. Ich habe ihr Glück verteidigt, die Wahrheit aufgedeckt, den Mann gefunden, der ihr das Leben genommen hat.

Vielleicht ist das Letzte, was ich für sie tun kann, zu versprechen, jetzt mein eigenes Leben zu leben.

«Okay, wir brauchen mehr Kaffee», sagt Liam, springt vom Bett und geht zur Tür. Ich zucke erneut zusammen. «Tut mir leid. Ich kaufe auch Doughnuts, ganz viele Doughnuts.»

«Liam, warte.»

Er dreht sich auf dem Absatz um, die Hand schon auf der Klinke.

«Nur für den Fall, dass ich es vergesse. Du kennst doch unseren Nachbarn mit dem lockigen Haar? Alexander?»

«Ja?»

«Du solltest ihn irgendwann mal auf einen Drink einladen.»

Liam sieht kurz erschreckt aus, lacht dann und nickt.

«Hmm, Alexander. Mach ich.» Er reckt die Daumen und zieht die Tür hinter sich zu.

Im Zimmer ist es unangenehm still, als er weg ist. Jenna und ich waren vorher auch allein, aber jetzt fühlt es sich anders an. Sie hat mir die wichtigsten Dinge erzählt, die passiert sind, als ich nicht bei mir war. Und jetzt bin ich an der Reihe, dasselbe für sie zu tun.

«Clem, ich...»

«Nein, lass mich zuerst sprechen. Bitte.» Ich setze mich auf und streiche mir das Haar hinter die Ohren. Keine Versteckspiele mehr. «Jenna, es tut mir leid. Alles. An jenem Morgen, als ich den Anruf von Dad bekommen hatte, wusste ich nicht, wie ich mich verhalten sollte, also habe ich einfach... alles zurückgelassen und bin abgehauen. Ich bin weggegangen und habe dich ausgeschlossen.»

«Du musst dich nicht entschuldigen. Du standest unter Schock und hast getrauert, weil dir etwas Schreckliches passiert ist. Ich verstehe das.»

«Nein, ich will nicht, dass du mir einfach so verzeihst. Ich war im Unrecht. Trauer ist keine Entschuldigung dafür, jemanden zu verletzen, den man... gern hat. Du warst immer so lieb zu mir, du warst jeden einzelnen Tag für mich da, du hast mir Poppys Briefe geschickt... und ich konnte nicht einmal auf eine einzige Textnachricht antworten. Das hast du nicht verdient, egal, wie sehr ich gelitten habe. Egal, wie sehr ich dich von mir stoßen wollte...» Meine Stimme bricht.

Sie seufzt. «Es ist meine Schuld, dass du dich überhaupt so gefühlt hast.»

«Was meinst du damit?»

«Ich hätte dich damals gar nicht in die Bar zerren dürfen. Ich hätte dich nicht dazu zwingen dürfen, Dinge zu tun, die du nicht tun wolltest. Ich habe mich so geschämt. Ich habe dir das Gefühl gegeben, dass du mir nicht trauen kannst. Ich habe unsere Freundschaft ruiniert.»

«Nein, das war meine Schuld.»

«*Nein*, Clem. Was ich getan habe, tut mir so leid. Natürlich wolltest du nicht mehr mit mir reden – *ich* war der Grund dafür, dass du den Anruf nicht angenommen hast in der Nacht. Du musst mich so sehr gehasst haben.»

«Das stimmt nicht.»

Ich setze mich auf und umarme sie. Sie schnappt überrascht nach Luft.

«Jenna, ich habe mich selbst gehasst, nicht dich. Ich habe mich isoliert, weil ich dachte, ich verdiene es. Allein zu sein, nicht geliebt zu werden. Ich dachte, ich verdiene es nicht, glücklich zu sein. Und ... und ich war immer glücklich mit dir. Immer. Und ganz besonders in jener Nacht.»

Sie lässt sanft ihre Hände über meinen Rücken gleiten. Ich löse mich von ihr, schaue in ihre braunen Augen, von denen ich fürchtete, dass sie mich immer an Poppy erinnern würden. Aber ich sehe darin nur sie.

«Clementine, komm zurück nach Boston und sei mit mir glücklich. Du verdienst es.»

Ich schmiege mich an sie, und sie umarmt mich fester. Wir halten einander, wiegen uns, unsere Herzen passen ihre Rhythmen aneinander an. Ich schließe die Augen, fühle ihr seidenes Haar zwischen meinen Fingern, drücke sie an mich, atme den Duft ein, den ich so vermisst habe.

Harvard: Kaffee, Bücher. Jenna.

Ein Leben, in das ich zurückkehren kann.

» »

Wir lassen meine Eltern noch ungefähr eine Stunde schlafen, bevor Jenna sich von mir löst und auf den Flur geht, um sie zu wecken.

Ich habe ihnen so viel zu erzählen. Wissen sie, wie sich Daniel in Poppys Leben eingeschlichen hat – indem er sie umwarb, sie küsste, sie dazu brachte, sich in eine Lüge zu verlieben? Wollen sie das überhaupt wissen? Wollen sie wissen, wie er mich kennenlernte? Wie nah wir uns waren?

Poppy verloren zu haben, ist ein Trauma, das wir alle teilen, aber was hinterher passierte, ist mein eigenes Trauma. Poppys Mörder hat mich gehalten, als ich um sie weinte; er hat mir eine Verletzlichkeit entlockt, die ich noch nie jemandem gezeigt habe. Er war ein Freund.

Diesen Freund zu verlieren – zu begreifen, dass es ihn nie gab –, ist eine ganz andere Art der Trauer.

Mum und Dad eilen herein, und ich weiß, dass es in Zukunft viele Erklärungen und Entschuldigungen geben muss. Aber nicht jetzt. Wir umarmen einander auf dem Bett, Mum streichelt mein Haar, Dad weint an meiner Schulter, und wir fühlen die rohe Trauer in uns.

Wir sind wieder ein Dreieck, wie vor Poppys Geburt. Aber sie ist nicht fort.

Sie ist in unserer Mitte. Dort wird sie immer sein.

Epilog

Es ist das erste Weihnachten ohne sie. Ohne meine Mom. Früher hat sie immer die Geschenke besorgt, und dann haben wir einen Baum in diesem kleinen Laden am Highway geholt. Jedes Mal, wenn wir irgendwo im Urlaub waren, hat sie dort etwas Neues gekauft, was sie Weihnachten an den Baum hängen konnte, und... jetzt ist das vorbei. Mein Dad kommt damit gar nicht zurecht. Ich auch nicht. Die Kisten sind immer noch im Keller. Wir haben gar nicht darüber gesprochen, wir haben sie einfach ignoriert. Weihnachten ist praktisch abgesagt. Und ich... ich denke die ganze Zeit, dass das jetzt wohl das Leben ist, oder? Jedes Weihnachten ist traurig, weil sie nicht da ist. Wir essen nicht mehr als Familie zusammen, wir tauschen keine Geschenke mehr, die uns nicht gefallen, wir planen keine Urlaube mehr, feiern keine Geburtstage, sie wird nicht zu den Examensfeiern kommen oder ihre Enkel kennenlernen, sie wird einfach nie mehr bei uns sein. Und ich frage mich, will ich überhaupt Kinder? Werde ich lange genug leben, um welche zu bekommen? Schaffe ich all die Jahre ohne Mom? Ist es das überhaupt wert? Wirklich? Obwohl alles viel schlimmer ist als vorher?»

Der Anrufer saugt Luft durch seine Zähne, und ich setze mich auf meinem Stuhl zurecht. Der Telefonraum ist groß, die Ehrenamtlichen sitzen weit voneinander entfernt, sie haben Lametta in den Pferdeschwänzen, Luftschlangen hängen von den Decken. An einem künstlichen Weihnachtsbaum blinken Lichterketten.

Ich halte beim Sternchen- und Weltraumraketen-Kritzeln inne. Jude hat mir ein neues Notizbuch geschickt.

«Ich weiß, dass das sehr wehtut», sage ich, «das erste Jahr ist das schwierigste. Der erste Geburtstag, das erste Weihnachten. Das sind die Tage, an denen man daran erinnert wird, dass ein lieber Mensch fehlt. Aber ich weiß auch, dass es im Laufe der Zeit besser wird. Wir gewöhnen uns daran.»

«Ich weiß nicht, ob ich mich daran gewöhnen will.»

«Ich weiß.» Ich atme tief durch und lege den Hörer an mein anderes Ohr. «Ich habe vor gar nicht langer Zeit auch jemanden verloren.»

«Sind Sie deshalb bei dieser Hotline? Und überreden an Weihnachten die Leute, doch keinen Selbstmord zu begehen?»

«Ja, genau. Meine Schwester ist vor weniger als einem Jahr gestorben. Es kam ganz plötzlich.»

«Bei meiner Mom auch. Ein Autounfall.»

«Es ist besonders schwierig, wenn man sich nicht darauf vorbereiten kann. Wenn man nicht Auf Wiedersehen sagen konnte.»

«Das habe ich, im Krankenhaus. Ich weiß nicht, ob sie es gehört hat, aber ich habe es gesagt.»

«Das ist gut.»

Ich denke einen Moment lang nach. Der Anrufer ist jung und männlich. Es ist gut möglich, dass er eine Waffe in der Hand hat.

«Ich habe einmal mit einer Anruferin gesprochen», sage ich, «die mir sagte, sie halte die Erinnerung an ihre Tochter wach, indem sie sie praktisch bei sich behält. Sie liest die Bücher, in denen sich ihre Tochter Notizen gemacht hat, und redet mit ihr über sie.» Ich beiße mir auf die Unterlippe. «Sie versucht nicht, zu vergessen, was passiert ist, und verdrängt auch nicht den Schmerz, sondern versucht, ihn zu kanalisieren.»

«Ich soll etwas Positives daraus machen, dass meine Mom tot ist? Ist das Ihr Rat?»

«Nein, gar nicht. Jemanden zu verlieren, den man liebt, ist schrecklich. Aber nur, weil es heute schrecklich ist, bedeutet es nicht, dass es morgen noch genauso schrecklich sein wird. Vielleicht gibt es Wege, damit zurechtzukommen. Sie könnten Weihnachten einfach verdrängen, es ignorieren, weil es zu schmerzhaft ist, oder Sie könnten sich dem Fest stellen. Sie könnten sich mit Ihrem Dad Geschichten über die Bratkartoffeln Ihrer Mum erzählen, oder eine neue Tradition einführen, indem Sie jedes Jahr etwas Neues für den Tannenbaum kaufen. Sie könnten sie teilhaben lassen, obwohl sie nicht mehr da ist. Sie können Ihre Mum feiern.»

«Ist das nicht noch schlimmer? Macht das einen nicht nur noch trauriger?»

«Zuerst vielleicht. Aber das Leben für die Hinterbliebenen geht nun einmal weiter, und wir können wählen, wie wir es leben wollen.»

«Aber ich will es nicht leben.»

«Heute vielleicht nicht und morgen vielleicht auch nicht. Aber wenn Sie sich jetzt Ihr Leben nehmen, werden Sie nie erfahren, ob nicht vielleicht wieder hellere Zeiten kommen. Und ist es das nicht wert herauszufinden?»

Der Mann – eigentlich ein Junge – atmet hörbar aus. Dann schweigt er eine Weile.

«Sind Sie noch da? Geht es Ihnen gut?»

«Ja», sagt er und räuspert sich. «Sorry. Ich habe darüber nachgedacht, woher zum Teufel ich an Weihnachten noch neuen Tannenbaumschmuck besorgen soll.»

Am Ende meiner Schicht winke ich den anderen Ehrenamtlichen zu und gehe hinaus auf die Straßen von Boston. Die Luft
ist frisch und kalt, Sonnenstrahlen dringen durch die Wolken,
der Tag neigt sich dem Ende zu.

Ich dachte immer, dass ich Poppy irgendwann einmal einladen würde, mich zu besuchen. Ich hätte ihr alles zeigen können, zum Beispiel die drei roten Hauskatzen, die immer auf
einer bestimmten Fensterbank einer Souterrainwohnung in
unserem Viertel schlafen. Oder ich hätte mit ihr ins Café am
Fluss gehen können, in dem es laut Jenna die beste heiße Schokolade der Stadt gibt. Es ist nie dazu gekommen, aber ich male
es mir immer noch gern aus. Vielleicht werde ich immer diese
Tagträume haben, selbst noch, wenn ich alt bin: meine kleine
Schwester, für immer achtzehn, springt durch eine Welt, die
sie überlebt hat.

Es ist so merkwürdig, andere Leute über sie sprechen zu hören, als hätten sie sie gekannt. Kaum hatte die Presse erfahren,
dass es einen neuen britischen Serienmörder gab – der die am
besten vermarktbaren Opfer überhaupt tötete: hübsche junge
Frauen –, wurde der Mord an meiner Schwester von etwas, das
mir keiner glauben wollte, zu etwas, über das jeder spricht.
Wer waren diese toten Mädchen? Warum erregten sie die
Aufmerksamkeit des Mörders? Welche Kleider trugen sie dabei?

Die Blogger und Podcaster sind immerhin ein bisschen sen-
sibler als die Journalisten. Keine direkten Interaktionen mit
Hinterbliebenen, kein Auflauern vor der Tür. Sie durchsuchen
stattdessen ihre Social-Media-Accounts, versuchten online
Hinweise zu finden. Genau wie ich vor all den Monaten. Aber
sie können die Informationen daraus nur irgendwie zusam-
menschustern. Sie kennen die wahre Poppy nicht, genau wie

ich die wahre Imogen, Yewande, Sasha, Eliza oder Rachel nie kennenlernen werde. Die anderen hat die Polizei noch nicht gefunden. Nur Sasha Baxter, eine Trickfilmstudentin aus Leicester. Sie starb acht Monate vor Poppy. Ich weiß, dass da draußen noch mehr sind. Ich kann es spüren. Die Polizei hat jede Datenbank und jedes Protokoll aller Untersuchungsgerichte in England nach Ketten mit Herzanhängern an jungen Frauen nach ihrem vorgeblichen Selbstmord durchsucht, und Sasha war die einzige, die dabei auftauchte. Aber was, wenn irgendetwas falsch aufgezeichnet wurde oder verloren gegangen ist? Würde eine Kette nach einem Sturz vor einen Zug intakt bleiben? Was, wenn ein Opfer noch vor ihrem Tod entdeckt worden ist – könnte es sein, dass man ihr im Krankenhaus den Schmuck abgenommen hat? Dass ihre Angehörigen ihn einfach mitgenommen haben, ohne noch einen Blick darauf zu werfen? Konnte es sein, dass jemand den Schmuck einfach gestohlen hat?

Daniel zielte auf verletzliche Frauen, auf Frauen, die weit von zu Hause lebten oder sonst irgendwie isoliert waren. Es kann so leicht passieren, dass ein Hinweis durchs Raster fällt. Dass Menschen durchs Raster fallen. Was, wenn es Mädchen sind, die immer noch als vermisst gelten? Was, wenn seine anderen Opfer so isoliert und allein waren, dass ihre Leichen nicht einmal gesucht wurden?

Daniel will nicht aussagen. Er sitzt selbstgefällig in den Verhören der Polizei, die Arme vor der Brust verschränkt, und sagt grinsend: «*Kein Kommentar.*»

Ich habe einmal den Fehler gemacht, online nach seinem Namen zu suchen. Er schreibt offenbar aus dem Gefängnis an Leute. Menschen mit ähnlichen Ansichten. Er gibt seine Morde nicht zu, aber jemand hat sein Manifest über Frauen veröffentlicht – darin geht es darum, wie wir seiner Meinung nach verdienen behandelt zu werden und wie nicht. Männer im Internet übernehmen seine Ideen, erstellen Websites und Sub-Reddits zu seinen Ehren. Es gab sogar einen Thread, in dem sie Bilder von seinen Opfern posteten, mit schlimmsten Kommentaren.

Ich sehe mir diese Foren nicht mehr an. Ich frage hin und wieder bei der Polizei nach, aber meistens können sie mir nichts Neues sagen. Ich suche weiter nach anderen Mädchen, die er getötet haben könnte, versuche, die Aufmerksamkeit der Öffentlichkeit wach zu halten: Ich teile Fotos der Halskette, ich rufe die Familien möglicher Opfer an. Das ist übergriffig, das weiß ich. Manchmal fühle ich mich, als sei ich nicht besser als die Journalisten, die ich so sehr verachte, weil ich ins Leben der Leute eindringe und ihren Heilungsprozess störe, sie aufwühle. Das Bedürfnis, mit ihrer Trauer abschließen zu können, die offenen Fragen beantworten zu können, ist so stark, dass manche Familien sich auch direkt an mich wenden, vollkommen davon überzeugt, dass ihre geliebte verstorbene Tochter oder Schwester auch eins seiner Opfer gewesen sein muss – und das selbst dann, wenn sie gestorben sind, nachdem Daniel verhaftet worden war. Für so viele von uns ist selbst die schlimmste Antwort besser als Unwissenheit.

Ich überquere die Brücke auf dem Weg nach Hause und stelle den Kragen meines Mantels hoch. Mein Haar fliegt im Wind. Ich mag den Bob, den mir Liam vor meinem Aufbruch aus London geschnitten hat. Es war an der Zeit für eine Veränderung.

In vielerlei Hinsicht ist das Leben hier wie früher: Harvard, Forschung, jeden Abend die Rückkehr in unsere Wohnung mit der Tür, die immer, absolut immer klemmt. Die Dinge, die ich früher so sehr liebte. Aber mein Leben ist inzwischen mehr als das. Es ist all das, plus Trauer. Plus Trauma. Es ist, als hätte ich ein neues Hobby begonnen, das alle alten Hobbys verdrängt, ein Hobby, zu dem ich immer wieder zurückkehre, obwohl ich ständig gegen dieselbe Wand renne, immer und immer wieder. Ich beschäftige mich damit in jeder freien Minute, bleibe lange wach, stehe früher auf, verbringe meine Mittagspausen damit.

Ich muss diese Frauen finden. Daniel will ihre Namen nicht nennen, er will nicht einmal bestätigen, dass es sie gibt, aber wenn ich sie finde, erhalten sie ihre Wahrheit zurück. Die Welt erfährt ihre Geschichten, ihre Familien können abschließen. Sie können der Lüge entkommen, in der er sie gefangen gehalten hat, die ihre Geschichte bestimmt. Genau wie sie Poppys Geschichte bestimmt hat.

Ich muss das für sie tun. Ich *werde* es für sie tun.

Aber heute ist Weihnachten. Mum und Dad warten in der Wohnung auf mich, trinken Eierpunsch und schauen zusammen mit Jenna alte Filme. Wir arbeiten an neuen Familientraditionen, jetzt, da unsere alten nicht mehr funktionieren. Das ist gut. Es ist gesund.

Ich arbeite an meinem «gesund».

Auf der Mitte der Brücke bleibe ich stehen. Der Himmel im Westen steht in Flammen. Rot- und Orangetöne schimmern auf der Oberfläche des Charles River und leuchten durch die Lücken zwischen den Gebäuden, unterbrochen nur durch die dürren Äste und Zweige der kahlen Bäume. Über mir breitet sich der Nachthimmel aus und schiebt die Farben zusammen wie eine Ziehharmonika. Die schmalen, zarten Wölkchen schweben in Pfirsichrosa davor.

Ich taste nach dem Anhänger, den Jenna mir geschenkt hat: eine echte Mohnblüte in Glas. Ich nehme sie zwischen die Finger.

Sonnenuntergänge waren mir früher nie wichtig, aber Poppy schon.

Damals habe ich sie mit ihr angeschaut.

Jetzt schaue ich sie für sie.

Danksagungen

Im Januar 2019 lag ich halb im Delirium, weil ich so erkältet war. Der Schnee fiel auf die Füchse in meinem Garten, ich schaute *Ted Bundy: Selbstporträt eines Serienmörders* auf Netflix und hatte plötzlich die Idee für ein Buch.

Ich danke meiner Agentin Hannah Schofield, dass sie die Idee gut fand und die Geschichte von einem wirren, schlecht geschriebenen Pitch zu einem geschliffenen Thriller entwickelt hat. Du wusstest, dass dieses Buch *das Buch* werden würde, aber das ist nur gelungen, weil du so geduldig warst und mich unermüdlich unterstützt hast. Ich habe solches Glück und bin so dankbar, dass du an meiner Seite bist.

Danke an Luigi Bonomi und das ganze Team von LBA dafür, dass ihr mein Buch an die Daily Mail First Crime Novel Competition geschickt habt. Euer Glaube an meine Schreibfähigkeiten war der Rettungsring in einer Zeit, in der ich beinahe untergegangen wäre, und obwohl ich beinahe zwei Jahre brauchte, um das rettende Ufer zu erreichen, habt ihr mir immer ein Ziel gezeigt, auf das ich mich zubewegen konnte.

Danke an Leodora Darlington, dass du dieses Buch gelesen und so sehr gemocht hast, wie ich es gehofft hatte. Es war schon immer mein Traum, irgendwann einmal ein Buch zu veröffentlichen, und du und das Team bei Thomas & Mercer habt diesen Traum wahr werden lassen. Ich werde euch für immer dankbar sein.

Danke an Writers United – an Helen, Carol, Sue, Jo, Laura, Gareth, Paul, Susan, Joan, Caroline, Bean, Anya, Libby, Suzanne und all die anderen, die seit unseren Anfängen vor all den Jahren gekommen und gegangen sind. Danke für die Kritik, für die Gesellschaft, das Anfeuern und die weinseligen Kichereien in all den Pizzaimbissen im ganzen Land. Vielleicht sind wir inzwischen mehr Freunde als eine Schreibgruppe, aber ich liebe und unterstütze jeden Einzelnen von euch. So viele von uns haben bereits etwas veröffentlicht, und ich glaube ganz fest daran, dass die anderen das auch bald schaffen. Es geht immer vorwärts und aufwärts, wie wir zu sagen pflegen.

Danke an die Pitch-Wars-Gruppe von 2015. Ich habe wahrscheinlich den größten Teil der Jahre damit verbracht, bei euch herumzulungern und indirekt von euren Erfolgen zu zehren, und ich bin wirklich dankbar dafür, Teil einer solch diversen und sachkundigen Gemeinschaft zu sein. Ich danke euch für die Hilfe, die ihr für mich wart, wann immer ich danach gefragt habe. Kat, danke, dass du so eine gute Freundin und fantastische CP bist, und danke an Rebecca dafür, dass du dieses Buch unterstützt hast, als es kaum ein paar Kapitel lang war. Jamie, danke, dass du du bist.

Danke an die Reddit-Community, die mich aufgefangen hat, als es mir am schlechtesten ging, und an die Freunde, die ich in meiner schlimmsten Zeit gefunden habe: Ashley, Mike, Marissa. Jetzt seht uns mal an. Und Craig, danke für die langen Spaziergänge und langen Gespräche in dieser Zeit, dass du selbst dann da warst, als nichts mehr zu sagen war.

Und schließlich danke ich meiner Familie. Meinen Eltern für ihre großzügige Unterstützung, während ich diesen fast aussichtslosen Traum verfolgte, meinem Bruder Robbie für unsere immer wieder tröstlichen *Star-Trek*-Diskussionen, Hannah für ihre exzellenten Rap-Einlagen bei unseren Küchen-Disco-Abenden und meiner Schwester Alice, die so oft die Clementine für meine Poppy war. Oscar und Nancy, ihr seid noch viel zu klein für dieses Buch, aber ich hoffe, ihr lest es eines Tages und seid stolz darauf, was eure Tante Lucy gemacht hat. Ich bin jedenfalls stolz.

Stacy Willingham
Das siebte Mädchen

In Breaux Bridge, im ländlichen Louisiana, passiert eigentlich nichts. Bis im Sommer 1999 sechs Teenager spurlos verschwinden. Mädchen, die die 12-jährige Chloe aus der Schule kennt. Ihre Leichen werden nicht gefunden. Doch im Schlafzimmer von Chloes Eltern findet man eine Schatulle mit Schmuckstücken der Mädchen. Als ihr Vater, ein liebevoller, bis dahin unbescholtener Mann, die Taten gesteht und als Serienmörder verurteilt wird, zerbrechen Chloes Welt und ihre Familie.

448 Seiten

20 Jahre später ist Chloe promovierte Psychologin. Als plötzlich eine ihrer Patientinnen verschwindet, ahnt sie, dass jemand die Taten ihres Vaters imitiert und den 20. Jahrestag der Morde auf seine Weise begehen will. Oder ist der wahre Täter noch immer auf freiem Fuß?

Weitere Informationen finden Sie unter **rowohlt.de**

Alice Feeney
Glaube mir

Anna hat alles, was sie will. Sie hat hart gearbeitet, um Moderatorin des BBC-Mittagsmagazins zu werden, Freunde und Familie vernachlässigt, ebenso Jack, der inzwischen ihr Exmann ist. Als sie über einen Mord in Blackdown berichten soll, zögert sie. Denn in der verschlafenen Kleinstadt ist sie aufgewachsen. Und das Opfer ist eine Freundin aus Kindertagen.

DCI Jack Harper hätte nie gedacht, dass er einmal in Blackdown landen würde.

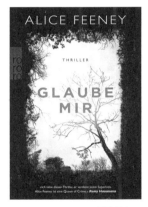

400 Seiten

Als die Leiche einer jungen Frau entdeckt wird, beschließt er, niemandem zu sagen, dass er das Opfer kannte, dass sie seine Geliebte war – bis er in seiner eigenen Mordermittlung zum Verdächtigen wird. Und mit seiner Exfrau Anna konfrontiert wird.

Weitere Informationen finden Sie unter **rowohlt.de**

Aimee Molloy
Das Therapiezimmer

Der Psychotherapeut Sam und seine Frau Annie ziehen aus New York in die verschlafene Kleinstadt, in der Sam aufgewachsen ist. Dort arbeitet Sam fast rund um die Uhr in seiner Praxis im Souterrain mit seinen (fast nur weiblichen) Klientinnen, während Annie zu viel Zeit allein verbringt. Sam ahnt nicht, dass durch einen Lüftungsschacht all seine Therapiesitzungen im Obergeschoss zu hören sind: die Frau des Apothekers, die sich scheiden lassen möchte. Die Malerin mit dem enttäuschenden Liebesleben. All diese Geschichten mit anzuhören, ist unwiderstehlich. Doch dann taucht die betörende junge Französin in dem grünen Mini Cooper auf. Und Sam geht eines Tages zur Arbeit, um nicht wieder zurückzukehren ...

336 Seiten

Weitere Informationen finden Sie unter rowohlt.de

Sam Lloyd
Der Mädchenwald

Elijah ist ein Einzelgänger, der mit seinen Eltern in einer Hütte im Wald lebt. Er kennt keine Handys und kein Internet, aber er weiß, es ist nicht richtig, dass in dem Keller unter der Erde ein Mädchen gefangen gehalten wird; er weiß, er sollte jemandem von seiner Entdeckung erzählen. Aber er weiß auch, dass sein Leben aus den Fugen geraten wird, wenn die Wahrheit ans Licht kommt. Denn die 13-jährige Elissa ist nicht die Erste, die in den Mädchenwald gebracht wurde.

448 Seiten

Elissa erkennt, dass ihr nur mit Elijahs Hilfe die Flucht gelingen kann. Doch alle Versuche, den Jungen während seiner täglichen Besuche zu manipulieren, schlagen fehl. Denn er ist cleverer, als er zu sein vorgibt. Und er hat längst begonnen, das Spiel nach seinen eigenen Regeln zu spielen ...

Weitere Informationen finden Sie unter **rowohlt.de**